SCIENCE FICTION

Herausgegeben
von Wolfgang Jeschke

Von Caroline Janice Cherryh erschienen in der Reihe
HEYNE SCIENCE FICTION & FANTASY:

Brüder der Erde · 06/3648
  auch in: Chroniken der Zukunft,
  hrsg. von Wolfgang Jeschke, Band 1 · 06/1001
Weltenjäger · 06/3772
Der Biß der Schlange · 06/4081
Die letzten Städte der Erde · 06/4174

DIE MORGAINE-TRILOGIE

Das Tor vor Ivrel · 06/3629
Der Quell von Shiuan · 06/3732
Die Feuer von Azeroth · 06/3921
Alle drei Romane in einem Band als illustrierte Sonderausgabe
unter dem Titel:
  Tore ins Chaos · 06/4204

EALD-ZYKLUS:

Stein der Träume · 06/4231
Der Baum der Schwerter und Juwelen (in Vorb.)

DIE DUNCAN-TRILOGIE
(auch ZYKLUS DER STERBENDEN SONNEN)

Kesrith – die sterbende Sonne · 06/3857
Shon'jir – die sterbende Sonne · 06/3936
Kutath – die sterbende Sonne · 06/3948

DER PELL-ZYKLUS

Pells Stern · 06/4038
Kauffahrers Glück · 06/4040
40000 in Gehenna · 06/4263
Die Kif schlagen zurück (in Vorb.)

DER CHANUR-ZYKLUS

Der Stolz der Chanur · 06/4039
Das Unternehmen der Chanur · 06/4264
Die Rache der Chanur (in Vorb.)

Darüber hinaus:

Kassandra
in: SF Story Reader 13
    hrsg. von Wolfgang Jeschke · 06/3685
und in: Science Fiction Jubiläumsband
25 Jahre Heyne Science Fiction & Fantasy 1960–1985,
Das Lesebuch
hrsg. von Wolfgang Jeschke · 06/4000
Hestia
in: Heyne SF Jahresband 1982,
    hrsg. von Wolfgang Jeschke · 06/3870

C. J. CHERRYH

40000
IN GEHENNA

*Science Fiction Roman
aus dem Pell-Zyklus*

Deutsche Erstveröffentlichung

WILHELM HEYNE VERLAG
MÜNCHEN

HEYNE SCIENCE FICTION & FANTASY
Band 06/4263

Titel der amerikanischen Originalausgabe
FOURTY THOUSAND IN GEHENNA
Deutsche Übersetzung von Thomas Schichtel
Das Umschlagbild schuf Karel Thole
Illustriert von John Stewart
Die Karten zeichnete Christine Göbel

Redaktion: Wolfgang Jeschke
Copyright © 1983 by C. J. Cherryh
Copyright © 1986 der deutschen Übersetzung
by Wilhelm Heyne Verlag GmbH & Co. KG, München
Printed in Germany 1986
Umschlaggestaltung: Atelier Ingrid Schütz, München
Satz: Schaber, Wels
Druck und Bindung: Elsnerdruck, Berlin

ISBN 3-453-31242-2

INHALT

ERSTER TEIL
Abflug
Seite 7

ZWEITER TEIL
Die Reise nach draußen
Seite 35

DRITTER TEIL
Die Landung
Seite 73

VIERTER TEIL
Die zweite Generation
Seite 131

FÜNFTER TEIL
Draußen
Seite 175

SECHSTER TEIL
Wiedereintritt
Seite 181

INHALT

SIEBTER TEIL
Elai
Seite 267

ACHTER TEIL
Auf dem Weg nach draußen
Seite 457

ERSTER TEIL

Abflug

1

Z-190 Stunden

Verteidigungsministerium der Union,
an US Venture, in Dock an der Cyteen Station

ORIG: CYTHO/MINDEF/CODE111A/US VENTURE
ATTN: Mary Engles, Capt. US VENTURE
Nehmen Sie die chiffrierte Sendung entgegen; Navigationsan-
weisungen hierin enthalten. US CAPABLE und US SWIFT
werden Sie begleiten und Ihnen Geleitschutz geben. Mission
Code: WEISE. Es werden Bürger auf Nichtbürgermanifest an
Bord gehen, identifizierbar durch fehlende Tätowierungsnummer. Trennen Sie sie bei Einsteigen von den Nichtbürgern
und weisen Sie sie an Bord der VENTURE ein. Es sind insgesamt 452, darin enthalten das ganze uniformierte militärische
Personal samt Angehörigen. Behandeln Sie sie mit gebühren-
der Höflichkeit. Zur AZI-Klasse gehöriges Personal wird in besonders vorbereiteten Räumen untergebracht, 23 000 an Bord
der US VENTURE, der Rest gleichmäßig verteilt auf CAPABLE
und SWIFT. Der kritischen Natur des ersten Einschiffens entsprechend sorgen Sie für rasche Abfertigung bis Nummer 1500;
danach würden Verzögerungen nicht mehr dazu führen, daß
ziviles Personal Unannehmlichkeiten hat und/oder seine Tarnung durchbrochen wird. Niemandem vom Stationspersonal
darf ein Betreten des Operationsbereiches erlaubt werden,
nachdem das Verladen begonnen hat. Die Sicherheit wird
durch HQ gewährleistet. Sollte sich ein Notfall ergeben, rufen
Sie Code WEISE22. Alle Besatzungsmitglieder auf Freigang
müssen bis D-0500 zurückgerufen worden sein, um zu garan-
tieren, daß das Einschiffen reibungslos abläuft. Der Missionsleiter, Oberst James A. Conn, wird die Ausweispapiere vorle-
gen und weitere Befehle betreffs Verteilung von Bürgern und
Nichtbürgern. Die offizielle Tarnung für den Konvoi lautet, daß
er zur Anlagenerrichtung für den Bergbau bei Endeavor bestimmt ist: Benutzen Sie das bei allen Inschiff-Verbindungen.

2

T-190 Stunden

*Cyteen HQ, Verteidigungsministerium
an US Venture, in Dock an Cyteen Station*

ORIG: CYTHQ/MINDEF/CODE111A/COLBURAD/CONN/J.
PROJ287

Militärisches Personal:

Oberst James A. Conn, Generalgouverneur
Capt. Ada P. Beaumont, Vizegouverneur
Maj. Peter T. Gallin, Personal
M/Sgt. Ilya V. Burdette, Ingenieurkorps
  Cpl. Antonia M. Cole
  Spez. Martin H. Andresson
  Spez. Emilie Kontrin
  Spez. Danton X. Norris
M/Sgt. Danielle L. Emberton, taktische Op.
  Spez. Lewiston W. Rogers
  Spez. Hamil N. Masu
  Spez. Grigori R. Tamilin
M/Sgt. Pavlos D. M. Bilas, Instandhaltung
  Spez. Dorothy T. Kyle
  Spez. Egan I. Innis
  Spez. Lucas M. White
  Spez. Eron 678–4578 Miles
  Spez. Upton R. Patrick
  Spez. Gene T. Troyes
  Spez. Tyler W. Hammett
  Spez. Kelley N. Matsuo
  Spez. Belle M. Rider
  Spez. Vela K. James
  Spez. Matthew R. Mayes
  Spez. Adrian C. Potts
  Spez. Vasily C. Orlov
  Spez. Rinata W. Quarry
  Spez. Kito A. M. Kabir
  Spez. Sita Chandrus

M/Sgt. Dinah L. Sigury, Kommunikation
  Spez. Yung Kim
  Spez. Lee P. de Witt
M/Sgt. Thomas W. Oliver, Quartiermeister
  Cpl. Nina N. Ferry
  Pfc. Hayes Brandon
Lt. Romy T. Jones, Spezialeinheiten
  Sgt. Jan Vandermeer
  Spez. Kathryn S. Flanahan
  Spez. Charles M. Ogden
M/Sgt. Zell T. Parham, Sicherheit
  Cpl. Quintan R. Witten
Capt. Jessica N. Sedgewick, Anerkenner/Anwältin
Capt. Bethan M. Dean, Chirurg
Capt. Robert T. Hamil, Chirurg
Lt. Regan T. Chiles, Computerdienst

Ziviles Personal, Liste wie folgt:

Stabspersonal: 12
Medizinisch/chirurgisch: 1
Sanitätspersonal: 7
Mechanikwartung: 20
Verteilung und Lager: 20
Sicherheit: 12
Computerdienst: 4
Computerwartung: 2
Bibliothekar: 1
Landwirtschaftl. Spezialisten: 10
Geologen: 5
Meteorologe: 1
Biologen: 6
Erziehung: 5
Kartograph: 1
Management-Inspektoren: 4
Ingenieure für Biozyklus: 4
Baupersonal: 150
Lebensmittelspezialisten: 6
Industriespezialisten: 15
Bergbau-Ingenieure: 2
Inspektoren für Energiesysteme: 8

MILITÄRISCH INSGESAMT: 45
ZIVILE INSPEKTOREN INSGESAMT: 296

ZIVILER STAB INSGESAMT 341
NICHT ZUGETEILTE ANGEHÖRIGE INSGESAMT 111
BÜRGER INSGESAMT 452

ZUSÄTZLICHES NICHTBÜRGER-PERSONAL:
Liste wie folgt:
»A«-KLASSE: 2890
»B«-KLASSE: 12 389
»M«-Klasse: 4566
»P«-KLASSE: 20 788
»V«-KLASSE: 1278
NICHTBÜRGER INSGESAMT: 41 911
MISSION INSGESAMT: 42 363
Verhältnis männl./weibl. ca. 55 % : 45 %
ANGEHÖRIGENLISTE FOLGT
NICHTBÜRGERLISTE ERSCHEINT AUF MANIFEST

3

T-56 Stunden
Auf dem Cyteen-Dock, Sperrbezirk

Dieser Ort war groß und kalt, und irgendwie gingen die Instruktionen in einer solch seltsamen Gegend verloren. Jin 458-9998 nahm den Weg, den ihm seine Instruktionen wiesen, spürte die Kälte in seinem Körper und besonders auf seinem Schädel, wo sie sein ganzes Haar abrasiert hatten. 9998er waren dunkelhaarig und stattlich, und sie waren A's, wichtig in der Ordnung der Dinge. Aber die Ordnung in seiner Welt war durcheinandergeraten. Sie hatten ihn auf der Farm in das weiße Gebäude geholt und ihm den Tiefenunterricht gegeben, der ihm sagte, daß man ihm einen neuen und größeren Zweck zuweisen würde, wenn er dort ankam, wohin man ihn schikken würde, und daß andere Bänder ihm das bald sagen sollten.
»Ja«, hatte er gesagt, denn das war die korrekte Bestätigung,

und die Veränderung hatte ihn zu Beginn nicht sehr beunruhigt. Aber dann hatten sie ihn, während er noch durch die Sedativa benebelt war, in den medizinischen Flügel gebracht, den er noch nie gemocht hatte, weil dort nie etwas Gutes passierte, und sie hatten ihn ausgezogen und auf einen Tisch gelegt, ihm dann alles Haar abrasiert, alles außer den Augenwimpern, ihn mit so vielen Sachen vollgepumpt, daß sie einen Arm ganz benutzten und dann mit dem anderen anfingen. Es hatte weh getan, aber er war daran gewöhnt. Er war erst bestürzt gewesen, als er sich beim Hinausgehen im Spiegel gesehen und sich nicht wiedererkannt hatte – die Vernichtung seiner ganzen Eitelkeit.

»Was hast du dabei für ein Gefühl?« hatte ihn der Aufseher gefragt, die Standardfrage bei jeder Veränderung; und er suchte in seinem Herzen, wie man es von ihm erwartete, und kam mit dem passenden Wort heraus.

»Wie ausgelöscht.«

»Warum fühlst du dich so?«

»Ich sehe anders aus.«

»Ist das alles?«

Er dachte einen Moment lang darüber nach. »Ich werde die Farm verlassen.«

»Was ist dabei am schlimmsten?«

»Mein Aussehen.«

»Es dient dazu, dich für eine Weile sauberzuhalten, denn du wirst verschifft. Bei allen wird das so gemacht. Sie werden nicht über dich lachen. Sie werden dich gar nicht bemerken. Es wächst in ein paar Wochen nach, und du erhältst eine neue Zuweisung. Bänder werden es dir erklären. Es soll sehr gut sein. Sie nehmen nur sehr teure Kontrakte, wie deinen.«

Das munterte ihn beträchtlich auf. Er machte sich keine Gedanken mehr über das abrasierte Haar und den papierdünnen weißen Overall und den Verlust seiner selbst. Er stand auf und machte Anstalten zu gehen.

»Leb wohl, Jin«, sagte der Aufseher, und Jin geriet ein wenig in Panik bei dem Gedanken, daß er diesen Mann, der all seine Probleme löste, nie wiedersehen würde.

»Wird mir dort jemand helfen?« fragte er.

»Natürlich wird da jemand sein. Möchtest du mir die Hand schütteln, Jin? Ich denke, sie werden dich ein ganzes Stück befördern im Vergleich zu dem, was du hier bist. Aber du mußt Geduld haben und die Dinge nehmen, wie sie kommen.«

Er kam zurück, hatte ein seltsames Gefühl dabei, die Hand eines geborenen Menschen zu ergreifen, und er war in diesem Augenblick sehr stolz. »Ich werde Sie vermissen«, sagte er.

»Ja. Aber die Bänder werden dich glücklich machen.«

Er nickte. So war es. Er sehnte sich danach, denn im Moment war er nicht sehr glücklich, und seine Ohren waren kalt und sein Körper fühlte sich unter dem Stoff seltsam glatt und nackt an. Er ließ die Hand des Aufsehers los und ging hinaus, wo ein anderer Wärter ihn ins Schlepptau nahm und ihn zu einem Gebäude führte, wo schon welche warteten, die ebenso rasiert waren wie er. Der Anblick schockierte ihn sehr – weil er einige von ihnen kannte und Schwierigkeiten hatte, sie zu erkennen; und sie blickten ihm genauso entgegen. Da waren vier weitere 9998er, und sie sahen alle gleich aus, alle wie er; und da waren drei 687er und sieben 5567er – und all die kleinen Merkmale, anhand derer sie einander als Individuen erkannten, waren ausgelöscht. Panik wallte von neuem in ihm auf.

»Welcher bist du?« fragte ihn einer seiner Dutzendlinge.

»Ich bin Jin«, sagte er leise. »Haben wir alle dasselbe Ziel?«

»Jin?« Eine weibliche Stimme. »Jin …« Es war eine von den 687ern; es war Pia, die zwischen den anderen für ihn Platz machte auf der Bank, die um den gesamten Raum lief. Er kam und setzte sich dankbar neben sie, denn Pia war eine Freundin, und er suchte etwas Vertrautes, woran er sich festhalten konnte. Ihr Gesicht war stark verändert. Pia hatte dunkles Haar wie er, und es war ganz weg; ihre Augen blickten groß und dunkel aus einem leicht sommersprossigen Gesicht. Um sich gegenseitig zu trösten, faßten sie sich an den Händen. Er blickte hinab. Die Hände waren immer noch wie Pias Hände, und ihr Verhalten war immer noch ihres.

Aber dann war sie auf einmal weit hinter ihm, irgendwo in der Reihe, und sie waren mit einer Menge fremder Azi von anderswo vermischt worden, Typen, die er noch nie gesehen hatte, und er fühlte sich kalt und elend hier. Die Reihe blieb stehen, und er richtete seinen Blick ins Leere und wartete – die beste Methode, um die Zeit hinzubringen; er dachte an angenehme Bilder, wie die Bänder sie ihm gezeigt hatten, wenn er sich zusätzliche Bandzeit verdient hatte. Aber er konnte sie

14

nicht mit derselben Intensität wie das Band heraufbeschwören, und es gelang ihm nicht ganz, die Kälte dadurch zu überwinden. Niemand sprach; es war keine Zeit zum Sprechen, während sie überführt wurden. Sie mußten auf Anweisungen hören. Niemand bewegte sich, denn niemand wollte verlorengehen oder sich ein schlechtes Band einhandeln, was in einer Situation wie dieser sehr leicht zu sein schien, einer Situation, auf die sie nie ein Band vorbereitet hatte.

Sie waren mit einem Schiff hier heraufgeflogen. Er hatte schon früher Schiffe fliegen sehen, sich aber die Empfindung nie ausmalen können. Sein Herz hatte während des Fluges doppelt so schnell geschlagen wie sonst, und er war eine Zeitlang sehr erschreckt gewesen, bis er sich an die Empfindung gewöhnt hatte. Aber kaum hatte er das erreicht, als sie in ein neues Stadium eingetreten waren, in dem weitere und schlimmere Empfindungen aufeinander folgten. Diesmal hatte jemand daran gedacht, zu ihnen zu sprechen und ihnen zu versichern, daß alles in Ordnung sei.

Dann waren sie an etwas gestoßen, und man hatte sie unterrichtet, daß sie in einem Dock lagen, daß sie die Cyteen-Station betreten würden, die nachts ein Stern am Himmel Cyteens war; Jin hatte ihren Flug in Sommernächten beobachtet. Diese Neuigkeiten verwirrten ihn, und plötzlich ging die Tür auf, und sie wurden von Licht geblendet. Einige schrien auf; das zeigte, wie beunruhigt sie waren. Und sie gingen hinaus, als sie dazu aufgefordert wurden, nicht in das leuchtende Herz eines Sterns, sondern in einen sehr großen und sehr kalten Raum. Sie wurden hierhin und dorthin getrieben und erhielten ihre Kojen zugewiesen in einer kahlen Scheune von Raum, wo der Boden gekrümmt war. Menschen gingen seitwärts geneigt und Gegenstände kippten, ohne umzufallen. Jin versuchte, nicht hinzusehen; er bekam es mit der Angst zu tun, wenn er derartige Dinge betrachtete, die den Eindruck vermittelten, daß sogar solide Realitäten geändert werden konnten wie Bänder. Er sehnte sich nach seinen Feldern zurück, die golden in der Sonne lagen, sehnte sich nach der Wärme auf seinem Rücken und der Kühle des Wassers nach der Arbeit, und er wollte wieder in dem Fluß schwimmen, wie sie es immer getan hatten, wenn es ihnen im Sommer zu heiß geworden war.

Aber er konnte lesen und schreiben, und im Moment las er,

15

während sie umhergetrieben wurden; er las Worte wie CY-TEEN-STATION und GEFAHR/HOCHSPANNUNG und NUR ZUTRITT FÜR BEFUGTE – was immer das sein mochte; und auch A HAUPT und A 2 und ZOLL und ARREST. Nichts davon wirkte freundlich, und am wenigsten mochte er das Wort ›Arrest‹, aus dem ›schlechtes Band‹ zu folgern war. Auch andere konnten lesen, und niemand sagte etwas; aber er vermutete, daß alle, die lesen konnten, einen verspannten Magen hatten und daß ihnen das Herz im Hals pochte wie ihm.

»Hier entlang!« sagte ein Mann mit dem grünen Armband eines Aufsehers und öffnete für ihre Reihe eine Tür. »Ihr werdet hier in Gruppen zu fünfzig Bänder bekommen. Zählt ab, während ihr hineingeht!«

Jin zählte. Er war 1-14, und ein geborener Mensch reichte ihm eine Marke, auf der es vermerkt stand. Er nahm sie in die Hand und reihte sich hinter den ersten dreizehn ein.

Wieder etwas Medizinisches. Er ging, eingeordnet in die Schlange, in den aseptischen Raum mit den weißen Wänden, und sein Herz, das sich gerade einen Moment lang beruhigt hatte, beschleunigte wieder in einen inzwischen konstanten Zustand des Schreckens. »Du hast Angst«, sagten sie ihm, als sie seinen Puls prüften. »Hab keine Angst.«

»Ja«, stimmte er zu und versuchte es, aber er fror, da er den Overall bis zur Hüfte heruntergelassen hatte, und er zuckte zusammen, als eine der Meds seinen Arm nahm und etwas hineinschoß.

»Das ist ein Sedativum«, sagte die Frau. »Kabine 14 unten auf dem Gang. Du hast noch genug Zeit, dich anzuschließen. Drück auf den Knopf, wenn du Schwierigkeiten hast!«

»Danke«, sagte er und brachte seine Kleider wieder in Ordnung, folgte dann ihrem Hinweis. Er ging hinein und setzte sich auf die Liege, die aus kaltem, haarigem Plastik bestand, ganz anders als das behagliche Bett zu Hause. Er brachte die Leitungskabel an, spürte bereits, wie sein Puls langsamer wurde und sich Lethargie in seinen Gedanken breitmachte. Wäre jetzt jemand zu ihm in die Kabine gekommen und hätte ihm gesagt, daß sie ihn vielleicht umbrächten, wäre ihm das nur sehr langsam klargeworden. Er fürchtete im Moment nur ein schlechtes Band oder ein unvertrautes, oder eines, das ihn anders machte, das seine Erinnerungen an die Farm auslöschte.

Dann ertönte das Warnpiepen, und er legte sich auf seinem Sitz zurück, denn der Tiefenunterricht stand im Begriff, sich einzuschalten, und er hatte gerade noch Zeit, sich zurückzulegen, damit er nicht erschlafft hinfiel und sich weh tat.

Es setzte ein, und er öffnete voller Panik den Mund, aber es war zu spät zum Schreien.

CODE AX, übermittelte es ihm, und dann folgte eine Reihe von Tönen. Das sorgfältige Bauwerk seiner Werte wurde weggewischt und all seine Erinnerungen zweifelhaft.

»Sei ruhig«, sagte ihm das Band, als die Krämpfe schwächer wurden. »Alle aus der A-Klasse finden diesen Vorgang desorientierend. Deine hervorragende Geisteskraft und Intelligenz machen es ein wenig schwieriger. Arbeite bitte mit! Dieser Vorgang ist notwendig. Dein Wert wird gesteigert. Du wirst auf einen Dienst vorbereitet, der so ungeheuer wichtig ist, daß er in einer ganzen Reihe von Bändern erklärt werden muß. Dein Kontrakt wurde vom Staat übernommen. Du wirst mit einem Schiff überführt werden, und nichts wird dich von deiner Aufgabe ablenken, die ein Geheimnis ist, das du wahren wirst.

Wenn du in eine neue Welt hinaustrittst, wirst du dich neben einem Fluß wiederfinden, nahe einem Meer. Du wirst den Befehlen geborener Menschen folgend arbeiten. Du wirst glücklich sein. Wenn du die Gegend bewohnbar gemacht hast, wirst du Felder anlegen und weiteren Befehlen vom Band nachkommen. Du hast großes Glück. Der Staat, der deinen Kontrakt besitzt, ist sehr zufrieden mit dir. Wir setzen jedes Vertrauen in dich. Du kannst sehr stolz darauf sein, daß du für dieses Unternehmen ausgesucht worden bist.

Eure Körper sind sehr wichtig. Sie werden ungewöhnlichen Belastungen ausgesetzt sein. Dieses Band wird euch beim vorbereitenden Training unterweisen. Euer Geist hat eine große Bedeutung dort, wo ihr hingeht. Ihr erhaltet während dieser Sitzung entsprechende Instruktionen. Bitte entspannt euch! Ihr werdet sehr wertvoll sein, wenn wir fertig sind.

Du wirst immer mehr einem geborenen Menschen ähneln. Der Staat, der deinen Kontrakt besitzt, ist sehr angetan von dir. Deshalb bist du ausgesucht worden. Dein genetisches Material ist sehr wichtig. Du sollst geborene Menschen zeugen. Das ist nur eine deiner zahlreichen Aufgaben. Gibt es eine Frau, mit der du eine intime Freundschaft hergestellt hast? ... Pia 86-687,

17

danke, ja, ich bin dabei, es zu überprüfen ... Ja, dieses Individuum ist ausgesucht worden. Diese Paarung ist bewilligt. Ihr beide werdet sehr glücklich sein ... Ja oder nein, antworte auf den Klang: fühlst du dich gut hierbei? Ein Techniker steht bereit ... danke, Jin 458, dein Selbstvertrauen ist ein Kennzeichen deiner herausragenden Herkunft. Du solltest sehr stolz sein ...«

4

T-48 Stunden
Cyteen-Dock

Dies war alles Sperrbezirk, und die Docksmannschaften waren zum Teil Sicherheitsleute vom Stationsamt ... für alle Fälle. Oberst James Conn ging über das Dock und behielt dabei den normalen Fußgängerverkehr weiter hinten im Auge. Allianz-Kauffahrer waren hier im Haupthafen der Union ein gewohnter Anblick, gemäß dem Vertrag, der ihnen Handelsrechte über die Grenze hinweg einräumte; und niemand wurde getäuscht. Es waren Spione unter ihnen, die alles beobachteten, was die Union tat, an allem interessiert waren. Dabei handelte es sich um eine beiderseitige und fortwährende Aktivität auf beiden Seiten der Grenze. Die Kauffahrer bewegten sich ungehindert in kleinen Gruppen den geschwungenen Horizont hinauf und hielten sich dabei an die blauen Linien, die die Wege durch die militärischen Docks kennzeichneten, sahen sich dabei um, ohne den Anschein zu erwecken, und niemand hielt sie auf. Die Löcher im Netz waren alle absichtlich angelegt, und aus allen passenden Quellen waren die richtigen Informationen getröpfelt, damit die Allianzleute dachten, sie wüßten, was vor sich ging. Das war nicht Conns Abteilung, aber er wußte, daß es so lief.

Gerüste waren am Dock entlang aufgereiht, eines nutzlos, drei stützten Zuleitungen zu Schiffen. Die *US Swift* sollte später im Verlauf der Wache eintreffen und die *Capable* würde folgen. Es lagen noch weitere Schiffe hier, aber hierbei handelte es sich um normalen und wenig umfangreichen militärischen Verkehr. Besatzungen hatten Ausgang, wußten noch nicht über

Einzelheiten Bescheid, von Hand ausgesuchte Crews, also war wertlos, was in den Bars weitergegeben wurde; lediglich ein paar Leute verbreiteten die erwünschten Gerüchte. Das war die Sicherheit, ihr Plan. Man konnte davon ausgehen, daß mehrere Schalen von Falschinformationen und Täuschung aufeinander folgten; man konnte auf nichts mehr vertrauen, wenn man in die Denkweise der Sicherheit verfiel.

Ein Frontoffizier konnte sich bei solchen Dingen unbehaglich fühlen. Conn *hatte* sich schon unsicher gefühlt, in weniger gesicherten Zeiten, aber er überschaute den Umfang dieser Sache und kannte ihre Grenzen, wußte, daß es nichts Heißes war. Zivilisten waren beteiligt, und Zivilisten hatten ihre Rechte; und diese Zivilisten beruhigten ihn betreffs der Sendung, eines Päckchens, das er, nicht angekündigt von der Sicherheit, in seiner Innentasche trug.

Er erreichte das Dock der *Venture*, Nummer eins im weißen Liegeplatz, und stieg durch die Zugangsröhre hinauf in den eigentlichen Tunnel. Dort trat zum erstenmal die Sicherheit tatsächlich in Erscheinung, in Gestalt zweier bewaffneter und gepanzerter Soldaten, die ihm den Weg zur inneren Schleuse verstellten – aber so ging es auf jedem Kriegsschiff zu.

»REDEX«, sagte er, »Conn, Oberst James A.«

»Sir.« Die Soldaten schlugen sich mit den Gewehren an die gepanzerten Seiten. »Kommen Sie an Bord, Sir, danke!«

Sie waren *Venture*-Personal, vom Raumfahrerkommando, nicht von seiner Dienststelle. Er ging durch die Luke und trat in der Empfangsabteilung vor den Schreibtisch des Diensthabenden der *Venture*. Der diensthabende Offizier unterbrach hastig seine Lektüre von Computerausdrucken, als er aufblickte und ein hohes Tier erkannte. »Sir.«

Conn holte seine ID aus der Tasche und schob sie in den Empfänger.

»ID positiv«, sagte der Diensthabende. Dann in den Kom: »Tyson: Oberst James Conn zum Kapitän.«

Das war bereits arrangiert – keine Formalitäten, keine Fanfare. Er war auf diesem Schiff Passagier, getrennt, ohne kooperatives Kommando. Conn sammelte den Adjutanten ein und ging mit ihm hinauf zum Aufzug, plauderte unterwegs mit ihm, wie es seine Art war ... er hatte nichts von dem Lack der raumfahrenden Elitegarde an sich. Spezialeinsätze waren sein

19

eigener Dienstzweig und der der höchsten Offiziere seines unmittelbaren Stabes. Und nach dreißig Dienstjahren, mit etwas Arthritis, die gelegentlich die Pillen durchdrang – die Verjüngung war um einen Hauch zu lange hinausgezögert worden – hatte er noch weniger Lack und Glanz an sich als in seinen frühen Tagen.

Ein neuer Anfang. Damit hatten sie ihn überredet. Jean war nicht mehr; und die Mission war ihm in den Schoß gefallen. Eine Veränderung schien gut zu sein in diesem Lebensstadium. Vielleicht war es so bei Beaumont, bei Gallin, bei manchen von den anderen, von denen er wußte, daß sie mitkamen. Bei den Wissenschaftlern war vielleicht mit einer anderen Antwort zu rechnen, denn sie hatten ihre eigenen seltsamen Ambitionen und einige von ihnen waren miteinander verheiratet oder waren Verwandte oder Freunde. Aber von denen, die aus dem alten Dienst kamen, die einige Jahre auf dem Buckel hatten, zog nur Ada Beaumont Vorteil aus der Angehörigenbewilligung und nahm den Ehemann für eine spezielle Aufgabe mit auf die Mission. Die übrigen, die neun von ihnen, die den Krieg von Angesicht zu Angesicht gesehen hatten, kamen solo wie die Jugendlichen mit den frischen Gesichtern. Die Jahre hatten sie auf dieses Stadium zurückgeworfen. Dort draußen wartete ein neues Leben, eine neue Chance. Also gingen sie.

Die Aufzugtür öffnete sich und ließ ihn und die Adjutanten auf das Hauptdeck hinaus. Er betrat das Büro des Kapitäns, und sie stand von ihrem Schreibtisch auf und streckte ihm die Hand hin. Eine Frau in seinem Alter. Er fühlte sich wohl bei ihr, überraschte sich selbst damit; im allgemeinen fühlte er sich nicht wohl in Gesellschaft von Raumfahrern, ganz zu schweigen von der schwarz uniformierten Elite, zu der Mary Engles gehörte. Aber sie reichte ihm eine kräftige und schwielige Hand und benutzte einen Slang aus dem Krieg, so daß ihm klar wurde, daß sie schon früher mit Bodendienst zu tun gehabt hatte. Sie schickte den Adjutanten hinaus, goß ihnen beiden harte Drinks ein und setzte sich wieder. Conn atmete jetzt viel leichter.

»Sie haben Dienst in den '80ern hinter sich, nicht wahr?« fragte er.

»Ich habe für viele von Ihnen Transporte durchgeführt; aber

die alte *Reliance* hat schon bessere Tage erlebt, und so wurde sie ausgeschlachtet.«

»*Reliance.* Sie war bei Fargone dabei.«

»Das war sie.«

»Ich habe einige gute Freunde da verloren.«

Sie nickte langsam. »Auch ich habe ein paar verloren.«

»Zum Henker, diesmal wird es ein besserer Flug, was?«

»Muß wohl«, meinte sie. »Ihr Einstieg ist bereits organisiert. Haben Sie Befehle für mich?«

Er öffnete seine Jacke und zog den Umschlag hervor, reichte ihn ihr. »Das ist die gesamte Liste. Während des Fluges gehe ich Ihnen aus dem Weg. Ich werde mein Kommando anweisen, dasselbe zu tun.«

Wieder ein Nicken. »Mir gefielen diese Spezialeinsätze schon immer. Problemlose Passagiere. Sie sorgen einfach dafür, daß die Burschen von der Wissenschaft und die Bedienten meiner Besatzung nicht in die Quere kommen, und ich werde Sie immer in guter Erinnerung behalten.«

Conn grinste und hob das Glas. »So gut wie erledigt.«

»Huh, so gut wie erledigt. Der letzte derartige Haufen, den ich ausgeladen habe, war froh, lebendig davonzukommen.«

»Was für ein letzter Haufen? Machen Sie das wöchentlich?«

»Ah.« Engles nippte an ihrem Glas und zog eine Braue hoch. »Sie werden mir nicht sagen, daß ich Sie darüber informiere.«

»Nein. Ich weiß, wie das Programm aussieht. Und das Schiff weiß Bescheid, nicht wahr?«

»Das müssen wir. Wissen, was wir tun, wenn nicht wo. Wir machen den Transport. Wir werden sie nicht nur einmal sehen, nicht wahr? Machen Sie uns stets glücklich.«

»Bis dahin«, meinte Conn, »wird jede neue Reihe von Gesichtern willkommen sein.«

Engles lächelte schief. »Das meine ich auch. Ich habe schon ein paar solche Flüge gemacht. Mir gefällt es immer, wenn die von den Spezialeinsätzen Dampf machen. Macht weit weniger Schwierigkeiten so.«

»Hatten Sie je Probleme?«

»Oh, *wir* nicht!«

Er zog eine Braue hoch und leerte sein Glas. An den Wänden des Büros hingen Drucke nach Fotos, Schiffe und Gesichter, manche schon mitgenommen und zerkratzt. Gesichter und

Uniformen. In seiner Ausrüstung hatte er selbst so eine Galerie. Auf dem Schreibtisch stand eine Reihe von Bildern von einem jungen Mann, zerschrammt und düster. Er hatte nicht vor, danach zu fragen. Die Fotos zeigten ihn nie älter. Er dachte an Jean, hatte ein taubes Gefühl dabei ... geriet für einen Moment in Panik, als ihm sein Abschied von Cyteen bewußt wurde, das Besteigen eines fremden Schiffes, das Zurücklassen der Orte, die Jean gekannt hatte, um irgendwohin zu gehen, wo nicht einmal eine Erinnerung an sie existierte. Und alles, was er mitnahm, waren die Bilder. Engles bot ihm noch ein halb gefülltes Glas an, und er nahm es dankbar an.

»Brauchen Sie eine besondere Hilfe beim Einquartieren?« fragte Engles.

»Nein. Es reicht, wenn jemand mein Gepäck verstaut. Der Rest kommt mit der Fracht.«

»Wir nehmen Ihre Offiziere an Bord, wann es ihnen recht ist. Das wissenschaftliche und das Hilfspersonal wird bei Ankunft einen eigenen Salon zugewiesen bekommen, und es wird so freundlich sein, ihn auch zu benutzen.«

»Das wird es.«

»So läuft es viel glatter. Meine Leute gesellen sich nicht gern zu Zivilisten.«

»Verstanden.«

»Aber Sie müssen eine Mischung herbeiführen, nicht wahr? Ich beneide Sie ganz sicher nicht um Ihre Aufgabe.«

»Eine neue Welt«, sagte er mit einem Achselzucken. Der Alkohol machte ihn benommen. Er fühlte sich losgelöst und zugleich an einem vertrauten Ort, einem Schiff wie ein Dutzend andere Schiffe, ein durchlebter und noch einmal durchlebter Augenblick. Aber keine Jean. Das war anders. »Es funktioniert, weil es funktionieren muß, das ist alles. Sie sind aufeinander angewiesen. Auf diese Weise paßt alles zusammen.«

Engles drückte einen Schalter auf der Konsole. »Wir werden Ihre Kabine herrichten. Wenn Sie etwas brauchen, lassen Sie es mich wissen.«

Der Adjutant kehrte zurück. »Der Oberst möchte in seine Kabine«, sagte Engles ruhig.

»Danke«, sagte Conn, ergriff die ein zweites Mal gereichte Hand und folgte dem schwarz uniformierten Raumfahrer hinaus auf die Korridore, blinzelte unter der Wärme des Alkohols.

Die Narben waren da ... der Adjutant war zu jung, um davon zu wissen; Narben, die vor die sauberen, modernen Korridore zurückreichten. Die Rebellion auf Fargone; der Krieg – die Tunnel und die tiefen Gräben ...

Jean war damals bei ihm gewesen. Aber der Frieden hatte zwanzig Jahre lang gehalten, eine unruhige Entspannung zwischen der Union und der Kauffahrer-Allianz. Der Frieden war profitabel, denn keine Seite hatte in einer Konfrontation etwas zu gewinnen ... noch nicht. Da war eine Grenze. Die Allianz baute Kriegsschiffe, die das Abkommen von Pell untersagte; die Union baute Handelsschiffe, die das Abkommen auf den Raum an der anderen Seite der Union beschränkte ... Frachtschiffe, die ihre Ladungen abwerfen und schnell fliegen konnten; Kriegsschiffe, die Rahmen anlegen und Transporte durchführen konnten: die Entwürfe ähnelten einander auf eine seltsame Weise und kündeten von einem neuen Zeitalter im Dazwischen, durchzogen von Echos des alten. Ein neuer Schub würde eintreten; er glaubte daran, Engles wahrscheinlich auch.

Und der Rat mußte daran glauben ... und Züge wie diesen machen, die Versorgung sicherstellen, den langfristigen Vorteil von Planetenstützpunkten, die unter den zivilisierten Abkommen unangreifbar waren; vor allem mußte er eine große Zahl welterzeugter Truppen sicherstellen, die nicht zurückweichen konnten. Die Union säte Welten aus, strategisch plaziert oder nicht ... überall, wo menschliches Leben gerade eben möglich war ... eine übergreifende und entschlossene Expansion, die die Allianz in ihrem eigenen Zentrum umschließen und jedes Territorium infiltrieren würde, das die Allianz durch Krieg oder Verhandlungen gewinnen mochte.

Der Bau von Trägerschiffen wie der *Venture* gehörte dazu.

Und der übrige Teil lag in den Händen von Spezialeinsatzdiensten und von Angestellten der Regierung, die sich aus unterschiedlichen Gründen freiwillig meldeten.

5

T-20 Stunden
Cyteen-Dock

Die weißgekleideten Reihen mit den rasierten Köpfen ordneten sich, eine langsame Prozession über das Dock, und niemand widmete ihr mehr als die Neugier, die das Ereignis verdiente – die Verladung geklonter Arbeiter auf Transporter, ein Anblick, der Allianz-Bürger stets schockierte und selbst überzeugtesten Unionsrückgraten einen Schauder verursachte. Es war ein Aspekt des Lebens, den die meisten Bürger nie sehen mußten, diese Erinnerung an die Laborherkunft vieler von ihnen – der Arbeitspool, auf dem Welten errichtet wurden. Azi-Arbeiter dienten in den Heimen von Bürgern, arbeiteten auf Farmen und übernahmen Aufgaben, die andere nicht verrichten mochten – und sie waren überwiegend ruhige und fröhliche Arbeiter.

Aber diese hier waren wirklich ruhig und ihre Reihen unnatürlich geduldig – und die rasierten Köpfe und Gesichter und die weiße Gleichförmigkeit waren trostlos.

Und beim Stehen in dieser Reihe – selbst rasiert und unkenntlich, abgesehen von dem kleinen blauen Dreieck auf seiner rechten Wange und einer Nummer auf seiner Hand – empfand Marco Gutierrez eine ständige Panik. Halten Sie die Augen ins Leere gerichtet oder starr, hatten sie ihm auf dem Planeten gesagt, als er und die anderen auf die Shuttles verladen worden waren. Machen Sie sich keine Sorgen. Die Zahlen, die Sie tragen, sind im Computer besonders markiert. Dasselbe System, das für die Azi stets die richtigen Bänder bereithält, wird auch dafür sorgen, daß Sie nichts schlimmeres erhalten als einen Informationsvortrag. Man wird wissen, wer Sie sind.

Die Azi machten ihm Angst – sie alle, die so schweigsam waren und fixiert auf das, was sie taten und wohin sie gingen. Er starrte auf die weißgekleideten Schultern vor sich, die nach den Hüften zu urteilen einer Frau gehörten, aber er konnte es von hinten nicht mit Sicherheit sagen. Ganze Sets von diesen Arbeitern waren zu sehen, Zwillinge, Drillinge, Vierlinge, Fünflinge, Dutzendlinge, aber von manchen hatte er nur ein einzelnes, einzigartiges Exemplar gesehen. Beim Durchgang

24

durch das Labor hatte er kein falsches Band bekommen: er hatte unter der Maschine gelegen und Angst davor gehabt, daß man ihm ein falsches unterschob und er letzten Endes psychiatrische Hilfe benötigen würde – sein Bewußtsein, das war sein Leben, all die Jahre des Studiums ... Aber es war alles gut verlaufen, und er hatte nur einen leisen Eindruck von dem, womit sie ihn gefüttert hatten ...

Falls dies nicht – fiel ihm ein – dasselbe Vertrauen war, das alle hier in diesen Reihen hatten, und sie nicht alle getäuscht und programmiert wurden. Unter der Vorstellung, daß vielleicht ohne sein Wissen etwas mit ihm gemacht worden war, strömte ihm der Schweiß über den rasierten, allzu glatten Körper. Er vertraute seiner Regierung. Aber bei der Eingabe von Computerschlüsseln wurden Fehler gemacht. Und gelegentlich hatte die Regierung in harten Zeiten harte Dinge getan ... und gelogen ...

Die Augen ausdruckslos. Er hörte Geräusche, den Lärm von Maschinen, die Bewegungen von Fahrzeugen. Er war sich bewußt, daß Leute von den Seitenlinien sie anstarrten, ihn anstarrten. Es war schwierig, nicht menschlich zu sein, schwierig, sich nicht umzudrehen und hinzuschauen, oder nicht mit den Füßen zu scharren oder sich unruhig in der Reihe zu bewegen oder irgendeine kleine zufällige Bewegung zu machen – aber die Azi taten das eben nicht.

Zumindest einige von denen in seiner Nähe mußten Bürger sein wie er. Er hatte keine Idee, wie viele. Er wußte, daß einige seiner Kollegen bei ihm waren, aber er hatte bei den Umgruppierungen in den Reihen ihre Spur verloren. Sie waren dabei, an Bord zu gehen. Sie gingen auf das Schiff zu und bewegten sich mit unglaublicher Langsamkeit.

Zu einem früheren Zeitpunkt hatten sie noch über all das lachen können – in jenem weiß gefliesten Raum auf Cyteen, wo er und weitere aus seiner Gruppe zuletzt noch Menschen gewesen waren, wo sie noch Witze gemacht und alles leicht genommen hatten. Aber das war gewesen, bevor sie einzeln in den nächsten Raum gebracht und rasiert worden waren, bevor sie eine Nummer aufgeprägt bekommen und einzeln ihre Verhaltensanweisungen erhalten hatten, bevor sie sich in den Reihen am Shuttlehafen verloren hatten.

Es war kein Humor mehr im Spiel, nicht im geringsten.

Angst war zu spüren – und Demütigung, die Verletzung der Privatsphäre, die Furcht vor Zwang. Und alles, was er tun mußte, um sich jetzt noch aus der Sache zurückzuziehen, war, sich umzudrehen und aus der Reihe wegzugehen – was kein Azi tun konnte. Und etwas hielt ihn dort fest, eine Hemmung, und er glaubte, daß es sein eigener Wille war, sein Mut, der ihn veranlaßte, dabeizubleiben.

Aber in letzter Zeit hatten sich alle Realitäten gewandelt. Und er war sich nicht mehr sicher.

Was, dachte er, während die Reihe sich zentimeterweise auf die Einstiegsrampe zuschob, die jetzt in Sicht war, was, wenn die Dinge total falsch gelaufen waren? Und was, wenn die Leute, die ihn erkennen sollten, dies nicht taten?

Aber das Band war harmlos gewesen, und deswegen hatte der Computer die richtige Nummer.

Er vertraute darauf. Und rückte Schritt für Schritt mit die Rampe hinauf, machte keine Bewegung, die nicht ein Azi vor ihm schon gemacht hatte. Er folgte dem Beispiel des ruhigsten und beständigsten, in der Hoffnung, daß andere hinter ihm in gleicher Weise ihre Hinweise von ihm bezogen.

Die Reihe erreichte die Dunkelheit des Schiffsraums, und sie näherten sich einem Schreibtisch, einer nach dem anderen; einer nach dem anderen streckten die Azi die rechte Hand aus, damit die Angestellten sie inspizieren konnten.

Aber keiner wurde aus der Reihe genommen, und Gutierrez' Herz klopfte immer heftiger.

Er kam an die Reihe und hielt die falsch tätowierte Hand an den Registrator, der sie nahm und die Nummer niederschrieb. Der Streifen ging an einen Computertechniker. »Weitergehen«, sagte der Aufseher, und Gutierrez ging, wobei ihm fast die Knie zu versagen drohten. Er durchquerte die innere Schleuse in derselben schlurfenden Reihe, und eine Art Lähmung hatte eingesetzt, als der Zeitpunkt vorbei war, wo er dachte, er hätte einen Protest vorbringen sollen – aber es war ein zu tiefes Schweigen, um es zu brechen, eine hypnotische Einheit, die ihn mitzog und die dafür sorgte, daß er dabeiblieb.

»789-5678?« fragte ihn eine Männerstimme. Er blickte hin; man durfte hinschauen, wenn eine Nummer gerufen wurde. Ein Wächter winkte ihm. Er ging hin, und sie riefen weitere Nummern, so daß jetzt schon eine ganze Gruppe aus den Reihen gerufen worden war, die in einen Seitenkorridor geführt wurde.

Gutierrez folgte dem schwarz uniformierten Gardisten durch den Korridor und entlang der geschwungenen Gänge, denen man nur schwer folgen konnte, ohne sich gegen die Neigung zu lehnen, jetzt eine Biegung nach achtern, dann eine weitere zum Aufzug. Der Gardist öffnete die Tür für sie und winkte sie in den Wagen.

»Drücken Sie auf 3R«, sagte er, während sich der Wagen mit immer mehr von ihnen füllte, bis einige dann draußen warten mußten. »3R ist Ihre Sektion; jemand erwartet Sie oben.«

Gutierrez drückte die Schalter, und die Tür ging zu. Der Wagen schoß gegen die Richtung der Schwerkraft hoch und ließ sie dann aussteigen, wo ein weiterer Gardist sie mit einem Clipbrett erwartete. »Raum R12«, sagte der Gardist und klatschte ihm eine Schlüsselkarte in die Hand. »Name?«

»Gutierrez.« Er hatte ihn wieder, einen Namen, keine Nummer. Sie riefen einen weiteren Mann für denselben Raum auf. *Hill* lautete sein Name. »Der nächste«, sagte der Gardist, und der Aufzug war schon wieder auf dem Weg nach unten, während ein Name nach dem anderen aufgerufen wurde und sie den Korridor hinabgingen. Schweigend. In tödlichem Schweigen.

»Wir sind durch«, sagte Gutierrez auf einmal, drehte sich um und betrachtete die anderen, kahlgeschoren, hohle Gesichter, männliche und weibliche, ohne Haare und Brauen, blickte in Augen, die jetzt nicht mehr Ausdruckslosigkeit zeigten, sondern trostlose Erschöpfung. »Wir sind durch, verstehen Sie?«

Einige waren tapferer als die anderen – ein weibliches Gesicht, erstaunlich nackt ohne die Brauen, ein zu dünner Mund, der zu einem mühsamen Grinsen verzogen wurde; ein dunkelhäutiger Mann, der weniger nackt wirkte und das Schweigen mit einem Jubelruf zerriß. Ein anderer hob die Hand und rieb an der Tätowierung auf seiner Wange, aber die würde sich erst abtragen müssen, wie auch das Haar erst nachwachsen mußte. »Sind Sie Hill?« fragte Gutierrez den ihm zugeteilten Zimmergenossen. »Welches Gebiet?«

Der dünne, ältere Mann blinzelte und fuhr sich mit einer Hand über den rasierten Schädel. »Landwirtschaftlicher Spezialist.«

»Ich bin Biologe«, sagte Gutierrez. »Keine schlechte Mischung.«

Immer mehr redeten jetzt, ein plötzliches Anschwellen von Stimmen; jemand fluchte, was auch Gutierrez tun wollte, um die verbliebenen Hemmungen zu durchbrechen, um abzureagieren, was sich über drei lange Tage hinweg aufgestaut hatte. Aber die Worte weigerten sich herauszukommen, und er ging mit Hill weiter – 26, 24, die ganze Reihe hinab, am Kreuzungskorridor vorbei und dann um die Ecke: 16, 14, 12 ... Er rammte die Schlüsselkarte mit einer Hand hinein, die wie gelähmt zitterte, öffnete dann die Tür zu einer ganz gewöhnlichen kleinen Kabine mit einer Doppelkoje und Farben, fröhlichen grünen und blauen *Farben*. Er stand innen und schnappte nach Luft, setzte sich aufs Bett und senkte den Kopf auf die Hände, spürte sogar da schon das leichte Kribbeln von Haarstummeln unter den Fingerspitzen. Er fühlte sich grotesk. Er erinnerte sich an jede beschämende Einzelheit seines Weges über die Docks; und an die Reihen, die Mediziner, die Bänderlabors und all das andere.

»Wie alt sind Sie?« fragte Hill. »Sie sehen jung aus.«

»Zweiundzwanzig.« Er hob den Kopf, zitterte am Rand eines Zusammenbruchs. Wäre ein Freund bei ihm gewesen, wäre er vielleicht umgekippt, aber Hill hielt auf dieselbe Weise ruhig durch. »Und Sie?«

»Achtunddreißig. Von wo?«

»Cyteen. Und Sie, von wo?«

»Wyatts.«

»Reden Sie weiter! Wo haben Sie studiert?«

»Auf Wyatts. Wie steht es mit Ihnen? Schon jemals auf einem Schiff gewesen?«

»Nein.« Er hypnotisierte sich selbst mit dem Rhythmus von Fragen und Antworten – half sich damit über das Schlimmste hinweg. Sein Atem wurde langsamer. »Was macht ein Agrarmann auf einer Station?«

»Fische. Jede Menge Fische. Habe ähnliche Pläne für unser Ziel.«

»Ich bin Exobiologe«, sagte Gutierrez. »Eine ganz neue Welt da draußen. Das war für mich der Punkt.«

»Es sind viele von euch jungen Leuten dabei«, stellte Hill fest. »Ich ... ich wollte eine Welt. Irgendeine. Der Flug war frei.«

»Zum Henker, wir haben gerade dafür bezahlt.«

»Das finde ich auch«, meinte Hill.

Und dann wurde Gutierrez von der Aufwallung in seinem Hals überrascht, legte ein zweites Mal den Kopf auf die Hände und schluchzte. Er bemühte sich, wieder normal zu atmen ... blickte auf und stellte fest, daß sich auch Hill die Augen wischte, schluckte die beschämte Entschuldigung hinunter, die er sich zurechtgelegt hatte. »Physiologische Reaktion«, murmelte er.

»Arme Teufel«, meinte Hill, und Gutierrez konnte sich denken, an welche armen Teufel Hill dachte. Es waren richtige Azi an Bord, die ausdruckslos zu ihren Kojen gingen, wo immer die sein mochten, unten in den Frachträumen – die auch weiterhin schweigsam und gehorsam bleiben würden, egal, was aus ihnen wurde, weil es das war, was man ihnen beigebracht hatte.

Laborspezialisten würden ihnen in drei Jahren folgen, wußte Gutierrez, und die erforderliche Ausrüstung mitbringen, mit deren Hilfe die neue Welt ihre eigenen Azi herstellen konnte; und die Labortechniker würden mit der Erwartung eintreffen, daß das wissenschaftliche Personal der Kolonie mit ihnen zusammenarbeitete. Aber von ihm würden sie keine Kooperation erfahren, nichts dergleichen. Oder auch von den anderen – nicht so leicht.

»Das Komitee, das dies entworfen hat«, sagte Gutierrez ruhig, mit heiserer Stimme, »sie können dort keine Vorstellung haben, wie es ist. Es ist Wahnsinn. Auf diese Weise werden sie die Leute verrückt machen.«

»Wir sind in Ordnung«, meinte Hill.

»Ja«, antwortete er, aber es war die Antwort eines Azi, und ihm lief dabei ein Schauer über den Rücken. Er preßte die Lippen zusammen, stand auf und ging die wenigen Schritte, die der Raum gestattete, weil er es jetzt tun durfte. Und es fühlte sich immer noch unnatürlich an.

6

T-12 Stunden
An Bord der *Venture*
im Dock der Cyteen Station

»Beaumont.« Conn blickte von seinem Schreibtisch auf, als die
Konsole für die Eintrittserlaubnis die Vizekommandantin meldete. Die Tür öffnete sich. Er stand auf und reichte dem Kapitän der Spezialeinheiten und ihrem Ehemann die Hand.
»Ada«, korrigierte er sich der alten Zeiten wegen. »Bob. Ich
freue mich, euch beide mitnehmen zu können ...« Er war immer sehr höflich gegenüber den Ehepartnern, auch wegen der
Tatsache, daß Bob Davies Zivilist war. »Gerade angekommen?«

»Gerade eben.« Ada Beaumont seufzte und setzte sich in einen Sessel. Ihr Mann nahm einen neben ihr. »Sie haben mich
von Wyatts gerufen, wo ich dabei war, ein Projekt abzuschließen ... dann hieß es, sofort nach Cyteen zu fliegen, um die
Bänder entgegenzunehmen, die du hast, wie ich vermute. Sie
haben uns gerade mit Sack und Pack auf einem Shuttle hinauf-
geschickt.«

»Dann wißt ihr, worum es wirklich geht. Seid ihr anständig
untergebracht?«

»Zwei Kabinen unten. Eine ganze Suite; wir können uns in
der Beziehung nicht beschweren.«

»Gut.« Conn lehnte sich zurück und schweifte mit den Augen zu Bob Davies. »Du hast einen Missionsposten bei der Verteilung, nicht wahr?«

»Nummer sechs.«

»Das ist gut. Freundliche Gesichter – Himmel, bin ich froh,
euch zu sehen! Diese ganzen weißen Uniformen ...« Er betrachtete das Paar und erinnerte sich dabei an alte Zeiten, an
Urlaub auf Cyteen, er zusammen mit Jean ... Jean war gestorben, und die Beaumont-Davies saßen hier, auf dem Weg zu einer neuen Welt. Er zeigte ein diplomatisches Lächeln, weil es
weh tat, an die Zeit zu denken, als sie noch zu viert gewesen
waren. Und Davies mußte überleben, er, der ganz für Bilanz-
bücher lebte und keinen Humor hatte. »Wenigstens Gesichter
von zu Hause«, sagte Conn freundlich.

»Wir werden alt«, meinte Beaumont. »Die anderen sehen alle so jung aus. Wird langsam Zeit, daß wir uns ein dauerhaftes Plätzchen suchen.«

»Was das für euch der Grund?«

»Vielleicht«, sagte Beaumont. Ihr zerfurchtes Gesicht entspannte sich. »Vielleicht haben wir die Kraft in uns für eine weitere Mission, und eine Welt hat jetzt etwa die richtige Größe für uns. Wir hatten nie Zeit, Kinder zu haben, Bob und ich. Der Krieg ... du weißt ja. Und jetzt gibt es etwas aufzubauen, anstatt in die Luft zu jagen. Ich denke gerne ... an irgendwelche Nachkommen. Wenn sie die Gebärlabors eingerichtet haben, vielleicht, egal, wie das Gen-Set aussieht. Ich meine, wir würden jedes Kind nehmen, jedes, das sie in Pflege geben wollen. Wir haben Jahre verloren, Jim.«

Er nickte düster. »Sie lassen uns etwa drei Jahre Zeit mit den Labors, aber sobald die stehen, seid ihr die ersten in der Reihe, keine Frage. Kann ich euch irgendwie beim Einrichten helfen? Alles so, wie es sich gehört?«

»Zum Henker, es ist ein großes, hübsches, modernes Schiff; eine Suite für uns – ich schätze, ich mache da unten einen Rundgang und sehe nach, wo sie diese armen Schweine unterbringen. Irgend jemand, den ich kenne, da unten?«

»Pete Gallin.«

»Nein, kenne ich nicht.«

»Alles fremde Gesichter. Wir stecken bis über beide Ohren in jungen Leuten mit glänzenden Augen. Sie haben einen ganzen Haufen davon hochgeschickt, damit sie ihre Qualifikationen erlangen ... eine Menge Spezialisten aus den staatlichen Schulen und ohne Erfahrungen ... ein paar gute Nonkoms, die den schweren Weg hinter sich haben. Irgendein Statistiker, möge er gegrillt werden, hat sich ausgerechnet, dies sei die beste Mischung für das Personal; wir haben bei den Zivilisten ein ähnliches Profil, aber nicht ganz dasselbe. Eine Menge von denen haben anderswo Verwandte, aber sie wissen, daß es keinen Weg zurück gibt; blind für alles außer ihrem eigenen Glück, nehme ich an. Oder verrückt. Oder vielleicht stören sich manche von ihnen nicht an Dreck und Bazillen. Grünschnäbel, der ganze Haufen. Wenn ihr Kinder wollt, Beaumont, wir haben hier welche, keine Frage. Das ganze Kommando steckt voller Kinder. Und wir werden ein paar davon verlieren.«

31

Schweigen trat ein. Davies rutschte unbehaglich herum. »Wir werden da draußen verjüngt, nicht wahr? Sie haben gesagt ...«

»Keine Frage. Habe uns Verjüngung besorgt und ein paar Kisten von Cyteens bestem Whiskey. Und Seife. Richtige Seife diesmal, Ada.«

Sie lächelte, ein Gespenst aus den Tunneln und Tiefen von Fargone, den ewig langen Wochen des Eingegrabenseins. »Seife. Frische Luft, ein Meer und ein Fluß zum Fischen – mehr können wir uns gar nicht wünschen, wie?«

»Und die Nachbarn«, sagte Davies. »Wir werden Nachbarn haben.«

Conn lachte kurz und trocken. »Die Echsen werden vielleicht mit dir um den Fisch kämpfen, aber nicht um viel mehr. Falls du nicht die Allianz meinst.«

Davies Gesichtsausdruck hatte seine gewohnheitsmäßige mürrische Besorgnis angenommen. »Sie sagten, es sei nicht wahrscheinlich.«

»Ist es auch nicht«, meinte Beaumont.

»Sie sagten ...«

»Die Allianz könnte sogar wissen, was wir vorhaben«, meinte Conn. Davies irritierte ihn: ihm Unbehagen zu verursachen, befriedigte ihn auf unerfindliche Weise. »Ich schätze, sie könnten es wissen. Aber sie können nicht umhin, ihre Schiffe weiterzubauen, nicht wahr? Sie haben sich in den Kopf gesetzt, etwas mit Sol zu arrangieren; auf Sol ruhen zur Zeit ihre Augen.«

»Und wenn diese Verbindung mit Sol entsteht – wie steht es dann um uns?«

»Sol könnte nicht einmal eine Sauftour durch die Docks finanzieren. Das ist alles Rauch.«

»Und wir sitzen dort draußen ...«

»Ich werde dir etwas sagen«, meinte Conn und stützte sich auf seinen Schreibtisch, stach mit einem Finger nach ihnen. »Wenn es kein Rauchschirm ist, dann schlucken sie unsere neue kleine Kolonie. Aber sie sind alle hohl. Die Allianz besteht nur aus Handelslinien, ist nur ein Haufen Kauffahrer, ohne Welten, die erwähnenswert wären. Im Augenblick kümmern sie sich um nichts anderes – und sobald sie es tun, sind sie bereits eingeschlossen. Wir müssen vielleicht dort kämpfen, wohin wir gehen, eine Generation früher oder später – aber rechnet nicht mit irgendwelcher Unterstützung. So sieht das nicht aus, was wir da draußen machen werden. Wenn sie uns schlucken, dann schlucken sie uns eben. Und wenn sie zu viele von uns schlucken, werden sie feststellen, daß sie etwas geschluckt haben, was sie nicht verdauen können. Die Union wird ihre Fäden quer durch die Allianz ziehen. Dafür gehen wir hinaus. Das ist der wahre Grund für den ganzen kolonialen Schub.«

Davies warf seiner Frau einen Blick zu. Eine Falte zwischen seinen Augen vertiefte sich.

»Jim gehörte nicht nur zu den Spezialeinsätzen«, sagte Beaumont. »Er ist auch Mitglied des Präsidiums. Und es tut nicht weh, das zu wissen – im geschlossenen Kreis. Auf mich trifft dasselbe zu – seit dem letzten halben Dutzend Jahren. Aus diesem Grund wird Jim immer an die kritischen Stellen geschickt, nicht wahr, Jim?«

Conn zuckte verärgert die Achseln – dachte dann, daß sie ja recht hatte, daß es nicht mehr möglich war, irgend etwas zu vertuschen, was eine Rolle spielte. »Jim wird langsam ein alter Mann, das ist alles. Es sah nach einem guten Auftrag aus. Meine Gründe sind dieselben. Einfach zurückschrauben. Etwas zu tun finden. Das Präsidium hat gebeten. Dies ist ein Pensionsjob. Ich habe gutes Personal erhalten. Mehr will ich nicht.«

So waren sie nun unterwegs, überlegte Conn, nachdem er Beaumont und Davies weggeschickt hatte, Beaumont zu einem Rundgang unten und Davies zum Auspacken und Einrichten. Sie waren unwiderruflich eingeschlossen. Die *Venture* würde einem strikt von der Welt wegführenden Kurs nach außen folgen, als hätten sie und ihre Begleitschiffe ein Ziel auf der anderen Seite des Unionsraums und nicht in der unmittelbaren Grenzregion, wohin es in Wirklichkeit ging; auf der Cyteen Station war ein falscher Kurs eingetragen für die hartnäckigen Neugierigen.

Das Hilfspersonal, militärisch und sonstiges, fand so zwischen den Azi-Arbeitern seinen Weg an Bord; und Militäroffiziere gingen ganz beiläufig an Bord, als würden sie zu irgendeinem Transport gehören, eine recht übliche Praxis.

Alles verlief sehr glatt. Kein Missionsoffizier übernahm irgendwelche öffentlich sichtbaren Aufgaben; unten auf den Docks kümmerte sich ausschließlich *Venture*-Personal um die Verladung der Azi und der Kisten, die als für die Endeavor-Minen bestimmt bezeichnet waren.

Die Uhr tickte; die Zeit näherte sich dem Starttermin.

Zweiter Teil

Die Reise
nach draußen

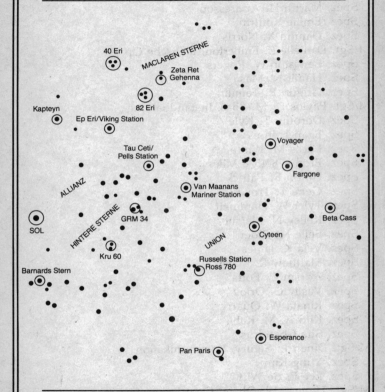

Dies ist eine holographische Karte, zweidimensional reproduziert in einer Perspektive, als blicke man nach ›unten‹ durch den galaktischen Arm. Die scheinbaren Entfernungen sind deshalb täuschend.

Militärisches Personal:

Oberst James A. Conn, Generalgouverneur
Capt. Ada P. Beaumont, Vizegouverneur
Maj. Peter T. Gallin, Personal
M/Sgt. Ilya V. Burdette, Ingenieurkorps
  Cpl. Antonia M. Cole
  Spez. Martin H. Andresson
  Spez. Emilie Kontrin
  Spez. Danton X. Norris
M/Sgt. Danielle L. Emberton, taktische Op.
  Spez. Lewiston W. Rogers
  Spez. Hamil N. Masu
  Spez. Grigori R. Tamilin
M/Sgt. Pavlos D. M. Bilas, Instandhaltung
  Spez. Dorothy T. Kyle
  Spez. Egan I. Innis
  Spez. Lucas M. White
  Spez. Eron 678-4578 Miles
  Spez. Upton R. Patrick
  Spez. Gene T. Troyes
  Spez. Tyler W. Hammett
  Spez. Kelley N. Matsuo
  Spez. Belle M. Rider
  Spez. Vela K. James
  Spez. Matthew R. Mayes
  Spez. Adrian C. Potts
  Spez. Vasily C. Orlov
  Spez. Rinata W. Quarry
  Spez. Kito A. M. Kabir
  Spez. Sita Chandrus
M/Sgt. Dinah L. Sigury, Kommunikation
  Spez. Yung Kim
  Spez. Lee P. de Witt
M/Sgt. Thomas W. Oliver, Quartiermeister
  Cpl. Nina N. Ferry
  Pfc. Hayes Brandon
Lt. Romy T. Jones, Spezialeinheiten
  Sgt. Jan Vandermeer
  Spez. Kathryn S. Flanahan
  Spez. Charles M. Ogden

M/Sgt. Zell T. Parham, Sicherheit
  Cpl. Quintan R. Witten
Capt. Jessica N. Sedgewick, Anerkenner/Anwältin
Capt. Bethan M. Dean, Chirurg
Capt. Robert T. Hamil, Chirurg
Lt. Regan T. Chiles, Computerdienst

Einzuteilendes ziviles Personal:

Stabspersonal: 12
Medizinisch/chirurgisch: 1
Sanitätspersonal: 7
Mechanikwartung: 20
Verteilung und Lager: 20
  Robert H. Davies
Sicherheit: 12
Computerdienst: 4
Computerwartung: 2
Bibliothekar: 1
Landwirtschaftl. Spezialisten: 10
  Harold B. Hill
Geologen: 5
Meteorologe: 1
Biologen: 6
  Marco X. Gutierrez
Erziehung: 5
Kartograph: 1
Management-Inspektoren: 4
Ingenieure für Biozyklus: 4
Baupersonal: 150
Lebensmittelspezialisten: 6
Industriespezialisten: 15
Bergbau-Ingenieure: 2
Inspektoren für Energiesysteme: 8
  MILITÄRISCH INSGESAMT: 45
  ZIVILE INSPEKTOREN INSGESAMT: 296
ZIVILER STAB INSGESAMT 341
NICHT ZUGETEILTE ANGEHÖRIGE INSGESAMT 111
BÜRGER INSGESAMT 452

ZUSÄTZLICHES NICHTBÜRGER-PERSONAL:

»A«-KLASSE: 2890
  Jin 458-9998
  Pia 89-687
»B«-KLASSE: 12 389
»M«-KLASSE: 4566
»P«-KLASSE: 20 788
»V«-KLASSE: 1278
NICHTBÜRGER INSGESAMT: 41 911
MISSION INSGESAMT: 42 363
  Verhältnis männl./weibl. ca. 55 % : 45 %

1

T-00:15:01

Mitteilung: Cyteen-Dock HQ
CYTDOCK1/US VENTURE/US CAPABLE/US SWIFT/BE-
REITMACHEN ZUM ABLEGEN

T-00:2:15
CYTDOCK1/US VENTURE/SIE FLIEGEN ALS ERSTER AB

T-00:0:49
US VENTURE/ CYTDOCK1/ SEQUENZ EINGELEITET/
DANKE
STATIONSLEITER/ENTBIETEN DANK FÜR GASTFREUND-
SCHAFT/ENDE

2

T00:0:20 ·
Venture unterwegs

Sie flogen. Der Druck wurde spürbar, und trotz der Bänder, die
sie informiert hatten, wie all dies sein würde, spürte Jin 458 das
Beben und die Gewichtsverlagerungen durch die Tausende
von Körpern, die in den Gängen zwischen den Kojen zusam-
mengepfercht waren – ganzen Stapeln von Kojen, die sich auf
verrückte Weise aneinanderlehnten wie Wachtürme, gefüllt
mit Körpern, zusammengedrängte Azi, die sich aneinander
festhielten, wie man es ihnen gesagt hatte. Trotz aller Instruktionen hatte Jin Angst, spürte sie tief in sich, ohne sie offen zu
zeigen. Ein Seufzen stieg auf, ein vereinter Atemzug, als das
Gewicht verschwand und sie wieder das Gefühl hatten zu
stürzen.

»Haltet euch fest!« sagte eine Stimme über die Rundspruch-
anlage, und sie hielten sich fest, umklammerten schmerzhaft
die Schultern anderer und die Rahmen der Kojen und was immer sie zu packen bekamen, damit sie nicht losgerissen wurden, wenn das Gewicht zurückkehrte.

Und es kam zurück, begleitet von dem Krachen und Donnern der Maschinen, und die Füße wurden wieder fest auf den Boden gedrückt und die Kleider auf die Haut, eine kribbelnde Empfindung, die ganz und gar nicht angenehm war.

»Das war's«, unterrichtete sie die RA. »Wir haben jetzt wieder Schwerkraft. Ihr könnt loslassen und eure Plätze aufsuchen. Ihr seid in alphabetischer und numerischer Reihenfolge untergebracht. Wer seine Koje nicht finden kann, meldet sich an der Tür, durch die er hereingekommen ist.«

Jin wartete reglos ab, während der Druck der Leiber sich langsam auseinandersortierte, bis es wieder möglich wurde, sich zu bewegen, und Leute, die zusammengedrängt in den Kojen gehockt hatten, kamen die Leitern herunter, um ihre richtigen Plätze zu suchen. Jin sah ein Schild: Koje M 234-6787.

»Der zentrale Gang«, redete die RA-Stimme weiter, »führt von M 1 bis M 7. Reihe zwei im Rotationssinn führt von M 8 bis N 1 ...«

Jin lauschte und wich zur Seite, als Azi an ihm vorbeidrängten, um zu ihren Plätzen zu gelangen. Also waren sie hier nach Alphabet und Geburtsordnung untergebracht, nicht nach Gen-Sets. Er würde also nicht in der Nähe seiner Geschwister sein. Es war alles sehr verwirrend, aber man sagte ihnen, was zu tun war, und es verlief alles, vermutete er, unter den gegebenen Umständen nach einer beachtlichen Organisation.

Es war schwierig, sich festzuhalten, während sich das Schiff auf diese Weise bewegte und Leute um ihn stolperten, umgeworfen durch die Schiffsbewegung und die Bodenkrümmung. Alle beeilten sich, folgten dem Rhythmus der RA-Stimme, die sie weiterhin mit Instruktionen bombardierte. Jin überlegte sich, daß, wenn MNO auf dem Gang in Rotationsrichtung lag, J in der anderen Richtung liegen mußte, und als er genug Platz hatte, ging er los, hangelte sich an den Kojengeländern entlang und ließ nie los, die Gänge entlang und vorbei an Reihen, bis er K erreichte und sich dort zum Bug des Schiffes wandte. Er fand sich zu seiner Erleichterung zwischen J-Kennzeichnungen wieder, und suchte weiter, wie es auch andere taten, die inzwischen das System durchschauten. Er kam an konfusen Wanderern vorbei, die wahrscheinlich unter der T-Klasse anzusiedeln waren und nicht lesen konnten.

Er fand seinen Platz – die Zuflucht, Liege J 458-9998 unmittelbar am Boden, so daß er nicht die Leitern hinaufklettern mußte, die weit nach oben führten, in die unheimliche Schräge, in der, der gekrümmten Wandung des Schiffes folgend, alles gebaut war. Wenn er ganz oben säße, dachte er, würde er in die Abgründe anderer Reihen seitlich von seinem Platz blicken können. Es war ein gewaltiger Raum und eine starke Krümmung, und deshalb war er froh, daß er diesen Ausblick nicht hatte. Er setzte sich auf den ihm zugewiesenen Platz, die Füße über der Bettkante; und schon tauchte ein weiterer J auf. Dieser J, auch ein 458er, aber vom Gen-Set 8974, mußte von einer anderen Farm kommen, aber Jin war sich bei dem kahlgeschorenen Kopf nicht sicher. Der Mann kletterte die Leiter über ihm hinauf, und die nächsthöhere Koje gab leicht nach, als sein Bettnachbar hineinkletterte und die Füße über die Kante schwang. Jin saß reglos und gebeugt da, denn die Decke war knapp über ihm. Er war müde und sehr froh, sitzen zu können, und er fühlte sich jetzt viel sicherer, wo ihn die vier Pfosten umgaben und die anderen ebenerdigen Kojen rings um ihn. Ein weiterer J fand seinen Platz über ihm, noch jemand, der ihm Gesellschaft leistete; und immer mehr Js stiegen die Leiter hinauf.

Jetzt ging alles sehr schnell und mit beruhigender Effizienz. Sie hatten es geschafft, alles richtig zu machen. Schon bald saßen Leute überall in seiner Umgebung. Jemand nahm die andere ebenerdige Koje neben seiner, und er sah Leute auf beiden Seiten, ihm gegenüber und in schiefen Winkeln über ihm bei einem diagonalen Blick zwischen den Pfosten hindurch. Es wurde wieder still im Raum, als auch die Analphabeten zum größten Teil ihre Plätze gefunden hatten, so daß die RA sich jetzt noch lauter anhörte. Jin hatte bereits die kleine Schachtel ausgemacht, von der ihnen die RA als nächstes berichtete, die Plastikschachtel auf dem Kopfkissen, und überall konnte man die Bewegungen der Azi hören, als sie ihre Schachteln an sich nahmen, wie er seine, als sie die Deckel abnahmen und wie angekündigt ein Hygieneset und Zeitpläne darin fanden.

»Lest euren Übungsplan«, wies die Stimme sie an. »Wenn ihr nicht lesen könnt, findet ihr eine blaue oder eine rote Karte. Die Blauen sind Gruppe eins. Die Roten sind Gruppe zwei. Ich werde euch anhand dieser Zahlen aufrufen; ihr habt dann jeweils eine halbe Stunde Zeit.«

Das war nicht viel. Jin war bereits damit beschäftigt, sich zurechtzulegen, wie er seine persönliche Routine diesen Maßstäben anpassen konnte. Es erfolgten weitere Instruktionen, des Inhalts, wohin man zur Ausscheidung ging und wie man Unwohlsein meldete, und sie wurden angewiesen, daß sie sonst immer in den Kojen sitzen oder liegen mußten, weil es nicht genug Platz gab, daß Leute herumlaufen konnten. »Einen großen Teil der Zeit werden wir Bänder spielen«, versprach ihnen die Stimme, was Jin beträchtlich aufheiterte.

Er fühlte sich unsicher darüber, was sein Leben bis zu diesem Zeitpunkt bedeutet hatte. Er erinnerte sich recht gut. Aber die Bedeutung, die er den Dingen beigemessen hatte, war völlig revidiert worden. Sein Leben wirkte jetzt eher vorbereitend als wesentlich. Er freute sich auf die Zukunft. Eine Welt wartete auf ihn; daran glaubte er. Und er war berufen, sie mit aufzubauen. Er würde einem geborenen Menschen immer ähnlicher werden und für den Rest seines Lebens für diese Aufgabe eingeteilt bleiben. Und diese Aufgabe war eine der wichtigsten, auf die selbst geborene Menschen hoffen konnten. Und all das verdankte er seinem Glück, im richtigen Jahr auf der richtigen Welt gezüchtet worden zu sein, aus dem richtigen Gen-Set zu stammen, und natürlich verdankte er es seiner herausragenden Gewissenhaftigkeit bei der Arbeit. Auf ihn warteten nur gute Bänder, und wenn er sein Ziel erreicht hatte, wenn er sich in einem neuen Land umsah, dann warteten bestimmte Dinge, die sofort getan werden mußten, für die er all seine Fähigkeiten einsetzen mußte. Die Leute glaubten an ihn. Sie hatten ihn ausgewählt. Er war sehr glücklich, jetzt, wo all die beunruhigenden Dinge vorüber waren, jetzt, wo er auf seinem Bett sitzen konnte und wußte, daß er in Sicherheit war ... und er würde gerade genug Zeit haben, alles zu verstehen, bis sie am Ziel ankamen – das hatte das Band versprochen.

Da war zum Beispiel Pia. Er hätte sie gerne in dieser Menge gefunden und sie gefragt, ob das Band ihr von ihm erzählt hatte. Aber er glaubte es. Im allgemeinen waren sie in solchen Einzelheiten sehr gründlich. Und wahrscheinlich hatten sie seine Antwort schon im voraus gewußt. Vielleicht hatte sogar ihr eigener Aufseher die Hand im Spiel, hatte sie ausgestreckt, um für sie beide zu sorgen, wie weit sie sich auch von ihren Anfängen entfernt hatten. Er und Pia würden zusammen geborene Menschen machen, und das Band sagte, daß dies so schön sein würde wie die Belohnungsbänder, eine Belohnung, die sie jederzeit haben konnten, solange sie keinen Dienst hatten. In dieser Hinsicht besaß er jetzt viele neue Informationen, über die er nachdenken konnte, auch Informationen über die Welt, zu der sie unterwegs waren, ebenso Listen mit neuen Regeln und Verfahrensweisen. Er hatte den Wunsch, an seinem neuen Platz Erfolg zu haben und seine Aufseher zu beeindrucken.

Die RA beendete die Instruierung. Sie sollten sich jetzt flach auf ihre Betten legen, und bald würde man sie auffordern, ein Sedativum aus den Ampullen zu nehmen, die sich im Hygieneset befanden. Jin arrangierte alles vorschriftsmäßig, klebte den Adhäsivstreifen mit den eingeschweißten Sedativa an den Bettpfosten und legte sich dann nieder, wie ihm geheißen worden war, den Kopf auf den Händen. Er würde in Zukunft sehr beschäftigt sein. Er war in der zwölften Gruppe für die Übungen eingeteilt, und als diese Gruppe aufgerufen wurde, wollte er so schnell wie möglich den richtigen Ort aufsuchen und eine Routine planen, mit der er in der geringstmöglichen Zeit so viel wie möglich schaffen konnte.

Er hatte noch nie so angespannte Nerven gehabt und so viel Entschlossenheit empfunden – hatte noch nie so viel gehabt, worauf er sich freuen konnte, oder sich auch nur vorgestellt, daß eine solche Möglichkeit bestand. Er liebte den Staat, der zu Beginn seine Erschaffung angeordnet und jetzt seinen Kontrakt gekauft hatte, der sich um jede Einzelheit seiner Existenz kümmerte. Der Staat hatte Pia und all die anderen erschaffen und brachte sie jetzt zusammen auf eine neue Welt, die er ihnen schenken wollte. Obendrein hatte er ihn, Jin, stark und schön und intelligent gemacht, damit er auf ihn stolz sein konnte. Es war ein gutes Gefühl, das zu sein, was nach Plan sein sollte, zu wissen, daß alles exakt nach Plan verlief und seine Kontraktinhaber über ihn entzückt waren. Er gab sich sehr viel Mühe, zu gefallen, und er verspürte jetzt ein vergnügtes Prickeln, da er wußte, daß er alles richtig gemacht hatte und sie unterwegs waren. Er lächelte und verstaute all dies sorgfältig in sich – wie glücklich er war, eine Kostbarkeit, die über alle Vorstellungen der Vergangenheit hinausging.

Ein Band lief an. Es sprach von der neuen Welt, und er lauschte.

45

3

T00:21:15

Venture-*Logbuch*
... um 0244 m auf Außenkurs. Alles an Bord normal. Schätzen
Sprung auf 1200 a. Sämtliches Personal sicher. Ablauf planmä-
ßig. *US Swift* und *US Capable* im Konvoi berichten um 0332 m
alles stabil und normaler Ablauf.

4

T28 Stunden Scheinbare Missionszeit

Aus dem persönlichen Tagebuch von Robert Davies
... 9/2/94. Sprung abgeschlossen. Vier Tage, um nach Abbrem-
sung eine Wendung zu fliegen, dann sind wir mit diesem
durch. Nicht mehr in beflogenem Raum. Wir nähern uns dem
geplanten Punkt, und jetzt beginnt der schlimmste Teil. Noch
vier weitere Sprünge – diesmal ohne exakte Karten. So etwas
hat mir noch nie gefallen.

5

T15 Tage SMZ
Salonbereich 2, *US Venture*

»Die Kontrollen waren eindeutig«, sagte Beaumont, und Gutierrez nickte, die anderen Teamchefs ebenfalls. »Der Verbleib
sämtlicher Ausrüstungsgegenstände ist geklärt. Die *Venture*
war gründlich. Nichts beschädigt, nichts vergessen. Der Gouverneur – Sie können ihn von jetzt an Gouverneur nennen –
möchte zwei Tage nach dem dritten Sprung einen Bereit-
schaftsbericht. Irgendwelche Probleme damit?«

Ein allgemeines Kopfschütteln bei der Versammlung, bei allen anwesenden Militärs und Zivilisten. Sie füllten den Raum
ganz. Der Salon war nicht groß; überall herrschte Überfüllung,
und die Bio-Ausrüstung war nur als Printout von der *Swift* zu-

gänglich, die beschwor, daß sie überprüft worden war, daß die Kanister intakt waren und die Schockmeßgeräte nichts Negatives zeigten. Auf der *Swift* und der *Capable* war mehr von der Hardware untergebracht als auf der *Venture*. Sie kamen an nichts heran. Es war eine außerordentlich frustrierende Zeit – und nach zwei Wochen scheinbarer Missionszeit war es immer noch demütigend, in der Gegenwart von Militäroffizieren oder Besatzungsmitgliedern des Schiffes zu sitzen, die das Kahlscheren nicht hatten durchmachen müssen, die keine Vorstellung von dem besaßen, was die miteinander verband, die es mitgemacht hatten.

Und als es vorüber war, als Beaumont hinausging, grauhaarig und ehrwürdig und mit ihrem finsteren Spezialeinheitengebaren, herrschte Schweigen.

Dann wurden die Stühle gerückt. »Spiel in R15«, sagte einer der Regs. »Alle sind willkommen.«

»Spiel in 24«, sagte ein Zivilist. »40«, fügte ein weiterer hinzu. Das war es, womit sie sich die Zeit vertrieben. Es gab ein Mitteilungsblatt, das von Hand weitergegeben wurde und nicht per Computer, das aufführte, wer gewonnen hatte und in welchem Spiel; und das war es, was sie für die Rettung ihres Verstandes taten. Ausgezahlt wurde in Vergünstigungspunkten. Das war ein Reg-Brauch, ein militärischer Brauch: weil dort, wo wir leben werden, wie es Matt Mayes ausdrückte, es nicht sicher ist, ob wir Bargeld auf die Hand bekommen; aber Vergünstigungspunkte, das war ein Kredit auf etwas, was auch immer: zwar kein Sex, kein Eigentum, keine Arbeitsschichten, keine Sachen – zum Henker mit dir, wenn du um richtige Einsätze spielst! Vergünstigungspunkt, das ist fein. Gerate ja nicht in ein echtes Spiel; wette nicht um große Gefälligkeiten. Mit Vergünstigungspunkten bist du sicher. Wenn du dich nicht daran hältst, kassiert der Alte Mann alle Wetten und macht den Spielen ein Ende, klar?

Besorgt uns Reg-Zivilisten – so drückten sich die Regs aus. Reg-Zivilisten, das bedeutete, daß die Zollschranken unten waren und die Regs und das Militär sie in die Spiele und Wetten einbezogen und auch sonst aufnahmen. Und es war ein seltsames Gefühl, daß ihr ganzer Stolz von stocksteifen Regs aufrechterhalten wurde, wie Eron Miles, dessen Tätowierungsnummer echt war, weil er aus den Labors kam, und dessen

Auftreten sich ebenso schnell erholte wie das aller anderen, deren Nummern verblaßten. Der Stolz erzeugte ein *Wir*-Gefühl; und die Offiziere und der Gouverneur waren *sie*. So sahen die Dinge aus.

Und noch weiter weg war die Besatzung, die Spacer, die Raumprofis – die auch spielten, um Credits, die andere Spiele hatten, weil ihre Reise eine Rundreise war und sie immer von neuem Missionen wie diese durchzuführen hatten. Die Spacer halfen ihren Chancen nach; sogar jetzt, wo sie einem Kurs folgten, den eine Sondenbesatzung für sie entwickelt hatte, schickten sie eine Robotsonde voraus. Die *Venture* hatte ihre navigatorischen Aufzeichnungen und all diese Möglichkeiten, aber trotzdem waren die Spacer ein nervöser Haufen, und bei keinem Spiel gab es eine gemischte Gesellschaft ... Wir machen mit euch keine Glücksspiele, hieß es von Gesprächen zwischen Spacern und Regs: billige Einsätze.

Die Leute behielten die Kabinennummern im Gedächtnis, mit der verrückten Aufmerksamkeit, die sie verdienten, denn die Spiele waren es, die Ablenkung boten von dem kommenden Sprung ... die es ihnen erlaubten, eine Zeitlang zu vergessen, daß sie eine kaum kartographierte Strecke beflogen – eine Strecke, die die Raumfahrer empfindlich machte und dazu brachte, sich bei ihren eigenen verrückten Spielen abzuschotten.

Alles spottbillig, dieses bißchen Entspannung, dieses bißchen Vergessen. Man vergaß die Gefahren, vergaß die Unbequemlichkeiten, die die Zukunft bereithielt, vergaß, sich die Dinge vorzustellen, und das war der schlimmste Fehler von allen.

Es kam auch zu Verabredungen: Wechsel der Kabinen, Höflichkeiten – aus denselben Gründen, weil, wenn das Leben möglicherweise nur kurz sein würde, Sex ein ausreichend starker Reiz war, um das Denken abzustellen, denn Alkohol war scharf rationiert.

Es erforderte schon ein geschultes Auge, um die guten Seiten von ihnen allen im Moment erkennen zu können, aber es wurde um so mehr gewürdigt, wenn es geschah.

6

T20 Tage SMZ
Frachtraum zwei, *Venture*

Es war seine Pflicht, die Frachträume zu begehen – um das zu inspizieren, was verfügbar war, denn viel von der Mission befand sich anderswo und unter anderen Augen, auf den beiden anderen Schiffen. Conn raffte sich auf während der langen Tage des Transits zwischen den Sprüngen – überraschte die Soldaten und Zivilisten unter seiner Befehlsgewalt mit Inspektionen; und besuchte diese stinkenden Frachträume, wo die Azi schliefen und aßen und vegetierten, und das in übereinandergestapelten Liegen, die so eng zusammenstanden, daß sie Schluchten bildeten; bis zu zwanzig Betten erhoben sich übereinander, die obersten unter dem Gleißen der Lampen und dem direkten Zustrom aus den Ventilatoren, und die untersten in der Dunkelheit der Schluchten, wo sich die Luft kaum regte. All diese Kojen waren mit Leibern gefüllt, die so wenig Platz hatten, daß niemand aufrecht sitzen konnte, es sei denn, kauernd an der Kante, was manche taten, vielleicht um verkrampfte Muskeln zu entspannen ... aber sie verließen die Betten niemals ohne einen Grund. Der Raum stank nach zu vielen Menschen, stank nach Chemikalien, die zur Desinfektion eingesetzt wurden, nach Chemikalien, die in den Lebenserhaltungssssystemen benutzt wurden, die man besonders manipuliert hatte, um mit dieser Fracht fertig zu werden. Der Gestank ging auch auf das billige Essen zurück und die Ausdünstungen der Recycling- und Konvertersysteme, die sich abmühten, um die Ausscheidungen einer so großen eingesperrten Gruppe zu bewältigen. Der Raum wurde beherrscht vom Flüstern der Ventilatoren und dem Rumpeln der Rotation des Zylinders um den Kern, ein Geräusch, das überall im Schiff gleich stark zu hören war; und, sehr viel leiser, das gelegentliche Gemurmel von Azi-Stimmen. Sie redeten nur wenig, diese Fahrgäste; sie trainierten sich pflichtgemäß in dem kleinen Abteil, das diesem Zweck diente und direkt achtern des Frachtraumes lag; und pflichtgemäß und nach Plan kehrten sie zu ihren Kojen zurück, damit der Platz der nächsten planmäßigen Gruppe zur

Verfügung stand. Die schwitzenden Leiber blieben ungewaschen, weil die Einrichtungen nicht so viele aufnehmen konnten.

Geklonte Menschen, Männer und Frauen. Das galt auch für einen der Spezialisten der Mission; auch er war laborgeboren. Und das war keine Schande, sondern einfach eine Art, auf die Welt zu kommen. Bändergeschult, und auch das war keine Schande, denn so ging es jedem. Die Geräte für das Tiefenstudium waren der Stand der Kunst bei der Erziehung. Sie trichterten das ganze Universum den Gehirnen über chemisch gesenkte Schwellen ein, während der Verstand aussortierte, was er behalten konnte, ohne von außen abgelenkt zu werden und ohne die Beschränkungen des Gesichts und Gehörs.

Aber die Arbeiterbänder waren etwas anderes. Arbeiterbänder brachten Menschen wie diese hervor, Reihe auf Reihe von ausdruckslosen Gesichtern, die zu den über ihnen liegenden Kojen hinaufstarrten, Tag um Tag – Männer und Frauen, Seite an Seite untergebracht, ohne daß es Probleme gab, denn im Moment fehlten ihnen die Begierden. Sie betrachteten ihre Körper als wertvoll und nur für ihren Zweck einsetzbar, sagte der Printout von ihnen. Sie würden während des Transits weitere Informationen erhalten – die RA schwatzte mit seidiger Stimme, beschrieb die Welt, zu der sie unterwegs waren. Und es waren Bänder vorrätig, die sie nach der Landung erhalten würden – Bänder eigentlich für alle von der Mission. Bänder für kommende Generationen.

Conn ging zwischen den Azi hindurch und in den Trainingsraum, wo sich Hunderte von ihnen schweigend übten. Die Trainingsperioden, in deren Verlauf Besatzungsmitglieder oder Soldaten wohl gelacht und geredet und in den Gruppenrhythmen gearbeitet hätten, die die Einzelgehirne einer Militäreinheit zu einem einzigen Geist machten – waren bei den Azi völlig narzißtisch, eine schweigende, fertige Routine aus schwierigen Streckungen und Manipulationen und Gymnastik, mit starren und entrückten oder nachdenklichen Blicken. Keine Gespräche. Keine Notiz von der kontrollierenden Gegenwart.

»Du«, sagte Conn zu einem, der größer und stattlicher war als der Durchschnitt dieser großen und stattlichen Leute, und der Azi unterbrach seine Biegungen und richtete sich auf, eine

sofortige, blumenhafte Konzentration der Aufmerksamkeit.
»Wie kommst du zurecht?«

»Sehr gut, Sir.« Der Azi atmete schwer in seiner Erschöpfung. »Danke.«

»Name?«

»Jin, Sir, 458-9998.«

»Brauchst du irgend etwas?«

»Nein, Sir.« Die dunklen Augen waren hell und interessiert, eine Verwandlung. »Danke.«

»Fühlst du dich gut, Jin?«

»Sehr gut, Sir, danke.«

Conn ging den Weg zurück, den er gekommen war – blickte zurück, aber der Azi hatte seine Übungen schon wieder aufgenommen. So waren sie eben. Azi hatten ihm schon immer Unbehagen eingeflößt, möglicherweise, weil sie nicht unglücklich waren. Das drückte etwas aus, das er nicht hören wollte. Löschbare Geister ... diese Azi; wenn irgend etwas sie aus dem Gleichgewicht brachte, konnten die Bänder es wieder entfernen.

Und es gab Zeiten, zu denen er es gut gefunden hätte, einen solchen Frieden zu haben.

Wieder durchquerte er unbemerkt den Frachtraum. Sie waren unleugbar eine Gruppe, die Azi, wie der Rest der Mission oben. Sie pflegten sich selbst so hingebungsvoll, wie sie immer alles pflegten, was man ihnen anvertraute, und ihre Augen waren in eine nur selten gestörte Unendlichkeit gerichtet, so als schliefen sie im Wachen.

Conn hatte keine Ahnung, so sehr er sie auch studiert hatte, welche Gedanken während solcher Zeiten durch ihre Köpfe gingen. Oder ob sie überhaupt etwas dachten.

Und er ging wieder nach oben, in das Schweigen, das ihn bei diesem langen Warten umgab, weil Ada Beaumont und Pete Gallin sich um die Einzelheiten kümmerten. Er studierte die Printouts und schickte gelegentlich Nachrichten an die entsprechenden Abteilungsleiter. Er hatte seine Bilder, die vor ihm auf dem Schreibtisch standen; und er war dabei, an seinen Memoiren zu schreiben – es schien jetzt die Zeit für solche Dinge zu sein. Aber die Memoiren begannen mit der Reise ... und ließen die Dinge aus, die die Regierung sicher nicht erinnert haben wollte. Wie den größten Teil seines Lebens. Geheimsache. Löschbar per Regierungsbefehl. Er sprach auf Band, und vieles war gelogen, warum sie kamen und worauf sie hofften.

Meistens wartete er, wie die Azi.

7

T20 Tage SMZ

Gutierrez, aus einer Reihe von freien Vorträgen in Salon 2

»... haben wir an unserem Ziel eine ebenso differenzierte Ökologie wie auf Cyteen ... in einer Hinsicht mehr, bezogen auf die vertikale Entwicklungsskala; in anderer Hinsicht weniger, da wir nicht diese Vielfalt an Stämmen haben – an Arten des Lebens. Pflanzen ... da finden wir Algen, Gräser, einheimische Früchte, ziemlich wie auf Cyteen, bis hinauf zu einigen ganz schön sensationellen Bäumen ...« (Pause für eine Dia-Serie.) »Ich wiederhole sie später detaillierter, oder zeige sie so oft, wie Sie wollen. Das sind alles noch Ergebnisse vom Erkundungsteams. Aber die Sache, von der Sie schon gehört haben werden, das sind die Kalibane, die Wallbauer. Sie sind ganz schön sensationell: eindeutig die krönende Errungenschaft des Planeten, wie es aussah. Das erste, was ich klarstellen möchte, ist, daß wir nicht über eine Intelligenz sprechen. Die Neigung ging noch in die andere Richtung, als das Mercury-Erkundungsteam landete. Sie betrachteten die Grate aus dem Orbit und dachten, sie seien so etwas wie Städte. Sie waren bei der Landung sehr vorsichtig, kann ich Ihnen sagen, nach all den Beobachtungen aus dem Orbit.« (Dia.) »Jetzt möchte ich Ihnen einen Maßstab hierfür geben.« (Dia.) »Sie können erkennen, daß der irdene Grat etwa vierfache Mannshöhe hat. Man findet diese Gebilde stets an Flußufern und Meeresküsten, und zwar auf den beiden von den sieben Kontinenten, die in der gemäßigten Zone liegen ... und dies hier liegt neben unserem eigenen Platz. Die Wallbauer haben sich zufällig all die wirklich guten Stellen ausgesucht. Tatsächlich könnten Sie die für die Entwicklung des Menschen günstigsten Stellen heraussuchen, indem sie einfach nach Wällen Ausschau halten.« (Dia.) »Und das ist einer der

Erbauer. Kaliban ist ein Charakter aus einem Drama: er war groß und häßlich. Deshalb nannte ihn die Sondenbesatzung so. Sie denken sicherlich, Dinosaurier, nicht wahr? Ein großer, grauer Dinosaurier. Er ist etwa vier bis fünf Meter lang, den Schwanz mitgerechnet – warmblütig, rutscht auf dem Bauch. Echsentyp. Aber alte Namen auf neuen Welten zu verteilen, ist eine zweifelhafte Sache. Die Geologen haben es damit immer besser als die Biologen. Sie bestreiten es, aber es stimmt. Schauen Sie sich diese Schädelform an, diese große Ausbauchung über den Augen! Nun ist dieses Gehirn ganz schön groß, etwa dreimal so groß wie Ihres und meines. Und seine Windungen sind ganz anders. Es hat eine Stelle im Hinterkopfbereich, die wie ein harter grauer Handball wirkt und narbig ist wie die Hülle eines alten Schiffes; drei Lappen reichen daraus hervor, an jeder Seite einer und einer oben, geformt wie menschliche Lungen, und sie haben einen gemeinsamen Stamm und verbindende Stämme der Länge nach an verschiedenen anderen Stellen. Diese Lappen sind gefältelt – sie erinnern an rosa Federn; und dann noch drei von diesen Handballdingern am anderen Ende des Schädels, genau an der Stelle, wo sich beim menschlichen Gehirn die Vorderlappen befinden; sie sind aber nicht ganz so groß wie das Organ weiter hinten. So sieht das Gehirn eines Eingeborenen dieser neuen Welt aus. Und wenn es keine Verbindung mit einem Rückenmarksstrang und keine Verzweigung hätte, und wenn die Mikroskopie nicht Strukturen gezeigt hätte, die Neuronen entsprechen, wären wir verwundert gewesen. Es ist ein sehr großes Gehirn. Wir haben es noch nicht genug kartographiert, um zu wissen, welche Übereinstimmungen es gibt. Aber alles, was dieses Wesen mit diesem großen Gehirn tut, ist, Wälle zu bauen. Ja, man hat eines seziert ... nachdem man das Verhalten als instinktgesteuert ermittelt hatte. Man tut dies in gewissem Umfang dadurch, daß man einem Tier nicht gestattet, ein Ziel zu erreichen; und man beobachtet, wie es das Problem anpackt. Und wenn die Antwort im Gehirn verdrahtet ist, wenn sie Instinkt ist und nicht rational, dann wird das Tier dazu neigen, sein Verhalten ständig zu wiederholen. Und genau das tut ein Kaliban. Sie sind nicht aggressiv. Es gibt in der Tat noch eine kleinere und hübschere Version ...« (Dia.) »Dieser kleine grüne Bursche mit den Kragenfalten wird als Ariel bezeichnet. A-r-ie-l. Das ist Kalibans elfischer Freund. Er ist maximal einen Meter lang, von der Nase bis zum Schwanzende gerechnet, und er geht völlig ungestört in den Kalibanbauen ein und aus. Sowohl die Kalibane als auch die Ariels sind Fischfresser; sie haben die Bäuche voll mit Fisch. Und sie knabbern auch Früchte. Sie begutachten so ziemlich alles, was man ihnen vorsetzt. Keine von den Echsen ist giftig. Keine machte Anstalten, Mitglieder der Sonderbesatzung zu beißen. Sie werden auf Kalibanschwänze aufpassen müssen, weil sie aus zwei Metern recht starker Muskulatur bestehen und die Kalibane nicht allzu helle sind, und sie könnten Ihnen schlicht mit einem Schwanzhieb die Beine brechen, wenn sie in Panik geraten. Auch die Ariels könnten Ihnen ganz schön harte Schläge versetzen. Hochheben sollten Sie sie am Schwanzansatz und am Nacken, wenn es dazu kommt, daß sie einen hochheben müssen, und Sie müssen sie schon gut festhalten, weil berichtet wird, daß sie verteufelt stark sind. Warum sollten Sie einen hochheben wollen? Nun, es wird nicht oft dazu kommen, denke ich. Aber sie gehen anscheinend in Kalibanbauen ein und aus, sind recht hübsch, wie Sie sehen, und niemand hat jemals einen Ariel dabei erwischt, wie er selbst einen Bau grub: nur spielen und nicht arbeiten, das sind die Ariels. Die Sondenbesatzung hat sie in ihrem Lager gefunden, wie sie durch ihre Zelte spazierten und sich an die Lebensmittel machten, wenn sie die Möglichkeit dazu fanden. Sie haben überhaupt keine Angst. Sie und die Kalibane bilden das Ende der Nahrungskette und haben keinen Konkurrenten. Die Kalibane scheinen überhaupt nichts von dieser Verbindung zu haben; es ist auch nicht sicher, ob die Ariels etwas davon haben, außer Unterschlupf. Beide Spezies schwimmen und fischen. Keine entwickelt Aggressionen gegen die andere. Die Ariels sind blitzschnell aus dem Weg, wenn die Kalibane ihre Tatzen auf den Boden setzen, während sie im Lager der Sondenbesatzung in eine Art Starre verfielen, wenn sie Gefahr liefen, daß jemand auf sie trat, und sie blieben steif wie Trockenfisch bis man sie hochhob, was sie sehr schnell wieder lebendig machte. Man spekuliert, daß es sich hierbei um eine Panikreaktion handelt, daß das Übermaß an Lärm und Bewegungen im Lager einfach zuviel für sie ist; oder daß sie vielleicht meinen, getarnt zu sein, wenn sie das machen. Oder vielleicht fangen sie etwas auf, was Menschen nicht hören, irgend-

ein Geräusch von den Geräten oder aus dem Kom. Das Ariel-
gehirn ähnelt sehr dem der Kalibane, nebenbei gesagt, aber
diese Handballorgane sind rosa und sehr weich.

Innerlich ist auch das Maul der beiden Arten sehr seltsam.
Die leichte Schwellung hinter den Nasenschlitzen ist eine mit
Geißeln ausgekleidete Kammer. Haarähnliche Vorsprünge,
aber sie bestehen aus Fleischgewebe und sind dicht von Blutge-
fäßen durchzogen. Das gilt auch für die Organe, die den Lungen zu entsprechen scheinen. Voll von den Geißeln. Wie ein
Wurmnest. Sie stoßen Wasser hervor, wenn sie auftauchen: sie
sitzen am Ufer und keuchen, und es rinnt aus den Nasenschlitzen. Also nehmen sie Wasser in sich auf und beziehen daraus
Sauerstoff. Kiemen und Lungen zugleich. Sie vertragen Fluß-
und Mündungswasser, aber niemand hat sie je im Meer tau-
chen sehen. Vielleicht haben sie Verwandte, die es tun. Wir
sind noch weit davon entfernt, zu wissen, wie viele verschiedene Echsenarten dort leben. Aber der aktuelle Stand der Zäh-
lung liegt bei zweihundertfünfzig Arten unter der Größe der
Ariels. Und viele davon leben im Wasser.

Man hat auch Flugechsen gefunden – für die Zoologen unter
ihnen, die wissen, was Fledermäuse sind: ziemlich wie Fledermäuse und doch wieder nicht; auch warmblütig, vermuten wir
– die Sondenbesatzung hat nie eine gefangen, aber die Fotos ...« (Dia.) »... erinnern doch sehr an Fledermäuse; das ist
eine irdische Lebensform. Oder an Downbelow-Segler, von denen noch nie jemand ein Exemplar erwischt hat. Wir wissen gar
nichts über die Flugechsen, aber ihre Beweglichkeit in der Luft
und die Tatsache, daß Kalibane und Ariels warmblütig sind –
legt den Schluß nahe, daß sie auf dieser Welt am nächsten an
ein Säugetier herankommen. Das ist der Punkt, bei dem wir
besondere Vorsicht walten lassen. Sie sind in unserem Gebiet
recht selten, aber sie bilden Schwärme. Die Flügelspanne be-
trägt einen halben Meter, bei manchen mehr. Sie könnten beißen, könnten Krankheiten übertragen, giftig sein – wir wissen
es nicht. Weil sie so etwas wie Säugetiere sein könnten, machen wir uns bei ihnen ein wenig mehr Sorgen um die Seu-
chengefahr. Es würde nichts bringen, Angst vor ihnen zu haben. Ich spreche von Vorsichtsmaßnahmen gegen entfernte
Möglichkeiten. Alles ist hier neu. Man findet bei Lebensformen
nicht leicht Entsprechungen. Jedes Geht-nicht und Wird-nicht,

das Sie je gehört haben, kann auf einer neuen Welt revidiert werden. Die Natur ist wirklich einfallsreich, wenn es darauf ankommt, ein Es-geht-nicht zu umgehen. Insekten können eine bestimmte Größe nicht überschreiten ... nur ist es so, daß der Begriff Insekt eine irdische Kategorie bezeichnet und Wesen aus Chitin und mit bestimmten inneren Strukturen beschreibt; aber was wir im DRAUSSEN finden, kann doch stark davon abweichen. Und unsere Welt bietet einige Seltsamkeiten.« (Dia.) »Wie den Hoby-Maulwurf. Er ist einen Meter lang und einen halben breit und verschlingt Erde wie ein grabender Wurm. Diese winzige ringförmige Segmentierung besteht aus Chitin, und sie sind sehr weich. Ja, sie sind so etwas wie ein Insekt, und wenn Sie zufällig einen mit einem Spaten durchstoßen, dann berühren Sie nicht die Überreste. Sie sondern ein Reizmittel ab, das ein Mitglied der Sondenbesatzung für zwei Tage in die Krankenstation brachte. Also gilt es auch hier, vorsichtig zu sein!

Auch Schlangen sind zu finden. Sie sind Kaltblütler, und es handelt sich um Riesenschlangen. Wenigstens die Proben waren es. Gift schließen wir aber nicht aus. Möglicherweise sind wir in dieser Hinsicht Schwarzseher: menschliche Vorurteile. Doch Gift scheint für eine Struktur ohne Beine ein sehr effektvoller Jagdmechanismus zu sein, und das hat sich auf zwei Welten außer der Erde bestätigt.

Und die Elfenhuscher.« (Dia.) »Diese kleinen Segelechsen sind etwa fingergroß, und die Flügel sind Erweiterungen der Rippen. Wenn Sie eine Laterne in der Nähe von Bäumen anbringen, erhalten sie einen Nimbus von Huschern. Sie fliegen eigentlich nicht, verstehen Sie, sondern segeln. Das Irisieren dauert an, solange sie leben. Sie sehen es nur auf den Fotos, nicht bei den Laborexemplaren. Sie fressen mutmaßlich Insekten, sind völlig harmlos und wahrscheinlich vorteilhaft für die Landwirtschaft. Sie klammern sich an alles, wenn sie landen, und man löst sie einfach sanft und setzt sie wieder auf einen Zweig. Sie werden geradewegs zurück zum Licht fliegen. Solange wir keine Bäume in der Nähe unserer Lagerlampen haben, bekommen wir auch keine Schwierigkeiten mit Huschern, die dort Haufen bilden. Aber wenn Sie eine Lampe durch den Wald tragen, werden sie überall sein, und ich fürchte, wir werden Probleme mit den Fahrzeugscheinwerfern bekommen. Es ist eine Schande, daran zu denken, irgendwelche von diesen Wesen zu töten. Sie sind viel zu schön. Wir wollen versuchen, etwas zu entwickeln, das sie vielleicht vertreibt. Ideen sind willkommen.

Fische – unzählige. Salz- und Süßwasser. Bislang keine Gifte festgestellt. Eßbar. Wir werden uns mit Gewißheit an die Bandbreite halten wollen, die bereits getestet worden ist; die Biologen werden Untersuchungen mit allen neuen Arten durchführen, die gebracht werden. Sie werden lernen, die Arten zu erkennen, damit Sie wissen, was Sie essen dürfen und was Sie uns bringen müssen.

Mikroorganismen. In dieser Hinsicht haben wir Glück. Niemand hat einen Parasiten festgestellt. Niemand wurde krank. Auch entwickelte niemand Allergien. Trotzdem wollen wir nicht unvorsichtig werden, besonders dann nicht, wenn wir Säugetierentsprechungen finden. Man kennt ein Phänomen, das wir aus Mangel an einem besseren Namen biologische Resonanz nennen. Das bezeichnet den Fall, wenn die Mikroorganismen von zwei Welten einen gemeinsamen Haushalt führen und im Verlaufe einiger Jahre neue Eigenschaften entwickeln, wenn sie kooperieren. Deshalb – das medizinische Personal wird eine lange Vorlesung über dieses Thema haben – müssen Sie über jeden Kontakt mit einer neuen Lebensform Bericht erstatten, besonders dann, wenn Sie zufällig etwas berühren, was keine gute Idee ist. Und Sie werden jede laufende Nase und jeden Husten und jedes Jucken berichten. Wir haben auch eine biologische Isolierkammer, die wir aufstellen können. Wenn jemand einmal wirklich ernste Schwierigkeiten bekommen sollte und nichts mehr funktioniert, können wir ihn für drei Jahre in eine Blase stecken, bis ein Schiff kommt und ihn hochholt. Aber bevor es dazu kommt, haben wir noch Antihistamine und alle Arten von weiterer Alternativen, bis hin zur selbstgeschützten Parzelle, so daß es nichts bringt, von dem Risiko der Verseuchung besessen zu sein; aber es bringt auch nichts, die Dinge allzu sorglos zu betrachten. Wenn Sie einen Ohnmachtsanfall bekommen, wäre es wirklich hilfreich, wenn Sie uns bereits mitgeteilt hätten, daß Sie am Morgen etwas gestochen hat oder daß Sie unten am Ufer gegraben haben. Sie werden alle Ihren Verstand beisammenhalten müssen, um einen exakten Bericht geben zu können, wo Sie gewesen sind und mit was Sie alles in Kontakt gekommen sind. Das, was Sie vielleicht zu erwähnen vergessen, könnte der Schlüssel sein, den wir brauchen, um festzustellen, was mit Ihnen nicht stimmt. Und das ist zum Teil meine Aufgabe, weil ich ein Bild von jedem Ökosystem gewinnen muß, damit ich – wenn Sie am Ufer mit etwas Schädlichem in Kontakt gekommen sind, um ein Beispiel zu nennen – eine solide Idee habe, wonach ich Ausschau halten muß. Und je schneller ich Fragen beantworten kann, desto sicherer für Sie. Deswegen muß ich jeden Angehörigen der Mission bitten, Auge und Ohr für die Biologie zu sein. Überlassen Sie das Befingern und Berühren uns, wenn Sie irgendwelche Zweifel haben. Menschen können für alle Arten von Ökosystemen verträglich sein; töten Sie nichts, reichen Sie es einfach an uns weiter. Auf dieser Welt gibt es keine Raubtiere, die sich mit uns streiten könnten, und wir haben die Baustellen so geplant, daß wir schließlich die urbane Entwicklung mit der Wildnis und den Schutzzonen für wildes Leben in Einklang bringen können. Die für die Entwicklung günstigsten Stellen sind auch die besten Plätze für einige der interessantesten Bewohner des Planeten, und es besteht kein Grund, warum geschützte Lebensräume nicht Seite an Seite bestehen sollten, ihre und unsere. Es hat etwas mit der Einstellung zur Wildnis zu tun. Es hat mit Wissen zu tun und nicht mit Furcht. Wir werden diesen Planeten nicht in Cyteen verwandeln. Wir werden ihn zu etwas ganz Eigenständigem machen. Menschen, die herkommen, werden die alte Welt im Miteinander mit den modernsten Entwicklungen sehen können, zum Beispiel ein Kaliban-Habitat mitten in einer Stadt. Menschen sind sehr flexibel. Wir können einfach eine Straße ein wenig verlängern und ein Ladedock abseits einer kritischen Stelle errichten; und das werden wir auch tun. Aus diesem Grund wird auch eine Bodenbank eingerichtet. Wenn Sie Land besitzen, dann haben Sie einen Anrechtschein auf einen bestimmten Landwert, nicht aber auf ein eigenes Grundstück, damit sind das Amt des Gouverneurs und die biologische Abteilung in der Lage, ein Reservat einzurichten, wo es nötig ist, und so sind auch Sie und Ihre Nachkommen gegen finanzielle Schäden abgesichert. Sie können keinen Boden besitzen, der zu einem Kaliban-Habitat gehört. Ihr Lebensraum muß verschont werden. Andererseits wird es, damit sie uns nicht bedrängen, Hinderniszonen geben, im Normalfall Wohnbereiche, die jede Kontaktstelle umgeben – wie zum Beispiel die Kaliban-Wälle nahe dem Landeplatz. Nach der Theorie, daß Lebensformen besser miteinander auskommen, als sie mit Straßen und Fabriken auskommen, werden Häuser entlang der Grenze gebaut, die nur Fenster in dieser Richtung haben, keine Türen, keine Eingänge. Sobald wir einmal die tatsächliche Grenze eines Gebietes festgelegt haben, werden dort die permanenten Bauten errichtet. Und Sie werden als Nachbarn einer geschützten Zone von der biologischen Abteilung auf dieser Seite betreut. Der Stadtkern gehört der Industrie. Das Wachstum der Stadt wird gesteuert, indem wir ähnliche Enklaven entlang der Fahrwege schaffen. So steht es in der Charta. Ich denke, Sie verstehen das. Ich möchte Ihnen einfach erklären, wie die biologische Sektion mit dem Bauamt und dem Amt des Gouverneurs in Beziehung steht und warum wir manche Funktionen mit der Sicherheit und dem Rechtsvollzug verbinden werden. Wir haben eine Wählerschaft, nämlich das Ökosystem, in das wir uns hineinbegeben. Wir repräsentieren auch das menschliche Ökosystem. Wir arbeiten Anpassungsverfahren aus und legen sie anderen Abteilungen vor, die sich den Gegebenheiten so anzupassen haben, wie wir sie präsentieren. Dabei haben eigentlich nicht wir die Autorität, sondern die Natur hat sie. Wir finden nur heraus, wie die Gegebenheiten aussehen. Die Entscheidung ist bereits getroffen – daß die beiden Systeme im Gleichgewicht zu bestehen haben werden. Eine Welt, wo die Menschen einfach an das Ende der Nahrungskette treten, gerät schnell aus dem Gleichgewicht. Diejenigen von Ihnen, die stationsgeboren sind, werden das leicht einsehen. Es ist wie eine Station, Pell zum Beispiel, wo zwei biologische Systeme sich gegenseitig ergänzen. Ein sehr heikel strukturiertes Lebenserhaltungssystem, eins mit dem anderen verflochten, und beide bringen sich gegenseitig Nutzen. Wenn Sie ganz von vorne anfangen, dann können Sie das erreichen und ein Gleichgewicht schaffen. Wir erwarten, die wirklich schwere und schmutzige Industrieproduktion auf einer Orbitalstation zu betreiben. Alle Abteilungen werden derartige Seminare durchführen, und wir werden sie auch nach der Landung fortsetzen, werden Bänder für die Azi und zukünftige Generationen anfertigen. Das wird ein unschätzbares Material sein. Meistens macht die Geschichte Lügner aus uns, aber wir hoffen ernsthaft, daß dies nicht für unsere Hoffnungen hinsichtlich dieser Welt gilt.

Ich habe vor, morgen in der mehr den Einzelheiten geltenden Sitzung das Ökosystem, von den Mikroorganismen ausgehend, durchzunehmen, und ich werde das für mein eigenes Personal übermorgen auf einer Frühsitzung noch einmal tun. Überprüfen Sie Ihre Pläne, und wenn Sie feststellen, daß Sie sich diesen Vortrag anhören wollen, sind Sie sehr willkommen. Er wird recht detailliert ausfallen, aber nach der anderen Sitzung könnte das ganz sinnvoll sein. Morgen vormittag spricht Zell Parham über Sicherheit und Recht, um 0700 Uhr Haupttag in diesem Raum ...

Spiel in R12.«

8

T20 Tage SMZ

»... Ihr sollt den Planeten lieben«, flüsterte die Stimme vom Band, und Jin akzeptierte es tief und ganz. »Was ihr dort finden werdet, ist schön. Alle Dinge, die wirklich zu dieser Welt gehören, müssen geschützt werden; aber ihr werdet dort bauen. Geborene Menschen werden euch sagen, wo ihr bauen sollt, und wenn Leben beim Bauen verloren geht, dann ist es so, wie es sein muß. Wenn ihr ein lebendes Wesen verschonen könnt, werdet ihr es tun, sofern es allein eure Wahl ist. Ihr werdet eine gewisse Vorsicht beim Berühren wilder Dinge walten lassen. Ihr werdet alle derartigen Kontakte euren Aufsehern melden, genauso, wie geborene Menschen das tun müssen.

Ihr werdet auf den Feldern arbeiten; und da kann es geschehen, daß ihr Leben nehmt. Das wird ein Unfall sein, und keine Schuld liegt darin.

Ihr werdet Fische fangen und essen, und so ist die Ordnung der Natur. Keine Schuld liegt darin. Die Fische sind zu eurem Nutzen da und spüren nur sehr wenig Schmerz.

Ihr werdet ein Teil dieser Welt werden, und wenn jemals Leute kommen, die ihr schaden wollen, werdet ihr zu den Waffen greifen und sie verteidigen. Dabei könntet ihr töten, und euch würde keine Schuld dafür treffen. Und wenn ihr jemals zu den Waffen greifen müßtet, würdet ihr ausgebildet werden, und der Gouverneur würde euch Bescheid sagen.

Ihr werdet arbeiten, weil ihr stark seid und weil eure Arbeit sehr wichtig ist. Ihr habt das Recht, sehr stolz auf das zu sein, was ihr tut, und wenn alles gut vollbracht ist, werdet ihr den geborenen Menschen näherstehen.

Die Regierung, die euren Kontrakt besitzt, ist sehr zufrieden mit euch. Ihr lernt gut. Bald werdet ihr Bänder für geborene Menschen erhalten, die euch die Natur der Welt erklären, und in kurzer Zeit werdet ihr auf euer Land hinaustreten. Bei allen Schwierigkeiten, die ihr erleben werdet, findet ihr Gelegenheit zum Stolz darauf, daß ihr sie überwindet. Jedes Problem wird euch stärker und klüger machen, und ihr werdet immer besser in diese Welt passen. Seid glücklich! Nicht alles wird angenehm sein, aber jedes Problem bietet die Freude der Lösung und das Vertrauen, daß ihr so intelligent und schön seid wie das Versprechen eurer Gen-Sets. Die Regierung glaubt an euch. Die geborenen Menschen mögen euch, und ihr werdet sie mögen, denn während sie klüger sind als ihr, seid ihr sehr stark und habt das Vermögen, klug zu werden. Liebt das Land! Liebt die Welt! Sorgt für die geborenen Menschen und rechnet mit ihrer Fürsorge! Ihr habt jedes Recht, stolz und glücklich zu sein ...«

Jin lag entspannt da und gelöst in der Freude über das Lob – bewegt, so wie ihn zur Zeit alles bewegte in der Erwartung seiner kommenden Entwicklung. Noch nie hatte es Azi wie sie gegeben, hatte man ihn überzeugt, und er hatte nur an seine Gewöhnlichkeit geglaubt, weil ihm niemals jemand seine Einzigartigkeit klargemacht hatte. Er sah seine Nachkommen in großer Zahl, sein genetisches Material und das Pias, die genauso wundervoll war, letztlich vermischt mit all dem anderen besonders ausgewählten Material. Sie waren aus dem Material *geborener Menschen* gemacht: das hatte er nicht gewußt, bis das Band es ihm gesagt hatte. Sie hatten die Kraft in sich, und sie erwachte.

Er dachte darüber nach, hatte die Fähigkeit zu anhaltender Konzentration, die ihn in die Lage versetzte, die schwierigsten Probleme zu durchschauen. Diese Fähigkeit konnte in reine Vernunft verwandelt werden. Er hatte sie noch nie ganz in dieser Weise genutzt, war dazu auch nicht ermutigt worden, denn das Verständnis eines Azi war voller Lücken, die ihn in die Irre zu führen vermochten. Aber diese besondere Fähigkeit, die geborene Menschen durch die Ablenkungen ihrer durch die Umwelt überreizten Sinne verloren, konnte ihn sehr klug machen, während die Summe seines Wissens zunahm. Auch darauf war er stolz, denn er wußte, daß 9998er in dieser Hinsicht außerordentlich begabt waren. Deshalb würde er geliebt werden und gesichert sein, und die geborenen Menschen würden ihm niemals schlechte Bänder geben.

»Die höchste eingeborene Lebensform des Planeten sind die Kalibane«, unterrichtete ihn das Band. »Und wenn ihr sie versteht, werden sie euch nicht verletzen ...«

9

T42 Tage SMZ

Venture-*Logbuch*
»... Ankunft im Dschehenna-System nach 1018 Stunden 34 Minuten scheinbarer Missionszeit. *US Swift* und *US Capable* folgen in Abständen von je einer Stunde ...«

»... Schätzung der verstrichenen Cyteen-Zeit: 280 Tage; bei Wiedergewinnung verläßlicher Bezugspunkte werden die Daten revidiert.«

»... bestätigen planmäßige Ankunft der *US Swift*.«

»... bestätigen planmäßige Ankunft der *US Capable*.«

»... treten nach 1028 Stunden 15 Minuten scheinbarer Missionszeit in den Orbit um Gehenna II ein. Alle Systeme normal. Alle Umstände innerhalb der von Mercury-Sonde vorhergesagten Parameter. Wir konnten feststellen, daß für die Zukunft die Erreichung des Systems zeitlich enger kalkuliert werden kann. Die Positionen im System wurden durch die Daten der Mercury-Sonde exakt angegeben. Die *Venture* wird beim Verlassen des Systems weitere Beobachtungen durchführen ...«

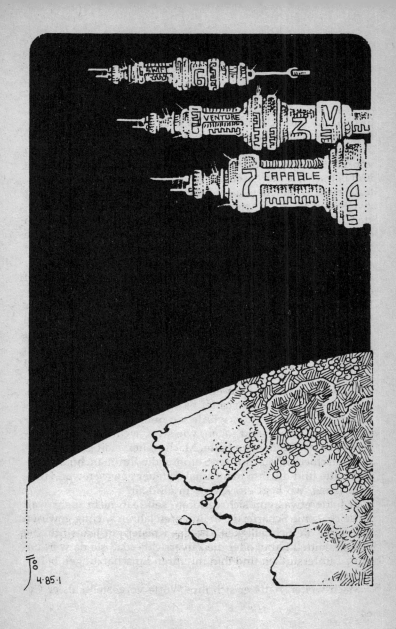

10

T42 Tage SMZ
US Venture
Büro von Oberst James A. Conn

Sie war da, wirklich und fest. Die Welt. Gehenna II lautete die
Bezeichnung; Neuhafen würde als Name registriert werden,
überlegte er. Ihre Welt. Conn setzte sich an seinen Schreibtisch
vor das Sichtgerät, formte mit den Händen vor sich ein Dach
und betrachtete das gesendete Bild, versuchte, mehr Einzelheiten daraus zu ersehen, als der Monitor sie bis jetzt zeigte. Der
zweite von sechs Planeten, viel Blau und viel Weiß und ansonsten braun durch ausgedehnte Wüsten, nur mäßig mit Grün
durchsetzt. Nicht ganz so grün wie Cyteen. Aber eine ähnliche
Welt. Das Bild verschwamm vor seinen Augen, als er nicht
mehr daran dachte, wohin es ging, sondern an die Orte, wo er
gewesen war ... und an Jean, die zu Hause begraben lag. Und
er dachte daran, was sie zu sagen pflegte, als sie beide noch wie
Beaumont und Davies gemeinsam gereist waren. Selbst der
Krieg hatte dem kein Ende bereitet. Sie war dagewesen. Bei
ihm. Ihm kam von ferne der schwache Gedanke, daß er sich
des Imstichlassens schuldig gemacht hatte, nicht in schwerem
Maße, aber doch ein wenig, weil er hierhergekommen war, um
Glück zu finden und etwas zu tun. Er hatte sie zurückgelassen,
und niemand war da, um ihr Grab zu pflegen, und niemand,
der sich etwas daraus machte. Es war ihm geringfügig vorge-
kommen – mach weiter, würde sie mit diesem charakteristi-
schen Wink ihrer Hand sagen, wie stets, wenn er Nebensäch-
lichkeiten nachgehangen hatte. Mach weiter – mit jener lebhaften Entschiedenheit in ihrer Stimme, die ihn manchmal geär-
gert hatte und die ihm manchmal so teuer gewesen war; Herr-
gott, Jamie, wo liegt ein Zweck in all dem?

Er hatte etwas von sich verloren, seit Jean nicht mehr war:
vielleicht seine Schärfe, die in jüngeren Jahren wichtig gewesen
war; oder die Schnelligkeit, die das Knistern in Jeans Stimme
ihm vermittelt hatte; oder die Zuversicht – daß sie da war, um
ihn zu unterstützen und ihm mit ihren Einschätzungen beizu-
stehen.

Mach weiter, hatte er sich ihre Worte vorgestellt, als er Cyteen verließ; als er die Mission übernahm; und jetzt – mach weiter, wo es nun darum ging, sich hier dauerhaft niederzulassen.

Mach weiter – als es zum wichtigsten Auftrag seines Lebens gekommen war, und keine Jean dagewesen war, um es ihm zu sagen. Es bedeutete alles sehr wenig, wenn man es daran maß. Für den Abend damals, an dem sie ihm das Gesicht zuwandte – dafür hätte er alles hergegeben. Aber er hatte keine Abnehmer. Und mehr – er wußte, was dort unten lebte, daß diese Welt nicht Cyteen war, so heimatlich vertraut sie auch aus dem Orbit wirkte.

Die Lampe über der Tür blitzte auf, als jemand Einlaß begehrte. Er langte zur Konsole hinüber und drückte auf den Schalter ... »Ada«, sagte er neugierig, als sie hereinkam.

»Ah, du siehst es schon«, murmelte sie und deutete auf den Bildschirm. »Ich wollte nur sichergehen, daß du wach bist.«

»Es bestand kein Risiko, daß ich es versäume. Ich schätze, man sieht es auch im Salon.«

»Dort paßt niemand mehr hinein. Ich gehe hinunter nach 30; die Offiziere sind am Bildschirm da unten.«

»Ich komme hinunter, wenn mehr Einzelheiten zu erkennen sind.«

»In Ordnung.«

Sie ging ihres Weges. Bob Davies war sicher dort unten. Eifersucht machte sich in ihm bemerkbar, leise und schimpfliche Eifersucht. Sicher waren auch Gallin da und Sedgewick und Dean und Chiles; und die anderen von der Mission ...

Nur ein Horizont und nur eine Stelle, auf Jahre hinaus. Blauer Himmel. Für immer am Boden. Dazu kam es jetzt. Und welche geheimen Zweifel irgend jemand jetzt auch hegte, es war zu spät.

Schau dir das an! Er konnte sich vorstellen, wie Jean ihm das sagte. Und: Geh keine dummen Risiken ein, Jamie!

Tu du es nicht! pflegte er dann zu sagen.

Er betrachtete wieder das Bild, die blaugrüne Welt, die in keiner Weise seine Heimat war. Das ganze Unternehmen war ein dummes Risiko. Eine Ambition, die Jean nie mit ihm geteilt hatte.

»Oberst Conn«, sagte der Kom mit der Stimme von Mary Engles. »Sind Sie das, Oberst?«

Er bestätigte mit einem kurzen Druck auf die Taste. »Kapitän.«

»Wir sind dabei, den Landeplatz zu orten.«

Ein Schauder lief über seine Haut. »Was für ein Zeitplan schwebt Ihnen vor?«

»Wir bleiben noch einen Tag im Orbit, kartographieren und bestätigen Daten, bevor wir Sie dort unten hinauslassen. Sie werden diese Zeit brauchen, um die Reihenfolge Ihres Ausstiegs zu ordnen. Stellen Sie die Passagierlisten für das Shuttle nach eigenem Ermessen zusammen. Das Ausladen der Ausrüstung ist für uns eine Standardprozedur, und wir erledigen das als Routine. Sie teilen Ihre Leute nach Ihren eigenen Vorstellungen ein. Sie werden einen Teil des Baupersonals bei der ersten Ladung brauchen. Sie selbst möchte ich gerne bitten, bis zum letzten Schwung an Bord zu bleiben. Für den Fall, daß Fragen auftreten.«

»Gute Idee.«

»Wir haben aufgrund unserer Erfahrungen Vorschläge zu machen. Ich gebe sie an Sie weiter, mit Ihrer Erlaubnis.«

»Keinen Ärger, Kapitän. Erfahrung wissen wir zu schätzen. Ich erwarte Ihren Printout.«

»Eine professionelle Einstellung, Oberst, die wir unsererseits zu schätzen wissen. Printout folgt.«

Er öffnete seine Tischbar, holte eine Flasche und ein Glas hervor und goß sich einen Drink ein, beruhigte seine Nerven, während sich der Printout über seinen Schreibtisch ergoß.

Alles mußte gepackt werden. Vor allem waren da die Mikrofax-Bücher und die Lehrbänder zu erwähnen, die sehr kostbar waren. Uniformen – Uniformen hatten dort keinen Nutzen mehr, wohin sie gingen. Dort unten würden sie zu Bürgern werden. Kolonisten. Auch keine Annehmlichkeiten mehr, trotz der Kisten mit Seife. Er hatte vor, während des Ausladeverfahrens morgens und abends zu duschen. Dergleichen Möglichkeiten vermißte man am meisten unter den Bedingungen, denen er gegenüberstehen würde. Seife. Heißes Wasser. Reines Wasser. Und ein Glas Whisky am Abend.

Der Printout wuchs weiter an. Auf dem Bildschirm wuchs die Auflösung. Oberflächendetails. Die Bilder stimmten mit den Fotos in den Missionsunterlagen überein. Muster wurden erkennbar ... dieselben Muster, von denen die Sonde reichlich berichtet hatte, seltsame Wälle nahe den Meeresküsten und Flüssen, ausgedehnte Labyrinthe, die das spärliche Grün mit braunen Linien durchzogen, mit Windungen und Strahlen, die sich jeweils über mehrere Kilometer Flußufer und Küstenlinie erstreckten.

Dorthin ging es.

11

T43 Tage SMZ

Mitteilung: Missionskommando
»... Erste Landung festgesetzt für 1042 Stunden 25 Minuten scheinbare Missionszeit. Den Befehl führt Capt. Ada Beaumont. Ausgewählt für erste Gruppe: M/Sgt. Ilya V. Burdette mit fünf Plätzen; M/Sgt. Pavlos D. M. Bilas mit fünf Plätzen; M/Sgt. Dinah L. Sigury mit zwei Plätzen; Cpl. Nina N. Ferry, ein Platz; Sgt. Jan Vandermeer, ein Platz; Capt. Bethan M. Dean, ein Platz; Dr. Frelan D. Wilson, ein Platz; Dr. Marco X. Gutierrez, ein Platz; Dr. Park Young, ein Platz; Dr. Hayden L. Savin, ein Platz; Arbeiter A 187-6788 bis A 208-0985, dreißig Plätze.«

12

T43 Tage SMZ
Venture-Verladeabteilung eins

»Er kommt nicht«, sagte Ada Beaumont ruhig und legte ihrem Mann eine Hand auf den Rücken, hielt den Blick nach vorne gerichtet, auf die Bewegungen der Maschinen, die Verladung der Container in den Aufzug, ein abwechselndes Rasseln und Krachen.

Bob Davies sagte nichts. Eigentlich war auch nichts gefragt, und Bob war vorsichtig beim Protokoll. Ada stand für einen Moment reglos da – blickte zur Seite, wo ein Teil der Schiffsbesatzung die Seile ausspannte, die für das von Bord gehende Personal den Weg zum Aufzug markierten – aber diese Abteilung oben auf der Schiffshülle war noch leer und das Shuttle noch unterwegs vom Bauch der *Venture* herauf und kurz davor, sich dem Personaldeck anzupassen. Der Aufzug weiter drüben würde die Menschen in Zehnergruppen aufnehmen, sie aus der Abstimmung auf die behagliche Rotation der *Venture* herausnehmen, damit sie an Bord des schwerkraftlosen Shuttles gehen konnten. Die Azi sollten als erste gehen und die aufrechten Plätze im Frachtraum und dem hinteren Teil der Kabine einnehmen, und dann sollten in rascher Folge die Bürger kommen, die die Besatzung vervollständigten.

Aber Conn blieb in seinem Quartier. Seit der Ankunft im System war er auch nur noch selten daraus hervorgekommen. Das Schiff war überfüllt; Abteilungen waren mit ihren Planungen beschäftigt; und so bemerkte es möglicherweise niemand. Er spielte mit ihnen beiden Karten und trank mit ihnen – hatte das regelmäßig nach den Wachen getan. Aber er gesellte sich nie zu seinen Mitarbeitern.

»Ich denke ...«, sagte Ada Beaumont noch ruhiger, als die Besatzungsangehörigen weiter von ihnen entfernt waren und nur Bob sie hören konnte, »Jim hätte diese Aufgabe nicht übernehmen sollen. Ich wünschte, er würde den Ausweg nehmen, der ihm noch offensteht, und nach Cyteen zurückkehren. Gesundheitliche Gründe vorbringen.«

Und dann, als das Schweigen andauerte und Bob weiterhin keinen Kommentar wagte: »Was er tatsächlich sagte, war – ›Du wirst das Geschehen leiten. Du wirst das zum größten Teil tun. Der alte Mann möchte einfach alles gut überstehen.‹«

»Er war früher anders«, meinte Bob endlich.

»Es liegt daran, daß er von Cyteen weggegangen ist. An Jean, denke ich. Er hat nie gezeigt, wie sehr es ihn schmerzte.«

Bob Davies zog den Kopf ein. Lärm ertönte im Korridor zur Linken. Ein Teil der Azi kam herauf. Die Uhr tickte immer weiter dem unumgänglichen Abschied entgegen. Er ergriff die Hand seiner Frau – er selbst in dem Khaki, das die Uniform des Tages für jeden war, der zum Planeten hinabflog, sei er nun Zivilist oder Militär. »Also ist das vielleicht der Grund, warum er dort oben sitzenbleiben kann. Weil er sich auf dich stützen kann. Weil er weiß, daß du es schaffst. Du kannst es leiten. Und wir haben noch Pete Gallin. Er ist in Ordnung.«

»Das ist keine Art, anzufangen.«

»Verdammt, er kann nicht jeden Start hier leiten!«

»*Ich* wäre hier«, sagte Beaumont. Sie schüttelte den Kopf. Die Reihe der Azi betrat die Anlage mit leuchtenden Augen und in verschmutzten weißen Overalls; Wochen ohne Bad, manche mit wundgeriebenen Stellen von den Kojen. Es gab also schon Probleme. Manche Einzelheiten betreffs der Azi waren gar nicht schön, paßten nicht in die gemütliche Sicht der Dinge, die die Wissenschaftler oder sogar die Soldaten während des Fluges gehabt hatten. Wenigstens Conn war dort unten gewesen und hatte nach den Azi gesehen, das mußte sie ihm zugestehen. Er war während des Fluges unten in den Frachträumen gewesen, vielleicht zu oft.

Jetzt übertrug Conn ihr die Verantwortung. Sie verstand die stumme Sprache. Sie hatte schon früher mit Conn zusammen gedient. Sie kannte seine Grenzen.

Er hatte getrunken – viel getrunken. Diese Tatsache gab sie nicht einmal an Bob weiter.

13

T43 Tage SMZ

Venture-*Nachrichtenlogbuch*
»*Venture*-Shuttle Eins: Entladung abgeschlossen; sobald wir bereit sind, starten wir und kehren ins Dock zurück. Das Wetter im Landegebiet ist gut und die allgemeinen Bedingungen ausgezeichnet. Die Landungsstelle ist jetzt mit dem Ortungssignal markiert ...«

»*Venture*-Shuttle Zwei verläßt jetzt Orbit und nimmt Kurs auf Landeplatz ...«

14

T45 Tage SMZ
Venture-Frachtraum, Azi-Sektion

»Flug 14«, psalmodierte die seidenweiche Stimme, »umfaßt J 429-687 bis J 891-5567; Flug 15 . . .«

Jin lächelte innerlich, nicht mit dem Gesicht, das an den Ausdruck von Gefühlen nicht gewöhnt war. Gefühle fanden zwischen ihm selbst und dem Band statt, zwischen ihm und dieser Stimme, die seit seiner Kindheit liebkoste, versprach, lobte. Er brauchte nicht anderen zu zeigen, was er empfand oder daß er überhaupt etwas empfand, es sei denn, jemand sprach ihn direkt an und betrat die Blase, die seine private Welt war.

Als der Zeitpunkt kam, hörte er auf die Stimme und erhob sich gemeinsam mit den anderen auf seinem Gang, stellte sich geduldig in die Reihe wie alle anderen, die von den Leitern herabkamen und sich zu ihnen gesellten. Und dann kam der Befehl, und die Reihe setzte sich in Bewegung, ging zu der Tür hinaus, die sie seit Betreten des Schiffes nicht mehr durchschritten hatten, folgte den Korridoren des Schiffes bis zu dem kalten Raum, von dem aus sie den Aufzugwagen betreten konnten. Der Aufzug ruckte und glitt in die eine und die andere Richtung, und die Tür öffnete sich schließlich zu einem Bereich, wo keine Schwerkraft mehr herrschte, so daß sie zu schweben begannen . . . »Haltet euch an den Seilen fest!« wies ein geborener Mensch sie an, und Jin packte ebenso wie die anderen das Seil neben einer silbernen Halterung, die daran angebracht war. »Greift mit einer Hand die Halterungen und zieht euch vorsichtig entlang!« sagte der geborene Mensch, und Jin tat wie geheißen, flog in der Gesellschaft der anderen leicht am Seil entlang, bis sie die Luke des Schiffes erreicht hatten, das sie zu der Welt bringen würde.

Innen fanden sie weitere Seile; und dann wurden sie auf engem Raum hinten in den Laderaum gepackt, während immer mehr Azi hereingebracht wurden. »Sichert eure Griffe!« sagte ihnen ein geborener Mensch, und sie taten es, ließen die gepolsterten Riegel, die sie schützen sollten, vor sich einrasten. »Füße auf das Deck!« Sie taten ihr bestes.

Die Verladung dauerte eine Weile. Sie waren geduldig, und die anderen machten schnell. Die Luke ging zu, und die Stimme eines geborenen Menschen sagte: »Haltet euch fest!«

So ging es los, ein harter Stoß, der sie auf die Reise schickte und ihnen das Gefühl vermittelte, daß sie auf dem Boden lagen, einer auf dem anderen, und nicht aufrecht standen. Keiner sprach. Es war auch nicht nötig. Das Band hatte ihnen bereits gesagt, wohin sie flogen und wie lange es bis zur Ankunft dauern würde, und wenn sie redeten, verpaßten sie vielleicht Instruktionen.

Sie glaubten aus vollem Herzen an die neue Welt und an sich selbst, und Jin fand sogar am Unbehagen unter der Beschleunigung Gefallen, weil es bedeutete, daß es schneller zum Ziel ging.

Der Eintritt in die Atmosphäre erfolgte und die Luft erwärmte sich, so daß sie sich von Zeit zu Zeit den Schweiß aus den Gesichtern wischten, so zusammengedrängt, wie sie untergebracht waren. Aber sie spürten jetzt wieder Gewicht auf den Füßen, und es folgte noch ein langer, langsamer Flug, als die Maschinen auf normalen Flug umgeschaltet wurden.

»Landung in fünfzehn Minuten«, sagte die Stimme des geborenen Menschen, und bald, sehr bald veränderte sich die Bewegungsart wieder, und der Lärm nahm zu, was bedeutete, daß das Shuttle niedersank, daß es sanft wie ein fallendes Blatt zu Boden schwebte.

Sie warteten, immer noch schweigend, bis die große Frachtluke aufging, die sie bislang gar nicht bemerkt hatten. Tageslicht flutete herein und auch die Kühle des Windes von draußen strömte durch die Doppelschleuse.

»Geht in einer Reihe hinaus!« wies die Stimme sie an. »Geht die Rampe hinunter und dann geradeaus! Ein Aufseher wird euch eure Pakete und eure Aufträge geben. Auf Wiedersehen.«

Sie lösten die Sicherungen Reihe um Reihe, in umgekehrter Reihenfolge als die, in der sie an Bord gekommen waren, und in dieser Ordnung gingen sie die Rampe hinunter.

Licht traf in Jins Augen, der Anblick eines breiten grauen Flusses – eines blauen Himmels und eines grünen Waldes aus jungen Bäumen hinter einem dunstigen Ufer ... die Spuren eines Lagers auf diesem Ufer, wo die Bagger bereits dabei waren, die schwarze Erde aufzureißen. Saubere Luft füllte seine Lungen und die Sonne berührte die Stoppeln auf seinem Kopf und Gesicht. Sein Herz klopfte schnell.

Er wußte, was er tun mußte. Die Bänder hatten es ihm vor und während der Reise gesagt. Er stand jetzt am wirklichen Beginn seines Lebens, und nichts anderes war je von Bedeutung gewesen.

DRITTER TEIL

Die Landung

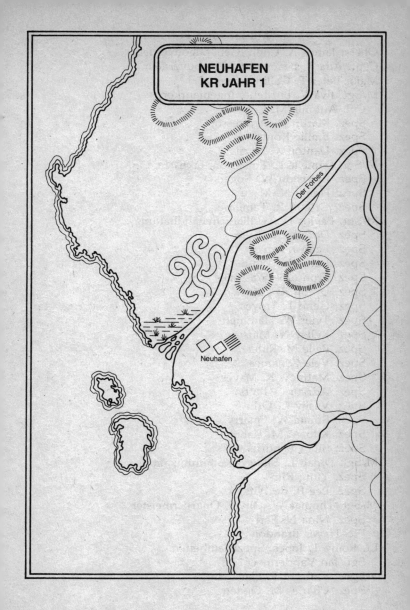

Militärisches Personal:

Oberst James A. Conn, Generalgouverneur
Capt. Ada P. Beaumont, Vizegouverneur
Major Peter T. Gallin, Personal
M/Sgt. Ilya V. Burdette, Ingenieurkorps
  Cpl. Antonia M. Cole
  Spez. Martin H. Andresson
  Spez. Emilie Kontrin
  Spez. Danton X. Norris
M/Sgt. Danielle L. Emberton, taktische Op.
  Spez. Lewiston W. Rogers
  Spez. Hamil N. Masu
  Spez. Grigori R. Tamilin
M/Sgt. Pavlos D. M. Bilas, Instandhaltung
  Spez. Dorothy T. Kyle
  Spez. Egan I. Innis
  Spez. Lucas M. White
  Spez. Eron 678-4578 Miles
  Spez. Upton R. Patrick
  Spez. Gene T. Troyes
  Spez. Tyler W. Hammett
  Spez. Kelley N. Matsuo
  Spez. Belle M. Rider
  Spez. Vela K. James
  Spez. Matthew R. Mayes
  Spez. Adrian C. Potts
  Spez. Vasily C. Orlov
  Spez. Rinata W. Quarry
  Spez. Kito A. M. Kabir
  Spez. Sita Chandrus
M/Sgt. Dinah L. Sigury, Kommunikation
  Spez. Yung Kim
  Spez. Lee P. de Witt
M/Sgt. Thomas W. Oliver, Quartiermeister
  Spez. Nina N. Ferry
  Pfc. Hayes Brandon
Lt. Romy T. Jones, Spezialeinheiten
  Sgt. Jan Vandermeer
  Spez. Kathryn S. Flanahan
  Spez. Charles M. Ogden

M/Sgt. Zell T. Parham, Sicherheit
   Cpl. Quintan R. Witten
Capt. Jessica N. Sedgewick, Anerkenner/Anwältin
Capt. Bethan M. Dean, Chirurg
Capt. Robert T. Hamil, Chirurg
Lt. Regan T. Chiles, Computerdienst

Ziviles Personal:

Stabspersonal: 12
Medizinisch/chirurgisch: 1
Sanitätspersonal: 7
Mechanikwartung: 20
Verteilung und Lager: 20
   Robert H. Dvies
Sicherheit: 12
Computerdienst: 4
Computerwartung: 2
Bibliothekar: 1
Landwirtschaftl. Spezialisten: 10
   Harold B. Hill
Geologen: 5
Meteorologe: 1
Biologen: 6
   Marco X. Gutierrez
   Eva K. Jenks
Erziehung: 5
Kartograph: 1
Management-Inspektoren: 4
Ingenieure für Biozyklus: 4
Baupersonal: 150
Lebensmittelspezialisten: 6
Industriespezialisten: 15
Bergbau-Ingenieure: 2
Inspektoren für Energiesysteme: 8
   MILITÄRISCH INSGESAMT: 45
   ZIVILER STAB INSGESAMT 341
NICHT ZUGETEILTE ANGEHÖRIGE INSGESAMT 111
BÜRGER INSGESAMT 452

ZUSÄTZLICHES NICHTBÜRGER-PERSONAL:

»A«-KLASSE: 2890
   Jin 458-9998
   Pia 86-687
»B«-KLASSE: 12 389
»M«-KLASSE: 4566
»P«-KLASSE: 20 788
»V«-KLASSE: 1278

NICHTBÜRGER INSGESAMT: 41 911
MISSION INSGESAMT: 42 363

1

Tag 03, Kolonierechnung
Neuhafen-Basis, Gehenna-System

Die Luke ging auf, die Rampe wurde ausgefahren, und Conn blickte sich um ... sah die entblößte Erde, die endlosen Reihen von Zwei-Mann-Zelten, den leuchtenden Energieturm und die Solarzellenanordnung, die in der Morgensonne schimmerte. Dahinter lag der Fluß, und zu ihrer Linken das Meer. Dort, woher der Fluß kam, erhoben sich bewaldete Berge; dahinter erstreckten sich Ebenen bis zu einer weiteren leicht gewellten, bewaldeten Hügellandschaft. Conn kannte die Karte im Schlaf, wußte, was hier war und was dahinter lag. Er atmete die warme Luft ein, die durchsetzt war mit einer Kombination seltsamer Düfte; er spürte die Schwerkraft, die von Standard-g von Schiffen abwich und sich auch etwas von der Cyteens unterschied. Er verspürte einen Anflug von Panik, weigerte sich aber, das zu zeigen.

Sein Stab wartete ernst am Fuß der Rampe. Er ging hinunter – er trug zivile Kleidung, keine Uniform; und ergriff die Hand von Ada Beaumont und Bob Davies und Peter Gallin ... war schockiert über ihre Veränderung, die kahlgeschorenen Köpfe und rasierten Gesichter.

»Ich habe das nicht genehmigt«, sagte er zu Ada Beaumont. Zorn und Wut wogten in ihm auf. Ihm fiel ein, daß sie Zeugen hatten, und er erstickte einen Fluch. »Was geht hier vor?«

»Es schien mir wirkungsvoll zu sein«, sagte Beaumont mit fester Stimme. »Es ist schmutzig hier unten.«

Er sah sich um, stellte fest, daß hier alle gleich aussahen, Offiziere in azi-hafter Gleichförmigkeit. Beaumonts Demokratie. Beaumonts Stil. Er machte ein finsteres Gesicht. »Probleme?«

»Nein. Meine Initiative. Es schien hier unten eine Verschiedenheit zu bewirken – abseits der Regeln. Ich bitte um Entschuldigung, Sir.«

Öffentlich. Vor allen anderen. Er beherrschte sich. »Mir scheint«, sagte er, »daß es auf dieser Grundlage eine gute Idee ist.« Er blickte über sie hinweg, sah sich erneut um – wie die Ladung des letzten Shuttle-Fluges herausgebracht wurde, sein persönliches Gepäck und weniger wichtige Dinge, dazu die letzten paar Techniker. Er richtete den Blick auf die Berge, auf die ausgedehnte Landschaft.

Auf dem gegenüberliegenden Ufer des Flusses erhoben sich grasbedeckte Wälle, abrupt und scharf. Er deutete dorthin. »Das sind unsere Nachbarn, nicht wahr?«

»Das sind die Kaliban-Wälle, ja, Sir.«

Er starrte dorthin. Auf das Ungewisse. Er wünschte, sie wären nicht so dicht dran. Er betrachtete forschend das Lager, die Zelte, die sich Reihe um Reihe rechts in die Ebene hinaus erstreckten ... Azi, über vierzigtausend Azi, eine Stadt aus Plastik und Staub. Die Bagger entfernten sich winselnd und legten weiteren Erdboden bloß. Dauerhafte Mauern wuchsen im Zentrum des Lagers empor, Schaumstoffkuppeln, verborgen hinter dem Staubschleier eines Raupenschleppers. »Was ist da drin?« fragte er Beaumont. »Läuft die Anlage?«

»Die Energieversorgung läuft seit einer halben Stunde, und wir hängen nicht mehr am Notgenerator. Wir werden jetzt von der Neuhafener Energiegesellschaft versorgt. Sie verlegen gerade die zweite Reihe von Leitungen, also werden wir bald Überschüsse verwenden können. Heißes Wasser steht hoch im Kurs, aber die Leute von der Lebensmittelabteilung haben alles, was sie brauchen.«

Conn ging mit den anderen los, neben Beaumont, schenkte den Arbeitern, die mit einem Transporter gekommen waren, um das Gepäck ins Lager zu bringen, einen beiläufigen Gruß. Er ging zu Fuß, hatte sich entschieden, nicht den Transporter zu nehmen ... atmete den Staub und die Fremdheit und den unvertrauten Geruch eines nicht fernen Meeres ein. In mancher Hinsicht war es hier wie auf Cyteen. Er hatte ein Gefühl der Absonderung und des Unwirklichen; er schüttelte es ab und sah sich nach pflanzlichem Leben um, das seinen Sinnen vielleicht bewies, daß er sich auf einer fremden Welt befand – aber die Bagger hatten alles abgeräumt. Nur die Azi-Zelte waren zu sehen, die sich in ordentlichen Reihen in den Staub hinein erstreckten; und endlich war da das Zentrum des Lagers, wo Bagger die Fundamente für weitere Bauten aus Plastikschaum aushoben, wo bereits mehrere Kuppeln wie weiße Schwämme zwischen den Zelten hochgewachsen waren, eine Blase neben der anderen.

Sie bauten jetzt seit sechsunddreißig Stunden.

»Sie haben gute Arbeit geleistet«, sagte er laut zu Ada Beaumont, eine Wiedergutmachung für die Szene an der Rampe, bei der er sich selbst in Verlegenheit gebracht hatte. »Gute Arbeit.«

»Danke, Sir.«

Vorsicht war zu erkennen. Bei allen. Er sah sich wieder um, betrachtete sein Gefolge aus Abteilungsleitern, das inzwischen hinter ihnen beiden war, auch die anderen Leute, die sich auf ihrem Weg zum Lagerzentrum zu ihnen gesellt hatten. »Ich werde mich mit Ihnen besprechen«, sagte er. »Aber es läuft alles automatisch, nicht wahr? Besprechungen sind nicht so wichtig wie Ihre Bauten und Ihre Arbeitspläne. Also schiebe ich sämtliche Formalitäten zunächst auf. Ich finde, es ist wichtiger, zuerst allen ein Dach über dem Kopf zu verschaffen.«

Es wurde genickt und gemurmelt, und schließlich entschuldigte sich einer nach dem anderen, als sie Gründe für ihr Weggehen fanden.

»Ich würde gerne in meine eigene Unterkunft gehen«, sagte Conn. »Ich bin müde.«

»Ja, Sir«, sagte Beaumont ruhig. »Hier entlang. Wir haben sie so bequem gemacht wie möglich.«

Er war dankbar dafür. Er straffte die Schultern, die herabgesackt waren, und ging mit Ada und Bob und Gallin in die angedeutete Richtung. Sie öffnete die Tür zu einer eher kleinen Kuppel, die wie eine Blase an der Hauptkuppel hing, ein Plastikglasfenster hatte und eine Tür, die aus dem Schaum herausgesägt worden und auf Angeln wieder eingesetzt worden war. Innen stand ein Bett, bereits fertig hergerichtet; ein richtiger Schreibtisch war da, und eine Verpackungsmatte diente auf dem Schaumstoffboden als Läufer.

»Das ist gut«, sagte Conn, »das ist wirklich gut.« Und als die Gesellschaft Anstalten machte zu gehen, sagte er: »Kapitän, kann ich Sie einen Moment sprechen?«

»Sir.« Sie blieb. Bob Davies und Pete Gallin zogen sich diskret zurück, und der Reg, der einen Teil des Gepäcks hereingebracht hatte, stellte es neben der Tür ab und schloß diese auf seinem Weg nach draußen.

»Ich denke«, sagte er, »du weißt, daß etwas nicht stimmt. Ich kann mir vorstellen, daß es dich beunruhigt hat – weil ich nicht hier unten war.«

»Ich hatte verstanden, die Prozedur erfordere, daß der rang-höchste Offizier auf dem Schiff bleibt, für den Fall ...«

»Weich mir nicht aus!«

»Ich habe mir etwas Sorgen gemacht.«

»In Ordnung. Du hast dir etwas Sorgen gemacht.« Er holte Luft und schob die Hände auf dem Rücken unter den Gürtel. »Ich werde ehrlich zu dir sein. Ich hatte mir überlegt, daß du mit der Landung fertig wirst, auch mit der ganzen Lagererrichtung, wenn es sein mußte. Ich bin ein wenig angespannt, Ada. Ein wenig im Streß. Ich bekomme ein wenig Arthritis. Verstehst du? Mein Rücken schmerzt etwas.«

»Meinst du, es gibt ein Problem mit der Verjüngung?«

»Ich weiß, daß ich mehr Pillen nehme als vorher. Man braucht mehr, wenn man unter Streß steht. Vielleicht liegt es daran. Ich habe auch daran gedacht, zurückzutreten, aus medizinischen Gründen nach Cyteen zurückzukehren. Ich habe darüber nachgedacht. Ich mag den Gedanken nicht. Ich bin noch nie vor etwas weggelaufen.«

»Wenn deine Gesundheit ...«

»Hör mir bloß zu! Was ich vorhabe ... ich werde das Kommando für ein paar Wochen ausüben, und dann werde ich mich auf eine beratende Position zurückziehen.«

»Sir ...«

»Red mich nicht mit Sir an! Nicht hier! Nicht nach all der Zeit! Ich wollte dir nur sagen, daß das Zeug bei mir versagt. Das ist ja der Grund, warum wir Reserven im System haben. Du bist die eigentliche Wahl, du. Ich stelle nur meine Erfahrung zur Verfügung, mehr nicht.«

»Wenn du es so haben möchtest.«

»Ich möchte einfach meine Ruhe haben, Ada. Es war nicht der Grund für mein Kommen; es ist, was ich jetzt will.«

»Das Schiff ist noch da.«

»Nein.«

»Dann kümmere ich mich um alles.« Sie steckte die Hände in die Hüfttaschen und blinzelte ihn mit blassen Augen an, unter dem kahlen Schädel in einem Gesicht, das Zeugnis von ihrem Alter ablegte. »Ich denke, dann ... entschuldige ... es könnte unter den gegebenen Umständen klug sein – das Kommando zu teilen und den Übergang zu erleichtern, wenn es soweit ist.«

»Scharf darauf, was?«

»Jim . . .«

»Du bist schon dabei, die Dinge nach deinen Vorstellungen zu regeln. Es ist in Ordnung.«

»Der Stab hat sich schon gewundert, weißt du – deine Abwesenheit. Und ich denke, wenn du offen mit ihnen gesprochen hättest, es ihnen klargemacht hättest, deine Gesundheit, was deine Gründe sind – du bist wirklich jemand, den sie respektieren; ich denke, sie würden sich freuen zu wissen, warum du auf einmal nicht mehr so zu sehen bist –, daß es sich dabei um eine persönliche Sache handelt und nicht um Mißhelligkeiten auf einer höheren Kommandoebene.«

»Lauten so die Gerüchte?«

»Man weiß nie so ganz genau, wie die Gerüchte lauten, aber ich denke, das ist ein Teil von ihnen. Die Lage ist ein wenig gespannt.«

»Zwischen Soldaten und Zivilisten?«

»Nein. Zwischen uns und ihnen. Der sichtbare Unterschied . . .« Sie rieb sich über den geschorenen Skalp und steckte dann bedacht die Hand wieder in die Tasche. »Nun, damit wurde ein unmittelbares Problem gelöst. Die Leute werden müde und reizbar; und ich bin auf der Stelle hingegangen und habe es erledigt, und das war der Weg, der mir dabei einfiel. Und die anderen vom Stab folgten meinem Beispiel. Vielleicht war es falsch.«

»Wenn das Problem damit gelöst ist, war es richtig. Ich werde mit ihnen sprechen. Ich werde alles auf meine Weise klarstellen.«

»Ja, Sir.« Leise und ruhig.

»Bring mich nicht durch Respekt in ein frühes Grab, Beaumont! Soweit bin ich noch nicht.«

»Das erwarte ich auch nicht. Ich erwarte, daß du da bist und die Befehle erteilst. Ich bin dein Standbein, so sehe ich es.«

»Oh, du siehst schon darüber hinaus. Du wirst Gouverneur sein. Ich denke, das wird dich zufriedenstellen.«

Sie schwieg für einen Moment. »Ich habe es als eine Angelegenheit zwischen Freunden erachtet. Ich möchte gerne, daß das die Grundlage bleibt.«

»Ich werde mich ein wenig ausruhen«, sagte er.

»In Ordnung.« Sie ging zur Tür, blieb stehen und blickte zurück. »Ich möchte dich wegen der Tür warnen – du mußt sie geschlossen halten. Die Echsen haben das Lager entdeckt. Sie werden in die Zelte eindringen, in alles. Und das Fenster – sie kommen durch das Fenster, wenn du das Licht anhast und das Fenster offen. Wir versuchen, keine Huscher mit ins Lager zu bringen, aber ein paar haben es geschafft, und sie entwickeln sich zu einer Plage.«

Er nickte. Verabscheute den Gedanken.

»Sir«, sagte sie ruhig, ging hinaus und zog die dicke Tür vorsichtig hinter sich zu. Er legte sich aufs Bett, und sein Kopf hämmerte in der schwebenden Stille – dem Fehlen der Ventilationsgeräusche und der Schiffsrotation und der tausend anderen hintergründigen Geräusche der Maschinen. Draußen brummten und winselten und tuteten die Bagger und schrien menschliche Stimmen, aber es war alles weit weg.

Die Geschichte mit der Arthritis stimmte. Er spürte es, wollte einen Drink; und versuchte, den Gedanken von sich zu schieben ... wollte damit nicht anfangen, jetzt noch nicht, wo vielleicht jemand hereinkam.

Er mußte die Panik abwehren, den starken Wunsch, das Schiff zu rufen und um Abholung zu bitten. Er mußte standhaft bleiben, bis es zu spät war. Er war noch nie weggelaufen; und er war entschlossen, es auch diesmal nicht zu tun, dieses letzte und schwerste Mal.

2

Tag 03, KR

An diesem Abend (man mußte wieder in Begriffen von Abend denken, nicht Haupt- und Wechseltag, mußte wieder lernen, daß die Dinge zur Nacht stillgelegt wurden und daß jedermann nach demselben Zeitplan schlief und aß) ... an diesem Abend stand Conn in der Hauptkuppel beim Stabsessen auf und gab die Veränderungen bekannt. »Eigentlich nicht so schlecht«, sagte er, »da wirklich ein Bedarf an einem regierenden Gremium besteht und nicht an einem militärischen Befehlssystem. Das Hauptquartier und das Kolonialbüro haben in unser Ermessen gestellt, welche Art von Autorität wir uns schaffen, ob militärische oder zivile Formen; und ich denke, wir haben hier

ein Niveau der Stabsmitwirkung, daß sich eine Form von Rats-
regierung von selbst anbietet. Alle Abteilungsleiter werden
dem Gremium angehören. Kapitän Beaumont und ich werden
das Gouverneursamt gemeinsam ausüben und dem Gremium
gemeinsam vorsitzen, wenn wir beide anwesend sind. Major
Gallin übernimmt den Rang des stellvertretenden Vorsitzen-
den. Und was den Rest angeht, haben wir die strukturelle
Rangfolge in verschiedenen Bereichen der Verantwortung, wie
die Charta das darlegt.« Er blickte den Tisch entlang in Gesichter, die den Streß langer Arbeit und primitiver Verhältnisse
zeigten, blickte zu Bilas, der eine Binde an der Schläfe trug. Das
hatte ihm schon Sorgen gemacht; die Gedanken wanderten.
»Bilas, hatten Sie einen Unfall?«

»Ein Stein, Sir, von einem Tritt hochgeschleudert.«

»So.« Conn betrachtete die Gesichter, die kahlgeschorenen
Schädel – die ernannten Offiziere und Noncoms und Zivilisten.
Er blinzelte und fuhr sich abwesend mit einer Hand über das
dünner werdende, durch die Verjüngung versilberte Haar.
»Wissen Sie, ich würde es auch abrasieren«, sagte er, »aber es
ist nicht mehr viel davon da.« Nervöses Gelächter am Tisch.
Eine unsichere Stimmung. Und dann fand er den Faden wieder. »Wir haben die Energie eingeschaltet, haben Elektrizität an
manchen Stellen. Das Lager hat Energie zum Kochen und Ein-
frieren. Das Land ist zumindest im Lagerbereich geordnet. Wir
alle haben irgendeine Art Dach über dem Kopf; haben wir doch
tatsächlich siebentausend Jahre der Zivilisation in nur etwa drei
Tagen erledigt?« Er war sich nicht ganz sicher mit den siebentausend Jahren, aber er hatte irgendwo in einem Buch gelesen,
wie lange die Menschheit für bestimmte Entwicklungsschritte
gebraucht hatte, und er sah, wie die Augen der anderen dem
ernste Aufmerksamkeit entgegenbrachten, was sich wie Lob
anhörte. »Das ist gut. Das ist wirklich gut. Wir alle haben jetzt
eine Ausrede dafür, bald langsamer zu machen. Aber wir wollen schaffen, was wir können, solange wir so in Schwung sind,
solange wir alle noch motiviert sind durch vielleicht den
Wunsch nach einer heißen Dusche oder einem warmen Bett.
Wie steht es mit den Habitats? Können wir in dieser Woche
damit anfangen? Oder müssen wir das verschieben?«

»Wir rechnen damit«, sagte Beaumont, die neben ihm saß,
»das gesamte Personal bis morgen in festen Unterkünften un-

tergebracht zu haben, selbst wenn das Überfüllung bedeutet. Dann sind wir wenigstens im Trockenen, wenn es regnet. Und wir sind dabei, eine gute planierte Straße durch das Azi-Lager zu ziehen, um ihnen unter diesen Bedingungen zu helfen. Morgen wird geräumt und gepflügt; vielleicht schaffen wir es in drei weiteren Tagen, die Saat für den Garten in die Erde zu bekommen. Vielleicht können wir auch die Installationen draußen im Azi-Lager abschließen.«

»Das ist schön«, meinte Conn. »Damit sind wir dem Plan voraus.«

»Hängt vom Wetter ab.«

»Irgend ...«

»He!« rief plötzlich jemand unten am Tisch und fluchte; Leute sprangen am Ende des Tisches von den Bänken auf. Gelächter ertönte, und ein Mann verschwand unter dem Tisch und kam mit einer einen Meter langen grünen Echse wieder zum Vorschein. Conn starrte sie alle benommen an, das kämpfende Reptil, den grinsenden Stabsangehörigen und die anderen – Gutierrez von der Biosektion war der Mann, der sie hielt.

»Ist das ein Eingeborener?« fragte Conn.

»Dies, Sir – dies ist ein Ariel. Sie sind flink; er ist wahrscheinlich durch die Tür gehuscht, während wir in die Baracke kamen.« Gutierrez setzte die Echse für einen Moment auf den verlassenen Teil des Tisches, und sie blieb dort unbeweglich sitzen, grün und zerbrechlich, den Halskragen wie Federn ausgebreitet.

»Ich finde, sie sollte sich besser ihr eigenes Abendessen suchen«, meinte Beaumont. »Bringen Sie sie hinaus, ja?«

Gutierrez hob die Echse wieder hoch. Jemand hielt ihm die Tür auf. Er ging hin, beugte sich herab und gab dem Wesen einen sanften Schubs in die Dunkelheit hinaus.

»War schon öfter da«, sagte Bilas. Conn fühlte sich gereizt bei dem Gedanken an eine derartige Beharrlichkeit.

Gutierrez setzte sich wieder auf seinen Platz, und die anderen folgten seinem Beispiel.

»Irgendwelche von den großen?« erkundigte sich Conn.

»Nur Ariels«, antwortete Gutierrez. »Sie kommen in die Baracken und Zelte, und wir bringen sie einfach wieder hinaus. Niemand ist verletzt worden, weder von uns noch von ihnen.«

»Wir müssen einfach mit ihnen leben«, meinte Conn. »Wir wußten das vorher, nicht?« Er fühlte sich zittrig und setzte sich wieder. »Es sind einige Dinge zu erledigen, Verwaltungssachen. Ich möchte wirklich gerne in unserer Amtszeit die meisten Programme in Gang bringen. Die Schiffe – fliegen in ein paar Stunden ab, und wir sehen sie erst in drei Jahren wieder. Bis sie mit den Technikern und den Einrichtungen für die Geburtslabors kommen, bis zu dem Punkt, an dem diese Welt wirklich zu wachsen beginnt. Alles, was wir tun, muß effektiv diesem Zweck dienen. Die Labors werden nach ihrer Ankunft alle neun Monate eintausend Neugeborene hervorbringen, und in der Zwischenzeit werden wir hier schon Kinder geboren haben und uns um all das kümmern. Wir haben hier Azi, die nichts über das Aufziehen von Kindern wissen, ein Punkt, um den sich die Erziehungsabteilung wird Gedanken machen müssen. Wir müssen Karten zeichnen, das Muster der Entwicklung bis zum letzten Meter festlegen. Wir müssen alle Risiken lokalisieren, weil wir nicht zulassen können, daß herumlaufende Kinder hineingeraten. Drei Jahre sind nicht allzuviel Zeit dafür. Und lange bevor sie herum sind, werden wir hier Geburten erleben. Sie haben sicher alle schon daran gedacht, da bin ich sicher.« Nervöses Lachen von der Versammlung. »Ich denke, es wird gutgehen. Alles steht zu unseren Gunsten. Siebentausend Jahre in drei Tagen. Wir werden ein paar weitere Jahrtausende herumbringen, während wir warten, und wieder einen großen Schritt machen, wenn die Schiffe uns diese Labors bringen. Und diese Gegend muß bis dahin gesichert sein. Das ist alles, was ich zu sagen habe.«

Ein Glas wurde gehoben – von Ilya Burdette weiter unten am Tisch. »Auf den Oberst!« Sämtliche Gläser gingen hoch, und alle Anwesenden brüllten den Spruch nach. »Für den Kapitän!« schrie jemand, und sie tranken auf Beaumont. Ein gutes Gefühl breitete sich aus. Geräuschvoll.

»Wie steht es mit Bier?« schrie jemand vom zweiten Tisch. »Wie lange dauert es noch, bis wir Bier haben?«

Müde Gesichter verfielen ins Grinsen. »Die Agrarleute haben einen Plan!« brüllte ein Zivilist zurück. »Ihr verschafft uns Felder, ihr bekommt euer Bier!«

»Auf das Bier!« rief jemand, und dann riefen es alle, und Conn lachte zusammen mit den anderen.

»Auf die Zivilisation!« rief einer, und sie leerten ihre Drinks, und der Schweiß und die Erschöpfung schienen ihnen nichts mehr auszumachen.

3

Venture-Logbuch
»Abflug begonnen um 1213 Uhr 17 Minuten scheinbare Missionszeit. Unterwegs zum Sprungpunkt, alle Systeme normal. *US Swift* und *US Capable* folgen in Abständen von je einer Stunde. Letzte Verbindung mit Bodenbasis um 1213 Uhr besagte: Umstände hervorragend und Fortschritte dem Plan voraus; siehe Nachrichtenlogbuch. Geschätzte Ankunftszeit am Sprungpunkt um 1240 ...«

4

Tag 07, KR

Jin trat vor, als die Reihe sich dem kleinen improvisierten Tisch näherte, den die Aufseher zwischen den Zelten aufgestellt hatten. Jin trug in der Morgenkälte eine Jacke über seinem Overall. Die Luft war frisch und angenehm wie der Frühling auf der Welt, die er verlassen hatte. Er war weiterhin zufrieden. Sie waren wieder sauber, wenn man von dem Staub absah, den er sich von Gesicht und Händen reiben mußte, der sich knirschend seinen Weg unter den sauberen Overall bahnte. Sie hatten das Rohr verlegt und die Pumpen aufgebaut, die dem Lager zu sauberem Wasser verhalfen, und so hatten sie auch unter einem langen erhöhten Rohr mit Löchern darin duschen können – belebend kalt; es gab zwar keine Seife, aber es hatte trotzdem gutgetan. Man hatte sie informiert, daß sie jedesmal, wenn sie Freischicht hatten, duschen durften, weil reichlich Wasser vorhanden war. Sie hatten Rasiermesser für das Gesicht erhalten, aber Haare und Brauen durften sie sich wieder wachsen lassen. Die Gesichter zeigten wieder Regungen – beinahe. Jins Kopf würde wieder dunkel werden vor Haaren, obwohl er seit Cyteen keinen Spiegel mehr gesehen hatte. Er konnte es fühlen, und mehr, er hatte in dem ausgedehnten Lager einige seiner Geschwister gesehen und wußte daher, daß er wieder besser aussah.

Und ihm prickelte es vor Aufregung, und eine nicht geringe Unsicherheit höhlte ihn aus, denn diese Reihe, in der sie früh am heutigen Morgen standen, hatte etwas mit endgültigen Einteilungen zu tun.

Es ging alles sehr schnell. Der Computer, den der Aufseher benutzte, war ein tragbares Gerät. Der geborene Mann gab die Nummern ein, wie sie ihm genannt wurden, und das Gerät verarbeitete sie und rückte mit den Einteilungen heraus. Einige Azi wurden zur Seite genommen, um noch zu warten; manche kamen reibungslos durch. Der Mann vor Jin kam durch.

»Der nächste«, sagte der geborene Mann.

»J 458-9998«, antwortete er prompt und sah zu, wie es eingetippt wurde.

»Bevorzugte Gefährtin?«

»P 86-678.«

Der Mann sah hin. Man konnte die Bildschirme nie sehen, nie erkennen, was die Bediener wußten, was die Bildschirme aussagten. Die Maschine enthielt sein Leben, seine Unterlagen, alles, was er war und was sie mit ihm vorhatten.

Der Mann schrieb etwas auf ein viereckiges Plastikstück und reichte es ihm. »Bestätigt. Zelt 907, Reihe fünf. Geh dorthin!«

Der nächste Azi hinter ihm nannte bereits ihre Nummer. Jin wandte sich ab – trug sein ganzes Gepäck in der Hand, seinen kleinen Beutel mit dem Stahlrasierer und der Zahnbürste und dem Waschlappen; er hatte fertig gepackt.

Der Weg zu 5907 war lang. Jin ging zwischen den Zelten, die langen Reihen aus bloßem Staub und aus Zelten hinab, die sich in nichts unterschieden als an den Schildern, die an den Eingängen hingen. Weitere Fußgänger waren vor ihm, Azi, die wie er ihre weißen Einteilungszettel in den Händen trugen an diesem frühen Morgen, wo die Sonne dunstig über den Zelten aufstieg und die kleinen Fuß- und gewundenen Schlangenspuren von Ariels sichtbar machte. Ein Ariel wanderte gemächlich über den Weg und kümmerte sich dabei überhaupt nicht um die Fußgänger, sondern blieb erst stehen, als er den Saum eines Zeltes erreicht hatte, betrachtete sie von dort mit harten Augen. Hier standen über zwanzigtausend Zelte, alle im Osten der dauerhaften Kuppeln aufgestellt, die die geborenen Menschen für sich errichtet hatten. Jin hatte beim Aufbauen der Zelte in dieser Sektion geholfen, hatte auch das Anbringen der Wegweiser mit beaufsichtigt, so daß er jetzt eine gute Vorstellung davon besaß, wohin er ging und wo Nummer 5907 zu finden war. Er traf auf Kreuzverkehr, auf Azi aus anderen Sektionen. Diese gewaltige Ausdehnung von Straßen und Zelten wirkte wie eine Stadt, wie die Stadt, die er an dem Tag gesehen hatte, als es zum Shuttlehafen gegangen war, sein erster Anblick einer so großen Zahl von Behausungen.

Vierzigtausend Azi. Abertausende von Zelten in Zehnerblöcken. Er kam an 901 und 903 und 905 vorbei und erreichte endlich 907, ein Zelt, das sich von den anderen nicht unterschied. Er beugte sich herab und wollte hineingehen – aber sie war bereits da. Sie. Er kauerte sich an der Zeltklappe hin und warf seinen Beutel auf die Pritsche, die sie nicht genommen hatte, und Pia saß mit gekreuzten Beinen da und betrachtete ihn, bis er hereinkam und sich hinsetzte in dem Licht, das durch die offene Zeltklappe hereindrang.

Er sagte nichts, denn ihm fiel nichts Passendes ein. Er war aufgeregt, weil er ihr endlich nahe war, aber das was sie zusammen tun sollten, was er noch nie mit jemandem getan hatte –, das war der Nacht vorbehalten, wenn ihre Schicht vorüber war. Das Band hatte es gesagt.

Ihr Haar wuchs wieder, wie seines, ein dunkler Schatten auf ihrem Schädel; und ihre Augen hatten wieder Brauen.

»Du bist dünner geworden«, sagte sie.

»Ja. Du auch. Ich wünschte, wir hätten während der Reise einander nahe sein können.«

»Das Band hat mich aufgefordert, einen Azi zu benennen, der mir gefallen könnte. Ich gab Tal 23 an. Dann fragte es mich nach 9998ern, speziell nach dir. Ich hatte nicht an dich gedacht, aber das Band sagte, du hättest mich benannt.«

»Ja.«

»Da dachte ich, daß ich mich umbesinnen und dich angeben sollte. Ich hatte mir nicht vorgestellt, daß du mich auf die erste Stelle deiner Liste setzen würdest.«

»Du warst die einzige. Ich habe dich immer gemocht. Ich konnte an niemand anderen denken. Ich hoffe, es ist in Ordnung.«

»Ja. Ich fühle mich wirklich gut dabei.«

Er sah sie an, hob den Blick von der Matte und seinen Knien und Händen und begegnete Augen, die ihn anblickten. Wieder fiel ihm ein, was von ihnen erwartet wurde, wenn die Nacht da war – dasselbe, was das Vieh auf den Frühlingsfeldern tat oder auch die geborenen Menschen in ihren Häusern und feinen Betten, was, wie er schon lange wußte, bei Geburten endete. Er hatte noch nie Azi gekannt, die es taten: es gab Bänder, die ihm eine Vorstellung davon vermittelten, solche Dinge zu tun, aber dies hier, glaubte er, würde irgendwie anders sein.

»Hast du schon jemals Sex gemacht?« fragte er.

»Nein, du?«

»Nein«, antwortete er. Und weil er ein 9998er war und Zutrauen zu seinem Verstand besaß, fragte er: »Darf ich?« Und er streckte die Hand aus, um ihr Gesicht zu berühren. Sie legte ihrerseits eine Hand auf seines; und ihres fühlte sich zart und lebendig an und bewegte ihn auf eine Weise, wie es bislang nur die Bänder geschafft hatten. Da wurde er ängstlich und ließ die Hand auf sein Knie fallen. »Wir müssen bis heute abend warten.«

»Ja.« Sie wirkte nicht weniger beunruhigt. Ihre Augen waren geweitet und dunkel. »Ich fühle mich tatsächlich, wie es die Bänder sagen. Ich bin mir nicht sicher, ob das richtig ist.«

Und dann meldete sich die RA und wies die Azi, die ihre Plätze gefunden hatten, an, hinauszugehen und sich an ihre Tagesarbeit zu machen. Pias Augen blieben auf seine gerichtet.

»Wir müssen gehen«, sagte er.

»Wo arbeitest du?«

»Auf den Feldern; ich helfe den Ingenieuren bei der Vermessung.«

»Ich bin beim Agrarinspektor. Bei der Pflege der Saat.«

Er nickte – erinnerte sich an den Aufruf, sprang eilig auf und verließ das Zelt. Sie eilte hinterher.

»5907«, sagte sie – vielleicht, um es sich einzuprägen. Sie eilte in eine Richtung, und er in die andere, war völlig durcheinander – nicht aus Unwissenheit, sondern wegen der Veränderungen; wegen der Dinge, die erlebt werden wollten.

Sollte ich so empfinden? hätte er gerne gefragt, wenn er zu seinem alten Aufseher hätte gehen können, der bei ihm zu sitzen und ihm einfach die richtigen Fragen zu stellen pflegte.

Sollte ich auf diese Weise an sie denken? Aber alle waren zu beschäftigt.

Er hoffte darauf, bald ein Band hören zu können, das ihnen dabei half, die Dinge zu ordnen, die sie erlebt hatten, sie tröstete und ihnen sagte, ob sie mit dem, was sie fühlten oder taten, richtig oder falsch lagen. Aber es mußte richtig sein, denn die geborenen Menschen machten Fortschritte, die dem Plan voraus waren, und trotz ihrer Rufe und ihrer Ungeduld blieben sie manchmal stehen, um zu sagen, daß sie erfreut waren.

Das war es, was Jin liebte. Er erledigte alles gewissenhaft und spürte eine innere Weite, wann immer der Aufseher ihm sagte, daß etwas richtig oder gut war. »Ruhig«, sagte der Aufseher zu Zeiten, wenn er atemlos gerannt war, um eine Nachricht zu überbringen oder ein Gerät zu holen, tätschelte ihm dabei die Schulter. »Ruhig! Du brauchst nicht zu hasten!« Aber es war klar, daß der Aufseher erfreut war. Für diesen geborenen Menschen hätte sich Jin das Herz zum Halse heraus gelaufen, denn er liebte seine Aufgaben, zu denen es gehörte, mit geborenen Menschen auf den Feldern zu arbeiten, die er so liebte, und er beobachtete die geborenen Menschen mit der tiefen und wachsenden Überzeugung, daß er lernen könnte, zu sein, was sie waren. Die Bänder hatten es ihm versprochen.

5

Tag 32 KR

Gutierrez blieb auf dem Abhang stehen, kauerte sich auf der ausgescharrten Erde nieder und studierte den neuen Wall, der an diesem Ufer des Flusses aufgehäuft worden war. Eva Jenks von der Bio hockte sich neben ihm nieder, und neben ihr tat es der Spezialeinheiten-Op Ogden mit dem Gewehr auf den Knien. Norris von der Ingenieurabteilung kam hinter ihnen den Hang heraufgeschnauft und hockte sich zu ihnen, ein zweiter Gewehrträger, für alle Fälle.

Es war unbestreitbar ein Wall ... auf ihrer Seite des Flusses; und so neu wie die vergangene Nacht. Die alten Wälle lagen direkt jenseits der grauen Wasserfläche, an dieser Stelle etwa einen halben Kilometer weit entfernt. Styx nannten sie den Fluß, ein Scherz – wie sie auch den Planeten in diesem Stadium Gehenna* nannten wegen des Staubes und der Lebensbedingungen, Gehenna II, nach dem Stern, und nicht Neuhafen. Aber Styx stand im Begriff, rasch der richtige Namen dieses Flusses zu werden, klang farbiger als Forbes River, der Name, der auf den Karten stand. Der Styx und die Kalibane. Eine Vermischung von Mythen. Aber der letztere hatte seine Grenzen überschritten.

»Ich hätte wirklich gerne eine Luftaufnahme davon«, meinte Jenks. »Wissen Sie, es sieht so aus, als habe es dieselbe Anordnung wie die am anderen Ufer.«

»Vielleicht hat es mit der Ausrichtung zum Fluß oder zur Sonne zu tun«, überlegte Gutierrez. »Wenn wir wüßten, warum sie überhaupt Wälle bauen.«

»Vielleicht benutzen sie eine Art Magnetfeldausrichtung.«

»Vielleicht.«

»Was immer sie auch tun«, sagte Norris, »wir können nicht gestatten, daß sie es auf den Feldern tun. Dieser Bereich ist auf den Karten als künftiger Wohnbereich gekennzeichnet. Wir müssen eine Art Barriere anbringen, die diese Wesen respektieren; wir müssen wissen, wie tief sie graben. Vorher können wir keine Barriere errichten.«

»Ich denke, wir könnten es rechtfertigen, diesen hier zu belästigen«, meinte Gutierrez, ohne daß ihm die Aussicht Freude machte.

»Es steht nicht fest, daß dieser Bau so tief ist, wie sie kommen können«, sagte Jenks. »Schließlich ist er neu. Ich glaube nicht, daß etwas dabei herauskommt, wenn Sie hier graben. Und die anderen Wälle liegen alle im Schutzgebiet.«

»Nun, die Bio-Abteilung hat das Schutzgebiet geschaffen«, sagte Norris.

»Die Bio-Abteilung wird in dieser Sache nicht nachgeben«, sagte Gutierrez. »Tut mir leid.«

Schweigen. »Dann«, meinte Ogden, »müssen wir ihn über den Fluß zurückbringen.«

»Schauen Sie«, sagte Norris, »wir könnten doch eine von den Bauschranken dort errichten, und wenn er sich unten durch-

---

* hebr. ge hinnom, d. h. Tal der Söhne Hinnoms, eine südlich von Jerusalem gelegene alte kananäische Kultstätte (im Wadi er-rababe); spätjüdisch: Müllverbrennungsplatz; christlich: Hölle. *Anm. d. Herausg.*

gräbt, dann wissen wir Bescheid, oder nicht? Ein Test. Wir sind hier am Ufer. Er wird nicht unter dem Grundwasserspiegel graben, nicht ohne naß zu werden.«

»Sie haben doch Kiemen, oder?«

»Sie mögen ja Kiemen haben, aber ich glaube nicht, daß irgendwelche Tunnels da unten halten würden.« Norris schielte in die Morgensonne und dachte einen Moment lang nach. »Wenn man sich die Menge an Erde ansieht und ihre Trockenheit ... welche Funktion haben diese Wälle? Können Sie das folgern?«

»Ich denke«, sagte Gutierrez, »es hat mit großer Wahrscheinlichkeit etwas mit den Eiern zu tun. Sie legen ja Eier. Wahrscheinlich ist es ein ausgeklügeltes Ventilationssystem, wie es manche koloniebildenden Insekten haben; oder eine Bruteinrichtung, die Nutzen aus der Sonne zieht. Ich denke, wenn wir uns daranmachen, das ganze System zu untersuchen, dann könnte die Ausrichtung etwas mit den vorherrschenden Winden zu tun haben.«

»Werfen wir mal einen Blick darauf«, meinte Jenks.

»In Ordnung.« Gutierrez erhob sich, wischte sich die Hosen ab und wartete auf Norris und Ogden, ging dann den Hang des letzten Hügels hinab, den die Bagger abgeräumt hatten. Sie näherten sich dem Wall, überquerten das grasbewachsene Zwischenstück.

Als sie die Furche erreichten und noch einen Steinwurf entfernt waren von dem Wall aus aufgewühltem Grasboden und Erde, war eine dunkle Bewegung auf dem Grat des Walles zu sehen; etwas erhob sich blitzschnell zu voller Höhe, drei Meter lang und schmutzig grau.

Alle blieben stehen. Es war eine simultane Reaktion. Ogden entsicherte sein Gewehr.

»Nicht schießen!« zischte Gutierrez. »Denken Sie nicht einmal ans Schießen? Bleiben Sie reglos! Wir wissen nicht, wie gut sie sehen können. Bleiben Sie stehen, damit er nachdenken kann! Wahrscheinlich ist er so neugierig wie die Ariels.«

»Häßlicher Bastard«, meinte Norris. Das war unbestreitbar. Die Ariels bereiteten sie auf Schönheit vor, bewegten sich lebhaft und leicht, flatterten mit ihren Kragenwedeln und putzten sich wie Vögel. Aber der Kaliban kauerte sich gewichtig auf den Grat und plusterte seinen Hals auf, wodurch ein knotiger und gepanzerter schwarzer Kragen aufgebläht wurde; der Körper war ganz dumpfes Grau und mit schwarzem Schlamm beschmiert.

»Das zeugt von etwas Aggressivität«, meinte Jenks. »Er droht, aber er macht keine Bewegung gegen uns.«

»Himmel«, sagte Ogden, »wenn *die* durch die Basis watscheln, werden sie Platz brauchen, was?«

»Er frißt Fisch«, erinnerte Gutierrez die anderen. »Er ist mehr am Fluß interessiert als an allem anderen.«

»Er meint«, sagte Jenks, »daß Sie, wenn Sie zwischen diesem Burschen und dem Fluß stehen, in viel größerer Gefahr schweben, zufällig niedergerannt zu werden. Er könnte zu seinem Walleingang laufen oder zum Fluß. Wenn er läuft.«

»Bleiben Sie hier stehen!« sagte Gutierrez und machte einen vorsichtigen Schritt nach vorn.

»Sir«, sagte Ogden, »man erwartet von uns nicht, Sie zu verlieren.«

»Na ja, ich habe nicht vor, verloren zu gehen. Bleiben Sie einfach stehen! Sie auch, Eva!« Er ging vorsichtig weiter, beobachtete sämtliche kleinen Reaktionen, die Abfolge von Hebungen und Senkungen des knotigen Kragens, den Atem, der die steingrauen zerklüfteten Flanken hob und senkte. Die Kiefer waren mit Zähnen ausgestattet. Mit einem ganzen Haufen Zähnen. Das wußte er. Eine dicke schwarze Schlange von Zunge zuckte hervor und wieder zurück, tat es dann noch einmal. Das war eine Untersuchung. Gutierrez blieb stehen und ließ ihm Zeit, zu riechen.

Der Kaliban blieb noch für einen Moment hocken, drehte mit reptilischer Bedächtigkeit den Kopf und betrachtete ihn mit einem vertikal geschlitzten Jadeauge von der Größe einer Untertasse. Der Kragen hob und senkte sich. Gutierrez machte einen weiteren Schritt und dann noch einen, stand jetzt unmittelbar am Fuße des Walls, der ihn um das Dreifache seiner Größe überragte.

Plötzlich richtete sich der Kaliban auf, peitschte mit dem Schwanz und brachte Erdklumpen zum Abbröckeln, als er seine vier gekrümmten Beine durchdrückte und den Bauch vom Boden abhob. Er senkte den Kopf, um Gutierrez im Blick zu behalten, ein seitlicher Blick aus ebendiesem vertikal geschlitzten Auge.

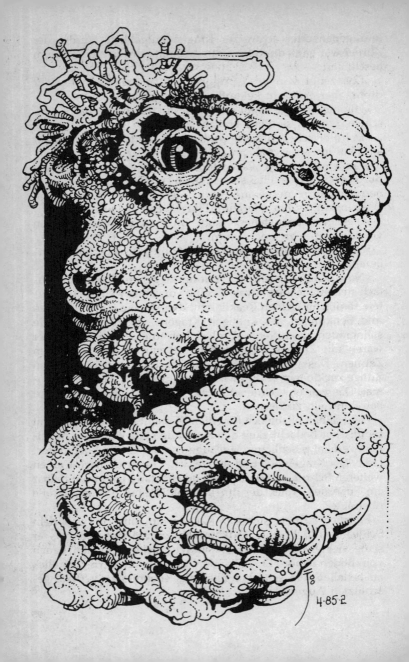

Das war dicht genug. Gutierrez tastete sich vorsichtig einen Schritt zurück, ging dann vorsichtig, Schritt für Schritt rückwärts.

Der Kaliban kam auf dieselbe Weise vom Wall herab auf ihn zu, setzte immer einen mit dicken Krallen bewehrten Fuß gleichzeitig mit dem Hinterfuß der anderen Seite auf, eine Gangart, mit der er allzu schnell erstaunlich viel Boden gewann. »Nicht schießen!« hörte Gutierrez die Stimme von Eva Jenks, und er war sich in diesem Augenblick nicht sicher, ob er ihr zustimmte. Er blieb stehen, fürchtete sich wegzulaufen. Der Kaliban blieb ebenfalls stehen und betrachtete ihn aus einer Körperlänge Entfernung.

»Gehen Sie da weg!« schrie Jenks Gutierrez zu.

Die Zunge kam hervor, und der Kopf schwenkte in Jenks' Richtung. Der Kaliban war in geduckter Haltung mehr als kniehoch, und hüfthoch, wenn er sich aufrichtete; und er lief weit schneller als erwartet. Der Schwanz bewegte sich ruhelos, und Gutierrez berücksichtigte auch das, denn er war eine Waffe, die imstande war, ein menschliches Rückgrat durchzubrechen, wenn der Kaliban das Ende austeilte.

Der Kragen wurde wieder flach, der Kopf senkte sich und legte sich schräg, wandte ihm wieder das geschlitzte Auge zu. Der Kaliban beugte sich langsam vor und drehte den Kopf, um Gutierrez Füße zu betrachten; und mit diesem Vorbeugen setzte er sich auf ihn zu in Bewegung.

»Laufen Sie!« rief Jenks.

Die Zunge zuckte hervor, dick wie ein Handgelenk, und leckte Gutierrez leicht über die staubigen Stifel; dann zog der Kaliban sie wieder zurück, schlängelte sich über das Gras scharrend zur Seite weg und betrachtete ihn dann wieder mit dem kalten Bernsteinauge. Der Schwanz fegte dicht heran und peitschte wieder zurück, kurz bevor er ihn traf. Dann watschelte der Kaliban mit einem Hauch von Würde zurück und kletterte auf seinen Wall. Gutierrez spürte jetzt das Klopfen seines Herzens. Er drehte sich um und ging zu seiner Gruppe zurück, aber Jenks lief bereits auf ihn zu, und Ogden war dicht hinter ihr, gefolgt von Norris.

Gutierrez betrachtete Jenks verlegen, dachte zuerst, er habe etwas Dummes getan, dann als zweites, daß der Kaliban sich nicht wie erwartet verhalten hatte: er hatte nicht erst tagelang das Flucht- und Wiederannäherungsverhalten gezeigt, von dem die Sondenbesatzung berichtet hatte.

»Soviel zu dem Buch«, sagte er und zitterte dabei immer noch. »Könnte sein, daß er zur Paarungszeit drängt.«

»Oder jagt.«

»Ich denke, wir versuchen lieber, hier ein Betonhindernis zu errichten, direkt auf dem Hügel da hinten.«

»Richtig«, meinte Norris. »Und wir sollten die Grenze um diesen ganzen Bereich ziehen.«

Gutierrez blickte zurück zu dem Kaliban, der wieder seinen Platz auf dem Wall eingenommen hatte. Wenn Tiere auf einer vertrauten Welt gegen die Regeln verstießen, dann zeigte das eine Phase des Verhaltens an, die noch nicht beobachtet worden war: Nisten zum Beispiel.

Aber Neugier bei einer Spezies, die so gewaltig groß war ...

»Er hat sich nicht an das Buch gehalten«, murmelte Gutierrez. »Und das wirft in meinen Augen Fragen an den Rest des Textes auf.«

Jenks sagte nichts. Es gab eine Grenze für öffentliche Spekulationen von Bio-Seite. Gutierrez hatte bereits mehr gesagt, als seinem Empfinden nach klug war; aber sie hatten Leute draußen, die über die Felder gingen und sich immer noch auf das verließen, was die Mercury-Sonde an Rat erteilt hatte.

»Ich möchte einfach jedem raten, etwas vorsichtiger zu sein«, sagte er.

Er ging, gefolgt von den anderen, wieder auf den Hügel hinauf. Die erste Wetterfront hat sie ein wenig mit Regen besprengt, der rasch vertrocknet war. Jetzt zog ein Wetter auf, das ernster aussah – draußen auf dem grauen Meer zwischen den wenigen Inseln, die vor der Küste lagen, überdeckt von einer Wolkenbank. Auch dieser Umweltfaktor mußte in Rechnung gestellt werden.

Konnte das Wetter Änderungen in der Stimmung der Kalibane herbeiführen? Und was das Bauen anbetraf, wenn das Wetter ernst wurde ...

»Der Schaum wird nicht allzuschnell fest werden, wenn dieser Regen kommt«, meinte er. »Und der Beton auch nicht. Ich denke, wir müssen vielleicht warten ... aber wir machen uns besser gleich an die Karten und überlegen uns, wo wir diese Betonbarriere aufstellen werden.«

»Zwei Kriterien haben wir«, sagte der Ingenieur. »Schutz vor Flutwasser und unseren eigenen Zugang zu Stellen, die wir brauchen.«

»Und noch einen«, bemerkte Jenks. »Die Kalibane. Wohin sie zu gehen beschließen.«

»Wir können nicht alle unsere Pläne auf diese Echsen zurechtbiegen«, meinte Norris. »Was ich gerne tun möchte, mit Ihrer Erlaubnis – ist, hier einen Elektrozaun zu errichten und zu sehen, ob wir es ihm nicht so unangenehm machen können, daß er wieder gehen möchte.«

Gutierrez überlegte und nickte nach einem Moment. »Sie können es versuchen. Aber bitte nichts, was die Kolonie am anderen Ufer beunruhigt. Doch wenn wir diesen Burschen ermutigen können, zu seinem Ufer zurückzuschwimmen, dann würde ich sagen, wäre es für ihn und für uns besser.«

Gutierrez blickte zu den Wolken hinauf und dann über seine Schulter zu den Wällen, versuchte immer noch, dieses Verhalten in Einklang mit bekannten Mustern zu bringen.

6

Tag 58, KR

Der Nebel zog sich in das allgemeine Grau des Himmels zurück, und der Wind blies kalt ans Fenster. Die Wärme schien kaum zu reichen. Conn saß in seine Decke eingewickelt da und dachte, daß es vielleicht angenehmer sein würde, wenn er, ungeachtet der Privatsphäre, zu den anderen in die Hauptkuppel zöge. Oder er konnte sich beschweren. Vielleicht schaffte es jemand, an der Heizung etwas auszurichten. Bei all dem Sachverstand dort draußen, den man angesammelt hatte, um eine Welt zu bauen – sicherlich konnte jemand etwas an der Raumheizung ausrichten.

Zwei Wochen mit dieser Geschichte, zwei Wochen, in deren Verlauf die Wellen an die Küste donnerten und den Fluß heraufbrausten, getrieben von einem monströsen Sturm irgendwo auf dem Meer: Wasser, überall Wasser. Die neuerdings hergerichteten Felder waren nur noch Sümpfe, und die Maschinen versanken darin, selbst wenn sie stillstanden. Und die Kälte drang bis auf die Knochen, und die feuchte Luft durchweichte die Kleider, so daß niemand von ihnen warm und trocken angezogen gewesen war, solange der Nebel auf ihnen gelegen hatte. Die Kleider stanken nach Feuchtigkeit und Schimmel. Reihen von Azi kauerten in dem Nieselregen und holten ihre Lebensmittel an den Verteilerstellen ab, gingen dann zurück in die durchweichte Isolation der Zelte. Wie es ihnen erging, davon hatte Conn keine rechte Vorstellung, aber falls es ihnen schlechter ergangen wäre als dem übrigen Lager, dann hätte die Erziehungsabteilung den Stab ausführlich informiert.

Ein Plätschern setzte jetzt am Fenster ein, als Tropfen, herbeigetragen von einem Windstoß, dagegenspritzten. Wenn der Wind den Nebel wegblies, hatten sie Regen, und wenn der Wind aufhörte, machte sich der Nebel breit. Conn lauschte dem böswilligen Prasseln des vom Wind herangetragenen Wassers und beobachtete, wie ein dünnes Rinnsal in der Ecke einsetzte, die undicht war; aber er hatte die Truhe darunter weggezogen und seine schmutzige Wäsche auf den Boden gelegt, um das Wasser aufzusaugen, das auf dem Schaumstoffboden einen Teich bildete. Eine Zeitlang hörte er nichts anderes als den Wind und das Prasseln der Regentropfen; und er empfand Einsamkeit in dem fahlen, grauen Tageslicht, das durch das regenbesprühte Plastik hereinfiel.

Es wurde ihm zuviel. Er stand auf und zog den Mantel an, wartete auf ein Nachlassen des Regens, öffnete die Tür und platschte um das Bauwerk herum zur Fronttür der Hauptkuppel, an die seine kleinere Kuppel angrenzte, ein durchnässender, platschender Gang durch Pfützen auf etwas, das ein Kiesweg gewesen war.

Er trat in die Wärme des Innenraums, in das elektrische Licht und die Fröhlichkeit, die von der Elektrizität gespendete Wärme und unter die Lampen, die hier stets brannten; und die Menschen und die Gespräche und die Aufgaben.

»Tee, Sir?« fragte ein Azi, der hier Dienst hatte und für das Servieren und Saubermachen zuständig war.

»Ja«, murmelte Conn und setzte sich an den langen Tisch, der das Zentrum der ganzen Gesellschaft und eines großen Teiles der Arbeit in der Stabskuppel war. Karten bedeckten das andere Ende. Die Ingenieure hatten eine Konferenz, eine dichte Versammlung von Köpfen und besorgten Blicken.

Der Tee kam und Conn nahm ihn entgegen, blinzelte dem Azi abwesend zu und brummte ein ›Danke, das ist alles‹, was den Azi aus seinem Weg und seinen Gedanken entfernte. Eine Echse trippelte an der Trennwand zum Kom-Raum entlang: es war Ruffles. Ruffles lief herum, wo es ihr/ihm gefiel, war einen Meter lang und neigte dazu, sich an den Tischbeinen vorbeizuschlängeln oder hinter den Füßen von irgend jemand zu hokken, der still dasaß, wahrscheinlich, weil man sie mit Leckerbissen vom Tisch korrumpiert hatte. Wenigstens war sie sauber. Das Geschöpf war so beharrlich immer wieder hereingekommen, daß es einen Namen und einen widerwillig zugestandenen Platz in der Kuppel erhalten hatte. Nicht alle fütterten sie, und von einem knappen Meter Länge ausgehend war sie fetter geworden und inzwischen locker über einen Meter lang, denn sie hatte in der letzten Woche einen Hautwechsel durchgemacht.

Eine tastende Kletteraktion führte Ruffles auf einen Stapel Kisten. Conn trank seinen Tee und erwiderte den Blick ihrer goldenen Schlitzaugen. Sie drehte den Kopf in einen Winkel, aus dem ihm ein Auge direkt zugewandt war. Sie bauschte den Kragen auf und putzte sich ein wenig.

»Kann ich Ihnen helfen, Sir?« Das war Bilas, der die Bank zum Knarren brachte, als er dicht bei ihm Platz nahm und die Arme auf den Tisch legte. Nonkom und Oberst der Spezialeinheiten – sie machten keine Unterschiede mehr. Überall hatte das Protokoll ausgedient.

»Ich beruhige nur meine schmerzenden Knochen. Fortschritte beim Entwässerungssystem?«

»Wir haben das Rohr verlegt, aber ein Problem damit, daß es rasch verschlammt. Die Meteorologie sagt, daß sie dieses Wetter nicht überrascht. So hören wir wenigstens.«

»Nein, es ist keine Überraschung. Mit der letzten Front sind wir noch gut davongekommen.«

Ein weiteres Stabsmitglied kam herbei, und sie brachte ihren Becher mit. Regan Chiles setzte sich auf eine gegenüberstehende Bank, als sie scharfäugig wie ein Aasfresser einen Inhaber von Befehlsgewalt ausgemacht hatte und mit allen Anzeichen des Problemehabens auf ihn herabstieß. »Haben ein paar Schwierigkeiten«, sagte sie. »Die Bandgeräte sind ausgefallen. Es liegt an der salzhaltigen Luft und der Feuchtigkeit. Wir haben die empfindlichsten Teile herausgenommen und versiegelt; aber wir werden die Geräte auseinandernehmen und reinigen müssen. Und dafür sind wir wirklich nicht eingerichtet.«

»Sie werden Ihr Bestes tun.« Er wollte das wirklich nicht hören. Er blickte sich verzweifelt um und stellte fest, daß weniger Leute in der Kuppel waren, als er erwartet hatte, was ihn mit der Frage ablenkte, warum das so war. Chiles redete weiter, berichtete ihm von ihren Problemen, und er nickte und versuchte sie aufzunehmen, die ganze Überbelastung, die die Erziehung auf die Schultern der Computerwarter wälzte, weil unerfahrenes Personal einige der tragbaren Geräte den draußen herrschenden Bedingungen ausgesetzt hatte. Weil die Erziehung mit ihren Programmen dem Plan hinterherhinkte ... und die Schuld abwälzte.

»Sehen Sie«, meinte er schließlich, »Ihre Befehlsrangfolge läuft über Major Gallin. All das sollte ihm vorgelegt werden.«

Eine geschürzte Lippe, ein Nicken, ein Blick der Augen nach innen. Etwas stimmte nicht.

»Welche Antwort hat Gallin Ihnen gegeben?«

»Gallin wies uns einfach an, die Sache in Ordnung zu bringen und zu kooperieren.«

»Na ja, gehen Sie nicht über Gallin hinweg, Leutnant. Hören Sie auf mich!«

»Sir«, murmelte Chiles, spannte ihren eckigen Kiefer und holte Luft. »Aber, verzeihen Sie, Oberst – meine Leute machen Schicht auf Schicht, während andere untätig sind.«

»Das liegt daran, daß Ihre Abteilung ein Problem hat, nicht wahr?«

»Ja, Sir.«

»Ich werde mit den anderen Abteilungen sprechen.« Er war sich der Anwesenheit von Bilas als Zeuge neben sich bewußt. »Ich halte zu Gallin, verstehen Sie? Ich will diese Umgehungskanäle nicht haben. Trinken Sie Tee, Leutnant! Sie beide! Wenn Sie derartige Probleme haben, halten Sie sich an die Befehlsabfolge.«

»Ja, Sir.«

»Sir«, murmelte Bilas.

Conn blieb und nippte in der Gesellschaft von Chiles und Bilas an seinem Tee. Und bald kamen weitere Leute an den Tisch, um ihm ihre Probleme anzudeuten, so daß sich sein Magen wieder verspannte bei all dem Unbehagen, dem er eigentlich hatte ausweichen wollen, als er sein Quartier verließ.

Und nachdem er schließlich einige Tassen Tee getrunken hatte und hinausgegangen war, um von der Latrine im hinteren Teil der Kuppel Gebrauch zu machen, machte er sich mit hochgeklapptem Kragen wieder auf den Weg zu seiner Unterkunft, spürte dabei einen Schmerz in seinen Knochen, der sich anfühlte, als komme er von stumpfen Nadeln her. Ein Ariel glitt vor ihm auf dem Weg durch eine Pfütze, ein Miniaturseefahrer, der für einen Moment schwamm, mehr auf seine Richtung bedacht als auf Bequemlichkeit, wie es die Gewohnheit der Ariels war.

Das Aufheulen einer Sirene zerriß die Luft. Er sah sich in dem blaßgrauen Dunst um und versuchte, sie zu lokalisieren, kam zu dem Schluß, daß es irgendwo bei den Feldern war.

7

Tag 58 KR

Sie brachten Ada Beaumont in ein Laken eingewickelt zurück, das Blut und Regen durchweichten, und Bob Davies folgte der Bahre mit durchnäßten und von Schlamm und Blut beschmutzten Kleidern, mit jenem Blick in den Augen, der ins Nirgendwo und Nirgendwann gerichtet war, als habe er sich vom Leben zurückgezogen.

Conn kam im Regen zu ihnen heraus und blickte auf das ziemlich kleine Bündel auf der Tragbahre hinab – starrte verwirrt, denn es war lächerlich, wie jemand, der so schwungvoll im Leben gewesen war wie Ada Beaumont, eine Spezial-Op, die Fargone und den Krieg und den Aufstand überlebt hatte, die drahtig und vorsichtig und voller Tricks gewesen war, mit denen der Feind nie gerechnet hatte – als ein so kleines und heruntergekommenes Etwas enden konnte. Männer und Frauen standen da in Nebel und Nieselregen, die Augen von Tränen verschleiert, aber Bob Davies starrte nur in seinem Schock vor sich hin, und sein Gesicht war entsetzlich blaß geworden; und Conn steckte die Hände in die Taschen und spürte Panik und Leere in seinem Unterleib.

»Es war ein Kaliban-Bau«, sagte Pete Gallin und wischte sich mit einer blutigen, aufgeschürften Hand das Wasser aus den Augen. »Andresson – hat gesehen, wie es passiert ist.«

»Andresson.« Conn betrachtete diesen Mann, einen dürren Burschen mit unruhigen Augen.

»Wir waren dabei, diese Unterspülung dort oben zu befestigen, und sie unterhielt sich mit mir über die Ausrüstung, als der Boden hinter ihren Füßen einfach – nachgab. Dieser große Raupenschlepper hinter ihr, geparkt, niemand darauf – kippte einfach um, ohne Grund. Sie geriet darunter; und wir mußten die Winde besorgen, Sir ... wir drehten einen weiteren Raupenschlepper um und befestigten die Winde daran, aber es war einer dieser Echsenbaue, etwa drei, vier Meter tief. Und in diesem weichen Boden, der Raupenschlepper darauf – das ganze Ding löste sich einfach auf ...«

»Ergreifen Sie Vorsichtsmaßnahmen!« sagte Conn; und dann dachte er, daß sie alle erwarteten, er würde um Beaumont trauern, und sie würden ihn hassen, weil er sich so verhielt wie jetzt. »Wir können uns so etwas nicht noch einmal leisten.« Ein furchtbares Schweigen herrschte, und die Träger der Bahre standen bloß da im Regen und wechselten die Griffe um die Stangen, weil sie so schwer war. Von ihren kurzgeschorenen Köpfen tropften Wasserperlen, und Rot sickerte durch das dünne Laken und lief in die Pfützen hinab. »Wir begraben sie in der Erde«, sagte Conn, als sein Verstand sich unwiderruflich praktischen Angelegenheiten zuwandte, wegen der Stationsbewohner, die an dergleichen nicht gewöhnt waren. »Drüben am Meer, denke ich, wo keine Bauten geplant sind.«

Er ging weg – einfach so und schweigend. Er wurde sich weder seiner Wortlosigkeit noch seines Weggehens bewußt, bis er zu weit entfernt war, um es wiedergutzumachen. Er ging in seine Unterkunft und schloß die Tür hinter sich, zog sich die nasse Jacke aus und warf sie auf die Bank.

Dann weinte er, während er mitten in seinem Zimmer stand, zitterte in der Kälte und wußte, daß es nichts in Pete Gallin oder irgendeinem der anderen gab, was ihm helfen würde. Alt und krank, wie er wurde, war es nun Ada, die ihn im Stich gelassen hatte.

Er war bemerkenswert klarsichtig unter diesem Schock. Er wußte zum Beispiel, daß die Grabungen außerhalb des Um-

104

kreises eine schlechtere Nachricht waren als Adas Tod. Sie zogen alle ihre Pläne für eine Koexistenz mit den Kalibanen in Zweifel. Das buchstabierte sich wie Konflikt. Es veränderte die Zukunft der Welt – weil sie es bewältigen mußten, ohne mehr zur Hand zu haben als die Maschinen und die Ressourcen. Sobald das Wetter aufklarte, würden sie sich hinsetzen und neue Pläne machen müssen, und irgendwie mußte er die Dinge in einen Zusammenhang bringen, der standhielt. Gelang es, waren vierzigtausend Menschenleben gerettet.

Beförderungen mußten vorgenommen werden. Gallin mußte zum Ko-Gouverneur aufsteigen: Gallin – ein guter Aufseher und ein anständiger Mann und überhaupt keine Hilfe. Vielleicht ein Zivilist wie Gutierrez – Gutierrez war der hellste Kopf unter den Abteilungsleitern, mehr als nur in der Bio; aber es war unmöglich, daß er andere mit höheren Dienstgraden übersprang. Oder Sedgewick – eine streng rechtlich denkende Frau von Rang, aber ohne Entschlossenheit.

Er wischte sich die Augen und stellte fest, daß seine Hand unkontrollierbar zitterte.

Jemand kam auf die Tür zugeplatscht und öffnete sie, ohne um Erlaubnis zu fragen, ein plötzliches Eindringen des Regenrauschens und eines kalten Windstoßes. Er blickte sich um. Es war Dean vom medizinischen Stab.

»Sind Sie in Ordnung, Sir?«

Conn straffte seine Schultern. »Vollkommen. Wie gehts Bob?«

»Steht unter Beruhigungsmitteln. Sind Sie sicher, Sir?«

»Ich werde noch meine Kleider wechseln und bin in einer Minute drüben in der Hauptkuppel. Lassen Sie mich nur!«

»Ja, Sir.« Ein zögernder Blick. Dean ging. Conn wandte sich zu der ausgespannten Wäscheleine um, die sein Wandschrank und seine Wäscherei war, suchte sich die wärmsten Sachen heraus, die er hatte, und sie waren immer noch etwas feucht. Er wünschte sich einen Drink. Er wünschte ihn sich sehr.

Aber er ging los und brachte statt dessen in der Kuppel die Dinge in Ordnung – traf sich mit dem Stab, legte Pläne dar, war zum Schluß aufgrund der Kälte nicht mehr in der Lage, mit zum Begräbnis hinauszugehen, denn er fing an zu zittern, und der Chefchirurg übernahm das Kommando – und Conn wollte auch nichts anderes.

Müde Menschen kamen zurück, naß und zitternd und mit fahlen Gesichtern. Davies lag in der Krankenstation, stand jetzt nach dem Begräbnis noch stärker unter Beruhigungsmitteln – war völlig zusammengebrochen, hysterisch und laut, was bei Ada nie passiert war. Niemals. Gallin saß mit beschatteten Augen da und hielt eine dampfende Tasse vor sich auf dem Tisch fest. »Sie werden die Gegend inspizieren müssen«, sagte Conn zu ihm, während auch andere am Tisch saßen, weil sie keine Privatsphäre hatten, »und Sie werden die ständigen Inspektionen weiterführen müssen, um herauszufinden, ob noch weitere Untergrabungen vorliegen.«

»Ja, Sir.«

Ruffles zuckte auf ihrem Kistenstapel mit der Zunge. Conn betrachtete sie traurig, vorbei an Gallins herabgesunkener Schulter, und senkte den Kopf. »Es war ein Unfall«, meinte er. »Mehr ist dazu nicht zu sagen. Und wir haben schlicht vor, daß es zu keinem weiteren kommt.«

»Sir«, sagte Gallin, »der Kaliban-Wall auf dieser Seite des Flusses ... ich möchte ihn gerne zerstören.«

Conn blickte zu Gutierrez, der die Lippen fest zusammengepreßt hielt. »Gutierrez?«

»Ich würde zuerst gerne wissen«, antwortete dieser, »ob er der Ursprung der Tunnel unter dem Lager ist oder nicht. Wenn wir es nicht sicher wissen, wenn wir es nur vermuten – lösen wir das Problem überhaupt nicht.«

»Sie schlagen weitere Forschungen vor.«

»Das würde ich gerne tun, Sir.«

»Dann tun Sie es! Aber wir werden diese Tunnel sondieren und herausfinden müssen, wohin sie führen.«

»Ich mache mich daran – noch heute nacht, wenn Sie wollen.«

»Sie zeichnen heute nacht die Karten auf. Und bei Tagesanbruch schicken wir einen Trupp los, um den Boden zu sondieren. Wir wissen nicht sicher, ob es überhaupt die Kalibane sind, nicht wahr?«

»Nein«, sagte Gutierrez, »das ist der Punkt. Wir wissen es nicht.«

Conn nahm die Flasche, die vor ihm auf dem Tisch stand und dazu gedient hatte, Alkohol in den Tee zu geben, und goß sich den lange aufgeschobenen Drink ein. Seine Hand zitterte dabei so heftig, daß er ein wenig verschüttete. Er nippte an dem Drink, und der Alkohol breitete sich in ihm aus und beruhigte seine geplagten Nerven.

Ruffles kletterte von ihrem Platz herunter auf den Boden und zeigte sich in ihrer schönsten Pose. Einer der Techs stand vom Tisch auf und besorgte ihr einen Happen zu fressen, der mit einem adretten Rucken des Kopfes und einer Schluckbewegung verschwand.

Conn trank sein Glas aus und entschuldigte sich, zog sich die Jacke an und ging um die Biegung des Weges herum zu seiner Unterkunft zurück. Der Regen hatte am Abend aufgehört. Die elektrischen Lichter der Siedlung und überall im Azi-Lager hatten Lichthöfe im Nebel. Conn blieb dort auf dem pfützenbedeckten Kiesweg stehen und fror innerlich, blickte über das Lager hinweg und sah, wie das, was zu erreichen sie gekommen waren, ihnen immer mehr entglitt.

8

Tag 58 KR

»Sie haben sie in der Erde begraben«, sagte Pia ganz leise in der Behaglichkeit ihrer gemeinsamen Pritsche; und Jin hielt sich an ihr fest, um in der Dunkelheit Trost zu finden. »Sie haben sie in der Erde begraben, und alle standen herum und weinten.«

Das war eine Offenbarung – der Tod eines geborenen Menschen. Sie waren die Azi-Sterblichkeit gewöhnt. Azi starben, und man trug die Leichen zu dem weißen Gebäude auf der Farm, und das war das Ende der Geschichte. Wenn man ein guter Typ war, dann gab es für einen das Vertrauen, daß weitere des Typs geschaffen werden würden. Stolz spielte dabei eine Rolle. Und das bedeutete etwas.

Aber von Ada Beaumont wurde nichts bewahrt. Sie hatten keine Labors, um etwas zu bewahren.

»Ich wünschte, wir könnten Bänder haben«, sagte Jin. »Ich vermisse sie.«

Pia drückte ihn um so fester an sich und vergrub ihr Gesicht an seiner Schulter. »Ich wünschte es mir auch. Es war nicht richtig, daß die Maschine auf den Kapitän gefallen ist. Ich weiß

107

nicht, was da nicht stimmte. Ich denke, wir könnten einen Fehler gemacht haben. Ich wünschte, wir wüßten es.«

»Sie sagen, daß sie die Maschinen bei dem schlechten Wetter nicht einsetzen können.«

»Wenn wir wieder Labors haben«, sagte Pia, »wenn wir wieder gute Bänder haben, wird alles besser.«

»Ja«, sagte er.

Aber das lag noch weit in der Zukunft.

Er und Pia kopulierten in der Dunkelheit; und das ersetzte die Bänder. Ihm kam der Gedanke, daß sie glücklicher dran waren als der geborene Mensch, der gestorben war, der niemanden vom eigenen Typ hatte, der überlebte, zumindest nicht auf diesem Planeten. Aber hier lebten weitere 9998er und 687er. Und sie liebten sich, weil es das Wärmste und Schönste war, was sie tun konnten, und weil es ihnen erlaubt war.

Dabei wurden geborene Menschen gemacht; und Jin dämmerte ein unklares Pflichtgefühl, des Inhalts, daß, dann wenn jemand gestorben war, auch jemand geboren werden mußte. Das war der Grund, aus dem sie ausgewählt worden waren, und das war, was sie zu tun hatten.

Der Regen hörte auf, und am Morgen kam die Sonne hervor und man sah nur noch zerfetzte Reste der Wolkendecke. Die Welt wirkte anders unter dieser Sonne. Die Raupenschlepper standen abseits auf den gerodeten Feldern und waren noch schlammbedeckt vom gestrigen Unfall her; und auch eine große Grube war geblieben, um die herum sich geborene Menschen darangemacht hatten, den Boden zu sondieren. Und die Welt war auch deshalb anders, weil ein toter geborener Mensch allein am Meer lag, mit einer Markierung, die es jedem im Lager erlaubte, das Grab zu sehen.

Jing ging zum Tisch des Aufsehers, der unter dieser neuen Sonne auf der Straße aufgestellt worden war, und bewarb sich für die Tagesarbeit; aber statt viel für die Vermessung tun zu müssen, gaben sie ihm eine Metallstange und wiesen ihn an, sie in die Erde zu stoßen. Er sollte dem Aufseher Bescheid geben, wenn es schien, daß der Boden lockerer war, als er sein sollte. Jin ging mit anderen zusammen los und sondierte, bis ihm die Schultern schmerzten, und der geborene Mensch Gutierrez und sein Team schrieben alles auf, was die Azi fanden.

9

Tag 162 KR

Die Kuppeln wuchsen nach oben, während die Sonne heiß brannte, und das Meer mit blauen und weißen Wogen an die Küste donnerte. Conn saß vor der Hauptkuppel, unter der Markise, in seinem Sessel, weil da die Hitze nie allzu stark wurde und ihm die Brise guttat. Ein Ariel watschelte neben dem Weg durch den Staub und kauerte sich dann direkt neben dem Kiesweg hin im Schatten von Conns eigener angrenzender Kuppel. Er baute – Instinktverhalten, behauptete Gutierrez. Der Ariel hatte einen Kieselstein mitgebracht und fügte ihn zu dem Haufen hinzu, mit dessen Errichtung er beschäftigt war – kein Stein vom Weg, danke nein, sondern ein größerer, sorgfältig anderswo gesucht, und es war anzunehmen, daß es genau der richtige Stein war, aus Gründen, die nur ein anderer Ariel zu begreifen vermochte. Er baute Kreise aus Haufen. Er baute auch Kuppeln, dachte Conn, aber diese Kuppeln hielten nicht, brachen immer wieder zu Nestern zusammen. Die letzten paar Steine brachten jeweils alle Mühen zum Scheitern, denn es mangelte am Trick eines Schlußsteins. So schien es. Aber das war eine Phantasievorstellung; zuviel Kuppeln, zuviel Beschäftigung damit in letzter Zeit. Der Ariel baute Reihen und Muster, ausgehend von seinen zusammengefallenen Steinhaufen, Schleifen und Spiralen und Windungen. Ein primitives Verhalten wie das der wallbauenden Kalibane, hatte Gutierrez gesagt. Wahrscheinlich lag dem ein Nistverhalten zugrunde, das zu einem Imponiergehabe ausgebaut worden war. Beide Geschlechter beteiligten sich am Bauen. Das hatte Gutierrez enttäuscht.

Wenigstens gab es keine Kalibane mehr auf dieser Seite des Flusses. Die Wälle am anderen Ufer waren geblieben, aber Azi mit Spaten hatten den Wall auf dieser Seite auseinandergenommen. Es herrschte Stillstand; den Kalibanen waren Wälle auf diesem Ufer verboten, und die Raupenschlepper und Bagger standen reglos da, waren stillgelegt worden, wo jetzt die meisten Bauten standen und die Rodungen abgeschlossen waren.

Das Schiff würde kommen und ihnen den Nachschub und die Laboreinrichtungen bringen, die sie brauchten; und dann

würden sich die Maschinen knirschend und grabend ihren
weiteren Weg durch die Landschaft bahnen, rings um die
rechtwinklige Biegung zwischen Fluß und Wald, würden die
Fundamente legen für das Labor und die richtige Stadt, die sie
planten.

Aber die unmittelbare Aussicht waren immer noch Zelte.
Immer noch Zelte. Mehr als zwanzigtausend Zelte in stump-
fem Braun unter der Sonne. Sie hatten es schon versucht mit
den Fundamenten, nachdem sie den letzten entschlossenen
Kaliban von diesem Ufer gejagt hatten; aber die Raupenschlepper hatten den Punkt erreicht, von dem an die Wartungsinter-
valle immer kürzer wurden, und sie brauchten dringend den
Nachschub, den das Schiff bringen würde. Ein Stück weit flußaufwärts sprengten die Azi Kalkstein und brachten die Brocken
auf handgezogenen Wagen ins Lager, mühsam, wie es die
Menschheit in der Morgendämmerung des Bauens noch getan
hatte, denn sie wagten nicht, die Raupenschlepper aufs Spiel
zu setzen, die letzten von ihnen, die noch mit Teilen funktionierten, welche man aus den anderen herausmontiert hatte.
Die Azi arbeiteten mit Sprengstoff und Spitzhacken und bloßen Händen, und man hatte auch dort oben ein Lager errichtet,
zwei Dutzend Zelte an den Kalksteinklippen, wo sie die Steine
brachen.

Vielleicht wäre es klüger gewesen, das ganze Lager dorthin
zu verlegen, auf felsigen Boden – jetzt in dem Wissen, daß die
Kalibane gruben. Aber sie hatten bereits alles Material und allen Teibstoff verbraucht. Die Kuppeln standen, und so hatte
wenigstens der Stab sichere Unterkünfte. Die Felder waren be-
pflanzt und die Energiesysteme und die Geräte waren sicher,
solange sie die Kalibane fernhielten.

Conn studierte seine Karte, verfolgte immer wieder die Änderungen, die sie in den Plänen hatten vornehmen müssen.
Die Kälte dieses Frühlings hatte seinen Händen geschadet; und
die Gelenke verkrümmten sich und schmerzten sogar in der
Sommersonne. Er dachte an den kommenden Winter, und ihm
graute davor.

Aber sie überlebten. Er kannte den Zeitpunkt der nächsten
Landung auf den Tag genau, im übernächsten Jahr; und in Gedanken hakte er jeden Tag ab, einen nach dem anderen, bei all
den Verwicklungen der lokalen und universalen Zeit.

Das Schiff würde ihn wieder nach Hause bringen, dazu war er entschlossen. Er würde nach Cyteen zurückkehren. Er dachte, daß er die Sprünge vielleicht überlebte. Vielleicht. Wenigstens würde er nichts mehr von diesem Planeten sehen müssen.

Neuhafen, hatte er ihn genannt. Aber Gehenna war statt dessen hängengeblieben. Das paßte zu dem, wo sie sich befanden, beschrieb ihre Situation hier. Auch Styx anstelle von Forbes River hatte als Scherz begonnen und war geblieben. Wenn ein Rad an einem der Karren brach oder wenn es regnete – Gehennas Fügung, sagten sie dazu; und: was soll man schon erwarten in der Hölle?

Sie kamen zum Alten Mann und beschwerten sich: Conn löste an Problemen, was er konnte, zuckte über dem Rest die Achseln. Wie Gallin. Endlich – wie Gallin geworden. »Das ist Ihr Problem«, lautete Gallins Devise, und daraus war ein so berüchtigtes Sprichwort geworden, daß Gallin sich gezwungen gesehen hatte, andere Formulierungen dafür zu entwickeln. Ein trauriger Bursche, dieser Gallin, ein verwirrter Bursche, der nie wußte, warum er jedermanns Gehässigkeit verdiente. Conn saß gelassen da und wartete auf Probleme, die am Hindernis Gallin vorbeirieselten, beruhigte aufgebrachte Stimmungen – wahrte den Frieden. Das war das eigentlich Wichtige.

Eine Gestalt mit hängenden Schultern schleppte sich die Gasse entlang, wirkte verloren; es war Bob Davies, auch einer von den Verlusten. Davies bearbeitete die Laborbücher und führte die Vorratslisten, hatte aus eigenem Entschluß und gegen den Protest des Chirurgen mit der Verjüngung Schluß gemacht. Also wurden zwei von ihnen jetzt alt. Vielleicht zeigte es sich an Davies mehr als an ihm – denn Davies war im Verlaufe weniger Monate kahl geworden, gebeugt und dünn.

»Morgen«, wünschte Conn ihm. Davies kam aus seinem privaten Traum heraus, lange genug, um im Vorübergehen aufzublicken. »Morgen«, antwortete er geistesabwesend und kehrte dann zurück zu seinen Computern und Büchern und endlosen Berechnungen.

Es sah jetzt so aus, daß die alten Teile ebenso schnell auseinanderfielen, wie sie neue bauten. Conn wandte seine Aufmerksamkeit wieder den Permafax-Bögen auf seinem Schoß zu und nahm weitere Abstriche in den Plänen vor, die einmal so ordentlich entworfen worden waren.

Zwei Dinge liefen gut. Nein, drei: die Ernte gedieh auf den Feldern und machte alles grün, so weit das Auge reichte. Und Hills Fische gelangten in solcher Zahl in die Netze, daß vielen Leuten vielleicht schon übel wurde angesichts von Fisch, aber alle aßen gut. Die Installationen und die Energieversorgung funktionierten. Sie hatten einige der Bandgeräte verloren; aber andere funktionierten noch, und die Azi zeigten keine merkliche Anspannung.

Aber der Winter – der erste Winter ...

Dem mußten sie ins Auge sehen; und die Azi wohnten immer noch in Zelten.

10

Tag 346 KR

Der Wind blies und heulte an den Türen der Med-Kuppel. Jin saß im Vorraum, flocht unruhig die Finger ineinander und war nervös, beherrscht von einer Niedergeschlagenheit, die ihn so stark ausfüllte, daß die ganze Welt davon gefärbt wurde.

Ihr geht es gut, hatten die Ärzte ihm gesagt; sie wird es leicht schaffen. Einerseits glaubte er daran, denn er hatte großes Vertrauen in Pia, Vertrauen darauf, daß sie fähig war und daß ihre Bänder ihr alles vermittelt hatten, was sie wissen mußte. Aber sie hatte Schmerzen gehabt, als er sie hergebracht hatte; und die Stunden ihrer Schmerzen schleppten sich dahin, so daß er einen großen Teil der Zeit ausdruckslos dasaß und nur dann aufblickte, wenn einer der Ärzte durch den inneren Korridor, wo Pia war, kam oder ging.

Jetzt kam einer. »Möchtest du gerne bei ihr sein?« fragte ihn der geborene Mann, der wichtig und bedrohlich wirkte in seiner weißen Kleidung. »Du kannst hereinkommen, wenn du möchtest.«

Jin erhob sich auf seine unsicheren Beine und folgte dem jungen geborenen Mann in den Bereich, der stark nach Desinfektionsmitteln roch – ein Gang, der sich um die Kuppel wand, vorbei an Zimmern auf der linken Seite. Der geborene Mann öffnete die erste Tür für ihn, und dort lag Pia auf einem Tisch, umgeben von Meds, die alle Masken trugen. »Hier«, sagte einer der Azi, die hier assistierten, und reichte Jin einen Kittel, jedoch keine Maske. Jin wand sich hinein, wurde von seiner Angst abgelenkt. »Kann ich sie sehen?« fragte er, und sie nickten. Er ging sofort zu Pia und nahm ihre Hand.

»Tut es weh?« fragte er. Er dachte, es müsse unerträglich schmerzen, denn Pias Gesicht war schweißgebadet. Er wischte es mit seiner Hand ab, und ein geborener Mensch gab ihm für diesen Zweck ein Handtuch.

»Es ist nicht so schlimm«, sagte Pia zwischen mühsamen Atemzügen. »Alles in Ordnung.«

Er hielt ihre Hand fest; und gelegentlich schnitten ihre Fingernägel in sein Fleisch; und immer wieder wischte er ihr das Gesicht ab ... seine Pia, deren Bauch angeschwollen war von Leben, einem Leben, das jetzt seinen Weg in die Welt fand, ob sie wollten oder nicht.

»Hier kommt es«, sagte ein Med. »Hier haben wir es.«

Und Pia schrie auf und keuchte heftig, so daß Jin, wenn er nur gekonnt hätte, es jetzt unterbrochen hätte. Aber dann war es schon geschehen, und sie wirkte erleichtert. Ihre in sein Fleisch getriebenen Fingernägel lösten ihren Griff, und er hielt Pia lange Zeit fest, blickte nur kurz zur Seite, als ein geborener Mensch seinen Arm anstieß.

»Willst du ihn halten?« fragte ihn der Med und reichte ihm ein Bündel. Jin nahm es gehorsam entgegen, erkannte erst dann völlig, daß es lebte. Er blickte in das kleine rote Gesicht hinab, spürte das Sichwinden starker kleiner Glieder und wußte – wußte plötzlich mit richtiger Kraft, daß das Leben, das aus Pia gekommen war, unabhängig war, ein Gen-Set, den es zuvor noch nicht gegeben hatte. Er war erschreckt. Er hatte noch nie ein Baby gesehen. Es war so klein, so klein, und er hielt es.

»Du hast einen Sohn bekommen«, sagte ein Med zu Pia, beugte sich zu ihr hinab und schüttelte sie an der Schulter. »Verstehst du? Du hast einen kleinen Jungen bekommen.«

»Pia?« Jin beugte sich hinab, hielt dabei das Baby vorsichtig, ganz vorsichtig fest – »Halte sanft seinen Kopf!« wies ihn der Med an. »Stütze seinen Nacken!« und legte seine Hand dorthin, half ihm, das Baby Pia in die Arme zu legen. Pia lächelte ihn an, so schweißgebadet sie auch war, ein seltsames und müdes Lächeln, und befingerte die winzige Hand des Babys.

»Er ist vollkommen«, sagte einer der Meds, der dicht daneben stand. Aber Jin hatte zu keinem Zeitpunkt daran gezweifelt. Er und Pia waren es schließlich auch.

»Du mußt ihm einen Namen geben«, sagte ein anderer Med. »Er braucht einen Namen, Pia.«

Sie überlegte für einen Moment mit gefurchter Stirn und starrte das Baby dabei mit Augen an, die einen verschwommenen und fernen Blick zeigten. Die geborenen Menschen hatten schon vorher gesagt, daß dies der Fall sein würde, daß sie sich einen Namen aussuchen mußten, denn für das Baby gab es keine Nummer. Es war eine Mischung von Gen-Sets, das erste seiner Art im weiten Universum, dieser Mischling aus 9998 und 687.

»Kann ich ihn ebenfalls Jin nennen?« fragte Pia.

»Wie du willst«, antwortete der Med.

»Jin«, entschied sich dann Pia mit Bestimmtheit. Jin blickte auf die kleine Mischlingskopie hinab, die Pia festhielt, und empfand eine Regung des Stolzes. Draußen fiel der Winterregen und prasselte leise auf das Kuppeldach. Kalter Regen. Aber dieses Zimmer fühlte sich mehr als warm an. Die geborenen Menschen brachten all die medizinischen Dinge weg, rollten sie mit einem Geklapper von Metall und Plastik hinaus.

Und sie wollten auch das Baby nehmen. Jin blickte verzweifelt zu ihnen auf, als sie es Pia aus den Armen nahmen, wollte dieses eine Mal von wenigen Gelegenheiten in seinem Leben nein sagen.

»Wir bringen ihn gleich wieder zurück«, sagte der Med ganz sanft. »Wir müssen ihn waschen und ein paar Tests machen, und wir bringen ihn in ein paar Minuten wieder. Möchtest du nicht bei Pia bleiben, Jin, und es ihr behaglich machen?«

»Ja«, sagte er und spürte, wie seine Muskeln zitterten, und er überlegte sich, daß, wenn sie das Baby später noch einmal wegnehmen wollten, nachdem Pia so gelitten hatte, um es zu bekommen, er sich sehr wünschte, sie daran zu hindern. Aber ja war das einzige, was er sagen konnte. Er hielt Pia fest, und ein Med blieb auch da, war nicht mit den anderen gegangen. »Es ist alles in Ordnung«, sagte Jin zu Pia, denn sie machte sich Sorgen, und er konnte es erkennen. »Es ist alles in Ordnung.

Sie haben gesagt, daß sie ihn zurückbringen. Das werden sie auch.«

»Gestattet mir, es ihr bequem zu machen«, sagte der Med, und Jin wurde auch dieser Aufgabe beraubt – dann wieder dazu aufgefordert, ihren Körper zu waschen, sie hochzuheben, dem Med dabei zu helfen, sie in ein wartendes sauberes Bett zu legen; und dann brachte der Med den Tisch hinaus, so daß Jin mit Pia allein war.

»Jin«, sagte Pia, und er legte einen Arm unter ihren Kopf und hielt sie, hatte immer noch Angst, dachte immer noch an das Vergnügen, das sie gehabt hatten, und an den Preis dafür, einen geborenen Menschen zur Welt zu bringen. Pias Preis. Er fühlte sich schuldig, wie bei einem schlechten Band; aber es war keine Frage von Bändern, es war etwas Eingebautes, unwiderruflich in dem verankert, was sie waren.

Dann brachten sie wirklich das Baby zurück und legten es Pia in die Arme; und er konnte es sich nicht verkneifen, es anzufassen, die Winzigkeit dieser Hände zu begutachten, diese unmöglich kleinen Fäuste. Es. Ihn. Diesen *geborenen* Menschen.

11

Jahr 2, Tag 189 KR

Kinder machten ihre ersten Schritte unter der Sonne des zweiten Sommers ... kreischten und weinten und lachten und krähten. Es war eine gute Geräuschkulisse für eine kämpfende Kolonie, eine Geräuschkulisse, die sich während des zurückliegenden Winters langsam in der Siedlung ausgebreitet hatte in Form von Babygebrüll und Anforderungen nach bizarren Vorratsstücken. Babywäsche hing im Azi-Lager im Freien, auch vor den zentralen Kuppeln, in jedem bißchen Sonnenschein, das der Winter bot – der nie kalt genug wurde, damit es fror, nicht solange er dauerte, sondern einfach feucht war; und abgrundtief scheußlich, wenn der Wind wehte.

Gutierrez saß neben der Straße, die sie bis zu den Feldern hinaus ausgebaut hatten. In einer Richtung flatterten im Azi-Lager die Flaggen der Säuglingswäsche, die zum Trocknen hinausgehängt worden war; und in der anderen Richtung standen die Raupenschlepper und Bagger, eingewickelt in ihre Plastikabdeckungen, und Huscher nisteten darin.

Er hielt Ausschau – in der Nähe der Stelle, wo aus Kalksteinblöcken und Platten und Schutt die ersten festen Azi-Behausungen errichtet worden waren, aus einem Raum bestehend und einfach. Sie hatten einige Splitter liegenlassen, und ein Ariel war mit seinem gewohnten Steinetransport beschäftigt. Er nahm die Splitter ins Maul, soviel er eben tragen konnte, und trug sie weg, fügte sie zu etwas hinzu, das wie eine der ausgeklügelteren Arielkonstruktionen auszusehen begann und im Schatten der Mauer lag.

Wieder war ein Kaliban zur Rieselwiese vorgedrungen. Sie wollten ihn jagen, und Gutierrez überließ diese Aufgabe der Sicherheit. Sein Magen taugte nicht dazu. Am besten jagten sie ihn sofort, bevor er Eier legte. Aber trotzdem machte ihn die Vorstellung traurig, wie auch die kleine Sammlung von Kaliban-Schädeln oben hinter der Hauptkuppel.

Barbarisch, dachte er. Köpfe zu sammeln. Aber die Jagd mußte sein, oder es würde zu weiteren Grabungen kommen und die Azi-Häuser würden einstürzen.

Endlich staubte er sich ab, erhob sich und ging über die Straße auf die Kuppeln zu, nachdem er die Jäger in Marsch gesetzt hatte.

Die Menschen paßten sich an – auf Gehenna, auf Neuhafen. Die Menschen verloren ein wenig. Aber zwischen Mensch und Kaliban sah es nicht nach Frieden aus, vielleicht nur bis zur Ankunft des Schiffes nicht. Eine bessere Ausrüstung war vielleicht die Antwort, oder die Schutzbarrieren, die sie hätten anbringen können, wäre das Wetter für die Ausrüstung nicht so verheerend gewesen ... *wenn, wenn* und nochmals *wenn*.

Er ging zurück ins Zentrum des Lagers, sah den Alten Mann dort sitzen, wo er gewöhnlich saß, unter der Markise vor der Hauptkuppel. Im Winter war der Oberst um Jahre gealtert. Stoppeln waren auf seinem Gesicht zu sehen, ein Schmutzfleck auf der zerknitterten Vorderseite seines Hemdes. Conn döste, und Gutierrez ging an ihm vorbei und betrat schweigend die Kuppel, durchquerte den Raum, vorbei an dem langen Tisch der Messe, und goß sich eine Tasse des stets bereiten Tees ein.

Der Raum roch nach Fisch. Der Speisesaal tat es immer. Praktisch ganz Gehenna roch nach Fisch.

Er setzte sich mit einigem Interesse zu Kate Flanahan an den Tisch. Die Spezial-Op behandelte ihn keineswegs beiläufig; er konnte sich nicht genau erinnern, womit es begonnen hatte, es sei denn, an einem Herbstabend und mit der Erkenntnis, daß Kate Eigenschaften hatte, die ihm etwas bedeuteten.

»Erledigt?« fragte sie.

»Ich habe sie losgeschickt. Ich habe keinen Nerv mehr dafür.«

Sie nickte. Sie war zum Töten von Menschen ausgebildet, nicht für wilde Tiere. Die Spezialisten saßen da und rosteten. Wie die Maschinen draußen.

»Ich habe mir überlegt ...«, sagte Gutierrez, »ich könnte einen Antrag auf einen Rundgang stellen. Könnte dazu eine Eskorte brauchen.«

Kates Augen leuchteten.

Aber Conn sagte nein, als Gutierrez das Thema am Abend während des gemeinsamen Essens anschnitt.

»Sir ...«

»Wir halten nur das Gebiet, das wir haben«, sagte der Oberst. In jenem Ton. Und es gab nichts zu streiten. Es wurde für einen Moment schweigsam am Tisch, wo alle, die keine häuslichen Einrichtungen hatten, ihre Mahlzeiten einnahmen. Es war eine abrupte Antwort. Sie klang bestimmt. »Wir haben schon so viel zu tun, wie wir schaffen können«, sagte der Oberst dann. »Wir haben nach diesem noch ein weiteres Jahr zu überstehen, bis wir hier Unterstützung erhalten, und ich werde nicht durch Forschungsunternehmen noch mehr aufrühren.«

Das Schweigen dauerte an. Der Oberst aß weiter, ein lautes Klappern von Messer und Gabel.

»Sir«, sagte Gutierrez, »nach meiner beruflichen Meinung – gibt es Gründe für die Untersuchung; wir müssen nachsehen, wie die Situation auf dem anderen Ufer ist, wie ...«

»Wir werden dieses Lager halten und uns um unsere Aufgaben hier kümmern«, erwiderte der Oberst. »Damit ist die Diskussion beendet. Fertig?«

»Ja, Sir«, sagte Gutierrez.

Später fanden er und Kate Flanahan Gelegenheit, zusammenzusein, mit mehr Privatsphäre und weniger Komfort. Es war in seiner Unterkunft und im Beisein von Ruffles, die mit einem kritischen Reptilauge zusah.

»Habe ein Dutzend Spezis, die dabei sind, verrückt zu werden«, sagte Kate in einer der Pausen zwischen ihren Liebesakten, während sie über die Beschränkung redeten, über die Kalibane, über Dinge, die sie hatten machen wollen. »Kenne Leute, die mit der Vorstellung hierherkamen, wir würden die ganze Zeit irgend etwas errichten. Spezial Ops hofften, irgendeinen Nutzen zu haben. Und wir sind dabei, zu verfaulen. Wir alle. Ihr. Wir. Alle, außer den Azi. Der Alte Mann hat die Vorstellung, daß diese Welt gefährlich ist, und er läßt uns nicht aus dem Lager. Er hat Angst vor den verdammten Echsen, Marco. Kannst du es nicht an einem günstigeren Tag noch einmal versuchen, es ihm verständlich machen?«

»Ich werde es weiter versuchen«, sagte er. »Aber es geht dabei nicht nur um die Kalibane. Er hat seine eigene Vorstellung davon, wie diese Basis zu schützen ist, und das ist seine Absicht. Nichts zu tun. Zu überleben, bis die Schiffe kommen. Ich werde es versuchen.«

Aber er kannte die Antwort bereits, unausgesprochen im zugepreßten Kiefer und dem fiebrigen Starren des Alten Mannes.

»Nein«, lautete sie dann auch, als er einige Tage später wirklich wieder fragte, nachdem er bis dahin der Sache sorgfältig ausgewichen war. »Schlagen Sie es sich aus dem Kopf, Gutierrez!«

Er und Flanahan trafen sich weiter. Und eines Tages, als es auf den Herbst zuging, meldete Flanahan den Meds, daß sie vielleicht schwanger war. Sie zog zu Gutierrez; und damit war das Jahr gerettet.

Gutierrez' Arbeit jedoch kam praktisch zum Stillstand – bei all dem Reichtum einer neuen Welt am Horizont. Er führte exakte Studien an winzigen Ökosystemen entlang der Küste durch; und als im Herbst wieder ein Kaliban auf der Rieselwiese auftauchte und die Jäger ihn erschossen, stand er da und beobachtete das Verbrechen, setzte sich in Sichtweite der Stelle auf den Hang und blieb dort den ganzen Tag aufgrund des Schmerzes, den er empfand.

Und die Jäger wichen seinem Blick aus, obwohl er mit seinem Dasitzen keine Wut zum Ausdruck brachte, nichts Persönliches.

»Ich werde keinen mehr schießen«, sagte ein Spezial-Op später zu ihm, der Mann, der es diesmal getan hatte.

Was Flanahan anging, so hatte sie es abgelehnt, sich an der Jagd zu beteiligen.

12

Jahr 2, Tag 290 KR

Das Wetter entwickelte sich wieder auf den Winter zu, die Jahreszeit des bitterkalten Regens und gelegentlichen Nebels, als die ersten Kalibane ins Lager kamen. Und über Nacht blieben. Sie zogen wie Geister unter den Lichthöfen der Lampen durch den Nebel, kamen wie die albernen Ariels, waren aber weit eindrucksvoller.

Jin beobachtete sie, wie sie in einer Reihe am Zelt vorbeizogen, seltsam und lautlos, wenn man vom Scharren der ledrigen Körper und krallenbewehrten Tatzen absah; und er und Pia drückten in der Wärme des Zeltes den kleinen Jin an sich und fürchteten sich, denn diese Kreaturen unterschieden sich völlig von den lebhaften, vibrierenden grünen Echsen, die zwischen den Zelten und Steinbauten kamen und gingen.

»Sie werden uns nicht weh tun«, sagte Pia, ein Flüstern in der milchig-nebligen Nacht. »Die Bänder haben gesagt, daß sie niemals jemandem weh tun.«

»Da war die Sache mit dem Kapitän«, erinnerte sich Jin und stellte sich vor, wie ihr Zelt in irgendeinen Abgrund purzelte, so, wie der geborene Mensch Beaumont umgekommen war.

»Ein Unfall.«

»Aber die geborenen Menschen schießen sie.« Die Vorstellung machte ihm Sorgen. Er war sich nie über die Frage der Intelligenz klar geworden, darüber, was Tiere und was Menschen waren und wie man den Unterschied feststellte. Man sagte, daß die Kalibane keine Intelligenz besäßen; sie war in ihrem Gen-Set nicht enthalten. Bei den flatterhaften Ariels konnte er sich das vorstellen, aber diese Wesen hier waren größer als Menschen, und sie bewegten sich grimmig und überlegt.

Die Kalibane zogen durch das Lager, und menschliche Laute waren nicht zu hören, auch kein Alarm, der anzeigte, daß

Schaden angerichtet worden war. Aber Jin und Pia banden die Zeltklappe zu und blieben wach, während der kleine Jin zwischen ihnen schlief. Beim leisesten Geräusch draußen fuhren sie zusammen, und hin und wieder hielten sie sich in der völligen Dunkelheit und Enge des Zeltes an den Händen.

Vielleicht, überlegte Jin in den einsamen Stunden, waren die Kalibane wütend, weil die geborenen Menschen sie jagten. Vielleicht war das der Grund ihres Kommens.

Aber als sie am nächsten Tag mit der Sonne aufstanden, zog ein Gerücht von etwas Seltsamem durch das Lager, und Jin ging mit den anderen los, um nachzusehen, wie all die losen Steine, die sie zum Bauen aufgehäuft hatten, bewegt und in einen niedrigen gewundenen Wall verwandelt worden waren, der an ein Gebäude grenzte, in dem Azi lebten. Jin und weitere Azi machten sich an die Arbeit, das abzureißen, was die Kalibane gebaut hatten, aber er empfand dabei eine ungewohnte Furcht. Bis zu diesem Zeitpunkt hatte er nur geborene Menschen gefürchtet, und er hatte gewußt, was richtig und falsch war. Aber er hatte ein seltsames Gefühl, als er entfernte, was die Kalibane gemacht hatten, diese dritte und unerklärliche Kraft, die durch ihre Mitte gezogen war und sie zur Kenntnis genommen hatte.

»Stop!« sagte ein Aufseher. »Aus dem Hauptlager kommen Leute, um sich das anzusehen.«

Jin hörte auf zu arbeiten und setzte sich zu den übrigen Azi, fest eingewickelt in seine Jacke und dicht an die anderen gedrängt ... und schaute zu, während wichtige geborene Menschen von den Hauptkuppeln herüberkamen. Sie machten Fotos, und dann kam auch der geborene Mann Gutierrez mit seinen Leuten und besah sich das Bauwerk von allen Seiten. Jin kannte diesen geborenen Mann: Es war der, an den sie sich wandten, wenn sie etwas Seltsames fanden, wenn jemand von etwas gestochen oder gebissen worden war oder wenn jemand in eine der Nesseln getreten war. Und das Gesicht dieses Mannes und die Gesichter seiner Mitarbeiter und nicht weniger der übrigen geborenen Menschen – zeigten große Beunruhigung.

»Sie reagieren auf den Instinkt«, meinte Gutierrez endlich. Soviel konnte Jin verstehen. »Ariels errichten Steinhaufen. Das Verhalten scheint der ganzen Linie einprogrammiert zu sein.«

Aber Kalibane, überlegte Jin bei sich, bauten Mauern in der

Nacht, errichteten schweigend Wälle aus mächtigen Steinen und verbanden sie mit Gebäuden, in denen Menschen lebten.

Danach fühlte er sich nie mehr ganz sicher in der Nacht, obwohl die geborenen Menschen hinausgingen und elektrische Zäune um das Lager zogen, und obwohl die Kalibane nicht wiederkamen. Immer, wenn es neblig wurde, dachte er an sie, wie sie mächtig durch das Lager geisterten, so still, so entschlossen; und er drückte dann stets seinen Sohn und Pia fest an sich und war glücklich darüber, daß kein Azi bei Nacht draußen sein mußte.

13

Jahr 3, Tag 120 KR

Die Luft erwärmte sich wieder, und das Warten begann ... der dritte Frühling, der, in dem die Schiffe kommen sollten. Sämtliche Mißgeschicke – die verlorene Ansammlung von Menschengräbern am Meer – wirkten wie eine Tragödie in kleinerem Maßstab angesichts des weiten Universums, denn die Erwartung der Schiffe erinnerte die Menschen daran, daß diese Welt nicht die einzige war. »Wenn die Schiffe kommen ...«, war das beherrschende Thema im Lager.

Wenn die Schiffe kamen, würden sie wieder Luxusgegenstände haben, wie Seife und Lebensmittel von anderen Welten.

Wenn die Schiffe kamen, würden die Bagger wieder fahren, und man würde bauen und den Plan wieder einholen.

Wenn die Schiffe kamen, würden sie neue Gesichter sehen, und die ersten Kolonisten würden sich abheben von den Neuankömmlingen, würden etwas besitzen und jemand sein.

Wenn die Schiffe kamen, würden sie Geburtslabors haben und Azi, und der Bevölkerungszuwachs würde das Gleichgewicht Gehennas zugunsten des Menschen umkippen.

Aber der Frühling nahm seinen Fortgang über das erwartete Datum hinaus, führte zuerst zu einer fiebrigen Erwartung und dann tiefer Verzweiflung, bis sich schließlich die Hoffnungen wieder vorsichtig dem Leben zuwandten; eine Woche ging vorüber, ein Monat – und ›Wenn‹ wurde zu einem verbotenen Wort.

Conn wartete. Seine Gelenke schmerzten; wenn die Schiffe kamen, würde er Medikamente bekommen. Er würde jemanden haben, auf den er sich stützen konnte. Er dachte wieder an Cyteen und an Jeans unversorgtes Grab. Er dachte an so viele Dinge, die er aufgegeben hatte. Und zuerst lächelte er, und dann hörte er auf zu lächeln und zog sich in seine private Kuppel zurück. Immer noch glaubte er. Immer noch glaubte er an die Regierung, die ihn hierhergeschickt hatte, glaubte, daß etwas die Schiffe aufhielte, aber ihr Kommen nicht verhindern würde. Falls etwas nicht in Ordnung war, würden die Schiffe an einem der Sprungpunkte im Raum hängen und den Schaden reparieren und dann weiterfliegen, was seine Zeit brauchen mochte.

Er wartete, Tag für Tag.

Aber Bob Davies legte sich eines späten Abends im Frühling zum Schlafen nieder und nahm sämtliche Pillen, die die Meds ihm gegeben hatten. Es dauerte einen vollen Tag, bis es irgend jemand merkte, denn Davies lebte allein, und alle Abteilungen, für die er normalerweise arbeitete, hatten angenommen, er arbeite für jemand anderen oder an einem anderen Auftrag. Er war nur schlafen gegangen, ruhig, ohne jemanden zu belästigen. Sie begruben ihn neben Beaumont, das einzige, an was die von ihm hinterlassene Notiz noch von ihnen erbat. Es war Beaumonts Tod, der auch Davies getötet hatte: das erzählten die Leute. Aber das Ausbleiben der Schiffe war der Grund, der ihn veranlaßt hatte, auf was Davies auch immer gehofft haben mochte – vielleicht nur auf ein Andenken daran, daß im Universum ein Anderswo existierte; vielleicht aber auch auf ein Fortgehen. Welche Hoffnung ihn auch am Leben gehalten hatte – sie hatte ihn getrogen.

James Conn ging zu dem Begräbnis am Meer. Als es vorbei war, als sie die Azi zurückließen, die Erde ins Grab warfen, ging er in seine Kuppel zurück und goß sich einen Drink ein, dann noch etliche mehr.

Nebel wälzte sich an diesem Abend heran, einer jener Nebel, die lange bleiben konnten, und hüllte die ganze Welt in Weiß. Gestalten kamen und gingen darin umher, menschliche Gestalten und gelegentlich das stille Huschen der Ariels; und in der Nacht war auch das Wispern von Bewegungen zu hören, das vielleicht der schwerere Tritt von Kalibanen war – aber sie hatten ja die Zäune, um sie aufzuhalten, und meistens taten die Zäune es auch.

Conn trank, während er an dem einzigen echten Schreibtisch auf Gehenna saß; und er dachte an andere Orte, an Jean und ein grasbewachsenes Grab auf Cyteen; an die Gräber am Meer; an Freunde aus dem Krieg, die gar keine Gräber hatten, aus der Zeit, als er und Ada Beaumont so innig verbunden gewesen waren wie nicht einmal er und Jean jemals ... für eine Woche auf Fargone; und sie hatten es Jean niemals gesagt und auch nicht Bob, hatten nie diese Woche erwähnt, in der die 12. ein Drittel ihrer Truppen verloren hatte und sie den Widerstand Schritt für Schritt aus den Tunneln gejagt hatten. Er dachte an diese Tage, an vergessene Gesichter, verschwommene Namen, und als die Toten in seinen Gedanken die Lebenden an Zahl übertrafen, fühlte er sich behaglich und sicher. Er trank mit ihnen allen; und noch vor dem Morgen setzte er sich eine Pistole an den Kopf und zog den Abzug.

14

Jahr 3, Tag 189 KR

Das Getreide wuchs, die Ähren wurden weiß, und in den Händen von Azi schwangen die Sensen hin und her, die alte Methode, ohne Maschinen; und weiterhin verzögerten sich die Schiffe.

Gutierrez ging am Rand des Lagers entlang, draußen bei den Feldern, und begutachtete die Arbeit. Die Behausungen rechts von ihm, im Azi-Lager, bestanden jetzt zum großen Teil aus Stein, in einer baufälligen und verrückten Weise errichtet; aber die Azi bauten ihre Unterkünfte in ihrer Freizeit selbst, und manchmal fanden sie es günstig, gemeinsame Wände zu bauen – weniger Arbeit für alle Beteiligten. Wenn das Bauwerk erst einmal stand, billigten es die Ingenieure und der Rat; und damit hatte es sich.

Gutierrez und Kate machten es ähnlich, denn sie brauchten Platz: sie bauten mit alten Steinen an ihrer Kuppel an, und was sie dort errichteten, reichte als Extrazimmer für sie und für die kleine Jane Flanahan-Gutierrez.

Ein weiterer Kaliban war auf der Rieselwiese aufgetaucht. Sie kamen, vermutete Gutierrez, mit dem Wechsel der Jahreszeiten, und immer, wenn es auf den Herbst zuging, widmeten sie sich wie besessen ihren Grabungen. Wenn überhaupt Gedanken in diesen massigen Gehirnen abliefen. Gutierrez stritt mit dem Rat, hoffte immer noch auf seine Expedition über den Fluß, aber es war die Zeit zum Unkrautjäten und zur Ernte. Jetzt war wieder ein Kaliban da, und Gutierrez machte den Vorschlag, ihn an Ort und Stelle zu studieren.

Und wenn er die Azi-Quartiere untergräbt, hatte Gallin protestiert, der jetzt dem Rat vorstand; oder wenn er in die Ernte gerät ...

»Wir müssen hier leben«, hatte Gutierrez argumentiert, und dann gesagt, was bis dahin niemand im Rat gesagt hatte: »Kein Schiff wird kommen. Und wie lange wollen wir hier hocken, blind für die Welt, auf der wir leben?«

Danach herrschte Schweigen. Er war grob gewesen. Er hatte die Vorwände zerstört, und er erntete dafür teils mürrische und teils harte Blicke; die meisten jedoch zeigten überhaupt nichts, behielten ihren Schrecken in sich eingeschlossen, wie die Azi.

Und so ging er jetzt allein, bevor sie die Gewehre holten und die Jagd aufnahmen. Er ging an den Feldern vorbei, hinaus über den Kamm und wieder hinunter, entfernte sich weiter als auf Rufweite aus dem Lager, was gegen alle Regeln verstieß.

Er setzte sich auf den Hang, nahm das Fernglas und beobachtete die Wallbauer lange Zeit ... sah zu, wie zwei Kalibane ihre stumpfen Schnauzen und ihre Körperkraft benutzten, um das Erdreich zu einem Grat aufzuwerfen.

Um die Mittagszeit, nachdem er sich alles notiert hatte, was er hatte wissen wollen, wagte er sich ein Stück weiter hangabwärts in Richtung des Walles.

Plötzlich verschwanden beide Kalibane in den Gängen ihres Walles.

Er blieb stehen. Ein gewaltiger Reptilienkopf tauchte aus einem Loch an der Seite des Walles auf. Eine Zunge leckte hervor, und dann folgte der ganze Kaliban, braun, doppelt so groß wie die anderen und mit Schattierungen von Gold und Grün.

Eine neue Form. Eine neue Art ... oder ein neues Geschlecht, das war nicht festzustellen. Es blieb nicht die Muße für Antworten. Alles, was sie von den Kalibanen wußten, war potentiell umgestoßen, und sie konnten es nicht herausfinden.

Gutierrez atmete ein und hielt die Luft an. Der Braune – sechs, vielleicht acht Meter lang – starrte ihn eine Zeitlang an, und dann kamen auch die beiden anderen, die gewöhnlichen Grauen, hervor und drängten sich an dem Braunen vorbei.

Dieser ging auf Gutierrez zu, kam immer näher, bis Gutierrez viel mehr Einzelheiten erkennen konnte, als ihm lieb war. Der Kaliban ragte bis auf doppelte Mannshöhe auf. Der knotige Kragen schwoll und wurde wieder flach. Die beiden anderen gingen inzwischen ruhig und bedächtig zum Fluß, schlammbedeckte Geister, die durch das hochstehende tote Gras zogen. Sie verschwanden. Der andere musterte Gutierrez noch einen Moment lang und wandte sich dann ab, richtete den Blick noch einmal rasch aus einer runden Pupille seitwärts auf Gutierrez – warf sich dann herum und floh mit aller Hast, die ein Kaliban aufbringen konnte.

Gutierrez stand da und blickte ihm hinterher; seine Knie zitterten, und er hatte das Notizbuch in seiner Hand vergessen; dann drehte er sich um und ging zum Lager zurück, weil es nichts anderes zu tun gab.

An diesem Abend beschloß der Rat, wie er es erwartet hatte, die Kalibane von diesem Ufer zu verjagen; und er begleitete sie am Morgen, als sie mit ihren Gewehren und langen Sonden und den Spitzhacken, mit denen sie den Wall zerstören wollten, loszogen.

Aber es war kein Kaliban mehr da. Gutierrez wußte, warum. Sie hatten gelernt. Die ganze Zeit schon hatten sie gelernt, und ihre Grabungen an diesem Ufer unterschieden sich von denen überall sonst auf der Welt – hier, dicht bei den Menschen, wo die Kalibane Wälle errichteten.

Gutierrez beobachtete nur und verweigerte jeden Kommentar, als die Jäger ihn aufsuchten. Erklärungen mußten zu Dingen führen, die die Jäger sicher nicht hören wollten, nicht angesichts der Tatsache, daß sie immer weniger Hoffnungen auf die Schiffe hatten.

»Aber sie haben sie nicht erwischt«, sagte Kate Flanahan an diesem Abend zu ihm in dem Versuch, ihn aus seinen Grübeleien zu holen. »Es ist gescheitert, nicht wahr?«

»Ja«, sagte er. Und mehr nicht.

15

Jahr 3, Tag 230 KR

»Jin!« rief der ältere Jin; und Pia rief ebenfalls, während sie durch die Gänge des Lagers und an seinem Rand entlangstreiften. Sie hatten Angst ... Angst vor der Außenwelt, vor dem Risiko von Kalibanen. »Habt ihr unseren Sohn gesehen?« fragten sie einzelne Azi, denen sie begegneten. »Nein«, lautete die Antwort, und Pia fiel auf der Suche zurück, als Jins Schritte immer länger wurden, denn in ihrem Bauch trug sie das Gewicht eines weiteren Kindes.

Die Sonne sank tiefer am Himmel, und sie hatten bereits einen großen Teil der Lagereinfassung abgesucht, draußen am elektrischen Zaun. Diese Richtung zum Fluß hin faszinierte den kleinen Jin, und mehr als nur eines der rowdyhaften Kinder des Lagers war davon besessen.

»Im Norden des Lagers«, berichtete ihm endlich ein Azi, als er schon außer Atem war und beinahe in Panik. »Dort spielte ein kleiner Junge.«

Jin trabte eilig in diese Richtung.

So fand er seinen Sohn dort, wo die Mauern zu Ende waren und sich das Land zur Riesenwiese hin absenkte. Weiße Kalksteinplatten bildeten dort die letzte Mauer, an der Stelle, wo sie früher die Bausteine aufgehäuft hatten. Und Klein-Jin saß dort auf der Erde, nahm übriggebliebene Steinbrocken und häufte sie aufeinander. Ein Ariel assistierte, fügte dem Haufen Kieselsteine hinzu – drehte jetzt den Kopf und blies den Kragen auf angesichts einer so plötzlichen Annäherung.

»Jin«, sagte Jin senior. »Sieh dir mal die Sonne an! Du weißt, was ich dir über das Weggehen kurz vor Einbruch der Dunkelheit erzählt habe. Du weißt, daß Pia und ich nach dir gesucht haben.«

Klein-Jin hob ein Gesicht, das weder nach dem Vater noch nach der Mutter geraten war, und betrachtete ihn durch eine Mähne schwarzen Haares.

»Du hast einen Fehler gemacht«, sagte Jin in der Hoffnung, daß sein Sohn sich schämen würde. »Wir dachten, ein Kaliban hätte dich erwischt.«

Sein Sohn sagte nichts und machte keine Bewegung, wie der Ariel.

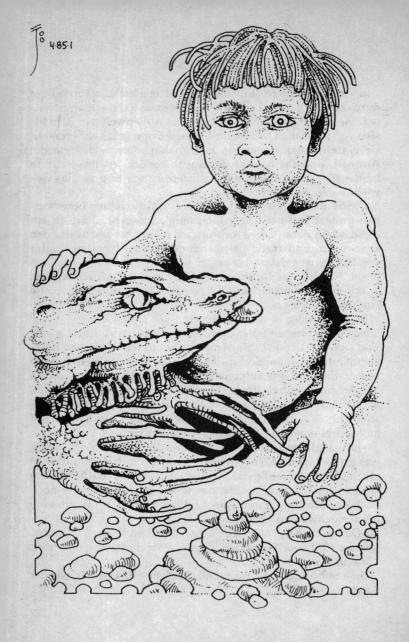

Pia traf atemlos ein, kam um die weiße Ecke des letzten Azi-Hauses. Sie blieb stehen und umfaßte ihren Bauch, und ihre Augen blickten verzweifelt. »Er ist in Ordnung«, sagte Jin. »Er ist in Sicherheit.«

»Kommt!« sagte Pia, immer noch erschüttert. »Jin, steh sofort auf und komm mit!«

Keine Bewegung. Nichts, außer einem starren Blick.

Der ältere Jin fuhr ihm mit einer Hand durchs Haar, war verblüfft und bekümmert. »Sie sollten uns Bänder geben«, sagte er mit schwacher Stimme. »Pia, er wäre nicht so, wenn die Bandgeräte noch funktionieren würden.«

Aber die Geräte liefen nicht mehr. Kaputtgegangen, sagten die Aufseher, außer einem, das die geborenen Menschen für sich selbst benutzten.

»Ich weiß es nicht«, sagte Pia. »Ich weiß nicht, was bei ihm richtig oder falsch ist. Ich habe die Aufseher gefragt, und sie sagen, daß er diese Dinge tun muß.«

Jin schüttelte den Kopf. Sein Sohn machte ihm Angst. Gewalt machte ihm Angst. Heb ihn hoch und versohle ihn! sagten die Aufseher. Einmal hatte er seinen Sohn geschlagen, und die Tränen und das Geschrei und der Aufruhr hatten seine Nerven arg mitgenommen. Er selbst hatte nie geweint, nicht in der Weise.

»Komm bitte!« sagte er zu seinem Sohn. »Es wird dunkel. Wir wollen nach Hause gehen.«

Klein-Jin hob sorgfältig weitere Steine auf und ergänzte mit ihnen sein Muster, vervollständigte eine Spiralwindung. Der Ariel watschelte hinüber und schob einen Stein genauer in die Reihe. Sie bestand ganz aus Schleifen und Spiralen, wie die zerstörten Wälle, die jedes Jahr wieder auf der Wiese erschienen.

»Komm her!« Pia kam herbei, packte ihren Sohn an den Armen und zog ihn hoch, zerstörte damit das Muster. Klein-Jin trat um sich und kreischte und mühte sich, sitzenzubleiben, und es sah fast so aus, als könne er Pia verletzen. Der ältere Jin kam und packte sich seinen Sohn gewaltsam unter einen Arm, schloß sich ab gegen sein Kreischen und seine Schreie, unempfindlich gegen die Tritte, während er ihn schmachvoll zurück zur Straße und zum Lager trug.

Solange ihr Sohn noch klein war, konnten sie das machen.

Aber er wuchs, und es würde der Tag kommen, wo sie es nicht mehr tun konnten.

Jin dachte später darüber nach, während er neben Pia lag und die Stille genoß ... wie die Entwicklung von den Versprechungen der Bänder abgewichen war, die sie gegeben hatten, bevor die Geräte kaputtgegangen waren. Der größte und weiseste der geborenen Menschen lag drüben am Meer begraben, gemeinsam mit Azi, die Unfälle gehabt hatten; die Schiffe würden nicht mehr kommen. Er empfand eine verlorene Sehnsucht danach, unter dem Tiefenstudium zu liegen und die beruhigende Bandstimme zu hören, wie sie ihm sagte, daß er alles richtig gemacht habe.

Er zweifelte jetzt. Er war sich der Dinge nicht mehr sicher. Sein Sohn, den sie manchmal lieb hatten, der zu ihnen kam und sich an sie schmiegte und ihnen das Gefühl vermittelte, daß die Welt wieder in Ordnung war, hegte entgegengesetzte Gedanken und streifte umher, und irgendwie wurde von einem Azi erwartet, daß er die Weisheit besaß, dieses geborene Kind zu beherrschen. Manchmal hatte er Angst – vor seinem Sohn, und vor dem Ungeborenen in Pias Bauch.

Wenn das Schiff kommt ... – pflegten die Azi zu sagen.

Aber sie hörten auf damit. Und von da an war nichts mehr richtig.

VIERTER TEIL

Die zweite Generation

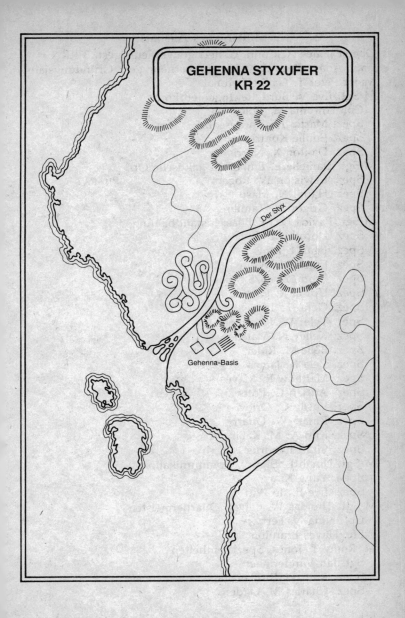

Militärisches Personal:

Oberst James A. Conn, Generalgouverneur, gest. 3 KR
Capt. Ada P. Beaumont, Vizegouverneur, gest. Gründungsjahr
Major Peter T. Gallin, Peronal
M/Sgt. Ilya V. Burdette, Ingenieurkorps
   Cpl. Antonia M. Cole
   Spez. Martin H. Andresson
   Spez. Emilie Kontrin
   Spez. Danton X. Norris
M/Sgt. Danielle L. Emberton, taktische Op.
   Spez. Lewiston W. Rogers
   Spez. Hamil N. Masu
   Spez. Grigori R. Tamilin
M/Sgt. Pavlos D. M. Bilas, Instandhaltung
   Spez. Dorothy T. Kyle
   Spez. Egan I. Innis
   Spez. Lucas M. White
   Spez. Eron 678-4578 Miles
   Spez. Upton R. Patrick
   Spez. Gene T. Troyes
   Spez. Tyler W. Hammett
   Spez. Kelley N. Matsuo
   Spez. Belle M. Rider
   Spez. Vela K. James
   Spez. Matthew R. Mayes
   Spez. Adrian C. Potts
   Spez. Vasily C. Orlov
   Spez. Rinata W. Quarry
   Spez. Kito A. M. Kabir
   Spez. Sita Chandrus
M/Sgt. Dinah L. Sigury, Kommunikation
   Spez. Yung Kim
   Spez. Lee P. de Witt
M/Sgt. Thomas W. Oliver, Quartiermeister
   Cpl. Nina N. Ferry
   Pfc. Hayes Brandon
Lt. Romy T. Jones, Spezialeinheiten
   Sgt. Jan Vandermeer
   Spez. Kathryn S. Flanahan
   Spez. Charles M. Ogden

M/Sgt. Zell T. Parham
  Cpl. Quintan R. Witten
Capt. Jessica N. Sedgewick, Anerkenner/Anwältin
Capt. Bethan M. Dean, Chirurg
Capt. Robert T. Hamil, Chirurg
Lt. Regan T. Chiles, Computerdienst

Ziviles Personal:

Stabspersonal: 12
Medizinisch/chirurgisch: 1
Sanitätspersonal: 7
Mechanikwartung: 20
Verteilung und Lager: 20
  Robert H. Davies, gest. KR 3
Sicherheit: 12
Computerdienst: 4
Computerwartung: 2
Bibliothekar: 1
Landwirtschaftl. Spezialisten: 10
  Harold B. Hill
Geologen: 5
Meteorologe: 1
Biologen: 6
  Marco X. Gutierrez
  Eva K. Jenks
  Jane E. Flanahan-Gutierrez, geb. 2 KR
Erziehung: 5
Kartograph: 1
Management-Inspektoren: 4
Ingenieure für Biozyklus: 4
Baupersonal: 150
Lebensmittelspezialisten: 6
Industriespezialisten: 15
Bergbau-Ingenieure: 2
Inspektoren für Energiesysteme: 8

ZUSÄTZLICHES NICHTBÜRGER-PERSONAL:

»A«-KLASSE: 2890

Jin 458-9998

Pia 86-687

Jin der Jüngere, geb. Gründungsjahr

Mark, geb. 3 KR

Zed, geb. 4 KR

Tam, geb. 5 KR

Pia die Jüngere, geb. 6 KR

Grün, geb. 9 KR

»B«-KLASSE: 12 389

»M«-KLASSE: 4566

Ben, geb. 2 KR

Alf, geb. 3 KR

Neun, geb. 4 KR

»P«-KLASSE: 20 788

»V«-KLASSE: 1278

1

Jahr 22, Tag 192 KR

Es war ein langer Weg, ein einsamer Weg zwischen den seltsamen Hügeln, die die Kalibane aufwarfen – aber ihre Brüder waren dort, und Pia die Jüngere ging weiter, mittlerweile außer Atem, und ihre heranwachsenden Glieder schmerzten durch das Laufen. Auf diesem Wegstück lief sie immer, hier, wo die Wälle und Grate am ältesten waren und mit Gebüsch überwachsen. Sie gestand es ihren Brüdern nie ein, aber es beunruhigte sie, dieses Gebiet zu durchqueren. Hier. Bei *ihnen*.

Vor ihr lagen die Kalksteinhöhen, wo sich der alte Steinbruch befand; die Alten hatten die Stadt aus Kalkstein errichtet, aber heute holten sie keine Steine mehr von hier, es sei denn, sie konnten Pias Brüder bereden, welche herabzubringen. Sie fürchteten sich; das war es. Die Alten fürchteten sich davor, das Gebiet der Kalibane zu durchqueren. Jüngere lebten hier in der tiefen Grube, wo in früheren Tagen gesprengt worden war, und sie besaßen den Haufen aus losem Stein, von dem sie manchmal etwas verluden und zurück zum Lager brachten, wenn sie Handel treiben wollten. Viele von den jüngeren Leuten aus dem Azi-Lager kamen hierher, Pias Brüder öfter als die meisten anderen, aber die Alten taten es nie; und die Alten im Hauptlager, sie verkrochen sich in ihre Kuppeln und schützten sich durch elektrisches Licht und elektrische Drähte.

Pia bekam Seitenstiche und ging zu einem langsameren Humpeln über, als sie den alten Weg erreichte, der früher einmal eine Straße gewesen war, eine vom Regen ausgewaschene Straße mit Kalksteinsplittern und überwachsen mit kleinem Gebüsch und Unkraut und an manchen Stellen eingesunken, so daß manchmal nur Platz für einen Wanderer war. Pia blickte zurück, als sie um die Biegung ging – es war jene Art von Ausblick, dem sich das Auge einfach zuwenden mußte, diese sich weithin ausbreitende Perspektive, der Blick hinaus über die ganze Welt, auf das träge S des Styx und die Wälle der Kalibane, die wie zerknittertes Tuch an beiden Ufern hingestreut waren, manche unter dem Teppich der Bäume und manche frisch und nackt; und auf Kalibankuppeln, die die Kuppeln des Hauptlagers nachäfften.

Die Kalibane hatten niemals Kuppeln errichtet, hatte ihr Vater gesagt, bis sie die des Hauptlagers erblickten. Aber jetzt bauten sie welche, größere und großartigere, warfen kahle Hügel auf diesem und auf jenem Ufer des Styx auf. Dahinter lagen die festen Hügel, die natürlichen Erhebungen; und dann kamen die grün und braun gesprenkelten Felder und das rostende Knäuel riesiger Maschinen – und der Turm, der große leuchtende Turm, der das Sonnenlicht auffing und die kleine Ansammlung von Kuppeln vor dem Friedhof und dem Meer mit Energie speiste. All das mit einem offenen, schweifenden Blick, die ganze Welt: und diese Höhe beherrschte alles. Das war der Grund, aus dem ihre Brüder herkamen, um auf alles hinabzublicken; aber sie war sechzehn – noch nicht, hatten ihre Brüder zu ihr gesagt. Noch nichts für dich.

Was ihre Eltern dazu sagten, daß sie hierherging – aber sie taten ja alles, was der Rat sagte; und nein zu sagen war ein Teil davon.

Sie lief wieder los, den Berg hinauf, schob sich an Büschen vorbei, war jetzt sorglos, denn hier waren tagsüber nur die Schlangen zu fürchten; Kalibane fraßen Schlangen, und Lärm verschreckte beide, und deshalb machte sie soviel Lärm, wie es ging.

Ein Pfiff vom Rand über ihr zog ihre Aufmerksamkeit auf sich; sie blickte auf zu dem Kopf, der über dem Rand der Klippen auftauchte, Kopf und Schultern, schwarzes Haar, das im Wind wehte. Ihr Bruder Zed. »Ich muß hinauf!« rief sie.

»Dann komm!« rief er zurück. Man mußte die Erlaubnis haben, um zu den Höhen hinaufzugehen; und Pia staubte die Hände am Overall ab und brachte die letzten paar Biegungen hinter sich – blieb dann auf dem kahlen Grat stehen, auf dem Steinplatten und spärliches Gebüsch zu sehen waren, und setzte sich zum Luftholen auf die linke von den beiden Steinplatten, die als Tor dienten, dort neben der Bitterbeere. Alle ihre älteren Brüder waren hier oben. Und Jane Flanahan-Gutierrez, erkannte sie schockiert und eifersüchtig. Jane Flanahan-Gutierrez aus dem Hauptlager, dunkelhäutig und mit lockigem schwarzen Haar ... hier bei all den Jungen; und Pia wußte sofort, was sie hier oben gemacht hatten – las es in den Augen ihrer Brüder, wie Sommerabendhitze. Sie wirkten auf einmal älter, wie Fremde. Auch Jane sah so aus in ihren unordentlichen Kleidern, den Reißverschluß des Overalls halb geöffnet, und sie starrte Pia an, als bestehe sie aus Schmutz. Deren vier ältere Brüder, Jin und Mark und Zed und Tam; und die Jungen, die in der Stadt weiter unten in der Reihe wohnten, Ben und Alf und Neun. Sie standen Pia wie eine Wand gegenüber, ihre Brüder der dunkle Teil davon, und das Ben/Alf/Neun-Set ganz rot und blond. Und Jane Flanahan-Gutierrez.

»Du hast ihr erlaubt, heraufzukommen«, sagte Ben zu Zed. »Warum *ihr?*«

»Ich weiß, was ihr macht«, sagte Pia. Sie spürte Röte im Gesicht. Als Folge ihrer Kletterpartie schnappte sie immer noch nach Luft; sie sog die Lungen voll. Jane Flanahan-Gutierrez setzte sich auf einen anderen Stein, hielt die Hände an den Seiten, stellte sexuelle Befriedigung zur Schau. »Denkt ihr«, keuchte Pia, »denkt ihr, es sei irgend etwas? Jin, unser Vater hat mich geschickt. Um euch alle zu finden. Grün ist wieder weggelaufen. Sie wollen, daß ihr zurückkommt und helft.«

Ihre Brüder setzten sich, einer nach dem anderen, alle außer Jin, dem ältesten, der mit umwölktem Gesicht dastand und die Hände hinter den Gürtel gesteckt hatte. Grün: das war der sechste von ihnen. Der jüngste Bruder.

»Dieser Junge ist *verschwunden*«, sagte Ben mit dem Abscheu, den alle gegenüber Grün hegten. Aber: »Ruhe!« sagte Jin der Jüngere in dem Tonfall, der anzeigte, daß er es ernst meinte, der sogar Alte soweit einschüchtern konnte, daß sie allem lauschten, was Jin sagen wollte. »Wie lange schon?«

»Möglicherweise seit dem Morgen«, antwortete Pia mit heiserer Stimme. »Sie dachten, er sei mit einigen Jungen weg. Er ist von ihnen weggelaufen, und sie haben niemanden geschickt, um das mitzuteilen. Pia sucht im Lager; aber Jin ist draußen in den Hügeln und sucht in dieser Richtung. Er hat uns gebeten, Jin; unser Vater hat uns darum *gebeten*. Er hat wirklich Angst.«

»Es wird bald dunkel werden.«

»Unser Vater ist trotzdem unterwegs. Und er weiß nichts. Er könnte doch in einen Bau fallen! Aber ich glaube nicht, daß er aufhört.«

»Für Grün.«

»Jin ...« Sie redete nur mit Jin, weil er die Meinungen der anderen diktierte. »Er hat uns gebeten.«

139

»Wir gehen besser«, sagte Jin daraufhin; und das war es dann: die anderen zogen die Köpfe ein und nickten.

»Was machen wir mit eurem Bruder?« fragte Ben, setzte voraus, daß sie auch mitkamen. »Falls wir ihn finden?«

»He«, sagte Jane, »he, ich muß ins Lager zurück! Ihr habt gesagt, ihr würdet mich zurückbringen!«

»*Ich* werde dich zurückbringen«, sagte Pia mit einem Blick aus schmalen Augen. »Dieser Pfad unten ist echt schlimm. Wer sorglos ist, könnte ausrutschen.«

»Du achtest besser darauf, mit wem du sprichst«, sagte Jane.

»*Azi*. So denkst du dir das, Hauptlagerin? Denkst du, ich hätte Angst? Gib auf dich selbst acht!«

»Halt den Mund!« sagte Jin.

»Einer von euch«, meinte Jane, »muß mich zurückbringen. Ich kann nicht herumsitzen und warten, während ihr da unten euren Bruder sucht ... Ich weiß alles über ihn.«

»Wir kommen zurück. Warte nur.«

»Er ist weg, meinst du nicht? Wenn sie verschwinden, verschwinden sie eben.«

Pia erhob sich, ohne etwas zu sagen, und machte sich auf den Weg die Straße hinunter, ohne einen Blick zurück zu werfen; und bevor sie das erste Hangstück erreicht hatte, hörte sie hinter sich Kieselsteine rutschen. Der ganze Trupp ihrer Brüder sammelte sich um sie, und dazu die Jungen von unten in der Lagerreihe.

»Wartet!« rief Jane hinter ihnen her. »Ihr könnt doch nicht einfach weggehen und mich hierlassen!« Und das war eine Befriedigung. Sie würden sie herunterholen – später. Wenn sie sich um Grün gekümmert hatten. Ein Strom von Worten folgte ihnen, Worte, mit denen man im Hauptlager fluchte, in der längsten Reihe, die Pia je gehört hatte. Pia wanderte den gewundenen Weg hinab, ohne zurückzublicken, die Hände in den Taschen.

»Dieser Grün«, murrte Ben. »Er wird immer tun, was ihm gefällt, das ist es. Wird früher oder später erreichen, was er will.«

»Ruhe«, forderte Jin der Jüngere, und Ben behielt von da an seine Gedanken für sich, den ganzen langen Weg nach unten.

Der Rückweg in Gesellschaft war besser. Pia keuchte inzwischen vor Erschöpfung – ihre hochgewachsenen Brüder hatten lange Beine und waren gerade frisch unterwegs, aber sie hielt durch, obwohl das Seitenstechen wieder da war, wollte ihre Müdigkeit nicht eingestehen. Grün – was Grün anbetraf, mochte Ben recht haben. Sie hatte fünf Brüder, und der letzte war wild; er war dreizehn und wanderte zwischen den Hügeln umher.

Und die das taten – sie blieben beim Herumstreifen; oder was immer diejenigen auch taten, die die Menschheit aufgaben.

Es war schon das drittemal – daß Grün verschwunden war.

»Diesmal«, äußerte Pia ihre Gedanken, unterbrochen vom Schnappen nach Luft, »diesmal, denke ich, müssen wir es sein, die ihn finden. Ich glaube nicht, daß unser Vater es schnell genug schafft.«

»Diesmal ...«, sagte Jin der Jüngere, der neben ihr ging, außer Hörweite der anderen, wenn er leise sprach, »diesmal ist es wohl so, wie Ben sagte.«

Ihr gegenüber gestand er es ein. Nicht gegenüber den übrigen. Und es stimmte wahrscheinlich.

Aber sie gingen trotzdem weiter, hinunter in die Wälder, die die Kalibane aufgezogen hatten, gelangten am Abend zwischen die Wälle und das Gebüsch. »Wo sucht Jin?« fragte Jin der Jüngere.

Pia deutete in Richtung des Lagers. »Vom Lager aus zum Fluß hin. Dort vermutet er ihn – am Fluß.«

»Wahrscheinlich hat er recht«, meinte Jin der Jüngere. »Ganz bestimmt sogar.« Er kauerte sich nieder, säuberte den Boden mit der Handkante, nahm einen Stock und kratzte Zeichen in die Erde, während sich die anderen um ihn sammelten. »Ich denke, Mark und ich finden besser unseren Vater; das ist der weiteste Weg. Und Zed und Tam, ihr nehmt den mittleren Weg; Ben, du und Alf, ihr begleitet sie und trennt euch dort von ihnen, wo ihr hinaufsteigen müßt, um die Fläche abzudecken; Neun, du und Pia, ihr nehmt den Weg direkt am Fluß. Pia hat die besten Chancen, mit Grün zu reden: ich möchte sie dort haben, wo er am wahrscheinlichsten zu finden ist. Wir ziehen einen Kreis um ihn und treiben dabei auch unseren Vater auf, bevor ihn irgendein Kaliban erwischt.«

Das war Jin der Jüngere: Pias Bruder, dessen Verstand in dieser Weise funktionierte, kühl und schnell. Pia betrachtete die Zeichnung, erhob sich und packte Neuns Hand – Neun war achtzehn, wie Zed; und rot und gold und ganz von Sommer-

141

sprossen bedeckt. Sie alle bewegten sich leicht und schnell, und trotz der beunruhigenden Aussichten empfand Pia eine gewisse Erleichterung, weil sie etwas unternahm, weil sie nicht wie ihre Mutter war, die in der Stadt suchte, einfach etwas tun mußte, auch etwas Hoffnungsloses, so lahm, wie die ältere Pia geworden war, mitgenommen von Grün, fix und fertig gemacht von Grün ...

Hoffentlich verlieren wir ihn diesmal, dachte Pia tief in ihrem Herzen. Soll er diesmal doch gehen, damit es endlich vorüber ist; und dann nichts mehr von diesem Blick, den ihre Eltern jetzt an sich hatten, und Schluß damit, alles für Grün zu tun!

Aber wenn sie ihn verloren, dann mußten sie es wenigstens versucht haben. Das mußte sein, weil er unter ihrem Dach geboren war, wenn auch als Fremdling.

Sie folgten den Windungen des Weges zwischen den gebüschbewachsenen Wällen hindurch, sie und Neun, Hand in Hand, eilten an den dunklen Klüften unter Steinen vorbei, die die Eingänge von Kalibanen waren – und manchmal wurden sie von untertassengroßen Augen betrachtet, oder Zungen zuckten aus Kalibanmäulern hervor, die meistens in Schatten und Gebüsch versteckt waren.

Der Weg wurde langsam kahl und rutschig von Matsch, zeigte die Spuren der krallenbewehrten Ballen von Kaliban-Tatzen, denn es war ein Anstieg, den die Kalibane vom Styx aus benutzten, oder von einem Bach aus, der den Styx speiste. Ariels huschten ihnen jetzt aus dem Weg, peitschten in geschäftiger Eile mit den Schwänzen; und Huscher tauchten in irren Mengen von den Bäumen herab – manche hinein in Arielmäuler. Pia wehrte sich gegen die Huscher, patschte wild auf ihren Nacken, um ihren Hals zu schützen, und sie und Neun trabten jetzt hintereinander her und rutschten das letzte Stück zum flachen, stark zertrampelten Flußufer hinab. Kalibane hatten hier Pfade in das Ried der Sümpfe getreten, und Wolken von Insekten schwärmten und flitzten umher.

Ödnis. Keine menschliche Spur störte die schlammige Fläche.

»Wir warten einfach«, sagte Pia. »Er kann nicht an uns vorbeigekommen sein, sofern er nicht den ganzen Weg um die Höhen im Osten herum genommen hat.« Sie kauerte sich am Rand des Wassers nieder und schöpfte eine doppelte Handvoll heraus, schüttete sie sich über Kopf und Hals, und Neun tat desgleichen.

»Warum gönnen wir uns nicht etwas Ruhe?« schlug Neun vor und deutete zum Schilf.

»Ich finde, wir sollten auf dem Weg zu den Felsen weitergehen.«

»Zeitverschwendung.«

»Dann geh doch zurück!«

»Ich finde, wir könnten etwas Besseres tun.«

Sie betrachtete ihn plötzlich mit schmalen Augen. Er zeigte jenen hitzigen Blick, den sie alle oben bei Jane gehabt hatten. »Das schlag dir lieber aus dem Kopf!«

Er griff nach ihr; sie schlug auf seine Hand, und er zog sie ruckartig weg.

»Lauf hinter Jane her«, sagte sie. »Warum tust du es nicht?«

»Was stimmt mit dir nicht? Angst?«

»Geh und such dir Jane!«

»Du gefällst mir.«

»Du bist von Sinnen.« Er machte ihr Angst; ihr Herz hämmerte. »Jane und ihr alle, das ist ganz nett, nicht wahr? Aber ich sage nein, und du glaubst es mir besser!«

Er war um etwa ein Drittel größer als sie. Aber es waren noch andere Faktoren zu berücksichtigen, und man lebte in der Stadt eng nebeneinander; und ein Faktor bestand darin, daß sie alles heimzahlte. Die Leute wußten das von Pia der Jüngeren; es war wichtig, die Leute davon zu überzeugen, und sie sorgte dafür.

Und endlich zog er eine große Show ab, schmollte und staubte die Hände ab. »Ich gehe zurück«, sagte er. »Ich bleibe nicht wegen nichts hier draußen.«

»Sicher, geh nur zurück!« sagte sie.

»Du bist kalt«, sagte er. »Laß es dir von mir gesagt sein.«

»Du sagst, was du willst, und wenn du es tust, dann erzähle ich ebenfalls eine Menge. Du bringst mich dazu, Böses zu sagen, und du bringst auch meine Brüder dazu. Wir treten so auf. Ihr seid drei und wir sind sechs, also entscheide dich!«

»Ihr seid jetzt zu fünft«, sagte er und ging weg.

Da stellte sie fest, daß ihre Hände feucht waren, und sie war sich nicht sicher, ob es an der Sonne lag oder an ihrer Wut oder an dem Gedanken, daß sie Neun hätte haben können, der nicht schlecht war für ein erstes Mal; aber er war innerlich häßlich,

wenn nicht äußerlich. Und da es also ausschied, dachte sie an
ihre Mutter, daran, wie jung sie gewesen war, bevor Grün herangewachsen war. Sie dachte an Babies und den Kummer, den
ihre Mutter damit gehabt hatte, und diese Überlegung brachte
sofort allen Schweiß zum Trocknen.

Also waren sie jetzt möglicherweise fünf. Grün konnte verschwunden sein. Und damit waren vielleicht alle ihre Sorgen
auf einmal vertrieben, sofern sie nur nachweisen konnten, daß
sie gesucht hatten; sofern es ihnen gelang, Jin und Pia jeden
Gedanken an Grün auszutreiben.

Sie waren losgezogen, um ihre Mutter und ihren Vater wieder für sich zu gewinnen; das war der Grund für sie gewesen.
Deshalb hatte Pia auch gewußt, daß ihr Bruder Jin kommen
würde.

Und wenn Neun auch zu seinen Brüdern zurückgelaufen
war, so hatte Pia weiterhin vor, dort zu bleiben, wo es ihr der
Bruder aufgetragen hatte, hier am Ufer, um Ausschau zu halten. Die Felsen boten die naheliegendste günstige Position,
dort, wo die Klippen zum Styx abfielen, wo sich die Kalibane
sonnten und wo jeder entlangkommen mußte, der stromauf-
wärts ging.

Sie hatte keine Angst vor Grün. Es waren die anderen von
seiner Sorte, auf die zu treffen sie nicht scharf war; und sie
wollte einen Platz finden, wo sie Ausschau halten konnte, ohne
selbst gesehen zu werden.

2

Die Sonne war auf halbem Weg zum Horizont, und Jin der Ältere lief mit einem Gefühl der Verzweiflung, sein Atem ging
flach und heftig, alle seine Sinne waren geschärft durch den
Schrecken auf allen Seiten. Die bewaldeten Wälle umgaben
ihn, zeigten dunkle Eingänge, aus denen stets Kalibane auftauchen konnten. Junge Kalibane, mannsgroß, forderten ihn heraus, bauten sich quer über seinem Weg auf, und er kletterte
seitlich den Hang hinauf und stapfte oben weiter.

Er hätte laut rufen können, aber Grün reagierte nie auf seinen Namen, sprach überhaupt nur selten, und so verschwen-
dete Jin seinen Atem nicht. Er mußte seinen Sohn einholen, ihn

in diesem Irrgarten finden, trotz seiner Bemühungen, nicht gefunden zu werden. Es war unmöglich, und Jin wußte es. Aber Grün war sein Sohn, und was er auch war, wie fremd auch immer, er versuchte es, wie es auch seine Frau in der Stadt versuchte, bereits in dem Wissen, daß ihr Sohn fort war – während sie zwischen den Tausenden von Häusern suchte und Fragen in Gesichter stellte, die sofort ausdruckslos wurden ... »Habt ihr unseren Sohn gesehen? Haben eure Kinder von ihm gehört? Weiß irgend jemand Bescheid?« Sie würden die Türen vor ihr schließen wie vor der Nacht oder einem Sturm, um die Probleme nicht einzulassen in Häuser, die sicher waren. Pia hatte keine Hoffnung; und auch Jin hatte keine, außer der, die er in seine rebellischen Kinder steckte, seine anderen Söhne und seine Tochter, die vielleicht wußten, wo nachzusehen war, die selbst wild da draußen umherstreiften – aber nicht so wild wie Grün.

Jin wurde schließlich langsamer, war außer Atem, ging benommen von Schwindelgefühl zwischen den Wällen einher. Die Sonne stand jetzt hinter ihm und warf dunkle Flecken auf den Boden. Ein Körper bewegte sich, rutschte durch das dicke Gebüsch zwischen den Bäumen, die hier auf diesem Ufer des Flusses wuchsen. Der Anblick war unwirklich. Er erinnerte sich an den Rasen, an freundliches Gras, an die ersten Anfänge eines Walles; und an Kalibanschädel, aufgehäuft hinter der Hauptkuppel. Aber all dies war verändert; und ein Wald wuchs, ganz aus Gestrüpp und Schößlingen bestehend. Elfenhuscher segelten auf seine Schultern herab und hängten sich an seine Kleider, und bei ihrem Anblick dachte er an Fledermäuse. Er schlug sie herunter und erinnerte sich dann daran, daß es Lebewesen waren – was eine schwache, ferne Saite in ihm berührte, ein Gefühl von Schuld und Schrecken. Die Welt war voller Leben, mit mehr Leben, als sie durch Gewehre und Zäune abwehren konnten; es kam nachts in die Stadt; es verführte die Kinder und kroch Jahr um Jahr dichter heran.

Ein schwerer Körper stemmte sich aus einem Loch hervor – und die Zunge eines Kalibans zuckte ihm entgegen. Ein Ariel huschte über dessen unbeweglichen Rücken und floh in das Dunkel dahinter. Jin sprang zur Seite und rannte los, wurde wieder langsamer, als er Seitenstechen bekam ... setzte sich schließlich, an die Flanke eines Walles gelehnt, neben einem der runden Hügel, einer der Kuppeln, die die Kalibane errichtet hatten.

Und sprang wieder auf, als er sich bewegendes Weiß zwischen den jungen Bäumen auf dem Kamm erspähte. »Grün!« rief er.

Es war nicht Grün. Ein fremder Junge starrte auf ihn herab, kauerte nackt oben auf dem Kamm – dünne, ausgehungerte Glieder und wirres Haar, ein unwahrscheinlicher Anblick in den Wäldern. Es war das Abbild dessen, was er fürchtete.

»Komm herunter!« forderte er den Jungen auf. »Komm herunter!« Er sprach ganz sanft. Sie niemals erschrecken; niemals zwingen ... Dieser Junge war seine ganze Hoffnung.

Und der Junge sprang auf und lief los, die Neigung des Hügels hinunter durch das Gebüsch. Auch Jin rannte los – und sah, wie der Junge in der Dunkelheit eines Kaliban-Einganges verschwand wie ein Alptraum, die Bestätigung von allem, was er zu erfahren befürchtet hatte – wie sie lebten, was sie waren, die verlorenen Kinder der Stadt.

»Grün!« rief er, denn er überlegte, daß vielleicht noch mehr hier waren, daß sein Sohn ihn vielleicht hörte, daß irgend jemand ihn vielleicht hörte und Grün sagte, daß er gerufen wurde. Aber es kam keine Antwort; und was der Wall einmal in sich aufgenommen hatte, das behielt er auch. Jin kam näher heran, kletterte den Hang hinauf, all seine Nerven angespannt. Er ging bis zu dem Loch und steckte den Kopf hinein. Er roch Erde und Feuchtigkeit; und in weiter Ferne, unten in irgendeinem schmalen Tunnel, hörte er jemanden sich bewegen. »Grün!« rief er. Die Erde verschluckte seine Stimme.

Er blieb für einen Moment dort hocken, die Arme um die Knie geschlungen, und empfand eine tiefere Verzweiflung als vorher. Seine Kinder waren alle in die Irre gegangen, jedes einzelne; und Grün, der anders war, war noch seltsamer als die seltsamen Kinder, die er gezeugt hatte. Grüns Augen blickten in die Ferne, und sein Denken war undurchschaubar, als sei alles Unbehagen der Welt in Pia hineingesickert, während sie ihn trug, und habe seine Seele infiziert. Grün trug einen falschen Namen. Er war jene andere Seite des Frühlings, die im Nebel versunkenen Nächte, wenn die Kalibane umherstreiften und die Zäune durchbrachen; er war eine Verkörperung geheimer und dunkler Dinge. Er hatte sich immer wieder verirrt, hatte sich elektrische Schläge an den Zäunen zugezogen, war in Sümpfen versackt – hatte sich im Hügelland verlaufen, hatte mit Ariels und Steinen gespielt und andere Kinder dabei vergessen.

Jin weinte. Das war seine Reaktion, jetzt, wo er etwas wie ein geborener Mensch war und auf sich selbst angewiesen. Er trauerte, und er tat es ohne die Zuversicht, daß er Trost finden würde – keine Bänder mehr; nichts, um den Schmerz zu erleichtern. Er mußte Pia allein gegenübertreten, und dazu war er noch nicht bereit. Er malte sich aus, noch bei Tageslicht zurückzukehren, aufgegeben zu haben, wenn Pia es nicht tun würde. Wenn er sie enttäuschte, würde sie selbst in die Hügel gehen: so war sie, selbst in dem zerbrechlichen Zustand noch, in den sie während der letzten Jahre geraten war. Pia, einen Sohn zu verlieren, nach all dem Schmerz ...

Er stand auf, hegte an dieser Stelle keine Hoffnung mehr, ging weiter, schob sich in der Rinne zwischen den Wällen durch das Schilf, drang immer tiefer in das Herz dieser Gegend vor. Den ganzen Weg zum Fluß – so weit mußte er gehen, egal, wieviel Angst er hatte; die ganze Strecke dieses direktesten Pfades von der Stadt zum Fluß, so dicht er sich daran halten konnte.

Büsche bewegten sich über ihm auf einem Grat; er blickte hinauf, erwartete Kalibane, hoffte auf seinen Sohn ...

Und fand zwei Söhne, Jin und Mark, die über ihm auf dem bewaldeten Grat standen, Spiegelbilder voneinander, die zu beiden Seiten an einem kleinen Baum lehnten.

»Vater«, sagte Jin der Jüngere – ganz selbstgefällig, als sei er amüsiert. Und feindselig: diese Schärfe war immer in seiner Stimme. Jin 458 stand seinem Sohn in verwirrtem Schmerz gegenüber, wußte nicht, warum seine Kinder ihm gegenüber diese Haltung zeigten. »Ein bißchen weit draußen für dich, nicht wahr, Vater?«

»Grün ist weggelaufen! Hat eure Schwester euch gefunden?«

»Sie hat uns gefunden. Wir sind alle auf der Suche.«

Jin der Ältere atmete aus und spürte, daß seine Knie schwach wurden, als die Bürde des Verlustes jetzt wenigstens breiter verteilt war als zuvor. »Welche Chance haben wir, ihn hier draußen zu finden?«

»Welche Chance haben wir, daß er gefunden werden möchte?« fragte Mark, der Zweitgeborene, Schatten seines Bruders. »Das ist doch die eigentliche Frage, oder nicht?«

»Pia ...« Er deutete vage zurück zum Lager. »Ich habe ihr gesagt, ich könnte schneller gehen und mehr Gebiet absuchen ... auch, daß ihr helfen würdet; aber sie wird versuchen zu kommen – und kann es nicht. Sie kann das heute nicht mehr.«

»Sag mir«, fragte Jin der Jüngere, »wärst du wegen einem von uns gekommen? Oder machst du es nur bei Grün?«

»Als ihr vier oder fünf wart – habe ich es für euch getan.«

Jin der Jüngere beugte sich zurück, als hätte er mit dieser Antwort nicht gerechnet. Er machte ein finsteres Gesicht. »Schwester ist weitergegangen, zum Fluß hinunter«, sagte er. »Wenn wir Grün nicht in die Zange nehmen, erwischen wir ihn nicht.«

»Wo stecken Zed und Tam?«

»Oh, irgendwo hier in der Gegend. Wir werden sie unterwegs treffen.«

»Aber Pia ist allein am Fluß?«

»Nein, sie hat Hilfe. Aber egal, Grün würde ihr nichts tun. Was auch sonst passiert, ihr nicht.« Jin der Jüngere rutschte den Hang herunter, gefolgt von Mark, und sie fingen sich ab und blieben unten vor ihm stehen. »Hast du nicht selbst daran gedacht, als du sie allein in die Hügel geschickt hast?«

»Sie hat gesagt, sie wüßte, wo ihr seid.«

Seine Söhne betrachteten ihn mit jenem Blick, den sie so an sich hatten, der ihm das Gefühl vermittelte, langsam und klein zu sein. Schließlich waren sie geborene Menschen, rasch in ihren Entschlüssen und voller Launen. »Komm weiter!« sagte Jin der Jüngere; und sie gingen los, er und diese seine Söhne. Sie beschämten ihn, steckten ihn mit Launen an, die ihm alles raubten – seine Söhne, die in die Wildnis hinausliefen, die sich nicht an der Arbeit auf den Feldern beteiligten, sondern Steine schlugen, wenn es sie überkam, und sie dann an geborene Menschen verkauften, ihre eigene Entdeckung. Gut genug – es waren nicht die Kalibane, die sie lockten, sondern die Faulheit. Er hatte versucht, sie zu leiten, aber sie hatten nie ein Band gehört, seine Söhne, seine Tochter ... die hinter ihren älteren Brüdern herlief.

Die ihren jüngsten Bruder sich selbst überließ, während Grün einem ganz eigenen Weg folgte.

148

Jin dachte, daß er aus ihnen allen Besseres hätte machen können. Letztendlich fühlte er sich schuldig – weil er ihnen nicht beibringen konnte, was er wußte, und auch nicht das Wie: daß es einmal Schiffe gegeben hatte und immer noch welche kommen mochten, daß die Welt einem Zweck diente und daß Muster existierten, denen sie eigentlich folgen sollten.

Dieser Gang mit seinen ältesten Söhnen war das erste Mal, daß sie überhaupt gemeinsam gingen – junge Männer und ein Mann, der doppelt so alt war; das erste Mal, daß er ihnen zu ihren Bedingungen folgte. Er empfand sich selbst als das Kind.

3

Es war ein seltsamer Weg entlang des Ufers. Sie hatten das Schilf schon lange hinter sich gelassen, hier, wo der Fluß die Kalksteinuferbänke unterspülte und Grotten und Höhlen schuf. Die Kalibane hatten große Steinplatten besorgt und sie zu Mauern aufgehäuft – keine Laune des Flusses hätte das bewirken können. Es war eine schattige und gefährliche Stelle, und Pia verzichtete darauf, hineinzugehen. Sie setzte sich auf einen Felsen oberhalb des Wassers und schlang die Arme um die Knie im Schatten der Bäume, die hinausragten von den Stellen aus, wo ihre Wurzeln in den Felsspalten Halt gefunden hatten. Moos wuchs hier in den Teichen; Fische schwammen herum, schwarze Gestalten unter den Wellen; auch eine Schlange kam daher, ein Kräuseln in den flachen gestauten Wassern des Flusses. Ariels und Huscher hinterließen Spuren auf dem feinkörnigen Sand, der an den stromabwärts weisenden Seiten der Felsen angeschwemmt war, und auch an verschiedenen Stellen, wo die Kalibane beim Heraufsteigen aus dem Fluß Furchen gegraben hatten, tiefe schlammige Rutschen.

Pia blickte weit hinauf dorthin, von wo die Klippen ihren Schatten warfen, und sogar dort oben fanden verkrüppelte Bäume noch Halt. Auch Höhlen waren dort zu finden. Möglicherweise fanden Ariels sie zugänglich, aber kein Mensch konnte diese Felswand hinaufklettern. Fledermäuse nisteten vielleicht dort. Es konnte hier Fledermäuse geben, obwohl sie nur selten zum Fluß kamen.

Und Pia sehnte sich sehr nach ihren Brüdern – um so mehr, als etwas platschte und herbeikam.

Sie drehte sich um; sie beruhigte ihren Atem wieder, als sie die mit einem Overall bekleidete Gestalt erblickte, die hinter ihr zwischen den Felsen herangekommen war.

»Grün«, sagte sie sanft und sehr ruhig. Ihr jüngster Bruder erwiderte ihren Blick, außer Atem, zeigte dieses seltsame, ernste Starren, das bei ihm Gewohnheit war. »Grün, unser Vater sucht dich.«

Ein Kopfnicken, ein Starren, wie man es von Grün kannte, und seine Augen lösten sich dabei kaum von ihr. Er wußte Bescheid, wollte er damit sagen; sie wußte, wie er zu deuten war.

»Du weißt«, sagte sie, »wie aufgeregt sie sind.«

Ein zweites Nicken. Grüns Gesicht zeigte keine Spur von Sorge. Überhaupt kein Gefühl. Sie erinnerte sich daran, warum sie diesen Bruder haßte, dieses gefühllose Nichts von einem Bruder, das mit seinem Kommen alles verändert hatte.

»Du machst dir nichts daraus.«

Grün blinzelte, so feierlich wie einer seiner ledrigen Lieblinge.

»Wohin geht es mit dir deiner Meinung nach?« wollte sie wissen. »Was hast du vor? Möchtest du hungern?«

Ein Kopfschütteln.

»Sprich mit mir! *Sprich* ein einziges Mal mit mir!«

Grün hockte sich am Ufer auf sein Hinterteil und hob einen Stein auf, legte ihn flach auf einen anderen. Er hörte nicht mehr zu.

»Das ist hübsch«, meinte Pia. Einen verzweifelten Moment lang dachte sie daran, ihn zu warnen, ihm zu sagen, daß die anderen kommen würden, damit er davonliefe, damit er fliehe, damit sie sich nie wieder um ihn Sorgen machen mußten. Aber die Worte blieben ihr im Hals stecken, eine endgültige Unehrlichkeit – nicht ihretwegen, sondern weil es schwierig sein würde, ihren Vater anzublicken und zu behaupten, Grün sei weggelaufen.

Sie näherte sich ihm vorsichtig, während er mit den Steinen Muster bildete – immer näher, packte plötzlich seinen Arm und zerstörte das Muster. Er richtete sich auf, drosch um sich und platschte am Rand des Flusses ins Wasser, wand sich unter ihrem Griff, und plötzlich rutschte sie auf nassem Moos aus, und sie beide stürzten.

Er wand sich aus ihren Händen. »Grün!« schrie sie hinter ihm her, während er im Zickzack eilig zwischen den höheren Felsen verschwand.

Aber dann war er verschwunden, und sie saß im Wasser, durchnäßt und erschüttert, als sie daran dachte, daß er sich endlich davongemacht hatte. Sie hatte sich beim Fallen gestoßen – war verlegen und nicht wenig wütend darüber, daß er, ihr kleiner Bruder, sie besiegt hatte.

Aber er war weg. Sie waren ihn los. Endlich los!

Sie rappelte sich schließlich auf und wusch die Hände und den matschbedeckten Overall ab, setzte sich dann, um zu trocknen und zu warten.

Und als ihre Brüder zum Ufer herabkamen und ihren Vater mitbrachten, stand sie von ihrem Felsen auf, um sie in der Dämmerung zu empfangen.

»Er hat mich ins Wasser gestoßen«, sagte sie so mürrisch, wie sie konnte. »Er hat mich geschlagen und sich dann verdrückt.«

Sie war sich nicht sicher, was sie erwarten sollte – blickte nur in die Augen ihres Vaters.

»Hat er dir weh getan?« fragte Jin der Ältere, eine Frage, die ihr Herz mit einer Wärme erfüllte, die sie kaum mehr empfunden hatte, seit sie klein gewesen war. Sie spürte Besorgnis. Sorge um *sie*. Er nahm sie in die Arme und drückte sie an sich, wie er es getan hatte, als sie noch klein gewesen war, und in diesem Moment blickte sie an ihm vorbei zu ihren Brüdern; und zu Neun und seinen Brüdern, legte eine Warnung und Triumph in ihr Lächeln.

Sie war wieder jemand, jetzt, wo Grün fort war. Sie blickte zu Jin dem Jüngeren, zu Mark und Zed und Tam, und sie wußten, was sie getan hatte. Sie mußten wissen, daß sie sich nicht einmal halb soviel Mühe gegeben hatte, wie nötig gewesen wäre, und auch warum. Sie war eine von ihnen, eine Mitverschwörerin. Mörderin – vielleicht.

»Du hast es versucht«, sagte Jin der Ältere. Aber sie verspürte keine Gewissensbisse, als sie in sein Gesicht hinaufblickte, denn zumindest in der Absicht hatte sie soviel getan.

»Geh mit Vater zurück!« sagte Jin der Jüngere. »Wir suchen weiter.«

»Nein«, sagte Jin der Ältere. »Tut es nicht. Ich möchte es nicht.«

Weil er Angst vor diesem Ort hat, dachte Pia; er sorgte sich jetzt um sie, und nicht um Grün. Er hatte ihn aufgegeben, und das war süß zu hören; das war es, was sie sich gewünscht hatte zu hören.

»Ich werde weitersuchen«, beharrte Jin der Jüngere und wandte sich ab, ging das Ufer hinauf zwischen die Felsen, ohne zu fragen, welchen Weg Grün denn genommen haben könnte. Es war auch die falsche Richtung; und auch Mark ging dorthin, zu den Klippen, wo Jin hinführte. Da begriff Pia.

»Wir gehen besser nach Hause«, meinte Zed. »Es wird dunkel. Er ist in die Wildnis gelaufen. Und es ist keine Hilfe für ihn, wenn wir alle hier draußen herumwandern.«

»Ja«, sagte Jin der Ältere schließlich in dieser ruhigen Art, die typisch für ihn war, die Verzicht auf Dinge zum Ausdruck brachte, wo nichts mehr zu retten war. Dieses eine Mal empfand Pia Scham, nicht seinetwegen, wegen der einfachen Antworten ihres Vaters, sondern ihretwegen. *Ja.* Einfach so. Nachdem er eine Gegend durchquert hatte, die der reine Schrecken für ihn war. *Ja.* Wir wollen nach Hause gehen. Wir wollen Mutter sagen, was geschehen ist.

Pias Brüder waren hinter allem her, nur nicht hinter Grün. Sie hatten kein Interesse an Grün. Sie hatten etwas für sich oben auf den Klippen zurückgelassen, und die Nacht brach herein; es wurde Zeit, Jane Gutierrez herunterzuholen, bevor sie vor Panik überschnappte. Die Nacht war im Anzug, und zwar schnell.

Und was ihren Bruder anbetraf, was Grün anbetraf, der die Nacht in der kalten, feuchten, rutschigen Unterwelt verbrachte, für die er sich entschieden hatte ...

Sie erzitterte in den Armen Jins des Älteren, wandte sich zu dem Weg am Ufer entlang um. Neun und seine Brüder hatten sich bereits auf den Rückweg gemacht, denn sie hatten nichts mit ihrem Vater zu schaffen, und mit ihrem eigenen noch weniger; abgesehen davon hatte Neun jetzt Grund, ihr aus dem Weg zu gehen. So gehörte Jin der Ältere jetzt endlich ihnen, so wie es gewesen war, bevor Grün existierte.

4

Die Sonne ging unter und warf verglimmendes Licht zwischen die Felsen, und Jane Flanahan-Gutierrez wanderte energisch den Pfad zwischen den Wällen hinab. Ihre Knie zitterten dabei ein wenig, was ihren Abstieg unsicher machte. Die Angst erzeugte einen Knoten in ihrem Magen, und sie verfluchte die Azigeborenen, die Schönen, die ach so Schönen und Leeren. Halt dich fern von ihnen, hatte ihre Mutter gesagt – halt dich fern von ihnen! Und ihr Vater – sagte gar nichts, wie gewöhnlich. Oder er erteilte Lektionen über Schiffe und Geburtslabors und Pläne, die schiefgegangen waren, und warum sie an ihre Zukunft denken sollte, was sie alles überhaupt nicht hören wollte.

Schön und leer. Sie hatten keine Herzen. Niemand im Hauptlager war wie sie, kein Mensch war dort so schön wie Jin und seine Brüder, die geschaffen worden waren, um die Welt mit ihrem Schlag zu bevölkern. Sie sehnte sich nach ihnen; sie ließ sich dazu herab, mit ihnen ins Hügelland zu ziehen, wie es die wilden Azi taten; und dann lief dieser geistesschwache Bruder hinaus in die Hügel, so verrückt, wie alle es von ihm erwarteten, und sie wurde einfach sitzengelassen – sie waren einfach weggegangen und hatten sie im Stich gelassen, hier oben in der Wildnis und der heraufziehenden Dunkelheit, als sei sie gar nichts, als bedeute es nichts, daß Jane Flanahan-Gutierrez aus dem Lager herauskam, weil sie sie haben wollte.

Die Wut machte ihre Knie steif; die Wut trieb sie weiter auf der Straße, die in die buschige Wildnis unterhalb der Klippen führte. Sie ging zwischen den Wällen hindurch und orientierte sich dabei anhand des hellen Abendhimmels, dessen Licht durch die Bäume oben auf den Wällen gefiltert wurde.

Und plötzlich – eine Bewegung im Gebüsch – stand ein Junge vor ihr. Ihr Herz machte einen Satz und verkrampfte sich dann, aus dem Rhythmus der Panik geworfen. Sie blieb vor dem Jungen stehen, hier im Dämmerlicht zwischen den Büschen. Sein Overall war zerfetzt, sein Haar zu lang. Aber er war wenigstens menschlich. Die ›Unheimlichen‹ nannte man sie, die so waren wie Grün, die wild zwischen den Wällen lebten. Aber es war nur ein Junge, nicht einmal über zehn – und ein besserer Führer, so hoffte sie auf einmal, als Jin und dessen Freunde sich erwiesen hatten.

»Ich gehöre zum Lager«, sagte sie und nahm dabei die Haltung an, die sie stets gebrauchte, wenn sie etwas von den Azi-Bedienten wollte. »Ich möchte durch den Irrgarten, verstehst du? Bring mich hindurch!«

Die Gestalt winkte, ohne ein Wort zu sagen, machte sich dann durch das Gebüsch davon, so undeutlich, wie sie schon die ganze Zeit gewesen war.

»Warte eine Minute!« sagte sie schrill, denn sie empfand Panik – fragte sich, wie sie das alles erklären sollte, wenn sie nach Hause kam. Sie würde sich verspäten. Der Ausreißer zeigte kein Interesse, ihr zu helfen, und man würde Suchtrupps losschicken, wenn es dunkel wurde. Jane war bereits über den Punkt hinaus, wo sie noch einfache Erklärungen hätte abliefern können ... Ich habe mich verirrt, Mutter, Vater; ich war Fischen; ich bin wieder zwischen die Wälle geraten ... »Warte!«

Büsche raschelten hinter ihr. Sie blickte sich um und sah ein halbes Dutzend weitere Unheimliche, die schweigend die Hände nach ihr ausstreckten. »O nein«, sagte sie. »Nein, tut das nicht ...« Ihr Herz hämmerte gegen die Rippen. »Ich gehe allein weiter, danke! Ich habe es mir gerade anders überlegt.« Sie blickte einigen von ihnen in die Augen, sah die merkwürdige Intensität darin, wie sie die Augen von Ariels zeigten. Verrückt – sie alle. Sie wich zurück. »Ich muß nach Hause. Meine Freunde suchen schon nach mir.«

Sie kamen näher heran, eine leise Regung in ihren Reihen; manche von ihnen trugen Overalls, andere nur Kleiderreste, oder sie waren in Decken und Tücher gewickelt. Und seltsam waren sie alle, schweigsam und ohne Verstand.

Sie erinnerte sich wieder an den anderen, den hinter ihr – und sie drehte sich um und schrie erstickt auf, denn sie blickte ihm direkt ins Gesicht, nah genug für Berührung ... »Laß deine dreckigen Finger von mir!« sagte sie und versuchte dabei, ihre Furcht nicht hörbar werden zu lassen, denn es war nach wie vor ihre größte Hoffnung, daß die Gebräuche der Stadt ihnen noch eingeprägt waren, daß sie immer noch gewohnt waren, Stimmen zu gehorchen, die nicht schwankten, wenn sie Befehle erteilten. »Sei entschieden!« hatte ihre Mutter ihr beigebracht, die eine Spezial-Op war und erfahren in der Menschenführung. »Und sei dir darüber im klaren, was du tun wirst, wenn sie sich weigern.« Aber ihr Vater ... »Sei dir stets bewußt, worin du mit den Fingern herumstocherst«, sagte er stets dann, wenn sie gebissen worden war. Sie starrte den Jungen einen wilden, erstarrten Moment lang an, bevor sie merkte, daß die anderen sie von hinten einschlossen.

Sie wirbelte herum, unternahm eine verzweifelte Anstrengung, sie zu erschrecken und eine freie Stelle zu finden; aber sie packten sie an ihrer Kleidung – zeitliche Abstimmung mißlungen, dachte sie, angewidert von sich selbst, und nur kurz fiel ihr ein, daß sie nun vielleicht sterben mußte. Sie schlug einen von ihnen k. o., wie ihre Mutter es ihr beigebracht hatte, aber es war eben nur einer, und die übrigen packten sie am Haar und hielten sie an den Armen fest. Und einige hatten Prügel und zeigten ihr, was geschehen könnte, falls sie schrie.

Geh mit, dachte sie; keiner von den Unheimlichen hat jemals getötet. Sie waren seltsam, aber sie hatten noch nie eine Sache konsequent verfolgt: sie würden das Interesse verlieren, und dann gelang es ihr vielleicht zu fliehen.

Sie zogen an ihren Armen, schleppten sie mit ... und sie duldete es, merkte sich alles, jedes Kennzeichen der Landschaft. Jin und seine Brüder würden sie finden; oder sie konnte fliehen; oder wenn nicht, dann würde ihr Vater sie suchen kommen, zusammen mit der Mutter und den Spezialisten, die die Hügel und die Wälle kannten. Die Leute aus dem Lager würden mit ihren Gewehren kommen, und dann würde es diesen Burschen leid tun. Wichtig war jetzt, sie nicht zur Gewalttätigkeit anzustacheln.

Der Weg, dem sie folgten, schlängelte und wand sich durch den Irrgarten, zog sich an bewaldeten Graten vorbei und durch Dickicht, bis Jane die Richtung nur noch anhand des hellen Abendhimmels bestimmen konnte. Langsam fühlte sie sich verloren und verzweifelt, aber irgend etwas – vielleicht der gesunde Menschenverstand oder die Verzweiflung selbst – hinderte sie weiterhin daran, abrupte Bewegungen zu machen.

Sie erreichten eine Erhebung, eine der Kalibankuppeln. Ein dunkelhaariger Junge kauerte dort und winkte ihr, hereinzukommen, den dunklen, klaffenden Eingang zu durchschreiten.

»O nein, das mache ich nicht! Man wird mich vermissen, verstehst du? Sie werden kommen ...« Und euch jagen, hätte sie

155

beinahe gesagt, und sie verkniff sich sogar den Gedanken an die Jagd auf Kalibane. Bei diesen Jungen, dieser seltsamen Bande, handelte es sich um die Verlorenen. Ein Schauder lief ihr über die Haut.

»Komm!« Der Junge streckte eine Hand aus, die Finger nach oben gerichtet und gespreizt, schloß die Faust dann mit einer langsamen Andeutung von Macht, so echt, daß diese Geste die ganze Region zu verengen schien, alles anzuziehen schien, was es gab. Erneut winkte er. Hände schlossen sich um ihre Arme und zogen sie weiter ... in einer Art Lähmung – führten sie sie zu ihm, diesem schönen jungen Mann.

»Grün«, murmelte sie, als sie ihn erkannte. Er sah aus wie seine Brüder, aber verändert. Verrückt. Wahnsinnig geworden.

Und weitere kamen, ältere als er, männlich und weiblich.

»Man sucht euch«, sagte Jane. »Ihr verschwindet besser.«

Aber dann kam einer der jungen Männer den Hang herunter und trat zu ihr, hatte auf seinem Gesicht auch diese Entrücktheit. Sie hätte ein Stein sein können. Sie hatte aus diesem Grund auch keine Angst vor ihm – bis er an ihre Brüste faßte.

»Den Leuten im Lager«, sagte sie, »wird das nicht gefallen.« Und dann wünschte sie sich schon, sie hätte das nicht gesagt; sie wollte lebend wieder hier herauskommen, und Drohungen waren nicht der richtige Weg, um das sicherzustellen. Der junge Mann befingerte ihre Kleidung und machte sich am Verschluß zu schaffen. Jane stand ruhig da, ganz ruhig, denn sie wollte nicht das Leben an diese Kreaturen verlieren.

Er war schön unter dem Schmutz. Die meisten aus Azi-Abstammung waren es. Ihre Berührungen waren freundlich – sie alle waren sonderbar freundlich, streichelten ihr Haar, betasteten sie ohne Gewalt, so daß sie durch dieses Erlebnis wanderte wie durch ein Grenzland zwischen Alptraum und Traum.

5

»Sie ist nicht da«, stellte Jin der Jüngere fest, nachdem er sich zwischen den Felsen und dem Gestrüpp auf dem Kamm umgesehen hatte. Er betrachtete seinen Bruder, als könne Mark besser als er begreifen, welche Verrücktheit Jane Gutierrez von hier weggeführt hatte. »Sie ist einfach nicht mehr da.«

»Sie muß es auf eigene Faust versucht haben«, sagte Mark, nichts anderes als das, was sich auch Jin dachte. Jin schob sich bei dem engen Durchgang oben zwischen den Felsen an seinem Bruder vorbei und rannte den Weg hinunter.

»Wir müssen die anderen von uns holen!« rief Mark hinter ihm her. »Wir müssen schnell Hilfe besorgen!«

»Geh du!« rief Jin zurück und rannte weiter. Sein Bruder schrie noch mehr hinter ihm her, aber er hörte nicht darauf.

Die Sonne warf das letzte orangefarbene Licht auf die Wolken und funkelte wie Glut auf der Solarzellenanordnung unten im Lager, wie Miniatursonnen; und rings um diese Helligkeit war es dunkel. Sie war aus eigenen Stücken zu ihnen gekommen, diese Frau aus dem Hauptlager, zu ihm im besonderen, weil er diese Art an sich hatte, die Fähigkeit, jede Frau zu beeindrucken, die er wollte – er und seine Brüder. Sie kam heraus in das wilde Land, verstieß damit gegen alle Regeln und Bestimmungen: auch das war ihre Entscheidung, und er war niemand, der eine solche Gunst zurückwies. Es war schön gewesen oben auf dem Kamm, den ganzen Tag lang, denn Flanahan-Gutierrez war wild wie sie auch und hatte sich kaum eine Pause gegönnt, während sie sich abwechselten.

Aber er hätte es sich denken sollen, schalt er sich selbst, daß jemand aus dem Hauptlager, der den Mut gehabt hatte, zu ihnen heraufzukommen, nicht wartend auf dem Berg hocken bleiben würde; bei mehr Mut als Verstand konnte sie nicht an Ort und Stelle bleiben.

Und Flanahan-Gutierrez war mehr als ein geborener Mensch, sie hatte einen Vater im Rat und eine Mutter bei den Wachen. Das bedeutete mehr als nur Schwierigkeiten.

»Jane!« rief er, stürzte vom Pfad weg und nahm den direktesten Weg zwischen den Wällen hindurch. So tief zwischen den Höhen herrschte bereits tiefe Dämmerung, so daß er sich blind seinen Weg durch das Gebüsch bahnte, für einen Moment den Weg verlor und dann den Pfad wiederfand. »Jane!«

Aber er konnte sie innerlich sehen in ihrem Zorn und dem Gebaren eines geborenen Menschen, wie sie einfach weiterging, wie sie seine Stimme zwar hörte, aber ignorierte – entschlossen, den Weg nach Hause selbst zu finden. Falls sie unmittelbar nach seinem Weggang vom Berg aufgebrochen war, dann hatte sie die Wälle mittlerweile vielleicht fast schon hinter sich, kam vielleicht gerade zwischen den Erhebungen auf dieser Seite der Stadt hervor.

Er hoffte es ernsthaft.

Aber je weiter er ging, in der Dunkelheit jetzt, manchmal begleitet vom Rutschen und Zischen von Kalibanen – desto mehr hatte er Angst, nicht um seine Sicherheit, sondern vor dem, was einem unwissenden geborenen Menschen nachts hier draußen widerfahren konnte. Man konnte unbemerkt an Kalibanen vorbeikommen, aber es gab auch Abgründe und Löcher, und die Unheimlichen lebten hier, wie Grün, lauerten im Verborgenen, hatten Gewohnheiten, die den Kalibanen abgingen. Huscher, die von den Bäumen herabglitten, belästigten Jin. Er wischte sie weg. An Stellen, wo es ging, trabte er, war mittlerweile außer Atem. »Jane!« rief er immer wieder. »Jane!«

Keine Antwort.

Er keuchte und schwitzte, als er den Kamm des letzten Walles erreichte, die Stadt und das Lager vor ihm in Lichterfluten getaucht. Er stand gebeugt da, die Hände auf den Knien, und japste nach Luft, und sobald der Schmerz nachließ, ging er weiter.

Es hätte nicht viel erfordert, damit er jetzt seine Suche abbrach, denn es gefiel ihm überhaupt nicht, in das Hauptlager zu gehen – zu Gutierrez ... Entschuldigung, Sir, ist Ihre Tochter nach Hause gekommen? Ich hatte sie auf den Klippen zurückgelassen, und als ich wiederkam, war sie weg ...

Er hatte Gutierrez nie wütend erlebt, aber er wollte weder ihm noch Flanahan gegenübertreten; doch überlegte er sich, es könnte sein, daß er unter Umständen keine andere Wahl hatte.

Und dann, als er die Stadt gerade betreten hatte und unter den Flutlichtern die Straße entlanglief ... »He!« rief ihn jemand aus dem Hauptlager an. »Du – kommst du aus der Azi-Stadt?«

Jin kam rutschend zum Stehen und erkannte Masu in der Dunkelheit, einen von der Garde. »Ja, Sir.« Eine Lüge, und doch nicht ganz: er hatte einen Weg über die Grenze der Azi-Stadt gewählt.

»Eine Frau ist verschwunden. Aus der Bio. Flanahan-Gutierrez. Sie sollen doch suchen unten in der Stadt, oder nicht? Sie ist heute morgen hinausgegangen und nicht wieder zurückgekommen. Wird in dieser Richtung nachgeforscht?«

»Ich weiß nicht«, erwiderte Jin, und der Schweiß vom Laufen wurde kalt. »Weiß man nicht, wo sie steckt?«

»Sag unten Bescheid, ja? Geh zurück und gib es weiter!«

»Ich organisiere Sucher«, sagte er atemlos, warf sich herum und rannte mit aller Kraft los, die er aufbringen konnte.

Sie würden es herausfinden, dachte er immer wieder in einer Agonie der Angst. Das Hauptlager würde alles herausfinden, was sie zu verbergen versucht hatten. Sie würden Bescheid wissen und dann ihm und seinen Brüdern die Schuld geben. Und was das Hauptlager dann machte, davon hatte er keine Vorstellung, weil kein Mensch je einen anderen verloren hatte. Jin wußte nur, daß er nicht den Wunsch hatte, Janes Leuten selbst gegenüberzutreten.

6

Die Sonne ging wieder auf, zum zweiten Mal, seit Jane verschwunden war. Gutierrez setzte sich auf den Abhang, wischte sich über das Gesicht und öffnete die Feldflasche, um seinen trockenen Hals mit einem Schluck zu befeuchten. Die Sucher hatten sich in allen Abschnitten zwischen Lager und Klippen sowie Lager und Fluß verteilt. Seine Frau trat zu ihm, setzte sich und nahm ihre eigene Feldflasche, hatte einen schrecklichen, gequälten Blick in den Augen.

Die Soldaten waren in großer Zahl draußen, paarweise; und Azi, die das Gebiet kannten, suchten mit – unter ihnen der junge Azi, der zu ihm und Kate gekommen war, um die Wahrheit zu gestehen. Ein verängstigter Junge. Kate hatte gedroht, ihn zu erschießen. Aber dieser Junge war die ganze Nacht draußen gewesen und hatte alle jungen Leute zusammengetrommelt, die er nur finden konnte ... war wieder hinausgegangen, hatte unerfindliche Kraftreserven. Es lag nicht einfach an dem Jungen. Es lag auch an Jane. An dieser Welt. Sie verdankten Jane dieser Welt. Aber Jane dachte in Gehenna-Zeit, dachte an den Tag und die Stunde. Hatte nie eine große Stadt gesehen. Empfand kein Interesse am Lernen – nur an der Welt, am Augenblick, den Dingen, die sie wollte ... jetzt wollte. Alles geschah jetzt.

Was nützen Vorgehensweisen? fragte sie immer. Sie wollte verstehen, was eine Schale war, was die Kreatur tat, nicht was ihr anderswo entsprach. Welchen Nutzen hätte es, all diese Dinge zu wissen? Wir müssen auf dieser Welt leben. Ich wurde hier geboren, nicht wahr? Cyteen hört sich für mich nach zu vielen Regeln an.

Der Tag ging vorüber, dann die Nacht, und ein neuer Tag dämmerte herauf, dessen Licht eine sonderbare Kälte an sich hatte – das Verebben der Hoffnung. Gutierrez' Frau sagte nichts, lehnte sich nur an ihn, und er sich an sie.

»Manche laufen weg«, meinte er schließlich. »Aus der Azi-Stadt gehen manche in das Hügelland. Vielleicht hat Jane es sich in den Kopf gesetzt ...«

»Nein«, entgegnete sie. Entschieden und ohne Diskussionsbereitschaft. »Nicht Jane.«

»Dann hat sie sich verirrt. Das passiert leicht zwischen den Wällen. Aber sie kennt sich aus, weiß, was sie essen kann; ich habe ihr beigebracht, wie man überlebt; sie weiß es.«

»Vielleicht ist sie gestürzt«, sagte seine Frau. »Sie kann sich weh getan haben ... Möglicherweise ist es zu feucht, um ein Feuer in Gang zu bringen.«

»Trotzdem könnte sie noch am Leben sein«, meinte Gutierrez. »Sogar mit zwei gebrochenen Beinen könnte sie immer noch genug Feuchtigkeit und Nahrung in Reichweite finden. Das ist die beste Mutmaßung, daß sie sich etwas gebrochen hat und irgendwo auf uns wartet ... Sie besitzt gesunden Menschenverstand, unsere Jane. Sie wurde hier geboren; sagte sie das nicht selbst immer?«

Sie führten dieses Gespräch, um ihren Mut zu behalten, vermittelten sich gegenseitig Hoffnung und machten weiter.

7

Jane erwachte kreischend in der Dunkelheit und erstickte den Aufschrei in plötzlichem Schrecken – der Geruch der Erde um sie her, die Erwartung von Händen, die sie vielleicht berührten ... Aber es war still, kein Atmen in der Nähe, keine Andeutung von menschlicher Gegenwart.

Sie blieb für den Moment still liegen und lauschte, da ihre Augen nichts nützten an diesem tiefen und dunklen Ort, wohin man sie gebracht hatte. Sie hatte Schmerzen. Und die Zeit war unwichtig. Die Sonne schien zu einem anderen Zeitalter zu gehören, vor einem unendlich langen Alptraum/Traum aus nackten Leibern und Begattungen in einer Dunkelheit, die so vollständig war, daß sie nicht einmal mehr die Hoffnung auf Sicht bot. Jane war hier hilflos und aller ihrer Fähigkeiten beraubt, und seit irgendeinem Punkt dieser Zeit auch des Verstandes.

Sie lag da und sammelte wieder, was sie verloren hatte, lag da und sah der Tatsache ins Auge, daß die Unheimlichen, nachdem sie getan hatten, was sie eben getan hatten, verschwunden waren, und sie hier allein war. Sie stellte sich das Schlagen ihres Herzens als so kräftig vor, daß es die Stille vertrieb. Entsetzen erfüllte sie, obwohl sie gedacht hatte, den Punkt der Furcht lange hinter sich gelassen zu haben. Sie entdeckte eine weitere Dimension des Schreckens – verloren und verlassen zu sein. Isolation war ihr zu keinem Zeitpunkt des Mahlstroms, der gerade vorübergegangen war, in den Sinn gekommen.

Denk nach! sagte ihr Vater immer; bedenke alle Merkmale dessen, womit du es zu tun hast.

Das hier waren Tunnels, und Tunnels stürzten unter Umständen ein; wie stark war die Decke?

Tunnels hatten wenigstens einen Eingang, vielleicht sogar mehr; Tunnels bedeuteten Luft und Wind; und sie spürte die Brise auf der nackten Haut.

Tunnels waren von Kalibanen geschaffen worden, die tief gruben; und in die falsche Richtung zu gehen, führte einen möglicherweise in weitere Tiefen.

Sie holte tief Luft – bewegte sich plötzlich, und genauso plötzlich senkten sich Krallen auf ihr Fleisch herab und huschte eine kräftige Gestalt über sie hinweg. Sie schrie gellend auf, ein Schrei, der in der Erde hallte und erstarb, und sie drosch um sich bei der Berührung ...

Es trippelte davon – ein Ariel; ein alberner Ariel, wie die alte Ruffles. Mehr nicht. Er eilte davon, Richtung draußen, wie es auch Ruffles immer tat, wenn sie in einem Raum aufgeschreckt worden war – und erkannte den Weg. Dem Wind entgegen.

Sie atmete wieder ein, erhob sich auf Hände und Knie und krabbelte hinterher – immer weiter den feuchten Erdhang hinauf, blind, blieb auf allen vieren aus Angst davor, sich den Kopf

161

anzustoßen, wenn sie sich aufzurichten versuchte. Und ein fahles Licht wurde vor ihr größer und immer heller.

Blind stürzte sie ins Tageslicht hinaus und wischte sich die Augen ... sah dann eine Bewegung und blickte zur Seite. Sie sprang hastig auf, als sie eine menschliche Gestalt ausmachte – den azigeborenen jungen Mann dort hocken sah, der sie als erster berührt hatte. Er war allein.

»Wo sind die anderen?« wollte sie wissen. »Verstecken sie sich?« Es stand genügend Gebüsch zur Verfügung, in dieser Schüssel zwischen den Wällen, oben auf den Kämmen, überall in der Gegend.

Und dann schweifte ihr Blick nach links – hinauf zur Gestalt eines Kalibans, der auf der Erhebung hockte und in der Höhe vier Meter groß war und mehr – braun und gewaltig, mächtiger als jeder Kaliban, den sie sich je vorgestellt hatte. Er betrachtete sie mit diesem erhabenen, einseitigen Blick eines Kalibans, aber die Pupille war rund, nicht schlitzförmig. Er umkrallte den schrägen Boden mit den Tatzen, und ein herabgestürzter Zweig zerbrach knackend, als der Kaliban den Kopf Jane zuwandte und dabei sein Gewicht nach vorn verlagerte. Sie starrte ihn an – war gebannt, glaubte es nicht, als er zuerst ein Bein und dann das andere bewegte und sich vorwärtsschlängelte.

Dann wurde ihr die Gefahr bewußt, und sie schrie auf und krabbelte auf allen vieren rückwärts, aber dann gerieten Büsche zwischen sie und den Kaliban, auch Bäume, als sie den gegenüberliegenden Hang hinaufkletterte.

Niemand hielt sie auf. Sie blickte zurück – zu dem Kaliban, der sich zwischen den Bäumen hindurchwand; dann wieder zu dem Azigeborenen, der gelassen im Weg dieses Monsters saß. Ganz langsam erhob sich der junge Mann und ging auf den mächtigen braunen Kaliban zu – blieb dort stehen, blickte zu Jane, seine Hand auf die Schulter der Echse legend.

Sie rannte weiter, hinauf und über den Kamm des Walles – kletterte zwischen Büschen und Felsen hindurch. Ein grauer Kaliban befand sich unten am Fuß des Hanges, und noch einer in ihrer Nähe, bei dessen Anblick ihr Herz einen Sprung machte. Er peitschte nach Art der Kalibane im Gebüsch umher, jagte über den Kamm dahin und den Hang hinunter, an den Felsen vorbei zum Fluß – er mußte unterwegs zum Fluß sein ...

In einem Aufblitzen erkannte sie, wo sie wahrscheinlich war, dicht an Felsen, die durch die Wälle hindurchragten: Felsen und der Fluß unterhalb der Klippen.

Sie blieb stehen, als sie keine Luft mehr bekam, sackte zwischen den Bäumen zu Boden und nahm sich selbst in Augenschein, den Rest ihrer Kleidung, den sie mit zitternden Händen wieder zurechtrückte. Sie saß dort im Gebüsch, und Tränen und Erschöpfung rannen ihr übers Gesicht. Sie kämpfte gegen die Tränen an, wischte sie mit einer schlammbeschmierten Hand weg.

»He!« rief jemand. Sie fuhr zusammen, wirbelte herum, erhob sich auf die Knie und fast auf die Füße, wie ein wildes Tier.

Es waren zwei Männer aus dem Lager, Ogden und Masu. Sie stand mit zitternden Knien auf, und das Blut verschwand aus ihrem Gesicht, als sie sich plötzlich schämte, wie sie hier mit zerfetzten Kleidern stand und fraglich gewordenem Stolz. »Dort drüben!« schrie sie und deutete zum Kamm, »dort – sie haben mich geholt und weggeschleppt ... Sie sind da drüben ...!«

»Wer?« fragte Masu. »Wer war es? Wo?«

»Hinter dem Kamm!« schrie sie, wollte keine Erklärungen abgeben, wollte nichts anderes, als daß alles ausgelöscht wurde, die Erinnerung und dieser ganze lächelnde, schweigsame Haufen.

»Kümmere dich um sie!« sagte Masu zu Ogden. »Kümmere dich um sie! Ich rufe die anderen zusammen. Wir werden einmal nachsehen.«

»Dort sind Kalibane«, keuchte Jane und blickte von einem zum anderen. Ogden nahm ihren Arm. Ihr Overall war so stark zerrissen, daß er ihr kaum am Leibe blieb. Sie versuchte, ihn zusammenzuhalten, ihre Brüste zu bedecken, und schnappte vor Schreck nach Luft. »Dort sind Kalibane – eine Art, wie sie noch nie jemand gesehen hat ...« Aber Ogden zog sie schon weg.

Sie blickte dabei noch einmal zurück. Feuer schoß über den Himmel, und sie starrte zu dem brennenden Stern hinauf.

»Das ist ein Lichtsignal«, sagte Ogden. »Masu gibt damit bekannt, daß wir dich gefunden haben.«

»Da draußen gibt es Leute«, sagte sie, »Leute, die in den Wällen leben.«

»Still«, sagte Ogden und drückte ihre Hand.

»Es stimmt! Sie leben dort! Die Unheimlichen, bei den Kalibanen!«

Ogden betrachtete sie – er war so alt wie ihr Vater, ein rauher Mann und groß. »Ich bringe dich von hier weg«, sagte er. »Kannst du laufen?«

Sie holte tief Luft und nickte, zitterte dabei an allen Gliedern. Ogden packte sie an der Hand und nahm sie mit.

Aber sie trafen auch auf andere, die ihnen entgegenkamen ... und darunter ihr Vater und ihre Mutter. Sie hätte ihnen entgegenlaufen können; die Kraft dazu war noch da. Aber sie tat es nicht. Sie blieb stehen, und sie kamen zu ihr und drückten sie an sich, erst ihre Mutter und dann der Vater, und beide vergossen Tränen. Jane selbst hatte keine mehr.

»Ich gehe zurück und suche Masu«, sagte Ogden. »Es könnte dort Schwierigkeiten geben.«

»Sie sollten sie fertigmachen«, sagte Jane mit völlig kalter Stimme. Sie hatte ihre Würde wiedergefunden und benutzte sie jetzt als einen Vorhang zwischen sich und ihren Eltern, trotz ihrer Nacktheit.

»Jane«, sagte ihr Vater ... Er hatte Tränen in den Augen, aber ihre eigenen blieben trocken. »Was ist passiert?«

»Sie haben mich gefangengenommen und dort drüben in einen Wall gezerrt. Sie ... sie haben ... Ich möchte nicht darüber sprechen.«

Ihr Vater drückte sie an sich, und auch die Mutter tat es. »Komm mit nach Hause!« sagte sie, und Jane ging mit ihren Eltern, hatte jetzt keine Angst mehr, empfand nichts mehr als eine kalte Distanz zu dem, was geschehen war.

Es war nicht weit zum Lager, und ihr Vater erwähnte die Ärzte. »Nein«, sagte Jane dazu. »Nein. Ich gehe nach Hause.«

»Haben sie dich ...?« Daß ihre Mutter diese Frage schwerfiel, empfand sie als seltsam und bedrohlich. Ihr Gesicht brannte.

»O ja, oft.«

8

»Das Gesetz muß geachtet werden!« sagte Gallin im Rat, in der Kuppel – betrachtete dabei die versammelten Abteilungsleiter. »Das Gesetz muß geachtet werden! Wir vertreiben sie von dort, und wir müssen etwas mit ihnen anfangen. Es war ein Fehler, sich zurückzulehnen und alles zu dulden. Wir können uns ... dieses Weglaufen der Jugend nicht leisten. Wir werden Zäune errichten; wir organisieren eine Jagd und säubern die Wälle.«

»Sie gehören zu unserer Rasse!« protestierte die Anwältin und erhob sich von ihrem Stuhl. Sie war grauhaarig und hatte ihre Verjüngung fast schon aufgebraucht. »Wir können nicht mit Gewehren zu ihnen gehen!«

»Wir sollten«, meinte Gutierrez, auch er aufgestanden, »die Stadt mobilisieren, Fundamente legen, die weit in die Tiefe reichen; wir sollten die Barrieren errichten, die wir schon zu Beginn geplant hatten. Zwar können wir sie erschießen – können auch die Wälle einebnen, und es geschieht doch immer wieder. Ein ums andere Mal. Es funktioniert nie. Dort draußen geschieht mehr, als wir verstehen. Vielleicht eine weitere Spezies – wir wissen es nicht. Wir kennen weder ihre Gewohnheiten noch ihre gegenseitigen Beziehungen, wir haben keine Ahnung, was ihre Motive sind. Wir erschießen sie und graben sie aus und erreichen nie etwas damit.«

»Wir mobilisieren die Azi«, sagte Gallin. »Wir geben ihnen Waffen und bilden sie aus – machen eine Armee aus ihnen.«

»Um Himmels willen, wozu?« rief die Anwältin. »Um gegen die Kalibane zu marschieren? Oder ihre eigenen Verwandten zu erschießen?«

»Es muß Ordnung herrschen!« meinte Gallin. Er hatte im Lauf der Jahre zugenommen. Das Doppelkinn schwabbelte vor Wut. Er blickte zu den beiden auf. »Es muß Ordnung im Leben der Azi herrschen. Die Bandgeräte sind kaputt, also was geben wir ihnen? Ich habe mit den Leuten von der Erziehung gesprochen. Wir brauchen irgendeine Führung. Wir stellen Regimenter auf und richten Sicherheitszonen ein; wir stellen Posten auf; wir schützen dieses Lager.«

»Gegen was?« fragte Gutierrez, und fügte dann hinzu, weil er Gallin kannte und dessen gefährlichen Zorn sah: »Sir.«

»*Ordnung!*« sagte Gallin und betonte das Wort, indem er auf

165

den Tisch hieb. »*Ordnung in der Welt!* Kein Umgang mehr mit
Ausreißern! *Keine Toleranz mehr!*«

Gutierrez sank wieder auf seinen Stuhl, ebenso die Anwältin. Ein Gemurmel erhob sich von den übrigen, und es hatte
einen Unterton der Furcht.

Die Kalibane waren im Lauf der Jahre immer näher gekommen, und die Menschen hatten keine Gelegenheit gefunden,
nein zu sagen.

Aber Gutierrez empfand Skrupel, als er die Azi in Kampf-
formation aufgestellt sah, um gedrillt zu werden, als er sah, wie
sie zum Töten angeleitet wurden. An diesem Tag kehrte er mit
einem Klumpen im Bauch nach Hause zurück.

Kate und Jane empfingen ihn, die Tochter ein Abbild der
Mutter – einander so ähnlich standen sie da, sich gegenseitig
mit den Armen umfassend, befriedigt über das, was sie sahen.
Eine Veränderung hatte in Jane stattgefunden. Diesen harten
Blick hatte sie früher nie gehabt, nicht bevor sie hinaus zu den
Wällen gegangen war. Sie war erwachsener geworden und
hatte sich von ihm fort entwickelt, hin zu Kates Seite der Welt.
Keine Neugier mehr; keine Nachforschungen mehr nach den
kleinen Geheimnissen der Welt. Gutierrez sah Schweigsamkeit
voraus, bis jene Drohung dort draußen weggefegt war, bis Jane
sah, daß die Welt wieder sicher war.

Während Azi in Reihen marschierten.

9

Pia die Jüngere stellte den Eimer im Haus ab, in dem Haus mit
den zwei Räumen, das ihnen gehörte, das vollhing mit Kleidern und verschiedensten Dingen an den Dachbalken – trock-
nenden Zwiebeln, getrocknetem Pfeffer; und auf den Balken
balancierten Plastiktöpfe. Pias Bett stand in einer Ecke und das
Bett ihrer Eltern im anderen Zimmer. Und die zusammengerollten Schlafdecken gehörten ihren Brüdern, die sich auf eine
andere Art von Abschied vorbereiteten.

Ihre Mutter saß draußen – eine schweigsame Frau. Pia ging
wieder hinaus, blieb dort stehen und nahm die Hand ihrer
Mutter, die damit beschäftigt war, eine Hacke zu schärfen –
Streich auf Streich des Wetzsteines entlang der Schneide. Ihr

Vater – war mit den Jungen weg. Ihre Mutter kümmerte sich wenig darum ... hatte in letzter Zeit der ganzen Welt nicht viel Aufmerksamkeit geschenkt. Sie arbeitete nur.

»Ich gehe weg«, sagte Pia die Jüngere. »Ich sehe nach, wie es läuft.« Und dann sagte sie mit gedämpfter Stimme, wobei sie sich dicht zu ihrer Mutter herabbeugte und ihre beiden Hände nahm: »Hör mal, sie werden Grün nie erwischen! All die Verlorenen werden flußaufwärts ziehen. Mach dir keine Sorgen, daß sie ihn erschießen könnten! Sie können es nicht.«

Sie hatte Gewissensbisse bei diesem Versprechen, denn sie selbst glaubte nicht daran und empfand auch keine Liebe zu ihrem Bruder. Und es hatte sowieso alles keinen Zweck bei ihrer Mutter, die mit dem Schärfen weitermachte, Stein auf Stahl, was Pia an Messer erinnerte. Sie hob den Blick zur Stadtgrenze, wo ein Lager von anderer Art im Entstehen begriffen war.

Ihr Vater war dort draußen und folgte den Befehlen geborener Menschen; ihre Brüder gaben vor, es ebenfalls zu tun. Und ganz leise ging Pia die Jüngere in entgegengesetzte Richtung die Straße hinab, ohne daß die ältere es überhaupt bemerkte, ging dann um eine Ecke und in die andere Richtung zurück.

Sie beobachtete das Waffentraining vom Hang des von Kalibanen aufgeworfenen Hügels nahe der Stadt aus, kauerte dort und sah zu, wie sie es jeden Tag machte. Die Felder blieben unbestellt, die Jüngsten ließen die Arbeit liegen und gafften. Und sie wußte, was ihre Brüder unter sich ausgemacht hatten, daß sie nur so taten und die Waffen trugen, aber daß, wenn es daran ging, die Kalibane und die Ausreißer anzugreifen, sie selbst weglaufen wollten. Ihr Vater wußte natürlich nichts davon. Er trug die Waffen, wie er auch alle anderen Dinge tat, die die Offiziere der geborenen Menschen von ihm verlangten. Darin lag immer der Unterschied zu seinen Söhnen.

Pia selbst dachte über die Frage nach, wie öde alles sein würde, falls ihre Brüder weglaufen sollten, falls ihnen all ihre Freunde folgten.

Sechzehn Jahre bedeuteten, fast erwachsen zu sein. Sie faßte einen Entschluß, überlegte, daß sie schon jetzt gehen würde, drohte da nicht die Gefahr von den Gewehren und anderen Waffen aus, die Gefahr, daß sie vielleicht draußen mit einem der Unheimlichen verwechselt wurde. Ihre Eltern würden ihr Weggehen nicht verstehen. Aber sie verstanden ja überhaupt nichts, was anders war als sie selbst; und Pia wußte schon lange, daß sie anders war. Alle Kinder waren es.

Den größten Teil des Tages über beobachtete sie; und an diesem Abend kehrten ihre Brüder nicht nach Hause zurück. Ihr Vater kam; Nachbarn kamen. Sie warteten mit dem Abendessen. Die zusammengerollten Schlafdecken warteten an der Wand. Und ihre Eltern saßen schweigend da, aßen schließlich, stellten sich nicht einmal gegenseitig Fragen, hielten die Blicke niedergeschlagen in jenem Schweigen, in dem sie jeden Schmerz ertrugen.

Offiziere kamen in der Nacht, klopften an die Tür und stellten Fragen – schrieben die Namen von Pias fehlenden Brüdern auf, während sie hinter ihren Eltern stand, in ihre Bettdecke gewickelt und trotzdem zitternd, nicht vor Kälte, sondern weil sie begriff.

10

»Wir müssen aufbrechen«, meinte Jones oben auf dem Berg, wo sie den Beobachtungsposten eingerichtet hatten, und Kate Flanahan nickte, während sie hinaus über die Wälle blickte. Sie verlagerte die Finger an dem Geweberiemen, mit dem sie das Gewehr über der Schulter trug. »Wir wissen, wo die Ausreißer stecken. Wir empfangen Sendungen von Masu und seinen Leuten, die den Bereich beobachten. Wir werden diese Sache bereinigen, und zwar schnell. Wir haben zweihundert Deserteure mit dem Draht aufgehalten – die Lage gerät aus den Fugen. Wir eliminieren das menschliche Element, treiben diese Ausreißer dort weg, bevor uns sämtliche Azigeborenen aus der Stadt weglaufen. Sie desertieren truppweise – haben keine Sympathie für diese Operation; und es bestand nie ein Bedarf, so viele einzuziehen. Diese Einheit und Embertons weiter oben – wir stoppen diese Sache. Dann keine Ausreißer mehr; und dann können wir die älteren Arbeiter daransetzen, diese Barriere zu bauen. Noch irgendwelche Fragen, bevor wir aufbrechen?«

Es gab keine. Flanahan hatte keine; empfand nur Haß, wegen dem, was ihre Tochter erlitten hatte, wegen dem Schweigen, in dem Jane versunken war, wegen dem Verlust ihrer Unschuld. Sie empfand Haß wegen ihrer Tochter, die zu Hause saß oder sich den Studien widmete, die sie vorher stets verabscheut hatte, nur um den Verstand zu beschäftigen.

»Marsch!« befahl Jones, und sie zogen los, drangen rasch vor zwischen den Hügeln, durch das Gebüsch und die Baumbestände auf den Wällen. Einige von Bilas' Leuten trugen Sprengstoff. Vandermeer hatte ein Projektilgewehr und Gasgranaten, um den Wall damit auszuräuchern und zu einem unangenehmen Platz für die Flüchtlinge zu machen. Und danach ein paar Schüsse ...

Die Befehle lauteten, nicht zu töten. Aber Flanahan überlegte, daß es immer zu Unfällen kommen konnte; es könnte sich eine Ausrede bieten. Sie suchte nach einer.

Sie gingen vorsichtig, erzeugten so wenig Unruhe wie nur möglich ... aber den Weg kannten sie, hatten sie exakt geplant – auch die Stelle, wo sich Embertons Einheit postiert hatte und von wo aus sie die Zugänge überwachte und das Kommen und Gehen der Ausreißer.

Sie stießen auf einen Wachtposten; es war Ogden, einer der ihren – und sie nahmen ihn in ihre kleine Gruppe auf. Acht waren es jetzt insgesamt, die von der Instandhaltung Ausgeliehenen mitgezählt. Und Emberton war mit ihrem Trupp ein wenig früher eingetroffen, um persönlich den Befehl oben auf dem Kamm zu übernehmen. Von jetzt an bedeutete das Vordringen vorsichtige Bewegung; sie brachen möglichst wenig Zweige, raschelten nur dann im Gebüsch, wenn es unumgänglich war. Huscher belästigten sie, wurden weggefegt, wenn sie sich auf sie setzten und an ihnen festhielten. Fiebriger kalter Schweiß rann Flanahan über Arme und Flanken – jetzt endlich eine Chance, etwas zu tun, Waffen gegen das Durcheinander zu erheben, das all ihre Bemühungen auf Gehenna kennzeichnete. Ein paar Schüsse, ein bißchen gesunde Angst auf seiten der Azigeborenen: damit würden sie es regeln.

Und dann konnten sie vielleicht weiterbauen.

Flanahan atmete schwer, als sie den Kamm erstiegen hatten: Das Gewehr war nicht leicht, und sie war seit Jahren aus der Übung. Das galt für sie alle – Jones hatte an der Taille den doppelten Umfang wie früher; Emberton war grau durch die Verjüngung. Flanahan sah die Leiterin der taktischen Op in einer Besprechung mit Masu und Tamilin und Rogers, als sie oben eintrafen an der Stelle, wo Masu und Kontrin und Ogden die ganze Zeit die Situation im Auge behalten hatten.

Die Ausreißer waren immer noch da. Kate Flanahan kroch mit den anderen zusammen nach oben an den Rand. Der Befehl wurde durch die kauernden Reihen weitergegeben. Vandermeer lud das Projektilgewehr mit den Gasgranaten und zielte auf den Eingang des Walles ihnen gegenüber. Und direkt vor ihnen saßen zwei nackte Ausreißer und sonnten ihre mageren, erdbedeckten Glieder.

Von den Kalibanen war nichts zu sehen, und das war nur gut so: weniger Durcheinander. Jones entsicherte sein Gewehr und Flanahan folgte seinem Beispiel; der Schweiß lag um so kälter und schwerer auf ihr, je mehr Zeit verstrich. Diese abgerissenen Kreaturen da unten, diese Ausreißer von allem, was menschlich war, was Menschsein bedeutete, sie hatten Jane weh getan ... hatten sie gedemütigt, hatten sich nichts aus dem gemacht, was sie zu ihrem Vergnügen taten; und Jane würde niemals mehr dieselbe sein. Kate wollte diese beiden, hatte sich bereits einen ausgesucht.

»Los!« kam der Befehl von Jones; und sie gingen vor, wie sie es ausgearbeitet hatten, bedeckten den Umkreis der sichtbaren Flüchtlinge mit Schüssen, während sie den Hang hinab vordrangen. Flanahan feuerte einen Schuß ab, sah, wie der größere der beiden Jungen stürzte, als sei er mit der Axt gefällt worden.

Und dann sank der Boden unter ihren Füßen ab, wurde weich, geriet ins Rutschen. Aufschreie waren zu hören. Einer von ihr. Bäume neigten sich um sie herum. Plötzlich steckte sie hüfttief in der Erde und rutschte noch weiter in die Tiefe, als sich der ganze Hang auflöste.

Sie ließ das Gewehr los, kämpfte mit den Händen gegen den Erdrutsch; aber er begrub sie doch, drückte ihre Arme fest, drang ihr in Mund und Nase und Augen; und das und der Druck waren alles, der Schmerz und das Zerbrechen der Gelenke.

11

So scheiterten sie. Jane Flanahan-Gutierrez begriff es, als ihr
Vater kam um ihr die Nachricht zu überbringen … aber sie
hatte es sich schon vorher gedacht, als das Radio schon lange
verstummt war und im Lager Gerüchte die Runde machten.
Sie nahm es ruhig auf, hatte schon den Gedanken abgelegt,
daß ihr Leben so verlaufen würde, wie sie es wollte. Nur wenig
konnte sie überraschen.

Ihr Vater wurde schweigsam. Seine Kalibane blieben von
Jagden letztlich verschont; aber Kate war nicht mehr, und Kalibane hatten sie getötet. Er lächelte nur noch wenig, und während die Monate vergingen, sackten seine Schultern herab.

Er bot Jane an, daß die Ärzte sie von der schwellenden Gegenwart des Kindes in ihrem Bauch befreiten; aber Jane sagte
nein. Sie wollte das nicht. Sie kümmerte sich nicht um die
Blicke und das Gerede unter den Jugendlichen, die ihre
Freunde gewesen waren. Sie hatte sich selbst und ihren Vater
… und das Baby hatte wenigstens etwas von Kate Flanahan,
auch etwas von ihrem Vater und von dem der Verlorenen, der
es gezeugt hatte.

Als es zur Welt kam, nannte sie ihre Tochter Elly – Eleanor
Kathryn Flanahan, nach ihrer Mutter. Und ihr Vater nahm das
Kind in die Arme und fand etwas Trost darin.

Jane dagegen nicht. Vielleicht war es Jins Tochter, vielleicht
die eines seiner Brüder. Oder es war unter dem Hügel geschehen. Sie stillte das Kind, fütterte es, sorgte für es, sah ein dun-
kelhaariges Mädchen in die Hände ihres Vaters tappen oder
ihm mit kleinen Schritten folgen, oder am Boden kauern, um
mit Ruffles zu spielen – dabei erschauerte Jane, sagte aber
nichts. Elly folgte ihrem Großvater überallhin, und er zeigte ihr
Huscher und Schnecken und die Muster auf Blättern.

Das reichte auch gut. Mehr wünschte sich Jane nicht vom
Leben, als etwas Frieden darin zu bewahren.

Die Felder wurden kleiner. Die geflohenen Azi betrieben un-
abhängige Landwirtschaft drüben an den Klippen; so besagten
die Gerüchte. Gallin starb, ein Husten, der im Winter begann
und sich zu einer Lungenentzündung entwickelte. Dieser Winter raffte auch Bilas dahin. Sie verließen das Lager nicht mehr.
Die Kalibane kamen ebenfalls – bauten Wälle auf dem Ufer,

zwischen den Menschen und ihrem Fischfang; und nur das brachte sie im Lager dazu, sich zu erheben und die Eindringlinge abzuwehren.

Aber die Kalibane kehrten zurück. Das taten sie immer.

Jane saß in der Sommersonne des Jahres, in dem ihr Vater starb, und sah, wie Elly bereits halb erwachsen war – eine dunkelhaarige junge Frau von drahtiger Kraft, die mit jungen Azi herumstreunte. Jane hielt es nicht einmal für nötig, sie zurückzurufen.

So sah es am Ende von allem mit ihren Gefühlen für das Kind aus.

12

Jahr 49, Tag 206, KR

Die Zahl der Gräber wuchs – für die, deren erste die geborene Frau Ada Beaumont gewesen war. Jin der Ältere kannte sie alle: die Gräber von Beaumont und Davies, Conn und Chiles, Dean, der bei der Geburt seines Sohnes geholfen hatte; Bilas und White und Innis; Gallin und Burdette, Gutierrez und all die anderen. Namen, die er gekannt hatte; und Gesichter. Auch einer seiner eigenen Verwandten lag hier, getötet bei einem Unfall ... ein paar weitere Azi, die ersten Toten aus ihren Reihen, aber im allgemeinen war es kein Ort für Azi. Sie wurden unten bei der Stadt begraben, wo auch seine Pia lag, ausgemergelt durch viele Kinder. Aber er kam manchmal hierher, um Schilfrohr zu schneiden, zusammen mit einem Team von Älteren, die Cyteen noch gekannt hatten.

Und diesmal brachte er Jugendliche mit, eine ganze Gruppe, die Kinder seiner Tochter Pia und drei von denen seines Sohnes Jin; und ein paar von Tams, und noch Spielgefährten von ihnen, ein ungebärdiger Haufen. Sie liefen über die Gräber und spielten im Schilf Schlag-den-Stein.

»Hört zu!« sagte Jin, und er war streng mit ihnen, bis sie mit dem Spielen aufhörten und wenigstens in seine Richtung blickten. »Ich habe euch hergeführt, um euch zu zeigen, warum ihr eure Arbeit tun müßt. Ein Schiff hat uns auf diese Welt gebracht, hat uns hier abgesetzt, damit wir uns um sie kümmern, damit wir uns auch um die geborenen Menschen kümmern und tun, was sie sagen. Sie haben all dies hier gebaut, das ganze Lager.«

»Kalibane haben es geschaffen«, sagte seine Enkelin Pia-genannt-Rot, und die Kinder kicherten.

»*Wir* haben es errichtet, die Azi. Jedes einzelne Gebäude. Auch den großen Turm. Wir haben das gebaut. Und diese geborenen Menschen haben uns gezeigt, wie es geht. Diese hier hieß Beaumont: sie war eine der besten. Und Conn – alle nannten ihn den Oberst; und er war stärker als Gallin ... Hör auf damit!« rief er, denn der jüngste Jin hatte einen Stein geworfen, der von einem Grabstein abprallte. »Ihr müßt begreifen! Ihr benehmt euch schlecht! Ihr müßt Respekt für andere haben. Ihr müßt dies hier begreifen! Sie waren die geborenen Menschen. Sie lebten in den Kuppeln.«

»Kalibane leben jetzt dort«, sagte ein anderer.

»Trotzdem müssen wir das Lager bewahren«, meinte Jin. »Die geborenen Menschen haben uns die Befehle gegeben.«

»Sie sind tot.«

»Die Befehle bleiben bestehen.«

»Warum sollten wir auf tote Leute hören?«

»Sie waren geborene Menschen; sie haben all dies geplant.«

»Wir sind es auch«, sagte sein ältester Enkel. »Wir wurden geboren.«

So lief es ab. Die Kinder rannten an der Küste entlang davon und sammelten Muscheln, spielten ihre Steinspiele oder Jagen zwischen den Felsen. Ariels watschelten gleichgültig am Strand einher, und Jin 458 schüttelte den Kopf und ging weg. Er hinkte etwas, was an beginnender Arthritis lag, die von den kalten Nächten verschlimmert wurde.

Er arbeitete auf den Feldern, aber die Felder waren um einen großen Teil geschrumpft, und mehr konnten die Azi nicht tun, um genug Getreide zu ziehen. Sie tauschten verschiedene Teile aus dem Lager bei ihren eigenen Kindern in den Hügeln ein – gegen Fisch und Getreide und Gemüse, ein Jahr nach dem anderen.

Jing ging zurück zum Lager, ließ die Kinder zurück, mied die Stelle, wo die Maschinen, die die Beaumont getötet hatten, verrosteten.

Einige Azi hielten in den Kuppeln die Stellung und der Turm

fing immer noch das Sonnenlicht auf, eine stählerne Spitze, die sich zwischen Büschen und Schilf erhob. Huscher glitten durch die Luft, eine Plage für Wanderer. Ariels hatten freien Zutritt zu den leeren Kuppeln des Hauptlagers, und Bäume wuchsen hoch zwischen den Kämmen, die über das Land vorgedrungen waren und Wälder und grasige Hügel bildeten, wo sich vorher Ebenen und Felder ausgebreitet hatten. Die meisten geborenen Menschen waren in die hohen Berge gegangen, um auf Stein zu bauen, oder ihre Kinder waren es. Im Hauptlager hatten nur noch die Gräber menschliche Bewohner.

Jin war alt, und die Kinder folgten ihren eigenen Wegen, immer mehr von ihnen. Sein Sohn Mark war tot, ertrunken, sagten sie, und er hatte seine übrigen Söhne über den größeren Teil eines Jahres nicht gesehen. Nur seine Tochter Pia verließ sie gelegentlich und kam zu ihm, brachte ihm Geschenke, überließ ihre Kinder seiner Fürsorge ... denn, sagte sie, du bist gut darin.

Er bezweifelte es, denn dann hätte er ihnen etwas beibringen können. Die Rufe der Kinder folgten ihm, als er wegging; sie trieben ihre Spiele. Das war alles. Wenn sie heranwuchsen, würden sie in die Hügel gehen und dann kommen und gehen, wie es ihnen paßte. Was ihn selbst anbetraf, er versuchte es weiter mit ihnen, mit dem Leben, mit der Welt. Dies war nicht die Welt, die die geborenen Menschen geplant hatten. Aber er tat sein Bestes.

FÜNFTER TEIL

Draußen

1

*Auszug aus dem Vertrag
über die neuen Territorien*

»Die Union erkennt die territorialen Interessen der Allianz in den Sternensystemen an, die als Gehenna-Zone oder als die McLaren-Sterne bezeichnet werden; die Allianz verpflichtet sich ihrerseits dazu, fünfzig Prozent des Handels mit diesen Systemen über Durchgangshäfen in der Union abzuwickeln, sobald sich eine positive Handelsbilanz eingestellt hat; ... weiters ... daß die Verteidigung dieser Territorien entsprechend den Bedingungen des Vertrages von Pell gemeinsam gewährleistet wird ...«

2

Privatwohnung des Ratsvorsitzenden,
Cyteen Hauptstadt

»Es ist lediglich ein paar Jahre früher gekommen als erwartet.« Das Gesicht von Rad Harad, schon von Natur aus lang, wurde noch länger, während er seinen Überlegungen nachhing. Er unterbrach sie, goß sich und der Sekretärin je ein Glas Wein ein – hob seines dann nachdenklich. »Dies ist unsere Anschaffung. Pellwein, aus dem Zentrum der Allianz.«

»Sie wollten sich doch der Unterzeichnung widersetzen?«

»Aber ganz im Gegenteil.« Harad nippte bedächtig an seinem Glas und lehnte sich wieder in seinem Sessel zurück. Das Fenster bot Ausblick über die Betonschluchten der Stadt und den gewundenen Silberglanz des Freundschaftsflusses. Draußen nahm der Handel seinen Fortgang. »Wie die Sache steht, werden die Allianzschiffe weiterhin unsere Häfen bedienen. Kein Boykott. Und je länger das so bleibt – desto weniger wahrscheinlich wird ein Boykott. Also haben wir die Kolonien gut angelegt. Sie werden die Allianz ganz schön in Atem halten.«

»Sie schaffen die Kolonisten vielleicht einfach weg, wissen Sie. Und wenn auch nur eine Kolonie Widerstand leistet, haben wir eine Krise am Hals.«

»Das werden sie nicht tun. Es wird nicht zu einem unglücklichen Zwischenfall kommen. Vielleicht weiß die Allianz, daß sie dort sind. Wir müssen es ihnen wenigstens mitteilen, wo der Vertrag jetzt unterzeichnet ist. Sie werden es böse aufnehmen, wenn sie es noch nicht wissen. Sie werden Berichte verlangen, Zugriff auf Akten haben wollen. Sie werden natürlich wissen, daß die Akten ausgewählt sind; aber wir werden kooperativ sein. Das läuft auf Behördenebene.«

»Mir scheint es ein schwachsinniger Zug zu sein.«

»Was?«

»Aufzugeben. Oh, ich kenne die Logik: Welten, die schwer zu entwickeln sind; und wir haben die Allianz dazu getrieben, überstürzt zu expandieren – aber wenn man alles berücksichtigt, hätten wir vielleicht mehr hineinstecken sollen. Vielleicht trauern wir diesen Welten noch eines Tages nach.«

»Die Ökonomie der Zeit.«

»Aber nicht unsere gegenwärtigen Grenzen.«

Harad runzelte die Stirn. »Ich habe die Sache studiert. Mein Vorgänger hat uns ein Erbe hinterlassen. Diese Welten sind alle hart. Ich werde Ihnen etwas mitteilen, was ich weiß, seit ich die Akte das erste Mal öffnete. Die Kolonien der Zone waren alle zum Scheitern vorgesehen.«

Die Sekretärin schenkte ihm einen kalten Blick ihrer blauen Augen. »Ist das Ihr Ernst?«

»Vollkommen. Wir konnten uns den Erfolg nicht leisten. Nicht in diesen Jahren damals. Alles wurde in Schiffe gesteckt. Also haben wir das Scheitern der Kolonien geplant. Ökologische Katastrophen; eine menschliche Bevölkerung, die überleben, aber sich in unmöglichem Terrain verstreuen würde. Das werden die von der Allianz vorfinden. Keine Mission erhielt je Unterstützung. Keine Schiffe wurden losgeschickt. Die Kolonisten hatten selbstverständlich keine Ahnung.«

»Bürger der Union ... Menschenleben aus der Union ...«

»So wurde es damals gemacht. Deswegen unterstütze ich den Vertrag. Wir haben gerade die ersten kolonialen Züge der Allianz diktiert, ihnen einen Preis ausgehändigt, der sie für Jahrzehnte in dieser Richtung festhalten wird. Was immer sie in Zukunft noch erreichen, wird nur trotz ihres gegenwärtigen Gewinnes möglich sein.«

»Aber die Menschenleben, Rat. Diese Leute, die verzweifelt auf Schiffe warteten, die nie kamen ...«

»Aber wir haben damit erreicht, was wir wollten. Und war es nicht, alles in allem, weit billiger als ein Krieg?«

SECHSTER TEIL

Wiedereintritt

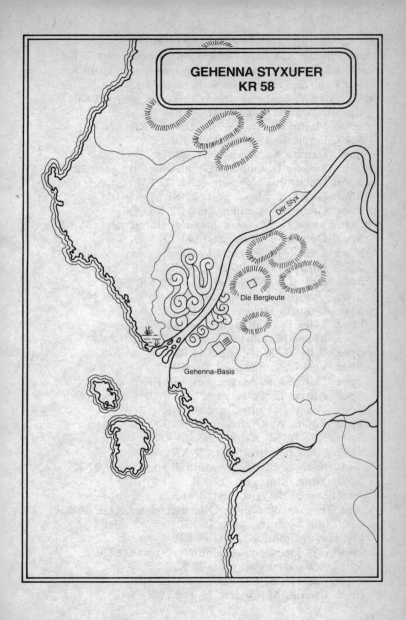

Militärisches Personal:

Oberst James A. Conn, Generalgouverneur, gest. 3 KR
Capt. Ada P. Beaumont, Vizegouverneur, gest. Gründungsjahr
Major Peter T. Gallin, Personal, gest. 34 KR
M/Sgt. Ilya V. Burdette, Ingenieurkorps, gest. 23 KR
  Cpl. Antonia M. Cole, gest. 32 KR
  Spez. Martin H. Andresson, gest. 22 KR
  Spez. Emilie Kontrin, gest. 31 KR
  Spez. Danton X. Norris, gest. 22 KR
M/Sgt. Danielle L. Emberton, taktische Op., gest. 22 KR
  Spez. Lewiston W. Rogers, gest. 22 KR
  Spez. Hamil N. Masu, gest. 22 KR
  Spez. Grigori R. Tamilin, gest. 22 KR
M/Sgt. Pavlos D. M. Bilas, Instandhaltung, gest. 34 KR
  Spez. Dorothy T. Kyle, gest. 40 KR
  Spez. Egan I. Innis, gest. 36 KR
  Spez. Lucas M. White, gest. 32 KR
  Spez. Eron 678-4578 Miles, gest. 49 KR
  Spez. Upton R. Patrick, gest. 38 KR
  Spez. Gene T. Troyes, gest. 42 KR
  Spez. Tyler W. Hammett, gest. 42 KR
  Spez. Kelley N. Matsuo, gest. 44 KR
  Spez. Belle M. Rider, gest. 48 KR
  Spez. Vela K. James, gest. 25 KR
  Spez. Matthew R. Mayes, gest. 29 KR
  Spez. Adrian C. Potts, gest. 27 KR
  Spez. Vasily C. Orlov, gest. 44 KR
  Spez. Rinata W. Quarry, gest. 39 KR
  Spez. Kito A. M. Kabir, gest. 43 KR
  Spez. Sita Chandrus, gest. 22 KR
M/Sgt. Dinah L. Sigury, Kommunikation, gest. 22 KR
  Spez. Yung, Kim, gest. 22 KR
  Spez. Lee P. de Witt, gest. 48 KR
M/Sgt. Thomas W. Oliver, Quartiermeister, gest. 39 KR
  Cpl. Nina N. Ferry, gest. 45 KR
  Pfc. Hayes Brandon, gest. 48 KR
Lt. Romy T. Jones, Spezialeinheiten, gest. 22 KR
  Sgt. Jan Vandermeer, gest. 22 KR
  Spez. Kathryn S. Flanahan, gest. 22 KR
  Spez. Charles M. Ogden, gest. 22 KR

M/Sgt. Zell T. Parham, Sicherheit, gest. 22 KR
  Cpl. Quintan, R. Witten, gest. 22 KR
Capt. Jessica N. Sedgewick, Anerkenner/Anwältin, gest. 38 KR
Capt. Bethan M. Dean, Chirurg, gest. 46 KR
Capt. Robert T. Hamil, Chirurg, gest. 32 KR
Lt. Regan T. Chiles, Computerdienst, gest. 29 KR

Ziviles Personal:

Stabspersonal: 12
Medizinisch/chirurgisch: 1
Sanitätspersonal: 7
Mechanikwartung: 20
Verteilung und Lager: 20
  Robert H. Davies, gest. 3 KR
Sicherheit: 12
Computerdienst: 4
Computerwartung: 2
Bibliothekar: 1
Landwirtschaft. Spezialisten: 10
  Harold B. Hill, gest. 32 KR
Geologen: 5
Meteorologe: 1
Biologen: 6
  Marco X. Gutierrez, gest. 39 KR
  Eva K. Jenks, gest. 38 KR
  Jane Flanahan-Gutierrez, KR 2–KR 50
  Elly Flanahan-Gutierrez, geb. 23 KR–
Erziehung: 5
Kartograph: 1
Management-Inspektoren: 4
Ingenieure für Biozyklus: 4
Baupersonal: 150
Lebensmittelspezialisten: 6
Industriespezialisten: 15
Bergbau-Ingenieure: 2
Inspektoren für Energiesysteme: 8

ZUSÄTZLICHES NICHTBÜRGERPERSONAL:

»A«-KLASSE: 2890
  Jin 458-9998
  Pia 86-678, gest. 46 KR (Übersicht)
»B«-KLASSE: 12 389
»M«-KLASSE: 4566
»P«-KLASSE: 20 788
»V«-KLASSE: 1278

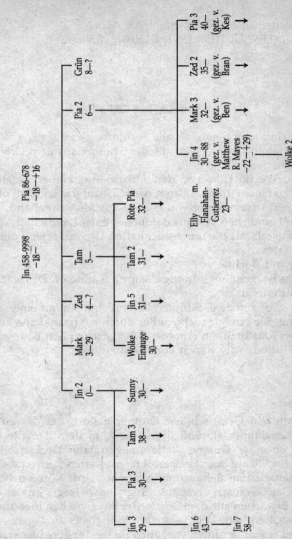

1

Mitteilung: Allianz-Sicherheit an AS Ajax:
»... UNTERSUCHEN UND BERICHTEN!«

2

Jahr 58, Tag 259 KR

Das Schiff kam herab, als alle Fernortungen negativ ausfielen, und landete an der Stelle, die der Scanner aus dem Orbit entdeckt hatte.

Und Westin Lake von den Allianz-Streitkräften befahl, die Luke zu einem unmittelbaren Ausblick auf das Land zu öffnen, zu einer Ansammlung von Hütten aus Menschenhand, zu einer unheimlichen Wildnis dahinter – einer Landschaft, die anders aussah, als die bruchstückhaften Unionskarten vorausgesagt hatten.

Jemand fluchte.

»Das ist nicht in Ordnung«, sagte ein anderer. Das war mehr als zutreffend.

Sie warteten zwei Stunden lang, rechneten mit einer Annäherung. Sie erfolgte nicht, außer durch ein paar kleine Echsen.

Aber Rauchfahnen erhoben sich zwischen den Bäumen und den Hütten – der Rauch von Herdfeuern.

3

Er hatte ein Geräusch wie Donner gehört, der das zu enge Krankenzimmer störend durchdrang, in dem der alte Mann inmitten eines Durcheinanders abgenutzter Decken lag. Ein Ariel hockte auf dem Fensterbrett, ein weiterer erfreute sich einer dauerhaften Behausung in einem Stapel Körbe neben der Tür. Das Geräusch verebbte. »Regnet es?« fragte Jin der Ältere beim Erwachen aus dem Schlaf, der ihn zwischen hier und dort festgehalten hatte. Pia versuchte ihm etwas zu sagen.

Und er war verdutzt, weil auch Jin der Jüngere hier war, dieser große Mann, der neben Pia auf der Truhe saß. Der Bart seines Sohnes hatte silberne Stellen, wie das Haar Pias. Wann waren sie so alt geworden?

Aber Pia – *seine* Pia – war schon lange tot. Ihre Verwandten waren kurz nach ihr verschieden; die letzten von seinen in diesem Frühling. Alle waren sie nun tot, die noch die Schiffe gekannt hatten. Keiner hatte so lange gelebt wie er – falls es Leben war, hier zu liegen und zu träumen. Niemand war da, der sich an die Dinge erinnerte, die er im Gedächtnis hatte. Die Gesichter verwirrten ihn, waren keine klaren Typen mehr, wie er sie gekannt hatte, aber ihnen doch noch sehr ähnlich.

»Mark!« rief er. Und: »Grün?« Aber Mark war tot und Grün verschollen, schon seit langer Zeit. Man hatte ihm mitgeteilt, daß auch Zed verschwunden war.

»Ich bin hier«, sagte jemand. Jin. Er erinnerte sich an sie und richtete den Brennpunkt seines Blicks auf die Jahre, in der merkwürdigen Weise, auf die alles hervorzutreten und wieder zu verschwimmen pflegte. Seine Kinder waren zu ihm zurückgekehrt, wenigstens Jin und Pia.

»Ich glaube nicht, daß er versteht.« Pias Stimme, ein Flüstern von der anderen Seite des Zimmers. »Es hat keinen Zweck, Jin.«

»Huh.«

»Er hatte die Gewohnheit, immer über die Schiffe zu *reden*.«

»Wir könnten ihn hinausbringen.«

»Ich glaube nicht, daß er es auch nur bemerken würde.«

Für einen Moment Schweigen. Für einen Moment Dunkelheit. Er hatte das Gefühl, weit weg zu sein.

»Atmet er noch?«

»Nicht mehr sehr stark. Vater, hörst du? Die Schiffe sind gekommen.«

Jenseits der Kornfelder, hoch am blauen Himmel, ein dünner Splitter aus Silber. Er wußte, wie es war, wenn man flog. War einmal geflogen. Es war ein heißer Tag.

»Vater?«

Sie konnten im Bach schwimmen, wenn sie mit der Ernte fertig waren, während die Sonne die Erde erhitzte und ihm den Schweiß auf den Rücken trieb.

»Vater?«

In die strahlend helle Sonne.

Pia-die-jetzt-Älteste ging grimmig hinaus ins Tageslicht und betrachtete das Knäuel, das ihr nachlief ... die Versammlung von Kindern, die sie zu Jin geschickt hatte. »Er ist gegangen«, sagte sie.

Ernste Gesichter. Eine Handvoll davon, von etwa fünf Jahren bis zum doppelten Alter. Ernste Augen.

»Geht fort!« sagte Pia und hob einen Stock auf. »Wir bekommen erste Garnitur. *Bekommen* sie. Geht zum alten Jon, zu Ben! Geht, wohin immer ihr wollt! Hier gibt es nichts mehr für euch.«

Sie liefen los. Einige weinten. Sie kannten ihren rechten Arm – eine von den Leuten aus den Bergen war sie, Pia die Älteste, die überhaupt nur selten in die Stadt kamen, keine von den schüchternen Stadtbewohnern, denen man viel vormachen konnte. Sie blickte ihnen hinterher, vorbei an der Reihe morscher Kalksteinhäuser, diesem letzten wilden Haufen Kinder, die der alte Jin bei sich gehabt hatte. Sie konnten Verwandte sein oder auch einfach Streuner. Der alte Mann war eher bereit gewesen als die meisten anderen, sie aufzunehmen. Die Schlimmsten waren beim alten Jin geblieben. Er hatte sie nie geschlagen, und sie hatten ihm Essen gestohlen, bis Pia es herausgefunden hatte; und dann war es zu keinen Diebstählen mehr gekommen, überhaupt keinen.

Sie ging wieder hinein in den Gestank des verwahrlosten Hauses, in die Gegenwart des Toten. Ihr fehlte auf einmal eine Verpflichtung, als sie erkannte, daß sie nichts mehr zu tun hatte. Ihr Bruder Jin durchsuchte die Truhe und erhob Anspruch auf die weitere Decke, neben der, in die der alte Jin eingewickelt war. Pia machte ein finsteres Gesicht dazu, während sie da auf ihren Stock gelehnt stand.

»Möchtest du nichts nehmen?« fragte Jin sie. Er richtete sich auf, einen halben Kopf größer als sie. Sie trugen beide Kniehosen aus grobem Stadtgewebe. Sie sahen einander ähnlich wie die ganze Nachbarschaft des alten Jin und der alten Pia. »Du kannst die Decke haben.«

Das überraschte sie. Sie schüttelte den Kopf, wobei sie immer noch ein finsteres Gesicht machte. »Möchte nichts. Habe genug.«

»Nimm schon! Du hast ihn über die letzten drei Jahre ernährt.«

Sie zuckte die Achseln. »Auch Lebensmittel von dir.«

»Du bist immer gegangen.«

»So? Egal! Habe es nicht dafür gemacht.«

»Ich schulde dir die Decke dafür«, meinte ihr Bruder.

»Hole sie irgendwann einmal. Was bedeutet uns die Stadt? Ich will nichts, was danach riecht.«

Jin blickte zur Seite auf die kleine und verwelkte Gestalt unter der anderen Decke. Wandte den Blick wieder Pia zu. »Gehen wir?«

»Ich warte auf das Begräbnis.«

»Wir könnten ihn hinauf in die Berge bringen. Einige würden uns tragen helfen.«

Sie schüttelte den Kopf. »Sein Platz ist hier.«

»Hier.« Jin wickelte den Rasierer und den Plastikbecher in die Decke und klemmte sich das Bündel unter den Arm. »Drecksloch. Gehe hinauf in die Berge. Diese neuen geborenen Menschen – sie werden hierherkommen. Sie werden Ärger machen, sonst nichts. Jins Schiffe. Er dachte, alles, was die im Hauptlager täten, sei richtig. Wie konnte er nur so viel wissen und doch so wenig?«

»Ich hatte selbst einmal einen aus dem Hauptlager. Er sagte ... er sagte, die alten Azi mußten wie Jin denken, das sei alles.«

»Vielleicht taten sie es. Alles, was die vom Hauptlager wollten. Nur jetzt haben wir neue für ein Hauptlager. Du weißt doch noch, wie es war. Du weißt, wie es war, als der alte Gallin im Hauptlager das Sagen hatte. So wird es wieder sein. Hör auf mich, Pia: du wartest nicht auf das Begräbnis, oder sie bringen dich dazu, Felder zu pflügen!«

Sie spuckte aus, fast ein Lachen.

»Hör auf mich!« sagte Jin. »So war es. Mark und Zed und Tam und ich ... wir sind aus dem Grund weggelaufen.«

»Ich auch. Es war nicht schwierig.« Sie nahm einen Kamm an sich, den Jin liegengelassen hatte. »Den behalte ich.«

»Sie werden herkommen.«

»Sie werden Sachen mitbringen.«

»Bandgeräte. Sie werden sich die Jüngeren schnappen und uns in Reih und Glied aufstellen.«

»Vielleicht sollten sie es.«

»Denkst du wie *er*?«

Sie ging zur Tür und blickte hinaus über die verlassenen, von Kalibanen besuchten Kuppeln und den eingestürzten Sonnenturm, wo sich die Rebe durchgesetzt hatten, wo die Stadt aufhörte. Das Schiff stand dort auf der fernen Ebene, schimmerndes Silber, sichtbar über den Dächern.

»Geh nicht hin!« bedrängte Jin sie, kam herbei und faßte sie an den Schultern. »Du wirst nicht hingehen und mit diesen geborenen Menschen reden.«

»Nein«, stimmte sie zu.

»Vergiß diese stinkenden geborenen Menschen.«

»Sind wir nicht selbst welche?«

»Was?«

»Geborene Menschen. Wir wurden hier geboren.«

»Ich geh jetzt«, sagte Jin. »Komm mit!«

»Ich begleite dich bis zum Pfad.« Sie brachen auf. Sie hatten nichts zu tragen als den Stab und das, was Jin behalten wollte. Und hinter ihnen würden die Stadtleute einbrechen und stehlen.

Der alte Jin war also tot.

Und Pia saß an der Tür, als die neuen Menschen zu ihr gebracht wurden.

Sie beunruhigten sie durch ihre Fremdartigkeit, wie sie auch die Stadtleute beunruhigten. Unter letzteren gab es welche, die bereit waren, die Ankömmlinge mit Ehrfurcht zu betrachten, das konnte Pia erkennen, aber sie selbst betrachtete sie kalt und verbarg ihre Gedanken.

Ihre Kleidung war sehr gut, das seltsame enge Gewebe, das die heute von der Stadt gebauten Webstühle niemals kopieren konnten. Die Fremden trugen das Haar kurz wie die Leute aus den Bergen, und sie verbreiteten seltsame scharfe Gerüche.

»Man hat uns gesagt, daß hier ein Mann lebt, der mit den Schiffen gekommen ist«, sagte der erste von ihnen. Er hatte eine komische Sprechweise – nicht, daß die Worte undeutlich gewesen wären, nur, daß sie anders klangen. Pia rümpfte die Nase.

»Er ist gestorben.«

»Sie sind seine Tochter. Sie sagten, Sie würden vielleicht mit uns reden. Wir würden uns freuen, wenn Sie mitkommen und es tun würden. An Bord des Schiffes, wenn es Ihnen recht ist.«

»Gehe nicht dorthin.« Ihr Herz klopfte sehr schnell, aber sie hielt das Gesicht ruhig und grimmig und unbeteiligt. Sie hatten Pistolen, das sah sie. »Setzen Sie sich!«

Sie sahen unbehaglich oder beleidigt aus. Einer hockte sich vor ihr hin, ein Mann in blauem Stoff mit einer ganzen Menge Metall und Streifen, die bei geborenen Menschen Bedeutung anzeigten. Sie erinnerte sich.

»Ihr Name ist Pia?«

Sie nickte kurz.

»Wissen Sie, was hier passiert ist? Können Sie es uns erzählen?«

»Mein Vater ist gestorben.«

»Wurde er geboren?«

Sie schürzte die Lippen. All die anderen wußten soviel, was immer es auch bedeutete, weil es für sie nie einen Sinn ergeben hatte, wie ein Mensch nicht geboren sein konnte. »Er war anders«, sagte sie.

»Erinnern Sie sich daran, wie es zu Anfang war? Was ist mit den Kuppeln geschehen?« Die Geste einer glatten weißen Hand zu den Ruinen, zwischen denen Kalibane Wälle bauten. »Seuche? Krankheit?«

»Sie wurden alt«, sagte sie. »Die meisten.«

»Aber die Kinder – die nächste Generation . . .«

Sie erinnerte sich und lachte in sich hinein, wurde wieder ernst, als sie an den Tag dachte, an dem die geborenen Menschen umgekommen waren.

»Es hat doch Kinder gegeben«, beharrte der Mann. »Oder nicht?«

Sie zog ein Muster in den Staub, schaufelte Sand auf und zeichnete damit, ein langsames Rieseln aus ihrer Hand.

»Sera. Was ist aus den Kindern geworden?«

»Habe Kinder«, sagte sie. »Eigene.«

»Wo?«

Sie blickte auf und fixierte den Fremden mit ihrem stärkeren Auge. »Manche hier, manche dort, eines tot.«

Der Mann saugte nachdenklich an den Lippen. »Sie leben oben in den Bergen?«

»Lebe genau hier.«

»Man sagte uns, Sie wären aus den Bergen. Sie haben Angst vor Ihnen, Sera Pia.«

Es war vielleicht nicht klug, Muster in den Staub zu zeichnen. Der Mann war scharfsinnig. Sie warf Sand auf die Spirale, die sie gezeichnet hatte. »Lebe hier, lebe dort.«

»Hören Sie!« sagte er ernst und beugte sich vor. »Es gab einen Plan. Hier sollte eine Stadt entstehen. Wissen Sie das? Erinnern Sie sich an Lampen, an Maschinen?«

Sie deutete vage zu den Reflektoren und dem Turm, den Ruinen davon zwischen den Kalibangrabungen im Hauptlager. »Sie sind eingestürzt. Die Maschinen sind alt.« Sie stellte sich die Lampen wieder brennend vor; die Stadt konnte wieder zum Leben erwachen, jetzt, wo diese Fremden angekommen waren. Sie dachte daran, daß die Maschinen wieder anliefen und den Boden aufrissen und die Baue und Wälle einebneten. Die Vorstellung bereitete ihr ein vages Unbehagen. Ihr Bruder hatte recht. Sie hatten vor, das Land wieder umzupflügen. Sie spürte es, als sie in die blaßblauen Augen blickte. »Wollen Sie das alte Lager sehen? Sie können junge Leute finden, die Sie hinbringen.«

Und auf der anderen Seite fehlte das Vertrauen, herrschte absolute Stille. Natürlich hatten sie die Wälle gesehen. Es war fremdes Gebiet.

»Sie könnten mit uns gehen.«

Sie stand auf und sah sich um, betrachtete die Stadtleute ringsumher, die bestrebt waren, woandershin zu blicken, auf den Boden, aufeinander, auf die Fremden. »Dann kommen Sie!« sagte sie.

Sie sprachen mit ihrem Schiff. Pia erinnerte sich an solche Tricks, aber die aus der Luft kommenden Stimmen brachten die Kinder zum Kreischen. »Altes Zeug«, meinte Pia mürrisch, streckte die Hand nach dem Stock des alten Jin aus, den er an der Tür lehnend aufbewahrt hatte, und stützte sich darauf, als sei sie müde und langsam.

Zwei von den Fremden wollten mit ihr kommen. Drei blieben im Dorf. Pia führte ihre Begleiter die Straße hinauf zwischen die unkrautbewachsenen Ruinen. Sie ging langsam, auf ihren Stock gestützt.

Und sobald sie in der Wildnis waren, schlug sie beide mit dem Stock nieder und lief zwischen den Kalibanschlupfwinkeln davon, bis ihr die Seite schmerzte und sie den Stock wirklich brauchte.

Aber sie war frei, und was die Wälle anging, so wußte sie, wie man sie umging und wo man den Eingängen ausweichen mußte.

Als es Abend wurde, erreichte sie die bewaldeten Hänge, die hinaufführten zu den richtigen Bergen mit ihrem Kern aus Gestein. Jemand stieß einen Pfiff aus, weit entfernt und einsam in den Wäldern, wo Huscher flitzten und Ariels einherschlitterten. Es war ein menschlicher Laut. Einer der Wächter hatte sie kommen sehen.

Heimat, bedeutete der Pfiff für sie. Sie pfiff zurück; Pia, sagte sie damit. Hier waren Freunde und Feinde zu finden, aber sie hatten ihre Messer dabei, und sie brachte einen Kamm und den Stock ihres Vaters mit, war zuversichtlich und entschlossen auf ihrem Weg.

Wenigstens war der alte Jin nicht verrückt gewesen. Das wußte sie jetzt. Sie hatte die Schiffe kommen sehen und erinnerte sich an die geborenen Menschen, die in den Kuppeln gelebt hatten, die gestorben waren und die ihren Typus mit Azi vermischt hatten, von deren Nachkommen manche in den Bergen lebten und einige wenige das Land mit hölzernen Pflügen aufscharrten.

Jetzt waren wieder Schiffe da und geborene Menschen, um die Welt zu beherrschen.

Ihr Bruder Jin hatte von Azi gesprochen, die in Reihen marschierten. Aber Pia war keine Azi und würde niemals nach den Befehlen der Fremden marschieren.

5

Fremde.

Grün rümpfte die Nase und blinzelte in das Licht, nahm eine Störung in dem Muster wahr, die auf der Ebene erzeugt wurde. Ein neues Thema war jetzt festzustellen. Er spürte die unterirdischen Regungen des Erkennens.

Die Unruhe wurde extrem. Er tauchte zurück in die Dunkelheit, fand seinen Weg eher mit Körper und Richtungssinn als mit den Augen. Kleine Leute schlitterten unterwegs an ihm vorbei, ein schlammiges Reiben langschwänziger Körper an seinen nackten Beinen, während er gebückt in der sicheren

Gangart dahineilte, die er vor langer Zeit gelernt hatte, die
Hände in der Dunkelheit nach vorn ausgestreckt, die nackten
Füße über den schlammigen Boden schlurfend. Seine Zehen
stießen im Dunkeln auf etwas Schlangenartiges und Lebendiges, und mit der Haut spürte er eine Unterbrechung in dem
Zug, der in diesem Korridor eigentlich wehen sollte. Seine Ohren fingen das Rauschen von Atem auf. Er wußte, worauf seine
Finger stoßen würden, bevor sie es taten, und er kletterte einfach den Schwanz hinauf und über den steinig-ledernen Rük-
ken hinweg, tat dem großen Braunen damit weniger weh, als
dessen stumpfe Krallen ihm beim Vorbeidrängen hätten tun
können. Der Braune atmete mit einem kehligen Laut aus und
leckte mit der Zunge neugierig über seine Schulter hinweg. Als
Grün einfach weitereilte, rutschte er hinterher.

Also wollte es der Kaliban herausfinden. Er war interessiert.
Grün schoß wieder aufwärts, nahm Seitenzweige des Tunnels,
die auf die Fremden zu führten. Schließlich war er Grün, und
er war alt, beinahe der Älteste unter seinesgleichen, auf seine
Weise dem älteren Braunen überlegen, der hinter ihm hersau-
ste. Der Kaliban wollte Bescheid wissen; und Grün warf seine
Pläne um und eilte wieder dem Tageslicht entgegen, um es ihm
zu zeigen.

Als er das Licht wieder erreicht hatte, dort oben, wo Bäume
den Wall krönten, wo er freien Ausblick auf die Stadt hatte und
auf das schimmernde Ding, das auf der Wiese stand, hockte
sich der Braune neben ihn, um ebenfalls Ausschau zu halten.

Grün bildete das Muster für ihn. Er brachte ihm dar, was er
hatte, bildete die Spiralen rechts zu einer Spitze aus und danach auch links.

Der Braune bewegte sich schwerfällig und hob einen von den
Bäumen herabgefallenen Zweig auf, zerbiß ihn zwischen den
mächtigen Kiefern. Sein Kamm war geschwollen. Die Augen
waren eher dunkel als golden. Grün spürte, wie sich die Muskeln an seinem eigenen Nacken spannten, während ihm der
Ausdruck für seine Verwirrung fehlte. Der Braune war außer
sich. Es war an allen Einzelheiten erkennbar.

Der Kaliban stieß ihn auf einmal mit der Nase an und trieb
ihn zurück in den Wall. In der kühlen und sicheren Dunkelheit
angelangt, stieß er ihn trotzdem weiter, zur tiefsten Zuflucht
hin.

Dort waren schon weitere in der Dunkelheit versammelt. Sie drängten sich aneinander, und mit der Zeit kam einer der Braunen und trieb sie weiter.

Tagelang wanderten sie so dahin, bis sie weit flußaufwärts gekommen waren und die neuen Wälle erreichten; und hier blieben sie, konnten sie sich wieder in die Sonne legen, hier, wo Kalibane Kuppeln und Wälle bauten, wo Kalibanjunge und Graue hinaus ins Sonnenlicht gingen und sich nicht um die Gefahr im Westen kümmerten.

6

T51 Tage SMZ
Allianz-Sonde *Boreas*

Bericht, per Kurier zu überbringen an Einsatzleitung Allianz-Sicherheit unter Siegel COL/M/TAYLOR/ASB/SPEZ/OP/PROJEKT NEUHAFEN/

... anfängliche Forschungen im Sektor A auf beiliegender Karte #a-1 zeigen vollständigen Zusammenbruch der Unionsverwaltung. Die Fertigkuppeln sind verlassen und von Gebüsch überwachsen. Die Solarreflektoranlage wird auf Karte #a-1 durch den Buchstaben *a* gekennzeichnet und liegt unter den Trümmern des Turms. Der größte Teil ist von Gebüsch überwachsen. Nachfragen bei Einwohnern bringen keine klare Antwort zu Tage, außer, daß der Zusammenbruch vor vielleicht einem Jahrzehnt geschah. Er könnte am Wetter gelegen haben.

Andererseits liegen die Fertigkuppeln inmitten eines verschlungenen Systems von Wallkämmen, die genauso aussehen wie die am Flußufer beobachteten und in den Orbitvermessungsberichten 1–23 bezeichneten. Wir haben die Kalibanwälle an Ort und Stelle gefunden, wie von den Unionsinformationen vorhergesagt, aber es besteht keine enge Übereinstimmung zwischen den gegenwärtigen Umständen und den Unionsberichten. Falls ein Beispiel den beunruhigenden Charakter des Platzes illustrieren kann, dann mag Karte #a-1 dazu dienen: es ist unvorstellbar, daß die ursprüngliche Kolonie ihre Kuppeln und Felder im Zentrum des Wallsystem angelegt haben soll. Was in den Unionsberichten als ebenes Gelände auftaucht, ist jetzt eine gewellte und mit Gebüsch bewachsene Landschaft. Auf Fragen, was aus den Bewohnern der Kuppeln geworden ist, antworten die Stadtbewohner, daß manche in die Stadt kamen und andere in die Berge gingen. Die Orbitmessungen zeigen (siehe Karte #a-2) eine zweite Siedlung in den Bergen, etwa zehn Kilometer von der Stadt entfernt, aber in Anbetracht des Risikos, das mit einer erweiterten Einmischung ohne Verständnis der Wechselwirkungen der Systeme verbunden wäre, beschränkt sich die Mission auf den Umkreis, der für die Kolonie festgelegt wurde.

Es fand jedoch ein Gespräch statt, mit einer Frau namens Pia, keine weiteren Namen bekannt, die aus der Gemeinde verschwand, nachdem sie Missionspersonal angegriffen hatte, das zu führen sie sich bereiterklärt hatte (siehe Abschn. #2 dieses Berichtes), und die sich vielleicht in die Berge zurückgezogen hat. (Die Abschrift des Pia-Gespräches ist als Dokument C in Abschn. 12 beigefügt. Die Wirtschaft der Stadt ist vielleicht mit der der Bergbewohner durch Handel verbunden – siehe Dokumente in Abschnitt C, besonders Abschn. 11.)

Wenn nach den Kalibanen befragt, wenden die Stadtmenschen im allgemeinen den Blick ab und geben vor, nichts gehört zu haben. Wenn unter Druck gesetzt, verweigern sie jede direkte Anwort. Die Befrager waren nicht in der Lage, genau herauszufinden, ob die Stadtmenschen große Angst vor den Kalibanen haben oder ob sie den Befragern mißtrauen.

Die Mission mußte feststellen, daß die Stadtmenschen politisch naiv sind und einen jungsteinzeitlichen Lebensstil haben. Das Individuum Pia erinnerte sich an Technologie, und die Einwohner schienen über moderne Ausrüstungsgegenstände nicht erstaunt zu sein, aber wenn sie selbst irgendwelche Technologien haben, die über ein paar ursprünglich von Außenwelten importierte Dinge hinausgehen, so hat die Mission nichts davon beobachtet. Sie pflügen den Boden mit gezogenen Holzpflügen, haben kein Metall, außer dem, was ursprünglich importiert wurde, und verfügen augenscheinlich nicht über Hochtemperatur-Schmiedetechniken, die nötig wären, um das Metall zu bearbeiten, das sie besitzen. Weberei und Töpferei sind bekannt; vorstellbar ist, daß sie beides selbst entwickelt haben. Falls es Rituale, eine Religion oder Übergangszeremonien gibt, so müssen wir sie erst noch entdecken, sofern es nicht tatsächlich abergläubische Vorstellungen betreffs der Kalibane gibt.

Es sind keine Schriften auffindbar, es sei denn, primitive Inventarlisten über Lebensmittel. Das Buchstabieren der Wörter ist nicht geregelt, und die Mehrheit ist des Lesens und Schreibens überhaupt nicht fähig, außer soweit, wie es zum Erstellen von Abrechnungen nötig ist. Auf sprachlicher Ebene sind Veränderungen erfolgt, woraus wir weitergehende Informationen gewinnen könnten, falls wir die Herkunftswelt dieser Unionskolonisten und der Azu kennen würden (siehe Dokument E). Ein Akzent ist unverwechselbar festzustellen nach einem Jahrhundert der Isolation, ein Anzeichen für einen frühen Zusammenbruch der formalen Erziehung. Die Formen der Standardgrammatik bestehen weiter, nicht ungewöhnlich für eine von Azi stammende Bevölkerung, der präzises Festhalten an Anweisungen über Bänder als ein Wert vermittelt worden ist.

Die örtliche Nomenklatur hat sich verändert: nur wenige Stadtbewohner erkennen Neuhafen als den Namen der Kolonie. Sie selbst nennen ihre Welt Gehenna, während das Zentralgestirn einfach als ›Die Sonne‹ bezeichnet wird. Der große Fluß, an dem sie sich niedergelassen haben, wird Styx genannt. Von der literarischen Anspielung wissen sie nichts.

Es ist kein Anzeichen dafür festzustellen, daß die Einwohner einen Begriff von politischer Zugehörigkeit zur Union haben, oder daß es aktive Oppositionen gegen Unternehmungen oder Regierungsgewalt der Allianz geben wird.

Wir müssen jedoch eine zweite und ernstere Erwägung vorbringen, und es handelt sich dabei um eine, die der Behörde vorzulegen die Mission zögert, solange keine zusätzlichen Beweise vorliegen. Während Unionsdokumente die höchste Lebensform als nicht intelligent darstellen, deutet die Beweislage auf das Eindringen von Kalibanen in den menschlichen Lebensbereich während des Höhepunktes der Kolonie hin. Es ist zum gegenwärtigen Zeitpunkt vielleicht spekulativ, die Idee zu erwähnen, daß Kaliban-Aktivitäten direkt zum Niedergang der Kolonie geführt haben könnten, aber bemerkenswert ist, daß der Niedergang so gründlich war und so schnell ablief. Meinungsverschiedenheiten und politische Auseinandersetzungen zwischen den Kolonisten könnten zum Zusammenbruch der menschlichen Zivilisation geführt haben, aber die Stadt mit ihrer beträchtlichen Einwohnerschaft zeigte keinerlei Furcht und trägt auch keine Waffen, außer Nutzgegenstände wie Messer und Stöcke, und sie droht nicht damit. Wir haben noch keine Volkszählung durchgeführt, aber die Stadt ist etwas kleiner, als zu erwarten gewesen wäre. Geht man von der üblichen kolonialen Grundlage der Union aus, so könnte die Weltbevölkerung innerhalb von fünfzig Jahren allein durch natürliche Fortpflanzung die Hunderttausend überschreiten.

Möglicherweise haben schlechte gesundheitliche Versorgung und eingeschränkte Ernährung dabei mitgewirkt, die Zuwachsrate etwas unter dem Durchschnitt zu halten, obwohl die Familien, die wir beobachten können, groß sind. Möglicherweise hat ein Konflikt stattgefunden. Möglicherweise kam es zu einer Dezimierung durch Konflikt oder Krankheit. Ausgehend von Informationen, die wir von Stadtbewohnern erhielten, könnte auch Nomadentum ein Faktor sein, der sowohl bei Bevölkerungsschätzungen als auch bei der Beurteilung der politischen Lage zu berücksichtigen ist. In der Stadt leben vielleicht 70 000 Menschen unter extrem beengten Bedingungen. Es bestehen kleine Siedlungen außerhalb mit weniger als 1000 Einwohnern, die die Felder der Stadt mitbenutzen; sie wurden wahrscheinlich aus praktischen Gründen errichtet.

Im Stadtkern sind die Häuser aus Kalksteinplatten gebaut, aber in den Außenbezirken und bei späteren Anbauten an Häuser im zentralen Bezirk wurden Ziegel und Holz benutzt, was von einer Veränderung in der Materialversorgung oder dem technologischen Niveau kündet. Der Zugang zum Kalkstein der zentralen Berge könnte abgeschnitten worden sein, vielleicht ein Hinweis auf veränderte Beziehungen zwischen den Berggemeinden und der Stadt, aber an dieser Stelle wäre es noch Spekulation, wenn man einen Schluß ziehen würde.

Die Arbeit ist unterteilt in Ziegelherstellung, Töpferei, Weberei und Landwirtschaft. Haustiere werden nicht gehalten. Die Kleidung ist leinenähnlich und stammt aus der Kultivierung einheimischer Pflanzen. Es hat eine erfolgreiche wirtschaftliche Anpassung an die örtlich verfügbaren Materialien stattgefunden, und insofern der Erfolg einer Kolonie in ihrer Fähigkeit bestehen könnte, ohne Versorgung von anderen Welten zu überleben, hat Neuhafen oder Gehenna, wie die Einheimischen sagen, zumindest einen kleinen Erfolg gehabt.

Die Atmosphäre ist überall ländlich und ruhig, obwohl unsere militärischen Berater ständig weiter davor warnen, daß die Menschen hier vielleicht nur auf den Abflug des Schiffes warten und versuchen, sich einen Überraschungsvorteil zu sichern. Die wissenschaftliche Mission zweifelt daran, wird aber natürlich die empfohlenen Vorsichtsmaßnahmen ergreifen. Die Mission rät ihrerseits dazu, äußerste Vorsicht auch gegenüber den einheimischen Lebensformen walten zu lassen.

Aus Abschnitt D des Missionsreportes
Dr. Cina Kendrick

... Intelligenz ist, wie oben angegeben, kein wissenschaftlicher Begriff. Ich habe der Beschreibung *Urteilskraft* bereits in früheren Studien widersprochen und wende mich erneut gegen biologische Studien, die den Versuch unternehmen, diese ungenaue Einschätzung adaptiver und problemlösender Fähigkeiten auf nichtmenschliche Lebensformen anzuwenden.

Zwei Überlegungen muß man anstellen. Erstens die, daß das Verhalten eines Organismus' in einer Umwelt überlebenspositiv sein könnte und in einer anderen nicht, und zweitens die, daß sein Wahrnehmungsapparat, seine Eingabemechanismen, in einer Umwelt effizient sein könnte und in einer anderen nicht. Die Eigenschaft, die vage als Intelligenz bezeichnet wird, soll nach allgemeinem Verständnis die Generalisierung eines Organismus bezeichnen, das heißt, seine Fähigkeit, sich per Analogie an eine Vielzahl von Situationen und Umwelten anpassen zu können.

Aber im Gegenteil, sogar die Vorstellung der *Analogie* ist anthropozentrisch. *Logik* ist eine weitere anthropozentrische Ungenauigkeit, der Versuch, Beobachtungen, die selbst schon durch ungenaue Wahrnehmungsorgane gefiltert wurden, eine Ordnung (binär, zum Beispiel, oder sequentiell) aufzuprägen.

Der einzige Anspruch, der für die Generalisierung als wünschenswerte Eigenschaft erhoben werden kann, besteht in der Feststellung, daß sie in einer Vielzahl von Umwelten das Überleben zu erlauben scheint. Dasselbe kann von der Generalisierung als Teil der Definition von Intelligenz gesagt werden, besonders dann, wenn Intelligenz als Kriterium für den inhärenten Wert eines Organismus' herangezogen wird oder für sein Recht auf Leben oder Territorium, wenn er mit dem Eindringen von Menschen konfrontiert ist. Generalisierung erlaubt Ortswechsel angesichts von Übergriffen; und sie erlaubt es einer Spezies, in den Raum einer anderen vorzudringen, was der natürlichen Selektion eine weitere Dimension hinzufügt. Aber wenn dieses Werturteil nicht nur auf ein Vordringen über den nächsten Gebirgskamm innerhalb derselben planetaren Ökologie und desselben genetischen Erbes bezogen wird, sondern auch auf das Vordringen eines genetischen Erbes über die Grenzen bis dahin unüberwindlichen Raumes hinweg zu einem anderen genetischen Erbe, so verliert es einiges an Glaubwürdigkeit.

Die dominante Lebensform auf Gehenna II ist ein schuppiger, endothermer Vierfüßler ohne ästhetischen Reiz. Der Begriff, der einem allzu bereitwillig einfällt, ist *Reptil*, was keine adäquate Beschreibung für eine innere Struktur von nichtreptilischem Charakter und ohne Relevanz für eine bereits vorher katalogisierte Lebensform ist. Der Begriff bezeichnet auch kein Verhalten wie das Wallbauen und bietet auch keine Gründe für ein Vordringen auf menschliches ›Territorium‹, noch beschreibt er adäquat den adaptiven Prozeß, durch den diese Lebensform Erfolg hatte angesichts einer menschlichen Kolonie mit modernen Waffen, ausgestattet mit schwerem Baugerät und etabliert mit den Präzedenzfällen vielfachen früheren Erfolges.

Ich widerspreche der Missionsmeinung, die bestrebt ist, darüber zu debattieren, ob die Unionskolonie ein Intelligenzwesen ›verseucht‹ haben könnte. Ich widerspreche der Absicht, über das Eindringen der Menschheit in dieses Ökosystem hinwegzugehen, und protestiere gegen ein Vorgehen, das den Versuch unternimmt, auf der Grundlage quantitativer anthropozentrischer Standards den relativen Wert einer Lebensform gegen das Bedürfnis der Menschheit abzuwägen, in Besitz zu nehmen, was diese Welt bis heute als einzigartig bewahrt hat innerhalb der Regeln, die durch ihr eigenes genetisches Erbe etabliert wurden.

Bericht, Dokument E
Dr. Carl Ebron

Beobachtungen zeigen menschliche Siedlungen überall in den
Bergen verstreut, in einem solchen Ausmaß, daß es Jahre dauern und Gewaltanwendung erfordern würde, alle Menschen
von diesem Planeten wegzuholen. Die Kolonisten in der Stadt
würden vielleicht einem entsprechenden Aufruf folgen. Es ist
zweifelhaft, ob auch andere dafür empfänglich wären, und das
Ergebnis jeden Versuches, die menschliche Bevölkerung fort-
zubringen, wäre die Verstreuung menschlicher Präsenz auf einer Welt, wo Menschen ohne Technologie überleben können.
Das Endergebnis wäre immer noch Kontamination und möglicherweise Feindseligkeit über Jahrhunderte künftiger Nutzung
hinweg. Wir befinden uns ironischerweise in einer Erstkon-
takt-Situation mit unserer eigenen Spezies, eine Situation, die
ein äußerst ernstes Risiko für Stabilität und Frieden in der Zone
mit sich bringt.

Meine persönliche Empfehlung lautet, eine isolierte Beob-
achtungsstelle einzurichten, und dem, was sich hier entwickelt,
unter bedauerlichen Umständen eine so natürliche Richtung
wie möglich zu gewähren. Die andere logische Lösung, eine
gründliche Sterilisierung des ganzen Bereiches möglicher Kontamination, die Eliminierung sowohl der menschlichen als auch
einheimischer Lebensformen in der Hoffnung, einem Planeten
die Kontamination zu ersparen, ist drakonisch und nicht emp-
fehlenswert, ja·unmenschlich. Wir sind menschliche Wesen.
Unsere Moral hindert uns daran, eine solche Entscheidung zu
treffen, die ein Übel ungeschehen machen könnte. Ich weiß
nicht, ob das (ein Begriff, dem Dr. Kendrick widersprechen
würde) *Intelligenz* auf seiten der Menschheit zeigt, aber es ist sicher, daß nichts auf dieser Welt uns Widerstand androht oder
vorzuhaben scheint, uns zu schaden, und ich sehe keine andere Wahl, als den Status Quo aufrechtzuerhalten, bis eine auf
mehr Informationen beruhende Entscheidung getroffen werden kann.

Dokument G: Dr. Chandra Cartier

Ich widerspreche respektvoll den Ansichten von Dr. Kendrick und Dr. Ebron. Dr. Kendricks These könnte man, im Extrem verstanden, auf jede Lebensform jedes Planeten anwenden, aber ich glaube, daß die Gefahr auf Gehenna von speziellerer Natur ist, ohne zu behaupten, daß sie bewußt oder intelligent ist. Die Gefahr liegt in uns selbst, wenn man bedenkt, wie kläglich die Menschheit und die menschliche Zivilisation hier gescheitert sind, und daß wir einen atavistischen Argwohn gegen Fremde in unserer Mitte aufbauen. Ich wende mich gegen den Vorschlag, daß menschliche Wesen unter Quarantäne gestellt und in Armut, Krankheit und Unwissenheit beobachtet werden, um den angenommenen Wert des eingeborenen Lebens zu schützen, das keine Belege für schöpferische Fähigkeiten geliefert hat. Ich wende mich gegen die These, daß hier kein relativer Wert eine Rolle spielt, der Wert menschlicher Wesen, die in einer Situation von Schmutz und Sinnlosigkeit festsitzen, beides vielleicht keine wissenschaftlichen Begriffe, aber von entschiedenem Wert auf einer Welt, die von ihren letzten zivilisierten Bewohnern ›Hölle‹ genannt wurde. Ich bin der gegenteiligen Ansicht, daß es ein Verbrechen gegen die Menschlichkeit wäre, uns von diesen Leuten abzuschirmen. Wir sollten vielmehr Krankenhäuser und Erziehungseinrichtungen installieren und diese Überlebenden in das moderne Zeitalter führen, zumindest soweit, daß sie in die Lage versetzt werden, Gehenna in eine lebensfähige Kolonie zu verwandeln. Der Sprung von der Jungsteinzeit ins Raumfahrtzeitalter könnte zu groß für eine Generation sein; aber Metallpflüge und Zugmaschinen dafür sind kein zu großer Sprung; Verjüngung und moderne Medizin sind kein zu großer Sprung; Hilfe in Jahren schlechten Wetters, Beratung bei der Landwirtschaft, der umsichtige Import von Pflanzen und Vieh, all diese Dinge sind die Mindestreaktion auf dieses menschliche Leiden. Die von der Ebron vorgebrachte Überlegung, daß weder die Menschheit noch das eingeborene Leben möglicherweise irgendeinen Wert haben, der angesichts des Ideals ökologischer Restaurierung zählt, würdige ich nicht einer Antwort; er hat recht, die Idee ist unmenschlich. Was Dr. Kendricks Wertdebatte angeht, so ist sie nur im abstrakten Sinn interessant. Substantiell verstanden, hätte sie bereits das Ende der Existenz unserer Spezies herbeigeführt, sobald sie als Theorie aufgekommen wäre: unsere Intelligenz, ob nun anthropozentrisch oder sonstwas, belehrt uns, daß wir durch unser Handeln das Überleben irdischer Lebensformen sichergestellt haben. Die Wale überleben in den Ozeanen Cyteens; Bären, Seehunde und weitere Arten auf Eversnow. Ist das moralisch? War es moralisch von uns, die Sonne unserer Vorfahren zu verlassen? Die menschliche Geschichte besteht aus Zusammenstößen, nicht aus Stillstand. Es wäre unmenschlich, diese Leute hier nicht in einer vernünftigen Lebensqualität zu erhalten. Wir müssen einen Umkreis festlegen, in den sich die Menschen hier zurückziehen und wo sie Menschen bleiben können; und dieser Umkreis muß verteidigt werden, unter Anwendung aller Maßnahmen, die notwendig werden, bis die Nachforschungen erwiesen haben, was wir auf dieser Welt getan haben. Die Tatsache, daß diese Welt es geschafft hat, ein Unternehmen gut ausgerüsteter Menschen in die Jungsteinzeit zurückzuwerfen, ist ein beredtes Argument dafür, daß die Menschheit in ihrem Umgang mit dieser Umwelt und dem, was darin lebt, klüger werden muß.

7

Allianz HQ Neuhafen/Gehenna-Mission
überbracht von AS Boreas

... Ausrüstung und Personal, die mit dieser Nachricht eintreffen, werden es ermöglichen, einen Umkreis zu sichern, der den Landeplatz, die Stadt und die Felder ebenso umfaßt wie einen Zugang zum Fluß. Der Errichtung einer dauerhaften Gesundheitsfürsorge und von Erziehungseinrichtungen für die Bürger von Neuhafen/Gehenna sollte eine hohe Priorität eingeräumt werden, jedoch darf es bei diesem Prozeß in Fragen der Sicherheit von Allianz-Personal und -Ausrüstung keine Kompromisse geben, wobei Naturgewalten und Waffengewalt zu berücksichtigen sind und auch nicht die Möglichkeit von Aktionen seitens Unionsagenten und einheimischer Lebensformen ausgeschlossen werden darf.

Dieses Amt hat mit Kolonialämtern der Union Verbindung

aufgenommen und auf humanitärer Grundlage um weitere Daten nachgesucht. In dieser Frage sind Verhandlungen eröffnet worden, aber wahrscheinlich wird es nur minimalen und langsamen Fortschritt dabei geben.

Ohne daß weitere Informationen vorliegen, wird die Mission angewiesen, einen Umkreis zu sichern, so groß wie nur möglich, ohne daß es zu Konflikten kommt, und innerhalb der Grenzen verfügbarer Ausrüstung, der Sicherheit und taktischer Erwägungen. Zusammenstöße mit menschlichem und einheimischem Leben sind zu vermeiden, aber dieses Verbot erstreckt sich nicht auf die Funktion wirksamer Umzäunungsanlagen. Die Behörde zieht keine Schlüsse betreffs der Intelligenz oder Fähigkeiten der Kalibane und wartet auf weitere Daten, die die Mission liefern wird.

Die Prioritäten für die Mission werden wie folgt festgelegt:

(1) Der eigene Operationsbereich ist zu sichern.

(2) Es ist herauszufinden, ob irgendwelche Aktivitäten irgendeiner anderen Seite bestehen; falls ja, sind angemessene Maßnahmen zu ergreifen.

(3) Das Gebiet der Stadt und angrenzender Dörfer ist zu sichern, soweit für die Begründung einer lebensfähigen Ökonomie nötig.

(4) Den Kolonisten ist mit medizinischen und Erziehungseinrichtungen zur Seite zu stehen.

(5) Der Handel vorrangig mit dem Zentrum der Kolonisierung ist zu ermutigen, weniger mit den äußeren Bereichen, im Hinblick auf die Zentralisierung der Wirtschaft und der Einrichtungen sowie die Entstehung einer allianz-beeinflußten Hauptstadt, die geeignet ist, die verstreuten menschlichen Siedlungen durch das Angebot von Lebensmitteln und Stabilität zum Landeplatz hin zu locken und dadurch künftige politische Differenzen weitestgehend zu begrenzen.

(6) Die gesamte erreichbare Bürgerschaft ist in den Bereichen Hygiene, Landwirtschaft, bescheidener Produktion und Regierung zu unterweisen.

(7) Übergriffe von einheimischer Seite sind abzuwehren und dabei alle Mittel soweit einzusetzen, daß sie gerade ausreichen, den Versuch abzuwehren, bis hin zu tödlichen Waffen.

Kurz nach dieser Ausrüstungslieferung wird ein weiteres Schiff eintreffen, das ein Stationsmodul mitbringt sowie das

Personal für den Kern eines permanenten bemannten Orbithafens. Dieser wird den größten Teil der planetaren Oberfläche von Neuhafen überwachen und, unterstützt von einem später zu liefernden Shuttle, dazu dienen, ständige Überwachung und Versorgung aufrechtzuerhalten.

Die Politik der Behörde besteht nicht darin, zuzulassen, daß eine Kolonie durch Vernachlässigung scheitert. Die menschlichen Einwohner sind, unabhängig von ihrer Herkunft, jetzt ein Gemeinwesen der Allianz. Beim Umgang mit ihnen sind jedoch die Verfahrensweisen aus Abschnitt 9 für den Erstkontakt anzuwenden. Die Mission wird aufgefordert, Antworten auf die Fragen nach einheimischer Intelligenz zu liefern und besonders die Operationen der Station zu unterstützen, die der Feststellung dienen, welche Gebiete des Planeten ohne Kontakt mit höheren Lebensformen entwickelt werden könnten.

Von hoher Priorität ist demzufolge die Einrichtung eines Landeplatzes bei der Neuhafen-Basis ...

8

Neuhafen-Basis/Besprechungsraum

»Dann lautet die Entscheidung also Ausbeutung«, sagte Ebron, »und dabei wird eine Mißachtung des einheimischen Lebens in Kauf genommen.«

»Das ist eine politische Entscheidung«, meinte Kendrick. »Wir befinden uns auf dem beabsichtigten Weg der Expansion. Sie *wollen* Gehenna. Darauf läuft es hinaus. Die Union hat gesät, wir kultivieren es – sie sind erfreut, verstehen Sie? Sie sind in der Tat darüber erleichtert, daß die Bevölkerung in die Steinzeit zurückgefallen ist. Und der Teufel soll die Kalibane holen.«

»Das steht nicht im Bericht«, sagte Cartier.

Kendrick holte Luft und atmete wieder aus. »Das steht nicht im Bericht. Natürlich steht es nicht im Bericht! Sie haben bekommen, was Sie wollten, nicht wahr?«

»Nein«, sagte Cartier, »unglücklicherweise nicht.«

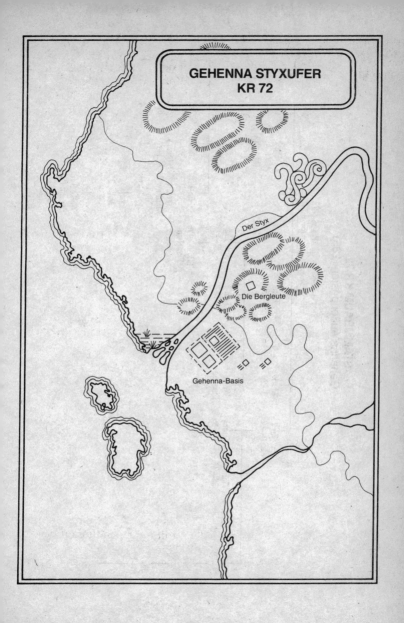

STAMMBAUM KR 72
Gehenna Außenposten (235)

Jin 458-9998
−18−+58

Pia 86-687
−18−+16

Pia 86-687 −18−+16
- Pia 2 6− (MA PIA)
  - Jin 4 30− (gez. v. Matthew R. Mayes −22−+29)
    - Wolke 2 47−
      - Wolke 3 m. der mit Pia spricht 62−
  - Mark 3 32− (gez. v. Ben) →
  - Zed 2 35− (gez. v. Bran) →
  - Pia 3 40− (gez. v. Kes) →
- Grün 8−?

Jin 458-9998 −18−+58
- Jin 2 0−62
  - Jin 3 29−78 — Jin 6 43−69 — Jin 7 58−89 — Jin 8 71−
  - Pia 3 30−89 →
  - Tam 3 38−94 →
  - Sunny 30−89 →
- Mark 3−29
  - Wolke Einauge →
- Zed 4−?
  - Jin 5 31− →
- Tam 5−58
  - Tam 2 31− →
  - Rote Pia 32−
    - Elly m. Flanahan-Gutierrez 23−

9

Jahr 72, Tag 130, KR
Die Berge

An vielen Tagen saß Pia die Ältere auf ihrem Berg und beobachtete das Kommen und Gehen im Lager. Es war ein langer und schwerer Weg für eine alte Frau, und dies der erste solche Weg im Frühling. Wolke schnappte nach Luft, als er soweit gekommen war, und er war erleichtert, die alte Frau hier vorzufinden.

Sein Herz klopfte heftig, als er den Hang hinaufkletterte, teilweise, weil die alte Frau sehr ruhig dasaß (was sie jedoch oft tat), wie seine Mutter, als sie tot war, und teilweise, weil er vor dieser alten Frau Angst hatte, die dünn und trocken war wie ein Stock und seltsam genug, um solche Sachen zu machen, vor der Dämmerung hinauszugehen und einen Ort zu betrachten, den sie nie aufsuchte.

»Ma Pia«, sagte Wolke ganz ruhig, umkreiste sie und hockte sich dann vor ihr hin, die Ellbogen zwischen die Knie gesteckt. Es war kalt im Morgenwind. Er fror. Er zitterte, als er in das Gesicht blickte, das verschrumpelt war wie altes Obst, und in Augen, schwarz wie Styxgestein, vom Wasser geglättet und kalt. Sie ließ sich das Haar wachsen. Nachlässigkeit, vermutete er. »Ma Pia, Vater wünscht dir Gutes, Ma Pia.«

Für eine Weile sagten ihm die unerbittlichen Augen nichts. Dann hob Pia die Ältere einen knochigen Arm unter ihrer Decke hervor.

»Neue Gebäude in diesem Frühjahr.«

Er blickte hin, drehte sich dabei im Sitzen um. Tatsächlich hatte das Lager jetzt mehr Gebäude, hohe und seltsame Gebäude. Vielleicht war die alte Frau ihm gegenüber gesprächig eingestellt. Er blickte zu ihr zurück und hoffte, daß es ihm leicht fallen würde, sie nach Hause zu holen.

»Sie haben die Wälle geglättet, den Weg zum Fluß geebnet«, sagte die alte Frau. »Aber du erinnerst dich nicht daran, wie es war.«

»Sie haben die Wälle plattgewalzt?«

»Und sie bauen weiter. Sieh, wie sich die Felder ausdehnen, ganz über die Ebene hin; sieh, wo die Zäune verlaufen!«

»Darf deren ihre Zäune nicht anfassen; die Energie wird einem weh tun.«

Ihr Arm schoß auf ihn zu, und sie schnalzte mit den Fingern. Es wäre ein Schlag gewesen; hätte einer sein können, hätte sie den Stock in der Hand gehabt. Er schlang erschreckt die Arme um sich. »Deren ihre Zäune!«

»Diese Zäune, Ma Pia.« Er zitterte wegen der Tageszeit, wegen der Kälte und der Augen der alten Frau.

»Wer hat dir das Sprechen beigebracht? Der dumme Haufen von Neun?«

»Nein, Ma Pia.«

»Du wirst *richtig* reden, hörst du? Nicht wie Neuns Brut. Auch nicht wie die meines Bruders Jin. Weißt du, warum, Junge?«

»Um zu gehen und zu kommen«, rezitierte er. »Um wie die geborenen Menschen zu sein, wie sie ...« Er stotterte über dem Wort und der Kälte. Die Augen der alten Frau stießen auf ihn herab, und er schluckte und wählte seine Worte mit Bedacht. »Wie sie dort unten im Lager. Um ein geborener Mensch zu sein.«

Einen weiteren Moment lang starrte ihn die alte Frau an, wie er da zitternd vor ihr saß. Und dann schlug sie die Decke auf und lud ihn in die Wärme ihrer Arme ein. Er kam, weil sie ihm Angst machte und weil sie dies nie gemacht hatte, seit er klein gewesen war; und auch, weil er in der Morgenkälte mit den Zähnen klapperte. Er war jetzt zehn. Er war alt genug, um ihren Körper zu fürchten, der aufgehört hatte, männlich oder weiblich zu sein; so alt war sie, so dünn und gleichzeitig so hart und zerbrechlich, daß er überhaupt nicht mehr begreifen konnte, was sie war. Sie roch nach Rauch und Kräutern, als ihre Arme und die Decke ihn aufnahmen; sie fühlte sich an wie einer der Ariels, ganz trocken und seltsam. Ihr Haar war weiß und grob; er blickte zu ihr. Ihr Arm drückte ihn mit unerwarteter Zärtlichkeit an ihren Körper und erweckte damit Erinnerungen an früheste Jahre, daran, ein Kind zu sein, und sie wiegte ihn – Ma Pia, deren Gesicht nicht wußte, was Lachen war.

»Ich hatte einen Bruder«, sagte sie. »Er hieß Grün. Er ging fort, in die Wälle. Schon vorher vergaß er, wie man spricht. Tu du das niemals! Tu du das niemals, kleiner Wolke!«

»Ich kann meinen Namen schreiben«, sagte er.

Der Griff des Armes um ihn wurde stärker. »Jedes Jahr mehr Gebäude dort unten. Die Leute dort wollen, daß wir kommen. Sie stellen ihre Zäune auf und wollen uns hinter ihnen haben. Manchmal denke ich mir, ich würde gerne hinuntergehen und nachsehen – aber sie haben dort alles verändert. Und Menschen unserer Art dürfen nicht ins Zentrum, sondern nur in die Stadt. Früher standen dort Kuppeln, in denen geborene Menschen lebten. Ich erinnere mich daran. Ich erinnere mich an den Tag, als die Schiffe zurückkehrten und sich ein Wald an der Stelle befand, wo jetzt das Zentrum der Gebäude ist; und Wälle waren da, und nicht alle Kalibane waren flußaufwärts gezogen. Nichts konnte sie treiben, bis die Schiffe kamen und die Zäune, und dann gingen die Kalibane fort und alle Unheimlichen mit ihnen, geradewegs den Styx hinauf und zu dem Ufer drüben. So ging auch Grün. Ich denke, er muß inzwischen tot sein. Es war vor so langer Zeit.«

Er schwieg, ein Opfer dieses Ausströmens alter Geschichten, beängstigender Geschichten, denn auch er sah die Gebäude emporwachsen und sich fortwährend verändern.

»Dein Großvater war mein ältester Junge. Mit diesen Augen siehst du aus wie er.«

»Wo hast du ihn gekriegt?« Er wurde auf einmal tapfer, drehte sich und blickte ihr in die Augen.

»Weiß nicht«, sagte sie. »Ich fand da jenen Jungen.« So lautete ihre Antwort immer. Und dann fügte sie hinzu: »Ich denke, ich hatte ihn von einem Sohn geborener Menschen.« Sie zauste sein Haar. »Vielleicht auch von einem Unheimlichen – was würdest du dazu sagen?«

Sein Gesicht wurde heiß.

»Nein«, sagte sie. »Ich erinnere mich nicht. So ist es eben. Es ist kalt. Ich werde zurückgehen.«

»Sag es mir!«

Die alten Lippen wurden geschürzt. »Ich denke, ich habe ihn von diesem geborenen Menschen bekommen. Das glaube ich wirklich. Er war ein hübscher Junge. So hübsches Haar, wie deines. Hieß Mayes. Er kam in die Berge, überlebte aber den ersten Winter nicht. So schön war er – aber er verging einfach. Mein Sohn hatte nichts von ihm. Er war stark. Aber deine Großmutter ...«

»Sie starb bei der Geburt eines Kindes. Ich weiß.«

»Gebären ist schwer.«

»Viele tun es.«

»Viele sterben.« Sie packte sein Gesicht mit einer harten, dünnen Hand und drehte es so, daß er ihr in die Augen blickte. Die Decke fiel dabei herab, so daß er fror. »Sie war Elly Flanahan-Gutierrez, und sie hatte Haare wie du. Sie war ein geborener Mensch. Ihre Mutter ging in die Wälle hinab und kam schwanger wieder hervor.«

Er schüttelte mit klappernden Zähnen den Kopf. Sie wollte ihn nicht loslassen. »Mein Vater war Jin, meine Mutter Pia. Sie hatten Nummern. Geborene Menschen hatten sie hergestellt. Sie bekamen mich und Jin, und Mark – er ist schon lange tot; und Zed hast du nie gekannt; er war ein Jäger, und eines Tages kehrte er nicht mehr zurück; und dann Tam den Ältesten, und mich und Grün, der in die Wälle ging. Und der alte Jin, der zweite Jin, er bekam Jin den Jüngeren und Pia die Jüngere; und Tam den Jüngeren und Wolke den Ältesten, und Sunny und weitere, die er nicht kannte und die niemand kannte. Vielleicht Elly Flanahan. Vielleicht. Zed hatte keine Kinder. Aber Elly könnte von ihm sein. Wenn das zutrifft, ist sie das einzige, das irgend jemand kannte. Tam der Älteste hatte Tam den Jüngsten und Jin den Jüngsten und die Rote Pia und Wolke Einauge. Oder vielleicht war Elly Flanahan auch von ihm. Und Grün – er war dreizehn, als er in die Wälle ging, und Jane Flanahan ging auch, und weißt du, Wolke der Jüngste, du siehst am ehesten nach Grün aus. *Er* hatte solches Haar und solche Augen, und du bist klein wie er. Vielleicht war es Grün. Oder vielleicht waren es hundert mehr, wie? Hundert mehr, die auch in der Dunkelheit unter den Wällen leben. Du kannst reden, Wolke, kannst lesen und deinen Namen schreiben, und vielleicht gehst du eines Tages hinab zu dem neuen Lager und pflügst die Felder.«

»Ich bin ein Bergbewohner!« Es war ein Protest. Sein Zittern war krampfartig. »Meine Ma war nicht, was du sagst!«

»Nenn deine Älteste Elly«, sagte die alte Frau, und da glaubte er, daß sie verrückt war, wie erzählt wurde. »Oder nenne ihn Grün. Und bringe ihnen bei zu sprechen, hörst du, Wolke?« Sie zeichnete mit den Fingern auf dem Boden zwischen den toten Gräsern, als hätte sie ihn vergessen. »Dies ist die aufgehende

Sonne.« Eine Spirale rückwärts. »Das die untergehende. Oder Wandel. Steine auf anderen Steinen, das bedeutet Haus. Da sind die großen Braunen und die dummen Grauen und die kleinen Grünen. Und da sind diejenigen, die das Meervolk im Fluß haben stranden sehen in der Dunkelheit, bevor die Schiffe zurückkehrten. Ich habe etwas gesehen – es war einem Kaliban ähnlich, und doch war es keiner. Es war nur eines. Es war groß, Wolke. Im Fluß, dicht am Meer. So etwas habe ich später nie mehr gesehen. Viele Dinge konnte ich den Älteren nie erzählen. Und jetzt gibt es vieles, was ich den Jüngeren nicht erzählen kann. Ist das fair?«

»Mir ist kalt, Ma Pia. Mir ist kalt. Bitte laß mich los! Mein Vater hat mir gesagt: komm!«

»Hier.« Sie nahm sich die Decke von den Schultern – sie trug Leder mit Fransen, und es war alles, was sie je trug –, wickelte sie um seine Schultern und stand mit Hilfe des Stabes auf, den sie im Gras neben sich liegen gehabt hatte. Sie bewegte sich langsam, machte Grimassen, die tiefere Linien in ihr zerfurchtes Gesicht gruben. Und als Wolke auf den Füßen war, zauste sie wieder sein Haar und berührte sein Gesicht auf eine sanfte Weise, die Ma Pia sonst nie gezeigt hatte. Und dann ging sie Richtung Norden davon.

»Ma Pia!« schrie Wolke verzweifelt. Er zog ihre Decke fest um sich und lief hinter der alten Frau her, und die Ränder der Decke flatterten dabei im Wind. »Ma Pia, das ist der falsche Weg! Dort geht es zum Fluß!« So waren die Alten; sie vergaßen, wo sie sich befanden. Er fühlte sich verlegen ihretwegen, wegen der grimmigen alten Pia, war wütend über alles, was sie gesagt hatte, und dankbar für die Decke. »Hier entlang!«

Sie hielt inne und blieb stehen. »Dachte mir, ich könnte heute zum Lager hinuntergehen. Aber dort ist niemand zu sehen. Dachte mir, eine warme Mahlzeit und vielleicht ein Blick auf die Maschinen könnten mir gefallen, wie in den alten Tagen. Aber sie errichten Zäune da unten, und man muß bitten, daß sie einem erlauben, hereinzukommen und wieder hinauszugehen. Und sie könnten auch denken, ich sei alt und krank, wie? Ich würde sterben, wenn sie mich einsperrten. Also ist das kein Weg für mich. Unser Dorf stinkt, das weißt du, Wolke, es riecht genauso wie die Stadt dort unten, wie sie an jenem Tag roch, als der erste Jin starb. Ich bin des Gestanks müde. Ich denke, ich mache einen Gang flußaufwärts und schaue nach, wohin all die Kalibane gegangen sind.«

»Ma Pia, das ist ein langer Weg! Ich finde, du solltest das nicht machen!«

Sie lächelte, mit einem Gesicht, das erstarrt war in Jahren finsterer Blicke. Dieses Lächeln erschütterte seine Welt, und er wußte jetzt, daß er sie nie richtig gekannt hatte. »Ich denke, ich könnte es fast schaffen«, meinte sie. »Denk du daran, zu *sprechen*, Wolke! Denke daran, zu lesen und zu schreiben!«

Und sie ging fort. Er war der Feigheit schuldig, stand nur da, aber sie forderte ihn nicht auf, ihr zu folgen. *Sie ist eine Alte,* dachte er. *Sie ist die Älteste der Alten, wie die Berge selbst, das ist sie. Sie weiß selbst, ob sie einen Jungen an ihren Fersen haben möchte. Sie weiß, wie sie ihren Weg nach Hause findet. Sie weiß, wohin sie geht und wie weit sie gehen möchte.* Und dann überlegte er: *Sie ist schön.* Noch nie in seinem Leben hatte er einen solchen Gedanken bezüglich Pia der Ältesten gehegt, aber sie war schön, hochgewachsen und aufrecht und dünn, während der Wind in den Fransen ihrer Kleider tanzte und in den grauen Strähnen ihres Haares – wie sie da von ihm fortging, weil sie es wollte.

Er rannte zurück zu dem Dorf in den Bergen und erzählte es seinem Vater, der junge Läufer ausschickte, um sie zu finden, aber sie schafften es nicht, niemals, denn Pia war Pia und besser als jeder andere in der Wildnis.

Es dauerte Tage, bis Wolke weinte, und er tat es nur für einen Moment. Er stellte sich vor, wie sie die Kalibane fand, denn das war es, was sie wollte.

Sein ganzes Leben über dachte er an Kalibane, dachte an sie, als sein Sohn zur Welt kam und er ihm Geschichten erzählte, auch, als einige aus seiner Familie zum Lager auf der Ebene hinabgingen. Kalibane kamen wieder ganz in die Nähe, nachdem Ma Pia weggegangen war. Wolke war sich nie sicher, ob sie sie gefunden hatte, aber dieses eine war sicher.

10

Jahr 72, Tag 198, KR
Hauptbasis, Gehenna

»Hast du Angst?« fragte der Mann.

Der Junge, Dean, starrte ihn an, während er auf der Kante des Ärztetisches im Zentrum der Basis saß, und die Antwort lautete ja, aber er hatte nicht vor, es diesem Basis-Arzt zu sagen. Kinder taten dergleichen, das wußte er, gingen zur Basis und lernten. Und er, halb herangewachsen, war hier, weil sie jetzt anfingen, Ältere zu nehmen, spezielle Ältere, die von ihrer Feldarbeit wegliefen, die bei manueller Arbeit faulenzten oder ein Problem für die Aufseher waren. Er, Dean, war ein Problem. Er hatte dem Feldboß gesagt, wie die Schichten geordnet werden sollten, und das hatte dem Boß nicht gefallen. Also war Dean von seiner Arbeit weggegangen, mehr nicht. Er hatte von dem Mann genug gehabt.

Es war nur so, daß sie die Leute holten, die sich sträubten, und daß Soldaten in ihre Häuser kamen und sie in die Basis brachten, hinter den innersten Zaundraht, um sie dort zu untersuchen, wie sie auch die Kinder holten, die von ihren Familien gegen ein zusätzliches Guthaben beim Lager verkauft wurden und dann jeden Tag herkommen mußten.

Sie machten das mit Kindern, deshalb war Dean nicht bereit, seine Angst einzugestehen. Sie fuhren fort, ihm Fragen zu stellen ... Kannst du lesen und schreiben? Kann jemand, den du kennst, lesen und schreiben? Er sagte nichts. Sein Name war Dean, der Name eines geborenen Menschen. Seine Mutter hatte es ihm gesagt, hatte ihm beigebracht, seinen Namen zu schreiben und die Schilder zu lesen. Aber er überlegte sich, daß es an ihnen lag, es herauszufinden.

»Bekommt meine Mutter die Vorratszulage?« fragte er schließlich, mit der Überlegung, daß, wenn hierbei etwas Gutes herauskommen sollte, es genausogut für sie sein konnte.

»Hängt davon ab, was du bringst«, sagte der Mann mit dem Buch, gab ihm damit seine eigene Art zu antworten zurück. »Du machst es wirklich gut, Dean, und du könntest viel mehr dafür erhalten.«

Er betrachtete das alles mit Argwohn.

»Jetzt wollen wir mit den Lektionen anfangen; du darfst die Geräte beobachten, und wenn du dahintergekommen bist, was sie dir beibringen können, dann erhältst du deine Bezahlung. Und solltest du dann der Meinung sein, daß du mehr lernen möchtest ... – nun, wir werden sehen. Wir werden sehen, wie du es machst.«

Sie setzten ihn vor ein Gerät, dessen Lichter angingen, das ihm A zeigte und das ein Geräusch machte. Es ging über zu B und zeigte ihm dann AB. Sie zeigten ihm, wie er die Knöpfe drücken mußte und seine Entscheidungen treffen konnte, und er blinzelte, als das Gerät seine Anweisungen entgegennahm. Möglichkeiten dämmerten ihm. Er ging den ganzen Bereich dessen durch, was sie von ihm wollten.

»Ich kann lesen«, sagte er, ging ein Risiko ein, weil er sich nun dabei sah, wie er Geräte benutzte, genau wie sie, der Bedeutung entsprechend, die sein Name für ihn hatte – anders zu sein als die anderen –, und er wünschte sich plötzlich verzweifelt, nicht mehr von hier weggeschickt zu werden. »Ich bin ein geborener Mensch. Und ich kann lesen. Ich konnte es schon immer.«

Das brachte ihm finstere Blicke ein, kein Lächeln. Sie gingen zur Tür hinaus und besprachen sich, während er dasaß und ihm die Schultern schmerzten von dem langen Sitzen und Arbeiten, und er hoffte, daß er nicht das Verkehrte getan hatte.

Eine Frau betrat den Raum, eine von ihnen, in guten Kleidern und mit dem Geruch, den die geborenen Menschen in der Basis an sich hatten, in den hohen Gebäuden, dem Geruch von anderen Dingen als Erde und Rauch. »Du wirst über Nacht bleiben«, sagte sie. »Du hast deine Sache sehr gut gemacht. Wir wollen weitere Fragen an dich ausarbeiten.«

Er wußte nicht, warum – er hätte erleichtert sein müssen zu erfahren, daß er seine Sache gut gemacht hatte. Aber da war noch seine Mutter, die nicht wußte, was geschehen sein könnte; und er war dreizehn und noch nicht ganz ein Mann, der wußte, wie er hiermit umgehen sollte.

Aber die Basis bedeutete Autorität, und er blieb.

Ihre Fragen zielten nicht mehr auf A und B. Es ging um ihn persönlich, um alles, was er für richtig und falsch hielt, um alles, was er je gehört hatte. Sie stellten ihm ständig weitere Fragen, bis ihm der Kopf weh tat und er etwas machte, was er nie

219

bei jemand anderem getan hatte als seiner Mutter: er brach zusammen und weinte, wobei in ihm etwas zerbrach, was nie
vorher zerbrochen war. Und selbst da befragten sie ihn weiter.
Er überwand sein Schluchzen und gab ihnen die Antworten,
die sie hören wollten. Er schätzte, daß er diesen Wandel in sich
selbst verdient hatte, weil er etwas gewollt hatte, das kein
Stadtmensch besaß. Der Hagel der Fragen ging weiter, und
dann gestatteten sie ihm, zu essen und zu schlafen.

Am Morgen, oder wann immer es war, als er erwachte – das
Gebäude hatte keine Fenster –, brachten sie ihn in ein anderes
Zimmer und steckten ihm eine Nadel in den Arm, worauf er in
einen Halbschlaf versank; und ein Gerät spielte Tatsachen in
sein Bewußtsein, so daß sein Verstand in kalte, dunkle Fernen
davonwirbelte und die Welt in eine andere Perspektive: sie
nannten ihm Wörter für diese Dinge und lehrten ihn, was er
war und was seine Welt war.

Er wollte nach Hause gehen, als er daraus erwachte. »Deine
Mutter hat dir ein Mittagessen geschickt«, sagten sie freundlich
zu ihm. »Sie weiß, daß es dir gut geht. Wir haben ihr erklärt,
daß du ein paar Tage länger bleiben wirst, bevor du dann jederzeit kommen und gehen kannst.«

Er verzehrte das Brot seiner Mutter an diesem fremden Ort,
und sein Hals wurde dick, während er die Bissen hinunter-
schluckte, und Tränen liefen an seinem Gesicht herab, ohne
daß er auch nur versuchte, sie aufzuhalten, oder sich darum
kümmerte, daß man es sah. Er wußte nun, was sie hier mit den
Kindern machten. Die Kinder lachten und schrieben Wörter in
den Staub und lungerten gemeinsam herum, waren von der
Arbeit befreit, weil sie ihre Unterrichtsstunden in der Schule
der Basis hatten. Aber er war kein Kind mehr; und falls er jetzt
in die Stadt zurückkehrte, würde er nie der Mann sein, der er
fast schon geworden war. Dieses Etwas in ihm, das zerbrochen
war, würde sich nie wieder ganz regenerieren; und was konnte
er in der Stadt sagen? Ich habe die Sterne gesehen. Ich habe gesehen und mit den Händen erfaßt, daß es andere Welten gibt
und diese hier abgeschlossen ist, weil wir anders sind, weil wir
nicht lernen, weil ... weil die Stadt eben ist, was sie ist, und wir
sehr, sehr klein sind.

Er war ruhig in seinen Stunden, ganz ruhig. Er nahm sein
Sedativum und hörte den Bändern zu, hatte sich bereits selbst

verloren. Er gab alles auf, was er hatte, und hoffte, daß sie ihn gänzlich umwandeln würden, damit er werden konnte wie sie, denn er hatte keine andere Hoffnung.

»Du bist sehr gut«, sagten sie. »Du bist äußerst intelligent.« Damit machten sie ihn so froh, wie er überhaupt noch sein konnte.

Aber seine Mutter weinte, als er so still zu ihr zurückkam, wie er geworden war; es war das erstemal, daß sie überhaupt vor seinen Augen weinte. Sie drückte ihn an sich, auf dem Bett sitzend, das die einzige Sitzgelegenheit in ihrem kleinen und schäbigen Haus war, und sie hielt sein Gesicht zwischen den Händen und blickte ihm in die Augen und versuchte zu begreifen, in was er sich verwandelte.

Sie konnte es nicht. Das war Bestandteil seiner Angst.

»Sie haben mir ein Guthaben am Lager gewährt«, sagte er auf der Suche nach etwas, das er ihr anstelle seiner selbst anbieten konnte. »Du kannst gute Kleider haben.«

Sie putzte danach das Haus, arbeitete und arbeitete und arbeitete, als ob sie sich irgendwie den sauberen weißen Fleck vorstellte, der er gewesen war; als ob sie dadurch Widerstand leisten würde. Sie wusch sämtliche Kleider und wusch auch den groben Holztisch ab, drehte die Strohmatratzen um, nachdem sie draußen den Staub ausgeklopft hatte; und schrubbte den Steinboden, kletterte nach oben und staubte sogar die Oberseiten der Dachsparren mit einem feuchten Tuch ab. Die Ariels, die manchmal ein- und ausgingen, wichen ihrer Putzerei aus und blieben schließlich draußen. Und Dean schleppte Wasser und half ihr, bis die Nachbarn gafften, bereits von der Neugier geplagt, was wohl geschehen war.

Aber als alles wieder ruhig war, war es doch immer noch einfach, das alte Haus, unnatürlich sauber, als hätte sie es nacktgeschrubbt. Und sie aßen zusammen, versuchten, Mutter und Sohn zu sein.

»Sie wollten mir das Schreiben beibringen«, erzählte er. »Aber ich konnte es schon. Du hast es mir beigebracht.«

»Mein Dad hat es mir beigebracht«, sagte sie, was ihm bekannt war. »Wir sind geborene Menschen. Ganz wie sie.«

»Sie sagen, ich sei gut.«

Sie blickte von ihrer Suppe auf und ihm in die Augen, zeigte nur eine Andeutung von geretteter Ehre. »Natürlich«, sagte sie. Aber er wich all den anderen Themen aus, wie seinem Wissen, was die Welt war. Er war allein; so, wie alles in ihm eingedämmert war, konnte er es niemals sagen.

Und die in der Basis hatten ihn nach Dingen gefragt, über die niemand redete – nach alten Sachen, wie den Büchern – den Büchern, von denen behauptet wurde, die Leute in den Bergen hätten sie. Er hatte seine Antworten nicht gegeben, weil er unschuldig war, sondern weil er Angst gehabt hatte, weil er müde gewesen war, weil sie diese Dinge unbedingt hatten wissen wollen und er sich nicht getraut hatte zu lügen.

Er saß seiner Mutter an dem groben Tisch gegenüber und aß seine Suppe, und er befürchtete jetzt, daß sie wußte, wie sehr er bereits zu einem Fremden geworden war.

11

»Er ist kein Unionist«, sagte der wissenschaftliche Leiter. »Die psychologischen Tests bringen nicht mehr viele Reste davon zum Vorschein. Kein politisches Bewußtsein mehr übrig in seiner Abstammungslinie.«

»Die Mutter hat Anspruch auf ein Zwei-Betten-Haus erworben«, sagte die Sicherheit an demselben langen Tisch in einem oberen Stockwerk der Erziehungseinrichtung. »Alleinstehend. Immer alleinstehend gewesen. Sagt, der Vater sei ein Bergmensch, und sie wüßte nicht, wer.«

»Andere Geschichte von dem Jungen«, sagte die Erziehung. »Der Vater habe das Blut geborener Menschen, sagt er. Aber er weiß nicht, wer es ist. Wir haben die Mutter befragt: sie meint, der Junge sei nur von *ihrem* Blut und ihr Vater wäre ein Arzt. Sie kann lesen und schreiben. Sie verrichtet kleine medizinische Tätigkeiten in der Stadt. Wird nicht reich dabei. Wir geben das aus der Hand. Sie wird in Mehl bezahlt. Hat bislang niemandem geschadet.«

»Bemerkenswerte Frau. Ich schlage vor, sie für Tests herzuholen.«

»Könnten ihr in der Klinik Arbeit geben«, meinte der Missionsleiter. »Gute Politik, die ganze Familie zu belohnen.«

»Wir sind dabei, uns ein Bild zu machen«, sagte der wissenschaftliche Leiter. »Wenn wir herausfinden könnten, wo die Bücher sind, die da angeblich noch existieren sollen ...«

»Die ständigen Gerüchte besagen«, berichtete die Sicherheit, »daß die Leute in den Bergen sie haben – falls sie überhaupt existieren.«

»Wir setzen diese Bergmenschen nicht unter Druck. Sie würden sich über uns lustig machen.«

»Wenn es unter den Bergmenschen welche gibt, die lesen und schreiben können, wenn es Bücher gibt, Unionsmaterial ...«

»Wir tun, was wir können«, sagte der Missionsleiter. »Alles, was noch nicht zu einer Suche ausartet, die das Material vollständig unter die Erde treiben könnte.«

»Wir wissen über die frühere Kolonie Bescheid. Wir wissen, daß die Kalibane auf sie losgegangen sind. Etwas, das wir gemacht haben, hat ausgereicht, sie zu verscheuchen. Vielleicht der Lärm des Shuttle. Aber an irgendeiner Stelle verlor die erste Kolonie die Kontrolle und verließ diesen Platz. Ging in die Berge. Die Azi blieben in der Stadt. Die Dean-Linie und ein paar weitere sind bis zu den Kolonisten zurückzuverfolgen; aber wir haben eine Bergmenschen-Linie bei den Händlern, die von einer Elly Flanahan abstammt, und eine Menge Rogers und Innis und andere erhalten gebliebene Namen, die sich nicht nach Azi-Namen anhören. *Irgend etwas* hat die meisten Kolonisten in die Berge getrieben, vollständig weg von dieser Stelle. Die Azi neigten zum Bleiben, da sie eben Azi waren. Die Fluthypothese scheidet aus. Politische Zersplitterung ist eine Möglichkeit ... aber sie ist nicht sehr wahrscheinlich. Das alte Lager scheint absichtlich aufgegeben worden zu sein, als wären die Leute einfach ausgezogen. Und überall Kalibane dort. Tunnels überall darunter. Die Bagger sind eingesunken, fast vergraben. Den Schaden haben Kalibane angerichtet, das ist alles.«

»Wir haben ein recht gutes Bild«, sagte die Wissenschaft. »Es ist bei weitem noch nicht vollständig. Wenn Aufzeichnungen existieren – wenn noch etwas geblieben ist, außer Anomalien wie dieser Junge, dieser Dean ...«

»Wir beziehen die Stadt stärker ein als bisher«, sagte der Missionsleiter. »Wir führen das Programm weiter, solange wir die Chance haben.«

»Nur mit der Stadt selbst.«

»Militärisch ...«, meinte die Sicherheit, »die einzige Antwort. Wir kommen nicht an die Bergmenschen heran. Nicht, ohne daß wir die Stadt stärker gesichert haben als bisher. Wir können die Bergmenschen nicht aufscheuchen. Es geht nicht.«

»Darüber herrscht keine Einigkeit.«

»Ich nenne Ihnen die übereinstimmende Meinung der Abteilungen. Ich nenne ihnen die langfristige Schätzung. Wir können keine verhärteten Feinde auf dieser Welt gebrauchen. Wir setzen nicht die Faust ein.«

»Die Politik steht«, mischte sich der Missionsleiter mit ruhiger und fester Stimme ein. »Zuerst die Stadt. Die Siedlung der Bergmenschen entzieht sich unserem Zugriff.«

»Die Kalibane ...«

»Wir halten einfach ein Auge auf diese Bewegung. Wenn der Kaliban-Zug in unsere Richtung anhält, schlagen wir Alarm.«

»Der Zug ist da«, meinte die Wissenschaft. »Die Wälle existieren, und sie sind einen Kilometer näher als die Jahreszeit vorher.«

»Killy hat eine Theorie über den Fortpflanzungszyklus, die sehr viel Sinn ergibt. Sie besagt, daß dieses Vordringen und Zurückziehen etwas mit einem Hinsterben zu tun hat ...«

»Wir bilden unsere Theorien aus der Ferne, während Beobachtungen aus erster Hand weiterhin einem Bann unterliegen ...«

»Wir tun mit der Stadt, was wir können«, sagte der Missionsleiter, »bevor wir irgendwelche Aktionen gegen die Kalibane eröffnen. Wir machen keinen Zug, solange wir nicht völlig gesichert sind.«

12

Jahr 89, Tag 203, KR
Styxufer

Es waren geborene Menschen und Stadtleute, und sie kamen mit viel Lärm flußaufwärts näher, mit den Geräuschen hartsohliger Stiefel, zerbrechender Zweige und manchmal mit Geplatsche, wo ein Fluß in den Styx mündete. Jin war erstaunt und hockte sich auf einen Felsen, um sie zu beobachten, denn so etwas hatte er noch nie in seinem Leben gesehen: Leute von innerhalb der Barriere waren hinter ihren Zäunen hervorgekommen und den Fluß herauf.

Sie sahen ihn dort, und einige von ihnen zielten vor Angst mit ihren Gewehren auf ihn. Jins Herz erstarrte vor Schreck, und er bewegte keinen Muskel, bis der älteste von ihnen die Gewehre zu senken befahl und den Rest der Kolonne anhielt, in der Art von Ordnung, die die Stadtmenschen liebten.

»Du«, sagte der Mann. »Ein Bergmensch?«

Jin nickte, wie er da auf seinem Felsen hockte, und seine Augen hielten weiterhin alarmiert Ausschau nach den kleinsten Bewegungen von Waffen. Er hatte die Arme um die lederbekleideten Knie geschlungen, aber Büsche wuchsen neben ihm, und er konnte sich mit einem einzigen raschen Sprung in Sicherheit bringen, wenn die anderen sich weiterhin verrückt verhielten.

»Weißt du deine Nummer, Bergmensch?«

Jin schürzte die Lippen und blickte wachsam. »Habe keine Nummer, geborener Mensch. Ich jage. Ich treibe keinen Handel hinter eurem Draht.«

Der Mann kam ein Stück näher und blickte zu ihm herauf. »Wir sind jetzt nicht hinter dem Draht. Brauchen keine Nummer. Möchtest du handeln?«

»Mit was handeln?«

»Kennst du Kalibane, Bergmensch?«

Jin schloß die Augen halb. »Ah so, Kalibane. Rühr sie nicht an, geborener Mensch. Die alten Braunen, sie finden keinen großen Gefallen an Jägern. Oder an Fremden, die den Styx langkommen.«

»Wir sind hier, um zu lernen«, sagte ein anderer Mann, ließ seine Begleiter stehen und kam näher. Es war ein älterer Mann mit grauem Haar. »Um etwas über die Kalibane zu lernen, nicht um zu jagen.«

»Huh.« Jin lachte nach Art der Bergmenschen, kurz und leise. »Die alten Braunen finden keinen Geschmack daran, daß man etwas über sie lernt. Ihr macht Bänder, alter geborener Mensch, Bänder, die euch etwas über die Kalibane erzählen? Sie sind vor langer Zeit von euch weggegangen. Wollt ihr sie jetzt zurückhaben? Sie haben eure Häuser zum Einsturz gebracht, haben euch weggegraben, alter geborener

225

Mann, euch mit sich in die Tiefe genommen, in die dunkle Erde.«

»Ich gehe hinauf«, sagte ein jüngerer Mann, aber der alte Mann entgegnete: »Nein. Er ist in Ordnung. Ich möchte ihm zuhören. Bergmensch, wie heißt du?«

»Jin. Und du?«

»Spencer. Macht es dir etwas aus, wenn ich heraufkomme?«

»Sir ...«, wandte der Mann mit den Waffen ein. Aber der Alte kletterte seitlich den steinigen Hang herauf, und Jin überdachte das und gestattete es, war amüsiert, als der alte geborene Mann sich wie ein Bergmensch ihm gegenüber hinhockte.

»Du weißt viel über sie«, meinte Spencer.

Jin zuckte die Achseln, fand durchaus Gefallen an dem Respekt.

»Jagst du sie?« fragte Spencer. »Du trägst ihre Haut.«

»Die Grauen«, sagte Jin und rieb sich das lederbekleidete Knie. »Nicht die Braunen.«

»Worin liegt der Unterschied?«

Das war eine dumme Frage. Jin musterte den alten Mann und hatte eine unerhörte Idee, denn es war ein angenehmes altes Gesicht, ein behagliches Gesicht, das dieser etwas fette Mann mit der runzeligen Haut und den feinen Stoffkleidern hatte. Fett bedeutete Wohlstand, so ziemlich. Ein wichtiger Mann, der einen Felsen hinaufkletterte und sich zu einem jungen Jäger setzte. Jin grinste und schickte ihn mit einem Wink weg. »Sag den anderen, sie sollen nach Hause gehen. Sie machen zuviel Lärm! Ich bringe dich flußaufwärts.«

»Das kann ich nicht machen.«

»Macht die Kalibane verrückt, dieser Lärm. Wenn du sie sehen möchtest, zeige ich sie dir.«

Ah, der alte Mann wollte diesen Handel. Jin erkannte es an seinen Augen, ganz blassen Augen, vom blassesten, wundervollsten Blau, das er je gesehen hatte. Und der alte Mann stieg von seinem Felsen herunter und ging zu dem bewaffneten jungen Anführer und stritt mit ihm, mit immer härteren Worten.

»Sie können das nicht machen«, sagte der junge Mann.

»Führen Sie sie zurück«, sagte der Alte, »und berichten Sie, wie es war!«

Am Ende bekam jeder die Hälfte, denn der alte Mann würde weitergehen und der Rest hier warten.

»Ist nicht weit«, sagte Jin unbekümmert. Er sprang von dem Felsen herunter und landete weich auf den weichen Sohlen seiner Stiefel, richtete sich auf und zeigte dem alten Mann mit einem Nicken die Richtung, in die es gehen sollte.

»Er hat keinen Handel abgeschlossen«, sagte der bewaffnete Mann. »Dr. Spencer, er ist kein Stadtmensch. Wir haben keine Nummer für ihn.«

»Wenn Sie eine hätten«, meinte Spencer, »wäre er vielleicht hier draußen nicht von Nutzen.«

Darauf sagte der Bewaffnete nichts. Jin winkte dem Alten. Es war ein Spaß. Er war fasziniert von diesen Leuten, die er noch nie aus dieser Nähe gesehen hatte, in ihren feinen Kleidern und harten Stiefeln. Er vermutete, daß der Alte jemand war – nicht bloß ein Stadtmensch, sondern aus den Gebäuden, in die niemand hineinkonnte, nicht einmal Stadtmenschen, und am wenigsten von allen Bergmenschen.

Und niemals ein Jäger, der keine Nummer auf der Hand trug, die es ihm ermöglichte, die Zäune zu passieren und auf dem Gebiet der geborenen Menschen ein- und auszugehen.

»Komm!« sagte er zu dem alten Mann Spencer. »Du gibst mir ein Hemd, in Ordnung?« Er wußte, daß solche Leute reich sein mußten. »Ich zeige dir Kalibane.«

Der alte Mann ging mit ihm, wanderte unbeholfen am Ufer entlang, verschob ständig die Riemen all der vielen Dinge, die er mit sich trug. Huscher tauchten und platschten im Schilf, und der alte Mann schnaufte weiter, machte sogar beim Gehen Geräusche, war hilflos wie kein Kind der Bergmenschen.

Ich könnte diesen Mann berauben, dachte Jin, einfach weil Raub oben in den Bergen nicht ungewöhnlich war. Aber es war ein Gedanke, der ihm nur deshalb kam, weil er überlegte, daß es vertrauensvoll war von dem alten Mann, all diesen Reichtum bei sich zu tragen und mit einem Fremden loszuziehen, der stärker und schneller war und das Land kannte, und er fragte sich, ob der alte Mann wußte, daß Leute einander beraubten, oder ob so etwas im Lager nie geschah.

Er fand die Kalibane dort, wo er sie zu finden erwartet hatte, nicht so weit weg, wie sie noch vor einer Handvoll Jahren gewesen waren. Sogar die Ariels waren zahlreicher als früher, ein Netzwerk von Spuren auf dem sandigen Ufer. Ariels, Graue, sogar Braune waren in dieser Gegend aufgetaucht, und all die geringeren Sorten, die Herumtreiber: es war eine reiche Zeit, eine fette Zeit.

»Schau!« sagte Jin und deutete, zeigte dem alten Mann ein Kräuseln mitten auf dem Styx, wo das breite sumpfige Wasser die Bäume und den wolkigen Himmel reflektierte.

Der alte Mann blieb stehen und gaffte, versuchte, Kalibane zu erkennen; aber dieser war nicht klar zu sehen. Er fischte und brauchte nicht aufzutauchen. Sie gingen weiter, um die nächste Bank herum, wo zu allen Seiten Wälle emporragten und Bäume ihre Wurzeln hineinstießen, um aus den dunklen Höhlungen zu trinken. Hier stand jetzt ein Wald, und nur die Blätter raschelten.

»Sie sind überall um uns herum«, erzählte Jin dem alten Mann, und letzterer fuhr heftig zusammen und schlug nach einem Huscher, der zufällig in diesem Augenblick auf seinem Nacken gelandet war. Die Überraschung brachte Jin zum Lachen. »Hör zu!« sagte Jin und kauerte sich nieder; der alte Mann folgte seinem Beispiel und schenkte ihm Aufmerksamkeit, als er über den Fluß und zwischen die Bäume deutete. »Dort drüben – jenseits des Wassers – gehört das Land ihnen. Es gehört ihnen, bis hin zum Salzwasser, soweit ein Mensch wandern kann. Sie sind gescheit, diese Kalibane.«

»Einige von euch – leben dort, habe ich gehört. Könnte ich mit einem sprechen?«

Auf Jins Haut breitete sich ein Kribbeln aus. Er blickte zur sicheren Seite des Flusses, zu den vertrauten Dingen. »Sage dir etwas, alter geborener Mann. Sprich nicht mit ihnen! Sprich nicht über sie!«

»Schlechte Leute?«

Jin zuckte die Achseln, wollte nicht darüber diskutieren. »Willst du einen Kaliban? Ich könnte einen herbeipfeifen.«

»Sie sind gefährlich, nicht wahr?«

»Jeder ist es. Möchtest du einen?« Er wartete nicht, sondern gab ein tiefes Trällern von sich, wußte genau, was er damit bewirkte.

Er hatte ja gewußt, daß ein Posten all dieses Herumtrampeln in der Nähe des Walles beobachtet hatte, und sehr rasch steckte auch ein Kaliban seinen Kopf aus einem gebüschbewachsenen Eingang hervor, und dann folgte ein Großteil des übrigen Körpers.

228

Jin hörte ein leises Geräusch neben sich, eine Art Surren. Er packte blitzschnell nach dem Gerät, das der andere Mann trug. »Tu das nicht! Mach keine Geräusche!«

Es hörte sofort auf. »Fangen sie das auf?«

»Mach einfach keine Geräusche!«

»Er ist *groß!*«

Kinder sagten das normalerweise, wenn sie zum erstenmal die alten Braunen erblickten. Jin schürzte wieder erheitert die Lippen. »Genug gesehen, alter geborener Mann. Von hier an regiert er. Und daran ist nichts zu rütteln.«

»Aber die – die Menschen, die dort hineingehen ... Ist es falsch, darüber zu sprechen? Treibt ihr Handel mit ihnen?«

Jin schüttelte ganz leicht den Kopf. »Sie leben, das ist alles. Essen Fisch.« Über ihnen auf dem Grat schwoll der Kamm des Kaliban und zuckte seine Zunge hervor. Das war genug. »Zeit zu verschwinden, geborener Mann.«

»Ist das eine Drohung?«

»Nein. Es bedeutet Verlangen.« Er hörte etwas, wußte schon beim Geräusch, was da durch das Gebüsch herbeikam, packte den geborenen Mann am Ärmel, um ihn wegzuziehen.

Aber da kauerte der Unheimliche, langhaarig und schlammverschmiert, Kopf und Schultern über dem Busch.

Und der geborene Mann weigerte sich zu gehen.

»Komm schon!« drängte ihn Jin. »Komm!« Im Augenwinkel sah er, wie auf dem Fluß ein Kräuseln auf sie zulief. Der Mann brachte noch einmal kurz seinen Mechanismus zum Laufen. »Da ist noch einer. Es sind zu viele, geborener Mensch. Wir verschwinden besser.«

Er war erleichtert, als sich der andere schwankend erhob und mit ihm kam. Ganz leise eilten sie davon, aber der alte Mann drehte sich um und blickte zurück, als ein Platschen von der Ankunft eines Schwimmers am Ufer kündete.

»Greifen sie gewöhnlich an?« fragte der geborene Mann.

»Manchmal tun sie es, manchmal nicht.«

»Der Mensch da hinten ...«

»Diese Leute sind problematisch. Manchmal sind sie problematisch.«

Der alte Mann keuchte etwas, legte trotz all seines Gepäcks ein schnelleres Tempo vor.

»Was willst du von den Kalibanen?« erkundigte sich Jin.

»Neugierig«, sagte der alte Mann. Er hielt sich gut, während sie beide im selben Tempo einhergingen. »Der da folgt uns.«

Jin folgte dem Blick des alten Mannes zum Fluß und sah die Wellen. »Das stimmt.«

»Ich könnte schneller machen«, bot der alte Mann an.

»Das wäre nicht klug. Geh einfach!«

Er hielt ein Auge auf den Verfolger gerichtet – und, da er die Kalibane kannte, auch eines auf den Wald. Er malte sich leise Geräusche aus ... oder vielleicht war es gar nicht nur eine Vorstellung. Aber sie hörten auf, als sie sich der Flußbiegung näherten, wo die übrigen geborenen Menschen warteten.

Sie waren nervös. Sie erhoben sich von den Gepäckstücken, auf denen sie gesessen hatten, und hielten die Gewehre in den Händen. Draußen im Fluß erstarben die Wellen, hinter dem Schilf im tiefen Wasser.

»Sie sind da«, sagte der alte Mann zum Anführer der anderen. »Habe einige Daten aufgezeichnet. Wir haben sie ein wenig aufgestört. Wir wollen zurückgehen!«

»Ihr schuldet mir ein Hemd«, erinnerte sie Jin, die Hände in die Hüften gestemmt, locker dastehend. Aber er hatte vor, sich nicht betrügen zu lassen.

»Hobbs.« Der alte Mann wandte sich zu dem jüngeren um, und unter viel Aufhebens zog sich einer der Männer das Hemd aus und übergab es. Der alte Mann reichte es Jin, der es sich genau ansah und feststellte, daß es recht brauchbar war. »Jin, ich würde mich gerne mit dir unterhalten. Ich hätte es gern, wenn du zu Gesprächen in die Stadt kommst.«

»Ah.« Jin steckte sich das Hemd unter den Arm und wich zurück. »Du wirst mich nicht markieren, nein, das wirst du nicht, geborener Mann!«

»Besorge dir ein besonderes Papier, mit dem du an den Toren ein- und ausgehen kannst. Keine Nummer für dich, das verspreche ich. Du weißt viel, Jin. Du würdest feststellen, daß es die Zeit wert ist. Nicht nur ein Hemd. Richtige Bezahlung, Stadttarif.«

Er blieb stehen und überlegte.

Und genau in diesem Moment ertönte ein Platschen, und ein Brauner kam durch das Schilf herauf; Wasser tropfte von seiner erdigen Haut. Er stemmte sich mit den Beinen ganz auf das Ufer hinauf.

Jemand schoß. Er schwankte und zischte und kam ...
»Nein!« schrie Jin den anderen zu und lief weg, was das Klügste war. Aber sie schossen mit den Gewehren, und der Braune zischte und warf sich herum und drückte das Schilf platt, als er sich wieder in den Fluß senkte. Das Kräuseln breitete sich aus und verschmolz dann mit der trägen Strömung. Er tauchte tief hinab. Jin hockte sich auf seinen Felsen und kauerte sich eng zusammen, hatte ein furchtbar kaltes Gefühl im Bauch. Geschrei drang von den Leuten herauf. Der alte Mann schrie den jüngeren an und dieser die übrigen, aber trotzdem lag eine große Stille über der Welt.

»Es war ein *Brauner*«, sagte Jin. Der alte Mann blickte zu ihm herauf und machte den Eindruck, als ob er als einziger etwas begriffe. »Geht jetzt weg!« sagte Jin. »Geht schnell weg!«

»Ich möchte mit dir sprechen.«

»Ich komme zu eurem Tor, alter geborener Mann. Wann ich will. Geht weg!«

»Sehen Sie«, meinte der jüngere Mann, »falls wir ...«

»Gehen wir!« sagte der alte Mann, und es lag Autorität in seiner Stimme. Die Leute mit den Gewehren sammelten all ihre Sachen ein und entfernten sich am Ufer flußabwärts. Die zerdrückte Stelle im Schilf blieb, und Jin blickte hinter der Gruppe her, bis sie hinter der Biegung außer Sicht kam, bis das Ufer wieder ganz war. Schweiß sammelte sich auf seinem Körper. Er starrte in das graue Licht auf dem Styx und hoffte, das Kräuseln sehen zu können.

Aber es raschelte im Gebüsch. Er erhob sich langsam auf seinem Felsen und blickte in die Richtung der Geräusche.

Zwei der Unheimlichen standen da, bedeckt von den Kleiderfetzen, an denen sie Gefallen fanden, die leichenblasse Haut an Händen und Knien mit Schmutzstreifen überzogen. Sie standen mit dem Rücken flußaufwärts gerichtet. Ihre verdüsterten Augen ruhten auf ihm, und ihm wurde sehr kalt, denn er nahm fest an, daß er im Begriff stand zu sterben. Er konnte nirgendwohin laufen als zum Zaundraht der geborenen Menschen. Das Dorf der Bergmenschen bot ihm auf keinen Fall Zuflucht; und er würde aus anderen Gründen sterben, wenn er hinter dem Zaundraht eingesperrt und mit einer Nummer versehen war.

Ein Unheimlicher hob ganz leicht den Kopf, eine Geste, die

Jin als Aufforderung zu kommen verstand. Er konnte ihnen Schwierigkeiten machen. Er war dazu geneigt. Aber irgendwo, nicht weit entfernt und auch nicht in Sicht, würde noch einer von ihnen stecken, oder gar zwei oder drei. Sie würden sich auf ihn stürzen, wenn er sich weigerte. Also sprang er von seinem Felsen herab und kam den Unheimlichen näher, als es ihnen recht zu sein schien.

Sie traten auseinander und gaben ihm einen Weg frei, und in ihm breitete sich eine stille Panik aus, weil er jetzt begriff, daß sie vorhatten, ihn mit flußaufwärts zu nehmen. Er blickte verzweifelt nach links zum Styx, zum grauen Sonnenlicht, gespiegelt zwischen den Schilfgräsern, und hoffte dabei gegen jede Erwartung, daß der Braune, auf den die geborenen Menschen geschossen hatten, wieder an die Oberfläche käme.

Nein. Er war verschwunden – tot, verletzt, das konnte niemand wissen. Eine freundliche Hand packte ihn am Ellbogen, zog ganz sanft an ihm, wies ihm die Richtung, in die er zu gehen hatte, wenn er noch zu überleben hoffen wollte.

Er ging mit, zurück auf dem Pfad, dem er und der alte Mann gefolgt waren, und die Unheimlichen hielten ihn jetzt jeder an einem Arm. Der links von ihm raubte ihm mit einer geschickten Handbewegung das Messer aus dem Gürtel.

Er konnte nicht begreifen – wie es ihnen gelang, ihn zu führen, oder warum er nicht ausbrach und weglief; nur, daß der Tod ringsumher gegenwärtig war, und das, was vorauslag, unbestimmt und mit einer kleinen Chance behaftet. Die Unheimlichen oder die Braunen waren nicht berechenbar und nicht zu begreifen. Es konnte sein, daß sie ihn zu den Wällen brachten und dann genauso launenhaft wieder laufenließen.

Die Windungen des Styx hörten auf, wo der den Himmel widerspiegelnde Strom im Schatten der Bäume verlief, als sie die hoch aufragenden Wallkämme erreichten und die Spuren, die Jin und der alte Mann bei ihrem Halt hier gemacht hatten.

Vielleicht würden sie ihn hier festhalten, und der alte Braune würde herauskommen und ihn beäugen, wie die Kalibane es gewöhnlich taten, dann das Interesse verlieren, wie es die Kalibane gewöhnlich auch taten, und vielleicht würden sie ihn dann laufenlassen.

Nein. Sie drängten ihn den Hang des Walles hinauf, auf den dunklen seitlichen Eingang zu, und er weigerte sich, riß sich plötzlich los und stürzte durch das Gebüsch zur Rechten davon, zerbrach Zweige und Dornen mit seiner Lederkleidung, schirmte das Gesicht mit den Armen ab.

Ein Zischen ertönte vor ihm, und der Kopf eines großen Braunen ragte mit klaffenden Kiefern empor. Jin kam rutschend zum Stehen und hieb instinktiv nach einem scharfen Stich auf seiner Wange, spürte einen kleinen Pfeil unter seinen Fingern herabfallen. Der Braune vor ihm drehte den Kopf, um ihn mit einem runden goldenen Auge zu betrachten, während Jin spürte, wie die Seite seines Gesichtes taub wurde, und sein Herzschlag sich beschleunigte. Er verlor das Gefühl in den Gliedern und seine Knie schlotterten: er warf einen Arm hoch, um die Augen zu schützen, als Gebüsch auf ihn zustürzte; ihm fehlte die Kraft, sich noch zu bewegen, als er zwischen den dornigen Zweigen landete. Sie waren überall um ihn herum, die schweigenden menschlichen Gestalten. Freundliche Hände zogen an ihm und drehten ihn auf den Rücken, so daß ein Netzwerk aus wolkigem Himmel und Zweigen in sein Blickfeld schwang.

Er starb nicht. Er war gelähmt, so daß sie ihn hochheben und tragen konnten, aber er war nicht tot, als sie ihn zu dem Loch in der Erde trugen; als er das bemerkte, versuchte er zu kämpfen, erfüllt von einem Schrecken, tiefer als all seine Alpträume. Aber er konnte sich nicht bewegen, nicht einmal mit einem Finger zucken, nicht einmal die Augen schließen, als Erde auf sein Gesicht fiel, nicht einmal den Mund schließen oder schlucken oder die Zunge gebrauchen, nicht einmal aufschreien, als die Dunkelheit ihn umhüllte und er mit den Unheimlichen allein war, mit ihrem Schweigen und ihren Berührungen.

13

Jahr 89, Tag 208, KR
Hauptbasis

»Kein Zeichen von diesem Bergmenschen«, sagte Spencer.

»Nein, Sir«, sagte Dean, die Hände hinter dem Rücken.

Spencer runzelte die Stirn und wandte sich von seinem Tisch ab und ganz Dean zu – ein eifriger junger Mann war er, sein

Mitarbeiter, mit einem schwarzen Haarschopf und kupferner Hautfarbe und einer verblaßten Nummer auf der Hand, die besagte, daß er ein Stadtmensch war, wenigstens zeitweise. Gegenwärtig verrichtete Dean Feldarbeit, was bedeutete, daß er wieder einmal in der Stadt war. »Wie hast du nach ihm gesucht?« fragte Spencer.

»Indem ich andere Bergmenschen befragte. Solche, die kamen, um Handel zu treiben. *Sie* haben ihn nicht gesehen.«

»Kennen sie ihn?«

Dean nahm sich die Freiheit und setzte sich auf den anderen Stuhl an dem geneigten Tisch voller Berichte, zog ihn unter sich. Dean roch nach frischer Anwendung von Seife, keineswegs nach Feldern. Darin war er peinlich genau. Er hatte Ambitionen, vermutete Spencer. Er war gut – in dem, was sie ihm zu tun erlaubten. »Der Name ist bekannt, ja. Es ist eine Art Zersplitterung festzustellen – ich habe nicht alles davon verstanden, aber für Sie Notizen darüber gemacht. Jedenfalls gab es da diesen uralten Azi ... Wollen Sie seine Geschichte hören?«

»Könnte von Belang sein.«

»Der letzte überlebende Azi. Seine Nachkommen gingen in die Berge. Das ist der Ursprung dieser Leute. Man *hört* von dieser Linie, aber man bekommt niemanden daraus zu Gesicht. Keiner von ihr ist registriert, um die Stadt betreten zu können. Bei den Bergmenschen existiert eine Ordnung. Die Leute, die wir hier in der Gegend treffen – sie sprechen locker über manche Dinge. Aber ich hatte kein gutes Gefühl, als ich nach diesem Burschen, diesem Jin fragte.«

»Wie – kein gutes Gefühl?«

Ein Achselzucken. »Zuerst taten sie, als ginge es keinen Stadtmenschen etwas an; zweitens, als würde dieser besondere Bergmensch sich nicht mit einem Stadtmenschen abgeben.«

»Wie hast du es ihnen auseinandergesetzt?«

»Einfach so, daß ich auf etwas gestoßen sei, was mit diesem Jin zu tun habe. Ich dachte, das höre sich clever an. Schließlich stammte sein Vorfahr von hier. Und früher war es so, daß Stadtleute Fundsachen an die Bergmenschen verkauften. Mehr habe ich nicht gesagt. Sie könnten neugierig werden. Aber wenn dieser Mann ein Buschbergmensch ist, könnte es eine Weile dauern.«

»Was bedeutet, daß er außerhalb ihrer Siedlung und außerhalb jeden Zugriffs sein könnte.«

»Wahrscheinlich. Zum großen Teil hörte sich alles wie Klatsch an. Ich könnte mir vorstellen, daß er sich schnell verbreitet. Aber bis jetzt keine Neuigkeiten. – Macht es Ihnen etwas aus, wenn ich frage, wonach ich eigentlich suche?«

Spencer preßte die Lippen zusammen und dachte darüber nach, streckte dann die Hand aus, zog einen Satz Bilder aus dem Haufen auf dem Schreibtisch hervor und breitete sie vor Dean aus.

»Das ist der Styx.«

»Ich sehe es«, sagte Dean.

Spencer runzelte die Stirn und schaltete den Wandschirm ein, spielte die Bandschleife ab, mit der das Gerät geladen war. Er hatte das Band schon an die zwanzig Mal gesehen, es Einzelbild für Einzelbild studiert. Jetzt beobachtete er vielmehr Deans Gesicht, sah, wie es im Licht des Schirms starr wurde, als er den Kaliban und dann den Menschen aus dem Wall hervorkommen sah. Dean wich mit dem ganzen Körper zurück, hielt sich mit den Händen am Rand der Tischplatte fest.

»Schlimm für dich?«

Dean blickte ihn an, während das Band sich wieder aufwikkelte. Spencer schaltete das Gerät aus. Dean straffte sich mit einer gewissen Lässigkeit. »Nicht besonders. Kalibane. Aber jemand ist ihnen wirklich nahegekommen, um dieses Band zu machen.«

»Gar nicht weit flußaufwärts. Sieh dir das Orbitalbild an.«

Spencer markierte die Stelle, die unter dem weiten Baldachin der Bäume schwer zu erkennen war. Dean sah hin und blickte wieder auf, jetzt nicht mehr lässig. »Hat das zufällig mit dem Bergmenschen zu tun, den Sie suchen?«

»Könnte sein.«

»Haben Sie die gemacht?«

»Du bist voller Fragen.«

»Sie sind von dort, wo Sie mit den Soldaten waren. Letzte Woche weiter oben am Fluß. Auf der Suche nach Kalibanen.«

»Möglich.«

»Dieser Jäger – dieser Jin ... war er dort? Hat er Sie geführt?«

»Das scheint dir nicht zu gefallen.«

Dean biß sich auf die Lippe. »Keine gute Idee, sich so den Kalibanen zu nähern. Gar nicht gut.«

»Ich will dir etwas anderes zeigen.« Spencer zog eine Flut von Bildern die schräge Tischplatte herab. »Versuch's mit denen!«

Dean drehte sich um und ging die Bilder mit finsterem Blick durch.

»Weißt du, was du da betrachtest?«

»Den Planeten«, sagte Dean, »aus dem Orbit gesehen.«

»Bilder von was?«

Langes Schweigen und Rascheln von Fotos. »Flüsse. Flüsse auf der ganzen Welt. Ich kenne ihre Namen nicht. Und der Styx.«

»Und?«

Langes Schweigen. Dean blickte nicht auf.

»Kaliban-Muster«, sagte Spencer. »Erkennst du sie?«

»Ja.«

»Möchte dir noch etwas zeigen.« Spencer fand die Luftaufnahme von dem Bergmenschen-Dorf mit den strohgedeckten Hütten und Steinwänden, gewundenen Wänden, gebogen und gekrümmt. Er legte eine Aufnahme von der Basis, der Stadt und den Feldern daneben, eine Schachbrettgeometrie. »Erkennst du nicht etwas Bemerkenswertes darauf? Hast du so etwas je gesehen?«

Dean saß unbewegt da, sah nur die Bilder unter seinen Händen. »Ich denke, jeder Stadtmensch würde das verstehen.«

»Wie meinst du das?«

»Die Gründer haben die Straßen der Stadt angelegt. Die Bergmenschen haben ihr Dorf selbst errichtet.«

»Warum haben sie es nicht nach dem Vorbild der Stadt gebaut?«

»Es liegt ihnen nicht, unserem Beispiel zu folgen. Spiralen entsprechen ihnen eher. Vielleicht haben sie das von den Kalibanen. Ich schätze schon. Sie entwerfen manchmal Spiralen – zum Beispiel im Staub. Man führt Handelsgespräche mit ihnen – und sie hocken sich hin und zeichnen Muster, wenn ihnen nicht gefällt, was man ihnen sagt.«

»Ich glaube nicht, daß ich jemals einen Bergmenschen gesehen habe, der das tat.«

»Natürlich nicht.«

»Was soll das heißen?«

»Bezieht sich darauf, daß Sie mich ausgeschickt haben, um Fragen zu stellen, die die Bergmenschen Ihnen nicht beantwortet hätten. Es ist auch eine Sache, wenn ein Bergmensch mit jemandem in Basiskleidern verhandelt; und wenn es ein Stadtbewohner ist, hat er es weniger schwer, mit diesem Bergmenschen umzugehen. Sie machen Ihnen hohe Preise, wenn sie glauben, es tun zu können; aber sie funkeln Sie nicht an, machen keine Bergmenschen-Tricks, wenn sie Geschäfte abschließen. Wie in den Staub zu spucken, wie den Blick abzuwenden, wie das Zeichnen von Mustern.«

»Muster? Was für Muster?«

»Spiralen. Zwei von ihnen hocken sich in den Schmutz, lassen den Staub durch die Finger rinnen oder zeichnen mit den Fingern – einer macht eine Sache, und der andere trägt einen Teil dazu bei, während sie über das Geschäft nachdenken. Und sie erzeugen bei Ihnen den Eindruck, sie hätten vergessen, daß Sie dastehen. Aber vielleicht unterhalten sie sich auf diese Weise miteinander. Vielleicht hat es aber auch gar nichts zu sagen. Darum tun sie es. Weil wir nichts davon begreifen. Und wir sollen uns auch wundern.«

Spencer starrte Dean so lange an, bis dieser endlich in seine Richtung blickte. »Irgendwie ist das nie in unsere Aufzeichnungen gelangt.«

»Ich habe nie gedacht, daß es viel bedeutet. Es ist alles nur Show.«

»Wirklich?« Spencer zog zwei weitere Fotos aus dem Haufen hervor, wovon eines einen Fluß auf der östlichen Halbkugel zeigte und das andere vom Nordufer war, ein auf das Meer zulaufendes Mosaik, einschließlich der ganzen Mündung des Styx, der Basis, der Stadt und der Bergleutesiedlung. Spencer zeigte auf die Stellen, das Vordringen der Kalibane zum Meer auf der anderen Seite des Flusses, die leichten Schatten an den Enden der Kämme. »Sie sind anders. Die Spiralen von Kalibanen überall auf der Welt sind lockerer als diese hier. Sie werfen keine Hügel auf. Sieh dir mal die Schatten an, die von den Zentren geworfen werden – hier, hier und hier –, das ist ein außergewöhnlich hohes Bauwerk. Eine Spitze im Zentrum der Spiralen. Ich will dir einmal eine Großaufnahme zeigen.« Er suchte und zog ein weiteres Bild hervor, das das Gebilde ganz groß zeigte, eine Spirale, die sich zu einem Miniaturberg emporwickelte, und schob es Dean zu. »Verstehst du, was ich damit sagen will? Nur hier. Nur jenseits der Basis. Ist das ein Werk von Kalibanen?«

»Wie groß ist es?«

»Der Komplex ist einen Kilometer breit. Die Spitze mißt vierzig Meter an der Grundfläche des steilsten Hanges, und sie ist zwanzig Meter hoch. Hast du so etwas jemals gesehen?«

Dean schüttelte den Kopf. »Nein.« Er blickte auf. »Aber schließlich habe ich auch nie einen Kaliban gesehen, es sei denn auf Bildern.«

»Es gefiel ihnen nicht, ihr Territorium mit der Basis zu teilen. Sie sind ausgezogen.«

»Aber sie kommen zurück. Auf dem Fluß. Ihre Bilder ... Sie werden diesen Jäger nicht dazu bringen, den Styx zu überqueren, wenn es das ist, was Sie sich überlegen. Ich denke nicht, daß Sie es schaffen. Ich finde, Sie sollten die Bergmenschen nicht drängen, sofern es die Kalibane betrifft.«

»Warum nicht?«

Ein Achselzucken. »Ich finde einfach, Sie sollten's nicht.«

»Das ist nicht die Art Antwort, für die du bezahlt wirst.«

»Ich halte es für gefährlich. Ich denke, die Bergmenschen könnten ängstlich werden. Die Kalibane sind nicht mehr weit. Es würde den Bergmenschen nicht recht sein, wenn sie aufgestört werden, darum geht es.«

»Jagen die Bergmenschen Kalibane?«

Wieder ein Achselzucken. »Sie treiben Handel mit Leder. Aber es gibt Kalibane und Kalibane. Verschiedene Arten.«

»Die Braunen?«

»Die Braunen und die Grauen.«

»Worin liegt der Unterschied?«

Ein drittes Achselzucken. »Die Bergmenschen jagen die Grauen. Nur die Grauen. Sie wissen es.«

»Was wissen sie?«

»Was immer sie wissen. Ich habe keine Ahnung.«

»Da war dieser Kaliban«, sagte Spencer vorsichtig. »Wir waren direkt am Wall, um diese Aufnahmen zu machen, dieser Jin und ich. Allein. Und wir kehrten zu den Soldaten zurück, und dieser Kaliban kam aus dem Fluß heraus. Sie schossen auf ihn, und er glitt wieder hinein. ›Es war ein *Brauner!*‹ sagte der Jäger.

Genau das. Und dann: ›Geh schnell weg!‹ Was kannst du damit anfangen?«

Dean starrte ihn bloß für einen Moment an, machte dasselbe Leichengesicht wie immer, wenn ihn etwas bedrückte. »Sind Sie?«

»Wir sind gegangen.«

»Ich vermute, er auch. So schnell und so weit er konnte. *Er* wird nicht zu Ihnen kommen, nein!«

»Wie ist das zu verstehen?«

»Es ist so zu verstehen, daß er für lange Zeit Angst haben wird. Er wird niemals zu Ihnen kommen.«

»Hätte er solche Angst?«

»Er hätte solche Angst.«

»Vor *was?* Vor den Kalibanen? Oder den Unheimlichen?«

Ein Blinzeln der dunklen Augen. »Was immer Grund bietet, um gefürchtet zu werden. Bergmenschen würden es wissen. Ich nicht. Aber gehen Sie nicht dort hinaus. Schicken Sie keine Soldaten mehr nach draußen, jenseits des Zaundrahts – nie mehr!«

»Ich fürchte, diese Entscheidung liegt nicht bei mir.«

»*Sagen Sie es ihnen!*«

»Das werde ich tun«, sagte Spencer mit finsterem Gesicht. »Du bist nicht der Meinung, daß sich die Suche lohnt, oder?«

»Sie werden ihn nicht finden.«

»Halte die Ohren offen!«

»Ich dachte daran, heute nacht bei mir zu Hause zu schlafen.«

»Mir wäre es lieber, wenn du in der Stadt bliebst. Sperr nur weiter deine Ohren auf!«

»Weswegen?«

»Um Bergmenschen-Gespräche mitzubekommen. Alles dieser Art. Wie wäre es, wenn ich dir einen Bonus dafür anbiete, daß du den Zaundraht verläßt?«

Dean schüttelte wachsam den Kopf. »Nein. Das tue ich nicht.«

»Stadtmenschen sind schon früher in die Berge gegangen.«

»Nein.«

»Was bedeutet, daß du nicht gehst. Gehen wir davon aus, daß wir dem eine hohe Prioritätsstufe beimessen.«

Dean saß ganz still da. »Die Stadtmenschen wissen, daß ich

239

von innen komme. Die Bergmenschen könnten jetzt schon
aufgestört sein. Und falls sie es sind, und falls sie erführen,
woher ich komme ...«

»Du meinst ... du denkst, sie würden dich töten?«

»Ich weiß nicht, was sie tun würden.«

»In Ordnung, wir werden darüber nachdenken. Geh jetzt
einfach zurück in die Stadt und lausche, wo du kannst!«

»In Ordnung.« Dean stand auf und ging bis zur Tür, blickte
dann zurück. Er machte den Eindruck, als würde er gerne noch
etwas sagen, aber dann ging er doch schweigend hinaus.

Spencer starrte auf seine Fotos und startete noch einmal das
Band.

Kalibane hatten in der vergangenen Nacht den Draht unten
am Fluß auf die Probe gestellt. Das hatten sie vorher nie getan,
nicht, seit die Allianz auf diese Welt gekommen war.

Man mußte Vorsichtsmaßnahmen ergreifen.

14

Jahr 89, Tag 208, KR
Styxufer

Er war vielleicht schon verrückt, oder wünschte es sich zu sein
in der Dunkelheit und der Stille, die nur unterbrochen wurde
von Rutsch- und Atemgeräuschen und manchmal auch, wenn
sein Verstand es nicht mehr ertragen konnte, von seinem eigenen Schreien und Schluchzen. Sein Geschrei schaffte es, sie für
eine Weile zurückzuscheuchen, aber sie kamen stets wieder.

Sie banden ihn nicht. Sie brauchten auch keine Fesseln außer
der Dunkelheit und der Erde, den festgepackten Erdwänden,
die er in der absoluten und dauernden Nacht fühlen, aber nicht
sehen konnte. Seine Finger waren aufgerissen und bluteten
vielleicht auch: Er hatte versucht, sich einen Weg in die Sicherheit zu graben, sogar, sich eine Nische zu graben, in die er seinen Rücken schieben konnte, um sich zu verteidigen, wenn sie
über ihn kamen, aber er hatte keinen Orientierungssinn, der
ihm sagte, wo es nach draußen ging oder wie tief sie ihn in die
Erde gebracht hatten. Vielleicht grub er sich hinterher durch
die Berge selbst. Einmal fand er einen Stein und schlug damit

auf einen der Angreifer ein, aber sie gebrauchten ihre Nadeln und übten Vergeltung, lange und ausgiebig – wie zu den Zeiten, da er versucht hatte, davonzukriechen, sich seinen blinden Weg durch die Dunkelheit zu tasten, bis ihm der zischende Atemstoß eines Kalibans ins Gesicht gefahren war, bis zum schnellen Scharren von Klauen, bis zum Stoß einer großen stumpfen Nase, der ihn umgeworfen hatte – und er hatte dann dagelegen, die klauenbewehrte Tatze auf Rippen und Hals, bis menschliche Hände mit ihren Nadeln eingetroffen waren; oder er war direkt in solche Hände gelaufen. Nein, er konnte nicht gegen sie kämpfen. Er wußte nicht, warum er nicht starb. Er dachte darüber nach, so jung er war, und überlegte, daß er sich selbst in der Erde ersticken konnte, sich selbst mit seinen zerschundenen Fingern ein Grab schaufeln, sein Gesicht darin versenken und seinen Atem mit Erde ersticken konnte. Er grub los, aber sie kamen immer, wenn sie ihn graben hörten – er war sicher, daß sie es hörten. Also verhielt er sich ruhig.

Sie brachten ihm rohen Fisch zu essen und Wasser zu trinken, das vielleicht sauber war, vielleicht aber nicht. Bei solchen Gelegenheiten berührten sie ihn, fortwährende Berührungen wie das Nörgeln von Kindern, und mehr als sonst dachte er dann ans Sterben, vor allem, weil Füttern das einzige war, was sie taten, um ihn am Leben zu erhalten. Er fror unablässig. Schlamm erstarrte auf seinen Kleidern und seiner Haut, abwechselnd trocken und feucht, wo immer in dem irdenen Labyrinth sie ihn letztlich hingebracht hatten. Sein Haar war schmutzverklebt. Seine Kleidung war zerrissen, die Schnürbänder bei seinen Kämpfen zerrissen, und er versuchte sie wieder zu verknoten, weil ihm kalt war, weil die Kleidung aller Schutz war, den er hatte.

Schließlich lag er reglos da, schwächer als zu Beginn, nach den Betäubungen, den Kämpfen und dem Essen, das sein Magen manchmal wieder hinauswürgte oder das sein Körper unter Krämpfen zurückwies; und sogar sein Zustand schreckte die Frauen unter ihnen nicht ab, die ihn zu Anfang mit gewissem Erfolg gequält hatten, als es ihre gemeinsame Anstrengung erfordert hatte, die Ausgänge zu verschließen und ihn durch die enge Dunkelheit zu treiben und zu jagen, ihn mit dem Gewicht ihrer Übermacht zu Boden zu drücken – aber jetzt riefen sie bei ihm nichts mehr hervor, nichts außer einem müden Elend, der Angst, daß sie ihn in ihrer Frustration töten könnten. So weit war es mit ihm gekommen. Aber sie schwiegen immer, gaben ihm kein Zeichen von guter Laune oder Zorn oder davon, ob sie völlig verrückt waren. Er selbst geriet über irgendeine Schwelle, wußte dies sogar in einem fernen Winkel seines Geistes, wo sein Selbst überlebte. Falls er wieder hinaus ans Flußufer gebracht würde – er dachte an den Styx als die Außenwelt, hatte jede Beziehung zu den sonnigen Bergen verloren –, falls er wieder hinausgebracht würde und das Tageslicht sehen könnte, die Sonne auf dem Wasser, die Schilfgräser im Wind – falls er wieder frei sein sollte –, er glaubte nicht, daß er je wieder lachen würde können, oder das Sonnenlicht als selbstverständlich betrachten. Er würde nie wieder ein Mann sein – in dem engen Sinn von Mann. Der Sex war in ihm zwar nicht erloschen, aber er war unpersönlich geworden und unbedeutend; oder in einem breiteren Sinn, weil er innerlich ausgeleert worden war, weithin ausgebreitet, um in sein leeres Inneres all die Dunkelheiten und das unterirdische Rutschen aufzunehmen, all den Wahnsinn und die Windungen unter der Erde. Er hatte nichts mehr mit der Menschheit gemein. Er spürte, wie es geschah, oder erkannte, daß es geschehen war; und schließlich wußte er, daß er aus diesem Grund nicht gestorben war, daß er einen Punkt erreicht hatte, jenseits dessen er mehr Interesse an dieser Dunkelheit hatte, an den Geräuschen, dem Rutschen, als am Leben. All diese Dinge vermittelten ihm inzwischen Informationen. Sein Verstand empfing inmitten seines Schreckens tausend Anhaltspunkte, wurde des Schreckens müde und konzentrierte sich auf die Anhaltspunkte.

Sie kamen. Er dachte, sie brächten ihm vielleicht das Essen, als er sie hörte, aber das Essen roch, und er fing keinen solchen Geruch auf, so daß er wußte, daß es um ihn selbst ging. Er blieb ruhig liegen, während sein Herz etwas schneller schlug, und sein Verstand argumentierte, daß es nur um eine Unbequemlichkeit ging, ein weiteres bißchen Schmerz durchzustehen war, wie all die bisherigen Schmerzen, und danach würde er immer noch am Leben sein und immer noch denken, was nach wie vor mehr versprach als das Sterben.

Aber sie versammelten sich um ihn, und nach den Geräuschen zu urteilen waren es viele, und sie stachen ihn mit einer ihrer Nadeln. Er schrie, empört über diesen Trick, war plötzlich so wild, wie ein Kaliban werden konnte. Er schlug nach ihnen, aber sie zogen sich schweigend aus seiner Reichweite zurück. Etwas rutschte über seine kalten betäubten Beine – es war ein Ariel, die in den Wällen herumliefen, wie es ihnen gefiel. Er schlug schaudernd danach, aber er wich ihm aus. Dann saß Jin reglos da und wartete, während die Taubheit sich in ihm ausbreitete, während sein Mund sich anfühlte wie mit Flaum gefüllt, und jedes Gefühl aus seinen Gliedern schwand.

Dann hoben sie ihn auf, tasteten seinen Körper ab, um festzustellen, wie er lag, packten ihn an den Handgelenken, um ihn durch den schmalen Tunnel zu zerren, während er so gelähmt war wie zu der Zeit, als sie ihn hergebracht hatten. Sein Verstand arbeitete weiter. Er wünschte sich, sie würden ihn auf den Bauch drehen, denn Erde fiel ihm in die Augen.

Dann sah er Tageslicht, und sie gingen nach oben, nach *oben*, und aus dem Tunnel hinaus in die gleißende Sonne. Das Licht schnitt wie ein Messer durch seine Augen und erzeugte Tränen, und verschwand dann wieder in einem Wirbel lebender und toter Blätter, als einer von ihnen sich ihn über die Schulter legte.

Dann wurde er an einen anderen weitergegeben, der ihn nicht stützte, sondern um die Brust hielt und in den Fluß schleppte. Er spürte sogar den Schock des Wassers. Er versuchte sich wieder zu bewegen, den Kopf hochzuwerfen, um wenigstens etwas Luft zu bekommen; aber eine Hand umfaßte sein Kinn, und das Wasser bedeckte alles außer seinem Gesicht und spülte manchmal ganz über ihn hinweg. Er würgte, unfähig sich zu bewegen, während er durch das Wasser geschleift wurde. Die Angst wurde zu groß in ihm. Die Sinne schwanden ihm aus Mangel an Luft, durch das Hämmern seines Herzens – und dann zerrten sie ihn am anderen Ufer aus dem Wasser und trugen seinen durchnäßten, lederbekleideten Körper seitlich weiter, während ihm der Kopf herabfiel und Krämpfe in Hals und Magen einen dünnen Strom erstickender Flüssigkeit hervorwürgten. Seine Glieder wurden wieder etwas lebendig, zeigten Ansätze von Reaktionen, aber sie schleppten ihn jetzt wieder aufwärts, zogen ihn einen buschbestandenen Wall am anderen Flußufer hinauf, und die Dunkelheit verschluckte sie erneut alle.

Er wand sich wieder unter einem Krampf, der seinen Magen ausleerte, lag dann still und atmete flach, als es vorüber war. Die Hände, die ihn losgelassen hatten, als er sich zusammengekrümmt hatte, packten ihn erneut an Handgelenken, Hals und Knien und trugen ihn mit schnellen Rucken durch die Dunkelheit. Er hörte ein Geräusch, einen schwachen Protest aus seinem eigenen Hals, und unterband ihn, wurde still, wie diese ganze Welt still war. Er hatte eine unabschätzbare Zeitlang in der Dunkelheit gelegen und die Regeln gelernt, und jetzt fegten sie alle Regeln beiseite. Jetzt war er wirklich hinüber. Die Lähmung seines Körpers war zu einer Art Taubheit zurückgegangen, aber er schaffte es nicht, irgend etwas zu tun, das ihm half, war blind, völlig blind, und er verlor für lange schwarze Perioden das Bewußtsein, Perioden, die in dieser Dunkelheit kaum vom Wachsein zu unterscheiden waren, außer daß die Bewußtlosigkeit schmerzlos war, und er dankbar für ihr häufiges Eintreten.

Endlich blieben sie stehen. Er dachte, sie hätten vielleicht eine Stelle erreicht, die sie zufriedenstellte, daß sie vielleicht weggingen und ihn liegenließen, was alles war, das er sich wünschte, aber sie blieben: er hörte ihr keuchendes Atmen dicht bei ihm und auch die kleinen Bewegungen, die sie machten. Er hörte das Dahinhuschen von Ariels, und das Rutschen eines Kalibans in dieser gewaltigen Stille. Vielleicht, dachte er, hatten sie vor, ihm etwas anzutun, sobald sie sich ausgeruht hatten. Vielleicht waren sie Renegaten oder verrückter als die anderen, und wollten Zurückgezogenheit für ihren Spaß. Er hatte vor zu kämpfen, wenn es dazu kam, wollte sie dazu bringen, ihn dann wieder zu stechen, weil ihm das Betäubung brachte.

Einer bewegte sich, dann auch die übrigen, befingerten ihn mit ihren blinden Berührungen; er schlug einmal zu, aber sie packten seine Arme und Beine und hoben ihn einfach wieder hoch, nachdem sie nun ihre Pause gehabt hatten. Er wußte, wozu sie fähig waren, und hatte unter diesen Umständen kein Verlangen nach der Nadel, machte sogar schwache Versuche zu kooperieren, als sie eine niedrige Stelle erreicht hatten, und endlich schienen sie zu begreifen, daß er aus eigener Kraft mit ihnen kommen würde. Sie gestatteten es ihm immer mehr, sich für kurze Zeit selbst fortzubewegen, trugen ihn wieder, wenn er stolperte, wenn seine Erschöpfung zu groß wurde.

244

Und dann entstand ein Durcheinander in der Dunkelheit, ein Zusammentreffen, dachte er, denn die Neuankömmlinge rochen anders. Er wurde nach vorn gestoßen und losgelassen, dann wieder gepackt und hochgehoben, woran er merkte, daß er in anderen Händen war. Tränen strömten ihm aus den Augen. Die anderen hatten etwas verstanden; er hatte wenigstens *etwas* vermitteln können, was seine Lage verbessert hatte, und jetzt trieben sie wieder ein neues Spiel – packten und schleppten ihn weiter, mit noch mehr Grobheit als zuvor. Er wurde schlaff und ergab sich allem, was sie taten, fürchtete die Nadeln, die völlige Hilflosigkeit. Die Kraft, die ihm verblieben war, sparte er auf, das einzig Kluge, was er noch tun konnte.

Sie kletterten aufwärts. Sein Verstand kam wieder aus den fernen Winkeln seiner Zurückgezogenheit hervor und versuchte zu denken, Informationen zu sammeln – Anstieg, Spiralen, trockene Erde.

Und Licht. Er versuchte, seinen nach hinten hängenden Kopf anzuheben, konnte ihn nicht halten, beobachtete, wie das Licht in seinem auf dem Kopf stehenden Blickfeld stärker wurde, ihm die nebelhafte Silhouette des Mannes zeigte, der ihn an den Armen hielt.

Eine irdene Kammer voller Licht, das durch ein Fenster hereinfiel. Ein Mann, der auf dem Boden saß, ein weiterer Schatten in Jins benebeltem Blick.

Sie legten ihn zu Boden. Er lag dort für einen Moment, erstarrt in ihrem Schweigen, und wandte dem sitzenden Mann den Kopf zu – einer von ihnen, aber alt, der älteste Mann, den er je gesehen hatte, kahlköpfig und verrunzelt und bekleidet mit einem Gewand, das eine Schulter bedeckte und noch eine Erinnerung an rote Farbe zeigte. Die anderen hockten in ihren Lumpen da. Der alte Mann wartete.

Es dauerte eine Zeitlang, bis Jin seine Gedanken überhaupt wieder beisammen hatte. Er stemmte sich auf einen Arm hoch und blickte mit gesenkten Lidern ins Licht, als die Silhouette eines Unheimlichen eine große Schale mit Wasser vor ihn hinstellte. Er beugte sich hinab und schöpfte Wasser heraus, um zu trinken und sich den Geschmack der Übelkeit aus dem Mund zu spülen, trank dann immer mehr, klatschte sich sauberes Wasser ins Gesicht, wobei ihm die Hände zitterten und er eine Menge in seinen Schoß vergoß. Er blinzelte den alten

Mann an, hatte sich mittlerweile an den Wahnsinn gewöhnt und erwartete mehr davon.

»Sprich!« sagte der alte Mann ruhig.

Ein Felsen hätte da sprechen können. Der alte Mann saß da. Ein ziemlich kleiner Ariel lag auf seinem Schoß. Die Finger des Alten liebkosten ihn, streichelten die gesträubten Halsfalten.

Jin brauchte Zeit zum Überlegen. Er wischte sich noch einmal über das Gesicht, zog ein Knie an und legte den Arm darauf, weil er selbst beim Sitzen nicht ganz sicher war. Er betrachtete den alten Mann sehr lang. »Warum bin ich hier?« fragte er schließlich, so ruhig und so gedämpft wie der Alte vorher. Aber dieser gab keine Antwort, war genauso wahnsinnig wie die anderen. Oder das waren nicht die Worte gewesen, die der alte Mann hatte hören wollen. Das Schweigen zwischen ihnen dauerte an, und Jin drückte die Knie fest an sich, damit er nicht zitterte. Hier war es warm. Die Wärme strömte durch das Fenster herein und zirkulierte mit der Luft. Der Sommer ging draußen weiter, als habe er nie aufgehört. »Sie haben mich am Fluß gefunden«, sagte Jin dann exakt und vorsichtig, fast flüsternd. Er erinnerte sich an die Schüsse auf den Kaliban und sperrte diesen Gedanken aus seinem Bewußtsein aus, konzentrierte sich ganz auf den alten Mann vor sich, dessen Schädel haarlos und dessen dünner Bart weiß und sauber war. Sauber. Er hatte gar nicht geglaubt, je wieder Sauberkeit zu sehen. Er selbst stank nach Schlamm und Schweiß und Exkrementen; seine Kleider starrten vor Dreck. »Es muß vor Tagen gewesen sein ...« Er redete weiter, konnte zum erstenmal damit rechnen, daß ihm jemand zuhörte. »Sie haben mich über den Fluß gebracht. Ich weiß nicht, warum.«

»Name.«

»Jin.«

Das gealterte Haupt richtete sich auf. Wäßrige dunkle Augen blickten für eine geraume und stille Weile in die Jins. »Ich heiße Grün.«

Dieser Name schlug in Jins Bewußtsein ein und ließ sich dort nieder, erzeugte ein sehr kaltes Gefühl. Familiengeschichten. Sie kannten einander. Das sah er. »Laß mich gehen!« sagte er. »Laß mich hinaus!«

»Eines Tages«, flüsterte Grün, ein rostiges Geräusch, wie von etwas, das lange unbenutzt geblieben war. Ein langes Schweigen. »Ein Brauner ist tot.«

»Ein Unfall. Niemand wollte es!«

Grün starrte ihn nur an, nahm dann Kieselsteine von seinem Schoß auf und ordnete sie auf dem Erdboden zu einer Linie an. Der Ariel beobachtete es, kletterte dann über das Knie des Alten auf die festgepackte Erde, drosch mit den Beinen umher. Er stemmte sich mit den Beinen hoch, zuckte mit dem Kragen und studierte die Angelegenheit mit einem zusammengekniffenen Auge. Dann verschob er die Steine, machte einen Haufen aus ihnen.

»Laß mich gehen!« sagte Jin mit rauher Stimme, hatte Schwierigkeiten, klar zu sehen. »Es war ein Unfall.«

»Verstehst du dieses Muster?« fragte Grün. »Nein.« Er gab sich selbst die Antwort, sammelte die Steine auf und legte sie wieder aus, nur damit der Ariel sie wieder auf einen Haufen schob. So ging es immer weiter.

»Was willst du von mir?« wollte Jin schließlich wissen. Seine Arme zitterten mittlerweile vor Erschöpfung, und er hatte Schmerzen in den Eingeweiden. »Können wir es nicht regeln?«

»Sieh dir diesen Raum an!« sagte Grün.

Jin blickte auf und sah sich zu den Erdwänden um, dem Fenster, dem festgetretenen Erdboden, der gezeichnet war von Krallen, weit größer als die der Ariels. Die Unheimlichen hockten im Schatten unterhalb des Fensters.

Grün klatschte zweimal in die Hände, erzeugte damit Echos in der Stille. Und weit entfernt, irgendwo unten in den Schatten, regte sich etwas. Das Stöhnen eines Atems ertönte, der Atem von etwas, das gewaltig war.

Jin erstarrte, die Arme um die Knie geschlungen. Er blickte zum Fenster, zum Sonnenlicht, einem Weg, zu entkommen oder zu sterben.

»Kein Weh«, sagte Grün leise.

Es kam herauf, ein schnaubender Atem, ein trockenes Scharren von Krallen, und ein stumpfer Kopf auf einem knochigen Kragen schob sich in den Raum herein, ein Kopf, so groß wie der Eingang selbst. Jin wich erschrocken zurück, bis er die Wand im Rücken spürte, und noch mehr von dem Körper wurde in den Raum geschoben – ein Brauner, aber größer, als er je einen gesehen hatte. Die Augen des Kalibans waren

247

grün-gold. Auf dem Kamm waren grüne Tupfer. Er senkte sich auf den Bauch und legte den Schwanz an der gebogenen Wand hinter Grün entlang, reichte so von einer Seite des Raumes zur anderen. Die Unheimlichen rührten sich nicht ein einziges Mal. Der Braune reckte den Hals und wandte eine faustgroße Pupille in Jins Richtung, stemmte sich auf den Beinen hoch und kam näher.

Jin schloß die Augen, spürte den warmen Atem und das Tasten der Zunge auf Gesicht und Hals. Die Zunge wurde wieder zurückgezogen. Der Kaliban drehte den Kopf, um ihn mit einem Auge zu betrachten, das so groß war wie ein Menschenkopf. Die Zunge schob sich hervor, dick wie ein Arm.

»Bleib ruhig!« flüsterte Grün. Jin kauerte sich neben der gewaltigen krallenbewehrten Tatze an die Wand. Der Kopf schwang über ihn hinweg, warf seinen Schatten auf ihn. Und ruhig senkte der Kaliban den Kopf und stupste Jin mit den Kiefern.

Jin schrie auf. Der Kaliban peitschte davon, tauchte in die Dunkelheit des Eingangs, fegte noch einmal mit dem Schwanz. Jin blieb wo er war und zitterte.

»Andere sind dabei gestorben«, flüsterte Grün, der wieder auf seinem vorherigen Platz saß und in aller Ruhe einen Stein hinter den anderen legte. *Nein*, sagten die Steine mit kalter Hoffnung. Grün hob sie wieder auf und streute sie nacheinander aus, machte das immer wieder, während der Ariel dabeihockte und zusah und die gröberen, zerlumpten Unheimlichen ebenfalls schweigenden Zuschauer waren.

Jin wischte sich über den Mund und wurde ruhiger, das Zittern ebbte ab. Er war nicht tot. Er war nicht gestorben. Ein Zorn war in ihm gelagert, Zorn über das, was er war, darüber, daß er nicht aufhören konnte zu zittern, weil sie tun konnten, was ihnen gefiel. Er erinnerte sich an das, was er durchgemacht hatte, wie er geschrien hatte, und wie all sein Verstand und seine jägerischen Fähigkeiten ihm nichts genützt hatten. Ihm gefiel nicht mehr zu sein, was er gewesen war – verletzlich; er würde nie wieder sein, was er gewesen war – naiv. Sein ganzes Leben lang mußten die Leute diese Dinge in ihm gesehen haben. Oder sein ganzes Volk war wie er. Er verabscheute sich selbst mit einer tiefen, heraufdämmernden Wut.

15

Jahr 89, Tag 222 KR
Hauptbasis

Dean betrat das Labor und blieb stehen, die Hände hinter dem Rücken, hustete schließlich, als Spencer sich weiter auf seine Arbeit konzentrierte. Spencer drehte sich um.

»Morgen«, sagte er.

»Morgen, Sir.« Dean behielt seine Haltung bei, die gar nicht entspannt war, und Spencer betrachtete ihn finster.

»*Stimmt* etwas nicht, Dean?«

»Ich habe gehört ...«

»Herrscht diese Panik dann in der ganzen Stadt?«

»Die Soldaten sind letzte Nacht ausgerückt. Zum Zaundraht.«

»Ein Alarm. Ein blinder.«

»Seit Tagen haben sich keine Bergmenschen mehr gezeigt.«

»Das habe ich mitbekommen.« Spencer kam näher, lehnte seine korpulente Gestalt an den Tisch und beugte sich mit verschränkten Armen zurück. »Bist du hier, um etwas Spezielles zu sagen, Dean?«

»Nur das.«

»Nun, ich weiß deinen Bericht zu schätzen. Ich nehme an, die Bergmenschen sind ein wenig nervös, mehr nicht.«

»Ich weiß nicht, was ich dort draußen in der Stadt erfahren soll, wenn keine Bergmenschen kommen.«

»Ich finde, du dienst schon einem Zweck.«

»Ich würde wirklich gerne innerhalb eingesetzt.«

»Du bist nicht nervös, oder?«

»Ich denke wirklich nur, daß ich da draußen keinen Zweck erfülle.«

»Das ist ziemlich abergläubisch, nicht wahr? Ich stelle fest, daß die Stadt ein Opfer des Aberglaubens ist.«

»Sie sind recht groß, Sir, die Kalibane.«

»Ich denke, du dienst als stabilisierender Einfluß in der Stadt. Du kannst ihnen sagen, daß die Station immer noch da oben ist und beobachtet, und daß wir keinen Vormarsch erwarten. Wahrscheinlich ist alles auf einen Biozyklus zurückzuführen. Vielleicht Fisch. Erreichbarkeit der Nahrung. Bevölkerungsdruck. Du bist ein gebildeter Mensch, Dean, und ich will

249

dich genau dort, wo du bist. Wir haben ein Dutzend Bewerbungen um Wohnrecht in der Basis erhalten, einen Sturm von Bewerbungen für eine offene Stelle. Das beunruhigt mich mehr als die Kalibane. Wir haben eine ganze Flut von Feldarbeitern auf der Krankenliste. Ich spreche von zwanzig Prozent der Arbeiter. Kein bißchen Fieber in dem ganzen Haufen. Nein. Wir holen dich nicht herein. Du bleibst draußen, bis die Krise vorüber ist.«

»Das könnte eine Weile dauern, Dr. Spencer.«

»Du erledigst deinen Job. Du hältst draußen den Daumen drauf. Wenn du an deinen Privilegien hängst, dann tust du deinen Job, verstehst du? Keine Vergünstigungen. Du sprichst mit Schlüsselpersonen und sorgst dafür, daß es in der Stadt ruhig bleibt.«

»Ja«, sagte Dean. »Sir.« Er rammte die Hände in die Taschen und nickte ein ›Guten Morgen‹, versuchte, den Atem zu beherrschen, während er sich umdrehte und hinausging.

Seine Mutter war tot. Letzten Monat. Die Meds hatten sie diesmal nicht retten können: das Herz war einfach stehengeblieben. Das Haus in der Stadt war leer, außer wenn er dorthin ging. Die Nachbarn sprachen kaum mit ihm, wollten das Haus haben, das so passend eine gemeinsame Wand mit ihrer überfüllten Bleibe hatte. Er hatte keine Freunde. Er war älter als die heranwachsenden Schüler, er war eine Anomalie in seiner Generation. Er hatte keine Frau oder Geliebte, denn er war ein Eingeborener und unberührbar in der Hauptbasis, auf der einen Seite der Grenze, ein Außenseiter und unerwünscht in der Stadt.

Er durchquerte das Viereck der Basis, ging zwischen den hohen Gebäuden der Außenweltler, zwischen seltsamen Betongärten, deren Anblick ihn beunruhigte, weil sie mit ihren Formen aus verdrehtem Beton keinen Sinn ergaben, und er erblickte in ihnen undeutliche Vergleiche mit den Mustern, die die Bergmenschen zogen, um die Stadtmenschen zu verwirren. Direkt hinter der Umfriedung aus Gebäuden und ihren Betongärten betrat er das Torhaus, wo er sich auszog und seine Basiskleidung in einen Schließschrank hängte, wo er in seinen Stadtoverall wechselte, der fade war und abgetragen. Er war eine Lüge; oder die andere Kleidung war eine; an diesem Morgen war sich Dean da gar nicht sicher.

Er ging wieder hinaus, vorbei an der Wache, die ihn kannte, der Außenweltlerwache, die ihn anschaute und niemals lächelte, ihm nie vertraute, immer die Schildchen und die Nummer auf seiner Hand überprüfte, als hätten sie sich seit gestern verändert.

Der Posten machte die Notiz in seinen Unterlagen, daß Dean die Basis verlassen hatte. Dean trat hinaus, von Betongärten auf eine Betonstraße, die zur Stadt führte, in Nord und Süd ein T bildend, eine lange richtige Straße, alles, was die Stadt an Luxus besaß. Der Rest war Schmutz. Die Häuser bestanden aus einheimischen Steinen und Ziegeln; und die Klinik aus eintönigem Beton – sie war das andere Geschenk der Basis. Erdstraßen und gewöhnliche Häuser, gebaut von Menschen, die Architekten und Ingenieure vergessen hatten. Sie hatten einen öffentlichen Wasserhahn an jeder Straße; einen öffentlichen Kanal, der das Abwasser aufnahm, sowie ein Gesetz, welches sicherstellte, daß sich die Leute die Mühe machten. Ein öffentliches Bad war vorhanden, aber es stank aus den Abflüssen und sorgte dafür, daß die Umgebung matschig war und die hinein- und hinausführenden Spuren zeigte. Felder erstreckten sich bis hin zu den Hügeln, golden zu dieser Jahreszeit; und die Wachtürme; und der Zaundraht, der Draht um die Felder und um die Stadt sowie die Betonschutzwälle und Wachstationen rings um die Basis. Der Draht sorgte für ihre Sicherheit. Das sagten die Außenweltler.

16

Jahr 89, Tag 223 KR
Das Bergmenschendorf

Ein Kaliban kam in der Dämmerung, und er trug einen Reiter, etwas, das noch nie jemand gesehen hatte; er glitt dicht am Haus des alten Tom aus den Büschen hervor, und ein weiterer folgte ihm. Ein kleines Mädchen sah sie als erstes und blieb stocksteif stehen. Andere taten desgleichen, außer einem jungen Mann, der in die Gemeindehalle stürzte, worauf das ganze Dorf hinaus auf das steinige Gemeindeland strömte.

Auf den Schultern des Kalibans saß ein Mann, in Schatten

gehüllt bei diesem Dämmerlicht, der Kaliban selbst vor dem Hintergrund des Gebüsches nur undeutlich erkennbar, und ihm folgte ein zweiter kleinerer Kaliban, auf dem ebenfalls ein Mann saß. Die Echsen blieben stehen. Unheimliche kamen aus dem Gebüsch rings um die Siedlung hervor, erdfarbene Schattengestalten zwischen den schwindenden Farben des Saums der Nacht, manche nackt und manche bedeckt mit Kleiderfetzen von abgestumpften Farben.

Der Mann auf dem Nacken des ersten Kalibans hob den Arm. »Ihr werdet diesen Ort verlassen!« rief er den Dorfbewohnern zu, Worte von einem Unheimlichen ... und das allein war Schreck genug, aber der Kaliban kam näher, setzte seine krallenbewehrten Tatzen leichtfüßig und langsam hintereinander auf das Gestein, und die auf der Schwelle der Gemeindehalle versammelten Bergmenschen wichen zurück wie eingezogener Atem. Jäger befanden sich in ihren Reihen, aber niemand hatte Waffen zum Abendessen mitgenommen; auch ältere Leute waren darunter, aber niemand schien zu wissen, was er hierzu sagen sollte. Kinder waren dabei, und eines der jüngsten fing an zu schreien, steckte einen Säugling damit an, aber die Eltern drückten die Gesichter der Kinder an ihre Schultern und beruhigten sie hastig.

Weitere Kalibane waren rings um die Siedlung aufgetaucht, manche mit Reitern, und sie bewegten sich geisterhaft durch das Unterholz. Auch kleinere Kalibane, wie die geistlosen Grauen, waren dabei. Und noch kleinere: eine Handvoll Dorf-Ariels kam auf die freie Fläche zwischen Kalibanen und Halle geschlittert und erstarrte dort, mit erhobenen Köpfen, die Halskrausen aufgeplustert – ein Anblick von eigentümlichem Schrecken, daß Wesen, die von Kindern als Schoßtiere gehalten wurden, sich zu einer solchen Invasion gesellten.

»Das Dorf ist am Ende«, sagte der Eindringling. »Zeit wegzugehen. Kalibane kommen – in dieser Nacht. Immer mehr von ihnen. Die Zeiten wandeln sich. Diese *Fremden* innerhalb ihrer Zäune, diese Fremden, die euch markieren, damit ihr ihre Tore durchqueren dürft, die sich genug Nahrung aus der Stadt besorgen, um fett zu werden, sie haben alles bekommen. Und sie erschießen Braune. Das geht nicht, nein, das geht nicht! Es bleibt keine Zeit mehr. Neue Muster bestehen jenseits des Flusses, Dinge, die kein Außenseiter je gesehen hat, ein siche-

rer Ort, zu dem ich euch bringen werde, aber dieses Dorf ...
wird morgen dem Wind und den Ariels gehören, wie die Kuppeln, von denen sie erzählen, tot und dunkel wie sie. Das Gestein unter euch wird euch nicht schützen. Jetzt nicht mehr.«

»Das ist *Jin!*« sagte jemand mit unterdrückter Stimme, in einem Ton des Schreckens, und der Name verbreitete sich flüsternd durch das Dorf. »Das ist Jin, der am Flußufer verschwand!«

»Jin! rief ein Mann; es war Jin der Ältere, der sich zwischen den anderen hindurch nach vorn schob, Tränen im Gesicht und Schrecken in der Stimme. »Jin, komm da herunter, komm her! Hier ist dein Volk, Jin!«

Etwas machte ein zischendes Geräusch. Jin der Ältere schlug nach etwas an seinem Hals, ungefähr zu dem Zeitpunkt, als seine Frau sich durch die Menge auf ihn zu schob, und weitere Verwandte – aber Jin der Ältere fiel zu Boden, und einige Leute wollten sich um ihn kümmern, aber als eine von ihnen ausbrach und in Deckung rennen wollte – zischte wieder etwas, und diese Frau stolperte und stürzte mit ausgebreiteten Gliedern zu Boden.

»Nehmt mit, was ihr wollt!« rief Jin und deutete mit einem starren Arm zu dem Dorf ringsumher. »Sammelt ein, was ihr braucht! Aber brecht auf! Ihr glaubtet, hier sicher zu sein, wo ihr auf Fels gebaut habt. Aber verlaßt jetzt diese Häuser, überlaßt sie den Huschern und seid froh. Geht jetzt! Sie warten nicht gerne.«

Und dann: »*Bewegt euch!*« schrie er sie an, weil sich niemand geregt hatte, und dann gehorchten sie, zerstreuten sich in Panik.

Wolke erreichte sein Haus außer Atem und fummelte in der dunklen, vertrauten Ecke nach seinem Bogen, konnte im ungewissen Licht der Kohlen im Kamin kaum etwas sehen. Er fand den Köcher am Haken hängend, schlang ihn sich über die Schulter und drehte sich wieder zur Tür um, als eilige Schritte darauf zukamen, eine Flut von Gestalten, die er sogar im Dunkeln erkannte.

»Ich bin es!« sagte er, bevor sie sich erschreckten – seine Frau Dal, seine Schwester Pia, seine Großmutter Elly und sein Sohn

Tam, acht Jahre alt. Seine Frau umarmte ihn, und auch er drückte sie mit einem Arm, dann auch seinen Sohn und seine Schwester. Tam weinte, als Wolke sich anschickte zu gehen; Ma Elly stellte sich ihm in den Weg.

»Nein«, sagte sie. »Wolke, wohin willst du?«

Er hatte Angst bei dem Gedanken, auf Menschen und Kalibane zu schießen, aber genau das hatte er vor, genau das würde gleich hier passieren – hatte auf seiten der Eindringlinge bereits begonnen. Er hörte Rufe, hörte das Zischen von Kalibanen. Dann vernahm er ferne Schreie.

»Komm zurück!« Ma Elly packte ihn am Hemd und zog mit aller Kraft an ihm, eine stämmige Frau, die Frau, die ihn sein halbes Leben lang bemuttert hatte. »Du hast dich um eine Familie zu kümmern, hörst du?«

»Ma Elly – wenn wir sie nicht gemeinsam aufhalten ...«

»Du wirst nicht hinausgehen. Komm zurück! Da draußen werden sie dich töten, und wozu sollte das gut sein?«

Seine Frau hielt ihn jetzt auch fest, unterstützte Ma Elly mit ihren Armen, und der junge Tam hielt ihn an der Taille. Sie zogen ihn nach innen, und er verlor seinen Mut, das ganze Feuer in ihm, das ihn drängte, hinauszugehen und für sie zu sterben, denn jetzt dachte er wieder. Was dann? hatte Ma Elly gefragt, und er wußte keine Antwort. Er tätschelte die Schulter seiner Frau, drückte seine Schwester an sich. »In Ordnung«, sagte er.

»Sammelt alles ein«, befahl Ma Elly, und sie machten sich im Dunkeln an die Arbeit. Der kleine Tam warf ein Holzscheit in den Kamin ... »Nein!« rief Wolke, zog den Jungen zurück und holte das Scheit mit einem Stock heraus, bevor er Feuer fangen konnte, verstreute dabei die Kohlen. Er packte den Jungen an den Schultern und schüttelte ihn. »Kein Licht! Hol alle Kleider, die du finden kannst, hörst du?«

Der Junge nickte, schluckte seine Tränen hinunter und ging. Wolke blickte nach rechts, wo Ma Elly auf den Knien lag und zwischen den verstreuten Kohlen mit den Steinplatten kämpfte.

Er kauerte sich nieder und stemmte eine mit dem Messer für sie hoch, stellte keine Fragen, als sie die lederumwickelten Bücher heraushob, die der Schatz ihrer Abstammungslinie waren. Sie drückte sie an sich, und Wolke half ihr auf, während rings um sie das Packen weiterging. »Werden nicht in irgendeinem

Kaliban-Loch wohnen«, brummte Ma Elly. Er hörte, wie ihr die Stimme brach. Er hatte Elly Flanahan seit dem Tode seiner Mutter nicht mehr weinen gehört. »Hör mir zu, Wolke! Wir gehen durch diese Tür hinaus, und wir gehen draußen weiter.«

»Ja«, sagte er. Wenn er keine andere Möglichkeit gesehen hätte, hätte er sich seiner Familie wegen ergeben, und wegen nichts sonst. Aber was Ma Elly wollte, deckte sich plötzlich mit all seinen Instinkten. Natürlich war es das, wohin sie versuchen würden zu gelangen. Natürlich mußten sie das versuchen. Nur – sein Verstand erschauerte unter der Wahrheit, die er während der letzten Augenblicke ständig abgewehrt hatte –, die Eindringlinge würden die Alten, die Schwachen und die Kinder erwischen: die Kalibane würden sie einfangen und die Pfeile jeden niederstrecken, der kämpfen wollte. Entkommen konnte nur eine Familie wie seine, deren Angehörige alle in der Lage waren zu laufen, sogar die alte Ma Elly. Feigling, sagte etwas zu ihm; aber – Dummkopf, sagte dieses Etwas zu ihm, als er daran dachte, in der Nacht gegen die Kalibane und Pfeile zu kämpfen.

Er packte ein Bündel, das seine Frau ihm reichte, ging leise zur Tür und blickte hinaus auf den Gemeindeplatz, wo sich Kalibane zwischen ihnen und den Lichtern der Gemeindehalle herumtrieben. Es war jetzt ruhig. »Kommt!« sagte er. »Bleibt mir dicht auf den Fersen! Pia, du gehst als letzte!«

»Ja«, sagte sie, selbst eine Jägerin, trotz ihrer fünfzehn Jahre. »Geht schon! Ich bin hinter euch.«

Wolke glitt hinaus, legte einen Pfeil auf und spannte den Bogen, während er seitlich um das Haus ging und auf den Berghang zu.

Ein Grauer schlug nach ihm, ein Wachtposten im Gebüsch. Er riß den Bogen hoch und schoß, ein wirklicher giftiger Schuß. Der Graue zischte und schlug in seinem Schmerz um sich, und Wolke rannte los, den Hang hinab, sammelte an dessen Fuß wieder seine Familie ein, die dort außer Atem auf ihn wartete, und weiter ging es, eine Zeitlang im Trab, dann im Gehen, dann leicht laufend. Sie brachten an Strecke hinter sich, was sie konnten, denn Wolke hörte die Panik hinter ihnen.

»Feuer«, flüsterte Pia.

Wolke blickte zurück. Es brannte. Er sah den Schein. Häuser standen in Flammen.

»Geht weiter!« sagte Ma Elly keuchend. »Geht weiter!«

Geräusche näherten sich von hinten, Laufschritte, aber nicht von Kalibanfüßen. Wolke zielte mit dem Bogen, aber es waren welche von ihren eigenen Leuten, die da kamen.

»Wer seid ihr?« zischte Wolke sie an, aber sie liefen einfach weiter – aus Scham vielleicht, oder aus Angst. Seine eigene Familie lief bereits so schnell sie konnte, und wenig später nahm Wolke den kleinen Tam auf die Arme und nahm Dal Ma Elly die Bücher ab, denn diese wankte bereits an den Grenzen ihrer Kraft einher.

Wolke weinte. Er merkte es gar nicht, bis er spürte, wie der Wind die Tränen auf seinem Gesicht kühlte. Von Zeit zu Zeit blickte er zu dem Feuerschein, der das Ende von allem markierte, was er kannte.

Und falls die Kalibane sie weiter jagten, wenn sie das vorhatten, dann, wußte er, waren sie nirgendwo sicher. Er hoffte nur, daß die Kalibane vergaßen. Manchmal taten sie es, oder es schien zumindest so.

17

Die Stadt

Das Prasseln des Feuers, das Flackern in der Dunkelheit – Schreie erhoben sich über das Durcheinander von Menschen, die über die Straßen liefen.

Sie sammelten sich vor den Eingängen der Basis, am Zaundraht, aber die Basis sah nicht hin.

»Macht auf!« schrie Dean, brüllte es, verloren zwischen den anderen. »Öffnet die Tore ...!«

Aber die Basis tat es nicht. Würde niemals die Tore öffnen, damit ein Mob in die ordentlichen Betongärten strömte, ihren Türen zu nahe kam, die Fetzen der eingetauschten Kleider und den Gestank und die Angst mitbringend. Dean wußte es, bevor die anderen es glaubten. Er wandte sich ab und rannte davon, schnappte nach Luft, weinte auf einmal, als er an einer freien Stelle stehenblieb und über die Schulter zurück zu dem Alptraum blickte ...

... zu einem Spalt, der sich in der Erde öffnete, zu Häusern, die unter den Scheinwerfern in sich selbst zu Steinhaufen zusammensanken ... zu einem Riß, der größer wurde und die Platten der gepflasterten Straße umkippte, zu Menschen, die inmitten der Menge stürzten.

Ein neues Geschrei ertönte.

Der Spalt wuchs weiter.

Und auf einmal schob sich in der Dunkelheit und unter den Scheinwerfern ein monströser Kopf aus der Erde.

Dean lief weiter, vergaß alles, nahm die Richtung, die die Kalibane selbst freigemacht hatten, quer über die zerstörten Felder.

Einmal brachten Schreie ihn dazu, wieder zurückzublicken, dünne und mitleiderregende Schreie hinter ihm; viele von den Lampen waren ausgegangen, aber die, die noch leuchteten, zeigten eine wogende Rauchwolke inmitten der hohen Betongebäude der Hauptbasis – und dort stand jetzt ein Gebäude weniger als vorher.

Die Kalibane waren unter den Fundamenten der Basis. Die Basis selbst fiel.

Dean lief erschreckt weiter, immer weiter. Er war nicht der einzige, der den Zaundraht hinter sich brachte. Aber er blieb bei niemandem, fand keinen Gefährten, keinen Freund, nichts, trieb sich nur selbst weiter und weiter, bis er die Schreie nicht mehr hören konnte.

18

In den Bergen

Sie fanden ihn am Morgen zwischen den Felsen; und Wolke hob seinen Bogen, zielte mit dem Pfeil über den schmalen Fluß hinweg – weil alles zu einem Feind geworden war. Aber der Stadtmensch, mit dem Rücken an die Felsen gedrängt, hob nur einen Arm, als könne er damit die Flintspitze eines Pfeiles aufhalten, und blickte sie so trostlos, so müde an, daß Wolke den Bogen wieder senkte und den Pfeil wegsteckte.

»Wer bist du?« fragte Wolke, als sie sich auf beiden Ufern des schmalen Flusses einander gegenüberhockten, während seine Schwester Pia, seine Frau und sein Sohn Ma Elly versorgten, ihr Gesicht wuschen und ihr Wasser zum Trinken hinhielten. »Wie heißt du?«

»Heiße Dean«, sagte der andere mit heiserer Stimme. Er kauerte an seinem Ufer, die Arme um die Knie geschlungen, die feine Stadtkleidung in Fetzen.

»Mein Name ist Wolke«, sagte Wolke. Und Dal kam zu ihm und reichte ihm etwas von den Lebensmitteln, die sie mitgebracht hatten, während der Fremde sie nur vom anderen Ufer her anblickte, ohne zu bitten.

»Er hat Hunger«, meinte Pia. »Wir geben ihm einfach etwas.«

Wolke dachte darüber nach, nahm schließlich einen Bissen Brot und hielt es dem Stadtmenschen übers Wasser hin.

Der Mann erhob sich aus seiner Kauerhaltung und watete durch den Fluß. Er nahm das ihm angebotene Stück und setzte sich wieder, verzehrte das Brot ganz langsam. Tränen strömten aus seinen Augen, liefen an seinem Gesicht herab, aber dieses hatte überhaupt keinen Ausdruck, und auch die Augen fanden keinen richtigen Fokus.

»Du kommst aus der Stadt«, sagte Ma Elly.

»Die Stadt gibt es nicht mehr«, sagte er.

Keiner von ihnen wußte, was er darauf sagen sollte. Die Stadt war immer dagewesen, reich und mächtig.

»Die Gebäude der Basis sind eingestürzt«, berichtete er. »Ich habe es gesehen.«

»Wir gehen nach Süden«, meinte Wolke schließlich.

»Sie werden uns jagen«, warf Pia ein.

»Wir folgen der Küste«, sagte Wolke, während er durchdachte, wo Nahrung zu finden war, wo sie sicher sein konnten, immer frisches Wasser aus den Flüssen zu haben, die ins Meer strömten.

»Im Süden ist ein großer Fluß«, sagte Dean mit ruhiger Stimme. »Ich kenne ihn.«

Sie nahmen den Stadtmenschen mit. Unterwegs fanden sie weitere, manche von ihrem Volk, manche nur Stadtmenschen, die weit und schnell genug gelaufen waren – wie sie selbst, die laufen konnten und bereit waren, es zu tun, aus welchen Gründen auch immer.

Weitere stießen zu ihnen, und manchmal tauchten Kalibane auf, hielten aber Abstand.

19

Nachricht von der Gehenna-Station an das Allianz-Hauptquartier überbracht von der AS Winifred

»... Durch das Eingreifen von Stationstruppen konnte der Umkreis der Basis gesichert werden. Verluste beim Basis-Personal betragen vierzehn Todesfälle und sechsundvierzig Verwundungen, davon neun kritisch ... Sämtliches Personal, abgesehen von Sicherheitskräften und Schlüsselpersonal, wurden auf die Station geholt.

Die Stadt ist völlig zerstört. Verluste unbestimmt. Zwanzig Todesfälle sind bestätigt, aber angesichts der weitläufigen Zerstörungen und des unsicheren Bodens ist eine weitere Suche gegenwärtig kein Thema. Zweihundertzwei Überlebende haben die am Basis-Tor eingerichteten Hilfsstationen für die Behandlung von Verletzungen erreicht. Die meisten berichteten, sie hätten sich freigegraben. Unter dem Schutz der Dunkelheit kehren Kalibane in die Ruinen zurück und graben im Schutt. Das beiliegende Band #2 zeigte diese Aktivität ...

Das Dorf der Bergmenschen hat ebenso beträchtlichen Schaden genommen, und Untersuchungen aus dem Orbit haben kein Zeichen von Leben dort ausgemacht. Die Überlebenden der Stadt und des Dorfes haben sich verstreut ...

Die Station wird Nahrungsmittel hinabbringen und damit den Versuch unternehmen, die Situation der Überlebenden zu konsolidieren, wo immer es möglich ist ... Die Station ersucht aus humanitären Gründen dringend um eine Ausnahme von dem Nichteinmischungsbefehl. Die Mission empfiehlt, die Überlebenden von dem Planeten zu evakuieren.«

20

Nachricht: Allianz-Hauptquartier/Wissenschaftliches Büro an Gehenna-Station überbracht von AS Phönix

»... Mit außerordentlichem Bedauern und in voller Wertschätzung Ihrer humanitären Besorgnis weist das Büro die Bitte um Aufhebung des Nichteinmischungsbefehles grundsätzlich zurück ...

Die Gehenna-Basis wird unter maximaler Sicherheit mit

Hilfe der Ausrüstung neu errichtet, die an Bord dieses Kuriers eintrifft ...

Es ist die Politik des Büros, daß keine Intervention in das Gebiet einer ablehnenden Intelligenz geduldet wird, auch dann nicht, wenn sie in wohlwollender Absicht erfolgt ...

Die Station wird dem Bevollmächtigten des Büros, Dr. K. Florio, jede mögliche Kooperation und Gefälligkeit gewähren ...«

21

Jahr 90, Tag 144 KR
Stabsbesprechung: Gehenna-Station

»Es ist eine Tragödie«, sagte Florio und formte die Hände vor sich zu einer Festung. Er sprach ruhig, betrachtete sie alle. »Aber diejenigen, die unserer Politik nicht zustimmen, haben die Wahl, sich versetzen zu lassen.«

Der Rest des Tisches antwortete mit Schweigen, mit Posen wie seine eigene, grimmige Gesichter, männliche und weibliche. Alte Hasen der Gehenna-Station. Beträchtlich mehr Diensterfahrung.

»Wir verstehen das Grundprinzip«, sagte der Direktor. »Die Realität ist etwas schwierig zu akzeptieren.«

»Liegen sie im Sterben?« fragte Florio ruhig. »Nein. Der Verlust an Leben hat ein Ende gefunden. Die menschliche Bevölkerung ist stabilisiert. Sie überleben da unten sehr effizient.« Er nahm seine Hände aus ihrer Pose und blätterte die Inspektionsberichte durch. »Wenn mir noch die Beweise gefehlt hätten, um die Entscheidung des Büros zu unterstützen – hier sind sie. Die Welt hat einen Aufruhr durchgemacht, und wieder haben sich zwei Gemeinschaften behauptet. Eine liegt sehr günstig für eine Beobachtung durch die Basis. Beide überleben dank der Lebensmittellieferungen. Das Büro genehmigt soviel über den Winter hinweg, um eine lebensfähige Bevölkerungsgrundlage zu erhalten. Die letzte Lieferung wird aus Saat und Geräten bestehen. Danach ...«

»Und diejenigen, die an den Zaundraht kommen?«

»Haben Sie ihnen Zutritt gewährt?«

»Wir haben ihnen medizinische Versorgung gewährt und sie mit Lebensmitteln beliefert.«

Florio runzelte die Stirn und blätterte die Papiere durch. »Die zur Behandlung kritischer Fälle heraufgeholten Eingeborenen haben sich nicht an das Stationsleben angepaßt. Ernste psychische Störungen. Ist das humanitär? Ich denke, es sollte klar sein, daß gute Absichten zu dieser Katastrophe geführt haben. Gute Absichten. Ich sage Ihnen, wie es laufen wird: die Mission darf ihre Beobachtungen durchführen, ohne sich einzumischen. Es wird kein Programm zur Akkulturation geben. Keines. Auf dem Planeten werden keine Feuerwaffen gestattet sein. Keine technischen Gerätschaften dürfen aus dem Basis-Umkreis herausgebracht werden – abgesehen von Aufzeichnungsgeräten.«

Schweigen von seiten des Stabes.

»Wir müssen hier Forschungen nachgehen«, sagte Florio noch sanfter. »Das Büro ist auf meßbare Intelligenzen gestoßen; einer nicht meßbaren ist es nie begegnet; es hat nie vor einer Situation gestanden, in der die Menschheit den Vergleich mit einer anpassungsfähigen Spezies verloren hat, die die Kriterien sprengen könnte. Das Büro weist diesen Forschungen Priorität zu. Die Tragödie Gehennas ist nicht unbeträchtlich – aber es ist eine doppelte Tragödie, ganz unzweifelhaft in Begriffen von Menschenleben. Was die Kalibane angeht – gut möglich, daß es auch für sie eine ist. Rechte sind in Frage gestellt, die Rechte von Intelligenzen, ihre Angelegenheiten nach ihren eigenen Gesetzen zu ordnen, und das umfaßt auch die menschlichen Einwohner, die nicht direkt den Gesetzen der Allianz unterstehen. Ja, es ist eine ethische Frage, dem stimme ich zu. Das Büro stimmt dem zu. Aber es weitet diese Frage dahingehend aus, ob das Gesetz selbst vielleicht kein universales Konzept ist.

Menschen und Kalibane stehen vielleicht miteinander in Kommunikation. Wir sind sehr spät von dieser Möglichkeit in Kenntnis gesetzt worden. Hätten wir es gewußt, hätte auch die Politik anders ausgesehen.

Falls die Frage sich gestellt hätte, ob sich Menschen an Gehenna angepaßt haben, wäre dies zu bedenken gewesen – daß Menschen in Kommunikation mit einer Spezies getreten sein könnten, deren Verhalten auch nach zwanzig Jahren der Forschung mit hochtechnischem Gerät und fachlich kompetenter Beobachtung nicht verständlicher geworden ist. Allein das schon sollte uns veranlassen, unsere Schlußfolgerungen in Zweifel zu ziehen. Bei jeder Frage nach Intelligenz – bei jeder Definition von Intelligenz – wo ordnen wir diese Kommunikation ein?

Nehmen wir an, nehmen wir einfach an, daß Menschen sich tiefer in den Raum vorwagen und auf etwas anderes treffen, das nicht in unsere Definitionen paßt. Wie gehen wir damit um? Was, wenn es raumfahrend – und bewaffnet ist? Das Büro betrachtet Gehenna als eine sehr wertvolle Studie.

Irgendwie müssen wir mit einem Menschen sprechen, der seinerseits mit Kalibanen spricht. Irgendwie muß das, was wir hier vorfinden, der Allianz einverleibt werden. Nicht aufgelöst, nicht auseinandergenommen, nicht umerzogen. Einverleibt.«

»Um den Preis von Menschenleben.«

Der Einwand kam von weiter unten am Tisch, ganz weit unten. Von der Sicherheit. Florio begegnete dem Blick gleichmütig und fest, sich seiner Macht bewußt.

»Diese Welt ist eigenständig. Wir sagen ihr nichts, wir geben ihr nichts. Nicht eine Erfindung, nicht einen Fetzen Stoff. Keine Handelsgüter. Nichts. Die Station wird ihre Vorräte aus dem Raum erhalten. Nicht von Gehenna.«

»Menschenleben«, sagte der Mann wieder.

»Eine geschlossene Welt«, sagte Florio, »gewinnt und verliert Leben nach ihren eigenen Gesetzen. Wir zwingen ihnen nichts auf. Bis zum nächsten Jahr wird jede Hilfeleistung eingestellt sein, Lebensmittel, Werkzeuge, alles, einschließlich medizinischen Beistandes. Alles!«

Danach herrschte Schweigen. Niemand hatte etwas zu sagen.

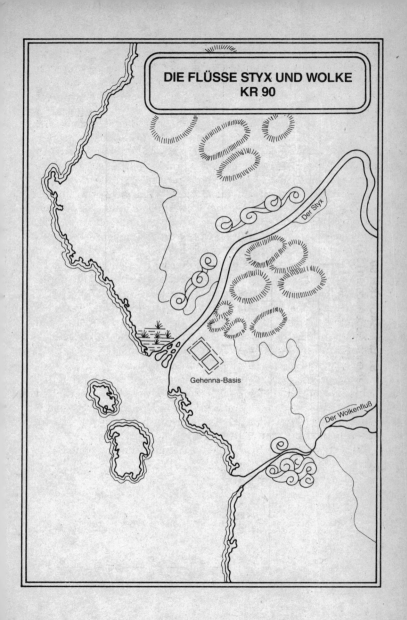

STAMMBAUM KR 90
Gehenna Außenposten (303)

Jin 458-9998
−18−−58

Pia 86-687
−18−+16

Jin 2 0−62   Mark 3−29   Zed 4−?   Tam 5−58

Pia 2 6−72 (MA PIA)   Grün 8−?

Jin 3 29−78   Pia 3 30−89 →   Tam 3 38− →   Sunny 30−89 →   Wolke Einauge 30−89 →   Jin 5 31−89 →   Tam 2 31−89 →   Rote Pia 32−89 →

Jin 6 43−69

Jin 7 58−89

Jin 8 (der in die Wälle geht) 71−

Jin 9 90−

Elly m. Flanahan-Gutierrez 23−

Jin 4 30−88 (gez. v. Matthew R. Mayes −22−+29)

Mark 3 32− (gez. v. Ben) →

Zed 2 35− (gez. v. Bran) →

Pia 3 40− (gez. v. Kes) →

Dean m. Pia Flanahan 62−
|
Elly 90−

Wolke 2 47−

Wolke 3 m. (der mit Pia spricht) 62−
|
Wolkes Tam 81−

Dal 61−

22

Jahr 90, Tag 203 KR
Wolkes Siedlung

Die Kalibane kamen zu den Hütten, die die Flüchtlinge am neuen Fluß im Süden gebaut hatten, und brachten den Schrekken mit.

Aber die Unterkünfte blieben stehen. Sie wurden nicht untergraben. Die Grauen trafen als erste ein und zögernd ein paar Braune, die am Fluß entlang aufwärts gruben.

Und immer mehr kamen. Die Flüchtlinge schossen keine Pfeile ab, sondern drängten sich in ihren Hütten zusammen und versuchten, des nachts nicht zu hören, wie die Kalibane draußen umherliefen, Wälle um sie herum errichteten, sie einschlossen, Muster formten, deren Herz die neue Siedlung war.

Die Kalibane verschonten die Gärten, die die Flüchtlinge angelegt hatten. Es war das Dorf, das sie heimsuchten, und sogar tagsüber saßen Ariels und Graue in der Sonne.

»Sie sind zu uns gekommen«, meinte Elly, »wie sie zu Jin gekommen sind.«

»Wir müssen hierbleiben«, sagte ein alter Mann. »Sie werden uns nicht gehenlassen.«

Das stimmte. Sie hatten ihre Gärten. Es gab nichts, wo sie sonst hingehen konnten.

23

Siedlung am Wolkenfluß

»... Sie kamen von einer Welt, die Cyteen genannt wird«, erzählte Dean, der am Kamin saß, dem einzigen Lichtspender in ihrer gemeinsamen Unterkunft, und das Licht schien auf die Gesichter von Jung und Alt, die sich versammelt hatten, um ihm zuzuhören. Er besaß das Wissen, aber er erzählte es jetzt auswendig immer wieder, legte es den Kindern dar, den Erwachsenen, den Stadtmenschen und den Bergmenschen, die nie das Innere moderner Gebäude gesehen hatten, denen man so viele Dinge erzählen mußte. Ma Elly und ihre Familie saßen

265

ihm am nächsten, Wolke mit seinem gewohnt finsteren Gesicht, Dal ernst lauschend; und Pia und der junge Tam so feierlich wie die ältesten. Zwanzig Menschen waren hier zusammengekommen und saßen dichtgedrängt; es gab noch mehr Leute, zu viele, um gleichzeitig in diesen Raum zu passen, die kommen würden, wenn sie an der Reihe waren. Und sie kamen, weil er die Bücher zu lesen verstand, besser als Elly selbst – er konnte das, was in ihnen stand, in einer Weise *erzählen*, die auch der Geringste verstand. Wolke schätzte ihn. Pia kam in sein Bett, nannte ihn *mein Dean*, und das in einem Tonfall, der gleichzeitig stolz und besitzergreifend war.

In gewisser Weise war dies die glücklichste Zeit in Deans Leben. Sie sorgten für ihn und respektierten ihn; sie lauschten dem, was er zu sagen hatte, und hörten auf seinen Rat. Er schenkte ihnen zögernd seine Liebe, und sie ordneten ihn in eine Art besondere Kategorie ein – außer Pia, die ihn außerordentlich speziell einstufte; und Wolke und Dal nahmen ihn auf, und Ma Elly unterhielt sich mit ihm über die Vergangenheit, und Tam wollte immer Geschichten hören. Zu Zeiten schien dieses Dorf alles zu sein, als habe das andere nie existiert.

Aber er las mehr, als er erzählen konnte. Er interpretierte, was er las; mehr konnte er nicht tun. Er war allein in seinem Begreifen, und er verstand Dinge, die die Tendenz hatten, ihn bitter zu machen, geschrieben von den Händen lange toter Menschen, die diese Welt als Fremde gesehen hatten. Er konnte wieder zum Zaundraht gehen. Vielleicht nahmen sie ihn wieder auf. Aber die Bitterkeit stand dem im Wege. Die Bücher gehörten ihm, waren seine Rache, sein privates Verstehen ...

Nur manchmal, wie in dieser Nacht, wenn Kalibane im Dorf umhergingen, wenn er an die Wälle dachte, die sich in immer engeren Kreisen um das Leben der Menschen hier auftürmten ...

... dann hatte er Angst.

SIEBTER TEIL

Elai

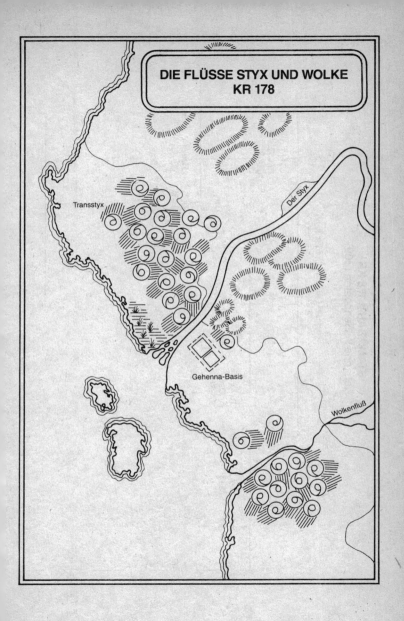

STAMMBAUM 178 KR
Gehenna Außenposten (309)

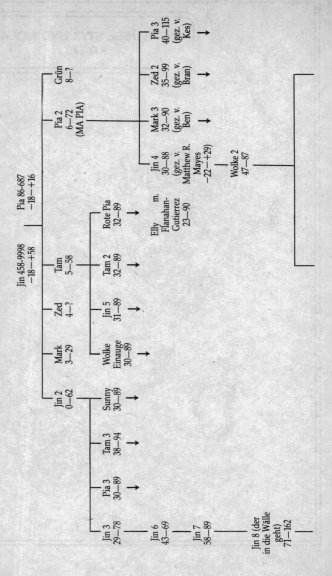

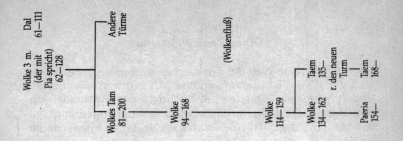

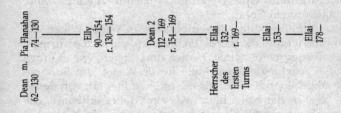

Jin 9			
90—172	(Styxufer)		
	Jin 10	Jin 11	Jin 12
	124—	156—	170—

1

178 KR, Tag 2
Siedlung am Wolkenfluß

Sie wurde in eine Welt der Türme hineingeboren, in den höchsten der Zwölf Türme am sandigen Ufer des Wolkenflusses, und Ausrufer verkündeten die Nachricht den Wartenden unten, in ihren Mänteln im Winterwind zusammengedrängt, gaben bekannt, daß Ellai eine Erbin habe und die Linie weiterbestünde.

Elai hieß sie in der neuen und vereinfachten Form, die ihre Mutter verfügt hatte – Elai, Tochter der Erbin der Zwölf Türme und Enkelin der Ältesten selbst; und als ihre Mutter sie rot und kreischend von der Großmutter in die Arme gelegt bekam, drückte sie sie mit einer Zärtlichkeit an sich, die selten war bei Ellai Ellaistochter – eine Art Triumph nach dem ersten Kind, dem totgeborenen Sohn.

Kalibane untersuchten diesen Neuling in seiner Wiege, die grauen Erbauer und die würdigen Braunen, die in den Türmen, die sie selbst errichtet hatten, kamen und gingen, wie es ihnen gefiel. Ein Ariel legte einen Stein in die Wiege, um Sonnenwärme zu geben, wie sie es für die eigenen Eier tat, von denen sie ein Nest in der Nähe hatte. Als ein Grauer erkannte, daß jemandes Ei ausgeschlüpft war, brachte er einen Fisch, aber ein Brauner verzehrte diesen nachdenklich und vertrieb den Grauen. Elai freute sich über die Aufmerksamkeiten, das freundliche Zupfen schuppiger Kiefer, die sie gänzlich hätten verschlucken können, sie aber ganz vorsichtig berührten. Sie sah dem Beben von Arielkragen und dem Blinzeln gewaltiger Bernsteinaugen als etwas zu, das gedacht war, sie zu erheitern.

Wenn sie umherging, zwischen Ellais Händen und einem irdenen Sims schwankend, der sich um die Räume ihrer Mutter zog, beobachtete sie ein Ariel – und lernte schnell, den Babyfüßen aus dem Weg zu hasten. Sie spielten Arielspiele, leg und nimm den Stein, wobei Elai manchmal kreischte, bis sie lernte, über geschickten Diebstahl zu lachen, bis ihre Steine aufeinander liegenblieben wie die der Ariels.

Und an dem Tag, als ihre Großmutter starb, als sie in die große, ganz oben liegende Halle gedrängt wurde, um ihre kleine

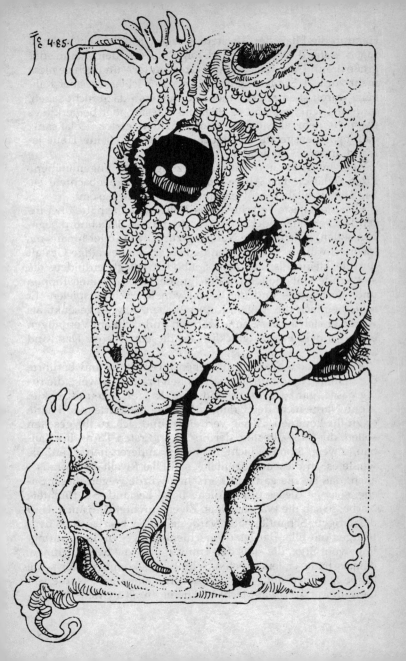

Hand in die Ellais der Ältesten zu legen und ihr Lebewohl zu sagen – stand Narbe auf und folgte ihr aus dem Raum, der große Braune, der Kaliban ihrer Großmutter – und kehrte nicht mehr zurück. Es war ein gefühlloses Imstichlassen; aber Kalibane waren eben anders, mehr konnte man dazu nicht sagen, und vielleicht verstand es Ellai die Älteste, oder bemerkte es gar nicht mehr, als sie immer tiefer in ihren letzten Schlaf sank, daß ihr Lebensgefährte fortgegangen war, um seine Treue jemand anderem zu schenken.

Aber im Turm herrschte Bestürzung. Ellais angenommene Erbin, Ellai-die-fast-Ältere, stand dabei und beobachtete es. Die Diener blieben schweigsam, tödlich schweigsam.

Ellai die Älteste verschied. Der Kaliban Narbe hätte über ihren Tod vergehen oder nach Art seiner Rasse Selbstmord begehen sollen, indem er die Nahrung zurückwies oder hinaus ins Meer schwamm. Statt dessen gedieh er, die gewaltige Gestalt um die kleine Elai auf dem Fußboden gelegt, erduldete die stolpernde Unbeholfenheit der jungen Knie in seinen Rippen und die Schläge und die Roheit von Kleinkinderspielen. Er schloß einfach die Augen, Kopf gehoben, Kragen gesenkt, als würde er sich an der Sonne wärmen und nicht am Vergnügen eines Kindes. Er war glücklich an diesem Abend. Das Kind auch.

Ellai-die-jetzt-Älteste griff neben ihren Stuhl und berührte die steinige Haut ihrer eigenen großen Braunen, Zweig, die ruhig dasaß, ganz wachsam, und ihren Kragen hob und senkte. Wenn Narbe nicht den Drang zu sterben verspürte, dann hätte er zu ihr kommen, Zweig vertreiben und sich zu ihr gesellen sollen, der jetzt Ältesten, der Ersten im Ersten Turm. Ihr Kaliban, Zweig, konnte nicht über den anderen herrschen. Sie wußte es. In diesem Augenblick sah Ellai Rivalitäten voraus – auch, daß sie nie gänzlich herrschen würde wegen dieser Sache, solange dieses unnatürliche Band bestand. Sie fürchtete Narbe; so sah die Wahrheit aus. Zweig fürchtete ihn auch. Und die übrigen. Schaufler hatte Narbe geheißen, bis zu seinen Beutezügen mit Ellai-der-jetzt-Verschiedenen gegen die Eindringlinge vom Styx, die stets den Umweg über die Berge nahmen; damals hatte er jenen tiefen Schnitt abbekommen, der seine Rippe zeichnete und ihm den neuen Namen gab. Narbe war Gewalt, war Tod, war Macht und bereits uralt an Menschenjahren. Und er hätte in diesem Augenblick Zweig als eine Belanglosigkeit vertreiben können.

Er wählte das Kind, als sei Ellai in ihrer Herrschaft über die Zwölf Türme nicht zu berücksichtigen, und die Diener und die Herrscher der übrigen elf Türme konnten es sehen, als sie am Morgen kamen.

Ellai konnte nichts tun. Sie überdachte die Angelegenheit von allen Seiten, und sie fand keine Möglichkeit, sie ungeschehen zu machen. Sogar Mord kam ihr in den Sinn, Kindesmord; aber dieses Kind war ihr Nachkomme, gehörte zu ihrer Linie, und sie konnte sich nicht darauf verlassen, einen weiteren Erben zu bekommen, konnte nicht das Flüstern tolerieren oder den Kalibanen trotzen. Sie mußte die Lage akzeptieren, wie sie war, und das Kind zärtlich behandeln. Andernfalls würde es gefährlich werden.

Kinder.

Ein Kind von acht Jahren hatte am fernen Styx die Macht, Jin 12, jetzt, wo der alte Mann tot war. Und Narbe wandte sich Elai zu. Der Styx würde sich für wenigstens ein Jahrzehnt ruhig verhalten. Und dann ...

Ein Kältegefühl machte ihr zu schaffen. Ihre Hand streichelte immer noch die silbernen Schuppen von Zweigs schönem Schädel.

Narbe hatte sie einfach übergangen, dieser Kaliban, dessen Beschäftigung der Kampf war; er hatte sich verhalten, als sei ihre Herrschaft ein zusammenhangloses Intermezzo, als sei sie nur ein Vorspiel. Das kündigte Frieden an, solange die Kinder heranwuchsen. Ungefähr ein Jahrzehnt des Friedens. Das erwartete sie, und wenn sie klug war, dann würde sie guten Gebrauch davon machen, wohl wissend, was nach ihr kam.

2

184 KR, Tag 05

Generalreport, Gehenna-Basis an Allianz-Hauptquartier
... Die Situation ist während des vergangenen halben Jahrzehnts stabil geblieben. Die Entspannung zwischen der Styx-Siedlung und den Wolkenfluß-Siedlungen dauert tatsächlich

an. Kontakte mit beiden Siedlungen gehen in einer beispiellosen Ruhe weiter. Ein stygischer Turm wurde auf dem Umkreis der Basis errichtet. In Übereinstimmung mit der etablierten Politik hat die Basis keine Maßnahme ergriffen, um die Errichtung oder die Bewegung zu verhindern.

... Die beiden Siedlungen machen eine rapide Expansion durch, in der manche einen Hinweis darauf sehen, daß die Menschheit auf Gehenna einen kritischen Punkt überwunden hat. Das historische Konfliktmuster hat sich in dem bewaldeten Bereich außerhalb der Basis-Beobachtung fortgesetzt, kleinere, wenn auch ständig wiederkehrende Kämpfe zwischen stygischen und Wolkenfluß-Siedlern, wobei es auch zu Verlusten an Leben gekommen ist, die jedoch niemals die Existenz einer Seite gefährdet haben – sieht man einmal von den schweren und weitverbreiteten Feindseligkeiten KR 124–125 ab, als Überschwemmungen und Mißernten zu Überfällen und weiträumigen Raubzügen führten. Die gegenwärtige Ruheperiode mit ihrem Wachstum von Bevölkerung und Lebensmittelversorgung ist ohne Beispiel. Angesichts dieses historischen Musters und in sorgfältiger Erwägung langfristiger Ziele ersucht die Basis respektvoll um die Erlaubnis, Vorteil aus dieser Lage zu ziehen und ohne Einmischung vorsichtige Verbindungen mit beiden Seiten herzustellen, in der Hoffnung, daß diese friedliche Zeit verlängert werden könnte. Eine solche modifizierte und begrenzte Intervention erscheint gerechtfertigt in der Hoffnung, aus Gehenna einen Ort des Friedens in der Zone zu machen.

3

185 KR, Tag 200

Nachricht, Allianz-Hauptquartier an Gehenna-Basis
... gewähren Sie den Bevollmächtigten des Büros, die mit dieser Nachricht eintreffen, jede Form der Zusammenarbeit, indem Sie eingehende Besprechungen und Seminare über die Gehenna-Siedlungen durchführen ...

... Obwohl das Büro zustimmt, daß die Umstände eine direkte Beobachtung und erweiterte Kontakte rechtfertigen, erinnert es die Mission doch daran, daß die Verbote von Technologieimporten und Handel aufrechterhalten werden müssen. In angemessener Berücksichtigung humanitärer Erwägungen weist das Büro die Mission nochmals darauf hin, daß auch die wohlwollendste Intervention zu vorzeitigen technischen Fortschritten führen könnte, die die entstehende Kultur zu schädigen oder in eine falsche Richtung zu führen vermögen.

4

185 KR, Tag 201
Gehenna-Basis, Stabsbesprechung

»... was bedeutet, daß sie mehr an den Kalibanen interessiert sind als an menschlichem Leben«, meinte die Sicherheit mürrisch.

»An der Gesamtheit«, sagte der Direktor. »Am Ganzen.«

»Sie wollen sie zu Studienzwecken bewahren.«

»Wir könnten die Bewohner Gehennas gewaltsam herbeitreiben«, sagte der Direktor, »und sie jagen, wo immer sie leben, sie mit Bändern füttern, bis sie zu Modellbürgern geworden sind. Aber was würden *sie* wählen, hm? Und wie viele Kalibane würden wir töten müssen, und was würden wir dem Leben auf dieser Welt damit zufügen? Stellen Sie sich das vor – eine Welt, auf der sich jeder freie Mensch versteckt und deren ganzes ökonomisches System wir zerstört haben ...«

»Wir könnten mehr für sie tun, als sie nur beobachten.«

»Wirklich? Das ist ein alter Streitpunkt. Der Punkt ist, wir wissen nicht genau, was wir damit eigentlich anrichten würden. Also gehen wir es langsam an. Sie Neuankömmlinge, Sie werden lernen, warum. Die Menschen hier sind *anders*. Auch das werden Sie erfahren.«

Unten am Tisch waren vorsichtige Blicke auf empfindlichen Außenweltlergesichtern auszumachen.

»*Anders*«, sagte der Direktor, »ist auf Gehenna keine Frage von Vorurteilen, sondern eine Tatsache des Lebens.«

»Wir haben die Kultur studiert«, sagte der eingetroffene Missionsleiter. »Wir verstehen die kritischen Bemerkungen. Wir sind hier, um sie nachzuprüfen.«

Anders«, wiederholte der Direktor. »Auf eine Weise, die Sie nicht verstehen werden, indem Sie Papiere lesen und Bänder besorgen.«

»Das Büro erkennt die Tatsachen an, die hinter der Benennung stehen. Die Union ... ist interessiert. Aus diesem Grund wird die Überwachung verschärft. Die Quarantäne macht die Unionsleute nervös. Zweifellos stellen sie sich Fragen. Vielleicht sind sie bereits besorgt über etwas, das über ihre hiesigen Intentionen hinausgewachsen ist. Verhandlungen werden stattfinden. Wir werden auch in dieser Hinsicht Empfehlungen unterbreiten. Dieses *Anderssein* wird seinen Einfluß auf die Politik haben.«

»Die Union wieder auf Gehenna ...«

»Etwas Derartiges werden unsere Empfehlungen nicht enthalten. Die Freigabe von Daten ist eine andere Sache. Wenn eine weitere Sorglosigkeit der Union zu einem verpfuschten Fremdkontakt führt, könnte es sein, daß die Auswirkungen dann nicht so bequem auf eine Welt begrenzt bleiben. Die Freigabe der Daten ist eine Möglichkeit ... die Belehrung der Union über das, was sie hier angerichtet hat.«

Einige Gesichter wurden finster. Am meisten das des Direktors. »Unsere Sorge gilt dem menschlichen Leben hier. Jetzt. Der Grund für unsere Bitte ...«

»Wir verstehen Ihre Gründe.«

»Wir müssen etwas mit dieser Generation machen, oder diese Siedlung könnte abrupt neue Richtungen einschlagen.«

»Angst um Ihre eigene Sicherheit?«

»Nein. Um das, was hier entsteht.«

»Das von Ihnen verzeichnete Anderssein.«

»Zu keinem Zeitpunkt«, sagte der Direktor, »konnte ich mir irgendeine Möglichkeit der Assimilation Gehennas in die Allianz vorstellen ... ohne die Einbeziehung von Menschen, die ganz anders denken. Sie können sie mit Bändern füttern. Sie können sie zu ändern versuchen. Wenn Sie nicht begreifen, was diese Menschen jetzt sind, wie wollen Sie sie dann verstehen, wenn sie weitere hundert oder zweihundert Jahre dieselbe Entwicklung fortgesetzt haben? Wenn Sie nicht ihre Richtung verändern – was tun Sie dann mit ihnen? Ständige Quarantäne – über ... über Jahrtausende? Regierungen werden ausgewechselt. Die Politik wandelt sich. Eines Tages wird sich irgend jemand diese Menschen einverleiben. Und *was* dann einverleibt wird ... darüber entscheiden diese ersten Jahrhunderte. Wir haben ein wenig Luft. Ein wenig Frieden. Die Möglichkeit des Kontaktes.«

»Das verstehen wir. Wir sind hier, um das zu bestimmen.«

»Ein paar Jahre«, meinte der Direktor, »sind vielleicht alles, was wir haben.«

5

188 KR, Tag 178
Wolkenfluß-Siedlung

Land lag jenseits des Salzwassers, und Elai träumte davon – ein Paar von Gipfeln, die aus dem Dunstschleier hinter dem Meer ragten.

»Was gibt es dort?« hatte sie Ellai-die-Älteste gefragt. Ellai hatte die Achseln gezuckt und schließlich ›Berge‹ gesagt. Berge im Meer.

»Wer lebt dort?« hatte Elai gefragt. Und ›Niemand‹ hatte Ellais Antwort gelautet. Niemand, sofern nicht die Sternenschiffe dorthin fliegen. Wer könnte sonst das Wasser überqueren?

Also siedelte Elai ihre Träume dort an. Wenn Schwierigkeiten hier auftraten, wo sie lebte, so waren die Berge jenseits der See frei davon; wenn Langeweile die Wintertage beherrschte, dann barg die nebelumhüllte Insel jenseits der Wellen Geheimnisse. Wenn es ›nein, Elai‹ und ›warte, Elai‹ und ›sei still, Elai‹ auf dieser Seite der Wellen hieß, dann warteten Abenteuer auf der anderen Seite. Die Berge warteten darauf, erobert zu werden, und die ungesehenen Flüsse darauf, daß man in ihnen schwamm; und wenn Sternenschiffe sie in Besitz haben sollten, dann würde sie sich in Bauen verbergen, bis sie verschwanden, bis sie und eine Horde tapferer Abenteurer hinausgingen und dort ihre Türme bauten, so daß Fremde ihr Besitzrecht nicht mehr bestreiten konnten. Dann würde es Elais Land sein. Und sie würde zu ihrer Mutter und ihrer Kusine Paeia senden und ihnen anbieten, zu kommen, falls sie bereit waren, sich an *ihre*, Elais, Regeln zu halten. Die Stygier konnten sie dort drüben nicht erreichen. Die Flüsse dort würden niemals über die Ufer

279

treten und die Ernte nie zugrundegehen, und unter jenen Bergen lagen weitere, die man erobern konnte, einen nach dem anderen.

Für immer und ewig.

Elai errichtete Baldachine für die Fahrgäste auf ihren kunstvollsten Konstruktionen, fertigte Strohpuppen, die mitfuhren, legte Kieselsteine als Vorräte hinein und schob die Dinger dann ins Meer hinaus. Aber die Wogen warfen die Steine durcheinander und schwemmten die Puppen weg und die Flöße wieder ans Ufer. Daraufhin fertigte Elai Seitenplanken, damit die Fahrgäste an Bord blieben, schnitzte ihre Flöße mit einem kostbaren Steinmesser, das der alte Dal für sie gemacht hatte, brachte sie nun mit größerem Erfolg auf die Reise.

Hätte sie eine große Axt gehabt, wie die Holzfäller sie benutzten, dann hätte sie sich ein richtiges Floß bauen können, überlegte sie. Aber sie probierte ihr Messer an einem größeren Holzklotz und erzielte nur geringe Fortschritte, bis der Regen alles wegschwemmte.

Da setzte sie sich mit Narbe an die Küste, ihrer Arbeit beraubt, und dachte daran, wie unfair es war, daß die Sternenschiffe so machtvoll durch die Luft fliegen konnten. Auch sie hatte es versucht, Schiffe aus Holz und mit Blätterschwingen gebaut, die dann mangels der donnernden Maschinenkraft wie Steine zu Boden fielen. Sie träumte. Wenigstens ihre Meeresträume glitten dahin.

Die Maschinen, hatte sie sich überlegt, erzeugten Wind, der für Antrieb sorgte. Wenn doch nur der Wind, der gegen die Küste donnerte, sich auf eine Stelle richten und die Schiffe in den Himmel hinauftragen könnte!

Elai sah die Blätter so viel leichter auf der Oberfläche des Flusses einhergleiten und dabei ständig umherwirbeln. Wenn sie die Schiffe doch leichter hätte bauen können! So wie die Blätter ... Wenn sie doch sein könnten wie die Flieger, die ihre Schwingen ausbreiteten und entschwanden ... Elai machte Flügel für ihre seegetragenen Schiffe, Paare von Blättern, und steckte sie auf Zweige; und zu ihrem Entzücken flogen die Schiffe tatsächlich, wenn auch ganz verrückt, torkelten über das Wasser und den Wellenschlag hinweg, bis sie auf Felsen zerbarsten.

Hätte sie doch die Fähigkeiten eines Holzfällers besessen,

etwas noch Größeres bauen können ... ein großes Meeresschiff mit Schwingen ...

Ihre geschnitzten Schiffe segelten wenigstens zu den Felsen vor der Küste, die watend leicht zu erreichen waren, und sie stellte sich vor, diese Felsen seien Berge.

Aber stets lagen die wirklichen, echten Berge jenseits der größeren See, voller Versprechungen und Träume.

Elai beobachtete, wie ihr letztes Schiff unterging, und alles wogte in ihr auf, das Verlangen, der Wunsch, mehr zu sein als zehn Jahre alt und für die ganze Welt überflüssig. Sie konnte dies und das in ihrem Leben ordnen – hatte alles, was sie wollte, in allem, das nie etwas bedeutete. Sie hätte hungern können: sie war willens, bei ihren Abenteuern zu hungern, die zum Krieg zu gehören schienen. Sie hatte die Älteren darüber sprechen hören. Sie war bereit, in der Kälte zu schlafen und Wunden zu erleiden (Wolke der Älteste hatte schreckliche Narben) und sogar zu sterben, mit der passenden Befriedigung darüber – die Kamingeschichten waren voll mit dergleichen, und das war besser als das Schicksal ihrer Großmutter, die im Bett entschlafen war. Von Elais jung verstorbenem Onkel wurden die besten Geschichten erzählt. Sie hätte auch alles dies tun können, und sie stellte sich vor, die Hauptperson dieser Geschichten zu sein. Aber sie besaß keine Axt, und ihr Messer bestand aus zerbrechlichem Stein.

Sie hatte jedoch Narbe, auf den sie sich stützte, wenn sie Trost suchte, enge Freundschaft, Stolz. Er hatte gegen das Styx-Volk gekämpft. Wenn sie auf seinen Rücken stieg, war sie mehr als einfach nur eine Zehnjährige. Er spielte mit ihr. Er war erwachsen und mächtig und außerordentlich gefährlich, so daß Ellai selbst sie einmal beiseitegenommen und ernst über Verantwortung belehrt hatte. Elai konnte seine Macht spüren, wenn sie merkte, daß sie auf ihm liegen und grob mit ihm umgehen und über Jungen lachen konnte, die noch ihre Steinspiele mit den Ariels trieben, Jungen, die Elai mit ihrer heranwachsenden Männlichkeit ärgerten und in echter Angst zurückwichen, wenn Narbe sich auf jede eingebildete Drohpose von ihnen zuschob. Dann fiel ihnen ein, wer er war – und Narbe war unheimlich schüchtern darin, wich sogar geringeren Braunen aus, die den Älteren gehörten. Er wartete seine Zeit ab, das war es, wartete einfach, bis seine Reiterin heranwuchs.

Narbe kannte sie. Nur der Rest der Welt verstand Elai nicht richtig. Sie wartete in ungeheurer Unzufriedenheit auf diese Offenbarung, auch mit einem Anflug nagenden Zweifels, während sie die große braune Masse betrachtete, die sich zwischen den Felsen am Strand mit einem Kalibanschmunzeln sonnte.

Sie stieß einen Pfiff aus, untröstlich über den Untergang ihres Schiffchens. Ein lampenähnliches Auge ging auf, die Zunge zuckte hervor. Narbe stemmte sich in einer schlängelnden Bewegung auf die Beine und blickte Elai an, blies den Kragen auf. Er war vollgestopft mit Fisch. Zufrieden. Aber weil Elai es wollte, kam er zu ihr, faul in der Sonne, präsentierte seine knochigen Seitenkiefer zum Kratzen und den weichen Unterkiefer zum Streicheln.

Sie faßte ihn an, und er sank auf seinen vollen Bauch herab und seufzte schwer. Sie griff hinauf hinter den Kragen, suchte den knochigen Kamm, der ihr half aufzusteigen, setzte einen sandbedeckten nackten Fuß auf sein Vorderbein und schwang sich rittlings hinauf. Ihre Stiefel und Kniehosen lagen dort oben auf den Felsen; sie hatten im Salzwasser geschwommen, und der Hosenboden ihrer spärlichen Unterkleidung war immer noch naß, da sie eben auf der Suche nach einer günstigen Position zwischen den Felsen umhergewatet war. Narbes erdige Flanke war kaum bequem für nackte Beine und ein fast bloßes Hinterteil, aber Elai stieß ihn sanft mit dem Fuß an, um sie beide im Meer zu kühlen und ihre Melancholie durch Spielen zu heilen.

Sie gingen auf das Sandufer, und ein sanftes Wellenkräuseln breitete sich um sie aus. Narbes drehende Bewegung brachte seine Reiterin ins Schwanken, als er seinen Schwanz benutzte und in den energischen Schritt verfiel, der, wie Elai dachte, das Lockerste auf der Welt war, abgesehen vom Fliegen. Narbe nahm dieses Wasser nicht mit der Nase auf; es war zu bitter und salzig für ihn. Er hielt den Kopf erhoben und paddelte jetzt, machte Elai ganz naß.

Und dann überfiel sie der Wahnsinn, als sie zu den Bergen jenseits des Meeres blickte, die jetzt deutlicher zu sehen waren als zuvor an diesem warmen Tag.

Sie pfiff leise, stupste ihn mit Zehen und Fersen an, tätschelte ihn mit den Händen. Er drehte, erst der Kopf und dann der restliche Körper bis hin zum Schwanz, und Elai spürte seine Bewegungen, jede Schwellung der Muskeln, als er die neue Richtung einschlug. Die Wellen brachen an Narbes Gesicht, und er hob den Kopf noch höher und kämpfte heftiger, schob sich kraftvoll vorwärts. Elai schmeckte Salz und konnte mit ihren salzwasserverklebten Augen kaum noch sehen, sich kaum noch festhalten bei dem torkelnden Peitschen von Narbes Körper durch die Wellen, dem ständigen Arbeiten seiner Schultern. In einem salzverschleierten Blinzeln erkannte sie, daß sie ein gutes Stück über die Felsen hinausgelangt waren, und auf einmal wurden sie seitlich aus ihrem Kurs getragen. Sie setzte die Fersen ein, drängte Narbe; er drehte seinen ganzen Körper in dem Versuch, dagegen anzukämpfen, und sie verloren weiterhin gegen die Strömung des Wassers.

In einem fernen Winkel ihres Bewußtseins hatte Elai Angst; ansonsten war sie zu beschäftigt damit, sich festzuhalten, einen Ausweg zu finden, als daß sie in Panik geraten wäre. Sie trat Narbe, als er sich gegen die Strömung wandte, und dann ging es viel schneller.

Etwas brach neben ihnen durch die Wogen. Ein dunstiger Federbusch wurde vom Wind erfaßt und fortgetragen, und dann kam die Angst durch. Elai versuchte zu erkennen, wohin die springende dunkle Gestalt verschwunden war, und genauso plötzlich rieb etwas an ihnen, und ein Rücken, größer als der von drei Braunen, durchbrach neben ihnen die Wasseroberfläche. Narbe ruckte unter Elai und drehte sich plötzlich, rollte und schlug um sich, und Elai konnte sich nur noch mit Mühe an seinem Kragen festhalten.

Er tauchte, eine kurze Drehung seines Körpers, und dann bewegte er sich mit seiner ganzen fließenden Kraft. Elai klammerte sich an seine Schuppen und Haut, bis ihr die Finger weh taten. Sie hielt die Luft an, verlor Narbe dann. Mit sicheren, verzweifelten Bewegungen schoß sie zur Oberfläche hinauf, war blind, wußte, daß etwas in der Nähe war, was mit einem Schluck ihren Körper verschlingen konnte, und das ziehende Wasser widerstand ihren Bewegungen, zog sie abwärts.

Sie ließ sich in eine Richtung treiben, gewann an Geschwindigkeit und brach inmitten sprühender Tröpfchen wieder ans Licht, holte Luft und schluckte dabei Wasser, hustete und drosch um sich, um oben zu bleiben.

Sie spürte die Berührung unter der Oberfläche, den Schock des Wassers, einen betäubenden Schlag gegen ihre Beine. Sie schwamm in völliger Panik, strebte zum Ufer hin, dem fernen bleichen Sand, der vor ihrem verschwommenen Blick waberte. Weitere Erschütterungen erfolgten neben ihr im Wasser – ein Körper streifte sie, eine Klaue scharrte über sie hinweg und zog sie unter die Oberfläche. Sie schwamm weiter, schwächer jetzt, versagte und würgte, trieb sich dann doch weiter, lange, nachdem sie aufgehört hatte zu sehen, wohin es überhaupt ging, auch noch, als sie längst wußte, daß die schwachen Bewegungen ihrer Arme und Beine es niemals schaffen konnten.

Da stießen ihre Knie auf Sand, und sie warf sich noch eine Länge weiter, wobei ihr fast die Lunge barst, warf sich mit ausgebreiteten Gliedern auf dem Schelf in das seichte Wasser und schnappte heftig nach Luft, und die Arme drohten ihr zu versagen und sie dadurch in den Untiefen zu ertränken.

»Narbe!« rief sie und schlug wie stets mit der Handfläche auf das Wasser, um ihn herbeizurufen, aber sie konnte nicht das kleinste Kräuseln ausmachen. Sie weinte mit erstickendem Schluchzen, wischte sich über die vom Salz brennenden Augen und die Nase, versuchte zu gehen und zentimeterweise den Hang hinaufzugelangen, schlug mit Schwimmbewegungen um sich, soweit es ging, kroch halb in den extremen Untiefen, weil es dort nicht anders möglich war. Sie drehte sich noch einmal um und blickte voller Panik ins Meer hinaus.

Da brach eine Gestalt dicht vor ihr durch die Oberfläche, und Elai holte schluchzend Luft und wollte sich aufrappeln, aber es war Narbe, der sich aus der See erhob und dessen keilförmiger Kopf immer näher kam, bis er die krummen Beine unter sich aufsetzen und sich müde und schlängelnd den Hang hinaufbewegen konnte. Er erbrach Wasser, aber nicht so wie sonst, wenn er gerade aus dem Wasser gekommen war. Zwischen seinen Kiefern tropfte Schleim hervor, und er tauchte den Kopf ins Wasser und wusch sich, hustete mächtig und keuchte dabei mitgenommen. Schnaubend reinigte er die Nase und tauchte den Kopf noch einmal ein, aber das Salz machte ihm zu schaffen und er fuhr sich in seinem Schmerz mit der Klaue über das Gesicht. Er hatte eine tiefe Wunde auf seinem Hinterteil, die Blutströme weinte. Hastig und zitternd sprang Elai auf, spürte aber, daß mit ihr selbst etwas nicht in Ordnung war, blickte hinab und sah Blutwolken aus ihrer Wade durch das seichte Wasser davontreiben.

Sie warf einen panischen Blick zum Ufer hin und sah dort eine menschliche Gestalt stehen. »Hilfe!« rief sie in dem Glauben, daß es einer der Reiter war und daß er sie suchte. Und dann dachte sie es nicht mehr, denn die Silhouette stimmte nicht.

Narbe bewegte sich jetzt wieder, näherte sich mit sicheren Schritten, wenn auch langsam, dem Ufer. Elai gesellte sich humpelnd zu ihm, spürte jetzt den Schmerz, hustete und wischte sich über die Augen und hatte Schmerzen in der Brust. Das Blut strömte zu schnell hinaus. Sie hatte ziemlich große Angst deswegen. Sie konnte die Gestalt jetzt deutlicher erkennen – es war niemand aus den Türmen, nicht in dieser seltsamen hellen Kleidung. Es war ein Sternenmensch, der sie anstarrte, der alles gesehen hatte, was passiert war. Elai blieb am Rand des Wassers vor Narbe stehen. Ihr Blut strömte auf den Sand, und sie spürte das Leben in einem Aufwallen von Übelkeit aus sich herausrinnen.

Sie mußte sich setzen und tat es auch, untersuchte den klaffenden Riß von Handlänge, der sich über ihren Schenkel zog und tief in den Muskel reichte. Ihr wurde schlecht, als sie es sah. Sie versuchte, das Blut mit den Fingern aufzuhalten, dachte dann an ihre Kleider weit oben auf dem Ufer. Mehr hatte sie nicht, was ihr als Verband dienen konnte, außer dem Halfter, und das Blut strömte zu schnell hinaus, erzeugte Schwindel und Übelkeit.

Narbe erstieg zischend das Ufer. Elai blickte auf und sah den Sternenmenschen, jetzt näher, aber unbeweglich dastehend, ganz reglos angesichts des Kalibans mit einem derartig aufgeplusterten Kragen und zuckender Schwanzspitze. Elais Herz klopfte und ihr Kopf drehte sich. Die Sternenleute waren noch seltsamer als die Unheimlichen. In letzter Zeit kamen und gingen sie hier, standen einfach da und beobachteten die Feldarbeiter; dieser hier hatte jedoch mehr im Sinn, während sie hier saß und aufgrund ihrer eigenen Dummheit zu verbluten drohte.

»Kann ich helfen?« rief der Sternenmensch ihr zu; zumindest hörte es sich so an, und Elai, die mit den bloßen Händen das Leben in sich zu halten versuchte und deren Kopf nicht allzu klar war, dachte darüber nach und stieß einen Pfiff hervor, mit dem sie Narbe zurückrief, denn der Sternenmensch trug einen Rucksack, in dem er vielleicht irgend etwas Hilfreiches hatte. Narbe gefiel das alles nicht sehr, aber der Sternenmensch kam vorsichtig immer näher, stand schließlich über Elai und beugte sich aus dem Sonnenglanz heraus zu ihr herab – es war eine Frau mit seidigem Haar, mit Kleidern aus dem Stoff der Fremden, glitzernd vor Metallstücken und einer Fülle bunter Muster. Elai starrte diese Erscheinung mit aufgerissenem Mund an, während die Frau neben ihr niederkniete und den Rucksack öffnete und dies und das herausnahm.

»Das sieht schlimm aus«, sagte die Sternenfrau und nahm die Finger wieder von der Wunde.

»Mach sie zu!« forderte Elai mit scharfer Stimme, weil sie Angst hatte und es weh tat, und auch, weil ein Sternenmensch, der Schiffe zum Fliegen bringen konnte, vielleicht zu allem imstande war.

Die Sternenfrau nahm die Deckel von Gläsern ab und wickelte Binden auf, sprühte dann zischend kalten Schaum auf Elais Bein, wobei diese zusammenzuckte. Aber es hörte schnell auf weh zu tun, und der Schaum wurde rosa und rot und weiß, aber auch das Blut hörte auf zu fließen. Elai holte tief Luft und atmete wieder aus, lehnte sich entspannt auf die Hände, war davon überzeugt, daß sie in Ordnung war und die Sternenleute alles richten konnten, was sie wollten. Der Schmerz ging einfach weg. Auf der Stelle. Elai hatte das Gefühl, die Lage wieder unter Kontrolle zu haben, während Narbe den großen, stumpfen Kopf senkte, um alles mit einem Auge genau zu betrachten. Elai spürte nur noch ein bißchen Unwohlsein im Magen, während sie der Sternenfrau bei der Arbeit zusah; die Fremde deckte die Wunde ganz mit einem klebrigen Zeug ab, das in etwa die Farbe ihrer Haut hatte. »Laß das jetzt trocken werden«, sagte die Frau.

Elai nickte ernst und entzog das Bein den Händen der Sternenfrau, plötzlich nackt zu sitzen, sandbedeckt und beinahe ertrunken. Sie blickte in die andere Richtung, während Narbe eine schützende Haltung annahm, sie mit dem Kopf von der Sonne abschirmte.

»Denkst du, du kannst gehen?« fragte die Sternenfrau.

Elai nickte einmal kurz. Sie deutete den Strand entlang zu der jetzt außer Sicht liegenden Stelle, von der sie aufgebrochen waren. »Dort liegen meine Kleider.« Geh und hole sie, wollte sie damit sagen. Die Sternenfrau schien den Hinweis nicht zu verstehen, und Elai runzelte die Stirn, argwöhnte, daß die Sternenleute stolz waren.

»Du kannst jemanden schicken, der sie holt«, sagte Elai.

Auch die Sternenfrau blickte jetzt finster. Sie hatte helles, bronzefarbenes Haar und Sommersprossen. »Ich finde nicht, daß ich das tun sollte. Vielleicht solltest du nicht so viel darüber sprechen, hm?«

Elai hob eine Handvoll Sand hoch und zog ein planloses Muster als Kommentar dazu. »Ich bin Elai«, sagte sie. »Ellais Tochter.«

»*Diese* Ellai?«

Elai sah auf; ihr gefiel die Überraschung, die sie hervorgerufen hatte. Sie deutete mit dem Kinn zum Meer. »Wir hätten das Meer überquert, nur dringt eben der Fluß zu heftig darauf hinaus.«

»Ihr seid in eine Strömung geraten. Aber da war auch noch etwas anderes.«

»Das Meervolk.« Die Erinnerung griff ihre Zuversicht an und brachte sie dazu, an Narbe zu denken, der sich über sie beugte, und sie stand auf und hielt sich an ihm fest, um ihr Bein zu entlasten. Ihr Kopf wirbelte. Sie lehnte sich an Narbes Rippen und betrachtete den Schnitt, den er sich zugezogen hatte. »Richte auch das.«

»Es könnte ihm mißfallen.«

Die Sternenfrau hatte Angst, das war es. Elai warf ihr einen boshaften Blick zu. »Er wird nicht beißen. Mach schon!«

Die Sternenfrau gehorchte, hob ihre Arzneien auf; und Narbe zuckte zusammen und zischte, aber Elai tätschelte ihn und hielt ihn davon ab, mehr zu tun als einmal mit dem Schwanz zu zucken und den Kopf einzuziehen. »Hai!« sagte sie. »Hai, hai, hai!« Und Narbe hielt still. Elai langte hinauf, als wollte sie auf seinen Rücken steigen, und das funktionierte: er legte sich hin, zuckte mit dem Schwanz und wirbelte damit Sand auf, und sein Kragen ruckte heftig unter der schlechten Laune. Aber Elai wurde es wieder schwindelig, und sie lehnte sich an Narbes Schulter und beobachtete die Sternenfrau, die fertig wurde; und Narbe drehte den Kopf und blickte ebenfalls hin, wie gewohnt seitlich mit einem Auge.

»Ich gehe jetzt«, sagte Elai und hob den Fuß, um aufzusteigen.

»Du könntest herunterfallen«, meinte die Sternenfrau kritisch.

Elai starrte sie nur an und wartete, bis das Schwindelgefühl aufhörte.

»Ich denke, ich begleite dich besser – für alle Fälle«, sagte die Sternenfrau.

»Ich hole meine Kleider.« Elai stieg auf, wonach ihr Kopf sich erst richtig drehte, und sie schwankte stark, als Narbe sich mit einem Mal auf alle vier Beine erhob. Sie schnappte nach Luft und konzentrierte ihren Blick, lenkte Narbe dann das Ufer entlang zurück, hinaus ins Wasser, wo die Felsen herabkamen.

»Tu das nicht!« rief die Sternenfrau und kam keuchend hinter ihnen hergelaufen, jedoch über die Felsen hinweg. »Dein Bein wird naß!«

Elai klemmte das verletzte Bein hinter Narbes Kragen und knirschte mit den Zähnen, weil der Kaliban so stark schlingerte bei seiner mehr als beiläufigen Gangart, mit der er sich eilig dahinschlängelte und Elai dabei von einer Grenze des Gleichgewichts zur nächsten schleuderte. Er haßte es, wenn sie ihn so mit den Beinen umschlang und damit seine Atmung behinderte. Sie packte die knochigen Platten und spürte, wie ihr der Schweiß ausbrach, aber schließlich kletterte er über die Felsen zu der Stelle, wo sie die Reithose, die Stiefel und die Weste, die sie über dem Halfter trug, zurückgelassen hatte.

Sie stieg ab und sammelte alles ein, zog sich die Weste über, wickelte die Stiefel in die Reithose und setzte sich dann einfach hin, bis sich der Kopf nicht mehr drehte und das Herz nicht mehr klopfte. Sie hatte jetzt das Gefühl, daß es ein weiter Weg nach Hause war. Es gab zwar den Küstenturm, und der Neue Turm war noch näher, aber sie hatte kein Verlangen, sich dort zu zeigen, Ellais Tochter, die halbnackt und halb besinnungslos hereinhumpelte, nicht einmal in der Lage, sich die Reithose anzuziehen. Sie rappelte sich wieder auf und hielt ihr Bündel an sich gedrückt, während sie über Narbes Schulter kletterte, um sich auf seinen Nacken zu setzen. Er war jetzt geduldig, weil er begriff, daß sie Schwierigkeiten hatte. Er richtete sich sanft auf und suchte sich den leichtesten Weg den Hang hinauf. Elai hielt ihre Kleider an sich, klammerte sich an Narbe, während der Himmel und das Gras und der ferne Blick auf die beiden nächsten Türme in einem schwindeligen Schleier vorbeizogen.

Plötzlich hörte sie dumpfe Schritte und ein Keuchen, und die Sternenfrau kam von der Seite herbeigelaufen, um sie einzuholen, nachdem sie selbst ihren Weg vom Strand herauf auf die grasbewachsene Ebene gefunden hatte.

Narbe betrachtete sie von der Seite her. Elai stieß ihn mit den nackten Zehen an und streichelte ihn mit der Hand, blinzelte benommen, als die Sternenfrau sie einholte und dann neben ihnen herlief, manchmal im Trab, um Schritt zu halten.

»Was willst du?« fragte Elai.

»Darauf achten, daß du nach Hause kommst. Daß du nicht herunterfällst.« Sie brachte es in Pausen während des Luftschnappens hervor.

Elai zügelte Narbe ein wenig. Die Sternenfrau trottete mit ihrem Rucksack nebenher, atmete dabei schwer und hustete.

»Ich heiße Elai«, sagte Elai ein weiteres Mal, diesmal in anzüglichem Tonfall.

»Du sagtest es schon.«

»Elai«, wiederholte sie und runzelte die Stirn über die Unhöflichkeit dieser besorgten Fremden.

»MaGee«, sagte die Sternenfrau, ob nun aufgrund der Ermahnung oder weil sie sich gerade überlegt hatte, was fällig war. »Ich möchte wirklich hiermit keinen Aufruhr verursachen, verstehst du? Ich achte nur darauf, daß du dorthinkommst, wohin du willst. Warum bist du eigentlich da hinausgeschwommen?«

Elai überlegte verdrießlich. Es war ihr Traum, und sie hatte noch mit niemandem darüber gesprochen; es war eine private Sache, die in schlimmer und demütigender Weise danebengegangen war.

»Ich habe dich beobachtet«, sagte MaGee. »Bist du einem deiner Flöße gefolgt. Dein Fluß-im-Meer könnte dich ertränken, hörst du?«

Elai hob den Kopf. »Ein Meerschwimmer war da draußen. Er hat uns aufgehalten, nicht der Fluß.«

»Er war euch doch ein wenig überlegen, wie?«

Elai war sich nicht sicher, aber es hörte sich beleidigend an. »Sie sind groß.«

»Ich weiß, daß sie groß sind. Sie haben Zähne, weißt du das?«

»Narbe hat auch Zähne.«

»Nicht wie die.«

»Wo hast du denn einen gesehen?«

MaGees Gesicht nahm einen Ausdruck der Vorsicht an. »Ich sage nur, daß ich es weiß, hm? Wenn du wieder einmal ein Boot verlierst, laß es einfach.«

»*Boot!*«

»Floß.«

»Schiff«, schloß Elai und machte ein finsteres Gesicht. »Fliegst du, MaGee?«

MaGee zuckte die Achseln.

»Wie fangt ihr den Wind ein?« fragte Elai, war plötzlich auf dieser Spur, wo sie doch jetzt einen Sternenmenschen zur Hand hatte und ihm Fragen stellen konnte. »Wie bekommt ihr den Wind dazu, die Schiffe hinaufzuwehen?«

Sie dachte, daß sie eine Antwort bekommen könnte. MaGees blasse Augen zeigten auf einmal so einen Blick. »Vielleicht bekommst du das eines Tages heraus«, sagte MaGee, »wenn du erwachsen bist.«

Ein düsteres, gräßliches Schweigen trat ein. Elai nagte an dem Gedanken, und ihr Bein tat jetzt wieder weh. Sie ignorierte es, rechnete innerlich zusammen, daß die Sternenleutemedizin fehlbar war. Wie die Sternenmenschen. »Sind je welche von euren Schiffen heruntergefallen?«

»Ich habe es nie gesehen«, sagte MaGee. »Ich hoffe auch, es nie zu sehen.«

»Wenn meine Schiffe den Wind hätten«, meinte Elai, »könnten sie überall hinkommen.«

»Sie sind sehr gut«, meinte MaGee. »Wer hat dir das beigebracht?«

»Ich habe es mir beigebracht.«

»Ich wette, nicht. Ich wette, jemand anderes hat es dir beigebracht.«

»Ich erzähle keine Lügen!«

»Ich schätze auch«, sagte MaGee, nachdem sie einen Moment lang zu Elai hinaufgeblickt hatte. »Es sind gute Schiffe.«

»Deine Arznei wirkt nicht«, sagte Elai. »Es tut weh.«

»Das wird es auch, wenn du dein Bein weiter so herabhängen läßt.«

290

»Ich kann es doch nirgendwo sonst hintun, oder?«

»Ich schätze, nein. Aber es wird weh tun, bis du dich hinlegen und es waagrecht ausstrecken kannst.«

»Huh«, meinte Elai mit finsterem Gesicht, denn sie wünschte sich wirklich, die Sternenfrau könnte etwas tun. Aber die Äußerung über ihre Schiffe hatte sie beschwichtigt. Sie war sogar stolz. Ein Sternenmensch bezeichnete sie als gut. »Woher wußtest du von dem Fluß?«

»Das Wort ist ›Strömung‹. Wie im Fluß. Im Meer gibt es Strömungen. Wirklich starke.«

Elai verstaute das in ihrem Gedächtnis. »Was erzeugt sie?«

Wieder zuckte MaGee die Achseln. »Du stellst wirklich Fragen, wie?«

Elai dachte darüber nach. »Wo kommen überhaupt die Flüsse her?«

MaGee grinste, machte sich über sie lustig, worüber Elai noch mehr die Stirn runzelte.

»Eines Tages«, sagte sie, »ziehen Narbe und ich einfach den Wolkenfluß hinauf und sehen nach.«

MaGees Grinsen machte einem Ausdruck Platz, der sehr nach Glauben aussah. »Ich sollte deinen Fragen nicht zuhören.«

»Warum nicht?«

»Warum, warum und was? Ich bringe dich nach Hause, das ist es. Und ich werde dir dankbar sein, wenn du niemandem sagst, daß ich dir geholfen habe.«

»Warum nicht? Wollen sie das nicht?«

»Fragen über Fragen!« MaGee befestigte den Rucksack auf ihren Schultern und trottete weiter, atmete schwer bei dieser Geschwindigkeit.

»Was bringt die Schiffe zum Fliegen?«

»Ich habe nicht vor, deine Fragen zu beantworten.«

»Ah! Du *weißt* es also!«

MaGee warf rasch einen scharfen Blick hinauf zu Narbes Rücken. »Du sprichst mit ihm, nicht wahr?«

»Mit Narbe?« Elai blinzelte und tätschelte Narbes Schulter. »Wir sprechen miteinander.«

»Wenn du Muster auf dem Boden ziehst, was tust du damit?«

Elai zuckte die Achseln.

»So, es gibt also einige Dinge, über die du nicht redest, stimmt's?«

Elai machte eine spiralförmige Geste. »Kommt darauf an.«

»Worauf?«

»Kommt darauf an, wie es Narbe geht und was er will und was ich will.«

»Du meinst, dieselbe Sache kann Verschiedenes bedeuten?«

Elai zuckte die Achseln und blinzelte verwirrt.

»Wie findest du das heraus?« dränge MaGee weiter.

»Sag mir, wie die Schiffe fliegen.«

»Wieviel begreift Narbe? Soviel wie ein Mensch? Ja?«

»Kaliban-Dinge. Er ist der größte Kaliban in den Türmen. Er ist alt. Er hat Styxanwohner getötet.«

»Gehört er dir?«

Elai nickte.

»Aber ihr verkauft Kalibane doch nicht, oder? Ihr besitzt sie nicht.«

»Er ist zu mir gekommen. Als meine Großmutter starb.«

»Warum?«

Elai runzelte darüber die Stirn. Sie hatte sich das nie wirklich klargemacht, oder sie hatte es doch getan, und es tat ihrer Mutter weh, daß Narbe nicht zu ihr gekommen war, aber das war nicht dazu geeignet, ausgesprochen zu werden.

»Er ist ein sehr alter Kaliban, nicht wahr?« fragte MaGee.

»Vielleicht ist er es.« Elai tätschelte ihn wieder.

»Wie viele Jahre?«

»Woher kommt das Sternenvolk?«

MaGee grinste langsam wieder, und Elai empfand einen kleinen Triumph, schwankte ausgelassen von einer Seite zur anderen. Die Türme am Ufer des Wolkenflusses kamen jetzt ins Blickfeld. Die kostbare Zeit ging vorüber.

»Lebst du in der Basis, MaGee?«

»Ja.«

Elai dachte für einen Moment nach und brachte schließlich ihren liebsten Traum ans Licht. »Warst du schon einmal bei den Bergen dort draußen, die man vom Ufer aus sieht?«

»Nein.«

»Ist es sehr weit dorthin?«

»Hast du dieses Ziel für deine Schiffchen im Kopf?«

»Eines Tages baue ich ein richtig großes.«

MaGee schwieg.

»Ich werde dorthin fahren«, meinte Elai.

»Dieses Schiff müßte sehr groß sein«, gestand MaGee.

»Wie groß?«

»Wieder Fragen.«

»Ist es weit, MaGee?«

»So weit wie vom Neuen Turm zur Basis.«

»Leben dort Menschen?«

MaGee sagte nichts, sondern blieb stehen und deutete zu den Türmen. »Das ist dein Zuhause, nicht wahr?« fragte sie.

Elai grub die Finger in die Weichheit von Narbes Haut unterhalb seines Kragens und spürte die Macht, die jetzt ihr gehörte, begriff, worin die Macht des Sternenvolkes bestand, und spürte etwas, das zum Teil Wut war, zum Teil Verlust. »Komm morgen zum Strand!« sagte sie.

»Ich glaube nicht, daß ich kann«, meinte MaGee. »Aber vielleicht doch.«

Elai prägte sich das Gesicht ein, das Aussehen MaGees. Wenn ich, dachte sie, Tausende wie diese Sternenfrau führen könnte, dann würde ich die Inseln einnehmen, den Styx, die Himmel, aus denen alle kamen.

Aber MaGee behielt ihre Geheimnisse für sich, und sie gehörten nicht zu Elai oder ihrer Mutter.

»*Hai!*« schrie Elai Narbe zu und ritt auf ihm in einem Tempo davon, bei dem der Schmerz wie Speere durch ihr Bein schoß. Sie schwankte, als sie ihr Land erreichte und die Besorgtheit derer, die sie empfingen.

6

188 KR, Tag 178

Memo, Büro des Direktors an Stabsmitglied Elizabeth McGee
Unter Berücksichtigung der Tatsache, daß es möglicherweise zu Schwierigkeiten kommt, hält der Direktor dies doch für eine erstklassige Gelegenheit zu weitergehenden Studien.

7

Die Wolkenflußtürme

Elai schlief unruhig in dieser Nacht, während Unheimliche Narbe in seiner Ruhelosigkeit besänftigten und eine Feuerschale Wasser für Kompressen kochte, die man um Elais Bein legte. Gestalten bewegten sich wie Alpträume um sie herum, und Narbe war besorgt und zischte, traute keinem von ihnen. Sogar Elais Mutter kam und fragte kalt nach der Sicherheit ihrer Tochter, stellte Elai auch Fragen nach dem, was geschehen war.

»Nichts«, lautete Elais Antwort.

Ellai reagierte mit einem finsteren Gesicht, aber ihr Zweig kam nicht näher als bis zum Ausgang des Zimmers, war ebenfalls unruhig und zischte. Die Lage wurde laufend brenzliger, so daß ... »Kümmert euch um sie!« fauchte Elais Mutter die an, die es versuchten, und sie ging weg und nahm Zweig mit, hatte keine Antworten erhalten.

Am nächsten und übernächsten Tag ging es so weiter. Das Bein machte Elai zu schaffen, und die kleinen Ausritte, die sie an den folgenden Tagen unternehmen konnte, zeigten ihr niemanden vom Sternenvolk. Keine MaGee. Keine Antworten. Nichts.

Sie saß auf Narbes Schultern und blickte auf das Meer hinaus oder den Fluß, oder sie ließ ihre Verdrossenheit an den Unheimlichen aus, die nichts sagten und lediglich Narbe die Dienste erwiesen, zu denen Elai zu müde war.

Und dann war eines Tages MaGee da – am Strand, und sie beobachtete Elai.

»MaGee«, sagte Elai und ritt zu ihr hin, versuchte, sich nicht so anzuhören, als ob es wichtig wäre. Sie glitt von Narbe herab und versuchte, nicht zu humpeln, tat es notgedrungen aber doch.

»Wie geht es dem Bein?« fragte MaGee.

»Oh, gar nicht so schlecht.«

Das war es nicht, worüber sie mit MaGee sprechen wollte. Auf die Welt kam es an und auf jede Frage, die sich angesichts der Welt stellte. Elai setzte sich hin und formte belanglose Muster, während sie fragte und antwortete. Sie erfuhr nur wenig, aber dieses wenige verstaute sie in sich, und sie baute es immer weiter aus.

»Hilf mir, ein Schiff zu bauen«, bat sie MaGee.

Aber MaGee lächelte und sagte nein. So lief es immer.

Und die Tage vergingen. Manchmal war MaGee da und manchmal nicht.

Und dann, einen bitteren Tag nach dem anderen, kam MaGee überhaupt nicht mehr.

Elai ritt auf Narbe bis zum Zaundraht, eine riesige Entfernung, bis hin zu dem Tor, durch das die Sternenmenschen kamen und gingen, und sie glitt dort von dem Kaliban, in Sichtweite eines Styxturmes in der Ferne, der sie daran erinnerte, daß die Wolkenflußtürme Rivalen hatten in dem Bemühen, von den Sternen gebrachte Geheimnisse zu erfahren.

»Ich möchte MaGee sprechen«, sagte Elai zu dem Wachtposten am Tor, verglich schon die ganze Zeit die Wolkenflußtürme mit diesem Ort, überlegte, wie stark und beunruhigend regelmäßig er war. Auf der anderen Seite des Zaundrahtes landeten die Schiffe, und sie hoffte eines zu sehen, blickte an dem Wachtposten vorbei, ohne den Anschein zu erwecken, daß sie starrte – aber da stand keines.

Der Wachtposten schrieb ... *schrieb* doch tatsächlich etwas auf ein Papier, eine Vorführung, bei der sich Elai nur wundern konnte. Der Posten schickte seinen Begleiter mit dieser Botschaft in die Basis, und Elai mußte draußen stehenbleiben und warten ... versuchte in ihrem Unbehagen, mit dem Posten zu reden, der über den Draht hinweg auf sie herabblickte und sich mit ihr in einem seltsamen Akzent unterhielt, schlimmer als der MaGees, und geringschätzig war, als sei sie ein Kind.

»Ich heiße Elai«, sagte sie und deutete hochmütig zurück in Richtung der Türme. »Vom Ersten Turm.«

Der Wachtposten blieb standhaft unbeeindruckt. Elais Gesicht brannte.

»Sag MaGee, sie soll sich beeilen«, forderte sie, aber der Mann blieb stehen, wo er war.

Schließlich kam die Botschaft zurück, und der Posten schickte Elai mit einem Wink weg. »Der Direktor sagt nein«, erklärte er.

Elai stieg auf Narbe und ritt weg. Sie hatte genug von ihrer

Würde aufgegeben, und es tat weh. Es tat so weh, daß sie auf ihrem Heimweg weinte, aber als sie wieder bei ihrem Volk eintraf, hatte sie trockene Augen und war voller Wut, und sie gestand niemals ein, wo sie gewesen war, auf keine der besorgten Fragen hin.

8

Memo, Basisdirektor an Stabsmitglied Elizabeth McGee
... spricht Ihnen Lob aus für exzellente Beobachtungen und bittet Sie darum, Ihre Berichte detailliert niederzuschreiben, damit wir sie übermitteln und veröffentlichen können. Der Direktor meint, daß weitere Untersuchungen in andere Richtungen gehen sollten, und ersucht sie darum, sich bereitzuhalten ...

Memo, E. McGee an Basisdirektor in der Verwaltung der Gehenna-Basis
... Die Stygier stehen inzwischen Kontakten ablehnend gegenüber. Genleys Bericht auf meinem Schreibtisch meldet, daß ein Teamangehöriger verletzt wurde, als das Team innerhalb der erlaubten Beobachtungszone vor einem Kaliban zurückwich. Das Team möchte unbedingt an den Styx zurückkehren; ich möchte davon abraten, solange die Kalibane sich ablehnend verhalten.

Bericht, R. Genley an Basisdirektor, vom Feld aus übermittelt
Dr. McGee ist übervorsichtig. Der Zwischenfall hat zu einem verstauchten Handgelenk geführt, als das Team sich aus der unmittelbaren Nähe eines Kalibans zurückzog, der mit dem Aufwerfen von Wällen beschäftigt war. Kein Stygier war anwesend.

Nachricht, E. McGee an R. Genley, Kopie an Basisdirektor
Die Zusammenarbeit zwischen Kalibanen und Menschen ist eng genug, um Beunruhigung über diesen Angriff zu rechtfertigen.

Nachricht, R. Genley an Basisdirektor, vom Feld aus übermittelt
Ich stimme der Hypothese Dr. McGees nicht zu. Wir werden von Stygiern beobachtet. Ein Rückzug zum gegenwärtigen Zeitpunkt würde den Eindruck erwecken, wir hätten Angst. Ich protestiere gegen McGees Umgang mit den von uns übermittelten Daten.

Basisdirektor an R. Genley im Feld
Machen Sie vorsichtig weiter. Ein wohlüberlegtes Risiko scheint gerechtfertigt.

Memo, E. McGee an Basisdirektor
Ich ersuche um Rückkehr vor Ort. Wir verlieren eine Gelegenheit. Wir haben die Kalibane bereits ausreichend beobachtet. Genleys Annäherung führt zu keinen nützlichen Ergebnissen. Wir sollten die Möglichkeiten nutzen, die wir haben, dem Wolkenfluß näherzukommen, und einen Kontakt zum Styx der Initiative der Stygier überlassen. Der Styx ist *nicht* friedlich. Gerade die jetzige Stille ist ein Gefahrensignal. Ich bin im Begriff, Genley eine weitere persönliche Überlegung zu senden. Alle bisherigen wurden nicht beachtet. Ich mache mir Sorgen. Ich bitte den Rat dringend, schnell zu handeln und diese Mission zurückzurufen, bevor es zu einem ernsten Zwischenfall kommt.

Nachricht, E. McGee an R. Genley
Ziehen Sie sich zurück. Führen Sie Ihre Feld-Untersuchungen auf diesem Ufer durch. Die Wallerrichtung der Kalibane ist gleichbedeutend mit einer Mauer. Sie sagen Ihnen damit, daß Sie dort nicht erwünscht sind.

Nachricht, R. Genley an Basisdirektor
Ich habe eine weitere Mitteilung von Dr. McGee erhalten. Ihre Theorien beruhen auf Gesprächen mit einer einzigen Halbwüchsigen, einem Kind, und so ernst ihre Besorgnis meiner Meinung nach auch ist und keineswegs auf irgendeinem Eifer beruht, ihre eigenen Studien voranzutreiben, habe ich doch nicht das Gefühl, daß ihre Theorien, vorbereitend wie sie sind und aus einer solchen Quelle bezogen, der offizielle Standard für den Umgang mit dieser Kultur werden sollten. Unabhän-

gige Einschätzungen und gegenseitige Überprüfung von Beobachtungen sind für diese Mission wesentlich. Dr. McGee begeht einen grundlegenden Fehler, wenn sie ihre Wolkenfluß-Untersuchungen auf den Styx anwendet: Sie geht davon aus, daß die Entwicklung hier dieselbe ist, obwohl das doch nach jeder Evidenz der Siedlungsmuster nicht der Fall ist.

Offen gesagt, bin ich besorgt darüber, daß der Rat Dr. McGee mit der Niederschrift von Berichten beauftragt hat, die auf meinen Daten beruhen. Ich würde die Berichte gerne sehen, bevor sie abgeschickt werden.

Nachricht, E. McGee an R. Genley, übermittelt von der Basis
Sie unterliegen einem grundsätzlichen Irrtum, wenn Sie annehmen, daß die Kalibane nicht für sich eine einzelne Kultur sind, die die Grundlage bildet sowohl für den Wolkenfluß als auch den Styx.

Was die Berichte angeht, seien Sie versichert, daß sie mit mehr Professionalismus geschrieben werden, als Ihre Vermutung zum Ausdruck bringt.

Nachricht, Basisdirektor an R. Genley vor Ort
Der Rat erteilt Aufträge nach eigenem mehrheitlichen Beschluß. Der Rat hat volles Vertrauen zu Dr. McGee.

Memo, Basisdirektor an E. McGee
Sie sind bei Ihrem gegenwärtigen Auftrag innerhalb der Basis von größerem Wert. Der Rat beurteilt und beschließt die richtige Einteilung des Personals. Wo bleibt die Niederschrift über die Styxufer-Daten? Die Dokumentenabteilung beschwert sich über knappe Fristen.

In vier Tagen ist das Shuttle fällig, das diese Dokumente an Bord nimmt.

9

Die Wolkenfluß-Türme

Sie entwarf in Gedanken Schiffe, große Schiffe, die sie bauen wollte, sobald sie an Ellais Stelle war. Sie gab den Unheimlichen Befehle und experimentierte mit eigenen Fluggeräten aus Stöcken und Blättern, die sie von der Spitze des Ersten Turmes aus startete.

Ihre winzigen Konstruktionen gingen am Fuße des Turms zu Bruch. Und einige Fischer waren so unanständig, zu lachen, während Ellai ihre Tochter von der Seite her anschaute – ohne sie zurechtzuweisen; Ellai wies sie nie in Dingen zurecht, die ihr schaden konnten.

Ihre Mutter hoffte, überlegte Elai vage, auf einen Unfall, der Elais Person oder Stolz traf. Manchmal erwischte sie ihre Mutter mit einem solchen Ausdruck in den Augen. Wie Zweig, die bluffte und ein großes Geschrei machte und dann doch Narbe auswich, weil Narbe die Macht hatte und die ganze Welt es wußte.

Es war nicht einmal Haß. Zu vernünftig dafür. Wie die Kalibane. Sie wußten einfach, wer der erste war.

»Ich habe einen Sternenmenschen getroffen«, erzählte Elai ihrer Mutter, noch etwas, was zwischen ihnen stand. »Sie hat das Blut aufgehalten, als ich mir das Bein verletzt hatte. Einfach so. Wir haben über das Fliegen gesprochen. Über viele Dinge.«

»Hör auf damit, Sachen vom Turm zu werfen!« sagte ihre Mutter, treffsicher in ihrem Gegenangriff. »Die Leute lachen dich aus.«

»Ich höre sie nie.«

»Mach weiter, und du wirst sie hören!«

188 KR

*Bericht: Dr. Elizabeth McGee an Wissenschaftsbüro der Allianz: für
Dr. R. Genley; Dr. E. McGee; Dr. P. Mendel; Dr. T. Galliano;
Dr. T. Mannin; Dr. S. Kim*

... Die Wolkenflußsiedlungen bilden eine lockere Gemeinschaft, die, wenn ihre Einwohner ihr überhaupt einen Namen
geben, die Wolkenflußtürme genannt wird.

Es fällt schwer, die Organisation der Verwaltung aus der
Ferne zu analysieren. Jeder der zwölf Wolkenflußtürme scheint
einen erblichen Herrscher zu haben, männlich oder weiblich,
wobei kein klares Muster von Treueverhältnissen auszumachen war, jedoch der Erste Turm anscheinend berechtigt ist, die
Bevölkerung zur Verteidigung oder zum Angriff aufzurufen –
nach welchen gemeinsamen Beratungen, wenn solche überhaupt stattfinden, ist unklar in ihrem mehr oder weniger ständigen Mißtrauen gegen die Styxanwohner. Ich nehme an, daß
eine Ellai, Tochter Ellais, von der kein offizieller Titel bekannt
ist, das erbliche Recht besitzt, im größten und ältesten Turm die
Befehle zu geben, was sie darüber hinaus auch berechtigt, den
Herrschern anderer Türme in einigen, jedoch nicht allen Situationen »Befehle zu geben« (wie sich meine Informantin ausdrückte); auch den einzelnen Bewohnern ihres Turmes und
anderer Türme, jedoch nicht in allen Situationen.

Wenn dies verwirrend erscheint, so reflektiert es doch eine
Machtstruktur, die im allgemeinen kontrolliert wird durch Alter, Erblichkeit, Abstammungslinien, Traditionen und Teilun-
gen der Verantwortung, die generell von der Gemeinschaft
verstanden werden, vielleicht aber nicht kodifiziert oder klar
ausgearbeitet sind. Eine weitere Quelle der Verwirrung könnte
das Verständnisniveau meiner Informantin sein, bedingt durch
ihre Jugend, aber nach meinen Beobachtungen begreift diese
Jugendliche das System weit besser, als sie willens oder bereit
ist mitzuteilen.

Die bei weitem meisten Bewohner der Wolkenflußtürme sind
Fischer oder Bauern; von den letzteren arbeitet die Mehrheit
auf Genossenschaftsbasis, wenn auch in diesem Fall wieder
das System von Turm zu Turm anders aussieht, in einer Weise,

die an eine lockere Vereinigung oder Föderation unabhängiger Herrschaftstraditionen erinnert ...

Was die Fischerei angeht, so scheinen bei der benutzten Technik die Kalibane eine Rolle zu spielen, die das Fischen als Partner der Menschen besorgen, welche den Nutzen haben: Im allgemeinen fischen die grauen Kalibane, obwohl es auch einige Braune tun ... Zwischen den Türmen wird auf Tauschbasis Handel getrieben ... Eine weitere Zusammenarbeit zwischen Kalibanen und Menschen besteht beim Bau: Offensichtlich errichten die Kalibane die Türme und führen die Menschen die Änderungen durch oder überwachen sie. Sowohl Menschen als auch Kalibane aller Arten wohnen in den Türmen, einschließlich der Ariels ...

Eine typische Turmbevölkerung umfaßt auch die unterirdischen Unterkünfte von Fischern und Bauern und Handwerkern, die jedoch möglicherweise auch in unterirdischen Unterkünften leben, die die Türme umgeben oder Teil der Spirale sind, die in der Spitze kulminiert. Ein Turm scheint unter der Erde und in der Umgebung ebenso viele Anlagen zu besitzen wie im eigentlichen Turmbau selbst.

Bei den Bewohnern jedes Oberturms handelt es sich wohl um den Herrscher, die Älteren, eine Anzahl Reiter, Personen von erblicher Bedeutung, eine Anzahl Kalibane, die nach Lust und Laune kommen und gehen, sowie eine weitere Klasse, über die ich nur begrenzte Informationen sammeln konnte; es sieht so aus, als habe sie etwas mit der Pflege der Kalibane zu tun ...

... Elai selbst ... Das Mädchen ist erstaunlich frühreif. Manchmal habe ich mich gefragt, ob sie etwas von ihrer Neugier, vor allem aber ihren Gebrauch von Formen und Techniken, die weit fortgeschrittener sind als alles, was anderswo ausgeübt wird, aus Aufzeichnungen hat oder von einem begrenzten Erziehungssystem, zu dem sie als Ellais Erbin Zugang haben könnte. Ich habe jedoch beobachtet, wie sie eine neue Situation anging und eine Antwort fand, beides mit einer Leichtigkeit, die mich völlig davon überzeugt hat, daß diese Frühreife bei ihr natürlich ist.

Ich gestehe eine gewisse Ehrfurcht vor dieser Zehnjährigen ein. Ich denke an den jungen da Vinci, an Eratosthenes, ein naives Talent vielleicht, tragischerweise an Gehenna gebun-

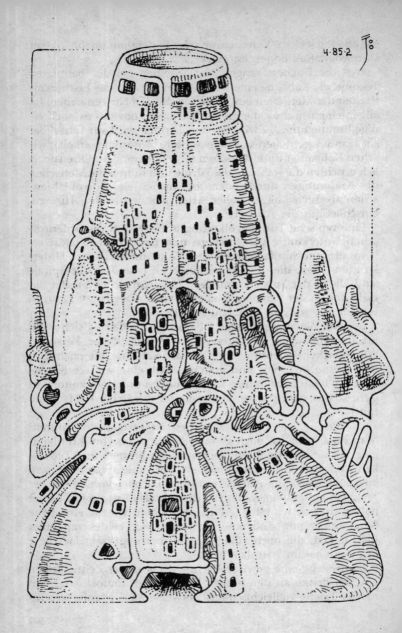

den. Und dann fällt mir wieder ein, daß sie die Erbin ist, die im späteren Leben die Wolkenflußtürme führen könnte.

Angesichts Dr. R. Genleys (beiliegender) photographischer Analyse der stygischen Türme könnten die Zwölf Türme des Wolkenflusses einen nützlichen Vergleich bieten.

Die Wolkenflußtürme (stuft man die beiden zum Meer hin liegenden, aus dem Rahmen fallenden Türme als eigenständige Siedlung ein, die politisch teilweise abgetrennt ist) scheinen nach der Beschreibung meiner Informantin mit einer Polis vergleichbar zu sein, einem urbanen Zentrum mit starker Interaktion zwischen den Türmen. Die Styxtürme, jeder umgeben von Streifen kultivierten Landes, erinnern wenigstens von der Anlage her an feudale Burgen, während die Wolkenflußtürme offenbar sowohl ein System kleiner Gärten innerhalb ihrer Gruppe unterhalten als auch eines ausgedehnter Kornfelder, die die Türme insgesamt umgeben. Als ich meine Informantin fragte, wer auf den Feldern arbeitet, antwortete sie, die Bauern täten es, aber bei der Ernte würden alle helfen ...

Ich fragte meine Informantin, warum die Türme nicht unter der Regenzeit leiden. Sie sagte, es gäbe stets Schäden, verwies aber auch darauf, daß – wie wir es bei Errichtung der Styxtürme selbst beobachtet haben – die Wände nicht nur aus Erde bestehen, sondern auch aus Gestein und Bauholz und gebrannten Ziegeln. Trotz ihres Alters schien sie sich ihrer Beobachtungen sicher zu sein und gab an, Reparaturen und Bauen seien eine ständige Aktivität, durchgeführt von grauen Kalibanen und menschlichen Bewohnern, und daß die aristokratisch wirkenden Reiter und die Klasse, die sie ›die Unheimlichen‹ nennt, einen großen Teil dieser Reparaturen erledigen. Ich fragte sie, ob sie eine Reiterin sei. Sie bejahte. Arbeitet die Erbin? fragte ich. Sie lachte darüber und berichtete, daß alle arbeiten müßten ...

In der Frage der neuen Styxbauten äußerte meine Informantin die Meinung – im Gegensatz zu den hier beigefügten Berichten von Dr. Genley und Dr. Kim –, daß die kürzliche Errichtung des stygischen Turmes in der Nähe der Basis weniger mit der Beobachtung der Basis zu tun hat als damit, neuen Raum für die Inszenierung weiterer Feindseligkeiten gegen den Wolkenfluß zu gewinnen.

Die Machtstrukturen bei den Stygiern erscheinen ebenso

unbestimmt wie bei den Wolkenflußanwohnern, wenn auch die äußeren Beobachtungen während des langen Schweigens vom Styx, in Verbindung mit den Aussagen der Wolkenfluß-Informantin, daß der Styxherrscher noch jung ist, auf eine erbliche Autorität hindeuten und darauf, daß man auf die Müdigkeit des jungen stygischen Herrschers gewartet hat. Was nun genau die Art der sozialen Organisation oder Machtstruktur während dieser Zeit war, kann deshalb nur vermutet werden.

11

188 KR, Tag 344
Wolkenflußufer

Es hatte langsam eingesetzt, eine Empfindlichkeit im Bereich der Wunde, und es war für Wochen so weitergegangen. Vielleicht, dachte Elai, lag es an der Kälte. Das Hinken des alten Wolke, das von seinen alten Wunden herrührte, wurde schlimmer, wenn es regnete, und er beschwerte sich reichlich darüber. Aber wenn Elai sich beschwerte, bedeutete es stets, daß sie nicht hinausgehen konnte und daß die Kindermädchen sie umlagerten, also achtete sie darauf, nicht zu hinken.

Der Heilungsprozeß war im Gang, vermutete sie. Bis zum Frühling würde es wieder gut sein. Ein wenig Unbehagen war nur natürlich.

Aber die Narbe wurde rot und die Stelle heiß, und schließlich konnte sie nicht mehr anders und mußte humpeln.

Und die Kindermädchen bemerkten es; und sie brachten den alten Karel, damit er es sich ansehe. Und Karel holte seine Messer hervor.

Sie gaben ihr den Absud von Bitterzweigen zu trinken, um den Schmerz zu betäuben, aber der Tee rief nur Übelkeit im Magen hervor, und sie fühlte sich zweifach elend. Sie preßte die Kiefer zusammen und schrie nicht ein einziges Mal, stöhnte nur leicht, während der alte Karel in der Wunde, die er gemacht hatte, herumsuchte; und der Schweiß wurde kalt auf Elai. »Laßt mich in Ruhe!« sagte sie zu den Reitern, die gekommen waren, um Karel dabei zu helfen, sie festzuhalten; und zum größten Teil gehorchten sie, außer, als das Messer tief

304

hineinschnitt und ihr der Schweiß ausbrach und sie sich übergab.

Karel hielt etwas hoch, das wie ein kleiner Knochen aussah. Ihre Mutter Ellai kam, um sich die Sache anzusehen.

»Meervolk-Stachel«, sagte Karel. »In der Wunde zurückgeblieben. Wer immer das Bein verbunden hat, hat nicht nachgesehen. Hätte es nicht so lassen dürfen!«

Er legte den Stachel weg und grub weiter mit seinem Messer. Elai erhielt noch mehr Absud, und sie erbrach auch diesen wieder, tat es jedesmal, wenn sie ihn ihr zu trinken gaben.

Anschließend betrachtete ihre Mutter sie nur, wie sie schlaff und in Decken gewickelt dalag. Narbe war irgendwo unten in der Gesellschaft von Unheimlichen, die ihn ruhig hielten; nur Zweig war im Zimmer, und Elais Mutter stand einfach nur da und starrte ihre Tochter an, was auch immer hinter ihren Augen ablief, ob sie nun dachte, daß die Bedrohung geringer geworden war, oder ob sie einfach die Intelligenz ihrer Tochter verachtete.

»Also weiß dein Sternenmensch alles«, sagte Ellai.

Elai starrte nur zurück.

12

189 KR, Tag 24

Nachricht, R. Genley an Basisdirektor
Das Wetter gestaltet die Beobachtungen jetzt schwierig. Anhaltender Nebel bedeckt das Flußufer, und wir haben nur noch begrenzte Sicht.

Letzte Nacht sind die Kalibane dicht herangekommen. Wir konnten hören, wie sie unseren Unterstand umkreisten. Als wir hinausgingen, zogen sie sich zurück. Wir verhalten uns stets mit angemessener Vorsicht.

13

189 KR, Tag 24
Büro des Basisdirektors

»Genley ist in Gefahr«, meinte McGee. »Ich möchte Sie daran erinnern, Sir, daß die Basis schon einmal gefallen ist. Und es sind Warnungen davor erfolgt. Nehmen Sie die Kalibane ernst!«

»Sie sind weit von der Basis entfernt, Dr. McGee.« Der Direktor lehnte sich zurück und verschränkte die Arme auf dem Bauch. Die Fenster gewährten Ausblick auf Betongebäude und Nebel. »Aber diesmal stimme ich doch mit Ihnen überein. Es besteht die Möglichkeit, daß dort draußen ein Problem heraufzieht.«

»Mehr als nur eine Möglichkeit. Die Regenzeit scheint Auswirkungen auf die Kalibane zu haben, und am Styxufer ist alles in Bewegung.«

»Wie steht es mit Ihrer Einschätzung der Kalibane als einer Kultur? Gehört denn dieses wettererzeugte Verhalten zu etwas nicht nur Primitivem?«

»Nehmen wir im Winter Sonnenbäder?«

»Wir sprechen über Aggression.«

»Die frühen Menschen bevorzugten den Sommer für ihre Kriege.«

»Was bedeutet dann diese Jahreszeit für die Kalibane?«

»Ich wage es nicht, darauf eine Antwort zu geben. Wir können nur beobachten, daß sie etwas bewirkt.«

»Genley ist sich des Problems bewußt.«

»Nicht der Risiken. Er will einfach nicht darauf hören.«

Der Direktor überlegte für einen Moment. »Wir werden das ins Auge fassen. Wir kennen Ihren Standpunkt.«

»Meine Bitte ...«

»Ebenfalls ins Auge gefaßt.«

14

189 KR, Tag 25

R. Genley an Basisdirektor
... Ich habe einen Kontakt hergestellt. Eine Gruppe von auf
Kalibanen reitenden Stygiern hat sich im Nebel des heutigen
Morgens auf unserer Seite des Styx vor dem Lager gezeigt. Sie
verhielten sich beim Näherkommen überhaupt nicht verstohlen. Sie hielten kurz an und beobachteten uns, zogen sich dann
zurück und schlugen in der Nähe ein Lager auf. Der Nebel gestaltet die Beobachtungen schwierig, aber wir können sie zur
Zeit schwach erkennen.

189 KR, Tag 25

Basisdirektor an R. Genley
Gehen Sie achtsam vor! Die Wettervorhersage kündigt Aufkla-
ren für heute nacht und morgen an, Wind SW/10–15.
   Dr. McGee, Dr. Mannin und Dr. Galliano sind in Begleitung
von zehn Sicherheitsleuten zu Fuß unterwegs zu Ihrer Stellung. Bitte gewähren Sie ihnen Ihre ganze berufliche Zusammenarbeit und Höflichkeit. Handeln Sie betreffs Direktkontakt
nach eigenem Ermessen.

15

189 KR, Tag 26
Basis am Styxufer

Sie erreichten das Lager am Morgen, vor Müdigkeit stolpernd
und in freudiger Erwartung des Frühstücks mit heißem Tee
und Brötchen, dem sie näherkamen.
   »Wohl kaum nötig für Sie, hier heraus zu kommen«, sagte
Genley zu McGee. Genley war ein großer Mann mit kräftiger
Gesichtsfarbe, solide und einem Denkmal ähnlich in dem Kha-
ki-Kälteanzug, der hier draußen die Uniform war. McGee füllte
ihren eigenen mit dem am Schreibtisch errungenen Gewichts-

zuwachs aus. Ihre Beine taten weh und die Seiten auch. Der Geruch des Styx empfing sie hier und drang in alles ein, der Gestank von Schilf und Schlamm und Nässe und Kälte, durchdrang sogar die Brötchen und den Kaffee. Er bedeutete Freiheit. McGee genoß es und mißachtete Genley.

»Ich erwarte«, fuhr Genley fort, »daß Sie hier draußen unseren Anleitungen folgen. Das letzte, was wir gebrauchen können, ist Einmischung.«

»Ich gebe nur meinen Rat«, sagte sie mit bewußter Konzilianz. »Machen Sie sich wegen des Berichtes keine Sorgen um Ihr Ansehen!«

»Ich denke, die regen sich da draußen«, sagte Mannin vom Eingang her. »Sie müssen unsere Ankunft gesehen haben.«

»Der Wetterbericht ist falsch, wie üblich«, sagte Genley. »Der Nebel wird sich nicht heben.«

»Ich finde, wir sollten hinausgehen«, meinte McGee.

»Frühstücken Sie!« erwiderte Genley. »Wir kümmern uns darum.«

McGee runzelte die Stirn, stopfte sich den Mund voll, spülte das Brötchen hinunter und folgte ihm zur Tür hinaus.

Die Sonne unternahm einen Versuch, durch den Nebel zu dringen. Sie war ganz rosa und goldfarben, während schwarze Schilfgräser in Gruppen spitzer Schatten aufragten und der Nebel wie eine Decke in der Farbe der Morgendämmerung auf dem Styx lag.

Überall war es naß. Ob man nun stand oder kauerte, man spürte die Stiefel einsinken. Feuchtigkeit sammelte sich auf Haar und Gesicht und verstärkte die Kälte. Aber sie standen trotz allem ein Stück außerhalb ihres Lagers und dem der Stygier gegenüber, den buckeligen Gestalten von Kalibanen, die sich in der Dämmerung ruhelos bewegten.

Dann tauchten menschliche Gestalten zwischen den Kalibanen auf.

»Sie kommen«, sagte McGee.

»Wir bleiben einfach stehen«, sagte Genley, »und warten ab, was sie machen.«

Die Stygier kamen zu Fuß näher, waren im Morgennebel jetzt deutlicher zu erkennen. Die Kalibane folgten ihnen wie eine lebende Mauer, fünf, sechs von ihnen.

Immer näher.

»Gehen wir ihnen doch den halben Weg entgegen«, meinte Genley.

»Da bin ich mir nicht sicher«, sagte Mannin.

Genley ging los. McGee folgte ihm, behielt die Kalibane ebenso im Auge wie die Menschen. Mannin ging hinter ihr her, während die Einsatzleute der Sicherheit sie alle beobachteten. Niemand trug Gewehre. Es waren auch keine erlaubt. Wenn sie angegriffen wurden, konnte es sein, daß sie hier ums Leben kamen. Die Aufgabe der Sicherheit bestand nur darin, zu entkommen und die Tatsachen zu berichten.

Gesichtszüge wurden erkennbar. Drei ältere Männer waren unter den Stygiern und drei jüngere, und der vorderste war der jüngste von allen. Sein langes Haar war am Wirbel aufgesteckt, sein dunkler Bart gestutzt, seine Lederkleidung sauber, geschmückt mit Bändern voller polierter Flußsteine und Knochenperlen. Er war nicht so groß wie manch andere. Er schien kaum zwanzig zu sein. Möglicherweise war er eine Art Herold, überlegte McGee bei sich, aber da war etwas – die Art, wie er sich mit gespannter Kraft bewegte, die Sicherheit –, woran zu erkennen war, daß von den sechsen, die sie sahen, sie diesen im Auge behalten mußten.

Ein junger Mann. Ungefähr achtzehn.

»Könnte Jin selbst sein«, murmelte McGee vor sich hin. »Das richtige Alter. Passen Sie auf bei dem!«

»Ruhig«, sagte Genley. Er kauerte sich nieder und ließ aus seiner geballten Hand einen Stein in den Schlamm fallen, dann noch einen daneben.

Die Stygier blieben stehen. Die Kalibane kauerten sich hinter ihnen mit den Bäuchen auf die Erde, abgesehen vom größten, der sich auf seinen vier Beinen aufrechthielt.

»Sie wollen nicht zuhören«, meinte McGee. »Ich würde aufstehen, Genley. Sie sind nicht interessiert.«

Genley richtete sich auf, eine vorsichtige Bewegung, vergaß seinen Versuch im Musterlegen. »Ich heiße Genley«, sagte er zu den Stygiern.

»Jin«, sagte der junge Mann.

»Der, der am Styx die Befehle erteilt?«

»Dieser Jin, ja.« Der junge Mann stemmte die Hände in die Hüften, ging lässig ein Stück zum Fluß hin, dann wieder ein paar Schritte zurück. Die Kalibane hatten sich alle aufgerichtet. »Genley.«

»McGee«, sagte McGee knapp. »Mannin.«

»*MaGee*, ja.« Wieder ein paar Schritte, ohne sie anzusehen, dann ein Blick zu Genley. »Diese Gegend gehört uns.«

»Wir sind gekommen, um euch hier zu treffen«, sagte Genley. »Um zu reden.«

Der junge Mann sah sich mit beiläufiger Neugier um und ging zu seinen Begleitern zurück.

Das ist eine Beleidigung! dachte McGee, außerstande, sich dessen gewiß zu sein. *Er provoziert uns.* Aber das junge Gesicht veränderte sich nicht im geringsten.

»Jin«, sagte McGee laut und mit Bedacht, und Jin blickte sie mit hartem Gesicht direkt an. »Willst du etwas?« fragte McGee.

»Ich habe es«, sagte Jin, beachtete sie nicht, betrachtete Genley und Mannin. »Ihr wollt reden. Ihr habt mehr Fragen. Stellt sie!«

Nein, dachte McGee, denn sie spürte, daß Höflichkeit gegenüber diesem jungen Mann die falsche Richtung war. »Nicht interessiert«, sagte sie. »Genley, Mannin, *kommen* Sie!«

Die anderen bewegten sich nicht. »Wir wollen uns unterhalten«, sagte Genley.

McGee ging weg, zurück zum Lager. Sie hatte sich selbst keine andere Wahl gelassen.

Sie blickte nicht zurück. Aber Genley war ihr dicht auf den Fersen, bevor sie das Zelt erreichte.

»*McGee!*«

Sie wandte sich um zu dem Zorn, der sich auf Genleys Gesicht gesammelt hatte. Auch auf dem Mannins.

»Er ist einfach weggegangen, nicht wahr?« sagte sie.

16

189 KR, Tag 27
Hauptbasis, Büro des Direktors

Sie hatte erwartet, aufgerufen zu werden, stand müde und schmutzig da, die Hände verschränkt. Sie war mit drei Leuten vom Sicherheitspersonal in die Basis zurückgekehrt und hatte noch nicht geschlafen. Sie wollte einen Stuhl.

Ihr wurde keiner angeboten. Der Direktor starrte sie hinter seinem Schreibtisch hervor mit hartem Blick an. »Kontakt vermasselt«, sagte er. »Was sollte das, McGee? Sabotage? Konnten Sie es so weit treiben?«

»Nein, Sir. Ich habe das Richtige getan.«

»Setzen Sie sich!«

Sie zog sich den Stuhl herüber, setzte sich darauf und atmete tief durch.

»Nun?«

»Er hat sich über uns lustig gemacht. Über Genley. Er provozierte Genley, und Genley hat überhaupt nichts gemerkt. Jin hat gegen uns Punkte gemacht.«

»Das Tonband zeigt es nicht. Es besagt eher, daß er *Sie* kennt.«

»Vielleicht tut er es. Gerüchte machen zweifellos die Runde.«

»Sie haben das natürlich auch mitbekommen.«

»Vollständig.«

»Sie haben Genleys Glaubwürdigkeit beeinträchtigt.«

»Genley brauchte dabei keine Hilfe. Dieser Jin ist gefährlich.«

»Könnte eine gewisse Einseitigkeit vorliegen, McGee?«

»Nein. Nicht auf meiner Seite.«

Schweigen trat ein. Der Direktor funkelte sie an, drehte dabei einen Stift in den Händen. Hinter ihm war das Fenster, der Ausblick auf die Betongebäude der Basis. Sicherheit hinter dem Zaundraht. Unter ihnen schützten Detektoren den Boden, lauschten nach Grabungen. Der Mensch hatte auf Gehenna gelernt.

»Sie haben uns da etwas eingebrockt«, meinte der Direktor.

»Nach meinem beruflichen Urteil, Sir, mußte es getan werden. Wenn der Styx uns nicht respektiert ...«

»Meinen Sie, Respekt müßte eine Rolle spielen, auf die eine oder andere Weise? Es geht uns hierbei nicht um Punkte, McGee, oder persönlichen Stolz.«

»Ich weiß, daß wir eine Mission da draußen am Styx haben, und daß das Leben ihrer Angehörigen von diesem Respekt abhängt. Ich denke, es ist mir vielleicht gelungen, die Stygier dazu zu bringen, ihre Berechnungen über uns anzuzweifeln. Ich hoffe, es reicht, daß Genley da draußen überlebt.«

311

»Sie gehen weiter davon aus, daß Feindseligkeit besteht?«

»Beruhend auf dem, was die Wolkenflußanwohner denken.«

»Auf der Meinung eines zehnjährigen Mädchens.«

»Dieser Jin – jede seiner Bewegungen war eine Provokation. Sein Kaliban, die Art, wie er die Begegnung eingerichtet hat, alles deutete auf Aggression.«

»Theorien, McGee.«

»Ich würde die Verbindung zum Wolkenfluß gerne erneuern. Der Frage nachgehen, was sie für uns wert sein kann.«

»Auf dieselbe Weise, wie Sie den Stygiern den Rücken zugewandt haben?«

»Es ist dieselbe Geste, ja, Sir.«

»Wie steht es mit Ihrer Besorgnis um die Styx-Mission? Fürchten Sie nicht, mit diesem Vorhaben Schwierigkeiten zu beschleunigen?«

»Falls Genley recht hat, nicht. Falls ich recht habe, würde es ein falsches Signal bedeuten, anders zu handeln. Es könnte signalisieren, wir seien schwach. Und für Genley wäre die Gefahr möglicherweise gleich groß.«

»Meinen Sie ernsthaft, diese Stygier könnten unsere Basis betrachten und denken, wir hätten keine Reserven?«

»Die Basis ist trotz all ihrer Reserven schon einmal gefallen. Ich finde, was Sie sagten, ist für die Stygier eventuell eine sehr vernünftige Schlußfolgerung. Aber darüber wage ich keine Vermutung. Ihre Denkweise ist anders als unsere. Und es besteht die Möglichkeit, daß wir es nicht nur mit menschlichen Instinkten zu tun haben.«

»Wieder die Kalibane?«

»Die Bewohner Gehennas nehmen sie ernst, wie auch immer das auf uns wirkt. Wir sollten das nicht vergessen. Nach Ansicht der Bewohner Gehennas haben die Kalibane eine Meinung. Dessen bin ich mir ziemlich sicher.«

»Was schlagen Sie vor?«

»Was ich schon sagte. Alle Möglichkeiten zu ergreifen.«

Der Direktor runzelte die Stirn, beugte sich vor und drückte eine Taste auf dem Recorder.

17

Einsatzbericht: R. Genley
Die Stygier bleiben an Ort und Stelle und beobachten uns
ebenso, wie wir sie beobachten. Heute erfolgte wenigstens ein
kleinerer Durchbruch: einer der Stygier näherte sich unserem
Lager und nahm uns ganz offen in Augenschein. Als wir auf
ihn zugingen, entfernte er sich bedächtigen Schrittes. Wir näherten uns unsererseits ihrem Lager und wurden ignoriert.

18
Styxufer

»Setz dich!« sagte Jin, und Genley gehorchte und setzte sich
vorsichtig in den vom Feuer erleuchteten Kreis. Sie ergriffen
die Chance, er und Mannin gemeinsam – eine ungewisse
Chance, als einer der jungen Stygier ein zweites Mal kam, um
sie einzuladen. Sie gingen allein und unbewaffnet in das andere Lager, zwischen die Kalibane, und ein Hauch von Alkohol
schwebte darüber. Becher wurden herumgereicht. Rasch bekamen sie auch einen in die Hand, als sie sich ans Feuer setzten.
   Genley trank als erster, versuchte den Geschmack zu ver-
drängen. Es war etwas wie Bier, aber es machte den Mund
taub. Er gab den Holzbecher an Mannin weiter und blickte zu
Jin auf.
   »Gut«, sagte dieser – eine Gestalt, die in den Feuerschein gehörte, eine Gestalt aus der menschlichen Vergangenheit, in Leder gekleidet, das junge Gesicht schweißbedeckt in dem Licht
und dem Rauch, und in den Augen schimmerten kleine Fun-
ken. »Gut. Genley. Mannin.«
   »Jin.«
Ein Grinsen breitete sich auf dem Gesicht aus. Die Augen
tanzten. Jin nahm den Becher wieder entgegen. »Ihr wollt mit
mir sprechen?«
   »Ja«, antwortete Genley.
   »Worüber?«
   »Da gibt es vieles.« Was immer in dem Getränk war, es be-
täubte die Finger. Von ferne empfand Genley Angst. »Zum
Beispiel, was das für ein Getränk ist.«

»Bier«, sagte Jin erheitert. »Hast du etwas anderes erwartet, Gen-ley?« Er trank aus demselben Becher, und der nächste Mann füllte ihn wieder. Es waren alles Männer, zwölf insgesamt. Drei schienen um die fünfzig zu sein. Die meisten waren jung, aber nicht so jung wie Jin. »Könnte Blaufisch in einem Becher sein. Ihr sterbt auf die Weise. Aber ihr kommt hierher, bringt keine Gewehre mit.«

»Die Basis möchte mit euch reden. Über viele Dinge.«

»Was bezahlt ihr?«

»Vielleicht ist es einfach für alle gut, wenn ihr und die Basis euch gegenseitig kennt.«

»Vielleicht auch nicht.«

»Wir sind schon lange hier«, sagte Mannin, »und leben in eurer Nähe.«

»Ja«, sagte Jin.

»Für den Styx sieht es in letzter Zeit viel besser aus.«

Jin straffte die Schultern. Er betrachtete erst Mannin, dann sie beide mit abschätzendem Blick. »Ihr beobachtet uns, wie?«

»Warum nicht?« fragte Genley.

»Ich spreche für den Styx«, sagte Jin.

»Wir würden uns gerne in Sicherheit bewegen können«, meinte Genley.

»Wo?«

»In der Gegend des Flusses. Um mit deinem Volk zu sprechen. Um Freunde zu werden.«

Jin überlegte. Vielleicht, dachte Genley schwitzend, war die Art, wie sie sich den Stygiern genähert hatten, von Anfang an verkehrt gewesen.

»Freunde«, sagte Jin und schien das Wort abzuschmecken. Er betrachtete sie entsetzt. »Mit Sternenmenschen?« Er streckte die Hand nach dem Becher aus und hatte eine Furche zwischen den Augenbrauen, während er seine Gäste studierte. »Wir sprechen über Verhandlungen«, sagte Jin.

189 KR, Tag 30

Nachricht, R. Genley an Basisdirektor
Ich habe endlich ein Treffen mit den Stygiern herbeiführen können. Nachdem er seit dem Zwischenfall mit Dr. McGee jeden Versuch beharrlich zurückgewiesen hatte, erlaubte Jin es

nun Dr. Mannin und mir, sein Lager zu betreten. Anscheinend haben das anhaltende Schweigen und unser Annäherungsversuch den Stolz der Stygier beruhigt.

Jetzt ohne einen Grund für Beleidigungen, waren sie gastfreundlich und reichten uns Nahrung und Getränke. Der junge stygische Anführer, obwohl reserviert und eine würdevolle Haltung bewahrend, zeigte sich in unserer Anwesenheit jetzt sowohl gutgelaunt als auch locker, bereits ganz anders als bei dem schwierigen Treffen vor vier Tagen.

Ich möchte, ohne daß berufliche Kritik dabei eine Rolle spielt, darauf drängen, daß Dr. McGee jeden Kontakt mit den Stygiern vermeidet, egal, in welcher Eigenschaft. Der Name McGee ist den Stygiern bekannt und zuwider, was vielleicht sowohl eine Verbindung zwischen Styx und Wolkenfluß belegt als auch möglicherweise Feindschaft, aber ich nehme nichts als selbstverständlich.

19

189 KR, Tag 35
Wolkenfluß-Türme

Es bereitete überraschend wenig Schwierigkeiten, die Türme des Wolkenflusses zu erreichen. Es schien auch, noch überraschender, nur wenig schwieriger zu sein, sich zwischen ihnen zu bewegen.

McGee kam allein in der Morgendämmerung, hatte nur den Recorder an ihrem Körper versteckt und sich ihre übrige Ausrüstung über die Schulter gehängt, kam so von ihrem flußaufwärts liegenden Landeplatz. Sie hatte Angst, eine andere Art von Angst, als Jin in ihr erweckt hatte. Die jetzige Angst hatte etwas von Verlegenheit an sich, von Scham, wenn sie sich an Elai erinnerte, die vielleicht nicht verstehen würde. Und jetzt wußte McGee nichts anderes zu tun, als einfach auf die Türme zuzugehen, bis dieses Gehen eine Reaktion auslöste.

Ein Kaliban würde warten an diesem selten klaren Wintertag, hatte sie gehofft – ein Mädchen würde auf einem Kaliban kommen und sie empfangen, zuerst ein wenig finster blicken, ihrer MaGee aber dann ihren Mangel an Höflichkeit vergeben.

Aber es war niemand gekommen.

Nun ragten die Türme vor ihr auf, zusammengedrängt in ihrer unwahrscheinlichen Größe. *Eine Stadt,* dachte man unwillkürlich. Eine Stadt aus Erde und Ziegeln, mit schrägen Wänden, unregelmäßigen Türmen in den Farben der Erde, Spiralen, die in einem Labyrinth von Wällen ihren Anfang nahmen.

Sie kannte den Ersten Turm, dem Fluß am nächsten: so hatte es Elai gesagt. McGee ging zwischen den niedrigeren Wällen hindurch, bewegte sich in einer unheimlichen Stille, kam an Menschen vorbei, die es ablehnten, sie zur Kenntnis zu nehmen. Ihr Weg führte vorbei an Wällen mit Fenstern, den gewöhnlichen Behausungen, an mit Ariels spielenden Kindern, an faul in der Sonne liegenden Kalibanen, an Töpfern und Tischlern, die in von der Sonne beleuchteten Nischen der Wälle ihrer Arbeit nachgingen, abgeschirmt vom leichten Biß des Windes, und gelangte schließlich an die Tür des Ersten Turmes.

Drei Kalibane bewachten den Gang innen. McGee blieb das Herz stehen, als sie sich auf ihre Beine erhoben und einen Kreis um sie bildeten, als einer von ihnen sie mit einem Schubs seiner stumpfen Schnauze untersuchte und ihr mit einer dicken Zunge über das Gesicht fuhr.

Aber er ließ dann von ihr ab, und die anderen folgten seinem Beispiel, kletterten durch den Eingang in den Turm hinauf.

McGee war sich nicht sicher, ob es klug wäre, ihnen zu folgen, aber sie rückte den Riemen ihres Bündels zurecht und wagte es, betrat einen kühlen irdenen Korridor, dessen Boden und Wände zerkratzt und abgenutzt waren durch Generationen von Kalibanleibern. Es war dunkel, völlig dunkel, als sei dies ein Weg, dem die Wolkenflußanwohner allein mit dem Tastsinn folgten. Nur an manchen Stellen drang ein klein wenig Licht durch einen winzigen Schacht, der die Wand durchdrang und sich irgendwie durch die Tiefen des irdenen Bauwerks zog. Dieser Ort war wie geschaffen für atavistische Ängste, Kobolde, Lebewesen in der Dunkelheit. Die Wolkenflußanwohner nannten ihn ihr Zuhause.

In dem matten Licht aus einem solchen Schacht tauchte eine menschliche Gestalt um die dunkle Biegung des Mittelpunktes herum auf. McGee blieb abrupt stehen.

»Ich möchte Ellai sprechen«, sagte sie, sobald sie wieder Luft bekam.

Der Schatten drehte sich einfach um, ging die Steigung hinauf und wieder um die Biegung. McGee holte erneut tief Luft und entschied sich für den Versuch, hinterherzugehen.

Sie hörte den Mann vor sich, oder irgend etwas, hörte auch Rutschgeräusche und drückte sich einmal an die Wand, als etwas eher Kleines und Eiliges in der Dunkelheit an ihr vorbeigestürmt kam. Biegung um Biegung folgte sie ihrem Führer aufwärts, jetzt manchmal an Türen vorbei, die für einen Moment Sonnenlicht einließen und ein paar Einzelheiten in der Umgebung ihres Führers zeigten. Manchmal, wenn Türen geöffnet wurden und Lampenlicht herausdrang, sah McGee, daß die riesigen Räumlichkeiten innerhalb des sonnenlosen Kerns besetzt waren. Zum Teil waren es Kalibane, sonst Menschengruppen, den Kalibanen seltsam ähnlich in der Schweigsamkeit, mit der sie McGee die Gesichter zuwandten. Gelegentlich trieben auch Kinderstimmen oder die Stimme Erwachsener herbei, die ihr zeigten, daß das normale Leben auch in dieser Fremdheit weiterging.

Und dann öffnete sich die Spirale, deren Windungen immer enger geworden waren, zu einer gewaltigen, vom Sonnenlicht durchdrungenen Halle, einer Halle, die durch ihre Ausmaße erstaunte, deren Decke gestützt wurde von Pfeilern aus Erde, die in verrückten Winkeln angeordnet waren. McGee war im Mittelpunkt des Bodens herausgekommen, und ein halbes Hundert Menschen und wenigstens ebenso viele Kalibane warteten hier, als hätten sie sich zu irgendeiner anderen Aufgabe hier versammelt, oder als hätten sie gewußt, daß McGee kam – sie hatten sie *beobachtet*, erkannte diese plötzlich verärgert. Es konnte sehr gut Beobachter auf der Turmspitze geben, die sie seit mindestens einer Stunde beobachtet haben mußten.

Die Versammlung wurde ruhig und gruppierte sich neu, so daß eine freie Fläche zwischen McGee und einer finster blickenden Frau entstand, die sie forschend musterte und sich dann auf einen soliden hölzernen Stuhl setzte. Ein Kaliban legte sich besitzergreifend darum, umfing die Stuhlbeine mit der Windung von Körper und Schwanz und hob den Kopf zur Hand der Frau.

Da erblickte McGee ein bekanntes Gesicht rechts an der Wand, ein ernstes und finster blickendes Mädchen mit einem gewaltigen Kaliban an der Seite, dessen Flanke von einer schrägen Narbe gezeichnet war. McGee starrte das Mädchen einen kurzen Moment lang an, sich immer sicherer werdend. Das Gesicht des Kindes war hart, zeigte kein Wiedererkennen, nichts.

McGee wandte den Blick rasch zurück zu der anderen Frau. »Mein Name ist McGee«, stellte sie sich vor.

»Ellai«, sagte die Frau, aber das hatte sie schon vermutet.

»Ich bin hier«, sagte McGee daraufhin, denn ein Mädchen hatte ihr beigebracht, offen und schroff und in einem passablen Wolkenflußakzent zu sprechen, »weil die Styxanwohner zu uns gekommen sind, um mit uns zu verhandeln, und weil die Basis der Meinung ist, daß wir nicht nur mit den Stygiern sprechen sollten, sondern auch mit den Menschen vom Wolkenfluß.«

»Was hast du zu sagen?«

»Ich würde lieber zuhören.«

Ellai nickte langsam und strich mit den Fingern über den Rücken ihres Kalibans. »Du wirst antworten«, sagte Ellai. »Wie ist dieser Junge vom Styxufer?«

McGee biß sich auf die Lippe. »Ich finde, er ist kein Junge mehr. Die Menschen folgen ihm.«

»Dieser Turm dicht bei euch. Ihr duldet ihn?«

»Wir fühlen uns nicht wohl dabei. Aber es ist nicht unsere Gewohnheit, uns außerhalb des Zaundrahtes einzumischen.«

»Dann seid ihr dumm«, meinte Ellai.

»Wir mischen uns auch nicht am Wolkenfluß ein.«

Damit hatte sie vielleicht einen Punkt gemacht. Oder einen verloren. Ellais Gesicht gab keine Hinweise darauf. »Was machst du hier?«

»Wir wollen nicht dulden, daß ein Ring von Styxtürmen uns von jedem möglichen Kontakt mit euch abschneidet. Falls wir euch ermutigen, in größerer Nähe Türme zu errichten, dann könnte das weitere Kämpfe bedeuten, und das wollen wir ebenfalls nicht.«

»Wenn ihr nicht vorhabt, euch bei irgend jemandem einzumischen, wie wollt ihr die Styxanwohner dann daran hindern, noch mehr Türme zu bauen?«

»Indem wir mit euch verkehren, ihnen klarmachen, daß dies ein Weg ist, den wir benutzen, und daß wir uns daran nicht hindern lassen.«

Ellai dachte darüber nach, machte es sich klar. »Was könntet ihr tun?«

»Wir geben den Stygiern etwas anderes, woran sie denken sollen.«

Ellai runzelte die Stirn und sagte dann mit einer Handbewegung: »Dann geh und tu es!« sagte sie.

Eine Regung ging durch die Versammlung, ein Wechsel ins Bedrohliche, wobei Kalibankrägen hochzuckten und wieder herabfielen und der des Kaliban neben Ellai sich aufrichtete.

»Also«, sagte McGee, die sich unbehaglich fühlte bei diesen Regungen und sich nicht sicher war, ob es Gutes oder Übles bedeutete, »wenn wir kommen und gehen und ihr dasselbe tut, sollte damit klargestellt sein, daß wir vorhaben, diesen Weg offenzuhalten.«

Ein älterer, glatzköpfiger Mann trat zu Ellai und hockte sich neben sie, legte seine spinnenhaften Finger auf den Kaliban. Ellai sah ihn nicht einmal an.

»Du wirst jetzt gehen!« sagte Ellai und starrte McGee dabei an. »Du wirst nicht wieder herkommen!«

McGees Herz pochte schneller. Sie spürte den Ruin all ihrer sorgfältigen Überlegungen. Sie hielt den Schmerz aus ihrem Gesicht fern. »Also werden die Stygier sagen, was sie wollen, und bauen, wo sie wollen, und ihr seid nicht daran interessiert, sie aufzuhalten.«

»Geh!«

Weitere Personen hatten sich bewegt; weitere von der eigenartigen Sorte versammelten sich um Ellai und kauerten sich im Schatten zusammen. Kalibane verlagerten ihre Position. Ein Ariel rutschte über den Boden und sauste in die Versammlung der Kalibane hinein. Von den normal wirkenden Menschen waren nur sehr wenige zu sehen: die Frau neben Ellais Stuhl, ein in Leder gekleideter Typ mit hartem Gesicht; eine Handvoll Männer vom selben Schlag inmitten ihrer Drachenversammlung, zwischen lampenartigen Augen und stacheligen Rücken. Die Augen unterschieden sich nur wenig, die der Menschen und die der Drachen – kalt und verrückt.

Ein kleinerer Kaliban, ein grauer, schlängelte sich zum freien Mittelpunkt der Halle. Er trug einen Stein im Maul und legte ihn mit Bedacht auf den Boden. Ein weiterer folgte seinem Beispiel, legte einen zweiten Stein daneben, während der erste sich erneut einen holte. Es war verrückt. Der Wahnsinn dieses Ortes trieb McGee einen Schauder über die Haut, ein überwältigendes Verlangen überkam sie, aus dem Turm zu rennen, dann die Erinnerung daran, daß der Weg draußen lang und dunkel war.

Ein dritter Stein, parallel zu den anderen, und ein vierter, eine Trennlinie zwischen ihr und Ellai.

»Der Weg ist jetzt frei«, sagte Ellai.

Geh! hieß das wieder, die letzte Warnung. McGee wandte sich aufgelöst ab, hielt einen Moment lang inne und blickte Elai direkt an, ein Appell an die eine Stimme, die einen Unterschied machen könnte.

Elais Hand lag auf Narbes Flanke. Sie ließ sie fallen und trat ein paar Schritte vor – hinkend, wie um es zu demonstrieren. Elai war lahm. Selbst das war schiefgegangen!

McGee ging durch die dunklen Spiralen hinaus unter die unfreundliche Sonne.

20

189 KR, Tag 43

Bericht, E. McGee
... hatte ich Erfolg darin, einen ersten Kontakt herzustellen; weitere Kontakte sollten angestrebt werden, jedoch vorsichtig ...

189 KR, Tag 45

Memo, Büro des Direktors an E. McGee
Ihre Einschätzung des Zwischenfalls als begrenzten Erfolg erscheint diesem Büro unbegründet optimistisch.

21

189 KR, Tag 114
Styxufer

Genley sah sich auf jedem Schritt entlang der staubigen Straße um und machte sich geistig Notizen. Hinter ihm gingen Mannin und Kim; vor ihnen der Reiter auf seinem Kaliban, eine unwahrscheinliche Gestalt, ihr Führer auf diesem Marsch.

Vor ihnen ragte der diesseitige Turm auf, massiv und fest in ihrem Blickfeld. Sie hatten ihn schon aus der Ferne gesehen und von dort aus Photos gemacht, diese Leute beobachtet, so gut es ging. Aber dieser Turm war jetzt mitsamt seinen Feldern und Nebengebäuden in ihrer Reichweite. Frauen arbeiteten in der Sonne, die nackten Rücken im leichten Wind und in der milden Sonne, und befreiten die Ernte von Unkraut. Sie unterbrachen ihre Arbeit und blickten auf, erstaunt über dieses Erscheinen von Sternenmenschen.

189 KR, Tag 134

Einsatzbericht: R. Genley
... Der diesseitige Turm wird ›Parms Turm‹ genannt, nach dem Mann, der ihn errichtete. Die Schätzungen der Turmbevölkerung sind nicht korrekt: Ein großer Teil der Anlage dehnt sich unterirdisch aus, und viele der tieferen Korridore dienen als Schlafunterkünfte. In Parms Turm leben mindestens zweitausend Personen und nahezu ebenso viele Kalibane. Ich denke, etwa fünfzig sind Braune, der Rest Graue.

Die Arbeitsteilung bietet ein funktionierendes Modell von alten Theorien über die frühe Entwicklung des Menschen, und in dem Maße, in dem auf Gehenna menschliche Muster rekapituliert wurden, auch erregende Aussichten auf weitergehende anthropologische Studien. Man könnte sich leicht den alten Euphrat vorstellen, modifizierte Zikkurats, in diesem Fall sowohl zum Wohnen genutzt als auch zum antiken Zweck, der Aufbewahrung von Getreide oberhalb von Flutwasser und jahreszeitlicher Bodenfeuchtigkeit.

Die Frauen haben sich der Landwirtschaft zugewandt und führen alle Arbeiten dieser Art aus. Jagd und Fischerei, Hand-

werk und Kunsthandwerk, einschließlich der Weberei, sind
eine fast ausschließlich männliche Domäne und erfreuen sich
hohen Ansehens, ganz besonders die Jäger, die allein die braunen Kalibane beherrschen. Die Fischer verwenden die Grauen,
die auch auf den Feldern arbeiten und solche Aufgaben durchführen wie das Ziehen von Gräben und das Verteilen des Wassers, aber in diesem Fall werden sie von der Klasse geführt, die
man ›die Unheimlichen‹ nennt. Es gibt männliche und weibliche Unheimliche, und es sind Personen, die sich so stark mit
den Kalibanen identifizieren, daß sie die Sprache aufgegeben
haben und sich oft nackt in einem Wetter bewegen, das zu kalt
ist, als daß ein solches Verhalten angenehm sein könnte. Die
Unheimlichen verstehen offenbar Sprache und Gesten, aber
ich habe nie einen sprechen gehört, obwohl ich gesehen habe,
wie sie auf Jäger reagierten, die zu ihnen sprachen. Sie führen
die Grauen und ein paar Braune, aber die Kalibane scheinen
sich nicht individuell an sie zu binden, wie sie es bei der Klasse
der Jäger tun.

Wie ich beobachtet habe, besitzen nur Jäger einen bestimmten Kaliban und geben ihm einen Namen. Auch sollte erwähnt
werden, daß man als Jäger geboren wird, und daß Jägerhoch-
zeiten innerhalb von Türmen in einer merkwürdigen polyan-
drischen Weise arrangiert werden: Eine Frau heiratet die Jagdgefährten ihrer männlichen Verwandten als eine Gruppe, und
ihre männlichen Verwandten werden mit den weiblichen Angehörigen ihrer Jagdgefährten verheiratet. Jüngere Schwestern
heiraten gewöhnlich außerhalb des Turms, wodurch Inzucht in
möglichst engen Grenzen gehalten wird. Diese Menschen wissen etwas von Vererbung, obwohl sie, merkwürdig genug,
beim Umgang mit dieser Vorstellung zu dem alten Begriff
›Blut‹ zurückgekehrt sind oder diesen neu erfunden haben. Es
werden keine Versuche gemacht, Beziehungen zwischen vollen Geschwistern und Halbgeschwistern zu unterscheiden. In-
soweit ist das System matrilinear. Aber Frauen der Jägerklasse
haben nur ornamentale Funktionen und verrichten nur wenig
Arbeit außer der Kleiderherstellung und der Gruppenbetreu-
ung von Kindern, wobei sie die Hilfe von Frauen haben, die
von der Feldarbeit befreit sind. Alle wichtigen Entscheidungen
sind den Männern vorbehalten. Ich habe nur eine Ausnahme
von dieser Regel beobachtet, eine Frau um die fünfzig, die ihre

ganze Verwandtschaft und Gruppe überlebt zu haben scheint. Sie trägt die Lederkleidung eines Reiters, hat einen Kaliban und trägt ein Messer. Sie sitzt zu den Mahlzeiten bei den Männern und hat keinen Umgang mit deren Ehefrauen.

Die Frauen der Handwerker und Fischer arbeiten mit ihren Töchtern auf den Feldern. Männliche Kinder können sich um den Eintritt in jede Klasse bemühen, sogar darum, Jäger zu werden. Sollte es jedoch einem Mann aus niedriger Klasse gelingen, einen Kaliban zu erringen, so muß er damit rechnen, gegen andere Jäger zu kämpfen und beträchtliche Schikanen zu erdulden. In Parms Turm lebt eine solche Person. Er heißt Matso und ist der Sohn eines Fischers. Die Frauen sind ihm gegenüber besonders grausam; anscheinend widerstrebt ihnen die Möglichkeit, daß er irgendeine Fischerfrau in ihre Gesellschaft bringt, wenn ihm die Aufnahme in eine Jägergruppe gelingt.

Über all dem steht natürlich Jin selbst. Er ist ein bemerkenswerter Mann. Jünger als die meisten Angehörigen seines Rates, beherrscht er sie doch. Körperlich nicht groß, ist er doch eindrucksvoll durch die Energie, die von ihm ausgeht. Die Kalibane reagieren auf ihn nervös – eine Reaktion, bei der sein eigener Kaliban eine Rolle spielt: dabei handelt es sich um ein Tier namens Dorn, sowohl groß als auch aggressiv. Zum größten Teil liegt es jedoch an der Kraft von Jins eigener Persönlichkeit. Er ist als Redner ein Überredungskünstler, wortgewandt, obwohl ungebildet: Er ist Jäger, und Schreiben ist ein Handwerk. Er wird es nie ausüben.

Er hat acht Jahre Vormundschaft überstanden, um mit sechzehn selbst die Macht zu ergreifen, seinen Vormund Mes vom Flußturm effektiv absetzend, ohne ihn jedoch zu töten, nach dem, was ich gehört habe. Jin ist wißbegierig, liebt Wortspiele und mag es, wenn er in einer Auseinandersetzung die besseren Argumente hat, ist großzügig mit Geschenken – er verschenkt freigebig Schmuck wie irgendein Häuptling der alten Welt. Eine Anzahl Ehefrauen ist ihm allein reserviert, aber sie halten sich jenseits des Styx auf. In Parms Turm genießt er die Gastfreundschaft der Jägerfrauen, was sonst nur zwischen zwei Gruppen geschieht, wenn irgendeine außerordentliche Gefälligkeit zu bezahlen ist. Dieses Ausleihen von Ehefrauen und die daraus resultierende Unsicherheit bei der Elternschaft

323

scheint die politische Sturktur zu stärken und starke Bindungen zwischen Jin und gewissen Jägergruppen herzustellen. Ob Jin selbst auch seine Frauen in dieser Weise ausleiht, ist gegenwärtig nicht mit Sicherheit zu sagen.

Es steht uns offensichtlich frei, in der Begleitung irgendeines Jägers zu kommen und zu gehen. Jin hat uns persönlich in der Halle von Parms Turm bewirtet und uns Geschenke gemacht, die zu erwidern uns schwerfallen dürfte.

Die Menschen sind gutgenährt und gut gekleidet und sehen insgesamt gesund aus. Jin hat uns seine Pläne aufgezählt, mehr Felder anzulegen, mehr Türme zu bauen, seinen Jägern mehr Raum im Norden zu erschließen ...

Memo, E. McGee an das Komitee
Mir scheint es eine täuschend einfache Annahme zu sein, daß diese Stygier irgendeinen *natürlichen* Ablauf in der Entwicklung der menschlichen Gesellschaft rekapitulieren. Dem liegt eine selektive Auswahl von Anhaltspunkten zugrunde, die in das Modell passen, welches Dr. Genley stützen möchte. Er ignoriert vollständig die gegenteiligen Anhaltspunkte der Wolkenflußtürme, die sich nach einem ganz anderen Muster entwickelt haben.

Nachricht von der Feldarbeit vor Ort: R. Genley
Ich danke dem Komitee für die Einbeziehung der Berichte.

Was Dr. McGees Behauptung angeht, ich würde meine Daten aussuchen, so wäre ich daran interessiert, sie in voller Länge präsentiert zu bekommen, nicht nur in einem bürointernen Memo, und zu erfahren, ob McGee irgendwelche neuen Daten vom Wolkenfluß erhalten hat.

Was die bisherigen Daten angeht, so bin ich natürlich mit ihnen vertraut. Es ist nicht überraschend, daß eine der Gemeinschaften es fertiggebracht hat, an den Wegen ihrer Vorfahren festzuhalten, und daß ihr in der druckfreien Umgebung ihrer Flußebene der Anstoß zu Veränderungen fehlt. Ein Überleben dieser Lebensweise wäre unvorstellbar, gäbe es nicht den Umstand, daß diese Gemeinschaft von ihrem Ursprung her zusammengeschmiedet wurde: es handelt sich bei ihr, daran sei erinnert, um eine Siedlung von Flüchtlingen. Diese Menschen kommen auch nicht gut zurecht. Sie haben nur wenig Land kultiviert. Sie gehen nicht in größerem Umkreis auf Jagd, wenn überhaupt. Vorwiegend sind sie Fischer, gehen also einer Beschäftigung nach, die so, wie sie auf Gehenna praktiziert wird, wenig Körperkraft erfordert.

Der entscheidende Unterschied liegt in der Notwendigkeit von großer Körperkraft in der Jägerkultur des Styx, ein Unterschied, der sich angesichts der biologischen Realitäten der menschlichen Rasse von selbst verstehen sollte.

Memo, E. McGee an Komitee
Kopie übersandt an R. Genley
Es ist eine schwierige Aufgabe, den Beobachter von der Beobachtung zu trennen. Ich glaube nicht, daß wir unter beträchtlichen Kosten hinausgegangen sind, um Theorien zu bestätigen, die unseren verschiedenen Disziplinen lieb und teuer sind, sondern um getreu aufzuzeichnen, was existiert, und zweitens, um dort, wo es sich anbietet, Theorien in Frage zu stellen, die im Licht beobachteter Tatsachen zweifelhaft geworden sind.

Es ist möglich, daß die Verstrickung des Beobachters in die Beobachtung im Verlauf der gesamten Geschichte, sowie auch die traurige Tatsache, daß im allgemeinen nur die Sieger die Geschichte von Kriegen schreiben, die Tendenz hat, gewisse kulturelle Werte anstelle von Tatsachen zu fördern, wenn diese Werte vom Beobachter mit Tatsachen verwechselt werden.

Tatsache: auf Gehenna bestehen zwei Lebensweisen.

Tatsache: mehr als eine Lebensweise hat in den Wiegen der menschlichen Zivilisation bestanden.

Ich schlage vor, daß wir, statt alte Theorien zu erörtern, die einen beträchtlichen kulturellen Gehalt haben, folgende Möglichkeit erwägen: daß Menschen eine Vielzahl von Antworten auf die Umwelt zu entwickeln imstande sind, und daß, wenn es ein System von Polaritäten geben muß, um die Struktur zu erklären, um die herum diese Antworten organisiert sind, die Polarität sich nicht in sich oder aus sich selbst heraus auf das Geschlecht bezieht, sondern den relativen Erfolg der Bevölkerung bei der Zügelung jener Individuen, die die Neigung haben, ihre Nachbarn unter Druck zu setzen. Manche Kulturen lösen dieses Problem. Manche tun es nicht und verfallen in Verhaltensweisen, die eine solche Neigung preisen und hoch bewerten, wiederum nach dem Prinzip, daß die Überlebenden und Herrschenden die Geschichte schreiben, um Leitbilder für die Kultur zu schaffen. Es stimmt nicht, daß die Wolkenflußkultur unnatürlich ist. Sie ist vollkommen natürlich. Sie ist unglücklicherweise von der Vernichtung durch die Hand der Stygier bedroht, die Jahrhunderte brauchen werden, um das Zivilisationsniveau zu erreichen, welches am Wolkenfluß schon besteht.

Barbaren sind deshalb siegreich, weil höhere Zivilisationen von Natur aus zerbrechlicher sind.

Nachricht von der Feldarbeit vor Ort: R. Genley
Ich fordere Dr. McGee erneut dringend auf, ihre Theorien formell vorzulegen, sobald sie wieder ausreichenden Kontakt mit der von ihr beschriebenen Kultur hergestellt hat, um exakte und bestätigende Beobachtungen sicherzustellen.

22

190 KR

Nicht redigierter Text der Nachricht
Dr. E. McGee an Allianz-HQ, überbracht durch AS Pegasus
(In Anbetracht der persönlichen Schwierigkeiten beim Verbleib in dieser Position ...)

(In Anbetracht des Beitrages, den ich anderswo glaube erbringen zu können, und der persönlichen Enttäuschung ...)

(In Anbetracht der ...)

(In Anbetracht der unglücklichen Umstände, mit denen ich mir, wie ich vermute, eine persönliche Animosität von seiten der Wolkenflußanwohner eingetragen habe ...)

In Anbetracht der Schwierigkeiten des Lebens auf Gehenna und aus Gründen meiner persönlichen Gesundheit, möchte ich hiermit um sofortige Abberufung aus dem Projekt bitten. (Ich habe das Gefühl, daß meine Arbeit hier zum Stillstand gekommen ist, und daß die ...) Beim gegenwärtigen Stand der Aktivitäten sind meine Mitarbeiter selbstständig dazu in der Lage, das Projekt durchzuführen, und ich möchte das Amt dringend bitten, Dr. Leroy H. Cooper als meinen Nachfolger mit dem Posten zu betreuen. Er hat sich als fähiger und hinge-

bungsvoller Forscher erwiesen. (Ich habe das Gefühl, daß eine
gewisse kulturelle und persönliche Abneigung seitens ...) Ich
möchte nicht, daß mein Antrag auf Neueinteilung einen Schatten auf die Mission oder den Stab hier wirft. Meine Gründe
sind medizinischer und persönlicher Natur, und zu ihnen gehört auch das Empfinden von bestimmten Ärgernissen in diesem Bereich ...

23

191 KR, Tag 202

Nachricht, Allianz-HQ an Dr. E. McGee. Gehenna-Basis
... trotz tiefem Mitgefühl für Sie angesichts Ihrer gesundheitli-
chen Schwierigkeiten hält das Amt doch Ihre Präsenz in dem
Projekt für vorrangig, betrachtet man die Kosten und Probleme
personeller Anpassungen. Mit Bedauern lehnen wir daher Ihren Antrag auf Neueinteilung ab ...
   ... Wir haben die auf Gehenna sowohl in der Basis als auch
auf der Station verfügbaren Möglichkeiten analysiert, Ihre Be-
schwerden zu lindern, und daraufhin Medikamente verschifft,
die, wie wir meinen, einen weiteren Bereich von Behandlungs-
alternativen eröffnen ...

191 KR, Tag 205

Rezept, Basis-Apotheke für Dr. E. McGee
... gegen Schlaflosigkeit nehmen Sie eine Kapsel vor dem
Schlafengehen. ALKOHOL KONTRAINDIZIERT.

24

200 KR, Tag 33

Einsatzbericht: E. McGee
... Gerüchte, die ich aus der üblichen Quelle im Neuen Turm
erfahren habe, besagen, daß die Erbin, Elai, einen zweiten Sohn
geboren hat. Aufgrund der flüchtigen Natur meines Kontaktes
zu dieser Quelle und der Notwendigkeit, vorsichtig zu sein,
kann ich diese Information indes noch nicht bestätigen ...

25

200 KR, Tag 98
Styxufer

»Genley«, sagte Jin in der Wärme von Parms Turm, in der
Enge, die nach Bräu und Kalibanen und Rauch und Menschen
roch. Er streckte die Hand aus und wiegte Genleys Schulter,
drückte sie dabei mit kräftigen Fingern. »Du schreibst über
mich. Was schreibst du?«

»Manches.«

»Zum Beispiel, Genley?«

»Über die Art, wie du lebst, die Sachen, die du machst. Deine
Aufzeichnungen. Die Dinge, die du niederschreibst.«

»Du sorgst dafür, daß die Sternenmenschen mich kennen.«

»Sie kennen dich.«

Jin klopfte ihm auf die Schulter. Sie waren fast allein. Nur
Parm und sein Haufen dösten in der Ecke. Jins Hand fiel von
Genleys Arm herab. »Dieser Mannin, dieser Kim, die sich immer davonstehlen ... Weißt du, Gen-ley, sie haben Angst.
Weißt du, woher ich weiß, daß sie Angst haben? Sie steht in ihren Augen. Sie fürchten sich. Beobachte sie! Sie blicken mir
nicht in die Augen. Du tust es.«

Genley tat es, ohne zusammenzuzucken, worauf ihm Jin gegen den Arm knuffte und lachte.

»Du bist mein Vater«, sagte er.

Mannin hätte gern Notizen darüber gemacht und Fragen gestellt: War das eine übliche Redewendung? Genley blickte Jin
weiter unverwandt in die Augen, war zu fest, um von dem
Stygier in irgendeiner Weise erschüttert werden zu können.

»Mein Vater«, sagte Jin, hielt weiter seinen Arm fest. »Der
mir Fragen über Fragen stellt, nach dem, was ich mache. Ich
lerne von deinen Fragen, Gen-ley. Also bezeichne ich dich als
meinen Vater. Warum bittet mich mein Vater nicht um Geschenke?«

»Worum sollte ich bitten?«

»Ein Mann sollte Frauen haben. Du möchtest Frauen haben.
Genley, geh hinunter ... jederzeit, wann du möchtest. Keine
Jägerfrauen: schwierig, die Jägerfrauen. Aber alle anderen. Je-
desmal, wenn du willst. Gefällt dir das?«

200 KR, Tag 120

Einsatzbericht: R. Genley
... Lord Jin hat beträchtliche Fortschritte darin gemacht, seine Herrschaft weiter zu stabilisieren. Die Berichte über Dissens im TransStyx sind versiegt, nachdem einer seiner Berater persönlich dort war. Alles deutet darauf hin, daß der Führer der Opposition jetzt Jins Autorität unterstützt.

Memo, E. McGee an Basisdirektor
Kopie an R. Genley vor Ort
Lord Jin ...?

26

200 KR, Tag 203

Einsatzbericht: R. Genley
... Alles in allem sind die neuen Programme von Jin 12 erfolgreich. Die landwirtschaftliche Produktion ist in diesem Jahr wieder um 5 % gestiegen, damit insgesamt seit Jins Amtsantritt um 112 %. Straßenbau, eine völlige neue Entwicklung, hat die Lieferung von Kalkstein an den diesseitigen Turm ermöglicht, auch eine von Jins Ideen, aus Beobachtungen gewonnen, wie ich vermute, angestellt an unseren Gebäuden innerhalb des Zaundrahtes. Die Mission hat das Handelsverbot stets eingehalten und mit größter Sorgfalt Informationen zurückgehalten, aber es könnte sein, daß die bloße Gegenwart der Basis ein Ansporn für die energische Styxufer-Kultur ist und deren Unzufriedenheit mit den bestehenden Umständen verstärkt. Indem diese Menschen durch den Zaundraht eine dauerhafte Stadt betrachten, gewebte Kleidung sehen und reichlich Metall, werden sie unzufrieden mit dem, was sie haben. Lord Jin ist besonders scharf auf Metall, sieht aber gegenwärtig keine Möglichkeit, welches zu bekommen. Die Entscheidung, die Kolonie auf einer fruchtbaren Tiefebene anzulegen, hat ironischerweise ein Vorwärtskommen in gerade diesem Punkt erschwert, bis Forschungsunternehmen den gebirgigen Südosten erreichen. Die Straße zu den Steinbrüchen ist ein Teil des Vorstoßes in

diese Richtung und ermöglicht das rasche Vorankommen berittenen Verkehrs, und darüber hinaus Transport auf Rädern.

Eine weitere Entwicklung ist eingetreten durch die überraschende Einladung Lord Jins an mich, die Siedlungen am anderen Ufer zu besuchen, eine Gelegenheit mit gewissen Risiken, aber trotzdem auch attraktiv unter dem Gesichtspunkt erweiterter Kontakte mit dieser noch nie dagewesenen Kultur. Ich habe Lord Jin unterrichtet, daß dieses Vorhaben einiges an Konsultationen erfordert, und ich hoffe auf die Zustimmung des Direktors ...

200 KR, Tag 203

Nachricht, Dr. E. McGee an R. Genley
... Mir scheint, daß dieser Ausbau einer Steinbruchstraße und dieses Interesse, beides von Ihnen als Belege für eine fortschrittliche Haltung vorgebracht, genauso als Aggressivität gegen den Süden interpretiert werden könnten. Die Berge, die Lord Jin haben möchte, liegen innerhalb der natürlichen Sphäre der Wolkenflußbewohner.

200 KR, Tag 203

Nachricht, Dr. R. Genley an E. McGee
Ich bin nicht der Meinung, daß es zu unseren Pflichten gehört, ›Einflußsphären‹ zu umreißen oder die Geschicke unserer privaten Protektorate zu verkünden. Ich dränge die Styx-Siedlungen nicht zu irgendwelchen Ambitionen, und ich vertraue darauf, daß Sie bei den Kontakten mit dem Wolkenfluß, die Sie herstellen konnten, dieselbe Politik verfolgen.

200 KR, Tag 203

Nachricht, Dr. E. McGee an R. Genley
Sie sind von einem irreführenden Schurken hereingelegt worden, und das könnte sich noch verstärken, wenn Sie diese Einladung annehmen, die transstygischen Siedlungen zu besuchen. Ich halte das potentielle Risiko für den Frieden für so groß, daß es nicht zu rechtfertigen ist, sollte fortschrittliche Technologie in die Hände dieses ehrgeizigen jungen Kriegs-

herrn fallen. Aus diesem Grund protestiere ich gegen Ihr beabsichtigtes Unternehmen jenseits des Styx, und zwar keineswegs – wie vielleicht irrtümlicherweise vermutet werden könnte – aus privater Feindseligkeit.

200 KR, Tag 206

Memo, Basisdirektor an E. McGee
Der Rat hat Ihre Warnung erwogen, meint jedoch, daß die möglichen Vorteile schwerer wiegen als das Risiko.

Nachricht, Basisdirektor an R. Genley
Vorbereitungen für das TransStyx-Unternehmen können unter angemessenen Schutzmaßnahmen vorangetrieben werden.

27

201 KR, Tag 2
Einsatzbericht, Dr. R. Genley
Grüns Turm, TransStyx-Bezirk
... Ich habe Lord Jin dazu überredet, daß Dr. Mannin und Dr. Kim zu mir in den TransStyx kommen können.

Mir wurde die außerordentliche Ehre erwiesen, ein hochgelegenes Turmzimmer zu meiner Bequemlichkeit zugeteilt zu erhalten – ein kleines, um genau zu sein, aber entschieden trockener während der kürzlichen Regenfälle. Darüber hinaus verschaffte es mir die Möglichkeit, die Interaktion der oberen Turmbevölkerung aus unmittelbarer Nähe mitzuerleben.

Was mich zu der mehrfach geäußerten Bitte bringt, Vid-Recorder mit in den TransStyx zu bringen. Wir verzichten sonst auf unersetzliches Material. Wir glauben nicht, daß solch hochentwickelte Technologie ein großes Problem darstellen würde, da die Menschen hier an unseren Umgang mit seltsamen Dingen gewöhnt sind, und es wurde nie etwas gestohlen oder zu stehlen versucht. Wir stehen unter dem Schutz Lord Jins. Mannin und Kim könnten diese Ausrüstung mitbringen.

28

203 KR, Tag 45

Einsatzbericht, Dr. E. McGee

Die Erbin, Elai, hat ihren vierten Sohn geboren. So lautet die Nachricht, die zwischen den äußeren Türmen weitergegeben wird. Die Gesundheit Ellais-der-Ältesten läßt nach. Ich habe gehört, daß nach dieser Geburt auch der Gesundheitszustand der Erbin angegriffen ist und darüber große Beunruhigung herrscht. Ich bin nicht optimistisch bezüglich der Zukunft der Wolkenflußsiedlungen, sollte Elai sterben, sobald sie Ellais Nachfolge angetreten haben wird, was jetzt zu drohen scheint. Es ist nicht ganz ausgeschlossen, daß auch diese Gemeinschaft eine lange Regentschaft für Elais minderjährige Söhne erleben könnte. Oder die Macht könnte in einer Seitenlinie auf eine gewisse Paeia übergehen, eine ferne Kusine, die in den mittleren Jahren ist und ehrgeizig. Ich hoffe sehr, daß der Rat erwägen wird, ob Schutzmaßnahmen ergriffen werden könnten, denn schließlich haben wir, wenngleich indirekt, das Ansehen und die Macht des stygischen Anführers unterstützt, indem wir seine Kontaktaufnahme akzeptierten. Ob das nun in korrekter Weise erfolgt ist, oder ob die anhaltende und ausgeweitete Präsenz von Basispersonal im TransStyx nicht eine indirekte Bedrohung für die Sicherheit des Wolkenflusses heraufbeschwört, will ich zum gegenwärtigen Zeitpunkt nicht erörtern.

Ich befürworte sehr die Errichtung einer ständigen Forschungsbasis in der Nachbarschaft des Wolkenflusses, um jede tatsächliche oder eingebildete Unterstützung auszugleichen, die wir vielleicht seinen Feinden gewährt haben. Nach meiner Beurteilung rechnet man am Wolkenfluß mit einem Angriff. Durch welche Überlegungen man zu diesem Schluß gekommen ist, ist mir nicht bekannt. Ich vermute, es könnte durch von Kalibanen überbrachte Informationen geschehen sein.

203 KR, Tag 47

Nachricht, R. Genley an Basisdirektor

... Daß Dr. McGee sich zu verworrenen Argumenten versteigt, einschließlich Verschwörungen bei den Kalibanen, verdient keine ernste Antwort. Ich möchte ihren Antrag auf Beistand unterstützen: Ihr Posten hat zuviel Einsamkeit mit sich gebracht und vielleicht auch ein beträchtliches persönliches Risiko, wenn man sich an ihre vor einigen Jahren erlittenen Verwundungen erinnert.

Was ihre Andeutungen eines möglichen Angriffes vom Styx angeht, so kann ich dem Rat versichern, daß nichts Derartiges im Gang ist.

Und betreffs der Kalibane muß erwähnt werden, daß es sich bei ihrer Kommunikationsform um ein primitives System handelt, das auf einfachen Symbolen basiert, verknüpft mit einem System von Überlegungen, bei denen es weit mehr um reine Kalibansachen geht, wie die Verfügbarkeit von Fischen, die Sicherheit der Eier und ihren Zugang zum Fluß, als um irgendwelche menschlichen Aktivitäten, ganz zu schweigen von Fragen der Nachfolge.

Natürlich habe ich Dr. McGees Studie über die Kaliban-Mensch-Interaktion in den Wolkenfluß-Türmen gelesen, und ich bin mir ihrer Überzeugung bewußt, daß die Wolkenfluß-Kalibane gleichberechtigte Partner im Leben der Wolkenfluß-Türme sind. Dies ist sicherlich die Grundlage für ihre oben erwähnte bemerkenswerte Behauptung. Bis zu dem Grad, in dem diese sogenannte Partnerschaft existiert, ist die Wolkenflußgesellschaft – beurteilt nach Daten, die von Dr. McGee selbst stammen – ungesund, abergläubisch und zurückgezogen, klammert sich an die Vergangenheit und ist in einem solchen Ausmaß mit den Kalibanen beschäftigt, daß sie sich nicht nach traditionellen menschlichen Vorbildern erneuert. Die Wolkenfluß-Siedlung ist ein undurchdringliches Labyrinth, auf das Dr. McGee ihre Gesundheit und viele Jahre ihres Lebens verwandt hat. Deshalb bin ich persönlich daran interessiert, daß dieser Forschung neues Blut zugeführt wird, damit Vergleiche zu Dr. McGees weiterlaufenden Studien angestellt werden können.

29

204 KR, Tag 34
Wolkenfluß-Ebene

Der Unterschlupf hielt in keiner Weise die Feuchtigkeit und die Kälte draußen. Der Mittag war düster in diesen Wintertagen, und die Aushilfe war unter dem Vorwand, die Vorräte ergänzen zu müssen, in die Wärme der Basis zurückgeeilt, sobald dieser Gauner die Wetterfront hatte kommen sehen. McGee putzte sich die Nase und drehte den Heizofen ein Stück höher – man hatte ihr wenigstens diese moderne Einrichtung gewährt; die Latrine jedoch bestand aus einem Loch und einer Schaufel, um es zu füllen; das Wasser stammte aus einer Regentonne draußen im Dreck, denn alles andere hätte bedeutet, Zweiliterkrüge die ganze weite Strecke vom Zaundraht her zu transportieren. Der Overall hielt McGee warm, aber an den Händen und Füßen fror sie ständig, denn die Kälte stieg vom Boden auf; und der Mantel hing an seinem Drahthaken am Mittelpfosten und trocknete über dem Herd, während die Stiefel davor brieten. Warme Socken, geheizte Socken, waren ein Luxus, so wunderbar wie trockene, vom Feuer gewärmte Stiefel.

Solche Sachen wie geheizte Stiefel existierten natürlich, auch Thermostoff und überhaupt alle Sorten wundervoller Luxusgüter, aber irgendwie schaffte es Gehenna in dem Labyrinth der Verbindungen zum HQ nie, begreifbar zu machen, daß trotz des gemäßigten Klimas solche Anforderungen nötig waren. Ein paar Dinge trafen wohl auch ein, versickerten aber auf dem Wege der Rangfolge abwärts, oder auch im Zuge medizinischer Prioritäten. Für Unternehmungen außerhalb des Zaundrahtes hieß es: gewöhnliche Stiefel und kalte Füße. Alles andere bezeichnete der Direktor als ›fortschrittliche Technologie‹ und untersagte seinen Gebrauch außerhalb. Er selbst hatte Thermostiefel für seine Wege durch den Betonhof der Basis oder für die Stunden, die er draußen seine Runden drehte.

Die Pest auf alle Direktoren! McGee nieste wieder, putzte sich die Nase und setzte sich auf ihr Bett neben dem Heizofen, wischte den Staub von ihrer steifen rechten Sohle, schob den Fuß in einen gewärmten Socken und dann in einen noch wärmeren Stiefel, genoß jede Sekunde davon. Dann den anderen

Fuß. Zu keiner Zeit war alles von ihr warm, darin bestand der Ärger. Man schaffte es bei den Füßen oder dem Hinterteil oder den Händen oder der Vorderseite, aber die andere Seite war dann stets von der Wärmequelle abgewandt. Und Bäder bedeuteten das schlotternde Elend.

McGee machte sich an ihren Bericht, kritzelte die letzten Notizen auf einen Block, den sie auf dem Schoß hielt.

Ein Geräusch drang in ihre Aufmerksamkeit, ein fernes Rascheln und Zischen, das ihren Stift anhielt und sie veranlaßte, den Kopf zu heben. Ein Kaliban. Ein Kaliban, der über das offene Grasland kam, was Kalibane höchst selten taten. McGee legte Schreiber und Block zur Seite, überlegte es sich dann anders und packte beides in die Safebox, die aufzubrechen kein Wolkenflußanwohner imstande war.

Er kam näher. Sie besaß keine Waffen. Sie ging zu der dünnen Tür und starrte durch das Plastikspex hinaus in den Nebel.

Ein Kaliban tauchte auf. Ein Reiter saß auf seinem Rücken. Der Kaliban blieb draußen stehen und peitschte dabei mit dem Schwanz, der im Gras seine eigenen Zischlaute erzeugte. Die Echse war eine graue Wand im Nebel und der Reiter nur eine Silhouette. McGee hörte einen Pfiff, als solle ein Kaliban aus dem Schlaf gerissen werden, nahm den Mantel vom Haken, zog ihn an und ging hinaus, um sich der Situation zu stellen.

»Ma-Gee«, sagte der junge Mann steif. Er war weder Bauer noch Handwerker. Es existierte auch eine Klasse, deren Angehörige die großen Braunen ritten und Lanzen trugen, wie dieser Bursche eine auf dem eingesunkenen Kragen des Braunen liegen hatte.

»Ich bin McGee.«

»Ich bin Dain vom Ersten Turm. Ellai ist tot. Die Erbin möchte, daß du kommst. Sofort!«

McGee blinzelte im Nebel und dem leichten Fall des Regens auf ihr Gesicht. »Sagte die Erbin auch, warum?«

»Sie herrscht jetzt im Ersten Turm. Sie sagt, du sollst kommen. Sofort!«

»Ich muß noch meine Kleider wechseln.«

Der junge Mann nickte in der knappen und sicheren Art, die die Wolkenflußmenschen an sich hatten. Es bedeutete Einverständnis. McGee nahm ihre fünf Sinne zusammen und verschwand wieder in ihrer Unterkunft, stöberte wild herum, überlegte es sich dann und öffnete mit bebenden Händen die Safebox.

Ellai ist tot, schrieb sie für die Aushilfe, damit er Bescheid wußte, wenn er zurückkam. *Ein Abgesandter fordert mich auf, zu einem Gespräch mit Elai den Ersten Turm aufzusuchen. Ich bin nicht bedroht. Ich habe nicht versucht abzulehnen. Vielleicht bin ich für mehrere Tage weg.*

Dann verschloß sie das Papier wieder in der Box, stopfte sich zusätzliche Wäsche in die Taschen und ein Ersatzhemd über dem Gürtel in den Mantel. Sie vergaß nicht, den Heizofen abzudrehen und die dünne Tür abzuschließen.

Der Kaliban lag mit dem Bauch auf dem Boden. Der junge Mann streckte die Lanze aus, deutete damit auf ein Vorderbein. Er erwartete von McGee, hinaufzuklettern.

Sie tat es, hatte es schon früher getan, jedoch nicht in einem schweren Mantel und seit sechzehn Jahren nicht mehr. Sie stellte sich ungeschickt an; der junge Mann zog sie wie ein Gepäckstück am Mantelkragen auf seinen Schoß.

30

204 KR, Tag 34
Wolkenfluß

Aus dem Kind war eine Frau geworden, dunkelhaarig und mit mürrischem Gesicht – und sie saß auf Ellais Stuhl im Zentrum der Turmhalle. Narbe ringelte sich wie ein buckliger brauner Berg um diesen Stuhl, legte den Schwanz neben Elais Füße und stieß mit dem Kopf von der anderen Seite her wieder dagegen, so daß er die Fremde und die Bewegungen in der Halle beobachten konnte.

Da wurde die Hochstimmung, die McGee unterwegs empfunden hatte, gedämpft. Sie war schon auf dem Weg in die Siedlung schwächer geworden und erreichte jetzt ihren Tiefstand, als McGee dieser neuen Herrscherin am Wolkenfluß gegenüberstand, dieser finster blickenden Fremden. Nur der Kaliban Narbe vermittelte ihr Hoffnung, denn sein Kopf blieb unten und war so gedreht, daß er sie aus der runden Pupille eines goldenen Auges betrachten konnte, und der Kragenkamm war

nur halb angehoben. Sie waren von Fremdheit umgeben, von weiteren Kalibanen, weiteren Menschen, darunter vielen von der kahlgeschorenen Sorte, und sie kauerten dicht neben den Kalibanen. Und Waffen waren zu sehen – in den Händen lederbekleideter Manner und Frauen. Elai trug eine stumpfrote Robe. Wie die mit den rasierten Schädeln. Sie war auch genauso dünn wie sie. Eine Robe lag auf ihrem Schoß. Elais Hände waren nur noch Knochen, und ihr Gesicht wirkte hohl und fiebrig.

Und aus diesem Gesicht blickte noch das Kind, mit Augen, so kalt wie die der Kalibane.

»Elai«, sagte McGee, als das Schweigen anhielt, »ich hatte keine Möglichkeit zu kommen, sonst wäre ich gekommen.«

Der mürrische Gesichtsausdruck verstärkte sich. »Ellai ist tot. Zweig ist ins Meer hinausgeschwommen. Ich habe nach dir geschickt, MaGee.«

»Ich bin froh darüber«, sagte diese, riskierte damit ihren Tod, wußte, daß sie es tat.

Für einen Moment war alles still. Ein Grauer bewegte sich, schob sich zwischen die beiden Frauen.

Narbe machte einen Satz nach vorn und zischte dabei wie Wasser, das in Feuer rinnt; sein Maul stand weit offen, und er packte den unglücklichen Grauen und hielt ihn hoch, stand dabei auf seine eigenen vier Beine erhoben turmhoch neben dem Stuhl. Nachdenklich hielt er den Grauen fest, der steif war, wie tot. Dann ließ Narbe ihn fallen. Der Graue sprang wieder auf und eilte schlangengleich in den Schatten, wo er sich umdrehte und die Zunge herausstreckte, sich damit die schuppigen Kiefer leckte. Narbe verharrte wie eine Statue, ragte aufrecht stehend hoch empor. Sein Kamm war ganz aufgerichtet, und McGee hämmerte das Herz in den Ohren.

Ein Ariel huschte zwischen Narbes mit dicken Krallen bewehrte Füße und legte einen Stein dort ab, einen einzelnen Stein. Narbe kümmerte sich nicht darum.

»MaGee«, fragte Elai, »was sagt er?«

»Daß ich vorsichtig sein sollte.«

Da lachte Elai, ein überraschendes Lachen auf diesem dünnen Gesicht, ein Echo des Kindes. »Ja, das solltest du!« Dann erstarb das Lachen in einem Stirnrunzeln, als sei es ihr nur durch Überraschung entlockt worden, aber eine Spur davon

338

blieb zurück, etwas Lebendiges in den Augen. Elai winkte all den Umstehenden mit einem ihrer dünnen Arme. »Hinaus! Hinaus jetzt! Laßt mich mit dieser alten Freundin sprechen.«

Sie gingen hinaus, manche widerwilliger als andere. Vielleicht war es bedrohlich, daß viele von den Kalibanen blieben. Es wurde still, als die Schritte in dem Schacht, der vom Mittelpunkt der Halle aus nach unten führte, verklungen waren, als sich schuppige Leiber bewegt hatten. Narbe beherrschte weiterhin die Halle, immer noch um den Stuhl geringelt, legte sich aber nieder und zuckte mit dem Kragenkamm, fuhr sich mit der dunklen Zunge über die Kiefer.

»Ellai ist tot«, sagte Elai noch einmal, mit allem, was darin enthalten war.

»Also ist jetzt alles verändert.«

Elai erhob sich. Die auf ihrem Schoß liegende Robe fiel herab. Elai war stockdürr und humpelte wie eine alte Frau bei den wenigen Schritten, die sie sich vom Stuhl entfernte. Ein Ariel wich ihren Füßen aus. Kurz starrte Elai ins Nichts, musterte etwas irgendwo weit entfernt in der Dunkelheit, und es war ein Totenkopf, der so blickte, so, als habe sie den Brennpunkt ihres Denkes verloren oder ihre Gedanken von weit her bezogen.

»Sechzehn Jahre, MaGee.«

»Auch für mich eine lange Zeit.«

Elai wandte sich um und blickte sie an. »Du siehst müde aus, MaGee.«

Es überraschte McGee, diese Beobachtung von der Elai zu hören, der sie jetzt gegenüberstand. Es klang, als ob ein bißchen Verwitterung auf ihrer Seite etwas zählte, als ob es etwas bedeutete, wenn sie ausgefranst wurde von Sonne, Wind und Nebel. »Ich bin nicht ans Reiten gewöhnt«, sagte sie, bog damit alles ab.

Elai betrachtete sie mit einer Ironie, die das Kind nie hätte erlangen können. Ein verdrießliches Lachen wurde daraus. Elai ging zu Narbe hinüber und tätschelte ihm die Flanke. Die lampenartigen Augen blinzelten, erst eines, dann das andere.

»Ich bin Elai-die-Älteste«, sagte sie mit einer heiseren und müden Stimme. »Das darfst du nicht vergessen. Wenn du es vergessen solltest, könnte es dein Tod sein, und das würde mir leid tun, MaGee.«

»Wie soll ich dich nennen?«

»Elai. Sollte sich das denn ändern?«

»Das kann ich nicht wissen. Darf ich Fragen stellen?«

»Welche?«

McGees Puls beschleunigte sich vor Angst. Sie überlegte noch einen Moment lang, zuckte dann die Achseln. »Kann ich irgend etwas tun, um dir zu helfen? Darf ich danach fragen?«

Der Antwortblick war kalt. Dann Gelächter, so plötzlich wie beim ersten Mal. »Heißt das, daß du auch bemerkst, was du siehst? Nein, MaGee, meine Freundin. Du kannst es nicht. Mein Erbe ist sechs. Mein ältester. Sie haben mich fast umgebracht, diese Jungen. Der letzte ist gestorben. Hast du davon gehört?«

»Ja, aber ich habe keinen Bericht erstattet. Ich finde, daß Jin genug weiß.«

»Oh, er wird auch das erfahren. Die Kalibane werden es ihm sagen.«

McGee betrachtete sie. *Die Kalibane,* dachte sie. Ihre Haut fühlte sich kalt an, trotzdem spürte sie die Wärme des Raumes. Schweiß rann ihr von den Schläfen herab. »Macht es dir etwas aus, wenn ich die Jacke ausziehe? Bleibe ich so lange?«

»Du wirst bleiben.«

Sie machte sich daran, den Reißverschluß aufzuziehen, blickte wieder auf, als der Tonfall in seiner Endgültigkeit zu ihr durchdrang. »Wie lange?«

Elai öffnete die Hand, die Finger steif und ausgebreitet, eine absichtliche, kalte Geste. »Habe ich dir das beigebracht, Ma-Gee?«

Alle Steine fielen herab. Das Ende des Gesprächs. »Sieh mal«, sagte McGee. »Du solltest besser auf mich hören! Sie werden mich zurückhaben wollen.«

»Geh nach unten! Sie haben einen Platz für dich. Ich habe sie entsprechend angewiesen.«

»Elai, hör mir zu! Das könnte Ärger geben! Ermögliche es mir wenigstens, ihnen eine Nachricht zu schicken. Einer deiner Reiter sollte sie zur Hütte bringen. Sie werden dort nachschauen. Mir macht es nichts aus, zu bleiben. Sieh mal, ich *möchte* hier sein. Aber meine Leute müssen es erfahren!«

»Warum? Die Steintürme sind nicht dein Zuhause.«

»Ich arbeite für sie.«

»Jetzt nicht mehr. Geh nach unten, MaGee! Du kannst mir

340

nicht ›nein‹ sagen. Ich bin jetzt die Älteste. Das darfst du nicht
vergessen.«

»Ich brauche Sachen. Elai, ...«

Elai zischte zwischen den Zähnen. Narbe richtete sich zu voller Größe auf.

»In Ordnung«, sagte McGee. »Ich gehe nach unten.«

Es war ein kleines Zimmer an der Außenseite des Turms. Es
war sogar, sagte sich McGee, bequemer als die Hütte – weniger
zugig, mit undurchsichtigen Läden aus irgendeiner getrockne-
ten Membran in einem aus Holz gefertigten Rahmen. In geöff-
netem Zustand gewährten sie einen Ausblick auf die Siedlung
sowie einem Luftzug den Eintritt, und McGee entschied sich
für die Wärme.

Trockene Lehmwände, geformt von einer Logik, die keine
gerade Linie kannte, ein geneigter Zugang zum Korridor mit
einer Biegung darin, die anstelle einer Tür für Zurückgezogenheit sorgte; eine Sandkiste als Nachttopf – sie hatte die Leute,
die sie hergebracht hatten, danach gefragt.

Sie würden ihr etwas zu essen bringen, sagte sie sich. Und
Wasser. Sie durchsuchte ihre Taschen nach den Notrationen,
die sie im Einsatz immer dabei hatte, wo ein umgeknickter
Knöchel bedeuten konnte, daß der Rückweg lang wurde. Die
Rationen blieben ihr, wenn diese Leute das Essenbringen ver-
gaßen; sie hielt sich diese Möglichkeit offen.

Die meiste Zeit hockte sie mit gekreuzten Beinen auf dem,
was ein Schlafsims sein mußte, oder ein Tisch, oder als was
immer der Bewohner es nutzen wollte – wickelte sich dabei in
ihren Mantel, zog die guten Stiefel an und hatte es warm.

Sie hatte wegen des Sandes fragen müssen; jetzt hatte sie
keine Vorstellung, ob sie auf dem Sims sitzen oder essen sollte.
Hier war sie der Barbar, und sie wußte es, schwamm in einem
unbekannteren Meer als Elai an jenem Tag damals, dem sonnigen, weit zurückliegenden Tag, als Elai versucht hatte, sich
nach Inseln und Grenzen aufzumachen.

Aber sie war frei, das war sie. Frei. Ihre geübten Augen hatten genug gesehen, um tagelang dazusitzen und darüber nach-
zudenken, monatelang. Und Tatsachen überrannten sie förm-
lich, anstelle des jahrelangen Hineinsickerns dieser oder jener
Einzelheit. Vielleicht war es verrückt, so zufrieden zu sein. Vie-

341

les war dazu geeignet, sie zu beunruhigen, und es würde sie auch beunruhigen, sobald es dunkel wurde, hinter einer Tür, die nur eine Biegung des Korridors war, in einem Zimmer, das bereits gezeichnet war von Kalibankrallen, in einem Turm, geformt von Kalibanen.

Während sie dasaß, tauchte auch bei ihr der übliche Ariel auf. Das überraschte sie nicht. Einer war gelegentlich zur Hütte gekommen, wie sie sich überhaupt außerhalb des Zaundrahtes überall frech und leichtsinnig herumtrieben.

Dieser hier verschwand wieder, und wenig später kam ein größerer Besucher, ein Grauer, der seine stumpfe Schnauze vorsichtig um die Biegung des Zugangs streckte, ein Geschöpf, doppelt so groß wie ein Mensch. Verstohlen schlängelte er sich näher heran, um sie in Augenschein zu nehmen.

Als nächstes Braune, dachte McGee, blieb reglos dort hocken, wo sie war. *Oh, Elai, du bist grausam! Oder sind wir es – die wir unsere Maschinen für selbstverständlich halten?*

Der Graue öffnete das Maul und legte einen Stein auf den Boden, einen nassen und glänzenden Stein. Zufrieden saß er da, nachdem er dies vollbracht hatte.

Die Grauen hatten keinen Verstand, hatte Elai ihr einmal gesagt. Er blieb eine Zeitlang sitzen, vergaß dann oder verlor das Interesse oder hatte etwas anderes zu tun; er drehte sich um und ging mit einem Schwingen seines Drachenschwanzes.

Der Stein blieb liegen. Wie ein Geschenk. Oder eine Barriere. McGee war sich nicht sicher.

Dann hörte sie etwas oder jemanden im Eingang, ein leises Geräusch. Vielleicht hatte sich der Kaliban dort hingehockt. Vielleicht war es etwas anderes. Sie sah nicht nach.

Aber das Rutschen dort war immer noch zu hören, als man ihr das Essen brachte, einen Teller mit gekochtem Fisch und etwas, das sich als Mus herausstellte, sowie Wasser zum Trinken. Zwei alte Frauen brachten es. McGee nickte ihnen höflich zu und stellte die Schalen neben sich auf den Sims.

Kein Respekt. Nichts Verschüchtertes war an diesen beiden scharfäugigen alten Frauen. Sie warfen McGee rasche Blicke aus schmalen Augen zu und gingen wieder hinaus, tappten barfüßig die Schräge hinunter und verschwanden um die Biegung in der zunehmenden Dunkelheit.

McGee aß und trank. Das Licht schwand schnell, sobald

einmal die Dämmerung eingesetzt hatte. Anschließend saß McGee in ihrem Winkel der Dunkelheit und lauschte den seltsamen Bewegungen und den Rutschgeräuschen, die Teil des Turmes waren.

Sie redete sich fortwährend gut zu, daß, sollte irgendein Drache im Dunkeln zu ihr kommen, sollte irgendein Monster hereinkommen und sie mit dem Maul anstupsen – sie es in Ruhe hinnehmen mußte; daß Elai und Narbe hier herrschten und kein Kaliban Elais Gast etwas tun würde.

Falls sie ein Gast war.

»Guten Morgen«, sagte Elai, als sie wieder beisammen waren, oben auf der Spitze des Ersten Turmes im grauen Sonnenlicht, auf dem flachen Dach, unter dem sich in der Tiefe der Wolkenfluß erstreckte, verloren in dünnem Nebel, auch die Gärten, die Felder, die Fischerbehausungen mit ihren merkwürdig geformten Fenstern aus verklebten Fischblasen, die vor der Kälte geschlossen waren. Am Fuß des Turms herrschte reger Verkehr von Menschen und Kalibanen. McGee blickte weiter hinaus zu Türmen, die wie Gespenster aus dem Nebel herausragten. Und sie zögerte mit der Begrüßung Elais gerade lange genug.

»Guten Morgen«, sagte sie, wie sie es vor langer Zeit an der Küste getan hatte, wenn sie dort gewartet hatte, oder wenn Elai als Kind sie irgendwie abgestoßen hatte – ein Hochziehen der Braue und ein Beinahe-Lächeln, das besagte: auch meine Geduld hat Grenzen. Vielleicht setzte sie ihr Leben aufs Spiel, wenn sie Elai ärgerte. Vielleicht war es, wie bei Jin, ein Risiko, es nicht zu tun. Sie konnte Erheiterung und Freude in Elais Gesicht erkennen, und eine Gegenwarnung, so, wie es immer gewesen war. »Wo ist Narbe?« fragte McGee.

»Vielleicht fischen.«

»Gehst du heutzutage nicht mehr zum Meer?«

»Nein.« Kurz stand ein wehmütiger Ausdruck in dem schmalen, zerbrechlichen Gesicht.

»Oder baust du noch Boote?«

»Vielleicht.« Elai hob den Kopf, preßte die Lippen zusammen. »Sie glauben, daß ich sterben werde, McGee.«

»Wer?«

Elai streckte mit geöffneten Fingern die Hand aus, deutete auf ihre ganze Welt.

»Warum hast du nach mir geschickt?« fragte McGee.

Elai antwortete nicht sofort. Sie wandte sich ab und starrte auf einen Ariel, der auf die hüfthohe Mauer geklettert war. »Meine Kusine Paeia – ihr gehört der Zweite Turm; danach kommt Taems Linie drüben im Neuen Turm. Mein Erbe ist sechs. Dieser Jin vom Styx – er wird herkommen.«

»Du sprichst schon davon, wer nach dir kommt?«

Elai wandte ihr die dunklen, tiefliegenden Augen zu, blickte verdrossen. »Ihr Sternenmenschen, ihr wißt viel. Viele Dinge. Vielleicht helft ihr mir dabei, am Leben zu bleiben. Vielleicht unterhalten wir uns einfach. Das hat mir gefallen. Die Schiffe. Ich könnte jetzt welche bauen, richtige Schiffe. Aber wer würde mit ihnen fahren? Wer würde es tun? *Sie* haben nie mit MaGee gesprochen. Aber jetzt bist du hier. Also kann mein Volk dich betrachten und *nachdenken*, MaGee.«

McGee stand da und starrte sie an, erinnerte sich an das Kind – jedesmal, wenn sie Elai anblickte, war da die Erinnerung an das Kind, und es schien, als läge Sand in allen Richtungen, Sand und Meer und Himmel und Sonne, nicht der Nebel, nicht diese müde, verwundete Frau, die nicht halb so alt war wie sie.

»Ich besorge die Sachen«, sagte McGee, traf die Entscheidung, ein für allemal. »Gestatte mir, die Basis zu benachrichten, und ich besorge, was ich kann. Alles, was sie auch den Stygiern gegeben haben. Um einen Anfang zu machen.«

Elais Gesichtsausdruck veränderte sich zu keinem Zeitpunkt. Sie schien vergessen zu haben, wie man das machte. Sie drehte sich um und streichelte den Ariel, der mit den Fransen seines Kragens zuckte, ihnen ein Auge wie ein grüner Edelstein zeigte, ohne damit zu blinzeln.

»Ja«, sagte Elai.

31

204 KR, Tag 41
Büro des Basisdirektors

»Dr. Genley ist da«, gab der Sekretär durch den Interkom bekannt, und der Direktor runzelte die Stirn und drückte auf den Schalter. »Schicken Sie ihn herein!« sagte er. Er lehnte sich auf seinem Stuhl zurück. Regen prasselte mit rachsüchtigem Klang an das Fenster, getragen von dem Wind, der zwischen den Betongebäuden hindurchpeitschte. Genley mußte ein flottes Reisetempo vorgelegt haben, um so schnell vom Styx bis hierher zu kommen. Aber es ging eben auch um derartige Nachrichten.

Genley trat ein, ein anderer Mann als der, den der Direktor in die Wildnis geschickt hatte. Der Direktor unterbrach das Schaukeln mit seinem Stuhl plötzlich und machte nach einer Minute wieder damit weiter, eine Reaktion auf den Anblick dieses mächtigen grobknochigen Mannes im Leder der Eingeborenen, dessen Haar lang geworden war, der Bart zottig, und in dessen Gesicht der Wind Furchen gegraben hatte.

»Möchte über McGee sprechen«, sagte Genley.

»Das habe ich mitbekommen.«

»Sie ist in Schwierigkeiten. Die Leute dort unten am Wolkenfluß sind verrückt.«

»McGee hat eine Notiz hinterlassen.« Der Direktor wiegte sich nach vorn und schaltete das Fax auf den Bildschirm.

»Ich habe davon gehört.« Genley hatte nicht mehr als einen kurzen Blick dafür übrig.

»Haben die Stygier davon gehört?«

»Sie sind benachrichtigt worden. Jemand ist zu ihnen gekommen. Der Kom war nicht schneller.«

»Sind Sie der Meinung, daß sie es aus einer anderen Quelle haben?«

»Ihnen ist bekannt, was am Wolkenfluß vor sich geht. Das habe ich schon früher berichtet.« Genley verlagerte sein Gewicht, sah sich kurz nach einem Stuhl um.

»Setzen Sie sich, ja? Wollen Sie etwas Heißes trinken?«

»Ja, gerne. Bin seit gestern abend ohne Pause unterwegs.«

»Tyler.« Der Direktor drückte auf den Schalter. »Zwei Kaffee.« Er lehnte sich zurück und betrachtete Genley. »Dort unten scheint jetzt eine neue Lage zu bestehen. Diese Herrscherin der Wolkenflußtürme ist McGee offensichtlich wohlgesonnen. Und dieses Büro ist nicht bereit, das aufs Spiel zu setzen.«

Genleys Gesicht war gerötet. Vielleicht lag es an der Eile, mit der er gekommen war. »Sie braucht Kommunikationswege da unten.«

»Wir werden uns darüber Gedanken machen.«

»Vielleicht auch Hilfe. Vier oder fünf Leute vom Stab, die sich zu ihr gesellen.«

»Falls machbar.«

»Ich muß erklären, daß ich dagegen bin, McGee ohne Hilfe dorthin zu schicken. Ich verfüge über erfahrenes Personal. Vielleicht würden diese Leute da unten nicht akzeptiert, aber dann sollte jemand anderes hingehen.«

»Vernehme ich Untertöne darin?«

»Werden wir aufgezeichnet?«

»Im Moment nicht.«

»Ich bin mir nicht sicher, ob McGee stabil genug ist, um sich dort allein aufzuhalten. Ich bin mir nicht sicher, ob es irgend jemand wäre.«

»Was wollen Sie damit sagen?«

»Ich will damit sagen, daß meine Leute und ich uns zu Zeiten zusammensetzen und uns daran erinnern müssen, woher wir kommen. Und ich glaube nicht, daß McGee hart genug ist, ihnen allein standzuhalten. Geistig. Es packt einen. Tut es unweigerlich. Man muß von Anfang an hart sein und so bleiben. Die Unheimlichen – haben Sie meinen Bericht über die Unheimlichen gelesen?«

»Ja.«

»So seltsam können Menschen werden, wenn sie in unmittelbarer Nähe von Kalibanen leben. Und ich fürchte, daß McGee wie geschaffen dazu ist, da hineinzugeraten. Sie hat es sich zu lange und zu sehr gewünscht. Ich fürchte, sie ist der ungeeignetste Kandidat auf der Welt, um sich dort aufzuhalten, wo sie im Moment ist.«

Der Direktor machte sich Gedanken über diesen Mann, das Leder, den Steinschmuck, das widerspenstige Haar, den widerspenstigen Bart. Genley brachte einen Geruch mit, keinen ungewaschenen Geruch, sondern einen von Erde und trockener Moschusatmosphäre. Holzgeruch. Und noch etwas anderes, wofür er keinen Namen fand. »Wird eine ... eine Eingeborene, meinen Sie?«

»Ich glaube, sie ist schon eine geworden, vor Jahren, soweit sie eine zu werden verstand. Ich meine, kein eigenes Kind, und sie ist schließlich eine Frau – findet dann dieses Kind am Strand. Sie wissen, wie das sein kann.«

Der Direktor betrachtete Genley mit schmalen Augen, die Kleider, den Mann. »Sie wollen sagen, daß manche Leute vielleicht außerhalb des Zaundrahtes Dinge finden, die sie finden wollen, nicht wahr? Etwas – das sie psychisch brauchen?«

Aus irgendeinem Grund vertiefte sich die Röte von Genleys finsterem Gesicht.

»Ich habe keinen Grund«, sagte der Direktor, »McGees berufliche Motive anzuzweifeln. Ich weiß, daß Sie und McGee Schwierigkeiten miteinander hatten. Ich vertraue darauf, daß Sie sie auf ein Mindestmaß beschränken. Besonders unter den herrschenden Umständen. Und ich werde Sie nicht extra daran erinnern, wie dieses Büro jedes Zuspielen von Informationen über den Wolkenfluß an den Styx oder umgekehrt betrachten würde.«

Die Röte war jetzt stark ausgeprägt. Sie kündete von Wut. »Ich verlasse mich darauf, daß diese Warnung in gleicher Weise gegenüber McGee ausgesprochen wird. Ich kann es Ihnen sagen – diese Elai wird als Problem verstanden.«

»Am Styx.«

»Am Styx.«

»McGee berichtet, daß Elai von anfälliger Gesundheit ist. Diese Frau hört sich nicht wie eine Bedrohung an.«

Genley preßte die Lippen zusammen und kaute kurz auf ihnen. »Sie hat einen bösartigen Kaliban.«

»Was soll das heißen?«

Genley überlegte sich die Antwort. Der Direktor beobachtete ihn. »Das ist eine Auffassung der Eingeborenen; ich habe schon früher darüber berichtet – daß die soziale Position der Menschen sich auf die Dominanz unter den Kalibanen bezieht. Die mit den bösartigen und härtesten haben die höchste Position.«

»Wo stehen dann Sie? Welche Position haben Sie ohne einen? Was bedeutet es, wenn die Kalibane nicht zusammenkommen und die Sache auskämpfen?«

»Es beeinflußt die Einstellung. Diese Frau unten am Wolkenfluß hat eine überzogene Auffassung von sich selbst, weil sie diesen Kaliban erbte, als sie noch jung war. Das wird erzählt.«

»Also erwartet man, daß sie angreift?«

»Sie rechnen damit, daß sie es tut, auf die eine oder andere Weise.«

»Sagen Sie, Sie unterstützen doch nicht McGees Behauptungen, wir hätten es dort draußen ebenso mit den Kalibanen zu tun wie mit den Menschen, oder?«

»Nein.« Die Antwort klang fest. »Absolut nicht. Außer, daß

die Wolkenflußleute vielleicht irgendeiner Art Wahrsagerei frönen, wobei sie *glauben,* daß die Kalibane eine Meinung haben. Die alten Römer pflegten ihre Vorhaben nach dem Verhalten von Gänsen zu planen. Nach dem Vogelflug. Muß zumindest so gut funktioniert haben wie Kalibane. Sie kamen gerade zurecht.«

»Unterschiedlich große Gehirne, Gänse und Kalibane.«

»Biologen können diesen Punkt erörtern. Sehen Sie sich die Unheimlichen an. Sie sind ein gutes Beispiel für Menschen, die mit Kalibanen kommunizieren. Sie kriechen unter der Erde herum, lassen sich von den grauen Fischern füttern, sprechen nicht, haben keine Beziehungen zum Rest der Menschheit, außer, daß sie Befehle entgegennehmen und Erde herumschieben. Wenn Sie die Meinung der Kalibane wissen wollen, fragen Sie einen Unheimlichen und sehen Sie, ob Sie eine Antwort bekommen. Sir, McGee wird das recht schnell herausfinden, wenn sie da draußen ehrliche Arbeit tun möchte.«

»Ich bin mir Ihrer unterschiedlichen Meinungen bewußt. Ist es möglich, daß dies an den Unterschieden der Kulturen liegt, die Sie beobachten?«

»Ich bezweifle es.«

»Aber Sie ziehen keine Schlüsse.«

»Ganz und gar nicht. Ich warte einfach auf Daten von McGee. Und in sechzehn Jahren hat sie nichts anderes geliefert als Spekulationen. Vielleicht wird das jetzt die Sache ein für allemal klären. Aber für das Protokoll möchte ich das Komitee warnend darauf hinweisen, daß es sich bei dieser Maßnahme um eine sehr ernste Angelegenheit handelt – daß wir mit Beobachtern in beiden Kulturen in lokale Probleme hineingezogen werden oder sie verschlimmern könnten, oder wir diese beiden Kulturen in einen Konflikt treiben könnten. Er wartet nur darauf, zu passieren.«

»Wegen eines Kalibans. Weil er, wie Sie sagten ... bösartig ist.«

»Es bedeutet, daß diese Elai einen höheren Status genießt, als ihre Verfassung rechtfertigt. Auch ihr Selbstvertrauen ist zu groß dafür. Sie hat nicht gezögert, der Basis zum Trotz McGee praktisch zu kidnappen. Das verdient es, sich darüber Gedanken zu machen.«

»Das hört sich immer noch sehr nach McGees Theorien an.«

»Es besteht ein entscheidender Unterschied. McGee glaubt, daß die Kalibane die Entscheidungen treffen. Das tun sie nicht. Es geht um menschlichen Ehrgeiz auf der Grundlage des Status. Und diese Elai hat einen hohen Status. Sie könnten dort unten Fehleinschätzungen zum Opfer fallen, psychische Stärke mit militärischer verwechseln. Und dieser Irrtum könnte vielen Menschen das Leben kosten. Ich denke dabei an McGees kostbare Wolkenflußanwohner. An den Styx. Sie haben zuviel zu verlieren in einem Krieg.«

»Vielleicht wäre es gar keine Fehleinschätzung unter den Bedingungen, die Sie erwähnen.«

»Wir haben Straßen gebaut, die landwirtschaftliche Produktion gesteigert, die Türme vereinigt. In einem Krieg könnten wir hundert Jahre verlieren.«

»Hundert Jahre auf wessen Weg zurück?«

Genley blickte ihn verwirrt an, und sein Gesicht verfinsterte sich.

»Vielleicht«, meinte der Direktor, »werden die Kalibane keinen Krieg zulassen. Oder vielleicht kämpfen sie aus eigenen Gründen, und Menschen laufen einfach nur mit:«

»Das klingt noch radikaler als McGees Hypothese, Sir.«

»Man denkt eben nach, wenn man hier so hinter dem Zaundraht sitzt. Nun gut, wie dem auch sei, wir sind vorsichtig. Da McGee nun die Chance hat, kann sie sie nutzen.«

»Oder die Wolkenflußanwohner benutzen McGee. Das denkt Jin darüber. Dessen bin ich mir sicher.«

»Na ja«, sagte der Direktor, »für den Moment lassen wir der Geschichte ihren Lauf. Offen gesagt, sehe ich nicht sehr viele andere Möglichkeiten, oder tun Sie es?«

32

204 KR, Tag 42

Nachricht, E. McGee an Basis
Auf Befehl Elais-der-Ältesten an den Zaundraht
überbracht von Dain von der Flanahan-Linie
Ich möchte bekanntgeben, daß ich in Sicherheit und guter Verfassung bin und die neue Herrscherin der Wolkenflußtürme

überredet habe, folgendes zu übermitteln: Um die Sicherheit zufriedenzustellen, teile ich mit, daß meine ID-Nummer 8097-989 lautet und das Holo auf Ihrem Schreibtisch eine terranische Rose darstellt. Nun wissen Sie, daß dies alles meine Idee ist.

Bei Ellais Tod ging die Herrschaftsgewalt friedlich an ihre Tochter und designierte Erbin Elai über. Elai nutzte ihren Amtsantritt und die damit verbundene Macht über den Wolkenfluß, um einen ihrer Reiter zu schicken, damit er mich zu den Türmen bringe. Ich wurde mit aller Höflichkeit behandelt, habe es zur Zeit bequem und bin mit meiner Lage zufrieden. Dies ist eine seltene Gelegenheit betreffs der Wolkenflußtürme, und kündigt eine Ära an, in deren Verlauf sich der Wolkenfluß meiner Überzeugung nach als ebenso ergiebig für die Forschung erweisen könnte wie der Styx während der letzten Jahre. Ich bin nicht begierig darauf, meinen Aufenthalt hier in diesem Stadium abzubrechen, in dem, wie ich glaube, viel Gutes erreicht werden kann, um die Beziehungen der Mission mit dem Wolkenfluß zu stabilisieren.

Ich werde einiges an Ausrüstung und Vorräten brauchen. Elai hat ihr Einverständnis dazu erklärt, und ich werde in sieben Tagen zu meiner Hütte schicken, um die Vorräte abzuholen, die dann, wie ich hoffe, dort zu finden sein werden.

Bitte schicken Sie:

Schreibmaterial

Alle Arten Einsatzgeräte, die für Unternehmen außerhalb des Zaundrahtes zum Gebrauch freigegeben sind, einschl. Recorder etc.

4 Garnituren Kleidung zum Wechseln

ein Paar Stiefel

Hygiene-Feldtasche (habe meine vergessen)

Seife!

Medikamenten-Feldtasche

Auch und am wichtigsten, 1 Kiste *(Kiste!)* Breitbandantibiotika Klasse A für den Einsatz; 1 Kiste Vitamin- und Mineralpräparate; 1 Kiste Diätergänzungspräparate.

Mir ist bewußt, daß die Menge ungewöhnlich groß ist, aber da meine Versorgung von lokalen Transportmöglichkeiten abhängt und auch die Möglichkeit besteht, daß mich unvorhersehbare Umstände von der Versorgung abschneiden, ist diese

Bitte meines Erachtens nur klug und von äußerster Dringlichkeit, bedingt durch den engen Kontakt mit einer ungewohnten Bevölkerung und den Verzehr ungewohnter Speisen und Getränke. Für die StyxMission wurde dies auch bewilligt.

Ich danke Ihnen.

E. McGee

204 KR, Tag 42
Büro des Basisdirektors

»Ich werde das bewilligen«, sagte der Direktor zu seinem Sekretär.

»Sir«, erwiderte der Sekretär und zog einen verkniffenen Mund, »Sir, hier wird von Kisten gesprochen. Ich habe die Vorräte überprüft. Eine *Kiste* Antibiotika enthält eintausend 50 cm^3-Portionen. Eine Schachtel enthält einhundert. Dr. McGee meinte zweifellos ...«

»Es wird genau das bewilligt, was sie bestellt hat«, sagte der Direktor. »Kisten.«

»Ja, Sir«, sagte der Sekretär und machte sich dabei seine Gedanken.

»Irgendeine Nachricht von Dr. Genley?«

»Ja.« Der Sekretär rief sie ab. »Nicht dringend. Er kehrt zu seinem Einsatzort zurück.«

»Hat er die McGee-Kopie erhalten?«

Der Sekretär drückte weitere Tasten. »O ja. Er hat sie bekommen. War das ein Fehler? Sie war nicht als Verschlußsache chiffriert.«

»Nein, es war kein Fehler. Ich möchte informiert werden, wenn irgend etwas hereinkommt. Oder wenn ein Eingeborener an den Zaundraht kommt. Persönlich. Egal, zu welcher Tageszeit.«

»Ja, Sir.«

»Diese Lieferung für McGee geht als Kleintransport. Stellen Sie die Order aus. Ich unterschreibe sie.«

»Was ist mit Smith?«

»Smith?«

»McGees Assistent. Geht er wieder hinaus? Er hat danach gefragt.«

»Möchte er denn?«

»Er hat vorgeschlagen, ihm Begleitung mitzugeben, falls er geht.«

»Was genau will er?«

»Sicherheit und Vorräte.« Der Sekretär gab den Antrag auf den Bildschirm. »Er will eine ganze Latte von Sachen.«

»Vergessen Sie Smith. Schicken Sie lediglich einen unserer Sicherheitsleute hinaus. Ich unterschreibe auch das. Jemanden, der schon außerhalb des Zaundrahtes war, aber niemanden, der schon in den Styx-Regionen gearbeitet hat. Solche Leute könnten bekannt sein. Falls Informationen weitergegeben werden. Überprüfen Sie alle bisherigen Aufträge. Ich möchte keine nervösen Leute hinausschicken! Ich will keine Zwischenfälle!«

204 KR, Tag 42

Memo, Basisdirektor an die Komitee-Mitglieder
Ich stehe im Begriff, neue Unternehmungen im Gebiet des Wolkenflusses zu genehmigen. Neue und vielversprechende Kontakte sind hergestellt worden. Hier bietet sich uns die Gelegenheit, Vergleichsdaten zu erhalten.

204 KR, Tag 42

Nachricht, Basisdirektor an E. McGee am Einsatzort
Übersandt in Schriftform mit den Vorräten
Ich unterstütze Sie hierbei. Hoffentlich bessert sich Ihr Gesundheitszustand. Bitte bleiben Sie in enger Verbindung!

33

204 KR, Tag 200
Wolkenfluß-Türme

Elai lachte, lachte laut, und schreckte damit die Kalibane auf, die sich nervös bewegten, ausgenommen Narbe, der bloß die Augen schloß und sich weiter sonnte, oben auf dem Dach des Ersten Turms, in Gesellschaft von McGee gegen Ende eines warmen Sommertages. Und McGee fuhr fort, Elais Erben zu erzählen, wie seine Mutter vor vielen Jahren eines Tages versucht hatte, zu den Inseln zu schwimmen. Die Augen des jungen Din blickten staunend. Er wandte sie seiner Mutter zu, um zu sehen, ob das stimmte, während sein fünf Jahre alter Bruder mit seinen schweigenden Spielen mit den Ariels weitermachte, dem Legen und Nehmen. Taem war ein schweigsamer Junge. Er würde auch immer einer der Schweigsamen bleiben, der Flanahan-Linie verlorengehen, aber nicht ohne Nutzen sein. Dann war da noch der drei Jahre alte Wolke, der geräuschvoll durch die Gegend marschierte und heimtückische Spiele trieb, die Muster seines Bruders Taem zerstörte. Aber Ariels holten stets zurück, was er stahl, und die Kindermädchen traten dazwischen, wenn er zu aufdringlich wurde.

Die anderen Kalibane neben Narbe waren ein halberwachsener Brauner namens Dreistein, der Kaliban des Erben, und ein kleiner brauner Wicht, der sich Wolke angeschlossen hatte. Aber Taem hatten keinen besonderen Kaliban, besaß überhaupt nichts für sich selbst. Taem war Taem. Er sprach niemals, außer durch die Steine, mit denen er für sein Alter erstaunlich geschickt umgehen konnte.

»Einer in einem Haus«, sagte Elai über Taem, »das ist in Ordnung. Damit werde ich fertig.«

»Und was, wenn er das einzige Kind wäre?« hatte McGee gefragt.

»Gewöhnlich sind es die jüngeren, die gehen«, hatte Elai geantwortet. »Ich dachte, Wolke würde gehen, da Taem es nicht tat. Aber ich verlor dann Marik in Wolkes erstem Jahr. Vielleicht belastet das Wolke in irgendeiner Weise.«

McGee hatte daran gezweifelt, aber dem trotzdem zugehört. Vielleicht hatte sie einen gewissen Einfluß auf Din, der inzwischen mehr an ihr hing als an den Kindermädchen. Din fand Gefallen an den Geschichten, die sie erzählte.

»Hast du es getan?« fragte er jetzt. »Bist du hinausgeschwommen?«

Elai hob ihr Gewand und zeigte die alte Narbe. »Das ist der Grund, warum ich nicht so schnell gehen kann, Kleiner. Ich wäre dort am Strand verblutet, hätte MaGee dem Blut nicht Einhalt geboten.«

»Aber was liegt da draußen im Meer?« Die jungen Augen waren dunkel wie die Elais und aufgewühlt vor Neugier. Dins Stirn war gefurcht.

»Vielleicht«, sagte McGee, »Dinge, die du noch nie gesehen hast.«

»Sag es mir!« forderte Din. Sein Kaliban erwachte bei diesem Tonfall und richtete sich auf. Narbe zischte, eine träge Warnung.

»Schluß jetzt mit Geschichten!« sagte Elai. »Manche Dinge braucht ein kleiner Junge nicht zu wissen.«

»Vielleicht morgen«, sagte McGee. »Vielleicht.«

»Verschwindet!« sagte Elai. »Ich habe Jungen leid.«

Din machte ein finsteres Gesicht. Sein Kaliban stand noch auf den Beinen und züngelte, suchte in der Luft den Geschmack von Feinden.

»Nimm deine Brüder mit!« sagte Elai. »He!«

Die Kinderschwestern kamen, die beiden alten Frauen, grimmig und schweigsam, beinahe selbst schon Unheimliche. Für die Jungen gab es keinen Ausweg. Randalieren und lautes Rufen in der Nähe von Narbe waren unklug. Also gingen sie mit.

Und Elai blieb in der Sonne sitzen wie ein Kaliban, auf dem Sims an der Wand ausgestreckt. Rings um die Türme überzog goldene Farbe die Felder. Die wie Rockschöße zwischen ihnen liegenden Gärten blieben grün oberhalb der merkwürdigen Wallbehausungen der Fischer und Arbeiter. Unheimliche saßen wie schiefe Skelette am Ufer des Flusses, und Fische hingen trocknend neben zahlreichen Reihen trocknender Wäsche, Fischertaue und Netze.

McGee lächelte auf die gepreßte, ruhige Art der Turmleute, empfand einen kleinen Triumph. Sie wußte, was sie tat. Elai war hocherfreut, wie man erkennen konnte, wenn man die Gesten der Turmleute zu lesen verstand. Ihr Erbe war von Schweigsamkeit zu Fragen übergegangen, von mürrischer Verachtung zu einem schmerzhaften Verlangen nach Wissen; und auch von einer Verachtung Elais – zu etwas, das vielleicht Neugier war, vielleicht neue Überlegungen, wer seine Mutter war; denn ganz unerwartet hatte Elai seit dem Frühling zu blühen begonnen wie ein umgehauener Baum, der neue Knospen trieb, hatte Gewicht zugelegt: die Art, wie sie sich jetzt bewegte, kündete von ihren Muskeln. Vielleicht lag es an den Übungen, den Antibiotika gegen anhaltendes niedriges Fieber, an den Vitaminen und Spurenelementen. McGee war sich selbst nicht ganz sicher; aber es gab Ernährungsunterschiede am Wolkenfluß, und sie bleute es Elai ein.

»Fischfresser«, hatte Elai voller Abscheu gesagt.

»Hör mir zu!« hatte McGee gesagt. »Die Stygier essen Graue. Auf die Weise bekommen sie, was sie brauchen. Die Grauen fressen die ganzen Fische. Fische fressen andere Fische. Ganz. Da ihr keine Grauen essen wollt, müßt ihr die Fische besser ausnutzen. Fangt die kleinen! Räuchert sie! Sie schmecken nicht schlecht.«

»Ich mag die Pillen gern«, sagte Elai.

»Ich habe nicht genug für alle«, sagte McGee. »Willst du ein gesundes Volk?«

Daher die Netze. Und Suppen und dergleichen. Und Fische, die für den Winter getrocknet wurden, wenn man nur spärlich fischen konnte.

Einmischung, würden die hinter dem Zaundraht das freilich nennen.

34

Notizen, chiffriertes Tagebuch Dr. E. McGee
... Also stelle ich dem Jungen Fragen. Erzähle ihm Geschichten. Seine Verdrießlichkeit hat sich gelegt. Hat mich sonst angeschaut, als wäre ich unvorstellbar abscheulich. Hat seine Mutter auf genau dieselbe Weise angeschaut, aber wenn er jetzt mit ihr spricht, hört man den Respekt.

Was ich hier feststellen kann zwischen Elai und ihren Söhnen, ist seltsam. Wir sprechen in kulturellen Begriffen über den mütterlichen Instinkt. Hier ist es anders. Ich behaupte nicht, Elai hätte keine Gefühle für ihre Söhne. Sie spricht mit Beunruhigung über den Verlust eines Babys, aber ich will mich nicht festlegen, ob der Schmerz aus der Last ohne den Lohn resultiert oder aus dem Scheitern oder aus einer Minderung ihrer Selbstachtung – oder ob er an dem liegt, was wir wie selbstverständlich universell allen menschlichen Müttern zuschreiben.

Hier haben wir ein Beispiel mit angeglichenen Daten, die dem Wunsch entsprechen, da wir selbst der Maßstab sind. Die menschliche Rasse ist voller Beispiele für Mutterschaft ohne

Gefühl. Kann ein Forscher Mutterschaft in Zweifel ziehen? Oder haben wir uns geirrt, weil es für die Rasse sicherer war, diese Phantasievorstellung zu konstruieren?

Wie viele solche Konstruktionen hat sich die Rasse ausgedacht?

Oder ist es das Attribut eines entwickelten Verstandes, in seinem Volkstum solche Konstruktionen einer abstrakten Natur zu entwickeln, wenn sein genetisches Erbe nicht die Antwort enthält? Volkskunde als zeitweise Quasi-Genetik? Verhalten sich alle entwickelten Lebensformen so? Nein, nicht notwendigerweise.

Oder ich sehe die Dinge nicht richtig.

Sie sind aus der Union; sie stammen aus Labors.

Vor zweihundert Jahren. Eine Menge Kinder sind seitdem geboren worden.

Elais Söhne haben verschiedene Väter. Manche Leute in den Wolkenflußtürmen bilden anscheinend dauerhafte Paare. Die meisten tun es jedoch nicht. Ich habe Elai gefragt, ob sie sich die Väter ausgesucht hat. »Natürlich«, sagte sie. »Einer hieß Din, einer Wolke, einer Taem. Und Marik.«

Also tragen die Jungen die Namen ihrer Väter. Ich bin den Gatten nicht begegnet. Oder wir wurden nicht bekannt gemacht. Elai hat etwas gesagt, das ein wenig Licht auf die Sache wirft, und sie bezog sich dabei auf Taem: »Dieser Mann ist aus dem Neuen Turm. Narbe und sein Kaliban hatten Schwierigkeiten; er lief weg. War ihn dann los.«

»Hat er ihn getötet?« fragte ich, nicht sicher, ob sie von dem Kaliban oder dem Mann sprach.

»Nein«, sagte sie, und ich fand nie heraus, wen sie meinte.

Aber Taem regiert, was sie den Neuen Turm nennen, drüben am Meer. Und ich denke, es ist derselbe Taem. Die Beziehungen scheinen wenigstens auf Distanz herzlich zu sein.

Ich sagte, Elai sei nicht mütterlich. Mich macht ihre Beziehung zu ihren Söhnen frieren. Sie wirkt wie eine Rivalität, und zwar wie eine, in der die Dominanz der Kalibane einen gewissen Einfluß zu haben scheint; und Taems Mangel an einem Kaliban, seine Schweigsamkeit – Elais Resignation, nein, ihr Akzeptieren seines Zustandes. (Menschen, die Kinder austragen, um sie den Kalibanen zu geben?)

Aber heute habe ich etwas mitbekommen, das ich noch nicht

bemerkt hatte: daß Elai ihren Erben wie einen Erwachsenen behandelt.

Wolke kann wie ein Baby herumlaufen; die Unheimlichen kümmern sich um ihn, sie und diese beiden alten Frauen. Taem – niemand weiß, was er braucht, aber die Unheimlichen sorgen dafür, daß er es bekommt, nehme ich an. Nur dieser Sechsjährige ist einfach kein Kind. Gott helfe uns, ich habe zwanzig Jahre lang nur eingeborene Kinder gesehen, aber dieser Sechsjähige hat keine Bewußtseinsstruktur, die mir vertraut wäre.

Er ist, wie Elai als Kind war, still und wie ein Erwachsener.

Ist selbst die Kindheit eine unserer Illusionen? Oder ist dieses erzwungene Erwachsensein das, was uns hier draußen widerfahren ist?

Uns? Den Menschen? Ja. Es sind immer noch Menschen; ihre Gene besagen es.

Aber wieviel sagen uns Gene, und wieviel liegt in unserer Zivilisation, dieser kostbaren Bürde, die wir von der alten Erde mitgebracht haben?

Was wird aus uns werden?

Oder was ist aus diesen Menschen schon geworden?

Sie sehen aus wie wir. Aber diese Forscherin verliert ihre Perspektive. Ich schicke der Basis weiter beruhigende Stellungnahmen. Das ist alles, was mir einfällt.

Ich denke, sie akzeptieren mich. Als was – da bin ich mir überhaupt nicht sicher.

35

204 KR, Tag 232
Wolkenfluß-Türme

Ma-Gee, nannten sie sie im Lager. Eine Frau war von einem anderen Turm gekommen und hatte einen von Flußwasser geglätteten Stein mitgebracht, einen Stein von einer Größe, wie sie nur die großen Braunen trugen, und sie hatte ihn in der Versammlung des Ersten Turms McGee zu Füßen gelegt.

»Was bedeutet das?« hatte McGee Elai anschließend gefragt.

»Es ist ein Nest-Stein«, hatte Elai gesagt. »Er bringt die Wärme der Sonne. Eine Kindesgabe. Sie bedeutet Dank.«

357

»Was soll ich tun?« hatte McGee gefragt.

»Nichts«, hatte Elais Antwort gelautet. »Nein, laß es gut sein! Irgendein Kaliban wird ihn nehmen, wenn er einen will.«

Notizen, chiffriertes Tagebuch Dr. E. McGee
Jedesmal, wenn ich glaube zu verstehen, tun sie etwas, das ich mir nicht erklären kann.

Eine Frau legte mir einen Stein vor die Füße. Er war noch warm von der Sonne. Kalibane tun dergleichen, um Eier auszubrüten. Irgendwie repräsentierte er ein Kind; das war wichtig für die Frau. Sie weinte nicht; die Menschen am Wolkenfluß tun das nicht, jedenfalls habe ich sie nie gesehen. Aber sie war sehr gefühlsbewegt bei dem, was sie machte. Ich denke, sie gab dabei Status auf.

Mutterliebe?

Lieben diese Menschen eigentlich?

Wie komme ich letztlich dazu, eine solche Frage zu stellen? Manchmal kenne ich die Antwort, manchmal nicht.

Elai empfindet etwas für mich. Meine Freundin, sagte sie. Wir unterhalten uns sehr viel. Sie hört auf mich. Vielleicht hatte ihr Gesundheitszustand sie zu dem gemacht, was ich gesehen hatte – was sie von ihren Söhnen trennte.

Die Kalibane schwimmen ins Meer hinaus, wenn ihre Menschen sterben. Einer tat es nicht. Er starb heute an der Küste. Die Leute gingen hin und häuteten ihn ab. Andere Kalibane fraßen ihn. Woran er starb, weiß ich nicht.

Es dauerte den ganzen Tag, bis er vertilgt war. Die Leute sammelten seine Knochen ein. Sie fertigen Sachen aus Knochen. Gebein ist ihr Ersatz für Metalle. Für sie ist es so kostbar wie für uns Gold. Sie tragen stets geschnitzten Schmuck. Für anderes benutzen sie Holz oder Stein. Sie haben ein paar echte alte Eisenklingen und pflegen sie sehr gut. Aber Kalibangebein ist ihr Schatz.

Tücher fertigen sie aus einheimischen Fasern, Leder ist jedoch so kostbar wie Gebein. Nur Reiter sind ganz in Leder gekleidet. Mit der Zeit wird es geflickt. Sie werfen es wohl nie weg, schätze ich. Es ist ein Schatz, wie Knochen. Diese Kolonie wurde an einer Stelle errichtet, wo keine Metalle zu finden sind, keine Haustiere, keine Hilfsquellen – außer ihren Nachbarn. Ich glaube, sie würden eine andere Richtung einschlagen, wenn sich eine böte. Aber sie tun ihr Bestes. Sie gehen nicht auf die Jagd, wenigstens nicht auf Kalibane; und an Land gibt es sonst nichts zu jagen.

Am Ufer wird wieder gegraben. Die Kalibane tun es. An der anderen Seite des Flusses. Elai meint, daß sie vielleicht einen neuen Turm planen, aber daß es für sie mehr nach weiteren Höhlen aussieht.

»Worin liegt der Unterschied?« fragte ich.

Aber sie wollte es nicht sagen.

Ich bin sicher, daß die Orbitalüberwachung es schon bemerkt hat. In meinem Bericht habe ich es als unbestimmte Konstruktion bezeichnet. Gewiß werden sie irgendeine Interpretation hören wollen.

Ich bin mir nicht sicher, ob Elai eine weiß.

36

204 KR, Tag 290
Wolkenfluß-Türme

Auf dem Dach des Ersten Turmes unter einer schwindenden Sommersonne: »MaGee, wie ist es, wenn man fliegt?«

Elai stellte wieder Fragen, Fragen über Fragen. Aber jetzt dachte sie an Schiffe.

»Wie wenn man auf etwas sitzt, das zittert«, sagte McGee. »Manchmal wiegt man etwas mehr als sonst, manchmal weniger. Der Magen fühlt sich dann an, als würde er schweben. Aber von da oben würde der Fluß wie ein Faden aussehen. Das Meer wirkt ganz flach, glattgestrichen und schimmernd wie der Fluß in der Morgendämmerung. Die Berge sehen aus, als hätte jemand ein zerknülltes Tuch fallenlassen, und die Wälder wie Wasserpest.«

Elais Augen ruhten in ihren. Tief in ihnen war wieder jener Funke zu sehen, der vom Erwachsenwerden unterdrückt worden war. Dann Trauer. »Ich werde diese Dinge niemals sehen«, sagte sie.

»Habe ich seit vielen Jahren auch nicht mehr«, sagte McGee. »Vielleicht werde ich es auch nie wieder. Ich glaube es eigentlich nicht.«

Lange Zeit sagte Elai nichts. Ihr Stirnrunzeln vertiefte sich unablässig. »Ein Zaundraht liegt vor dem Himmel.«

»Nein.«

»Also könntest du fliegen, wenn du wolltest?«

McGee überlegte, war sich nicht sicher, wohin das Gespräch führte.

»Könnten wir?« fragte Elai. »Wir sagen, daß der Draht eure Steintürme sichert. Aber stimmt das, McGee? Die Schiffe starten und landen innerhalb. Ich denke, der Draht hält uns von den Schiffen fern. Was, MaGee, könnten meine Boote schon finden außer Gegenden wie dieser? Sie könnten nicht finden, woher wir gekommen sind. Wir würden einfach hin und her fahren, hin und her, auf Flüssen und den Meeren, und mehr Inseln finden. Aber wir könnten nicht nach oben. Ihr beobachtet uns aus dem Himmel. Wie klein, sagt ihr. Wie klein. Was haben wir getan, MaGee, daß wir eingesperrt werden?«

McGees Herz schlug sehr schnell. »Nichts. Ihr habt nichts getan. Woher weißt du das alles, Elai? Hast du es dir überlegt?«

»Aus Büchern«, sagte Elai schließlich. »Aus alten Büchern.«

»Könnte ich«, fragte McGee, und ihr Herz wurde noch schneller, »könnte ich diese Bücher sehen?«

Elai dachte darüber nach und betrachtete sie dabei forschend. »Meinst du, du könntest in diesen Büchern etwas finden, was wichtig für dich ist? Aber du weißt doch, woher wir kamen. Du weißt alles, was es zu wissen gibt – nicht wahr, MaGee?«

»Ich kenne das Äußere, nicht das Innere. Nicht die Dinge, die ich gerne wüßte.«

»Zum Beispiel?«

»Die Kalibane. Woher wißt ihr, was sie sagen?«

»Bücher werden dir das nicht erklären. Bücher berichten über uns, darüber, wo die Linien begannen. Wie wir zum Wolkenfluß kamen und wie es dann war. Wie die Stygier anfingen.«

»Und wie war das?«

Elai überlegte mit finsterem Gesicht, öffnete dann die Hand, mit der Fläche nach oben. »Das kann ich nicht so ausdrücken, daß du es verstehen würdest. Die Muster zeigen es.«

Notizen, chiffriertes Tagebuch Dr. E. McGee

Man sieht tausend Gesten, die für die Wolkenflußleute Bedeutung haben, Gesten, die meiner Auffassung nach am Styx genauso aussehen. Oft benutzen sie tatsächlich Steine, die manche Leute in den Hosentaschen oder in kleinen Beuteln bei sich tragen; aber besonders die Reiter haben eine Art, sich durch Zeichen auszudrücken, wobei sie so tun, als ließen die Finger Steine fallen oder höben sie hoch. Darin ist kein alphabetisches System zu finden. Die Signale sind echt, zeigen in der Bewegung eine komplette Bedeutung.

Aber sie schreiben auch richtig. Zählt man Signale und Schrift zusammen, so muß man diesen Menschen eine beträchtliche Bildung zugestehen, keine geringe Sache, denkt man an die Mannigfaltigkeit der Systeme.

Was die Kommunikation mit den Kalibanen angeht, so wandern einige Begriffe hin und her. Ein Kaliban kann einen Menschen nach der Richtung oder nach grundlegenden Absichten ›fragen‹. Ich kann den alten Narbe soweit bringen, daß er mir bis zu *Ich möchte hinaufgehen* antwortet, womit er sagt, daß er auf das Dach will. Oder hinunter.

Und überall sind die Unheimlichen zu finden. Sie sorgen für die Kinder und haben eine Funktion irgendwo zwischen Priestern und Hausmeistern. Sie halten die Höhlen sauber. Die Kalibane scheinen es zu mögen, daß sie von ihnen berührt werden. Die meisten Unheimlichen sind dünn: viel Aktivität, eine Nahrung aus mehr Fisch als Getreide, Mangel an Sonnenlicht. Aber im allgemeinen wirken sie körperlich gesund. In jeder menschlichen Gesellschaft außerhalb Gehennas stünde ihr Geisteszustand in Frage. Es steht nicht fest, ob diese geistige Abweichung für die Kultur charakteristisch ist, wie bestimmte menschliche Gesellschaftsordnungen im Verlauf der Geschichte gewisse Krankheiten häufiger hervorbrachten als andere, oder gleich mit ganz einzigartigen Schäden aufwarteten.

Hypothese: Es handelt sich hierbei um eine Geisteskrankheit, die allein von der gehennanischen Kultur mit ihrer Stützung auf die Kalibane erzeugt wurde. Menschen identifizieren sich vollständig mit den Geschöpfen, auf die alle Menschen ihr Überleben gründen, und erhalten dafür einen besonderen Status, der sie in ihrer Stellung bestätigt.

Hypothese: Dies ist eine spezialisierte und erfolgreiche Anpassung der menschlichen Rasse an Gehenna, herausgewachsen aus der Azi-Kultur, die hier in Unwissenheit zurückgelassen wurde.

Hypothese: Die Unheimlichen *können* mit den Kalibanen sprechen.

37

204 KR, Tag 293
Wolkenflußtürme, auf dem Dach
des Ersten Turmes

»Du meinst, du kannst es nicht mit Worten sagen.«

»Es ist keine Sache für Worte.« Elai lachte seltsam und machte eine weitläufige Geste. »Oh, MaGee, ich könnte es Din sagen, und er würde verstehen. Bei dir weiß ich nicht, wie ich es machen soll.«

»Bring mir bei, Muster zu legen!«

»Es dir beibringen?«

»Zumindest so viel, wie auch die Jungen wissen.«

»Damit du es den Steintürmen weitersagst? Damit sie Bescheid wissen, falls wir den Draht unterqueren? Die Türme sind früher schon gefallen. Mehr als einmal. Die ganze Basis versank. Wir erinnern uns auch daran.« Narbe hatte sich geregt, war zwischen sie und den Ariel getreten, der die Mauer in großer Eile verließ. Elai kratzte den schuppigen Kiefer, blickte McGee unter den Brauen hervor an. »Sie stellen ihnen in diesem Jahr einen neuen Turm vor die Nase, die Stygier, näher am Zaundraht.«

»Meinst du, die Basis ist in Gefahr?«

»Der Styx ist immer für Probleme gut. Sag das den Steintürmen über deinen Kom.« Elai deutete mit einem Kopfnicken zum Fluß hin, flußaufwärts, zum bewaldeten Horizont. »Unsere Reiter ziehen dort hinauf. Sie werden in diesem Jahr einige töten, denke ich. Vielleicht im nächsten. So steht es in den Mustern.«

»Wie?« fragte McGee. »Elai, wie meinst du das – in den Mustern?«

Elai streckte die Hand aus und fuhr mit ihr den ganzen Horizont entlang. »Ihr schreibt auf kleinen Dingen. Die Kalibane schreiben groß, schreiben auf den Bergen und Hügeln, drücken sich in der Art aus, wie die Dinge sich bewegen.«

McGee lief ein kalter Schauer über den Rücken. »Bring es mir bei«, wiederholte sie, »bring es mir bei!«

Elai streichelte erneut Narbes Kiefer und machte ein nachdenkliches Gesicht. »Die Kalibane könnten einen Happen aus euch machen.«

»Aus Menschen?«

»Das ist bekannt. Wenn ich dich mit ihnen nach unten schikke, könntest du böse Schwierigkeiten haben.«

»Ich habe nicht darum gebeten, mit Kalibanen irgendwohin zu gehen. Ich habe dich gebeten, mir etwas beizubringen. Dich selbst.«

»Ich habe dir alles gezeigt, was ich dir zeigen kann. Das, was du jetzt willst, MaGee – dazu mußt du zu ihnen hinuntergehen. Du kannst zwar immer weiter mit mir reden; ich kann dir *Hinauf* und *Hinab* und *Halt* und solche Sachen zeigen, aber wenn du wirklich die Sprache der Muster lernen willst, mußt du mit *ihm* sprechen.« Ein riesiges Auge starrte McGee an, golden und in dem Licht mit verengter Pupille, einer Iris, größer als die Sonne. Narbe betrachtete sie auf seine Art, von der Seite her.

»In Ordnung«, meinte McGee. Sie hatte genug Angst, um auf der Stelle umzufallen, steckte aber trotzdem die Hände in die Taschen und machte ein so beiläufiges Gesicht wie möglich. »Riechen sie Angst?«

Humor stand in Elais Augen, und doch war es das unerbittliche Gesicht Elais-der-Ältesten. »Geh hinunter!« sagte sie. »Geh so weit hinunter, wie du kannst. Ich denke, Narbe geht auch. Ich könnte mich irren.«

»Wie lange bleibe ich dort? Was werde ich essen?«

»Sie sagen es dir schon. Die Unheimlichen sind auch da und werden sich um dich kümmern. Sei wieder ein Kind, MaGee.«

204 KR, Tag 293

Nachricht, E. McGee an Basisdirektor,
übersandt vom Einsatzort aus
Erwarte, für mehrere Tage keine Verbindung herstellen zu können, da ich eine Gelegenheit für seltene Studien habe.

Notizen, chiffriertes Tagebuch Dr. E. McGee

Ich habe eine vorsichtige Reise in die Tiefe gemacht. Wie zu erwarten war, ist es dunkel dort unten. Alles ist voller Kalibane und Unheimlichen, und die einen machen mich so nervös wie die anderen. Nein. Ich habe Angst. Ich denke – ich empfinde eine persönliche Angst, wie ich es noch nie erlebt habe. Nicht einmal vor dem Tod. Dies hier bedeutet, allein zu sein mit dem vollständig Fremdartigen. Demgegenüber verwundbar zu sein. Ist es nicht komisch, wenn ein Xenologe das mehr fürchtet als alles andere auf der Welt? Vielleicht ist das der Grund, warum ich mich an diese Arbeit machen mußte. Oder warum ich mich hierauf eingelassen habe. Es ist wie beim Bergsteigen. Weil es da ist. Weil ich es wissen muß. Vielleicht hat das etwas mit Furcht zu tun.

Oder mit Verrücktheit.

Ich denke, sie würden mich gehenlassen, wenn ich sie fragte. Zumindest wieder nach oben. Aber ich habe mich in die Sache hineinbegeben. Elai würde erwähnen, sie hätte es mir gleich gesagt; aber dies hier ist etwas – ich glaube nicht, daß es ein Zurückweichen gibt, nachdem ich einmal um die Chance gebeten habe. Ich kann jetzt nicht mehr einfach eine Außenseiterin sein. Ich habe gerade die Tür davor geschlossen. Wenn ich jetzt weglaufe – es wäre McGee, die versagte. McGee, die Angst hatte. Es würde Elai schädigen in dem, was sie ist, und wo ich sie nicht erreichen kann. Und ich würde dann hier leben als etwas, das weder Fisch noch Geflügel ist.

Also weiß ich nicht, was ich anderes tun soll.

38

?

Wolkenfluß-Turm, unterer Bereich

Da war etwas zu essen. McGee folgte in der Dunkelheit dem Geruch, brauchte nicht die Kalibane als Führer. Aber einer war da. Sie hatte ihn berührt, wußte anhand seiner Größe und der Beschaffenheit seiner Haut, daß es einer der Grauen war.

Hirten, lautete der Begriff, den sie sich von ihnen gemacht hatte. Zuerst hatte sie Angst gehabt vor den Krallen, den harten, knochigen Kiefern, der geschmeidigen Kraft ihrer Körper. Sie hatten sie wiederholt umgestoßen, bis sie es gelernt hatte, ihre Ohren zu gebrauchen.

Auch andere Wesen gab es in der Dunkelheit: Ariels. Sie eilten hier und dort umher; vor ihnen hatte sie nie Angst gehabt, hatte sich an sie gehalten, wo es ging, denn sie wirkten freundlich.

Ein großer Brauner war in der Nähe; sie hatte die Glätte seiner Flanke gespürt. Es war Narbe, den Elai ausgeliehen hatte. McGee war dankbar dafür und hielt sich in seiner Nähe auf, wann immer es ging.

Selbst vor den Unheimlichen hatte sie ihre Ehrfurcht verloren. Sie waren seltsam, aber freundlich, berührten sie mit ihren spinnenartigen Fingern, umarmten sie und hielten sie, wenn sie am meisten Angst hatte.

Einmal war sie in dieser unergründlichen Dunkelheit, in diesem wachen Schlaf mit einem intim geworden, und mehr als einmal: sich darüber klarzuwerden bereitete ihr die meisten Schwierigkeiten, denn damit war geschehen, was sie am meisten gefürchtet hatte, und sie war (vielleicht) dabei der Aggressor gewesen, hatte bei irgendeinem gesichtslosen Mann, einem Unheimlichen, einem stummen Priester der Kalibane, alles vergessen, was sie war.

Für eine lange Zeit danach hatte sie teilnahmslos dagelegen, war in einem weiteren Sinn orientierungslos gewesen als nur der Beraubung ihrer Sinne.

Dann überlegte sie: *McGee, du hast das getan. Du warst es. Nicht deren Fehler. Was, wenn er es gewesen wäre? Steh auf, McGee!*

Und in einem Winkel ihres Bewußtseins: *Er wird mich anderswo wiedererkennen, aber ich nicht ihn.*

Und auf noch einer Ebene: *Mach dir nichts draus, McGee! Dies hier ist wirklich. Die Dunkelheit. Dieser Ort. Es ist ein Mutterschoß, um darin zu wachsen.*

Also wachse, McGee!

Sie eilte an den irdenen Wänden entlang, fand das für sie zurückgelassene Essen und verzehrte es, rohen Fisch, der für sie mittlerweile geschmacksneutral war, etwas, das zu ertragen sie gelernt hatte. Etwas Leichtes krabbelte über ihre Knie, und sie wußte, das es ein Ariel war, der um Reste bettelte. Sie gab ihm den Kopf und Stück für Stück von den Innereien und Gräten.

Gott weiß, was für Krankheiten ich mir zuziehe, hatte der zivilisierte Teil von ihr gedacht angesichts von schlammigen Händen und rohem Fisch. *Ich bin stärker, als ich dachte,* waren jetzt ihre Gedanken. In letzter Zeit, in dieser Dunkelheit, hatte sie sich nicht mehr viel Gedanken um sich selbst gemacht. *Ich bin klüger als früher.*

Der Ariel glitt davon, zuckte dabei mit dem Schwanz. Er kündigte etwas an damit.

Und ein Grauer kam. Sie hörte seine Bewegungen. Sie zog sich an die Seite des Tunnels zurück, für den Fall, daß er hindurchwollte. Er erreichte sie, und seine ledrige Haut schob sich flüsternd an der Erde entlang, ein sich still nähernder Kaliban. Er stieß sie mit der Nase an; sie tätschelte den mächtigen Kopf, und er stupste sie weiter. *Geh, geh!* Also blieb ihr nichts anderes übrig.

Sie folgte diesem Kalibanhirten immer weiter aufwärts.

Diesmal war es anders. Bei ihren bisherigen Wanderungen hatte es keinen solchen Anstieg gegeben. Sie gingen hinaus ans Licht. Habe ich versagt? fragte sie sich. Werde ich hinausgeworfen? Aber kein Unheimlicher hatte sie unterrichtet, keiner war mehr in ihrer Nähe gewesen seit ... sie hatte jedes Zeitgefühl verloren.

Tageslicht war vor ihr, eine runde Quelle von Sonnenlicht. Sie ging jetzt langsamer, um ihre Augen daran zu gewöhnen, und der Graue ging vor ihr her, eine geschmeidige Gestalt, die sich wie ein Schatten in das hineinbewegte, was sich als Dämmerung erwies, ein Aufruhr von Farben am Himmel.

Aber wir haben die Türme hinter uns gelassen, dachte McGee und rieb sich die Augen. Vor ihr lag der Fluß. Irgendwie war sie am Fluß herausgekommen, hier, wo sich die Kalibanwälle ausdehnten, neben den Fischernetzen.

Ich sollte Elai finden, die Basis anrufen. Wie viele Tage?

Etwas warf vom Kamm herab einen Schatten über sie. Sie sah hinauf, blinzelte im Licht, und Tränen strömten ihr übers Gesicht. Es war ein großer Brauner.

Ihr Grauer war geblieben. Er brachte ihr einen Stein, legte ihn neben sie. Sie erblickte ein Arielnest, ein Dutzend Drachengestalten, zusammengerollt in einer Nische der Uferbank, wo Steine ausgelegt worden waren. Es war ein seltsamer Augenblick, und Stille lag in der Luft. »Hier bin ich«, sagte

McGee, und der Klang ihrer eigenen Stimme erschreckte sie, denn sie hatte seit vielen Tagen niemanden mehr sprechen gehört. Die Worte drangen in die Stille ein.

Ein Ariel schlängelte sich aus dem Nest heraus und brachte ihr einen Stein. Er blieb, zuckte mit dem Kragensaum, richtete die winzigen Dornen auf.

McGee hockte sich hin, hob den Stein auf und legte ihn wieder hin.

In rasender Eile brachte ihr der Ariel noch einen.

39

204 KR, Tag 300

Nachricht, R. Genley vom TransStyx
an Büro des Basisdirektors
Ich erhalte McGees regelmäßige Berichte nicht. Soll ich kommen?

Nachricht, Basisdirektor an R. Genley
Negativ. Dr. McGee ist immer noch mit ihrem Spezialauftrag beschäftigt.

Memo, Basisdirektor an Sicherheitschef
Leiten Sie alle Anfragen nach Dr. McGee an mich weiter.

Ich bin außerordentlich besorgt über dieses anhaltende Schweigen McGees. Bereiten Sie eine Liste von Entscheidungsmöglichkeiten für diesen Fall vor.

Nachricht, Basisdirektor an Gehenna-Station
Ich bitte um intensive Überwachung der Wolkenflußsiedlung. Geben Sie das Material an dieses Büro weiter ...

TransStyx: Grüns Turm

»Mein Vater«, sagte Jin im Licht der Wintersonne, während die ausgedehnten Felder von Grüns Turm gepflügt und leer dalagen. Wald erstreckte sich im Osten um sie, der Sumpf im Westen. Der Wind hob Jins dunkles Haar, zerblies es zu Fransen;

das Licht schimmerte auf ihm, auf Dorn, der faul neben dem nach unten führenden Ausgang lag. »Mein Vater.« Seine Stimme war tief und warm, und seine Hand, die auf der Mauer gelegen hatte, ruhte nun auf Genleys Schulter, zog ihn heran, drehte ihn nach draußen, während Jin über das Land hinweg deutete. »Das gehört mir. Das gehört mir. Die ganzen Felder. All die Menschen. Alles, was sie herstellen. Und weißt du, mein Vater, als ich es in meine eigenen Hände nahm, hatte ich nur einen Turm. Diesen hier. Schau jetzt! *Schau*, Gen-ley! Sag mir, was du siehst!«

Manchmal war in Jin Verrücktheit zu erkennen. Jin zog Nutzen aus den Unsicherheiten, die daraus entstanden, entnervte seine Männer. Genley betrachtete ihn mit einer hochgezogenen Braue, wagte es, ihm zu trotzen.

»Kannst du dir denken«, fragte Jin, »daß heute ein Mann versucht hat, mich zu töten?«

Es war kein Witz. Genley erkannte es, und die gute Laune verschwand aus seinem Gesicht. »Wann? Wer?«

»Mes der Jüngere hat ihn geschickt. Das war ein Fehler. Mes wird es erfahren.« Jin stemmte die geballten Fäuste auf die Mauerkante. »Es liegt an dieser Frau, Gen-ley. An dieser Frau.«

»Elai?«

»*MaGee!*« Jin drehte sich zu ihm um und blickte zu ihm hinauf, das Gesicht zornrot. »Diese Frauenkomplotte. Es geht weiter damit. Jin ist ein Dummkopf, sagen sie; er läßt zu, daß die Sternenmenschen mit ihm spielen. Er hört auf sie, während sie mit dieser Elai sprechen, und Elai erfährt alles, was sie will, von MaGee. Und wenn Jin ein Dummkopf ist, dann können Dummköpfe ihn auf die Probe stellen, nicht wahr?«

Genley holte Luft. »Ich habe die Basis davor gewarnt.«

»Sie hören nicht auf dich!«

»Ich werde eine Beschwerde bei ihnen einreichen, sobald du etwas Bestimmtes vorzuweisen hast, das ich ihnen sagen kann. Ich werde dafür sorgen, daß sie verstehen.«

Jin, der kleinere von den beiden, starrte zu ihm hinauf. Seine Adern schwollen an, und seine Nasenlöcher waren weiß umrandet. »Was möchten sie gerne hören?«

»Was McGee gerade macht. Sie wissen nicht, wo sie zur Zeit steckt. Weißt du es?«

»Sie wissen nicht, wo sie steckt! *Sie steckt bei Elai!* Genau dort!«

»Sag mir, was sie gerade macht, und ich informiere die Basis.«

»*Nein!*« Jin stieß den Arm in einer Geste vor, die fast ein Schlag war, schritt dann zu Dorn. Der Kaliban hatte sich erhoben, den Kragen aufgerichtet. Jin drehte sich um und streckte einen Arm aus. »Keinen Kom mehr, Gen-ley, *mein Vater*, der mir Rat erteilt! Ich werde dich zu Parm schicken, dich und diesen Mannin und diesen Kim!«

»Laß uns darüber reden!«

»Nein!« Jin deutete mit einer übertriebenen Geste nach Norden. »Ich gehe nach Norden, um diesen Mann zu töten. Diesen Mann, der glaubt, ich sei ein Dummkopf. Du gehst zu Parms Turm. Überleg dir, *überleg* dir, Gen-ley, wie teuer diese Frau zu stehen kommt!«

Er verschwand durch den Ausgang. Dorn zögerte noch, wandte dem Gegenstand des Zorns ein kaltes Kalibanauge zu, fegte dann hinter Jin her.

Genley atmete schwer.

40

204 KR, Tag 321
Wolkenfluß-Türme

»MaGee«, sagte Elai.

Der Sternenmensch betrachtete sie, blickte ihr in die Augen, und Elai spürte die Stille in ihrem Gegenüber. Diese Stille breitete sich im ganzen Raum aus, bis in ihre Knochen hinein. Elais Leute waren da, auch Kalibane. Sie brachten MaGee zu ihr, diese dünne harte Fremde mit lockerem, zerzaustem Haar, die Gewänder trug und nicht ihre früheren Kleider, die auch, wenn sie gar nichts angehabt hätte, nichts von ihrer Kraft verloren hätte.

Aber MaGee war nicht die MaGee von der Meeresküste in jenem Sommer, und sie selbst nicht mehr das Kind.

»Geht!« sagte Elai zu ihren im Raum versammelten Leuten. »Alle außer MaGee, geht!«

Sie kamen dem Befehl ruhig nach, nur Din nicht.

»Raus, Junge!« verlangte Elai.

Din ging hinaus. Sein Kaliban folgte ihm. Nur Narbe blieb, und die Grauen.

»Ein Mann kam durch den Draht«, sagte Elai. »Vor vier Tagen. Wir haben ihn weggeschickt. Er fragte, wie es dir geht.«

»Ich muß die Basis anrufen«, meinte MaGee.

»Und ihnen von den Kalibanen erzählen?«

MaGee schwieg lange. Es wurde deutlich, daß sie nicht antworten würde. Elai öffnete die Hand, beendete damit das Thema, vertraute dem Schweigen mehr als Zusicherungen.

»Keine Worte«, sagte MaGee schließlich mit einer heiseren, seltsamen Stimme. »Du wußtest es.«

Elai machte eine bejahende Handbewegung, und ihre Augen blieben unbewegt.

MaGee erkannte es. Jede winzige Bewegung. Oder zumindest – genug davon.

»Ich möchte in mein Zimmer zurück«, sagte MaGee. »Es wird mir zuviel.«

Geh! signalisierte ihr Elai mitleidig. Gütig. MaGee ging, ruhig und allein.

204 KR, Tag 323

Nachricht, E. McGee an Basisdirektor
Rufen Sie die Hunde zurück. Berichte von meinem Tod stark übertrieben. Bin dabei, über die Daten einen Bericht zu schreiben. Schicke ihn, sobald abgeschlossen.

204 KR, Tag 323

Nachricht, Basisdirektor an E. McGee
Kommen Sie sofort und erstatten Sie einen vollständigen Bericht.

204 KR, Tag 323

Nachricht, E. McGee an Basisdirektor
Schicke Bericht, sobald er fertiggestellt ist.

204 KR, Tag 326

Notizen, chiffriertes Tagebuch Dr. E. McGee
Es fiel mir schwer, wieder hiermit anzufangen. Ich bin nicht mehr dieselbe. Ich weiß es. Ich weiß ...

41

204 KR, Tag 328
Wolkenfluß-Turm

Die Sicherheit hatte ihn geschickt. Kiley. Ein anständiger Mann. McGee hatte von ihm gehört, oder zumindest, daß etwas im Gang war, und dann, daß es sich um einen Außenseiter handeln sollte; und als sie das hörte, wußte sie Bescheid.

Sie zog ihre Außenseiterkleidung an. Schnitt sich das Haar. Parfümierte sich mit Außenseiterdüften. Sie ging dorthin, zur Halle, wohin die Reiter den Fremden bringen würden.

»Kiley«, sagte sie, als Elai den Eindringling nicht ansprach. Er gehörte zu den alten Hasen. War standhaft. Seine Augen fuhren fort, alles abzuschätzen, weil er dazu ausgebildet war. Er wußte sofort, wenn jemand ihn abschätzte.

»Schön, Sie wohlauf zu sehen, Doktor«, sagte er. »Der Direktor möchte Sie kurz sprechen. Hat mich geschickt, Sie zu holen.«

»Ich stecke gerade mitten in einer Sache drin. Tut mir leid.«

»Dann würde ich mich gerne mit Ihnen unterhalten. Ihre Notizen einsammeln, Anträge auf Nachschub entgegennehmen.«

»Brauche nichts. Sie brauchen mir auch keine Funksprüche zusenden. Ich kann hier an Ort und Stelle alles sagen, was ich zu sagen habe. Ich brauche keinen Nachschub und keine Rettung. Irgendwelche Probleme in der Basis?«

»Nein.«

»Dann gehen Sie und sagen Sie ihnen alles.«

»Doktor, dies ist ein Befehl des Direktors.«

»Das verstehe ich. Gehen Sie und sagen Sie ihm, daß ich hier Fortschritte mache.«

»Soll ich sagen, daß Sie sich geweigert haben zu kommen?«

»Nein. Nur, was ich sagte.«

»Könnten Sie gehen, wenn Sie wollten?«

»Wahrscheinlich. Aber ich werde es jetzt nicht tun.«

»Ja, Ma'am«, sagte Kiley gepreßt.

»Jemand sollte ihn hinausbringen«, sagte McGee. »Dieser Mann ist in Ordnung.«

Elai gab ein Zeichen, das klar genug war für diejenigen, die es kannten, und Maet, ein alter Reiter, raffte sich auf und nickte Kiley zu.

Später:

Du bleibst hier! sagte Elai, nicht mit Worten, aber sie machte es so klar, wie es immer gewesen war.

Notizen, chiffriertes Tagebuch Dr. E. McGee

Ich kann wieder schreiben. Es fällt mir schwer. Es bedeutet, auf zwei verschiedene Arten zu denken. Ich muß es tun.

Da ist eine Menge ...

Nein. Vielleicht schreibe ich es eines Tages nieder. Vielleicht auch nicht. Niemand braucht es zu wissen. Ich habe zu Kalibanen gesprochen. Ihnen letztlich ein paar Ideen vermittelt.

Es ist nicht allzu bemerkenswert, *zu* den Kalibanen zu sprechen. Sie bekommen eine Menge mit von dem, was wir tun.

Aber nach all der Zeit, die ich dort saß und Leg-und-Nimm mit den Ariels spielte ... sie sind nicht helle, die Ariels. Man kann lange Zeit mit ihnen legen und nehmen, und dann fangen sie an, das Spiel, das man treibt, zu imitieren; und dann weiß man nicht mehr, mit wem man spielt, mit sich selbst oder dem Ariel, denn sie übernehmen die Art, wie man es macht. Und die Kalibane schauen einfach nur zu. Bis die Grauen dann Steine herumtragen. Dann weiß man, was sie tun werden. Man weiß, was ihre Körperbewegungen bedeuten; und daß es ein Turm wird, und wie sie den Kreis anlegen, wie sie ihn bauen und beschützen. Die Grauen sagen nur einfache Dinge. Ihr Verstand ist nicht besonders. Sie drücken sich fast ganz mit Körpersprache aus, und sie geben ein paar Signale wie *Warnung* und *Hier halt!* und *Turm*. Mehr kann ich von ihnen nicht verstehen. Dieser eine Graue schob ebenso Erde herum wie Steine. Er schien zu spielen, oder er war noch dümmer, als ich zu dem Zeitpunkt dachte; er pflegte mit einer von Erde bedeckten Schnauze aufzutauchen, sich die Augen freizublinzeln, dann wieder hinabzutauchen und noch mehr Erde zu verschieben, bis ein Wallkamm daraus wurde; und als er aufhörte, kam der alte Narbe von dem Wall herunter und brachte den Grauen wieder in Bewegung, ihn und etwa drei weitere – ich weiß nicht genau, wie viele. Vielleicht mehr.

Und jener Kreis umgab mich. Es war nicht bedrohlich, eher wie ein Schutz. Er zog sich in verschiedene Richtungen, und von ihm aus zogen sich Ranken spiralförmig nach außen, so, wie es auch die Ariels machen.

Ich wurde tapfer. Ich versuchte mich damit, einen von der Sonne gewärmten Stein vor Narbe zu legen. Und das war nichts Erstaunliches. Man kann die Ariels mit dieser Maßnahme zu etwas bringen. Aber dann kam er herab – stand da und starrte mich an, und ich starrte zurück, in ein Auge, größer als mein Kopf, so groß, daß er mich auf diese Entfernung kaum sehen konnte, und dann dämmerte es mir, wie seine Sichtweise beschaffen sein mußte, daß diese Augen in einem größeren Maßstab sehen als meine. Für ihn bin ich eine Bewegung. Eine verschwommene Gestalt vielleicht.

Ich brachte ihn dazu, mir etwas Einfaches zu sagen. Er ging um mich herum, jetzt, wo mein Platz feststand; er sagte mir, daß Ärger aus Nordosten käme. Er sagte es mir mit Körpersprache, und dann konnte ich erkennen, was die von den Grauen gezogenen Spiralen bedeuteten, daß sie für mich eine Karte der Welt zeichneten. Ihr Landschaftsgefühl in einen kleineren Maßstab übertrugen. Oder sein Landschaftsgefühl. Oder es ging von ihnen allen etwas ein, sogar von den Ariels.

Die Kalibane schreiben auf der Welt. Sie schreiben die Welt als Mikrokosmos und verändern sie fortwährend. Sie haben keine Technologie. So etwas kann für sie keine Rolle spielen, Städte nicht, die Zivilisation nicht. Es sind keine Menschen. Aber dieses große Gehirn verarbeitet die Welt und gibt sie wider; es fügte mich den Wolkenfluß-Türmen hinzu. Er stand da und blickte mit einem Auge an mir vorbei, das zu groß ist, um mich so zu sehen, wie ich selbst es tue, und auf einmal empfand ich Ehrfurcht – das ist kein Wort, welches ich häufig gebrauche. Wirkliche Ehrfurcht. Ich wollte weinen, weil mir die Worte ausgegangen waren, weil ich es nicht herausbekam und auch nicht aufnehmen konnte, denn meine Augen und mein Gehirn sind nicht eingerichtet für das, was ich dort sah.

Und jetzt habe ich Angst. Ich setze einen Bericht auf, und sie werden mich für verrückt halten. Ich kann Genley schon sagen hören: »Jetzt *schreiben* sie auch noch. Holen Sie McGee zurück! Sie war zu lange draußen.«

Aber ich steige auf die Spitze des Turms hinauf – wie die Kalibane sich in die Idee der Türme verliebt haben müssen! Ihre Augen sind genau richtig dafür. Und dann denke ich an die quadratische Betonbasis, die wir gebaut haben, und habe kein gutes Gefühl. Wir bringen unsere großen Bagger herbei, um die Grauen herauszufordern, und wir bauen Dinge mit Winkeln.

Auf der ganzen Welt ziehen die Kalibane Spiralen. Aber hier am Wolkenfluß und am Styx sind sie zu Türmen übergegangen. Und menschlichen Gärten. Wir sind wie die Ariels und die Grauen. Ein Teil der Ökumene. Die Fähigkeit war vorhanden. Gott weiß, ob wir sie auslösten oder ob wir einfach nicht zu dem paßten, was sie die ganze Zeit über schon gemacht haben, über den ganzen Planeten hinweg, sich hierhin und dorthin vorwagend – und dieselbe Sprache sprechend, dieselben Muster in jedem Flußtal der Welt schreibend – und doch nicht dieselben. Die Spiralen variieren. Sie sagen Unterschiedliches aus.

Wie Styx und Wolkenfluß. Wie isolierte Türme und vereinigte Türme.

Zwei verschiedene Wörter für die Welt.

42

204 KR, Tag 355

Memo, Büro des Direktors an R. Genley
Unser Büro ist doch besorgt darüber, daß Berichte von Ihrer Gruppe selten geworden sind und weitgehend eine Routinesache. Bitte kommen Sie zu einer Besprechung in die Basis! Wir haben Nachrichten über die Bemühungen Dr. McGees.

204 KR, Tag 356

Memo, Basisdirektor an Leiter der Einsatzgruppen
Genley hat auf einen Bericht nicht reagiert. Er könnte zeitweilig
außer Verbindung mit uns sein, aber in Anbetracht der heiklen
Beziehungen zwischen den beiden Gemeinschaften und der
McGee-Situation denke ich, wir sollten dieses Schweigen als
eine Warnung verstehen. Ich schicke McGee einen weiteren
Rückruf. Ich glaube nicht, damit etwas zu erreichen, ob sie nun
mit Gewalt festgehalten wird oder ihre Weigerung echt ist, aber
es scheint mir eine Möglichkeit zu sein, sich der Genley-Frage
zu nähern. Ich hielte es nicht für klug, McGee darüber zu informieren, daß Genleys Gruppe keinen Bericht mehr erstattet;
wir können uns nicht darauf verlassen, daß diese Meldung sicher ist, egal, welche von mehreren Möglichkeiten eintritt.

Des weiteren werde ich darum ersuchen, die Orbitalüberwachung zu verstärken.

Empfehlen Sie allen Beobachtern vor Ort, mit ungewöhnlicher Vorsicht zu handeln.

Führen Sie auch eine gründliche Überprüfung der Spür- und
Warnsysteme der Basis durch. Der Winter steht vor der Tür.

205 KR, Tag 20

Auszug, Jahresbericht des Direktors,
übermittelt an Gehenna-Station
... Wir werden eine große Datenmenge hinaufschicken, die wir
im letzten Jahr angesammelt haben. Wir hatten beträchtlichen
Erfolg darin, Daten zu sammeln, die noch zu interpretieren
sind ... Wir haben den Kontakt zur Styx-Mission immer noch
nicht wiederherstellen können, und dies bleibt eine Quelle der
Besorgnis; und legt man Dr. McGees Studie zugrunde, so
steigt diese Besorgnis noch, obwohl bis jetzt die Möglichkeit
bestehen bleibt, daß Dr. Genley und sein Stab in einen Beob-
achtungsbereich eingetreten sind, der zu sensibel ist, um einen
freien Gebrauch der Kommunikationswege zu erlauben ...

Der Dr. McGee erteilte Verweis wurde angesichts außerge-
wöhnlicher mildernder Umstände widerrufen. Auf diese Tatsache sollte bei jeder Kommunikation mit der Behörde besonders
hingewiesen werden.

Dr. McGees Bericht, der im Anschluß hieran folgt, ist ein Dokument, gegen das viele Angehörige des Stabes gewichtige Einwände haben. Diese gegensätzlichen Meinungen folgen. Das Komitee mißt dem Bericht jedoch Bedeutung bei, denn er ist historisch bedeutsam in der einzigartigen Situation der Beobachterin, und er enthält Einsichten, die sich bei künftigen Analysen als nützlich erweisen könnten.

Bericht: Dr. E. McGee
... Unter erheblichen Schwierigkeiten habe ich es geschafft, in das Kommunikationssystem der Kalibane einzudringen, das es unmöglich macht, den Fluß irgendwelcher Informationen zwischen Styx und Wolkenfluß zu verhindern.

›... Ich habe bemerkt, daß die Tendenz besteht, den Begriff Gehennaner‹ als Bezeichnung für eingeborene Menschen zu gebrauchen und Kaliban als davon verschieden zu betrachten. Das könnte unzutreffend sein.

Die von den Kalibanen verwendete Kommunikationsmethode ähnelt, mit einigen bedeutsamen Ausnahmen, der einfachen Kommunikationen von Insekten. Es wäre aber ebenso stark vereinfachend, diese beiden Dinge direkt miteinander zu vergleichen, wie die Stimmgebung von Tieren mit der menschlichen Sprache zu vergleichen und darauf zu verweisen, daß sie akustisch in ähnlicher Weise produziert wird. Das Kalibansystem ist von solcher Vielschichtigkeit, daß ich lediglich durch die Oberfläche dringen konnte, um solch einfache Vorstellungen wie Richtung oder Verlangen nach Nahrung zu übermitteln ...

... Teilweise lag mein Zögern, diesen Bericht zu verfassen, an der Schwierigkeit, solche Daten umzusetzen und zu systematisieren; aber mehr noch lag es an der Bestürzung, die ich bei der wachsenden Überzeugung empfand, daß der gesamte Komplex von Voraussetzungen und Verfahrensweisen, auf den mein Bereich der Xenologie gegründet ist, angezweifelt werden muß.

Zu den Termini, die beim Umgang mit Kalibanen entweder aufgegeben oder weitgehend modifiziert werden müssen, gehören: ›Intelligenz‹; ›Kultur‹; ›Wesenszug‹; ›Sprache‹; ›Zivilisation‹; ›Symbiont‹.

Die eingeborene menschliche Bevölkerung Gehennas ist in

eine komplizierte Kommunikation mit dieser Lebensform eingetreten, die nach meiner Überzeugung einen eigenständigen Kurs verfolgt. Alles deutet darauf hin, daß dieser Kurs letztlich friedlich ist, obwohl ›Frieden‹ und ›Krieg‹ menschliche Vorstellungen sind und hier ebenfalls in Frage gestellt werden müssen, denn sie setzen irgendeine Regierungsform voraus, wozu die Kalibane sich als biologisch unfähig erweisen könnten.

Ich behaupte das mit Bedacht. Kalibane verstehen Dominanz. Sie üben unerwarteten Zwang aus. Sie begehen Selbstmord und fallen auch anderen Schäden emotioneller Natur zum Opfer. Aber was sie tun, hat keine Parallelen zu menschlichen Ambitionen. Es weicht davon in einem solchen Winkel ab, daß ein Konflikt zwischen Menschen und Kalibanen nur aus einer vorübergehenden Überschneidung territorialer Zielsetzungen resultieren kann.

Der Terminus ›Kaliban‹ selbst ist in der Anwendung fragwürdig, da er sich ursprünglich nur auf die Grauen zu beziehen schien. Braune und Graue dürfen jedoch auf gar keinen Fall durcheinandergebracht werden. Man hat Spekulationen angestellt, daß die Grauen ein anderes Geschlecht oder ein anderes Lebensstadium des Kalibans sind. Die Menschen, die sich mit ihnen auskennen, sagen, daß dies nicht zutrifft. Graue und Braune scheinen zwei verschiedene Spezies zu sein, die in Harmonie und enger Verbindung leben; und wenn man die Ariels mitzählt, sind es sogar drei.

Darüber hinaus scheinen die Ariels eine abstrakte Funktion des Mustersammelns zu erfüllen. Ohne selbst intelligent zu sein, sind sie ausgezeichnete Nachahmer. Um eine bizarre Analogie herzustellen: das System funktioniert technologisch. Die Kalibane benutzen einen lebendigen Computer, die Ariels, um Informationen zu sammeln und zu speichern, die sie selbst verarbeiten und bei der Führung ihrer schweren Maschinerie, der Grauen, verwenden.

Ich glaube, daß sich die Braunen schon lange über die Grenzen des Instinktverhaltens hinausentwickelt haben, daß sie nicht so sehr ihre Umwelt zu manipulieren, als vielmehr mit ihr zu interagieren gelernt haben; und weiter bin ich davon überzeugt (hierin liegt die einzige Definition von Intelligenz, die auf Lebensformen anwendbar ist, welche der Menschheit nicht analog sind), daß sie bis zu abstrakten Absichten bei ihren

Handlungen fortgeschritten sind. Der Styx und der Wolkenfluß sind nicht ihr Tigris und Nil, noch sollten sie es je werden. Wir müssen sie nicht als zivilisiert definieren, weil solche Unterscheidungen außerhalb ihrer Ambitionen liegen, wie Ambitionen vielleicht ganz über ihr Verständnis hinausgehen – kurz, ihre Absichten weichen von unseren ab. Sie scheinen ihre abstrakten Absichten kollektiv zu verfolgen, aber das sollte uns nicht dazu ermutigen, kollektive Absichten für einen wesentlichen Teil der Definition intelligenter Lebensformen zu halten. Das nächste Intelligenzwesen, dem wir begegnen, könnte sehr wohl die neuen Kriterien wieder umstoßen, die wir aufstellen, um Kalibane mit einzuschließen.

Das führt mich zu einem weiteren Punkt, der die Fortsetzung meiner Studien zu diesem Zeitpunkt absolut entscheidend macht. Diese Lebensform, deren grundlegende Art und Weise, einer Sache zu begegnen, wechselwirkend ist, hat begonnen, mit Menschen zu interagieren. Es könnte möglich sein, den Kalibanen begreiflich zu machen, daß sie vielleicht selbst eine weitere Ausbreitung dieser Wechselwirkung zu verbieten wünschen. Ich glaube, daß dies die Art Kommunikation ist, die sie begreifen können. Eine ›Aussage‹ dieser Art ist in ihrem Symbolsystem ausdrückbar. Meine Fähigkeiten reichen jedoch nicht aus, es ihnen zu unterbreiten. Ein sechs Jahre altes eingeborenes Kind könnte es formulieren – falls dieses Kind die Gesamtheit des Problems verstünde, aber ich bezweifle, ob dies ein eingeborener Erwachsener täte. Darin besteht unser Dilemma. So sehen menschliche Ambitionen aus. Wir sind ganz sicher, daß dieses Wort zu *unserem* Vokabular gehört.

Was mich zu meiner drängendsten Sorge führt.

Die Kalibanmuster zeigen eine Unruhe am Styx. Diese Muster haben ein zunehmend dringlicheres Aussehen. Die Wallbauten, die Sie zweifellos aus dem Orbit am Wolkenfluß beobachten, sind nichts Geringeres als ein Schutzwall, *und* eine Botschaft, eine Aussage, daß dort Gefahr im Anzug ist.

Ich bin vielleicht objektiv genug, um die Frage zu stellen, welche von den beiden verschiedenen Mensch/Kaliban-Kooperationen, die sich entwickelt haben, in Kalibanbegriffen die gesündere ist. Ich denke, ich weiß es. Am Styx verzehrt man Graue.

Bericht, Dr. D. Hampton

... Was Dr. McGees Behauptungen angeht, so ist der Bericht wertvoll, vor allem aufgrund dessen, was zwischen den Zeilen steht. Ich muß jedoch mit persönlichem Bedauern und ohne Vorurteil darauf hinweisen, daß der Bericht nicht in präzisen Begriffen abgefaßt ist, daß das Bemühen Dr. McGees, eine neue Terminologie zu prägen, uns keine präzisen Informationen darüber gibt, was die Kalibane wirklich *sind,* eher, was sie *nicht* sind. Eine Definition in negativen Begriffen, die jedes methodische Vergleichssystem niederzureißen versucht, daß in Jahrhunderten der Beoachtung des Verhältnisses zwischen Lebensformen, einschließlich nichtmenschlichen Intelligenzen, bei der Feldarbeit aufgebaut wurde, ist ein Makel, der den Wert dieses Berichtes in ernster Weise unterhöhlt. Und mehr, die vagen Annahmen, die Dr. McGee über Wertestrukturen, über Gut und Böse bei den Kalibanen anstellt, erwecken den Verdacht, daß sie dem üblichsten Irrtum bei solchen Studien zum Opfer gefallen ist und jetzt ohne weiteres alles glaubt, was auch ihre Informanten glauben, ohne eine unparteiische Logik anzuwenden und ihre Aussagen auf beobachtbare Tatsachen zu beschränken.

Ich fürchte, wir finden hier mehr Hypothesen als Substanz.

43

205 KR, Tag 35
Styxufer

Die Sonne brach durch und brachte etwas Aufheiterung in die schilfbestandene Ödnis um Parms Turm, glänzte golden im Wasser und machte schwarze Speere aus den Schilfgräsern. Ein Kaliban schwamm dort. Genley beobachtete das Kräuseln auf der goldenen Fläche. Weitere Kalibane saßen entlang des Ufers, zeigten schon den ganzen Tag lang jene Haltung, die besagte, daß etwas nicht stimmte.

Reiter kamen herbei, schlurften über die flußaufwärts führende Straße. Das war die Quelle der Unruhe. Irgendwie hatten die Kalibane es schon vorher erfahren, es auf ihre eigene unheimliche Art herausgefunden.

Die Reiter kamen. Mit ihnen Lord Jin.

Jeder Kaliban, der Jins Dorn sah oder roch, reagierte darauf. Er fegte heran wie ein Sturm, der Eindruck schierer Macht, der alle anderen beeinflußte, der Kalibane und Ariels gleichermaßen zum Rückzug trieb oder in die Wachstellung am Ufer. Jin traf mitsamt seiner Begleitung ein, ohne Wort oder Warnung, untadelig und derselbe wie immer – die Sache oben im Norden war geregelt, überlegte sich Genley. Geregelt. Vorbei. Er rappelte sich mit den wenigen Fischen, die er aufgespießt hatte, von seinem Felsen auf und eilte zurück, platschte durch das seichte Wasser und hastete an den spärlichen kultivierten Flächen vorbei, die sich Parms Turm leistete.

Also war ihre Isolation beendet. Zwei Monate des Abgeschnittenseins in dieser relativen Öde, zwei Monate des Fischens und des Gestanks von Wasser und Fäulnis, mit einem Parm, der bissig war angesichts der Außenseiter in seiner Halle. Lord Jin ließ sich nun dazu herab, sie sich zurückzuholen.

Genley lief nicht gleich unter Jins Augen. Er holte Kim und Mannin von ihren Beschäftigungen, Kim vom ewigen Skizzieren von Artefakten und Mannin von seinen Notizen.

»Sie wissen, wie Sie mit ihm umgehen müssen«, warnte er sie. »Fest und ohne zurückzuweichen! Auch nicht ungeduldig! Wenn wir gleich zu Anfang nach der Kom-Ausrüstung fragen, landen wir wahrscheinlich am Grund des Styx. Sie wissen, wie er ist. Und morgen tut es ihm dann leid. Bringen Sie das Thema nicht zur Sprache, verstanden?«

Ein mürrisches Nicken von Kim. Mannin wirkte verängstigt. Es war keine leichte Zeit gewesen. Kim hatte zu den beiden während der vergangenen zwei Wochen wenig zu sagen gehabt.

»Hören Sie!« sagte Mannin. »Ich will nur eines, nämlich auf der Stelle in die Basis zurückkehren.«

»Wir schicken Sie in einen Einsatzurlaub, sobald wir die Gelegenheit finden«, antwortete Genley. »Verderben Sie es nur nicht, ja? Tun Sie es bloß nicht! Wenn Sie alles durcheinanderbringen, überlasse ich es Ihnen, einen Ausweg zu finden.«

Mannin schniefte, wischte sich die Nase ab, die ständig lief, seit er hierher zurückgekehrt war. Der naßkalte Winter und der hartnäckige Nebel fast in Sichtweite, ungeheuer weit von der Basis entfernt, den Styx zwischen sich und den Annehmlichkeiten von Grüns Turm, dem hochgelegenen trockenen Land, wo der Winter nicht Sumpf und Morast bedeuten konnte.

»Kommen Sie schon!« sagte Genley und ging ihnen voraus.

Dein Problem, hatte Jin einmal gesagt. *Deine Männer. Dein Problem.*

Und sie drei gingen auch dorthin, wohin jede andere Person mit Status in der Gemeinschaft unterwegs war, zum Turm, um nachzusehen, was es für Neuigkeiten gab.

44

205 KR, Tag 35
Parms Turm

Die Halle raschelte vor Kalibanbewegungen, nervösen Bewegungen. Dorn hatte sich einen Platz gesucht, und Parms Klaue war ihm ausgewichen, gezwungen durch etwas, dem er sich nicht widersetzen konnte; und unterhalb von ihm ordneten sich die übrigen Kalibane der Neuankömmlinge nach den Dominanzverhältnissen an. Sie hatten gekämpft, dort, woher sie kamen. Ihre Stimmung war gewalttätig und die ihrer Reiter auch, und es war nicht gerade eine gute Gelegenheit, die Halle zu betreten. Genley erkannte das jetzt, aber es gab keinen Weg mehr hinaus. Sie standen dort an der Wand, die letzten, die hereingekommen waren; kein Kaliban trieb sie weg. Schuppige Leiber umschlossen den Raum und ringelten sich und peitschten an der Peripherie mit den Schwänzen.

»Verschwinden wir von hier!« meinte Mannin.

»Bleiben Sie ruhig!« sagte Genley und zerrte an seinem Arm. Mannin verstand die Lage nicht, wußte selbst jetzt noch nicht, was es bedeutete, auf halbem Schritt stehenzubleiben, eine Geste, eine einzige Bewegung in der Gesellschaft von Jägern zurückzunehmen. Er roch nach Angst und Schweiß. Er fürchtete sich vor den Kalibanen. Nicht vor einzelnen, aber wenn sie alle beisammen waren. »Benutzen Sie Ihren Verstand, Mann!«

»Benutzen Sie Ihren!« gab Kim von der anderen Seite zurück und ging. Verließ den Raum.

Mannin eilte ihm nach, erniedrigte sich und floh.

Und da nahm Jin schließlich Notiz von Genley, blickte durch

den Raum zu ihm. Ohne sich um das eben Geschehene zu kümmern, zog er sich das Lederhemd aus. Frauen aus Parms Schar hatten ihm Wasser in einer Schüssel gebracht. Andere Männer blieben schlammbedeckt, kümmerten sich um die Kalibane. Ein paar Unheimliche hatten sich eingeschlichen und brachten eine gewisse Ruhe mit sich, legten die Hände auf die Kalibane und regelten die Situation.

Jin hob leicht das Kinn, blickte Genley dabei direkt an, während die Frauen ihm die Hände wuschen. *Komm her!* besagte es.

Genley überquerte das Schlachtfeld, wand sich vorsichtig zwischen den Kalibanen hindurch, die dazu übergegangen waren, einander verdrießlich zu bewachen. Was er tat, war gefährlich. Aber die Unheimlichen waren ja da. Ein Mann wußte einfach, wie weit er sich nähern durfte, so auch Genley. Und dann stand er Jin gegenüber, der ihn anscheinend mit Befriedigung von Kopf bis Fuß musterte. »Gen-ley.« Die Augen hatten wieder ihre alte Kraft. Aber eine neue Narbe war zu den übrigen hinzugekommen, die Jins Körper weiß und rosa zeichneten. Sie war auf seiner Schulter, dicht am Hals, ein häßlicher, verschorfter Streifen. Weitere Narben waren bereits nur noch rotes, neues Fleisch. Genley vergaß immer wieder, wie klein Jin war. Das Gedächtnis zeichnete ihn immer groß. Jetzt hielten ihn die dunklen Augen fest, versuchten ihn einzuschüchtern und dahingehend auf die Probe zu stellen, wie lange er den Blick erwidern konnte, so, wie es Jin bei jedem Mann versuchte, dem er begegnete.

Genley sagte nichts. Geplauder brachte bei Jin nichts ein. Die Jäger hatten einen anderen Stil. Viel gaben sie mit Handzeichen weiter, mit subtilen Bewegungen, einem Schulterzucken, dem Fixpunkt der Augen. Schweigen umgab sie jetzt. Genley war nur einer von denen, die Jin hofierten, und einige von ihnen waren schlammbespritzt und hochgradig geladen.

Parm war da, mitsamt seiner Schar; auch Blau, Blau mit den verrückten Augen, der, wenn Jin überhaupt eine Schar hatte, der erste in diesem bunten Haufen war, von Jin einmal abgesehen. Blau war ein großer Mann, dem ein halbes Ohr fehlte unter dem von weißen Strähnen durchzogenen Haar, das ihm bis auf die Schultern fiel. Jetzt bestand es nur aus Schlammsträhnen.

»Wie viele sonst noch?« fragte Parm laut, verzichtete auf Signale, denn Jin wandte ihm die Schulter zu.

»Ich werde noch mit dir darüber sprechen.« Jin blickte Parm nicht an. Er nickte kurz zu Blau hin. »Mach dich schon sauber ...« Sein Blick kehrte zu Genley zurück. »Mit dir rede ich, mein Vater!«

»Wie ist es gelaufen?« wollte Genley wissen.

»Habe ihn erledigt«, sagte Jin, was bedeutete, daß ein Mann tot war. Vielleicht nicht nur einer. Eine Schar war wohl mit ihm untergegangen. Die Frauen. Jin schnürte sich die Reithose auf, setzte sich auf den irdenen Sims, um die schlammbedeckten Stiefel auszuziehen. Die Frauen halfen ihm, stellten die Stiefel weg. Er stand auf und zog sich die Hose aus, reichte auch sie den Frauen, schöpfte Wasser aus der angebotenen Schüssel und hob es ans Gesicht. Es lief in schlammigen Bächen wieder herunter, und er schöpfte noch eine zweite und dritte doppelte Handvoll. Das Wasser bildete einen Teich um seine Füße. Frauen brachten noch eine Schüssel und dazu Kleider, und er hielt still, während sie mit Bechern Wasser über ihn gossen und den Schlamm abspülten, sich dann an sein Haar machten. Unten entstand ein kleiner See.

»Bleibst du eine Zeitlang hier?« fragte Genley.

Jin winkte, gebot dem Waschen Einhalt, griff dann nach einem Badetuch, das ihm ein Frau hinhielt, und wickelte es um sich.

»Ein Bad ist bereit«, sagte Parms Schwester.

Er scheuchte sie weg. Streckte die Hand unter dem Tuch hervor. Ein Becher wurde gereicht. Er sah nicht ein einziges Mal hin, sondern führte ihn gleich an die Lippen und trank, blickte unterdessen zu Genley auf. Er war nicht in milder Stimmung. Genley erkannte diese Stimmung. Hinter Jin ruhte Dorn, nur teilweise entspannt.

»Gefällt dir Parms Turm?« fragte Jin.

»Es ist feucht hier.«

Jin lachte nicht. Starrte ihn nur an.

»Habe nicht gedacht, daß es so lange dauern würde«, wagte Genley zu äußern, drängte weiter, war zu dem Urteil gekommen, daß er drängen mußte. Und dem jungen Bastard ein Kompliment machen mußte, falls er es so verstand.

Es gefiel Jin zum Teil. Genley bemerkte das Blinzeln. Der

Mund veränderte die Stellung nicht. Jin deutete mit dem Becher. *Setz dich!* Jin nahm auf dem Sims Platz. Der Boden war noch feucht von dem Wasser, das nicht die Schräge in die Dränage hinuntergeflossen war. Genley ignorierte die Aufforderung, wollte nicht aufsehen müssen, nahm aber eine bequemere Haltung ein. Das war in Ordnung. Die Einladung war kein Befehl gewesen. Jin blies die Wangen auf und stieß einen langen Atemzug hervor.

»Am Styx ist es kalt«, meinte er.

»Hier drin auch. Keine Frauen hier.«

Jin blickte verblüfft auf.

»Hier wurde dieser Frage keine Aufmerksamkeit geschenkt«, erzählte Genley.

Jin blinzelte, blinzelte noch einmal, und ein leichtes niederträchtiges Lächeln breitete sich um seine Mundwinkel aus. »Vergiß es! Dieser alte Schweinehund Parm.« Er lachte, lautlos, ein Hecheln, ein Zittern der Schultern. »O mein Vater, die ganze Zeit! Armer Genley!« Er wischte sich die Augen. »Keine Frauen!« Er lachte wieder, winkte mit dem Becher. »Wir werden das in Ordnung bringen.«

Genley betrachtete ihn gekränkt. Er hätte gerne noch mehr über Parm gesagt, aber eine ganze Liste erschien ihm riskant. Er verschränkte die Arme und blickte auf Jin hinunter. »Meistens«, sagte er, »habe ich gefischt. Am Ufer ein wenig gejagt. Im Sumpf. Habe nichts gehört, keine Neuigkeiten erfahren. Also bist du mit diesem Bastard Mes fertig geworden.«

»Ja.«

»Möchte mit dir sprechen, sobald du Zeit hast.«

»Über was?«

»Wenn du Zeit hast.«

Die Brauen wanderten nach unten, ein sofortiges Stirnrunzeln. »Aber ich habe immer Zeit«, meinte Jin, »wenn es um Neuigkeiten geht.«

»Ich sagte schon, daß ich keine Neuigkeiten habe. Darum geht es ja. Wenn wir über einen bestimmten Punkt hinaus sind, wird die Basis Fragen stellen.«

»Sollen sie fragen!«

»Sie werden jetzt schon wissen, daß oben im Norden gekämpft wurde. So etwas sehen sie. Sie werden sich die Antworten zurechtlegen.«

»Sollen sie doch! Was werden sie tun?«

»Ich weiß nicht, was sie tun werden.«

»Aber außerhalb des Zaundrahtes mischen sie sich nicht ein.«

Genley machte sich darüber Gedanken, war plötzlich vorsichtig geworden. Die Haltung zeigte im Jägerstil eindeutig, daß es eine Frage war.

»Bis zu einem gewissen Punkt trifft das zu«, schützte er sich. »Ich weiß nicht, was sie tun werden. Es besteht keine Notwendigkeit, sie zu irgend etwas anzustacheln.«

»Sag mir, Gen-ley, wie sind sie? Wie du – oder wie Mannin? Wie Kim?«

Genley runzelte die Stirn, bemerkte, daß er unter Druck gesetzt, Punkt für Punkt zurückgetrieben wurde, und daß Jin die Richtung bestimmte. »Fragst du, was die Basis wohl täte, wenn sie von uns nichts hören würde?«

»Vielleicht haben wir das bereits herausgefunden.«

»Was meinst du damit?«

Die dunklen Augen ruhten auf ihm, richteten sich wieder auf die Wand. Jin nahm einen Schluck und schürzte die Lippen. »Es sind Mannins.«

»Manche sind es, manche nicht.« Genley hockte sich hin, die Arme auf den Knien, um Jin in die Augen zu blicken. »Hör mir einmal zu! Es gibt eine Grenze. Immer. Ich erzähle dir etwas, was gut für dich ist. Du möchtest Rat, und ich gebe ihn dir. Du hast den Styx in die Hand bekommen; hast Straßen, Gestein, hast Wege gefunden, als der Mann verzeichnet zu werden, der diese Ansammlung von Türmen zu etwas gemacht hat, was die Sternenmenschen respektieren müssen, verstehst du? Du hast es alles in der Hand. Aber du kannst mit der Basis nicht umspringen wie mit dem kleinen Turm-Lord oben im Norden, das sage ich dir. Stell dir einen Sturm vor, so groß wie die ganze Basis, stell ihn dir am Himmel vor, über deinem Kopf: das ist die Station, und sie beobachtet die ganze Welt. Sie hat weitere Beobachter rings um die ganze Welt verstreut, und so kann sich nichts bewegen, was sie nicht sehen. Stell dir darüber hinaus hundert solcher Türme vor, stell dir ein halbes Dutzend Welten vor, alle so groß wie ganz Gehenna, wo Millionen von Türmen stehen – kannst du in Millionen rechnen, Jin? Das ist viel mehr als Tausende. Mehr Türme, als man zählen kann. Du handelst

386

dir einen Kampf mit der Basis ein, Jin, darauf läuft es hinaus! Wenn du mit der Basis verhandeln möchtest, dann wird sie auch verhandeln, aber *noch nicht!*«

Jins Gesicht war starr. »Wann«, fragte er mit ganz ruhiger Stimme, »wann wird die Zeit gekommen sein?«

»Vielleicht nächstes Jahr. Vielleicht gehst du dann an den Draht. Ich werde es organisieren. Ich spreche mit ihnen. Es wird seine Zeit brauchen. Aber sie werden früher oder später auf mich hören, wenn nichts passiert, was die Sache verdirbt. Wir bringen sie dazu, mit dir zu reden. Das als erstes. Dann werden wir ihnen klarmachen, daß sie mit dir verhandeln müssen. Wir können das erreichen. Aber du wirst gar nichts erreichen, wenn du dich gegen die Basis stellst. Denn da existiert nicht nur die Basis, die du sehen kannst, sondern noch mehr, was du nicht siehst. Sie sind nicht schwach. Sie wissen, daß auch du es nicht bist. Hör auf mich, und man wird überall in den Territorien der Sternenmenschen von dir erfahren! Sie werden dich kennenlernen.«

Etwas glitzerte in den Tiefen von Jins Augen, etwas Dunkles. Das Stirnrunzeln vertiefte sich. Er setzte den Becher ab, raffte das Tuch zwischen den Knien zusammen und beugte sich vor. »Warum haben sie dann MaGee geschickt?«

»MaGee spielt keine Rolle.«

»Sie haben diese Frau geschickt. Diese *Frau,* Ma-Gee!« Jin holte Luft. Er zitterte, als er sie wieder hervorstieß. »*Reden,* sagst du. Erzähl mir, Gen-ley, was diese MaGee da unten am Wolkenfluß zu Elai sagt. Sagt sie ihr, daß die Sternenmenschen mit ihr reden werden – ist es das, was *sie* ihr erzählt?«

»Es spielt keine Rolle, was McGee sagt. Elai ist *nichts.* Sie haben nichts, was sich mit deinen Errungenschaften vergleichen ließe. Setz die nicht aufs Spiel!«

»Sie machen einen Dummkopf aus mir. Sie machen einen Dummkopf aus mir, *Gen-ley!*« Die Adern standen an seinem Hals und seinen Schläfen hervor. »Ich vernichte einen Mann, seine Gruppe, seine Frau, seine Kinder – aber da sind noch mehr. Weißt du, warum, *Gen-ley?* Diese Frau. Diese Frau am Wolkenfluß. Warte, sagst du. Sprich mit der Basis! Meine Männer sagen etwas anderes. Meine Männer haben bereits gewartet. Sie sehen mich Straßen bauen und Felder anlegen – sie hören, daß ihr Feind stärker wird, daß diese MaGee sich im

387

Ersten Turm befindet, wie du hier. Warte, sagst du. Nein, mein Vater!«

»Sei kein Dummkopf!« Das falsche Wort. Genley erkannte es, packte Jins Handgelenk so fest, wie er nur konnte. »Sei keiner! Du läßt doch nicht diese Frauen planen, was du tust, oder? McGee bedeutet nichts. Elai ist deine Zeit nicht wert. Laß sie doch! Du kannst mit der Basis verhandeln, ohne daß sie dabei eine Rolle spielen. Sie sind nicht wichtig.«

»Du bist hier der Dummkopf, *Gen-ley!* Nein. Diese MaGee, diese Elai, das reicht jetzt! Es ist *Winter,* mein Vater!«

Genley spürte eine Kälte, die nichts mit dem Wetter zu tun hatte. »Hör auf mich!«

»Männer sind hierher unterwegs«, sagte Jin. »Sie kommen von jenseits des Styx. Tausende. Was ich mit Mes getan habe – wird am Wolkenfluß doppelt so schlimm ausfallen. Vor den Augen dieser Frau.«

»Hör mir zu! So regelt man das nicht!«

»Doch, so macht man es!« meinte Jin.

»Oder bekommt die Basis auf seine Seite.«

»Ich weiß, wo die Basis steht«, sagte Jin. »Und du kannst mit mir kommen, Genley. Verstehst du? Du reitest mit uns. Du und deine Männer. Ich will dich bei mir haben!«

»Nein, ich mache da nicht mit!«

Die dunklen Augen bohrten sich in Genleys. »Aber du bist schon drin. Auf meiner Seite. Für den Fall, daß diese MaGee etwas hat. Und deine Basis, sie wird sich nicht einmischen. Und sie wird trotzdem mit mir verhandeln. Es wird sonst niemanden mehr geben, mit dem sie verhandeln kann, meinst du nicht?«

»Wo ist der Kom?«

»Irgendwo«, sagte Jin. »Nicht hier. Falls du sie anriefst – was würden sie tun?«

Nichts, dachte Genley. Er stand mit finsterem Gesicht auf, zitterte beinahe, aber das durfte er auf keinen Fall. Er rammte die Hände hinter seinen Gürtel.

»Nichts«, meinte Jin und lehnte sich zurück. »Später geht es auch noch.« Er wickelte das Badetuch fester um sich und lächelte mit halb geschlossenen Augen zu Genley hinauf. »Geh und besorg dir eine Frau! Wird dir guttun, *Gen-ley!*«

205 KR, Tag 48
Wolkenfluß-Türme

Etwas stimmte nicht. Elai wußte es. Es war wie eine große Woge zum Ufer des Wolkenflusses geschwappt, so als würde ein Sturm aufziehen, wie der plötzliche Hauch eines Wandels im Winterwind, wie diese beiden Dinge, aber es war ein Sturm im Bewußtsein der Kalibane, ein unaufhörlich wehender Sturm, so daß die Sonne jeden Tag über neuen Formen in den Mustern am Wolkenfluß aufging, so daß Wälle fortwährend neue Gestalt annahmen und die weiche Erde in heftiger Bewegung war, zusammenbrach, aufstieg und wieder fiel. Die Unheimlichen drückten ihren Schmerz in Mustern aus; die Arbeit in den Türmen wurde desorganisiert, und die Behausungen wurden unordentlich durch die Vernachlässigung. Winterarbeit war zu tun; und die Reiter und Handwerksleute kümmerten sich allein darum, um die kleinen Ausbesserungen der Wände nach einem Regen, das Abstützen mit Steinen.

Die Unheimlichen gaben weitgehend auf, und die Kalibane wurden unruhig; die Kinder waren gereizt, schmollten und zogen sich zurück, denn auch sie lasen die Muster. Wolke wurde reizbar; Taem blieb meistens für sich; Din ging zwischen dem Dach und den tieferen Bereichen hin und her und hatte die Stirn gerunzelt.

Es war unmöglich, sich vom Dach fernzuhalten: Elai ging hinauf, um zu sehen, was auf der Welt geschrieben stand, tat es zwanghaft den ganzen Tag über. Andere verhielten sich genauso. Und so fand sie McGee, die über die Mauer hinausblickte.

Reiter, es waren Dain und Ast, hatten ihre Arbeit unterbrochen, nackt bis zur Hüfte und schwitzend in der unzeitgemäßen Sonne, die Arme schlammbedeckt von der Reparatur der Wand. Zwei von Elais Söhnen waren da, Taem und Wolke. Die Kinderschwestern standen da und hatten Wolke vergessen, und Taem – Taem saß neben einem alten Unheimlichen, saß einfach nur da, im Schutz der Mauerbrüstung, die nackten Arme um die Knie geschlungen.

Elai blickte an McGee vorbei hinaus, hatte die Sonne im Rücken, und ihr Schatten fiel lang über das aus gebranntem Lehm bestehende Dach, die unregelmäßigen Fliesen, die gezeichnet waren von Generationen von Kalibankrallen und erodiert vom Winterregen. Ein dösender Ariel bemerkte, daß ein Schatten auf ihm lag, und wich zur Seite aus, strebte wieder in die Sonne. Überall auf dem Dach wurden die Ariels lebendig, und dann bewegten sich auch die Kalibane, denn Narbe kam aus dem Eingang hervor, schob sich an Elais Seite und erhob sich schwerfällig auf die Brüstung, stemmte sich auf eine schuppige, krallenbewehrte Tatze, um die Welt in Augenschein zu nehmen, sank dann wieder herab und marschierte an der Brüstung entlang, zertrampelte die von den Reitern neu gelegten Fliesen, zerstörte, was sie fertiggestellt hatten.

»Etwas ist geschehen«, meinte McGee und deutete nach draußen. »Das Styxmuster. Etwas ist daraus entstanden.«

»Ja«, sagte Elai. Der Wind zerrte an ihren Gewändern, an ihren Körpern, an ihrem Haar und dem McGees.

»Was geht da vor?« fragte McGee. Und als Elai nichts sagte: »Ist etwas vom Styx losgezogen?«

Elai zuckte die Achseln. Trotz der Wärme des Tages war der Wind kalt.

»Erste«, wandte sich Dain von rechts her bittend an sie, zusammen mit Ast und den anderen. *Erste*, als ob sie es wiederherstellen könnte. Sie sah nicht hin. Sie trat neben McGee, legte die Hände auf die Brüstung und starrte hinaus auf die Welt.

»*Haben sie sich in Marsch gesetzt?*« beharrte McGee.

»Ja«, sagte Elai. »O ja, MaGee, sie sind aufgebrochen.«

»Sie kommen her.«

Elai blickte sie an, und sie empfand eine seltsame, traurige Süße. *Oh, MaGee*, dachte sie. Ihr ganzes Leben lang hatte sie hierauf gewartet. Und jetzt, wo es eingetreten war, hatte sie jemanden, den es wirklich erschreckte. »MaGee, meine Freundin.« Dann lächelte sie, war gar nicht so bestürzt, wie sie hätte sein sollen. »Du bist einfältig.« Aber um es ihr leichter zu machen, legte sie McGee eine Hand auf die Schulter, drehte sich dann um und ging zum nach unten führenden Eingang, ignorierte die Blicke all der anderen.

»*Erste!*« hörte sie McGee hinter ihr herrufen. »*Elai!*«

Sie blieb stehen, seltsam gelassen an diesem Tag.

»Ich muß die Basis warnen«, sagte McGee.

»Nein! Keinen Kom!«

»Sind sie in Gefahr?« fragte McGee.

Sie starrte McGee an. Sie mußte an andere Dinge denken. Noch mehr Leute kamen mittlerweile von unten. Einer davon war Din, begleitet von Dreistein. Neben ihnen allen standen Dain und Ast und warteten immer noch. »Erste!« fuhr Dain sie gereizt an. »Was ist zu tun, Erste?«

Drei von den Ältesten waren heraufgekommen, und ihr weißes Haar flatterte im Wind. Da stand Din, ihr Sohn, die Hände auf den Rücken gelegt, und sein Brauner hatte den Kamm gehoben und näherte sich mit steifen Beinen Narbe.

Whhhhhsssss! Narbe bewegte sich, packte den jungen Kaliban mit dem Maul und hob ihn hoch, und niemand regte sich auf dem Dach für die Dauer eines lange angehaltenen Atemzuges, bis Narbe sich entschied, Dreistein wieder loszulassen.

Soviel, was jugendlichen Ehrgeiz anging, geboren aus den Möglichkeiten des Augenblicks. *Warte, bis du an der Reihe bist!* dachte Elai, während sie ihren Sohn eiskalt betrachtete, wandte ihm dann geringschätzig die Schulter zu, machte sich nicht einmal die Mühe, dem Jungen ihren Zorn auszudrücken.

Das war grausam. Kurz danach hörte sie ihn das Tageslicht fliehen, ein Scharren von Krallen, das Tappen nackter Kinderfüße, das den Turm hinab verschwand, während Narbe befriedigt den Kamm wieder senkte. Es kam zu noch einem Rückzug, einem langsameren, und es war Wolke mit seinen Kinderschwestern. Taem jedoch war geblieben, als sie nachschaute, der kleine Junge mit den nackten Knien, der mit der kühlen Beobachtung eines Unheimlichen dem zugesehen hatte, was zwischen ihr und Din vorgefallen war. Und so wußte sie an diesem Morgen, daß Taem für immer gegangen war, und es war ihr unangenehm und vervollständigte ihren Zorn auf die Welt.

Das bedeutete es, Erste zu sein. Von dem Zeitpunkt ihrer Kindheit an, als Narbe zu ihr gekommen war und sie zu dem gemacht hatte, was sie war; und jetzt dieser armselige Braune Dins, noch jung und ohne große Chancen, älter zu werden ...

Am klügsten war es, die Rivalen zu töten, wenn solch ein trennender Sturm heranzog. Sie kämpfte nicht allein gegen diesen Stygier, sondern es ging um etwas viel Allgemeineres. die Rivalen töten, die Türme vereinigen. Das war es, was Jin bisher schon getan hatte – einen nach dem anderen.

Sie machte ein paar Schritte und sah sich um, und Kalibane

und Ariels regten sich wie eine schuppige Welle, einen Rollen goldener und meergrüner Augen, die ganz auf sie gerichtet blieben. Sie blickte über die Turmbrüstung hinaus auf die Muster, den Fluß, die Türme, das schimmernde Meer, in das der Fluß mündete. *Geh und bring!* signalisierte sie abrupt, Dain zugewandt; und sie fügte laut hinzu: »Paeia!« Dain eilte in wilder Hast los. »Taem!« fügte sie hinzu, und der Befehl brachte Dain dazu, sich am Eingang umzudrehen, Verwirrung im Gesicht.

»Bring auch ihn!« sagte Elai. »Sag ihm, er soll auf seine Manieren achtgeben! Er weiß Bescheid.«

Sie hoffte, daß er es tat. Sie spürte selten Taem aktiv in den Mustern. Die Neuen Türme waren isoliert; und für Taem bildeten die Kalibane der Zwölf Türme ein Gewinde mit einem schweigenden Zentrum. Paeia zeichneten sie als der Sonne zugewandt und voller Aktivität; aber Taem war schweigsam wie sein Sohn.

»Sie bringen«, wiederholte Dain, als ob er etwas hätte mißverstehen können. »Und wenn sie nicht kommen wollen?«

Taem, meinte er damit. *Wenn Taem nicht kommen will.*

Sie gab ihm keine Antwort. Dain ging. Vielleicht hatte auch ihr Sohn alles gelesen; vielleicht hatte er seinen Tod dort draußen gelesen, als Muster auf das Ufer gezeichnet.

Gewalt, hatte sein Kaliban signalisiert. Verzweifelt, nicht komisch, ein junger Kaliban, zu jung für eine solche Herausforderung. *Mutter, ich will leben!*

Sie hatte ihr ganzes Leben lang darauf gewartet, und ihr Sohn auch. Elai wollte jetzt allein sein, nur mit McGee zusammen und mit Narbe, nicht mehr unter diesen starren Blicken, hinter denen jetzt Überlegungen abliefen – ob sie jetzt sterben würde, ob sie das mit dieser Einladung derer vorhatte, die für ihr Leben am gefährlichsten waren. Sie war schwach; sie hinkte. Sie hatte Schmerzen, wenn es regnete. Und ihre Erben waren unter zwölf.

Wirst du sterben? fragten die Blicke sie. Manche hielten das vielleicht für das Sicherste. Aber ihre Reiter hatten Grund, es zu fürchten, waren zu loyal gewesen, hatten ihr zu unmittelbar gedient. Der Wind schien einen Wandel anzuzeigen, der für sie gefährlich war.

Gib mir Sand! bat sie den betagten Unheimlichen; und es war Taem, der ihn in einem kleinen Ledersack brachte, sich neben ihr niederhockte, als sie sich herabbeugte und mit dem Sand Muster bildete. Weitere Menschen versammelten sich um sie, schirmten sie vor der Sonne und dem Wind ab.

Sie zeichnete den Fluß für sie, rief das große Muster auf dem Ufer zurück. Sie formte die Windungen der Wälle mit Sand, der aus ihrer Hand strömte, schnell und zügig, und verkündete die Ankunft von Paeia und Taem, ihren gemeinsamen Vormarsch. Ariels steckten ihre Schnauzen an menschlichen Füßen vorbei hinein, mischten sich in Elais Werk ein, versuchten geistlos, es in die Muster zurückzuformen, die auf dem Ufer geschrieben standen. Zukünfte machten den Ariels Kummer, denn sie waren niemals bereit für den Wandel, zu sehr mit dem *Jetzt* beschäftigt. Elai hob den Hartnäckigsten hoch; er wurde stocksteif, und sie setzte ihn grob zurück. Er erwachte wieder zum Leben und eilte davon, um aufzupassen. Ein Grauer schob seine Schnauze auf Schenkelhöhe der Umstehenden herein.

So entwarf Elai ihr Muster, während Taem mit den Ellbogen auf den Knien neben ihr hockte; und dieser Unheimliche, ihr Sohn, würde es an die Braunen weitergeben, und auch der Ariel und der Graue würden es verbreiten. Sie gab die Herausforderung Jins zurück. Sie hatte ihn gerade beleidigt, das Muster, welches der Styx war, neu gezeichnet.

Elai stand wieder auf und staubte sich die Hände ab, erhob sich ohne auf Asts angebotene Hilfe einzugehen. Jemand fügte eine Handvoll Steine dem hinzu, was sie gezeichnet hatte, schmückte die Beleidigung aus. Gelächter erklang.

Aber es war nervöses Gelächter. Und anschließend, überlegte Elai, würden sie laut flüstern innerhalb des Turms, mit den Stimmen sprechen, es nicht wagen, Muster ihrer Gedanken zu zeichnen, wo Kalibane sie vielleicht lesen könnten.

Elai ist am Ende.

Wenn sie persönlich geht, wird sie nicht zurückkommen.

Wenn Jin herkommt, wird Rache genommen; allein die Fischer könnten überleben – könnten.

Aber wenn sie zur Seite tritt, haben wir keine Stabilität mehr.

»Geht weg!« sagte sie, und sie gingen. Damit gewährten sie dem Wind Zutritt zu ihrem Muster, und der Sand wurde in Streifen über den steinernen Boden getrieben, als gäbe ihr der Wind Muster zurück und verhöhnte ihre Torheit.

McGee blieb. Nur McGee und Narbe. Selbst Taem und der

andere Unheimliche waren gegangen. Der einsame Graue zog sich gemeinsam mit den übrigen Kalibanen und Ariels zurück, ein entschwindender Strang aus geschmeidigen Körpern und Schwänzen, die durch den Eingang in den Turm hinabflossen.

Soll ich auch gehen? signalisierte McGee.

»Ich will dich etwas fragen.«

»Frage!« sagte McGee.

»Wenn wir unterliegen sollten – wird das Sternenvolk dann etwas tun?«

»Nein«, antwortete McGee langsam, »nein, ich denke nicht. Sie beobachten nur, was geschieht.«

»Erheitert sie das?«

»Sie wollen es sehen – sie haben all diese Jahre darauf gewartet, zu sehen, welches Muster ihr zeichnet. Ihr und der Styx. Nein, sie werden nicht intervenieren.«

Dies war ein Donnerschlag des Begreifens. Elai erkannte den Ausdruck von McGees Gesicht, wie das eines wohlgenährten und in der Sonne träumenden Kalibans. McGee wußte, was sie gesagt hatte, hatte geplant, daß es herausrutschte. Elai breitete die Finger vor McGee aus, wie das Schwellen eines Kamms.

»Ja«, bestätigte McGee den Fluch. »Die nackte Wahrheit, alte Freundin. Das hatten sie die ganzen Jahre über vor.«

Die Finger wurden noch weiter ausgebreitet.

McGee hob den Kopf und blinzelte träge, wie auch Narbe es tun konnte. Und sie war trotzig, wie Narbe es auch sein konnte, trotzte Elai auf eine Weise, die schweigsam war und noch hintersinniger als die von Elais Sohn. »Du kannst nicht viel vor Jin geheimhalten, oder?« fragte McGee.

»Nein.« Die musterblinden Sternenleute konnten ihre Bewegungen voreinander verbergen. Die Wolkenflußmenschen schwammen im Wissen der Muster, das wie ein Meer war. Was sie an diesem Morgen getan hatte, strömte über den Fluß hinweg; und die Nachricht würde wie eine zurückprallende Welle zu Jin zurückfließen. *Ich komme, Mann-der-die-Welt-will. Und ich bringe alle mit, die je Grüns Händen entkommen sind. Ich werde deine Türme erobern und dich auslöschen und alles, was du bist!*

»MaGee«, sagte Elai plötzlich, als ihr das einfiel, »du bist nicht im Muster enthalten. Nicht wirklich. Sag mir in Worten, was du tun würdest, wenn du ich wärst. Vielleicht könnte man sie damit verwirren.«

Für einen Moment sah McGee nicht mehr zuversichtlich aus. »Nein.«

»Dann weißt du wirklich etwas.«

»Was sollte ich wissen? Was sollte ich wissen, das den Kalibanen nicht bekannt ist? Oh, ich würde die Dinge durcheinanderbringen. Vielleicht nicht so, daß es dir gefiele. Bring mich nicht dazu!«

»Meine Rivalen würden dich übernehmen«, meinte Elai. »Jin, Taem, Paeia – sie werden dich benutzen wollen. Taem und Paeia würden dich nicht schlecht behandeln, aber Jin ist etwas anderes. Am Styxufer haben sie andere Methoden. Willst du das? Gib mir einen Rat!«

McGee preßte die Kiefer zusammen und zog den Kopf ein, blickte dann auf. »Als erstes würde ich den Konflikt von hier weg verlagern. Weg von den Türmen und den Feldern. Aber das hast du sicher schon vor.«

»Die Kalibane sagen es auch.«

»Was sagen sie sonst noch?«

»Wir werden flußaufwärts aufeinanderstoßen.«

»Was für ein Krieg ist das«, rief McGee aus, »wenn ihr wißt, wo ihr aufeinandertrefft? Das ist kein Krieg, sondern eine Verabredung! Sie werden dich töten, Elai, weißt du?«

Elai spürte Kälte. »Komm mit mir! Komm mit mir, um Jin zu treffen, meine Freundin!«

»Den Wolkenfluß hinauf? Um zu kämpfen?«

Elai machte die Geste der Bejahung. McGee schob die Unterlippe vor, ein nachdenklicher Ausdruck, als wäre es ein ganz normales Wagnis, über das sie nachdachte.

»Nun ja«, sagte McGee, »gewiß.« Und dann aus heiterem Himmel: »Du hättest deine Schiffe bauen sollen, Elai.«

»Was meinst du damit?«

»Du hättest es tun sollen, mehr nicht.«

»Denkst du, ich werde sterben?«

»Was würdest du zurücklassen?«

McGee hatte die Art, sich auf Böden zu wagen, die andere zu meiden wußten. Elai hob den Kopf und starrte sie an wie ein dösender alter Kaliban. »Ich weiß es nicht. Niemand weiß das, oder?« Sie ging an Narbe vorbei, seiner ganzen gewaltigen Länge, und blieb dicht bei seiner Schwanzspitze stehen. »Habe nie selbst Leder getragen. Besitze aber trotzdem welches. Hin und wieder wünschte ich mir, einfach Narbe zu nehmen und zu verschwinden.«

»*Schiffe,* Elai!«

Elai betrachtete diese hartnäckige Sternenfrau. »War es das, was ich tun sollte? War es das, worauf du gewartet hast?« Sie erinnerte sich an einen Tag am Strand, das Starten der Boote, einen Sternenmenschen, der ihr vom Ufer aus zusah. »Natürlich«, sagte sie leise, als McGee nur durch Schweigen antwortete. Ihr sank das Herz. Natürlich. Narbe hatte sie, Elai, aus einem bestimmten Grund erwählt; natürlich hatten auch Sternenmenschen ihren Vorrat an Gründen. Sie war die Kreatur anderer. Das bedeutete es, Erste zu sein. Sie empfand Erheiterung und Schmerz über sich selbst.

Und sie ging zur Mauer und blickte hinaus aufs Meer. »Sollte ich Jin Schiffe geben?« fragte sie McGee. »Wenn ich welche gebaut hätte, hätte auch er es getan. Er hätte erfahren, wie ihr Muster aussieht. Wir sprechen miteinander – haben es jahrelang getan. Jeder Austausch dauert Tage. Aber ich weiß immer, wo er ist. Und was er macht. Und er kennt mich. Haßt mich, MaGee, haßt mich. Haßt alles, was den Fingern der Stygier entronnen ist. Schiffe. Das wäre doch vielleicht etwas. Er möchte die Welt besitzen, das ist sein Ziel. Die Welt zu besitzen. Er wird diese Männer zerbrechen.«

»Wen? Genley?«

»Kenne ihre Namen nicht. Es sind drei. Seine Sternenmenschen.«

»Woher weißt du das alles?«

Bestürzung lag in McGees Stimme, in ihren Augen, als Elai sich zu ihr umdrehte. »Die Kalibane sprechen zu dir«, sagte Elai ruhig. »Aber du verstehst nicht alles, was sie sagen. Du weißt nicht alles, Sternenmensch. Freundin.«

»Ich muß die Basis warnen, Elai!«

»Du bleibst ruhig mit diesem Kom! Sie würden nichts tun, sagst du. Ist das wahr?«

»Ich denke schon.«

Elai betrachtete sie von Kopf bis Fuß. »Du bist dünn geworden, MaGee. Leder könnte dir passen. Du kommst mit mir und läßt die Finger von diesem Kom! Du bist mein, hörst du?«

McGee dachte darüber nach. »In Ordnung«, sagte sie.

Später am Tag traf Paeia ein, grimmig und mit finsterem Gesicht – kam ganz fügsam in die Halle, gefolgt von ihrem Kaliban. Sie hatte ihren Erben nicht mitgebracht, war nur mit einem Messer bewaffnet; und sie stand dort vor dem Stuhl, hinter dem sie so oft während Ellais Herrschaft gestanden hatte.

»Du hast gelesen, wie es ist«, sagte Elai von der Autorität dieses Stuhles aus. »Ich werde flußaufwärts ziehen. Du auch.«

Elai beobachtete, wie Paeia ganz langsam Luft holte. Paeia verschränkte die Arme und starrte. Ihr Gesicht hätte aus Stein sein können, so zerfurcht und verwittert war es. Sie hatte das ergraute Haar geflochten und trug Perlen in den Flechten. Hatte sich Zeit genommen mit dem Kommen, um bestmöglich auszusehen. Hatte vielleicht lange darüber nachgedacht, ob sie überhaupt kommen sollte – ob es eine Falle war, ob sie umkommen könnte.

»Mit dir«, sagte Paeia.

»Ich bin kein Dummkopf«, sagte Elai. »Ich will nicht dulden, daß wir geschwächt werden. Sag mir, daß du mitkommst, und ich bitte dich nicht um irgendwelche weiteren Zusagen!«

Paeia überlegte einen Moment lang. »Ich bin dabei«, sagte sie. Und tatsächlich gab es gar keine weiteren Zusagen, um die sie hätte gebeten werden können. Sie beide wußten es.

»Taem wird kommen«, sagte Elai.

»Dann, Erste, bist du ein Dummkopf.«

Elai zog ein finsteres Gesicht. Sie mußte es daraufhin tun, da sie die Erste war; und lächelte dann freudlos und kühl, amüsiert darüber, daß Paeia sie warnte. »Aber er wird kommen«, sagte sie. »Ich habe ihn dazu aufgefordert.«

Taem brauchte drei Tage, während jeden Tag die Muster schlimmer wurden. Aber er kam doch, zog mit seinen Reitern am anderen Ufer den Wolkenfluß hinauf, in ausreichender Zahl, um Staub aufzuwirbeln und das Ufer hinter bernsteinfarbenen Wolken zu verhüllen.

Dann überquerte er den Fluß allein, nur er und sein Kaliban.

»Ist eine Weile her«, sagte er, als er in der Halle dort stand, wo vorher Paeia gestanden hatte.

Das war es auch. Er hatte sich nicht verändert. Die Gegenwart war dieselbe. Aber es fügte sich auf andere Weise zusammen. Da war kein Sohn. Und Elai hatte sich verändert. Sie blickte ihm in die Augen, erkannte in ihm, was er im Tageslicht wert war und was im Dunkeln. Er war aufrecht und hochgewachsen. Ehrgeizig. Warum sonst hatte er sie schließlich gewollt in jenen Jahren? Sie besaß keine Anmut, war nicht schön anzusehen. Er schon.

Dins Vater – auch er war gekommen und stand jetzt neben ihr, einer ihrer Reiter, mehr nicht. Din war da und lehnte an der Wand; und Paeia stand dicht neben Elai. Und Wolke war da; und Wolkes Vater, einer aus der langen Reihe Wolkes, ebenso wie Paeia, aber vom Windwärtigen Turm – war gekommen. Damit waren sämtliche von Elais Männern da und deren Verwandte; und zwei ihrer Söhne.

»Warum hast du mich nicht umgebracht?« fragte Taem sie geradeheraus. Und auch das sah ihm ähnlich.

205 KR, Tag 51

Notizen, chiffriertes Tagebuch Dr. E. McGee
Elai hat die seewärtigen Türme zu Hilfe gerufen, hat ihren früheren Gatten herbeigerufen … Taems Vater. Taem den Ältesten vom Neuen Turm. Er ist gefährlich. Man kann es am Verhalten der Kalibane erkennen, wie sie sich auf ihre vier Beine erheben und wie die Kämme schwellen. Sein Kaliban ist problematisch, sagte Elai einmal. Ich sehe jetzt, was sie damit meinte. Dieser *Mann* ist problematisch.

»Warum hast du mich nicht umgebracht?« fragte er sie mitten in der Halle, und jeder schien sich selbst diese Frage zu stellen. Ich denke, er ist beleidigt, weil sie es nicht versucht hat. Er ist mit all seinen Reitern gekommen, mit ihnen allen bis ans andere Ufer des Flusses, kam dann aber allein in den Ersten Turm; und das erforderte Mut, die Art Verrücktheit, die einem die Kalibane einflößen. Ich denke, er hatte schon die ganze Zeit die Muster gelesen und erkannt, daß er damit durchkommen würde. Daß er kommen mußte, weil sie nicht zu ihm hinausgehen würde. Daß er den Schwanz des Fisches hinunterschlukken mußte, wie man am Wolkenfluß sagte, wenn man ausdrücken will, daß es die einzige Entscheidung ist, die man noch treffen kann. Es ärgerte ihn.

Elai blickte ihn einfach nur an, ohne von ihrem Stuhl aufzustehen, und machte irgendein Zeichen, das ich nicht ganz verstand, aber es brachte in etwa zum Ausdruck, daß sie Taem als Drohung verwarf, was ihm gar nicht gefiel. »Dies ist nicht der Styx«, sagte sie dann. »Ich handle nicht wie Jin.« Es war absolut arrogant; und Taems Kaliban nahm eine drohende Haltung an und Narbe tat es auch, und die beiden Kalibane holten Luft und starrten einander an wie zwei Felsen, die entschlossen waren, sich für alle Ewigkeit von Nase zu Nase gegenseitig anzustarren.

»Wie geht es dem Jungen?« erkundigte sich Taem dann.

»Ihm geht es gut«, sagte sie. Taem mußte über seinen Sohn Bescheid wissen, mußte wissen, daß Elais Taem hinabgegangen war zu den Unheimlichen; zu viele Neuigkeiten verbreiten sich unausgesprochen überall. Aber Neuigkeiten über die Unheimlichen, die keine Namen tragen – nun, das könnte etwas anderes sein. »Ich habe ihn heute morgen gesehen«, sagte Elai.

Er ist ein stattlicher Mann, dieser Taem. Ich kann erkennen, warum Elai sich trotz anderweitiger Schwierigkeiten zu ihm hingezogen fühlte. Er ist nicht sehr alt, dieser Taem-der-Älteste, sieht gut aus, aufrecht und aufregend und hübsch; trägt sein Haar am Wirbel geflochten und obendrein sehr viel Schmuck. Er ist so reich, wie ein Wolkenflußbewohner nur sein kann, und seine Reiter sind ein Teil davon. Ich habe noch nie einen Mann gesehen, der sich so bewegte wie er, als gehöre ihm aller Raum, worin er sich aufhielt.

»Wann ziehen wir los?« fragte er, ohne es mit Mustern zu zeichnen: Hier unterhielten sich nur er und Elai, zwei Menschen, sonst niemand, und etwas Elektrisches lag darin, als sei etwas aus früheren Zeiten für einen Moment zurückgekehrt.

O Elai, Geheimnisse! Du hast diesen Mann geliebt, das ist es. Und jetzt hast du es geschafft, ihn zu verwirren.

Der junge Din stand die ganze Zeit über mit Dreistein an der Wand, das kleine Gesicht hart und verängstigt. Der Erstgeborene. Ich denke, er ist in Gefahr. Wenn jemand in der Halle diesen Mann niedergestochen hätte, dann Din.

Die Sache ist die, wo jetzt Taems Sohn zu den Unheimlichen gegangen ist, daß Taem-der-Älteste aus dem Muster des Ersten Turmes verschwunden ist, als habe es nie einen Sohn gegeben. *Das* war die Veränderung im Muster, die Taem hergeführt hat.

Und Paeia – schlank und bösartig, wie sie nunmal werden, diese alte Frau, stets in Reitleder und stets mit einem Messer bewaffnet. Paeia war direkt an der Tür, als Taem wieder hinausging, um über den Fluß zu seinen Reitern zurückzukehren, und dabei lief mir ein kalter Schauer über den Rücken. Diese Frau regiert den Zweiten Turm, und sie hat im Augenblick keinen Gefährten; der Blick, den sie ihm zuwarf, war nachdenklich.

Erklärungen fallen mir ein, die ich nicht gerne niederschreibe. Ich weiß, daß dieser Taem darüber nachgedacht hat. »Ich handle nicht wie Jin«, hatte Elai gesagt, was besagt, daß sie daran gedacht hat. Die Affären von Prinzen. Uralte Probleme. Ich lese die Muster, so gut ich kann, und sie machen mir Angst.

Elai ist der Schlüssel, die Friedensstifterin. Narbes Reiterin – die einzige, die die anderen dominieren und den Wolkenfluß zusammenhalten kann, und falls ihr jetzt irgend etwas zustoßen sollte, wird er fallen, wird alles in Chaos untergehen. Taem – er forderte sie auf dieselbe Art heraus: Sieh, ob du die Seewärtigen Türme ohne mich halten kannst. Aber ebenso wußte er, denke ich, daß er es ohne sie nicht schafft. Auch Paeia nicht. Nicht im Moment.

Ich blicke zum Fenster hinaus, und es geht verrückt zu jenseits des Flusses. Überall Kalibane. Und die Grauen sind bereits damit beschäftigt, das Muster dort umzuformen, es allen mitzuteilen, die nicht musterblind sind.

46

Nachricht, Station an Basisdirektor
Die Überwachung stellt gesteigerte Aktivität am Wolkenfluß fest, ein aufgeregtes Wallbauen als Reaktion auf diesen Vormarsch der Stygier flußaufwärts. Es scheint klar zu sein, daß man am Wolkenfluß sich dessen bewußt ist, was geschieht, vielleicht durch Spione. Die Wälle erinnern an Schutzmauern, aber sie sind für eine Verteidigungsanlage merkwürdig angeordnet, und die Linien verändern sich fortwährend. Wir beobachten auf seiten der Stygier keine derartige Aktivität. Sie schlagen nur ihre Lager auf und rücken vor, im Schnitt dreißig Kilometer pro Tag.

Es scheint klar zu sein, daß eine Massierung von Kalibanen stattfindet, entweder zur Verteidigung der oder zum Angriff auf die Wolkenfluß-Siedlung. Diese Bewegung kommt von den beiden am Meer gelegenen Siedlungen, und ihre Zahl wächst stündlich.

... Beobachter vor Ort sind in Gefahr ...

Nachricht, Basisdirektor an E. McGee vor Ort
Genley und sein Team sind am Styx verschwunden. Wissen Sie irgend etwas?

Memo, Sicherheit an Basisdirektor
Agenten vor Ort gehen mit äußerster Behutsamkeit vor. Ein Krieg scheint unmittelbar bevorzustehen. Einsatzagenten berichten von ungewöhnlicher Aggressivität der Kalibane.

Memo, Basisdirektor an Sicherheit
Meiner Ansicht nach befinden sich Genley, Kim und Mannin bei dem Vormarsch zum Wolkenfluß. McGee ist ebenfalls nicht zu erreichen. Gehen Sie bei der Beobachtung keine ungerechtfertigten Risiken ein! Leiten Sie den Rückzug der Teams ein!

47

205 KR, Tag 60
Wolkenfluß

Die Korridore waren unnatürlich still, frei von Kalibanen und Unheimlichen, unnatürlich staubig, denn niemand fegte sie, und das, sagte sich McGee, lag an der Versammlung draußen am Flußufer, wo Kalibane durcheinanderliefen. Fischernetze wurden verwickelt; jemand zog aus Versehen einen Grauen an Land, aber dieser überlebte. Etwas Großes tauchte an der Oberfläche des Flusses auf, nur ein riesiger grauer Rücken, und niemand sah ihn noch einmal – *Neugier*, sagte jemand. *Sie haben es bemerkt*. Aber McGee hatte keine Vorstellung, wer *sie* waren, wenn nicht das Meervolk.

Große Kalibane trafen ein, die niemandem gehörten, die einfach kamen – wahrscheinlich flußaufwärts, aus dem Wald. Einige dieser Neuankömmlinge waren Riesen, aber die Unheimlichen hielten sie im Muster jenseits des Flusses fest, wo sie keinen der einheimischen Kalibane auf die Probe stellten.

401

Wild, dachte McGee, oder gezähmt. Ein Unterschied bestand nicht. Und sie blieben, Vorboten von Schwierigkeiten weiter oben am Wolkenfluß, während Elai mit dem Aufbruch zögerte. Die Reiter waren unruhig; die Kalibane wirkten unschlüssig. Alles schien verkehrt zu sein. Und die Hänge verstaubten unter der Vernachlässigung, unter der Abnutzung durch beschuhte und durch krallenbewehrte Füße; die Sonne fiel in Lichtbalken durch Wolken in den innersten Räumen, Wolken aus tanzenden Staubteilchen.

So begegnete McGee auf einem wenig benutzten Weg Din, einem Schatten in den Staubteilchen. Sie hatte nicht damit gerechnet, ihn zu treffen.

»Din«, begrüßte sie ihn. »Lange nicht gesehen.« Er war nicht mehr gekommen, um Geschichten zu hören, und das fehlte ihr. Er blieb für sie großenteils ein Schatten, neben Dreistein, der sich dicht an der Wand hielt, eine Kalibansilhouette, aus der das Licht winzige Details herauspickte, die Farbe der Nase, ein sanft leuchtendes Auge, zu sehr im Schatten, um eine Farbe zu zeigen, während es sie anblickte.

Din sagte nichts, senkte aber den Kopf und trat zur Seite, damit sie vorbeigehen konnte.

»Din – alles in Ordnung mit dir?« fragte sie.

Notizen, chiffriertes Tagebuch Dr. E. McGee
Ich habe heute mit Din gesprochen. Ich glaube nicht, daß er mich verstanden hat. Er ist sieben. Er ist drahtig, hat hervorstehende Ellbogen; man möchte ihm sofort das Gesicht waschen und das Haar kämmen; aber dann blickt man ihm in die Augen und würde es nicht mehr wagen. Er ist ein Junge, der sich zur Zeit den Kopf zerbricht, wie er am Leben bleiben soll. So sieht es aus. Er ist keineswegs schon reif. Er wächst heran, ist unbeholfen, und als ich mit ihm zu sprechen versuchte, nahm er einen Stein und warf ihn nach mir. Wie ein Kind. Er weinte und versuchte, es vor mir zu verbergen.

Ich will nicht sterben! Das kam darin zum Ausdruck. Er warf einfach den Stein, und er prallte von der Wand ab und traf mich. Ich zeigte nicht, daß er es tat. Ich starrte den Jungen nur an auf die Art, die ihm zeigt, daß er einen nicht beeindruckt; und da brach er in Tränen aus und wandte das Gesicht vom Licht ab.

»Macht Jin dir Angst?« fragte ich.

»Nein«, sagte er, schniefte und wischte sich die Augen und versuchte, so zu tun, als habe er nicht geweint, gab sich ganz mürrisch und arrogant. »Keine Angst.«

»Schau aufs Meer hinaus!« sagte ich. Das verwirrte ihn dort im dunklen Inneren, wo wir uns befanden. »Schau auf das Meer hinaus, wenn du das nächste Mal draußen bist!«

»Warum?« Er ist ein kleiner Junge, stets bereit zu argwöhnen, daß jemand ihn hereinlegen will.

»Tu es einfach!« Ich sprach zu ihm über Boote, was wir früher schon getan hatten, aber er zeigte diese Geste, wie man einen Stein fallenläßt. *Ich möchte nicht reden.*

»Sei schlau!« sagte ich. »Möchtest du lange genug leben, um ein Mann zu werden?«

Damit gewann ich seine Aufmerksamkeit. Also war es das, worüber er sich Gedanken machte.

»Sei einfach schlau!« sagte ich, ohne zu wissen, wie ich ihm einen Rat geben sollte, da dies nicht meine Welt ist, sondern seine. »Deine Mutter will, daß du überlebst, ist dir das klar? Darum hat sie diesen Taem geholt; denn das, was den Fluß heraufkommt, ist bösartig, und es kommt hierher; weißt du davon?«

Er kauerte dort und dachte darüber nach, und da fiel mir die Szene auf dem Dach wieder ein, wo er seiner Mutter getrotzt hatte; wo sein kleiner Kaliban es mit Narbe aufgenommen hatte, der zehnmal so groß ist wie er. Verängstigt. Einfach verängstigt und voller Kampfgeist, dieser Junge. Elais Sohn. Ich zerzauste sein Haar; niemand berührte ihn viel, denn das ist nicht die Art der Menschen vom Wolkenfluß. Er preßte die Kiefer zusammen und zog den Kopf ein, aber er sah erfreut aus, wie es sein mürrisches kleines Gesicht in diesen Tagen tut. Armer Junge. Deine Mutter liebt dich. Ich auch.

»Ich mag dich«, sagte ich dann. Es gefiel ihm. Wäre er ein Kaliban gewesen, hätte sein Kamm sich gelegt. So ein Gesicht machte er. Sein Kaliban richtete sich auf und warf ihn fast um, als er den Kopf zu uns hinstreckte. Sie wissen, wo das Sonnenlicht ist. Die Aufmerksamkeit. Ich weiß nicht, wie sie zu diesem Wissen kommen, oder wieviel sie begreifen. »Kämpfe«, sagte ich, »aber sei klug!«

»Hat Elai das gesagt?« fragte er.

Ich log bei der Antwort, aber ich dachte mir, sie hätte es getan, wäre sie nicht so beschäftigt gewesen; sie hatte gesagt, ich solle mich an ihrer Stelle um ihre Söhne kümmern, also schätze ich, war es in gewisser Hinsicht die Wahrheit.

Ich unterhielt mich auch mit Wolke, aber das bringt nichts. Wolke ist zu jung, um viel zu wissen. Und Taem weiß Bescheid – denn er hat das Wissen eines Unheimlichen, zu groß für jeden Fünfjährigen, und zu andersartig, um irgend etwas zu verstehen, was ich sagen könnte. Narbe spricht mit ihm. All die Grauen und Ariels tun es. Wahrscheinlich reicht ihm das.

Uns wird die Zeit knapp. Wir müssen aufbrechen. Ich werde dieses Buch nicht mitnehmen, wenn wir losziehen, sondern es vergraben. Für alle Fälle.

Sie werden mir einen Speer leihen. Dain hat mir gezeigt, wie man ihn hält. Ich soll reiten – einen der freien Kalibane, mit denen die Unheimlichen auf diesem Ufer des Flusses aufgetaucht sind, die Art Kalibane, die sich an niemanden anschließt. Ich habe ihn gesehen; wir haben einander in die Augen geblickt. Er ist nicht besonders groß. Ich habe ihm ein Muster gezeichnet, und er beschnupperte es, wollte mir aber keine Antwort geben. Es ist kein freundlicher Kaliban, aber er ist in das Wolkenflußmuster geboren, wie Dain sagt, und daher vertraue ich darauf, daß er nicht mich persönlich haßt, sondern nur die Idee, ein Lasttier zu sein.

Ein menschlicher Gedanke. Und da fällt mir wieder ein, daß ich in einem Haus sitze, das sie gebaut haben, in einem Land, das ihnen gehört. Ich sitze in einem Wort der Aussage, die sie über den Wolkenfluß getroffen haben, eine Angehörige des Volkes, das in Quadraten und Winkeln schreibt, nichts weniger; und dieser Kaliban wird dorthingehen, wohin er will, während ich auf seinem Rücken sitze, weil ich ihn nicht anhalten kann; ich kann ihn auch nicht verteidigen, nicht mit diesem Speer. Und er weiß es.

205 KR, Tag 97
Oberer Wolkenfluß

Sie ruhten sich aus, als die Sonne zwischen den Bäumen verschwand, und kochten an den Jägerfeuern, was sie an Abendessen hatten, Mehlkuchen und getrocknetes Fleisch und etwas von einer stärkehaltigen Wurzel, die wild wuchs. »Ich rühre das Zeug nicht mehr an«, sagte Mannin. Er saß vornübergebeugt da, war dünn geworden – irgendwelche Darmbeschwerden. »Vielleicht ist es eine Allergie.«

»Kommen Sie schon!« sagte Genley, »Sie müssen etwas essen, Mann!«

»Es liegt am Wasser«, meinte Kim. »Ich habe es Ihnen ja gesagt. Der Mensch lebt schon lange genug hier, leitet seine Abwässer in die Flüsse, auf das Land. Mannin trinkt davon ...«

»Halten Sie den Mund!« sagte Mannin. Er blieb vornübergeneigt. Hatte die Lippen zusammengepreßt.

»Schwach«, meinte ein Jäger und stupste ihn mit dem Ellbogen an. Es war Hes, der Mannin hinter sich auf seinem Kaliban mitnahm. »Die Wolkenflußbewohner werden dich an die Kalibane verfüttern, Sternenmensch!«

Mannin stand auf und verließ den Feuerschein, ging zum Fluß hin.

»Huh«, sagte Genley. Dieses Verhalten war nicht ungewöhnlich, nicht mehr seit den letzten beiden Tagen. Er verzehrte seine Mahlzeit, beobachtete die Jäger, die um das Feuer saßen. Es war eine Männergemeinschaft. Alles Jäger. Jins eigene Leute, in vielen Lagern weithin entlang des Flusses verstreut.

Wie viele? hatte er Jin gefragt. Jin hatte die Achseln gezuckt, aber Genley hatte es dann selbst ausgerechnet anhand der Zahl, die er sehen konnte, und festgestellt, daß es eine gewaltige Anzahl war: Abertausende. Die Station hatte sie sicher schon auf dem Marsch gesehen, würde in dieser Nacht die Feuer sehen und zählen; die Station konnte ihre Gegenwart tatsächlich überall entdecken. Aber sie würde nichts tun. Dieser barbarische Lord, dieser Cäsar vom Styx, hatte spekuliert – nein, nicht spekuliert; hatte sich ausgerechnet, was er tun konnte. Würde die Welt erobern, während die Basis und die Station zuschauten. Würde dann selbst mit ihnen verhandeln, buchstäblich als der Herr der Welt.

Arme McGee, überlegte Genley. *Arme Bastarde.* Er schnitt eine trockene Grimasse, schluckte das Gebräu hinunter. Es war in den Schläuchen sauer geworden, hatte einen Geschmack irgendwo zwischen altem Leder und Fäulnis angenommen, war aber sicher. Kim hatte recht. Man mußte das Wasser abkochen. Aus den Schläuchen trinken. Der Mensch hatte längst seine Plagen auf Gehenna losgelassen. Und jetzt legte diese Welt den Rest des Weges zurück.

Jetzt gingen die Schwachen unter; das war alles.

»Mannin«, sagte jemand. Männer gingen weg, ins Unterholz. »He!« rief Kim besorgt und sprang auf. »He, laßt ihn in Ruhe!«

»Er ist in Ordnung«, meinte Genley und stand auf. Argwohn. Sie waren immer noch Fremde. Er deutete, winkte Kim zu. »Holen Sie ihn – holen Sie ihn, bevor es Ärger gibt!«

»Halten Sie sie auf!« forderte Kim, der sich nicht entscheiden konnte, wohin er sich wenden sollte, der dann von den Jägern zur Seite gestoßen wurde. Er blickte wild um sich. »*Sie,* tun Sie etwas . . . !«

Gelächter drang aus dem Dickicht. Zweige brachen. Dann wurde es wieder ziemlich still, abgesehen von den brechenden Zweigen. So brachten sie Mannin zurück und setzten ihn ans Feuer.

»Sprechen Sie mit ihnen«, sagte Kim. »Sie haben die Möglichkeiten . . .«

»Halten Sie den Mund!« Genley hockte sich nieder und warf den Jägern einen finsteren Blick zu, legte Mannin eine Hand auf die Schulter. Mannins Gesicht war weiß. Schweiß glitzerte im Feuerschein darauf. Genley schüttelte ihn. »Alles in Ordnung?«

Mannin klapperte mit den Zähnen. Er saß zusammengekrümmt da, schüttelte den Kopf.

»Holen Sie den Schlauch!« sagte Genley.

Verdammt nochmal! »Ich bin nicht Ihr Diener!« zischte Kim. »Sie haben mir keine Befehle zu geben!«

»*Holen Sie den Schlauch!* Sie kümmern sich um ihn! Sie werden sich verdammtnochmal um ihn kümmern, verstanden?«

Jin war herbeigekommen; Genley sah es und erhob sich eilig, holte tief Luft.

Jin starrte den Jägerführer an, dann Genley, blickte von einem zum anderen, die Hände in den Hüften. Dies war nicht der Moment zum Streiten. Keine Zuhörerschaft, die einen Streit zu schätzen wußte. Nach einem Moment nickte Jin in Richtung des zweiten, kleineren Jägerkreises. »Genley«, sagte er.

Genley trat an seine Seite, hatte die Hände hinter den Gürtel geschoben, ging gelassen neben Jin her, schweigsam wie er, auf weichen Fellsohlen, hockte sich dann seinem Beispiel folgend am Feuer hin, als einer von ihnen, ein Anführer seiner eigenen Schar, so armselig sie auch war. Er besaß seine Perlen, seine Haarflechten, das Messer an der Seite. Wie die anderen. Er bewegte sich wie sie, genauso lautlos. Er hatte diese Dinge gelernt.

»Dieser Mannin«, sagte Jin ungehalten.

»Krank«, sagte Genley. »Kranker Darm.«

Jin reckte den Unterkiefer vor, streckte eine Hand aus und schlug Genley auf das Knie. »Zuviel Geduld. Haben alle Sternenmenschen diese Geduld?«

»Mannin hat seinen Nutzen.«

»Welchen? Welchen, mein Vater?« Jin griff an den Rand des Feuers und brach ein Stück von dem Brot ab, das auf einem Stein gebacken wurde. »Keine Heilung für diesen kranken Darm. Es liegt an seinem Verstand, Gen-ley. Sein Verstand möchte krank sein. Es ist die Angst.«

»Also ist er kein Jäger, aber eben etwas anderes. Wie die Unheimlichen.«

Jin blickte unter den Brauen hervor. »So. Ein Unheimlicher.«

»Wir sind vieles.«

»Ja«, sagte Jin auf seine merkwürdige entschiedene Art, während seine Augen vor Gedanken funkelten. »Also gebe ich sie dir. Diesen Kim, diesen Mannin. Kümmere dich um sie ... Lord Genley!«

Genley holte Luft, tief und langsam. Vielleicht erlebte er hier Jins Humor in Aktion. Vielleicht bedeutete es etwas anderes.

»Kennst du dich mit Waffen aus, Gen-ley?«

Er zuckte die Achseln. »Waffen der Sternenmenschen. Habe keine. Sie dulden sie nicht außerhalb des Drahtes.«

Jins Augen leuchteten vor Interesse auf.

Ein Fehler. Genley erwiderte diesen Blick und wußte es. »In Ordnung«, sagte er. »Ja, sie haben welche. Aber ihr Geheimnis liegt dort oben, dort *oben*.« Er blickte zum Himmel, senkte die Augen dann wieder; er hatte nicht nur Jin als Zuhörer, sondern auch Blau und andere. Die Turm-Lords. »Den ersten Schritt zuerst, Lord Jin. Keinen vor seiner Zeit.«

»*MaGee*.«

»Sie hat keine.«

Jin preßte die Lippen zu einer schmalen Grimasse zusammen, die einem Lächeln ähnelte.

»Gib McGee in meinen Gewahrsam«, sagte Genley. Er hatte darauf hingearbeitet, hart gearbeitet. Er stand kurz davor, diese Konzession zu erhalten. Zu retten, was er retten konnte. Zu tun, was er tun konnte, ungeachtet aller Rivalitäten. »Wenn du den Wolkenfluß in die Hand bekommen willst, verstehst du – diese Frau weiß alles, was wichtig ist. Gib sie mir!«

»Nein!« Nicht die Andeutung von Vernunft, überhaupt nichts dergleichen war in dem Blick zu erkennen, den Jin ihm zuwarf. »*Die* nicht!«

Genley spürte, wie sich sein Bauch verkrampfte. *So, McGee, ich habe es versucht.* Mehr konnte er nicht tun. Konnte sich nicht einmischen. Nur den Sturm einigermaßen heil überstehen. Die Reste einsammeln, sofern welche blieben. *Kein Platz für eine Frau.* Vielleicht kam sie letztlich doch noch zur Vernunft und lief weg, lief zurück zum Zaundraht. Es war das äußerste, auf was er jetzt noch hoffen konnte.

Falls Elai ihr gestattete, wegzulaufen.

205 KR, Tag 98
Wolkenfluß-Türme

Sie versammelten sich im Morgengrauen, im ersten fahlen Licht am Ufer des Wolkenflusses, und McGee umklammerte ihren Speer und lief am Ufer entlang. Das Leder fühlte sich seltsam an, wie eine zweite, ungewohnte Haut, die sie gleichzeitig fest einhüllte und doch bequem war; der Speer machte sie verlegen, und sie hielt die Spitze nach oben, damit sie niemanden stach, während Kalibane mit Reitern vorbeistreiften, mit hochgewachsenen und hochmütigen Männern und Frauen, die sich auf ihre Aufgabe verstanden und vorhatten, sie in dieser staubigen Düsternis zu erfüllen. *Gott helfe mir!* dachte McGee immer wieder, *Gott helfe mir! Was mache ich hier eigentlich?* Da stieß sie ein schuppiger Körper an und streifte ihr Bein im Vorübergehen mit dem Schwanz, eine Masse aus Muskeln und Knochen, die ausreichte, ihr schon mit einem halbherzigen Schwung den Rücken zu brechen.

Ein Unheimlicher fand sie unter den Tausenden, die auf dem Marsch waren, und winkte ihr gebieterisch zu. Sie folgte ihm durch das Gedränge sich bewegender Körper, von Kalibanen, die zischten, als ließen sie Dampf ab, von Giganten mit krallenbewehrten Tatzen, von hartnäckigen Grauen, die einen Menschen genauso leicht umstoßen konnten, von eilig dahinhuschenden Ariels. McGee verlor ihren Führer aus den Augen, aber der Unheimliche wartete am Ufer, dem Ziel, das ihr bekannt gewesen war, wo auch ihr Kaliban wartete, undeutlich in der stauberfüllten Dämmerung. Er war der einzige, auf dem noch niemand ritt, der einzige, der einen Grund hatte, am Ufer zu warten.

Er zischte sie an und schwang den Kopf herum. Unheimliche beruhigten ihn mit den Händen. Der Schwanz fegte durch den Sand, zeigte die Ungeduld mit ihr, mit ihnen. Sie tappte mit dem Speer gegen eines seiner Beine; er senkte rasch die Schulter herab, und sie geriet mit den Knien ins Wasser. *Genug davon, McGee!* Sie setzte den Fuß fest auf, stemmte sich hinauf und nahm rittlings auf ihm Platz, packte den Kragen, als der Kaliban sich aufrichtete und mit mächtigen Schritten losmarschierte, eine Kreatur, die von Anfang an außer Kontrolle war, ihr niemals unterstand – während McGee den Speer auf die rechte Seite herüberhob, ihn aus dem Weg nahm, die über die Schulter geschlungene Tasche zurechtrückte, damit sie nicht mehr hin- und herschwang. Schuppenbedeckte Haut glitt lose unter ihren Schenkeln über dicke Muskeln und knochige Schultern: das Gesäß in der Schultergrube, die Schenkel um den Hals, die weiche Stelle hinter dem Kragen. *Sie haben gelernt, Menschen zu tragen,* dachte sie, *ihre eigenen Hälse zu schützen ... o Gott, der Schwanz, die Kiefer in einem Kampf; dafür dient der Speer!* Hol den Reiter herunter, hatte Dain ihr gesagt, ihr dabei gezeigt, wie man den Speer anlegte. Ziel auf den Bauch von Menschen, auf die Unterkehle eines Kalibans. *O Gott!*

Die Bewegung wurde ein nach außen gerichteter Fluß, der sich bedächtig durch die Dämmerung zog. Der Unheimliche blieb zurück. McGee gesellte sich zu den Reitern anderer Türme, denn die von allen Türmen waren durcheinandergemischt. Es bestand keine Ordnung. Elai war irgendwo weit voraus, ebenso Taem und Paeia, Dain und seine Schwestern – alle, die McGee kannte. Was sie selbst anging, so hielt sie sich verzweifelt fest, wenn sie unterwegs gegen andere stieß; sie nahm die Beine aus dem Weg, wenn beleidigte Kalibane die Köpfe herumschwangen und schnappten.

Ihr standen noch Tage dieses Marsches bevor. Und der Krieg. Irgendein schrecklicher Morgen, an dem sie sich anderen Kalibanen gegenübersahen, Männern mit Speeren und vergifteten Pfeilen. *Wie bin ich in diese Sache hineingeraten?*

Aber sie wußte es ja. Sie zitterte, denn keiner von ihnen hatte frühstücken können, und es blies ein kalter Wind. Sie tröstete sich mit dem Gedanken an die noch vor ihr liegenden Tage, die sie unterwegs sein würden, mit der Entfernung zwischen ihnen und dem Feind.

Zeit, sich daran zu gewöhnen, dachte sie, und das ›daran‹ schloß alle Arten von Schrecken ein. Sie haßte es, gedrängt zu werden; sie hatte stets den Drang, die Dinge zu planen, und brauchte Zeit zum Nachdenken. Aber dieser plötzliche Wahnsinn Elais, der sie alle aus dem Bett getrieben hatte, als stünde der Feind schon vor der Tür und nicht noch weit flußaufwärts – das war keine Art aufzuwachen, in der Dunkelheit durch den Turm zu stolpern, schultertief zwischen stacheligen Kalibanen ... *Zum Ufer, MaGee,* hatte ein Unheimlicher ihr im letzten Fakkellicht signalisiert. Mehr nicht.

Aber natürlich, überlegte sie auf einmal, während sie dem Druck der Masse folgte. *Natürlich! Die Muster! Dies bringt die Muster durcheinander ...*

Die Muster konnten diesen Wahnsinn Elais nicht ankündigen, diesen plötzlichen wilden Zug. Die Nachrichten, daß sie kamen, konnten nicht schneller reisen als die Kalibane, auf denen sie ritten, die großen Kalibane mit ihren ausholenden Schritten; dies war nichts für das Arielgeplapper, das den Wolkenfluß hinauf und hinab zog.

Elai! dachte McGee nicht ohne Stolz. *Elai, du Bastard!* Und auf einer anderen Ebene empfand sie nackte Angst: *Dies ist deine*

Welt, nicht meine. Ich werde in ihr umkommen. Sie hatte eine Vision von der Schlacht, sie selbst durchbohrt von einem stygischen Speer, oder, was wahrscheinlicher war, herabgefallen, um unter krallenbewehrten Tatzen zermalmt zu werden, im Moment unbemerkt; oder irgendeinem weniger romantischen Unfall unterwegs zum Opfer fallend ... Krieg. Sie erinnerte sich, wie schnell der alte Narbe mit seinen Kiefern einen Grauen, der ihn beleidigte, packen konnte, und sie erschauerte im Wind. *Ich werde auf diese Weise sterben.*

Wenigstens war es noch Tage weit entfernt. Es blieb noch etwas zu sehen.

Elai war vor ihr. Die Freundin. Auch Dain. Und noch mehr Leute, die sie kannte.

Für den Wolkenfluß! dachte sie und erschrak über sich selbst, weil ihr Blut in Wallung geriet, weil sie nicht als Beobachterin mitkam, sondern um in einem Krieg mitzukämpfen. Für den Wolkenfluß. Für Elai. Für die Erste.

Niemand rief. Man hörte keine Schlachtrufe und sah keine Fahnen. Elai hatte ihr tags zuvor eine Schnur gegeben, an der Knochenschmuck hing. Da, hatte Elai gesagt, da hast du etwas Hübsches, MaGee.

Etwas Hübsches. Sie trug es um den Hals. Der Freundschaft wegen.

Lieben sie eigentlich? hatte sie in ihrer Naivität einmal geschrieben.

49

205 KR, Tag 107

Memo, Basisdirektor an das gesamte Personal
Orbitalbeobachtung zeigt, daß die Stygierkolonne unter dem Schutz der Wälder auf den Wolkenfluß vorrückt und noch 200 km in östlicher Richtung von der Wolkenfluß-Siedlung entfernt ist. Die Wolkenflußleute haben in gemächlichem Tempo etwa 75 km zurückgelegt und anscheinend an einer Stelle haltgemacht, wo der Fluß natürliche Verteidigungsmöglichkeiten bietet ...

Nachricht: Basisdirektor an Station
Antwort auf die Frage nach dem Verbleib von vier Beobachtern
negativ. Kom ist inaktiv. Wir vermuten Anwesenheit der Beobachter bei den Kolonnen, können das aber nicht bestätigen,
ohne weiteres Personal und möglicherweise das Leben der Beobachter selbst angesichts der kriegsähnlichen Bewegungen
beider Gruppen zu riskieren.

Erbitte Überwachung der Basisumgebung rund um die Uhr.
Wir haben gerade gesteigerte Kaliban-Aktivität in unserem
Umkreis festgestellt, sowohl am Flußufer als auch Grabungen
in der Tiefe. Betrachtet man dies in Zusammenhang mit der
plötzlichen massiven Aggression außerhalb, so handelt es sich
hierbei nach übereinstimmender Meinung des Stabes um eine
Sache, die Anlaß zu beträchtlicher Sorge gibt.

205 KR, Tag 109, 0233 Uhr

Ingenieurabteilung an Basisdirektor
Es ist ein Versuch im Gang, die Basis zu unterminieren, und sie
unterqueren gerade den Zaun bei Signalgeber 30.

0236 Uhr

Basisdirektor an Sicherheit
... Stufe eins, Verteidigungsperimeter, Signalgeber 30 ...

0340 Uhr

Nachricht, Basisdirektor an Station
Die Verteidigungssysteme konnten mit der ersten Stufe die
Eindringlinge wirkungsvoll zurückweisen. Wir erhalten die
Überwachung rund um die Uhr aufrecht. Die noch vor Ort täti-
gen Agenten werden von dieser Maßnahme unterrichtet. Da
Kaliban-Gewalttätigkeit generell auf Konstruktionen gerichtet
zu sein scheint und nicht auf Individuen, haben einige Stabs-
mitglieder geäußert, daß diese Agenten in offener Landschaft
wahrscheinlich nicht Gegenstand von Aggression werden und
dort, wo sie sich aufhalten, sicherer sind, als wenn sie sich der
Basis zu nähern versuchen. Den Agenten wird empfohlen, in
dieser Sache nach eigenem Gutdünken zu handeln, sich aber

sofort auf hochgelegenen steinigen Grund zu begeben, wo das durchführbar ist.

Ein ausführlicher Bericht folgt.

50

205 KR, Tag 112
Wolkenfluß

»Kalibane«, sagte Elai, »haben es mit der Basis versucht.«

»Ja«, sagte McGee, die mit gekreuzten Beinen in ihrem Lager zwischen anderen in der Nähe Elais und Narbes saß; ihr eigener Brauner hatte sie verlassen, sobald sie abgestiegen war. Das machte er immer, ging allein zum Fluß, obwohl andere Kalibane bei ihren Reitern blieben; und sie war niedergeschlagen, nachdem sie an diesem Morgen die Steine gelesen hatte, die kleinen Muster der Ariels, Abbilder der größeren, in die in der Welt verbreitet waren. Die kleinen Gesandten. Geistlos. Die die Welt im Kleinformat darstellten. Sie sagten, daß die Basis gehalten worden sei. Auch das.

Sie sagten, daß Jin nahe sei.

»Womit«, fragte Elai, »wehren sie die Kalibane ab?«

McGee arbeitete mit ihren tauben Händen, und ihr Herz klopfte schnell, als sie an Heroismus dachte, an die Weiterung, eine Antwort zu geben, aber es war Elai, die fragte, ihre Freundin, die Erste, ihre Erste, die sie zu einer von ihnen gemacht hatte.

Ein intensives Schweigen umgab sie. Elai wartete einfach nach Gehennaner-Art, würde so lange auf diese Antwort warten, wie es auch ein Kaliban tun konnte.

»Sie stecken etwas in den Boden; es riecht schlecht; es geht unter Druck hinein. Den Kaliban bekommt das schlecht. Aber sie könnten Schlimmeres tun, viel Schlimmeres. Da sind noch die Schiffe.«

Einige blickten zum Himmel. Elai nicht. Sie wirkte schwach und mager im Licht des Feuers. Die mit Perlen besetzten Zöpfe hingen an ihrem Gesicht herab. Paeia saß neben ihr und auch Paeias Sohn, ein ausgewachsener Mann. An Elais anderer Seite saß Taem und war wie gewohnt schweigsam.

»Das werden sie nicht«, meinte Elai.

McGee schüttelte den Kopf.

»Warum nicht?« fragte Taem.

»Damit sie sehen können, welches Muster wir legen«, sagte Elai ruhig. »Also werden wir es ihnen zeigen.«

»Huh«, sagte Taem und starrte ins Feuer. Er kümmerte sich methodisch um seine Pfeile, um die winzigen Fadenumhüllungen, für den Fall, daß der Regen darauf durchgedrungen war.

Etwas planschte im Fluß, ein tauchender Kaliban. Manchmal waren andere Geräusche zu hören, das Scharren von Krallen auf der Erde. Das Muster wurde rings um sie weitergezeichnet. Niemand fürchtete einen Hinterhalt oder daß jemand durchbrach. McGee verstand das Wort, in dem sie sich bewegten, und es hieß *Wolkenfluß;* und nichts Fremdes konnte hineingelangen. Ein Wall erstreckte sich zwischen ihnen und den Stygiern, und er war nicht geräuschlos zu durchbrechen.

McGee wandte sich wieder ihren Notizen zu.

». . . Es ist ruhig heute nacht. Welch seltsame Art, einen Krieg zu führen! Wir wissen, wo sie sind. Und ebenso sicher wissen wir, daß auch sie sich jetzt nicht bewegen. Vielleicht morgen. Wir haben von einem Angriff auf den Draht gehört. Es waren stygische Kalibane, denke ich, keine vom Wolkenfluß. Sie sind von anderer Art, und doch auch wieder nicht. Ich wünschte, ich würde diesen Punkt verstehen ... warum zwei Wege existieren, zwei so verschiedene Wege, sogar bei den Kalibanen.

Nationen? Aber das ist auch wieder ein Denken in menschlichen Kategorien.

Machen *wir* den Unterschied?

Ich weiß nicht einmal, wer hier draußen im Krieg liegt ... wir oder die Kalibane. Meiner findet sich jetzt mit mir ab. Ich weiß nicht, warum. Ein wilder Kaliban trägt einen Menschen auf dem Rücken. Keine Ausbildung. Nichts. Es ist allein seine Idee. Ich tue nicht einmal, als würde ich ihn beherrschen.

Was eine Marschordnung angeht, Disziplin irgendwelcher Art – es ist nichts davon festzustellen. Die Kalibane wandern, wann und wo sie wollen, und wir sitzen um das Feuer und haben keine Wachen aufgestellt.

Aber wir haben welche: Kalibane.«

Sie blickte auf. In ihrer Nähe gingen Paare durch das Lager,

414

zogen des Weges, den Paare an diesen letzten paar Abenden nahmen, solange sie noch Zeit hatten, solange dieser seltsame Friede Bestand hatte.

Taem ergriff Elais Hand, blickte sie an. So hatten sie auch die Nacht davor verbracht. Sie standen auf und entfernten sich gemeinsam. Paeia erhob sich gereizt, staubte sich ab, fand einen ihrer eigenen Reiter. Ihr Sohn folgte ihrem Beispiel.

»Es kommt zu Paarungen im Lager. Eine seltsame Sache, als wären alle Barrieren der Turmtreue gefallen. Als hätten sie alle das Gefühl, daß die Zeit knapp ist. Es besteht eine Innigkeit zwischen diesen Menschen – so, wie sie alles zurückgelassen haben, so, wie Kalibane, die einander normalerweise nicht tolerieren, unnatürlich geduldig geworden sind.

Aber es geht um ein Territorium: den Wolkenfluß. Vielleicht sehen sie es so, daß sie alle auf einmal zu einem Territorium gehören.

Elai und Taem haben sich zusammengefunden. Ich weiß nicht, warum. Ich weiß nicht, ob es auf eine längere Bindung hindeutet. Wenn wir diese Geschichte lebend überstehen ...

Vielleicht ist es nur Politik. Vielleicht auch etwas anderes. Ich sitze hier allein. Sie sind alle weggegangen, als gäbe es sonst nichts ...«

Ein Schatten fiel auf sie. Dain setzte sich zu ihr, hockte sich einfach auf das Gesäß, als sie aufblickte. Das Feuer warf Schatten auf sein Gesicht. Das lange Haar hing ihm über die lederbedeckten Schultern. Er trug Perlen an einem Zopf, der zwischen seinen übrigen Locken seitlich am Kopf hing. Er war sehr hübsch, dachte sie, sehr hübsch. Jede Frau mußte es zur Kenntnis nehmen, wenn Dain sich so dicht zu ihr setzte. Viele hatten es schon, so daß Dain niemals ohne Partnerin war. Sie hatte in ihren Notizen stehen, wie es damit aussah, wie die Frauen ihn hofierten und er sie, und es war das Thema von Witzen im Lager, eines, das Dain ebenso mochte wie die, die es erzählten.

Er saß einfach da und betrachtete sie. Nickte schließlich zur Dunkelheit hin. Zu dem, was die anderen taten. Er wollte ihre Hand ergreifen, streckte seine aus.

Er ist verrückt! dachte sie. *Was will er? Mich?*

Die Hand blieb ausgestreckt. Sie legte ihre Papiere weg, glaubte sich zu irren und daß sie sich in Verlegenheit bringen könnte. Er nahm ihre Hand – Freundschaft, überlegte sie; er wollte einfach mit ihr reden, und sie irrte sich.

Aber er zog sie hoch und dann weiter mit sich in die Dunkelheit.

Da bekam sie es mit der Angst, brachte es in Verbindung mit dem Angriff auf die Basis, mit Elais Fragen. Sie dachte an Verrat und Uneinigkeit, an Elai, die sich mit Taem verdrückt hatte.

Aber außerhalb des Feuerscheins zog er sie mit sich zu Boden, dieser beste von Elais Reitern, dieser Dain Flanahan ... »Warum?« fragte sie verspätet. »Warum mich?« Und sie war auf Wunden gefaßt.

Er lachte, als überraschte ihn die Frage, und sie blieben so bis zur Morgendämmerung, ineinander verschlungen, genauso, wie der Unheimliche sie in der Dunkelheit und der Tiefe gehabt hatte, dieselben Bedingungen.

Also der Freundschaft wegen; sie überlegte, wie sie Abend für Abend am Feuer gesessen hatte; und niemand hatte sie aufgefordert, und schließlich hatte Dain es übernommen. Er war gütig, dieser junge Mann. Das hatte sie schon immer gewußt.

51

205 KR, Tag 113
Wolkenfluß

Es war kein Zusammenhang darin zu erkennen; die Wolkenflußmuster waren durcheinander – erst ein plötzlicher Vorstoß und dann dieses Herumtrödeln am Ufer ... »Sie sind verrückt«, meinte Blau und schüttelte dabei den Kopf. »Es sind Bauern«, sagte Parm.

»Die Wolkenflußleute«, brummte Jin, immer noch besorgt und mit finsterem Gesicht, weil er bemerkte, daß seine Männer die Sache leicht nahmen, weil er sein eigenes Lager in einem weniger geordneten Zustand sah, als er es gern gehabt hätte. Seine Männer wurden still, als sie erkannten, in welcher Stimmung er war. Sie waren klug, die ihm am nächsten waren, wenigstens klug genug, um die Köpfe einzuziehen. Aber er hatte den Verdacht – den übertriebenen Verdacht, daß er in ihren

Augen übervorsichtig war, daß geflüstert worden wäre, hätten sie es nur gewagt. »Diese Elai«, sagte er nicht zum ersten Mal, »diese Elai ist nichts. Aber es geht nicht nur um einen Turm. Es sind viele. Vergeßt das nicht, *verstanden?*«

Sie blickten ihn über das Feuer hinweg an, Männer, die er gewonnen hatte, Turm auf Turm. Er hatte seinen Sternenmann bei sich, Genley. Genley saß links von ihm, um zu tun, was Jin wollte, zu sagen, wonach Jin ihn fragte. Die Wolkenfluß-Türme – die Regelung hatte zu lange gewartet; da war McGee; und jene Frau; und Frauen, die es wert waren, in Besitz genommen zu werden; Arbeiter für die Felder; diese Kalibanreiter, um auf seine Weise mit ihnen umzuspringen, den anderen beizubringen, was es wert war, ihm zu trotzen, mit jedem, den sie lebend erwischten ... weit außer Sicht vom Zaundraht aus. Diese Krieg spielenden Frauen. Rechnungen würden beglichen werden. Wirklich, Rechnung beglichen.

»Morgen«, sagte er, hatte es jetzt fertig entworfen, »umgehen wir sie.«

»Umgehen?« fragte Blau erstaunt.

»Wir entfernen uns vom Ufer.« Er zeichnete es, während er redete, blickte finster vor sich hin, auf niemanden im besonderen, einfach sehr zufrieden damit, wie er es geplant hatte. »Wir greifen sie von Süden aus an. Sollen diese Wolkenflußleute doch das Wasser im Rücken haben. Wir treiben sie vom Ufer weg. Dann ist es eine reine Kalibansache.«

Es wurde gegrinst, als sie sich ausgerechnet hatten, wie es sein würde, Pfeile auf die Reiter, die noch auf ihren Kalibanen saßen, Kalibane, die von unten heraufkamen, Beine packten, kämpfende Kalibane, die das Wasser zum Schaum peitschten – es war nicht angeraten, mit einer solchen Aktion überrascht zu werden. Diese einfältige Frau, die sich am Ufer hielt, die dorthin zog, wohin die Kalibane wollten – natürlich wollten sie es, dorthin, wo der Boden weich war, wo sie ihr Lager mit Wällen umringen konnten, wo sie reichlich Fisch fanden, um ihren Appetit zu befriedigen.

Fisch. Einen Krieg wegen etwas so Kleinem zu verlieren.

Stimmen wurden am Rand des Lagers hörbar, und sie waren zu laut.

»Was ist das?« fragte Jin verärgert. Er stand auf. Genley entfernte sich von ihm. »Was ist das?«

»Ich sehe nach«, sagte Genley.

Mannin. Die Sternenmenschen waren in dieser Richtung; wieder etwas mit ihnen! Genley rannte bereits, brachte die Strecke hinter sich. Jin folgte ihm langsamer, holte Genley ein, als dieser mit Vil und seinem Haufen zusammenstieß. Es waren die Sternenmenschen. Stimmen wurden gehoben. Genley schubste, Vil schubste zurück, und Vils Leute trugen Waffen.

»Wo?« fragte Jin direkt, schob einen Arm zwischen Vil und Genley, drückte sie auseinander. Blau kam hinzu und machte Vil mit einem Speerschaft auf sich aufmerksam. *»Wo?«*

»Das wissen wir nicht«, sagte jemand.

Genley lief zum Fluß. Der Speer war schnell, kam von der Seite.

Jin blieb für einen Moment stehen, als er sah, wie Genley am Boden lag und sich an dem Speer krümmte. Der Jäger zog ihn heraus. Jin holte Luft und streckte nur die Hand aus.

Blau reichte ihm, was er haben wollte. Das glatte Holz füllte seine Hand aus. Er trat vor und schwang den Speer aufwärts; der Jäger blockte ihn instinktiv ab, war aber trotzdem schon ein toter Mann. Jin wirbelte den Speer herum und stieß ihn nach oben, unter den Unterkiefer, wirbelte dann mit der Waffe herum, bereit für Vil, für die übrigen. Einer schien geneigt zu sein, es zu versuchen, tat aber doch nichts.

»Gen-ley«, sagte Jin, ohne ihn anzublicken, beobachtete die Augen seiner Verwandten. Es kam keine Antwort. Er hatte auch keine erwartet, nicht bei der Art, wie der Speer getroffen hatte. Mehrere Atemzüge lang stand er so da. »Ich will Mannin«, sagte er ganz ruhig. »Ich will Kim ... *Blau*«, sagte er, »wo steckt Parm?« Es waren Parms Männer, diese Jäger.

Parm kam herbei. Stand ruhig da. Jin sah ihn seitlich im Blickfeld, ohne genau hinzusehen; sein Blick war ganz auf Vil gerichtet, der noch kein Wort gesagt hatte. Überall im Lager waren inzwischen Männer auf den Beinen und hielten die Waffen bereit. Jin stellte fest, daß er zitterte, brachte kein Wort hervor, solches Ausmaß hatte sein Verdacht: Parms Turm, Parm, der einen Groll gehegt hatte, in dessen Zentrum die Sternenmenschen standen. Parm, der ihm trotzte.

Parm, der mit Grüns Turm verbunden war, der eine Frau aus diesem Turm hatte, wie Grün seinerseits eine von Parms.

Das Schweigen dauerte an. Es lag an Vil, zu sprechen. Oder

an Parm selbst. Die Kalibane waren auf der Jagd. Vom Fluß drangen die Geräusche von Planschen und Grunzen herauf. Mit einem mußte man sich nun befassen, sobald er entdeckte, daß sein Reiter tot war.

»Ich bringe das in Ordnung«, sagte Parm.

Keine Sicherheit mehr. Auf Parm mußte ein achtsames Auge geworfen werden. Parm wußte das auch. Sie alle wußten es. Aber die Struktur war zu zerbrechlich.

»Ich will diese Sternenmenschen wiederhaben«, sagte Jin ruhig. »Ich möchte das mit Vil geregelt haben.«

»Er wird sie holen.«

»Sei bloß vorsichtig!« sagte Jin. Sein Blick schweifte kurz ein paar Grade zu Parm ab. »Du räumst mir diesen Mann aus dem Weg, verstanden?«

Langsam sortierten sich die Leute aus, langsame Bewegungen überall. Ein Ariel war bereits gekommen, um die Leichen zu untersuchen. Er zupfte an einem von Genleys Fingern.

Jin trieb den Speer durch ihn, nagelte die zappelnde Echse auf den Erdboden. Genleys Gesicht zeigte immer noch den Ausdruck des Schreckens. »Fluß«, sagte Jin. Ein Begräbnis bedeutete zuviel Arbeit. Ein Krieg mußte geführt werden. Er warf den ungesäuberten Speer zu Boden und ging wieder ans Feuer, nahm den Schlauch und trank genug, um seinen Bauch zu beruhigen, und noch etwas mehr. Tränen stiegen ihm in die Augen und stauten sich dort, denn er konnte nicht weinen.

Männer kamen und gingen ringsumher, bewegten sich auf leisen Sohlen. Er saß reglos da, und sein Geist war beschäftigt, mißachtete die Wut, die ihn fast zum Zittern gebracht hatte. Jetzt mußte er sich um Parm Gedanken machen. Dieser Mann mußte wohl getötet werden. Dann waren da auch die Kalibane. Wenn der des Toten kam, mußte man sich um ihn kümmern, mußte man das Tier umbringen, bevor sich die Sache ausbreitete. Sollte Vil Wiedergutmachung leisten, wenn er konnte, aber auch er mußte getötet werden, wie man eine Infektion abtötet, bevor sie sich ausbreitet.

Ein Turm mußte über dieser Sache fallen. Das war nicht aufzuhalten. Falls Parm nicht in der Schlacht fiel. Er dachte darüber nach, beschäftigte sich immer weiter damit.

»Dieser Parm«, sagte er zu Blau, der dicht bei ihm saß. »Morgen.« Er machte ein kleines Zeichen.

Blaus Augen leuchteten auf vor Befriedigung. Er schloß die Finger zu einem Kreis: *die Schar.*

Jin erwiderte Blaus Blick und lächelte nur mit den Augen. *Ja.* Die Schar dezimieren. Blau würde am nächsten Tag in der Schlacht einen Weg finden, Parm und seine Burschen – auch Vil – dort einzusetzen, wo sie fallen mußten.

Damit wäre ein Turm gerettet. Auch die Einheit der Türme.

Dorn kam. Ihm folgten weitere Kalibane, angezogen vom Geruch des Blutes, von den Gerüchten der Ariels. Dorn schwang seinen Kopf und fegte mit dem Schwanz über die Erde. »Hsss!« machte Jin, beugte sich zurück, als ihm der große Kopf in den Weg geriet. Er packte nach dem weichen Kehllappen und zog daran, lenkte den Kaliban ab, aber dieser entfernte sich, umkreiste das Lager auf steifen Beinen, nur für den Fall.

Also war er wieder normal. Blaus Kaliban kam. Das Muster nahm wieder Gestalt an, und die Männer schlugen sich auf Jins Seite, versammelten sich alle um *sein* Feuer und nicht um das Parms, beteiligten sich nicht an der Suche, die Parm und seine Männer durchführten.

Und als Parm die Sternenmenschen zurückbrachte, war er gezwungen, das Lager mit seinen Gefangenen zu durchqueren, sie zu Jin zu bringen wie eine Gabe ... und es war eine Gabe. Besänftigung. Die Sternenmenschen – schlammbedeckt, durchnäßt, schmutzig ... »Genley?« fragte Mannin immer wieder und blickte sich um. »Genley?« Und seine Stimme klang ängstlich. Dieser Mann war ein Ärgernis. Für sie alle. Seine dünne Stimme war zu hören, während Parm Jin betrachtete und sich seine Chancen ausrechnete, sich überlegte, wieviel Zeit er sich hiermit erkaufte.

»Vil wird für seinen Fehler bezahlen«, sagte er, nachdem er sich anscheinend ausgerechnet hatte, was die Stille im Lager bedeutete.

Jin blickte woanders hin, war nicht bereit, auf eine Beschwichtung einzugehen. Die Scharen hatten ihr Urteil schweigend gefällt, sich auf seine Seite geschlagen. Die Kalibane waren da, standen ruhig am Rand des Feuerscheins.

»Ich werde mich darum kümmern«, beharrte Parm, ging noch weiter in seiner Erniedrigung.

»Tu das!« Jin blickte ihn an. Eine Rettung war nicht möglich.

Dieser Mann hatte seine Nützlichkeit verloren; jetzt verlor er auch seine Bedrohlichkeit. Jin atmete jetzt noch leichter und machte ein entspannteres Gesicht. Aber Parm kannte ihn. Er hatte Angst. Und er würde sterben, bevor er sich davon erholte. Jin stand auf und staubte sich die Reithose ab, blickte zu den Sternenmenschen.

Mannin zog die Nase hoch. Kim blickte aus dunklen, abschätzenden Augen.

»Sie haben den Ärger ausgelöst«, sagte Jin, schnippte mit den Fingern und deutete auf Kim. »Tötet den da!«

Kim wollte aufspringen. Ein Messer stak in seinem Rücken, bevor er es schaffte. Er stolperte rückwärts und fiel zu Boden, während Mannin einfach auf den Knien lag und starrte, sich mit den Armen umklammerte und zitterte.

»Jetzt siehst du, wie das läuft«, meinte Jin, kauerte sich nieder und blickte Mannin ins Gesicht. »Genley ist tot. Jetzt bist du das einzige, was ich habe.« Er stand wieder auf und wandte sich zu den umstehenden Jägern. »Dieser Mann ist krank, seht ihr das nicht? Haltet ihn warm, setzt ihn dicht ans Feuer! Er wird essen wollen. Er weiß, daß er nicht noch einmal weglaufen kann. Und ihr wißt, wie ihr zu behandeln habt, was mir gehört.«

Gesichter waren ihm zugewandt, die wieder beruhigt waren angesichts der gesicherten Lage, Männer, die die Gewißheit hatten, die Partei des Stärkeren ergriffen zu haben. Jin ging zum anderen Feuer, überließ es Blau, sich mit den kleineren Dingen zu befassen, wie der Entfernung von Kims Leichnam.

Eine Verschwendung war es. Und auch wieder keine. Sie konnten ihn jetzt nicht mehr falsch einschätzen. Vielleicht war die Tötung Genleys kein Unfall gewesen. Vielleicht hatte Parm nicht richtig eingeschätzt, wie wichtig die Sternenmenschen für Jin waren und wo sie einzuordnen waren.

Respekt umgab ihn. Dessen war er sich jetzt wieder sicher.

»Am Morgen«, brummte er für diejenigen, die nahe genug standen, um ihn zu hören. »*Am Morgen*«, wiederholten die anderen, und es ging durch das ganze Lager – genug der Verzögerung, genug des Wartens auf Elais Zurückhaltung.

Am Morgen die Rache, das Blut, die Einhaltung der Versprechungen. Kein wirklicher Widerstand. Er würde in dieser Nacht nicht schlafen; er wollte diese Sache endlich erledigt sehen. Den Wolkenfluß unter seinen Füßen, Parm schnellstmöglich unschädlich gemacht.

Genley, mein Vater!

Er trauerte. Seine Trauer vermischte sich mit seiner Wut. Er ballte die Fäuste und dachte ans Töten, an ein so gründliches Töten, daß niemand vom Wolkenfluß überlebte. Man würde Geschichten von ihm erzählen, von dem, was er getan hatte.

»Jin«, sagte ein Mann, der ihm etwas brachte, eine durchnäßte Masse Papier. Genleys Papiere. Er hatte sie oft gesehen. Er betrachtete die kritzeligen Zeichen, die für ihn keinen Sinn ergaben, matt im Schein des Feuers und verblassend. Seine Geschichte.

»Gib es Mannin!« sagte er. »Sag ihm, daß es ihm gehört!«

52

205 KR, Tag 114
Wolkenfluß

Kalibane liefen umher, durchquerten das Lager in der Dunkelheit vor der Dämmerung, das Geräusch schwerer Schritte, des Flüsterns von Schuppen im Dickicht. »*Hai, hey!*« schrie jemand gellend.

Reiter hasteten zu ihren Waffen. McGee sammelte ihren Speer und ihre Tasche ein.

»Auf!« rief Elai ihnen zu. »Auf!«

Sie rannten verwirrt durch die Dunkelheit. Kalibane stießen ihre Nasen an den Reitern vorbei. Dain löschte die Asche des Nachtfeuers; der Tumult zog sich bis zum Ufer hin, Stimmengemurmel im Dunkeln, das Gezisch von Kalibanen, als bräche ein fremdes Meer von hinten über sie herein. »Hap, hai!« schrie jemand in der Nähe – eine Männerstimme. »Auf, auf, auf!« Geplansche aus dem Fluß – kein Angriff. McGee hatte ein Gespür dafür entwickelt – es war wieder ein überraschender Zug. Aber etwas war in der Nähe. Sie packte ihre Kleider und rannte im Dunkeln zum Ufer, hüpfte dabei, denn Ariels strömten wie Wasser um ihre Füße, und sie wollte vermeiden, auf einen zu treten.

»Braun!« rief sie. Es war das einzige Wort, das sie für ihn hatte. *Braun, laß mich nicht hier zurück!* Sie pfiff, so gut sie es in ihrer Panik konnte. Reiter liefen in die Dunkelheit hinaus, und es war weder Sinn noch Ordnung darin zu erkennen. »Hey!«

Eine Gestalt kam auf sie zu, eine Zunge suchte und fand sie. Ein schwerer Kopf folgte, und es war Braun, ganz glitschig vor Wasser – es mußte Braun sein. McGee kletterte mit rücksichtsloser Härte verbissen auf ein Vorderbein, so, wie es die Reiter immer taten, den Speer in der Hand und die Tasche mit ihren Habseligkeiten, einschließlich ihrer kostbaren Notizen, über die Schulter geschlungen. Braun marschierte mit den übrigen los, war verwirrt wie sie, stieß in seiner Eile gegen andere . . .

Wohin geht es? fragte sich McGee und hielt sich fest in der Dunkelheit, umklammerte ihren Speer in der beiläufigen Art, wie die Reiter ihn trugen: sie hatte gelernt, damit zu reiten, hielt damit das Gleichgewicht, wenn Braun es eilig hatte und sich geschmeidig vor und zurück wiegte, von einer Seite zur anderen, in einem Rhythmus mit Höhen und Tiefen, mit einer Intensität, an die sich die Reiter anpaßten, als seien sie da hineingeboren.

Aber dies war wirklich. Dies war der letzte Zug, das letzte Hineintauchen in Dunkelheit und Krieg, und niemand sorgte dabei für Ordnung, abgesehen davon, daß Elai mit Taem vorausritt, mit Paeia an ihrer Seite, die potentiell nicht weniger ihre Feinde waren . . . Dain würde an Elais Seite gehen; sein Kaliban ging dorthin, wo ihn sein Reiter haben wollte, und er würde an die Spitze gehen, während Braun . . .

Ich habe Angst, ich habe Angst, ich habe Angst, sagte sich McGee im Rhythmus der Bewegung. *So führt man doch keinen Krieg! Man braucht Reihen, Generäle, Befehle; jemand sollte die Sache organisieren! Wir werden alle umkommen!*

Sie kletterten durch Gebüsch und machten Lärm dabei, brachen Zweige ab, kümmerten sich nicht darum, daß sie gehört wurden. Zweige strichen an McGee entlang; sie wehrte sie mit einem lederbedeckten Arm ab, hielt den Speer an Brauns Seite.

Ich werde dieses Ding benutzen! Sie krümmte die Finger um das glatte Holz; die Spitze war vergiftet. Es war ein häßliches Ding, dazu gedacht, anderen Waffen entgegenzuwirken, mit denen man auf sie zielen würde. Die Panik wich der Ungewißheit, die wie ein tiefes Eintauchen mit einer eigenen Logik und einer eigenen Moral war. Das Leben wirkte gleichzeitig kostbar und belanglos. *Dain. Elai hat ihn geschickt. Ihr Botschafter, letzten Endes.* McGee drückte die Fersen an Braun, umklammerte den Speer noch fester, war schon fast verrücktgemacht, atmete schwer und war nur darauf bedacht weiterzumachen.

Leben, dachte sie immer wieder. Das Wort war für sie ein Talisman, der sie am Leben hielt.

Dain – hat noch kaum angefangen mit seinem Leben. Die anderen von uns – alles Kalibanköder! Der Gedanke machte sie wütend, und der Speer war wie ein Arm, eine Verlängerung ihres Körpers. Der Himmel wurde heller, die Gestalten der Kalibane deutlicher, der Rhythmus von Brauns Schritten sicherer.

Sie töten, sie töten, sie töten! Das ist es, was uns zu tun bleibt!

53

Nachricht, Allianz-HQ an Gehenna-Station
überbracht von AS Phönix

... informieren wir Sie hiermit, daß in Verfolgung des Abkommens, das im Rahmen des Vertrages über den Handelsaustausch geschlossen wurde, Beobachtern der Union begrenzter Zugang zu mehreren Welten der Gehenna-Zone gewährt wird. Das gilt besonders für die Reservation auf Gehenna und das dortige Forschungsprogramm. Gehenna wird benötigt und hiermit gebeten, mit Ausweisen versehenem Personal den Zugang zu abgeschirmten Bereichen zu gewähren, besondere Einsätze, die der Bewilligung durch den Basisdirektor unterliegen. Die Beobachter der Union werden jederzeit von Personal des Büros begleitet.

Im Geiste der Entspannung und in Verfolgung beiderseitiger Interessen wurde als Gegenleistung eine Öffnung der Unionsaufzeichnungen vereinbart ...

205 KR, Tag 114
Wolkenfluß

Der Morgen zog golden und ruhig herauf, während sie durch den Wald zogen und am Fluß entlang, durch die Veränderungen, die die Kalibane an der Landschaft vorgenommen hatten. Frisch aufgeworfene Wälle ragten empor und zeigten noch die Wurzeln umgepflügter Bäume. Die Senken dazwischen waren mit Sickerwasser aus dem Fluß durchsetzt, und Elai las die Muster, durch die sie zogen, formulierte sie innerlich.

Jin ist in dieser Richtung, besagten sie. Daher kannte sie den Zeitpunkt der Begegnung. *Voraus wartet das Fremde. Wir umgeben euch, erstrecken uns in Harmonie unter euch,*
Wolken-Türme-versammelte-Bergmenschen
wohlgeordnet gegen die
Grün-Nest-Aggression.

Die Spiralen verliefen in vergoldete Entfernungen hinein, die Trümmer, die Muster, die seit Tagen in der Umgebung gezogen worden waren.

Wo? hatte Elai in der vergangenen Nacht von Narbe zu erfahren versucht, aber Narbe hatte die Steine ignoriert, hatte sie ignoriert, als hätte er bereits alles gesagt. *Wann?*

Sie marschierten, wenn es Zeit dazu war. Und die Kalibane wußten die Zeit, wenn sie es sahen, wenn die Muster sich bildeten. Das war alles.

Wolkenfluß gegen Styx.

Ein Weg gegen den anderen.

Logik lag darin. Sie hatte Paeia gezwungen zu kommen, hatte Taem an ihre Seite gerufen. Vielleicht hatten die Unheimlichen auf beiden Seiten diese Konfrontation geplant: die Muster zeigten Hinweise darauf ... daß die Unheimlichen keine Turmtreue kannten.

Sie, Elai, war zu erkennen. Jin war zu erkennen.

Zwei Arten; und Kalibane brachten sie beide hierher, zu diesem seit langem festgelegten Ort. Sie trug den Speer in der Hand, hatte sich die Pfeile an die Seite gebunden. Ihre Gatten, ihre Rivalen waren bei ihr, hatten sich zu ihr gesellt wie Taem, der nichts von seinen Gründen erwähnt hatte, nichts von den wirklichen Gründen. Er war einfach da, und das Muster stimmte damit überein, formulierte keinen anderen Weg für ihn. Sie alle gehörten zum Wolkenfluß, und ihr ganzes Muster wurde jetzt bedrängt.

Es ging nicht darum, die Angreifer für eine Zeitlang zu vertreiben. Auch das las Elai aus der Landschaft. Jin wählte hochgelegenen Boden für den Angriff. Sie wußte genau, was er tun würde, und von daher auch, was sie selbst tun würden, so sicher, wie die Sonne aufging – falls das Fleisch stark genug war.

Während das fahle Licht der Dämmerung heraufzog und Narbe schneller wurde, legte sie den Speer ein. Jetzt war nicht mehr genug Zeit, die Dinge zu ordnen. Sie widmete MaGee einen flüchtigen Gedanken und wünschte sich, sie hätte Dain beauftragt, sie wegzubringen, aber MaGee würde es ergehen wie ihnen allen, und da konnte man nichts machen. Muster gegen Muster. Die Kalibane hatten MaGee zu einem Teil davon gemacht, zu einem Teil von ihr, Elai; so war es eben. Graue gesellten sich jetzt zu ihnen, pflügten die Erde wie Strömungen das Meer. Ihre kräftigen Tatzen fanden Stellen, wo sie die Wälle sondieren konnten: Sie tauchten in die Erde hinein und kamen wieder zum Vorschein, zischten und pfiffen, aber die Braunen kletterten mit langen Schritten über den weichen Boden hinweg, vierfüßig und sicher, überbrückten die Klüfte mit einem Strecken der Beine, traten die Grauen mit erhabener Geringschätzung und in schweigender Eile nieder.

Die Sonne erschien und verteilte ihre Strahlen zwischen den Überresten eines Waldes vor ihnen, wo die Bäume unterpflügt und umgeworfen worden waren. Sie strömten darüber hinweg wie ein reißender Fluß, zischten und kletterten; aber die Felsen unten am Meer, die Elai auf Narbe sitzend erstiegen hatte, waren größer gewesen. Graue, die nicht zu ihnen gehörten, verließen das Muster und flohen vor den Braunen durch das Gebüsch und über die Kämme, verschwanden zwischen den noch stehenden Bäumen.

Narbes Kragen richtete sich plötzlich auf. Taems Brauner stürmte vorwärts. Das Zischen der Braunen klang, als träfe Wasser auf heißes Metall.

Elais Reiter wogten um ihre Anführerin. Pfiffe zerschnitten die Luft; jüngere Kalibane trugen ihre Reiter an die Spitze, als es die Wälle hinaufging, hielten sich nicht mehr an die Muster, auf die sie jetzt stießen.

Elai klammerte sich mit den Knien fest, als sie auf weichen Boden stießen, wo Graue an der Arbeit waren, und Narbe stolperte hinab und wieder bergan, vorbei an den Wurzeln umgeworfener Bäume, vorbei an Büschen, die harmlos über Elais ledergeschützte Beine strichen.

»Hai!« Auch sie verfiel dem Fieber und schrie wie ihre jungen Männer, mit denselben hohen schrillen Schreien wie die jungen Frauen, während sie die Böschung hinab zwischen Graue gerieten, die unter den scharrenden Krallen der Braunen erstarrten, verwirrt und unbeweglich. Elai senkte den Speer und nahm einen festen Sitz ein, denn jetzt ragten andere Gestalten empor, Kalibane mit Reitern, Gestalten, die vor aufgerichteten Kragen starrten und vor Speeren in Menschenhänden. Pfeile flogen und trafen Elais lederbedeckten Arm.

Sie schrie, ohne zu wissen, was, aber im gleichen Moment war die Angst verschwunden, hatte sich jeder Schrecken aufgelöst. »Ellai!« rief sie schließlich, den Namen ihrer Mutter, und »Wolkenfluß!«

Weitere Pfeile; sie schüttelte sie ab; die Pfeile trafen vergeblicherweise auch Narbe, waren nutzlos angesichts seiner Haut. Geringere Braune flohen vor Narbe, trugen ihre Reiter aus seinem Weg. Er trat andere nieder und schritt über sie hinweg, zerkrallte ihre Reiter gedankenlos unter seinen Tatzen, während Reiter gellend schrien und Kalibane hierhin und dorthin durch die Ruinen des Waldes stolperten.

Narbe taumelte, belastete Elais schwaches Bein. Sie klammerte sich fest, als sich die Erde öffnete und Graue hervorkamen, und manche Kalibane verloren ihre Reiter, als sie in die Höhlungen hinabrutschten. Zischen und Schreie übertönten alles.

Aber Elai wußte, wo ihr Ziel war. Paeia war neben ihr, wurde von einem der Stygier aufgehalten, so daß Elai diesen Schutz verlor; aber dann stieß sie auf eine freie Stelle, von der sich Kalibane und Menschen zurückgezogen hatten, abgesehen von dem Reiter, der auf sie zukam, auf einem Kaliban, der größer war als die übrigen.

Jin!

Narbe schwankte zur Seite, warf Elai beinahe ab. Einer ihrer

Reiter stürmte in dem Wirbel von Tageslicht und Bäumen und
stürzenden Leibern an ihr vorbei. Ihr Speerschaft krachte heftig gegen einen anderen, und Narbe trug sie aus der Bahn dieses Angriffs, den ein weiterer ihrer Reiter auffing. Taem war da
vorn, und sein Brauner stellte sich dem Jins, umkreiste ihn.

»Narbe!« schrie Elai gellend, hatte sich den Speer wieder unter den Arm geklemmt. Sie stieß mit den Fersen, weniger gegen Narbes zähe Haut als gegen die Pfeile, die ringsherum
prasselnd auftrafen. »Narbe!«

Narbe drang vor, scheute, als Jin Taem niederritt, zog sich
immer weiter zurück und brachte die eigenen Reihen damit
durcheinander.

Jins Brauner kroch vorwärts, machte dann einen weiten Satz,
als Narbe scheute und seinen Bauch präsentierte. Elai kämpfte
um ihr Gleichgewicht, grub die Fersen in Narbes Flanken und
stieß mit dem Speer nach dem Stygier; aber Narbe richtete sich
immer mehr auf, stieg über den Kragenkamm von Jins Kaliban.

Das lahme Bein verriet Elai, als Narbe sich drehte, sich mit
dem Stygier im Maul aufrichtete, während der Styxkaliban auf
ihn losstürzte und nach seinem Bauch krallte. Elai schlug auf
dem Erdboden auf, wand sich, drückte sich gegen die Erde, als
ein Schwanz über ihren Rücken strich, versuchte mit dem aus-
gehöhlten Boden zu verschmelzen, als der Schwanz wieder
heranschwang und der Kampf über sie hinwegrollte. Sie spie
Matsch aus und krabbelte um ihr Leben, als eine Tatze ihr na-
hekam, während die rollende Masse den Boden umwühlte und
Kalibane mit den Krallen aneinander herumrissen.

Sie stürzte wieder, denn die Beine zitterten zu sehr, um ihr
Gewicht zu tragen; sie benutzte den Speer, um sich hochzu-
stemmen, sortierte die Kalibane aus der Masse aus, und der mit
dem Halsgriff hatte eine sternenartige Narbe an seiner Flanke.
Elai rammte den Speer in die weiche Stelle am Hals des anderen, stemmte sich mit dem ganzen Gewicht hinein, und dann
kam die ganze Masse auf sie zu. Ein Schwanz traf sie, aber sie
ging bereits zu Boden, kaum noch bei Bewußtsein, als Kalibane
über sie hinwegströmten, um sich an dem Töten zu beteiligen.

Sie krabbelte aus dem Sumpf heraus, wild und blind kämp-
fend. Hände packten sie, zogen sie in Sicherheit, und sie
stützte sich auf die hingehaltenen Arme – und Dain war einer

von den Leuten. Sie zogen sie weiter, fort von der wogenden
Masse, die jetzt eine geballte Masse aus Kalibanen war, gewaltige Braune, die sich beißend und rollend wie die Ariels um einen Preis stritten. Elai konnte Narbe nicht sehen.

»Sie sind geflohen!« sagte Maeri aus ihren Reihen. »Erste, sie
sind *geschlagen!*«

Überall herrschte das Chaos; keinem Reiter gelang es, oben
zu bleiben, während Kalibane hinter Flüchtlingen herjagten
und gegeneinander kämpften, während Menschen andere
Menschen verfolgten, die Erde unter dem Aufschlag der zusammengeballten Körper in dem Knäuel vor ihnen erbebte.
Elai sah, wie sich Narbe daraus befreite, wie er erneut sein
Maul in einen Hals schlug und wieder in die Masse eintauchte.

Er lebte also – *lebte!* Und Jin lag unter diesem Chaos. Elai zitterte und konnte sich nicht auf den Beinen halten.

Sie berichteten ihr, wer gefallen war: Taem gehörte dazu, aber
das hatte sie schon gewußt. Weitere Namen wurden genannt.
»MaGee?« fragte sie. »Wo ist Paeia?«

»Paeia ist auf der Jagd«, sagte ihr der Mann, ein Verwandter
Paeias, und fügte dann grinsend hinzu: »MaGee ist ein Stück
weiter hinten hinabgefallen. Sie muß wohl in Sicherheit sein.«

»Finde sie!« sagte Elai, ohne den Blick von der Fütterung zu
wenden, die an diesem Hang oberhalb des Wolkenflusses begonnen hatte.

Es waren noch weitere Dinge zu erledigen, aber darum würden sich die Kalibane kümmern; und die meisten ihrer jungen
Leute würden nicht bis zum Styx ziehen. Manche schon, um
sicherzustellen, daß sich das Muster dort so gestaltete, wie es
sollte. Die meisten würden rechtzeitig zu ihr hierher zurückkommen.

Sie stieß einen Pfiff aus, versuchte Narbe zurückzurufen,
aber das war jetzt noch nutzlos. Es würde nutzlos bleiben, solange noch mehr übrig war als Knochen. Also saß Elai hier auf
dem zertrampelten Hügel, um zu warten, taub und kalt und
von Schmerzen geplagt, sobald sie sich bewegte. Man brachte
ihr etwas zu Trinken; man brachte ihr die Beutestücke aus Jins
Lager, aber sie hatte wenig Interesse an diesen Dingen.

Aber endlich wurde MaGee gefunden; und MaGee setzte
sich in dem fahlen Morgen zu ihr, während die Kalibane die

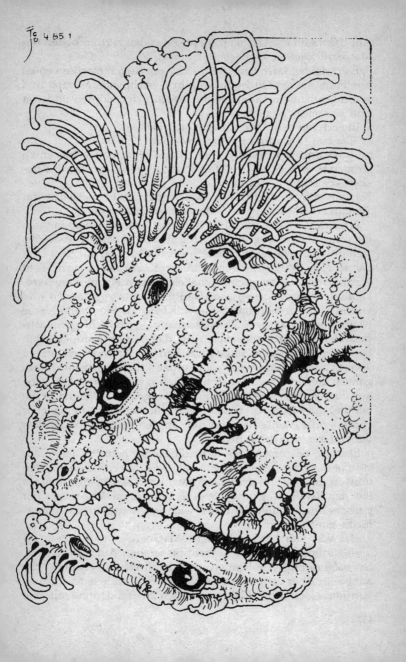

Knochen zum Fluß schleppten und nur den zertrampelten Boden zurückließen.

Elai reichte MaGee die Hand. MaGees Augen machten einen mitgenommenen Eindruck, und ihr Gesicht war zerkratzt und zerschlagen. Das Haar hing ihr lose aus den Zöpfen und war mit Schlamm festgebacken.

Ihr eigenes wohl auch, sagte sich Elai.

»Du bist in Ordnung!« sagte MaGee.

»In Ordnung«, bestätigte sie, zu müde, um auch nur einen Arm zu bewegen. Sie deutete mit den Augen. »Bis auf die Knochen abgenagt, dieser Dorn.«

Etwas schmerzte MaGee, vielleicht das Blut, vielleicht der Abwurf. Ihr Mund bebte. »Was ist passiert?«

»Haben ihn erwischt.« Elai holte tief Luft. Die Rippen taten ihr weh. MaGee begriff eindeutig nicht viel. Elai pfiff Narbe, stemmte sich wieder mit dem Speer hoch, denn auf dem Ufer bahnte sich ein neuer Streit zwischen Kalibanen an – vielleicht welche von den stygischen, vielleicht auch eigene vom Wolkenfluß, die probierten, wer das Recht hatte zu drängen und wer es einzustecken hatte. Sie war besorgt. Sie wollte Narbe wegbringen, aber die Kalibane schnappten und schlugen nacheinander, und sie wollte auch nicht, daß sich der Kampf hierhin bewegte. Sie konnte Narbe zwischen den anderen erkennen, konnte auch sehen, wie Paeias große Braune sich mit ihrem ganzen Gewicht herumwarf und Geringere mit dem Schwanz aus dem Weg peitschte. Die hinterhältigen Attacken dauerten an, und die Kiefer von Geringeren schlossen sich um manches Hinter- oder Vorderbein, zerrten an den Häuten, belästigten die anderen von allen Seiten ...

Er ist alt, dachte Elai. Sie hatte die Fäuste geballt. *Dieser Dorn hat ihn am Bauch erwischt.* Sie sah, wie Narbe einen Rivalen umwarf, so daß dessen Bauch nach oben zeigte, und danach lief der Rivale weg, aber andere belästigten ihn weiter. Er peitschte sie mit dem Schwanz, warf sich herum und schnappte. Es ging weiter.

»Ist alles klar mit ihm?« fragte MaGee.

»Natürlich ist alles klar.« Elai pfiff wieder. Auch andere riefen nach ihren Reitkalibanen, und die Streiterei beruhigte sich zum Teil. Aber es war noch nicht möglich, sie wieder zurückzurufen. Noch nicht. Elai wandte sich ab und deutete mit dem

Speer flußabwärts, und einige weitere Ältere rappelten sich auf.

»Was jetzt?« fragte MaGee.

»Nichts mehr, jetzt«, sagte Elai und betrachtete sie verwirrt. »Weißt du es denn nicht? Jin liegt dort unten. Wir haben gewonnen.«

55

Nachricht, Gehenna-Station an Basisdirektor
Die Beobachtung bemerkte heute morgen zwei Bewegungen – eine in breiter Front auf den Styx zu, und eine zweite kleinere und kompaktere Bewegung oben am Wolkenfluß. Die Bewegung zum Styx hin ist von größerer Geschwindigkeit. Die Beobachtungen deuten daraufhin, daß die Invasion entgegen den Erwartungen möglicherweise in die Flucht geschlagen worden ist.

56

205 KR, Tag 215
Wolkenfluß

Am hinteren Ende der Kolonne stieß jemand einen Pfiff aus, und die anderen wandten die Köpfe: auch McGee blickte hin, während sie am sandigen Ufer das Wolkenflusses neben Elai her humpelte. Die Kalibane waren gekommen, schwammen mühelos die Strömung herab.

»Reiten wir?« fragte McGee. Es schien Wahnsinn zu sein, daß sie die Kalibane zurückgelassen hatten; oder auch wieder nicht, denn McGee für ihren Teil war einmal gestürzt, und das reichte ihren Knochen. Ein Sturz; ein Alptraum von Braun, der einen Mann zertrampelte. Aber jetzt sagte niemand etwas; sie hatten die Kalibane zurückgelassen und gingen auf Elais Befehl, als sei das ein normales Verhalten. McGee war sich dessen gar nicht sicher, war sich überhaupt keiner Sache mehr sicher.

Weiterhin die Stille. Elai sagte unterwegs wenig, gab nur ein-

433

silbige Antworten, blieb in ihren eigenen Gedanken versunken, sah gar nicht einer Frau ähnlich, die gerade die ganze Welt gewonnen hatte, die ganz Gehenna in der Hand hielt.

Die Kalibane hielten im Fluß mit ihnen Schritt, taten nicht mehr.

»Nein«, beantwortete Maeri McGees Frage; sie war Dains Schwester aus dem Ersten Turm. »Ich glaube nicht.«

Sie gingen weiter. Die Kalibane tauchten und kamen wieder an die Oberfläche, stiegen aber nicht aus dem Fluß; aber letztlich tat wenigstens Narbe es, schritt ein Stück voraus auf das Ufer.

Ein Fischernetz, dachte McGee zuerst, aber es war seine Haut, die ihm in Fetzen von Bauch und Beinen hing. Er hielt den Kragen gesenkt und zeichnete beim Gehen mit dem Schwanz eine Schlangenlinie in den Sand.

Elai stieß einen Pfiff aus, und Narbe blieb stehen. *Er ist verwundet*, wollte McGee schon sagen, wollte protestieren; aber sie stand reglos da und beobachtete bestürzt, wie Elai auf ihn zuging, ihn berührte, trotz der herabhängenden Haut auf ihren Platz hinaufkletterte.

Sie zogen weiter, folgten hinter Elai am Ufer Narbes Spuren, waren auch nicht fröhlicher als Narbe selbst, während sich die anderen Kalibane im Fluß tummelten.

Daheim in den Wolkenfluß-Türmen wußten sie jetzt wohl schon, wer gesiegt hatte, überlegte McGee; die Kalibane würden vor ihnen dort eintreffen, die Ariels die entsprechenden Muster zeichnen, die Grauen es draußen hinter den Reihen trockener Fischernetze in Wällen bauen, damit es die Leute sahen.

Aber McGee betrachtete Elai, wie sie vor ihnen herritt, sah die gesenkten Schultern, sah, daß Reiter und Kaliban Schmerzen hatten.

Da bekam sie es mit der Angst, genauso, wie auch schon vor der Schlacht, auf eine Weise, die die Alpträume davon auslöschte, wie es gewesen war.

Was geschieht jetzt eigentlich? fragte sie sich. Sie machte sich an Dain heran, begleitete ihn voller Hoffnung auf Antworten, aber er hatte keine, trottete nur dahin wie alle anderen.

Sie schlugen früh das Lager auf. Weitere Kalibane wurden wieder folgsam und kamen herbei, suchten sich ihre Reiter.

Narbe brütete unten am Fluß finster vor sich hin, und Elai kauerte sich am Feuer zusammen.

»Ist alles in Ordnung?« fragte McGee endlich, hockte sich zu ihr.

»Jin ist tot«, sagte Elai tonlos. »Die Styx-Türme werden jetzt fallen.«

»Du meinst, das wäre es, wozu die anderen sich aufgemacht haben?« McGee verfolgte die Sache, wußte, daß sie sich damit auf unsicheren Boden wagte. Elai streckte die Hand aus und breitete die Finger aus. Ende der Geschichte. McGee saß da und zog in der Wärme des Feuers die Knie an die Brust, war sich zunehmend sicher, daß etwas verloren war.

Narbe, dachte sie unablässig in der tiefer werdenden Kälte, zwang sich, nicht zum Fluß zu blicken; sie wußte, was sie dort sehen würde: einen alten Kaliban, den nur noch die letzten Reste seiner Kraft trieben, einen Kaliban, der eine große Leistung vollbracht hatte, als er seinen letzten Kampf überlebte. Irgendein anderer Kaliban hätte ihn jetzt überwinden können. Jeder andere. Falls einer vorhatte, es zu versuchen.

Paeia – war noch auf der Jagd. Sie würde kommen. Vielleicht noch weitere.

McGee senkte den Kopf auf die Arme und spürte all ihre Schmerzen, ein nagendes Gefühl, daß jeder Boden, auf den sie vertraute, unterhöhlt war.

Zusätzliche Reiter kamen am Morgen und brachten gefangene Stygier mit, die sich an der anderen Seite des Feuers hinsetzten, eine Handvoll Jugendlicher, ernst und verängstigt. Elai dachte lange über sie nach.

Sprich für sie! überlegte McGee. Es war ihr Außenseiterinstinkt. Und dann hielt sie sich die geballte Faust vor den Mund, um sich selbst am Sprechen zu hindern. *Ein falscher Rat von mir könnte Elai das Leben kosten!*

Aber es war Elai, die den Jungen letztlich das Leben schenkte, indem sie eine Handbewegung machte, und sie saßen nur da und zitterten, kauerten ganz verloren am Boden, hatten Angst und wußten, daß sie nirgendwohin laufen konnten (falls Elai die Wahrheit gesagt hatte).

So brachten weitere Reiter noch mehr Gefangene. Einer lief weg. Parm lautete sein Name, bei dem die Reiter zischten ... er lief weg, und die Kalibane erwischten ihn in der Dunkelheit unten am Fluß.

McGee saß da und zitterte, wie es ihr auch die übrige Zeit ergangen war, so, als wäre irgendein lebenswichtiges Glied abgetrennt worden. Sie verriet nichts, empfand auch keinen Schrecken mehr.

Es ist kalt, sagte sie zu sich. *Das ist alles*.

Sie hatte in diesen Tagen gelernt, bezüglich des Todes praktisch zu sein, ihn auszuteilen, ihn zu beobachten. Es war eine Erfahrung wie andere, dem Sterben eines Menschen zuzuhören, ein leises Geräusch, eine geringfügige Unannehmlichkeit. Ein leises, verlorenes Geräusch, verglichen mit dem Kampf auf dem Ufer, der unter dem Sturz der großen Braunen bebenden Erde. Die Luft war erfüllt von ihrem Zischen. Schnell vorüber. Etwas, das man vergaß.

Aber sie brachten Mannin, und das war etwas anderes ...

»Habe einen der Sternenmenschen gefunden«, berichtete Paeia, die auch mit dieser Gruppe kam. Und was sie brachten, war ein in Leder gekleideter, verschmutzter Mann, der nichts tat außer husten und zittern, und der sich zusammenkauerte wie die Teenager. Dieses Wesen – dieses erbärmliche Wesen ... Sie starrte ihn an. Nur das dunkle Haar und die Körpergröße sagten ihr, wer er war.

»Laß ihn am Leben!« sagte sie zu Elai, mit einer Stimme, die rauh und hart geworden war. Und so fand sie ein Maß für sich selbst, daß sie nämlich den Tod von Eingeborenen ertragen konnte, aber nicht den bei ihrem Volk. Sie schämte sich.

»Er gehört dir«, sagte Elai.

»Gebt ihm zu essen und zu trinken!« sagte McGee, ohne sich von ihrem Platz zu rühren, ohne die Faust vom Kinn zu nehmen, ihre Glieder aus der Verspanntheit, die sie warm hielt. Sie sah Mannin auch nicht genauer an, war nicht mehr interessiert. Er war ein Schrecken, von dem sie im Moment nichts wissen wollte, denn sie wollte nicht darüber nachdenken, wie es kam, daß sie hier saß und Urteile über Leben und Tod fällte, hier im Schlamm und dem Gestank und inmitten des Gewühls von Kalibanen, die bereit waren zu töten.

Zu diesem Zeitpunkt hielt sie es nicht für wahrscheinlich, je wieder zu weißen und sauberen Wänden zurückzukehren, wieder zu verlernen, was sie jetzt wußte, oder jemand anderes zu sein als MaGee. MaGee. Heilerin. Töterin. Eine zu Fuß zurückgelassene Drachenreiterin. Sie sah wieder die sonnenbeleuchtete Küste vor sich, hier in der Nacht, sich selbst in ihrer damaligen Jugend, das Kind Elai, Narbe in seiner Blüte, wie seine Haut das Tageslicht zurückwarf.

Hier waren die Dunkelheit und das Feuer, und sie sammelten die Überbleibsel des Krieges ein.

Vielleicht fanden sie auch noch den Rest, Genley und Kim.

»Frag ihn!« bat sie schließlich einen der Reiter, »wo die anderen Sternenmenschen sind.«

»Er sagt«, berichtete der Reiter anschließend, »daß dieser Jin die anderen umgebracht hat.«

»Huh«, sagte sie, und der getrocknete Fisch, den sie gerade verzehrte, wurde in ihrem Mund noch trockener und ungenießbar. Sie entdeckte in sich noch eine Tiefe, in der sie Groll gegen die Toten hegen konnte. Aber sie tat es nun mal. Ihre Gedanken zerteilten sich merkwürdig, und darunter kam der Wunsch zum Vorschein, daß doch auch Mannin versuchen möge, wegzulaufen, daß die ganze Sache zuendegebracht werde. Und das erschreckte sie tief.

»Jemand sollte Mannin zum Draht bringen«, sagte sie, für Elais Ohren bestimmt.

Elai winkte.

Und so tat es ein Reiter namens Wolke, dessen Kaliban bereit war zu gehen. Sie verschwanden in der Dunkelheit, und damit war die ganze Sternenmenschengeschichte zu einem Abschluß gebracht.

Sie war auch nicht das gewesen, was am Wolkenfluß eine Rolle spielte.

57

205 KR, Tag 168
Büro des Basisdirektors

»... Er liegt am Boden!« sagte der Sekretär mit wildem und erschüttertem Blick, war atemlos vom Vorzimmer hereingestürzt und stützte sich auf den Schreibtisch, hatte jedes Protokoll vergessen. »Der Turm, Sir ... liegt am Boden, ist einfach ... *umgefallen!* Ich sah zum Fenster hinaus, und er sank gerade um ...«

Ein Schwarm roter Lampen leuchtete auf dem Schreibtischkom. Eines kündete von einer eintreffenden Nachricht der Station auf dem dafür reservierten Kanal; mehr Lampen gingen an.

»Der Styx-Turm?« fragte der Direktor und bemühte sich, ruhig zu bleiben.

»Seine Flanke – hing für einen Moment da, als gäbe es keine Schwerkraft mehr, und dann versank alles im Staub ...«

Der leicht hysterische Bericht ging weiter. Der Direktor drückte auf den Schalter für das Fax von der Station.

»... Dringend: schenken Sie Ihre Aufmerksamkeit unverzüglich beiliegenden Orbitalaufnahmen. Styx-Türme acht, sechs, zwei eingestürzt ...«

Die Tür stand offen. Jemand von der Sicherheit tauchte auf, erregt und scheu, stand mit rotem Gesicht im Eingang.

»Haben Sie es gesehen?« fragte der Mann.

»Mein Sekretär hat ihn einstürzen sehen. Was passiert da draußen? Die Station sagt, es seien noch mehr Türme eingestürzt. Vielleicht geht das noch weiter.«

»Sollen wir es nochmal mit Genley versuchen?«

Der Direktor dachte gründlich darüber nach, erwog das herrschende Prinzip allen Austausches über den Draht hinweg. »Versuchen Sie jeden Kontakt, den Sie wollen. Aber niemand geht hinaus!«

»Wenn wir draußen Verletzte haben ...«

»Keine Hilfe. Keine Einmischung. Sind Sie sicher, was unseren eigenen Untergrund angeht?«

»Die Systeme funktionieren.«

»Versuchen Sie es noch einmal mit McGee. Versuchen Sie es unaufhörlich! – Zurück an die Arbeit!« sagte er zu dem Sekretär, der hinausging, ein erschütterter Mann. Der Direktor wollte selbst einen Drink, war aber nicht bereit, dem nachzugeben. Er wollte an die Pillen in seinem Schreibtisch, aber versagte sich diese Beruhigung. Der Kom war immer noch voller roter Lampen, weniger als zuvor, aber immer noch verflixt viele. Wieder ging eines aus.

»Bereiten Sie einen Bericht vor!« wies er den von der Sicherheit an. »Ich will einen Bericht haben. Beobachter werden kommen. Ich will diese Geschichte geklärt haben!«

»Ja, Sir«, sagte der Sicherheitsmann, verstand es als Entlassung.

438

Weitere Lampen gingen aus. Der Sekretär war wieder an der Arbeit. Die Dinge mußten in Ordnung gebracht und Berichte mußten verfaßt werden, die Erklärungen enthielten. Dem Direktor zitterten die Hände. Er überdachte die Reihe von Erlaubnissen, die er erteilt hatte, die Aussendung der Agenten. All das würde begutachtet und kritisiert werden. Er mußte Antworten parat haben, Gründe, Erklärungen. Die Behörde verabscheute Rätsel.

McGee, dachte er, verfluchte sie, setzte seine Hoffnung in sie, da jetzt alle Berichte darauf hindeuteten, daß der Wolkenfluß unberührt geblieben war.

Ein Siedlungsbereich der Eingeborenen, den man den Beobachtern zeigen konnte, der als Schaustück herhalten konnte, zu dem McGee Zugang verschaffen konnte. Vorausgesetzt, McGee war noch am Leben.

Er machte sich daran, Nachrichten an die Einsatzgruppen zu verfassen, während die Berichte eintrafen, daß ein stygischer Turm nach dem anderen einstürzte.

Überall. Der Tod herrschte dort draußen, massenhafter Tod. Die optische Überwachung zeigte Kalibane unterwegs. Die beiden Siedlungen zogen in einen Krieg oder etwas wie einen Krieg, und die Kalibane fielen in Raserei und zerstörten eine Seite, warfen Türme um, gruben sich durch bepflanzte Felder, während die augenscheinlich feste Erde aufgewühlt wurde und wieder zur Ruhe kam.

»Ein Reiter nähert sich dem Draht«, wurde ihm später am Tag mitgeteilt, nachdem er Nachricht auf Nachricht hinausgeschickt hatte. »Er hat jemanden dabei.«

Und später: »Sir, es ist Mannin!«

»Was ist passiert?« fragte der Direktor und drängte sich an den Ärzten vorbei, war schockiert über die ausgemergelte Gestalt, den sichtlichen Verfall des Mannes auf der Bahre, hier im Foyer des Krankenhauses. »Mannin?«

Er erhielt keine sinnvolle Antwort, nichts als ein Gebrabbel von Ufern und Kalibanen.

»Wo kommen Sie her?« fragte er.

Mannin weinte nur. Und der Direktor beauftragte jemanden, zuzuhören und Bericht zu erstatten; kam später selbst wieder, aber erst dann, als der Bericht die ersten Zusammenhänge zeigte, Nachrichten vom Marsch flußaufwärts, von der Begegnung mit McGee, der kaltblütigen Ermordung Genleys und Kims.

Und er hörte sich das an, saß am Bett eines Mannes, der nur noch aus Haut und Knochen und einem starren Blick bestand, der jetzt noch schlimmer aussah, als man ihn rasiert und ihm die Haare geschnitten, ihn in eine zivilisierte Gestalt verwandelt hatte.

»Ich schicke Sie mit dem Shuttle zur Station hinauf«, sagte er, als Mannin fertig war. »Ein Schiff ist fällig. Man wird Sie zurück nach Pell bringen.«

Vielleicht ergaben Namen wie dieser für Mannin keinen Sinn mehr. Er reagierte nicht einmal darauf.

58

Nachricht, Basisdirektor an E. McGee vor Ort
Dringend erforderlich, daß Sie sich melden. Die Styx-Türme sind alle gefallen. Wir sehen Flüchtlinge, aber sie nähern sich nicht dem Zaundraht. Wir haben Dr. Genleys Aufzeichnungen sichergestellt, die neues Licht auf die Situation werfen. Wir versichern Ihnen, daß keine Strafmaßnahmen geplant sind ...

Nachricht, Basisdirektor an E. McGee vor Ort
Haben Sie die letzte Nachricht erhalten? Bitte antworten Sie! Die Lage ist dringend. Die Behörde schickt einen Beobachter aus der Union, der Dokumente mitbringt, die Einfluß auf Ihre Studien haben könnten. Die Lage der Mission ist sehr delikat, und ich kann Sie gar nicht dringend genug ersuchen, sofort wieder mit meinem Büro Verbindung aufzunehmen, egal auf welchem Wege!

59

205 KR, Tag 172
Wolkenfluß-Türme

»Nein«, sagte Elai. »Keinen Kom!« Und McGee widersprach nicht, machte nur ein finsteres Gesicht, während sie in der Halle des Ersten Turmes bei Elai saß. Elai war in eine Decke gewickelt. Ihr Haar war ungekämmt und stand von ihrem Kopf abgewinkelt, netzartig gewebt wie Lintwolle. Ihr Blick war schrecklich.

Ihr Erbe war dabei – Din, der mit seinem jugendlichen Kaliban in einer Ecke kauerte, sein Blick so furchteinflößend wie der Elais ... ein erschreckter kleiner Bursche, der zuviel wußte. Er hatte sein Messer dabei. Seine Anwesenheit war eine Ironie, ein Erbe, der seinen Vorgänger verteidigte; aber dieser Siebenjährige hatte alle Trümpfe in der Hand, eine Tante, die bereit war, ihn, wenn sie konnte, in den eigenen Turm zu holen, zu dem, was einem sieben Jahre alten Erben einer Linie widerfahren konnte, die lange am Ufer des Wolkenflusses bestanden hatte.

Narbe lag im Sterben – war gar nicht mehr zum Ersten Turm heraufgekommen, sondern siechte an der Küste dahin. Elai wartete einfach ab, wie sie es schon seit Tagen machte, ohne etwas zu essen, nur wenig trinkend.

Leise Schritte kamen und gingen, Unheimliche, die Elai pflegten. Taem kam nie; die Kinderschwestern hatten Wolke irgendwo versteckt, der auch in Gefahr war, aber unwissend. Ein Baby. Der wahrscheinlichste Handlanger für Paeia, sollte Din etwas zustoßen.

Dain war immer da, stand mit seiner Schwester Maeri unten an den Türen. Die Flanahans waren immer noch loyal, würden dort am Eingang sterben, wenn es sein mußte. Sie waren bewaffnet – aber das traf auf alle Reiter zu. Und bislang konnte man noch ein- und ausgehen.

»MaGee«, sagte Elai, als sie wieder erwachte.

»Erste«, murmelte McGee respektvoll.

»Was rätst du mir?«

»Raten?« Vielleicht phantasierte Elai, vielleicht nicht. Sie zeichnete keine Muster mehr, saß nur noch da, die Arme unter

441

der Decke, allein. McGee zuckte unbehaglich die Achseln. »Ich würde dir raten, etwas zu essen.«

Elai reagierte nicht darauf. Blieb einfach stumm. Ein langes Schweigen trat ein und hielt stundenlang an.

»Erste«, sagte McGee und arbeitete mit den Händen, verschränkte sie und löste sie wieder. »Erste, laß es gut sein ... wende ein bißchen Verstand an und iß etwas, und dann gehen du und ich einfach von hier weg. Zum Draht vielleicht, vielleicht zu einem anderen Ziel. Du kannst einfach weggehen. Ist das nicht ein guter Rat?«

»Ich könnte ein Boot bauen«, meinte Elai, »und zu den Inseln fahren.«

»Nun, das könnten wir machen«, sagte McGee, hoffte einerseits schon, war andererseits entsetzt von Elais trockenem Lachen. Elai streckte eine Hand vor und öffnete höhnisch die Finger, ließ imaginäre Steine fallen. *Vergiß es, alte Freundin!*

»Hör zu, ich habe nicht vor, mich hiermit abzufinden, Elai!«

Elai riß weit die Augen auf, und die Andeutung eines Stirnrunzelns erschien. Aber sie sagte nichts.

»Die Styx-Türme liegen am Boden«, sagte McGee. »Was bedeutet das für die Welt?«

Eine zweite wegwerfende Geste. »Hätte die Boote bauen sollen«, meinte Elai, »aber sie hätten dann unsere Türme umgeworfen.«

»Wer?« Ein kalter Schauer lief McGee über den Rücken. »Was meinst du damit, daß sie eure Türme umgeworfen hätten? Die Kalibane? Wie Jins Türme? Wie das, was sie dort machen? Wovon sprichst du, Erste?«

»Weiß nicht, MaGee. Weiß nicht. Vielleicht nicht. Vielleicht doch.«

»Sie werden töten. Wie bei den Styx-Türmen.«

»Die Starken werden hierherkommen«, sagte Elai. Ihre Stimme klang heiser. Das Sprechen ermüdete sie. Sie machte eine ungeduldige Geste. »All diese Styxmänner, zu niederträchtig. All diese Frauen, zu dumm ... Das Leben hier würde sie umbringen. Das Land wird sie umbringen. Die meisten. Vielleicht nicht alle.« Das Stirnrunzeln tauchte wieder zwischen ihren Brauen auf. »Oder möglicherweise entwickelt sich der stygische Weg von neuem. Ich weiß es nicht.«

Irgendwo tief in ihrem Innern war McGee schockiert. »Du

meinst, diese Stygier hätten etwas getan, was den Kalibanen nicht gefiel? Das *das* sie umbrachte?«

Elai zuckte die Achseln. »Sie haben Graue verzehrt.«

»Seit Jahren, Elai ...«

»Es wurde schlimmer, nicht wahr? Sie fuhren fort damit, sie brachten Leute wie Jin hervor; und er drängte.« Elai bewegte die Finger zu einer Andeutung von Grenzen. »Die Kalibane sind noch nicht fertig mit diesem Muster, MaGee, hier am Wolkenfluß. Der Wolkenfluß steht. Das ist die Bedeutung dessen, was draußen geschah.«

»Und sie hätten deine Schiffe genauso aufgehalten?«

»Vielleicht.« Elai atmete schwer ein. »Vielleicht nicht. Der alte Narbe wollte schwimmen. Vielleicht hatte er dieselben Gedanken wie ich. Dieses alte Meerwesen – er war einfach größer als Narbe, mehr nicht. Möglicherweise war es auch *unsere* Grenze, und er sagte es damit.«

McGee erblickte Bilder in sich, während sie dort hockte, die Faust vor den Lippen: sah jeden Kaliban auf Gehenna in jedem Flußtal Wälle errichten, die alle sehr ähnlich waren, nur nicht am Styx und am Wolkenfluß. »Grenzen«, sagte sie und blickte auf zu Elai. Aber diese hatte die Augen wieder geschlossen und damit McGee ausgesperrt.

McGee blickte zu Din, zu dem Jungen, der bei seinem Kaliban in der Ecke kauerte. Die Halle war unheimlich leer. Nur ein einzelner Ariel trieb sich in den Schatten herum. Von all den Mitteilungen, die früher von hier ausgegangen waren, war nur dieser kleine grüne Beobachter geblieben. Aber ein solcher war immer da.

McGee zog die Knie an und überlegte unaufhörlich, dachte über die Muster nach, die seit ihrer Rückkehr gezeichnet wurden, Linien und Wälle jenseits des Flusses, die über ihr Verständnis hinausgingen.

Und Narbe lag langsam sterbend an der Küste, schnappte hin und wieder nach Grauen, die ihm zu nahe kamen.

Sie konnte es nicht länger ertragen. Sie erhob sich und ging hinaus, durch den Ausgang nach unten, durchquerte die Korridore im Dunkeln, wo die Stimmen gedämpft klangen und die Verlassenheit Einzug hielt, während tief unten Kalibane und Unheimliche an der Arbeit waren, wobei es sich entweder um Unterhöhlen oder Abstützen handelte.

Dain warf McGee einen neugierigen Blick zu, als sie an der Tür unten an ihm vorbeikam; eine Handvoll Reiter hatte sich zu ihm gesellt, mit Speeren bewaffnet; also konnte bislang niemand in den Ersten Turm eindringen. Es schien sicher, daß es doch geschehen würde. Alles wahrte eine Art Ruhepause, während Paeia in ihrem Turm Pläne schmiedete und der Taems in Aufruhr war, keine Verbindung mehr hielt, jetzt, wo Taem tot war und ohne Erben. Und weitere Türme waren schweigsam geworden. Die Fischer gingen noch ihrem Handwerk nach, und die Menschen arbeiteten weiter draußen auf den Feldern. Aber sie taten es vorsichtig, störten so wenig, wie es ging; und fremde Kalibane waren gekommen. Man sah sie im Fluß, Flüchtlinge aus der Schlacht, vielleicht Styxufer-Kalibane, vielleicht solche, die bis jetzt nie in die Nähe von Menschen gekommen waren. Wenn es irgend jemand genau wußte, dann die Unheimlichen, aber sie besprachen sich in diesen Tagen nur untereinander.

McGee blieb stehen und blickte zur Küste hinaus, wo Narbe immer noch wie ein Felsen in der Sonne lag.

»Noch am Leben«, sagte Dain. Sein eigener Kaliban war in der Nähe, nicht bei ihm, aber auch nicht weit weg. McGee erspähte ihn mit seinem aufgerichteten Kragen, wie er einfach nur beobachtete.

Sie ging los, legte den ganzen Weg an den Fischernetzen vorbei zurück bis dorthin, wo Narbe lag. Es stank hier, ein trokkener Fischgestank wie aus stehendem Wasser, wie von Kaliban und Fäulnis. Noch nicht tot. Aber seine Haut hing wie Fetzen alten Papiers herab, und seine Rippen standen unter dem hervor, was er noch an heiler Haut hatte, als sei sie über ein Skelett gezogen. Die Augen waren noch lebendig und blinzelten. Es war die einzige Bewegung, die er machte.

McGee hob einen Stein auf. Legte ihn hin. Ging und holte noch einen, in der Größe, wie ihn die Kalibane benutzten. Sie kämpfte damit, legte ihn auf den anderen. Aus kleineren formte sie den Rest der Spirale und den kleinen Sporn, der die Richtung angab. Ein Ariel kam dazu und half ihr, versuchte, das Muster in das zu verändern, was war; sie warf einen Stein nach ihm, und er ließ ab. Sie wischte sich über die Stirn, wischte Tränen aus ihrem Gesicht und baute weiter, sah, daß andere dazugekommen waren, Dain und seine Leute. Sie starrten herüber, lasen das Muster, den Ersten Turm höher gezogen als den Rest, den unkomplizierten Faden, der sich von dort zu etwas zog, das sie rechteckig und fremdartig formte.

Dain drang in das Muster ein, durchschnitt die Linie mit dem Speerschaft, widersetzte sich ihr damit.

Narbe regte sich; der Kragenrand stieg hoch. Dain blickte hin und rührte sich nicht mehr. Keiner der Wolkenflußleute bewegte sich noch.

McGee suchte mehr Steine zusammen. Ihre Kleidung war schweißdurchtränkt. Der Wind streifte sie kalt. Immer mehr Zuschauer kamen, Reiter und Kalibane vom Ersten Turm.

»Paeia wird kommen«, sagte Dain. »MaGee – tu es nicht!«

Sie warf ihm einen ungestümen Blick zu, hatte die Lippen zusammengepreßt. Er wich davor zurück. Die Menge wuchs, und es herrschte eine unirdische Stille. Ein Grauer kam herbei und versuchte das Muster zu ändern. Narbe zischte, und der Graue zog sich wieder an den Rand des Geschehens zurück und wartete einfach ab. McGee arbeitete, schleppte immer mehr Steine heran. Die geprellten Rippen taten ihr weh. Sie humpelte, schwitzte, rackerte weiter, gab ihre Erklärung ab, die sich nicht in Harmonie mit irgend etwas befand, was je auf der Welt geschrieben worden war.

Da gab Dain seinen Speer einem anderen und trug Steine für sie, überließ es ihr, sie dort zu plazieren, wo es ihr vorschwebte. Und damit wuchs das Muster jetzt schneller. McGee baute und baute, und die Linien zogen sich hin bis zu einer Siedlung am Styx, liefen dann hinaus ins Meer, dann nach Süden zu Flüssen, an die sie sich erinnerte – Elai, lautete die Erklärung: *Expansion. Verbindungen zu den Sternenmenschen. Die Sternenmenschen* ... Sie baute für Geschöpfe, die nie die Sterne gesehen hatten, deren Augen nicht dafür geschaffen waren, gestaltete die Zeichen für *Fluß* und *Hinaufgehen*, für *Wohnort* und *Sonnenwärme*, für *Nahrung/Fisch* und wieder den für *Wärme*, für *Vielheit*, alles von der Basis ausgehend.

Ein Fischer betrat das Muster und brachte weitere Steine; und mehr Menschen folgten seinem Beispiel und brachten immer mehr Steine. *Wachsende Dinge*, formulierte jemand. Eine Frau fügte einen Neststein hinzu. Ariels drangen in die Strukturen ein, kletterten über sie hinweg, steckten die Köpfe in Spalten zwischen den Steinen, streckten die Zungen weit hervor, um die Luft zu testen und die Verrücktheit dieser Leute.

McGee verlor die Orientierung in den Zeichen; manche kannte sie nicht. Sie versuchte, einige aufzuhalten, aber jetzt wurde immer mehr hinzugefügt. Unheimliche sahen von der Seite aus zu. Alles war außer Kontrolle, wich in Richtungen ab, die sie nicht geplant hatte. »Halt!« schrie sie die anderen an, aber sie fuhren fort, das Sternenmensch-Thema immer weiter zu entwickeln.

McGee setzte sich kopfschüttelnd hin, verlor das Muster aus den Augen, und auch das, was die Leute machten. Sie wischte sich über das Gesicht und schlang die Arme um sich, hatte jetzt mehr Angst als im Krieg.

Sie blickte auf, als es plötzlich still wurde, und sah Elai dort an einer Stelle stehen, wo die Leute Platz gemacht hatten. Sie war angekommen wie eine Erscheinung, nach wie vor unordentlich, und in ihrem Windschatten folgten Din und sein eher kleiner Kaliban.

»MaGee«, sagte Elai; ihre Stimme klang wie ein Peitschenknall, so dünn sie auch war. Zorn war daraus zu hören.

»MaGee ist verrückt«, sagte McGee. Sie stand auf. »Haben die Unheimlichen nicht das Recht, alles zu sagen, was sie wollen?«

»Willst du, daß sie uns niederwerfen, MaGee, so, wie sie Jin niedergeworfen haben?«

Narbe zischte und drehte den Kopf, wandte Elai ein tellergroßes Auge zu. Das war alles. Dann ging er davon, wich dem Muster aus, während die Menschen ihm aus dem Weg hasteten.

Er ging zum Fluß. McGee sah ihn hineintauchen und drehte sich zu Elai um, aber Elai brachte keine Trauer zum Ausdruck, überhaupt nichts.

»Du bist ein Dummkopf«, sagte Elai mit schwacher Stimme und machte sich dann auf den Rückweg.

Paeia war ihr im Weg, saß rittlings auf ihrer großen Braunen, war begleitet von bewaffneten Reitern aus dem Zweiten Turm.

Elai blieb stehen, als sie sich ihr gegenübersah. Für einen Moment kam jede Bewegung zum Stillstand. Dann wich Elai zur Seite aus. Sie erwarteten das von ihr, hielten aber still und ließen sie gewähren.

Sie nahmen das Muster in Augenschein. Lange standen sie da, und schließlich fand die Menge Gründe, sich zu verabschieden, einer nach dem anderen.

McGee ging, als die in ihrer Nähe Stehenden sich aufmachten, und sie humpelte und spürte den Wind kalt auf ihrer schweißdurchtränkten Kleidung.

Eine Lanze streifte sie, als sie auf ihrem Weg zurück an Paeia vorbeikam. Sie blickte auf in Paeias grimmiges, verwittertes Gesicht, in Augen, die dunkel und kalt waren wie Flußsteine.

»Dummkopf«, sagte Paeia.

»Damit sind es zwei, die mir das gesagt haben«, meinte McGee, wich vor der Lanzenspitze zurück und ging weg, erwartete, daß sie ihr in den Rücken gestoßen wurde. Aber sie ließen sie passieren.

60

Nachricht, Basisdirektor an E. McGee
Wiederhole: Es ist dringend, daß Sie Bericht erstatten! Vertreter der Behörde sind unterwegs hierher, und sie bringen Beobachter aus der Union mit. Sie haben Daten dabei, die für Ihre Arbeit wesentlich sind ...

61

Notizen, chiffriertes Tagebuch Dr. E. McGee
Elai geht es nicht schlechter und nicht besser. Paeia hat die Tür noch nicht durchschritten. Ich habe wenigstens eines erreicht durch meine Einmischung ... Sie warten. Sie warten einfach darauf, was die Kalibane tun werden, jetzt, wo ich getan habe, was ich tat.

Ich hatte es nicht durchdacht. Ich versuchte, den Kalibanen mitzuteilen, daß sie Elai nicht verlieren können, mehr nicht, versuchte zu erklären, daß Elai in der Lage ist, selbst die Basis sinnvoll zu machen – versuchte, die Sternenmenschen zu erklären, ihnen etwas über ihre Welt zu erzählen und was ihnen entging, und, lieber Gott, ich tat etwas, was noch nie geschehen ist: ich formte ein menschliches Muster in Begriffen, die sie lesen können. Ich versuchte begreifbar zu machen, daß Gutes in den Sternenmenschen liegt, daß es draußen Leben gibt – und sie nahmen es mir weg, die Wolkenflußmenschen, erzählten ihre eigene Geschichte, ihre eigenen Legenden – erzählten von *sich selbst.*

Niemand regt sich. Die Kalibane sind fortgegangen – die meisten. Elai ißt wieder, zumindest habe ich sie heute morgen dazu gebracht, ein wenig Suppe zu essen. Es war ein Triumph. Dain hat geholfen. Alle bewegen sich ruhig, wirklich ruhig.

Und am anderen Ufer des Flusses geht das Bauen weiter, in Sichtweite der Türme. Die Kalibane beratschlagen sich. Ich denke, es muß so sein. Muster formen sich und fallen dann, noch unvollständig, wieder zusammen. Noch ist kein Sinn darin auszumachen. Sie formen das alte Muster um und zerstören es dann wieder für neue Entwicklungen, und sie schaffen auch Formen, die mir nichts sagen.

Paeia ist im Moment verhindert. Die Zeit ist nicht danach, die Kalibane aufzuregen.

62

Nachricht, Station an Basis
US Wyvern im Anflug von Cyteen. Besucher an Bord.

63

Wolkenfluß

Es war eine unruhige Nacht. McGee hörte, wie es in der Tiefe begann, vage Echos von Bewegungen, ein Regen und Gleiten weit unten, und sie zitterte in ihrem Bett auf dem irdenen Sims in ihrem Quartier, eingewickelt in die rauhen Decken.

Es wurde lauter. Ihr Herz klopfte in einer Panik, die den Ängsten der Nacht ähnlich war, und sie erhob sich hastig und zog sich an, machte kein Licht an, ging blind los, wie sie es gelernt hatte, lief die Spiralwindungen des Gangs hinauf ... Auch andere waren unterwegs, in beiden Richtungen, Männer und Frauen, manche hinab zum Ausgang aus dem Turm, einige wenige hinauf zur Halle, wie McGee auch, wo in diesen Nächten stets ein Feuer unterhalten wurde, da die Halle Elais Zuflucht geworden war.

Elai war wach. Auch Dain war da, der junge Din und Maeri und noch mehr Leute mit blassen und besorgten Gesichtern. Niemand brachte Waffen mit; ihre Kalibane hatten sie verlassen, abgesehen von Dins.

Der Eingang warf eine Flut von Ariels aus, wie eine Ungezieferseuche, die über den Boden krabbelte, wie das erste Voraustasten irgendeines gewaltigen Tieres; und inmitten dieser Flut tauchten auch ein paar Graue aus dem Schlund des Eingangs auf, kamen die Rampe herauf, warfen die Köpfe hin und her und streckten die Zungen heraus.

Was dann kam, war riesig, war größer, als Narbe gewesen war, ein Kaliban, der aufgerichtet auf den Beinen halb bis zur Decke reichte ... Er gehörte niemandem, dieser Braune. Die Reiter wichen vor ihm zurück, sogar Dain; McGee schwitzte, stand außerhalb des für ihn günstigen Weges, und sie hatte nicht den Mut, sich ihm als Happen anzubieten, sich ihm in den direkten Weg zu Elai zu stellen.

Elai saß reglos wie eine Statue auf ihrem hölzernen Stuhl. Sie hatte die Hände im Schoß liegen. Der Kaliban streckte die Zunge hervor, beugte sich vor, hob einen Fuß, machte einen Schritt und dann noch einen, brachte die Strecke damit hinter sich. Die Zunge forschte, berührte dabei kaum Elais Gewänder; und weitere Kalibane trafen ein, waren überall in den Gängen, eine geräuschvoll krabbelnde Flut unter ihnen.

Wir werden fallen, dachte McGee, malte sich den Ersten Turm im Zusammenbruch aus, das Sterben der Menschen in einer Kaskade aus Erde und Steinen, zur selben Zeit alle Menschen am Wolkenfluß treffend, die Basis angegriffen, den Styx erneut in einem Untergang.

Der Kragenkamm des großen Braunen sank herab. Er drehte sich um, trieb den Kreis der Umstehenden mit dem langen Schwanz weiter auseinander, ließ sich damit aber nur an Elais Seite nieder, blieb halb auf die Vorderbeine erhoben. Der Kragen stieg wieder.

»Lieber Gott«, flüsterte McGee, als ihr wieder einfiel zu atmen, aber jetzt war die Halle schon fast in Kalibanen versunken. Zischen und Schnappen ertönte, als die Kalibane ihre Territorien festlegten, als Dains Brauner hereinkam und Rivalen auseinandertrieb, als der Maeris auftauchte. Der kleine Din suchte Schutz in McGees Armen, während der junge Braune Dreistein zischte und mit dem Schwanz peitschte, seine Position gegen größere hielt.

Eine Ordnung stellte sich ein. Elai streckte eine Hand aus und eignete sich den großen Braunen an. Sein Kragen zuckte, zeigte so etwas wie Vergnügen.

McGee holte wieder Luft. Der Brustkorb tat ihr weh. Sie umschlang Din fest mit den Armen, und der Junge kämpfte dagegen. Sie ließ ihn los, erinnerte sich daran, daß er vom Wolkenfluß war und die meiste Zeit auf eigenen Füßen stand. Niemand bewegte sich für längere Zeit stärker, bis die Kalibane aufhörten durcheinanderzulaufen und die Kragenkämme wieder unten waren.

Ein Grauer trat in die Mitte und spuckte einen Fisch aus. Der große Braune beugte sich vor und verzehrte den Fisch. Eilig entfernte sich der Graue aus seinem Weg.

»Paeia wird enttäuscht sein«, meinte Elai und betrachtete McGee. »Nun, MaGee?«

McGee kümmerte sich nicht darum, daß ihre Glieder sich immer noch schwach anfühlten und daß ihr der Schweiß am ganzen Körper herablief, reckte das Kinn hoch und brachte einen Ausdruck erhabener Gleichgültigkeit zustande. »Du hattest den alten Narbe für lange Zeit; hast du dir nie überlegt, daß er nicht wichtig war für seine Art? Er hat dich ausgesucht. Du bist kein Kriegsführer. Wenn sie einen gewollt hätten, hätten sie genausogut Jin nehmen können. Aber aus irgendeinem Grund wollten sie dich, Erste.«

Elai starrte sie nur an, hatte eine Hand auf der Schulter des großen Braunen liegen. Die Kiefer gespannt, der Blick hart. Die Erste des Ersten Turms neigte nicht dazu, Dinge offen zur Schau zu tragen.

»Er heißt Sonne«, sagte sie.

Nachricht, Basisdirektor an E. McGee
Wiederhole: Dringend! Antworten Sie! Ein Shuttle wird landen; an Bord sind Dr. Ebhardt aus der Union und seine Mitarbeiter. Dies ist eine offizielle Instruktion: das Büro geht davon aus, daß der Kom irgendwie beschädigt wurde, und demzu-

folge wird kein Verweis erteilt. Hinzufügen möchte ich eine ernste persönliche Bitte: Ich mache mir Sorgen um Ihr Wohlergehen und möchte Sie dringend ersuchen, sich über Ihre persönlichen und beruflichen Interessen Gedanken zu machen und auf diese Nachricht zu antworten – mit wie auch immer für Sie zugänglichen Mitteln. Dr. Mannins kurzer Bericht von Ihnen sagt uns, daß es Ihnen gut ergeht und Sie sich in einer Position befinden, die es Ihnen ermöglichte, wertvolles Material zu sammeln. Ich bin sicher, daß die eintreffende Mission jeden Versuch unternehmen wird, Sie in ihre Politik einzubeziehen, und daß man dort auch nicht den Wunsch hat, sich in Ihre Arbeit einzumischen. Es wäre jedoch eine große Hilfe für uns, wenn wir direkt von Ihnen hören könnten ...

64

Nachricht, E. McGee an Basisdirektor
übermittelt vom Wolkenfluß
Hier ist weder die Zeit noch der Ort für eine Einmischung. Ich bedaure das Unglück der Styx-Mission. Halten Sie Ihre Beobachter abseits. Die Kalibane sind zur Zeit gerade sehr unruhig. Bericht folgt.

65

205 KR, Tag 298
Wolkenfluß

Das Ding wuchs am Ufer des Flusses, nahm eine Form an aus den Schilfgräsern, die sie herabgeholt hatten. Die Kalibane hatten es hierhin und dorthin gestoßen, schlichen des nachts immer noch herum, um zu schauen, was hier entstand, was hier zusammengebunden und -geflochten wurde; keine einfache Angelegenheit. McGee war jedoch genug aus sich herausgegangen, um Rat zu geben, war jetzt nicht mehr der reine Sternenmensch von früher. Die Sonne ging jeden Morgen über etwas Neuem auf, und Elai beobachtete den Vorgang des

451

Schiffsbaues von der Spitze des Ersten Turmes aus, spürte dabei einen gewissen Schmerz der Verlorenheit.

Dain sollte das Ding ausprobieren. McGee hatte Elai beredet, daß die Erste des Ersten Turmes zu wichtig war, als sich der Lächerlichkeit preiszugeben, wenn es zu Anfang ein wenig verrückt ablief. Und wenn das Boot erprobt war, dann sollte sie sich damit versuchen.

Sie blickte an diesem Morgen über das Land hinweg zum Horizont; und sie sah etwas, bevor irgendein Posten es bemerkte.

Metall blitzte hoch am Himmel in der Sonne auf. Es war ein Schiff von der Basis, aber es stieg nicht auf. Es kam hierher. Es war verrückt geworden, stand im Begriff abzustürzen. Sie konnte jetzt das Geräusch hören, das wie ferner Donner klang.

Die Arbeit am Ufer wurde eingestellt. Überall blickten die Menschen auf.

Es kam hierher. Elais Herz überschlug sich, aber sie hielt die Stellung (die Erste der Ersten lief nicht weg, zeigte keine Furcht), die Fäuste auf der Brüstung des Turmes geballt, die Augen fest auf den Besucher gerichtet.

Es kam herab, vorsichtig, nicht wie im Sturz. Elai war sich dessen jetzt sicher. Sie drehte sich um und rief Sonne mit einem Pfiff, ging an ihrem besorgten Nachwuchs vorbei, der das Fangenspielen mit den Kalibanen unterbrochen hatte.

»MaGee!« rief sie erzürnt, während sie hinabging. »MaGee ...«

Sie blieben auf der anderen Seite des Flusses, diese Eindringlinge. Elai konnte das Schiff deutlicher sehen, als Sonne sie aus dem Fluß heraustrug und Wasser an ihrer Lederkleidung und an seinen Flanken herabtropfte. Im Augenwinkel erspähte sie MaGee mit Dain und einem weiteren Dutzend ihrer Reiter. Sie alle waren bewaffnet. Elai ebenfalls. Der Speer in ihrer Hand wirkte nutzlos, aber sie trug ihn trotzdem, damit diese fremden Sternenmenschen sich ausrechnen konnten, wo ihre Grenzen lagen.

Elai stieß Sonne an, damit er verstand, daß er anhalten sollte. Sonne ließ sich Zeit. Die anderen Reiter zogen mit ihr gleich. Und einer der Sternenmenschen trat aus dem Schatten dieses schimmernden Schiffes heraus – nicht viel größer als ihr eige-

nes Boot. Es hatte das Gras in einem Kreis ringsherum plattge-
drückt. Es war jetzt still. Der Donner hatte aufgehört. Und die
Fremden wollten reden: auch das war klar.

»MaGee«, sagte Elai, »überzeug dich, was sie wollen!« Und
fügte dann hinzu, als McGee hinter Dain vom Rücken des Kaliban gerutscht war: »MaGee, du gehst nicht mit ihnen!«

»Ja«, stimmte MaGee zu und ging dann nach vorn zu diesem
Mann, sah selbst wie eine Reiterin aus, mager und in Leder gekleidet, ihr ergrauendes Haar und die Fransen im Wind flat-
ternd, der an ihnen allen zerrte, in dem das feine blaue Tuch,
das die Sternenmenschen trugen, mit kurzen Bewegungen flatterte und dabei zeigte, wie weich es war. Sie waren reich, die
Sternenmenschen. Sie hatten alles. Sie waren mit dem Schiff
gekommen, um zu zeigen, was sie tun konnten, indem sie das
Boot dort am Ufer überschatteten. Um Eindruck zu machen.
Sie hätten auch zu Fuß kommen können, wie früher schon.
Oder mit ihren Raupenfahrzeugen, die sie manchmal benutzten, die Lärm machten und die Ariels für Tage aus der Ruhe
brachten.

Es war alles Show, ihre Möglichkeiten gegen die der Wolkenflußmenschen.

Elai wartete, hielt den Speer dabei quer vor sich. Bei denen,
die mit herausgekommen waren, war auch Paeia, begleitet von
ihrem Erben, grimmig und mißbilligend, auf Fehler lauernd.
Und McGee ging zu diesem Sternenmenschen und redete eine
Zeitlang mit ihm; später verschränkte McGee die Arme und
trat von einem Fuß auf den anderen, schien keinen Angriff zu
fürchten, aber sie blickte viel zu Boden und nur selten zu den
Sternenmenschen, brachte mit der Art, wie sie stand, Unbehagen zum Ausdruck.

Dann kam sie zurück und blickte hinauf zu Elai auf Sonnes
Rücken. »Erste«, sagte sie, »sie wollen mit dir sprechen, dir
mitteilen, daß sie über Handel sprechen möchten.«

Elai runzelte die Stirn.

»Es sind diese Neuen«, sagte McGee vorsichtig. »Sie wollen
manches ändern. Handel würde bedeuten, daß ihr Medikamente bekommt. Vielleicht Metall. Ihr braucht diese Dinge.«

»Was wollen sie als Gegenleistung?«

»Euch«, sagte McGee. Elais Blick begegnete ihrem und hielt
ihn fest, ehrlich und drängend. »Ich werde dir sagen, was: sie

wollen sicherstellen, daß ihr euch in der richtigen Richtung entwickelt, ihnen ähnlich, auch, daß ihr eines Tages jemand seid, mit dem sie verhandeln können. Sobald ihr seid wie sie.« Ihre Augen schweiften ab und kehrten zurück. »Dieser dunkle – das ist Dr. Myers von der Basis. Der helle heißt Ebhardt – aus der Union. Von Cyteen.«

»Ist *das* ein Unionsmann?« Elai hatte schon von diesen Fremden gehört, diesem Volk des Schiffes, das nie gekommen war. Ihre Bücher sprachen davon. Sie betrachtete diese Besucher mit schmalen Augen. »Hssst – *Sonne!*«

Sonne machte plötzlich einen langen Schritt vorwärts. Die Sternenmenschen wichen ungeordnet zurück und fingen sich wieder.

»Du«, sagte Elai, »du bist von Cyteen, ja? Von draußen?«

»Vielleicht hat McGee euch davon erzählt«, begann Ebhardt. »Ihr wollt Handel treiben? Was sollen wir euch geben, Sternenmann?«

»Wovon ihr zuviel habt. Was wir nicht haben. Vielleicht Schnitzereien. Vielleicht Fisch.«

»Das Gebein gehört *uns!*« sagte Elai. Dieser Sternenmensch war unverschämt, wie sie erwartet hatte; sie tippte Sonne in die weiche Haut unterhalb des Kragens, und dieser richtete sich auf. Die Sternenmenschen wichen wieder ein Stück zurück, und hinter ihnen kletterte eine andere Gestalt halb die Zugangsrampe zu ihrem Schiff hinauf. »Aber vielleicht Fisch. Vielleicht Sachen, die ihr erfahren wollt, Sternenmann. Möglicherweise gefällt euch das besser. Es könnte ja sein, daß ihr hinter diesem Draht sitzt und euch Fragen stellt. Dieses Land gehört mir. Der Wolkenfluß gehört mir. All dies ...« Sie schwenkte ihren Speer weit herum. »Mein Name ist Elai, Ellais Tochter, aus der Linie des ersten Wolke und der ersten Elly; aus der Linie Pias und des ersten Jin, als sie die Welt bereiteten. *Und ihr steht auf meinem Land!*«

Sie wichen vor ihr zurück. »McGee«, sagte einer.

»Ich würde verschwinden«, sagte McGee ruhig von irgendwo weiter hinten. »Die Erste hat Ihnen gerade mitgeteilt, daß sie Handel treiben möchte und wo, und Sie wollen doch sicherlich keinen Zwischenfall riskieren, nicht gerade schon zur Gründung dieser Welt? Ich würde Ihnen wirklich raten, zusammenzupacken und Ihre Maschinerie von hier zu entfernen.«

454

Sie dachten darüber nach. »Erste«, sagte dann einer, und beide machten sie eine unterwürfige Geste und zogen sich zurück, diesmal mit mehr Würde als vorher.

Sie flogen das Schiff weg. Die Kalibane standen nur da und blickten hinauf zu ihm, hielten die Köpfe neugierig schräg, und Elai auf Sonnes Rücken tat es auch – winkte mit dem Speer hinter ihnen her, fügte noch eine Beleidigung hinzu. Ihre Reiter johlten. Paeia sah diesmal beeindruckt aus, sie und auch ihr Erbe.

»Komm schon!« sagte Elai zu McGee und berührte Sonne, damit er ein Bein ausstreckte. »Reite hinter mir!«

ACHTER TEIL

Auf dem Weg
nach draußen

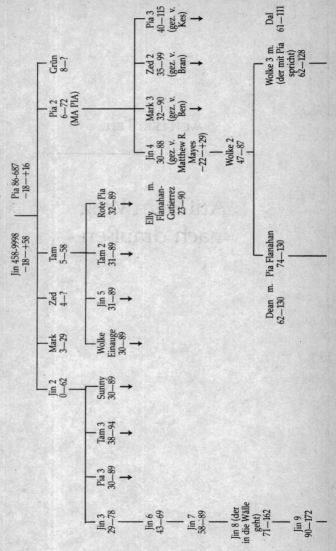

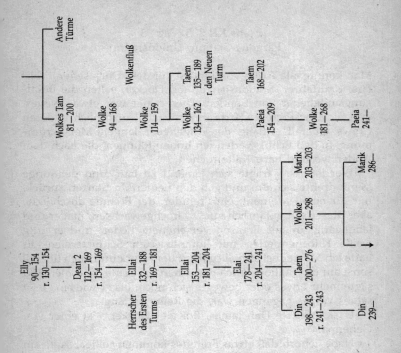

1

Jahr KR 305, Tag 33
Fargone-Station, Unionsraum

Man konnte alle Arten von Leuten auf dem Dock sehen, Militärs, Kauffahrer, Stationsbewohner, Docker, selten die Besatzungsmitglieder von Sonden. Dieser hier war etwas Neues, und die Dockercrew starrte ihn an, nicht unähnlich anderen Crews, überall entlang der ungeheuer langen Metallkrümmung, in den Echos werfenden hohen Räumen, die nach dem Anderswo und nach Kälte rochen.

»Wer ist *das?*« fragte sich jemand zu laut, und der junge Mann drehte sich um und gab den Leuten ihr Starren zurück, nur für einen Moment, ein Fremder, der Fremde abschätzte, aber dieser sah gefährlich aus ... hochgewachsen, mager und langhaarig, in mit Fransen versehenem Leder, und er trug weiße Knochenperlen mit komplizierten Schnitzereien. Er hatte ein Messer bei sich, illegal auf dem Dock und auch überall sonst auf der Station. Auch das sahen die Leute, und niemand sagte mehr etwas oder bewegte sich noch, bis er wie ein Geist seines Weges gegangen war, die Reihe entlang.

»Das«, erklärte Dan James, Boß der Docker, »ist einer von Gehenna.«

»Habe gehört, daß etwas Fremdes kommen sollte«, sagte ein anderer Mann und wagte den sicheren Blick auf einen sich entfernenden Rücken.

»Hat seinen Drachen mitgebracht«, sagte James; der andere Docker fluchte und richtete sich auf, ein zufriedenstellender Effekt.

»Sie lassen das Ding hier los?«

»Nun, sie brauchen ihm nichts zu *erlauben*. Das Ding ist menschlich, wenigstens nach dem Gesetz.«

Besorgte Gesichter wurden geschnitten. »Du meinst das wirklich«, sagte einer.

Dieser Ort war wie andere solche Orte, die er schon gesehen hatte – er, Marik, Sohn Wolkes, Sohn Elais. Er erforschte ihn gelassen und voller Verachtung, sammelte Informationen, die er zu Hause berichten würde; und trotzdem erregte ihn dieses

Wissen, daß man so weit reisen und immer noch Stationen wie die Gehenna-Station finden konnte, daß das Universum so groß war. Er bewegte sich wachsam. Wolke hatte ihn gelehrt, wie man mit Fremden umging, daß man sich von ihnen nicht sagen ließ, wo man hingehen durfte und wo nicht, was man sehen durfte und wogegen man blind sein mußte.

Nur hatte er Wanderer in ihrem Frachtraum zurückgelassen, wo sie es warm hatte. Die Kälte hätte ihr nicht gefallen, hätte sie ruhelos gemacht, und die Geräusche sie gereizt. Und abgesehen davon – es kamen genug Leute zu ihr. Wanderer hatte zumindest keine Langeweile, hatte sich an Fremde gewöhnt, genug, um ihnen den faulen Blick zu widmen, den sie verdienten, und dann mit ihrem Muster weiterzumachen, sich eine Vorstellung von dieser Reise nach draußen zu machen. Marik hatte ihr gesagt, was er wußte. Sie arbeitete daran.

An manchen Dingen arbeitete er selbst noch, zum Beispiel, wie das Universum aussah, oder was die Sternenmenschen wollten.

Sie hatten ein Problem, sagten sie, eine Welt, die sie entdeckt hatten. Es gab dort Leben, und sie verstanden es nicht.

Ein Gehennaner sieht die Dinge anders, sagten sie; geht doch einmal hin und seht nach – du und Wanderer.

Also würden sie gehen und nachschauen.

H. RIDER HAGGARD

Sir Henry Rider Haggard (1856-1925), einer der bedeutendsten englischen Erzähler der Jahrhundertwende, gehört zu den Klassikern des Fantasy-Romans.

06/4136 - DM 7,80

06/4137 - DM 7,80

06/4138 - DM 7,80

06/4146 - DM 7,80

06/4147 - DM 8,80

06/4148 - DM 8,80

06/4149 - DM 8,80

JOHN BRUNNER

der erfolgreichste englische Science Fiction-Autor, weltberühmt durch seine Romane „Schafe blicken auf", „Morgenwelt" und der „Schockwellenreiter".

Alle drei Romane eben neu aufgelegt:

06/3617 - DM 7,80   06/3750 - DM 9,80   06/3667 - DM 6,80

Darüber hinaus vier Neuerscheinungen:

06/4226 - DM 9,80

06/4227 - DM 6,80

06/4238 - DM 6,80

06/4239 - DM 6,80

HEYNE
SCIENCE FICTION
AUS DEUTSCHLAND

11 herausragende Romane und Erzählungen 12 deutscher SF-Autoren von internationalem Rang, von den Autoren selbst ausgewählt, in einer preiswerten Sonderausgabe.

Heyne Science Fiction 06/4235
800 Seiten,
zum Sonderpreis DM 12,80

Wilhelm Heyne Verlag München